T0246113

LOS
FRÁGILES
HILOS
DEL
PODER

LOS
FRÁGILES HILOS
DEL PODER

V. E.
SCHWAB

Traducción de Leire García-Pascual Cuartango

 UMBRIEL

Argentina · Chile · Colombia · España
Estados Unidos · México · Perú · Uruguay

Título original: *The Fragile Threads of Power*
Editor original: Tor Publishing Group
Traducción: Leire García-Pascual Cuartango

1.ª edición: noviembre 2023

© 2023 *by* Victoria Schwab
Publicado en virtud de un acuerdo con la autora,
c/o BAROR INTERNATIONAL, INC., Armonk, New York, U.S.A.
All Rights Reserved
© de la traducción 2023 *by* Leire García-Pascual Cuartango
© 2023 *by* Urano World Spain, S.A.U.
   Plaza de los Reyes Magos, 8, piso 1.º C y D – 28007 Madrid
   www.umbrieleditores.com

ISBN: 978-84-19030-66-5
E-ISBN: 978-84-19699-61-9
Depósito legal: B-16.933-2023

Fotocomposición: Ediciones Urano, S.A.U.
Impreso por Romanyà Valls, S.A. – Verdaguer, 1 – 08786 Capellades (Barcelona)

Impreso en España – *Printed in Spain*

Para aquellos que aún creen en la magia.

La magia es el río que todo lo nutre.
Se presta a dar vida, y en la muerte la reclama,
y así el cauce parece subir y bajar
cuando, en realidad, no pierde ni una sola gota.

—TIEREN SERENSE,
noveno *Aven Essen* del Santuario de Londres.

LONDRES BLANCO
HACE SIETE AÑOS

Ser pequeña era muy útil.

La gente solía hablar de crecer como si fuese un gran logro, pero los cuerpos pequeños podían deslizarse por los huecos más estrechos, esconderse en las esquinas más angostas, y entrar y salir de lugares donde otros no cabrían.

Como una chimenea.

Kosika se deslizó por los últimos metros de la chimenea y se dejó caer en el hogar, levantando una columna de hollín. Contuvo la respiración, en parte para no inhalar la ceniza y en parte para asegurarse de que no hubiera nadie en casa. Lark había dicho que el edificio estaba vacío, que nadie había salido o entrado en más de una semana, pero Kosika pensó que era mejor callar que lamentar, así que se quedó agazapada en la chimenea unos minutos más, esperando, escuchando, hasta que estuvo segura de que estaba sola.

Se sentó en el borde del hogar, se quitó las botas, ató los cordones y se las colgó del cuello. Bajó de un salto, con los pies descalzos besando el parqué, y se puso en marcha.

Era una casa bonita. Los tablones del suelo estaban rectos, las paredes lisas y, aunque habían bajado las persianas, había muchas ventanas por las que se colaban tenues haces de luz por las esquinas, iluminando lo suficiente para que pudiese ver. No le importaba robar en casas bonitas, sobre todo cuando la gente que las ocupaba se marchaba y las dejaba desatendidas.

Primero fue a la despensa. Siempre era su primera parada. La gente que solía vivir en casas así de bonitas no pensaba que cosas como la mermelada, el queso o la carne seca fuesen valiosas, porque nunca tenían que preocuparse de que llegase un momento en el que tuviesen hambre y se les hubiesen acabado.

Pero Kosika siempre tenía hambre.

Por desgracia, los estantes de la despensa estaban casi vacíos. Un saco de harina, una bolsa de sal, un único bote con compota que resultó ser de naranja amarga (odiaba la naranja amarga). Pero allí, al fondo, detrás de una lata llena de té, encontró una pequeña bolsita de papel encerado con terrones de azúcar. Había más de una docena de terrones, pequeños, marrones y reluciendo como diminutos cristales. Siempre le había perdido el dulce, y se le hizo la boca agua incluso antes de que su lengua probase su dulce sabor. Sabía que debería llevarse solo un par de ellos y dejar el resto en su sitio, pero rompió sus propias reglas y se metió la bolsa entera en el bolsillo, saboreando el terrón mientras iba en busca de algún otro tesoro.

El truco era no llevarse demasiado. La gente que tenía suficiente no solía percatarse cuando le desaparecían un par de cosas. Se limitaban a pensar que probablemente las hubiesen dejado en otra parte y se hubiesen olvidado de dónde.

Quizá, se dijo, la persona que vivía allí estuviera muerta. O puede que simplemente se hubiesen ido de viaje. Puede que fuesen ricos, lo suficientemente ricos como para tener una segunda casa en el campo, o un barco muy grande.

Intentó imaginarse cada una de las opciones mientras recorría las habitaciones a oscuras, abriendo armarios y cajones, buscando el brillo característico de las monedas, del metal o de la magia.

Percibió un movimiento por el rabillo del ojo y Kosika pegó un saltito, cayendo de cuclillas antes de darse cuenta de que solo era un espejo. Un espejo plateado enorme sobre una mesa. Demasiado grande como para robarlo, pero aun así se acercó hasta él, y tuvo que ponerse de puntillas para poder ver su rostro reflejado. Kosika nunca había sabido su edad. Probablemente tendría unos seis o siete años. Más cerca de los siete, supuso, porque los días ya habían empezado a acortarse y sabía que había nacido justo cuando el verano daba paso al otoño. Su madre decía que por eso parecía estar atrapada entre dos aguas, ni aquí ni allí. Su cabello, que no era ni rubio ni castaño. Sus ojos, que no eran verdes, grises ni azules.

(Kosika no entendía por qué importaba el aspecto que tuviese. No era una moneda. No se podía pagar con el aspecto).

Bajó la mirada. Debajo del espejo, la mesa tenía un cajón. No había pomo ni tirador, pero sabía que era un cajón por la forma en la que se separaba de la mesa, como si fuese un objeto en el interior de otro, y cuando empujó la madera, cedió, liberando un cierre oculto. El cajón se abrió, dejando al descubierto una bandeja poco profunda y dos amuletos, hechos de cristal o de piedra clara, uno atado con cuero y el otro con finas hebras de cobre.

Amplificadores.

No sabía leer los símbolos grabados en los bordes, pero sabía que eran eso. Talismanes diseñados para atrapar el poder y vincularlo al portador.

La mayoría de la gente no podía permitirse los receptores mágicos, se limitaban a grabarse los hechizos directamente en la piel. Pero las marcas se terminaban desvaneciendo, la piel se arrugaba y los hechizos se marchitaban con el tiempo, como la fruta podrida, mientras que una joya se podía retirar, intercambiar y volver a llenar de magia.

Kosika alzó uno de los amuletos y se preguntó si los amplificadores valdrían menos, o incluso más, ahora que el mundo empezaba a despertarse. Es lo que la gente había denominado «el cambio». Como si la magia solo hubiese estado dormida todos estos años y el último rey, Holland, hubiese conseguido despertarla de alguna manera.

Todavía no lo había visto con sus propios ojos, pero sí a los anteriores, los gemelos pálidos que cabalgaban por las calles con la boca llena de sangre ajena. Solo sintió una punzada de alivio al enterarse de que habían muerto y, si era sincera, al principio tampoco le había importado demasiado el nuevo rey. Pero resultó que Holland era diferente. Justo después de ascender al trono, el río empezó a descongelarse, la niebla comenzó a disiparse y la ciudad se volvió un poco más luminosa, más cálida. Y de repente, la magia fluyó de nuevo. No mucha, claro, pero estaba ahí, y la gente no tenía que vincularla a su cuerpo con cicatrices o hechizos.

Su mejor amigo, Lark, se despertó una mañana con un cosquilleo en las palmas de las manos, como ocurre a veces cuando la piel se entumece y tienes que frotarla para recuperar la sensibilidad. Unos días más tarde, tenía fiebre, el rostro le brillaba por el sudor, y Kosika se asustó al verlo tan enfermo. Intentó tragarse sus miedos, pero eso solo hizo que le doliese el estómago, y pasó la noche en vela, convencida de que su amigo moriría y de que se quedaría aún más sola. Pero entonces, al día siguiente, ahí estaba él, con buen aspecto. Corrió hacia donde estaba, la arrastró hasta un callejón y extendió las manos hacia ella, juntándolas como si tuviese un secreto en su interior. Y cuando las abrió, Kosika ahogó un grito.

Allí, flotando sobre sus palmas, había una pequeña llama azul.

Y Lark no fue el único. Durante los últimos meses, la magia había florecido como las malas hierbas. Pero nunca llegó a surgir en el corazón de los adultos, al menos, no para aquellos que más la deseaban. Puede que hubiesen pasado demasiado tiempo intentando obligar a la magia a hacer aquello que ellos querían, y estuviese enfadada por ello.

A Kosika no le importaba que se olvidase de los adultos, siempre y cuando terminase encontrándola a ella.

Aún no la había encontrado.

Se convenció de que no pasaba nada. Tan solo habían transcurrido unos pocos meses desde que el nuevo rey había subido al trono y había traído la magia de vuelta consigo. Pero cada día revisaba su cuerpo, tratando de advertir algún indicio de cambio, estudiaba sus manos esperando que surgiese una chispa entre sus dedos.

En ese instante, Kosika se metió los amplificadores en el bolsillo junto con los terrones de azúcar, cerró el cajón secreto y se dirigió a la puerta principal. Estaba a punto de alcanzar la cerradura cuando la luz iluminó el parqué a sus pies y le hizo detenerse. Estaba hechizada. No sabía leer las marcas, pero Lark le había enseñado lo suficiente como para que supiese lo que tenía que buscar. Miró con desdén hacia la chimenea, era mucho más complicado escalarla que descender por ella. Pero eso fue exactamente lo que hizo: trepar por la chimenea, calzarse las botas y subir arrastrándose por ella. Para cuando Kosika llegó al tejado, estaba sin aliento y llena de hollín, y se metió otro terrón de azúcar en la boca como premio.

Se arrastró hasta el borde del tejado y miró hacia abajo, divisando la cabeza rubio platino de Lark a sus pies, con la mano extendida mientras actuaba como si estuviese vendiendo amuletos a cualquiera que pasara, aunque dichos amuletos fuesen solo piedras pintadas con hechizos falsos y realmente estuviese allí de pie para asegurarse de que nadie volviera a casa mientras ella estaba dentro.

Kosika silbó y él alzó la mirada, ladeando la cabeza como si no terminase de comprender qué hacía ella en el tejado. Ella hizo una «X» con los brazos, la señal para decirle que había un hechizo que no podía traspasar, él señaló la esquina con un movimiento de la cabeza, y a ella le encantaba que pudiesen comunicarse sin mediar palabra.

Fue al otro extremo del tejado, bajó por el canalón y se dejó caer los últimos metros hasta aterrizar en cuclillas sobre los adoquines. Se enderezó y observó a su alrededor, pero Lark no estaba allí. Kosika frunció el ceño y echó a andar por el callejón.

Un par de manos salieron disparadas de la nada y la agarraron, arrastrándola hasta un hueco entre las casas. Ella se removió y estuvo a punto de morder una de las manos cuando estas la apartaron de un empujón.

—Por los reyes, Kosika —dijo Lark, sacudiendo la mano—. ¿Eres una chica o una bestia?

—Soy lo que necesite ser —respondió, mordaz. Pero él estaba sonriendo. Lark tenía una sonrisa maravillosa, el tipo de sonrisas que se adueñaban de todo su rostro y que te hacían querer sonreír a ti también. Tenía once años, era desgarbado como todos los chicos al crecer y, aunque su cabello era tan pálido como el Sijlt antes de que se descongelase, sus ojos eran cálidos y oscuros, del color de la tierra mojada.

Extendió el brazo hacia ella y le quitó el hollín de la ropa.

—¿Has encontrado algo bueno?

Kosika sacó los amplificadores. Él les dio vueltas en las manos, y ella sabía que él sí que podía leer los hechizos, por eso supo que eran un buen descubrimiento por la forma en la que los estudiaba, asintiendo para sí.

No le habló a Lark de los terrones de azúcar, y se sintió un poco mal por ello, pero se convenció de que a él no le gustaba demasiado el dulce, al menos no tanto como a ella, y de que eran su premio por tanto trabajo duro, el tipo en el que te podían pescar fácilmente. Y si algo había aprendido de su madre era que tenías que mirar por ti mismo.

Su madre, que siempre la había tratado como si fuese una carga, una ladronzuela ocupando su casa, comiéndose su comida, durmiendo en su cama y robando su calor. Y durante mucho tiempo Kosika habría dado lo que fuera por que alguien se fijase en ella, la quisiese. Pero entonces los niños empezaron a despertarse con fuego entre sus dedos, o viento a sus pies, o agua acercándose como si se viese atraída hacia sus cuerpos, y la madre de Kosika comenzó a fijarse en ella, a estudiarla, con la mirada hambrienta. Estos últimos días, hacía todo lo que estaba en su mano por estar lejos de ella.

Lark se metió los amuletos en el bolsillo, pero sabía que le daría la mitad de lo que sacase por ellos, siempre lo hacía. Eran un equipo. Él le alborotó el pelo y ella fingió que le molestaba el gesto, el peso de su mano sobre su cabeza. No tenía un hermano mayor, pero él actuaba como tal. Después le apartó con un suave empujón y Lark se marchó adonde quiera que fuese cuando se separaban y Kosika regresó a casa.

Ralentizó el paso cuando la vislumbró.

Era pequeña y estrecha, como un libro en una estantería, apretujada entre otras dos casas en una calle en la que apenas entraba una carreta, mucho menos un carruaje. Pero *había* un carruaje aparcado en la entrada, y un hombre bajito de pie frente a la puerta. El extraño no estaba llamando, sino que simplemente estaba ahí de pie, fumando de una pipa, con el humo blanquecino elevándose alrededor de su cabeza. Su piel estaba llena de tatuajes, como los que solían usar los adultos para vincularse a la magia. Tenía incluso más que su madre. Las marcas le subían por los brazos, desapareciendo en el interior de su camisa y reapareciendo en su cuello. Se preguntó si eso significaría que aquel hombre era fuerte o débil.

Y como si este pudiese escuchar sus pensamientos, volvió la cabeza hacia ella, y Kosika se alejó corriendo para ocultarse en las sombras de un callejón cercano. Fue hacia la parte de atrás de la casa y trepó apoyándose en las cajas que había bajo la ventana. Deslizó el cristal lentamente hacia arriba, aunque pesase demasiado y siempre temiese que se cayera y le cortase la cabeza justo cuando estaba entrando. Pero no pasó nada de eso y Kosika se escurrió por el alféizar y se dejó caer al suelo, conteniendo el aliento.

Oyó unas voces que provenían de la cocina.

Una era la de su madre, pero no reconoció a quién pertenecía la otra. También se escuchaba un sonido distinto. Como el tintineo del metal entrechocando. Kosika se desplazó silenciosamente por el pasillo, se asomó por la puerta y vio a su madre sentada junto con un hombre a la mesa. La madre de Kosika tenía el mismo aspecto de siempre: cansada y delgada, como si fuese un trozo de fruta seca al que le han quitado todo el jugo.

Pero al hombre no lo había visto nunca. Tenía aspecto fibroso, como si fuese todo cartílago, con el cabello recogido y retirado de la cara. Un tatuaje negro que parecían nudos de cuerda trazaba los huesos de su mano izquierda, que se cernía sobre un montón de monedas.

Alzó unas cuantas y las dejó caer de nuevo, una a una, sobre el montón. Ese era el sonido que había oído.

Clin, clin, clin.

Clin, clin, clin.

Clin, clin, clin.

—Kosika.

Pegó un saltito, sobresaltada por la voz de su madre y la amabilidad en su tono.

—Ven aquí —dijo la mujer, tendiéndole la mano. Unas marcas negras le rodeaban cada uno de los dedos y subían hasta sus muñecas, y Kosika se resistió ante el impulso de dar un paso atrás, porque no quería hacer enfadar a su madre. Dio un paso adelante con cautela, su madre sonrió, y Kosika debería haberlo sabido entonces, que debía detenerse antes de que estuviese a su alcance, pero se siguió acercando lentamente hacia la mesa.

»No seas maleducada —le regañó su madre, y ese, al menos, era el tono que ella conocía tan bien—. Su magia aún no se ha desarrollado —añadió su madre, dirigiéndose al hombre—, pero lo hará. Es una chica fuerte.

Kosika sonrió al escucharla decir aquello. Su madre no solía dedicarle palabras bonitas.

El hombre también sonrió. Y entonces se acercó a ella de golpe, no con todo su cuerpo, sino solo su mano tatuada. Un segundo esta estaba sobre las monedas y al siguiente estaba rodeándole la muñeca, acercándola de un tirón hacia él. Kosika se tropezó, pero él no la soltó. Le giró la palma hacia arriba, dejando al descubierto la parte inferior de su antebrazo, junto con las venas azuladas de su muñeca.

—Mmm —musitó—. Demasiado pálida.

Algo en su voz estaba mal, como si tuviese guijarros atrapados en su garganta, y la mano sobre su muñeca parecía un grillete, pesada y fría a su alrededor. Intentó liberarse de su amarre, pero él la aferró con más fuerza.

—Es luchadora —dijo, y el pánico se apoderó de Kosika, porque su madre estaba ahí sentada, observándolo todo. Pero no la estaba mirando a ella. Tenía la vista fija en las monedas, y Kosika no quería seguir allí. Porque supo quién era ese hombre.

O, al menos, lo que era.

Lark le había advertido sobre los hombres y mujeres como él. Coleccionistas que no comerciaban con objetos sino con personas, con cualquiera que tuviese algo de magia en las venas.

Kosika *deseaba* poseer magia en esos momentos, para poder prenderle fuego a ese hombre, asustarlo, hacer que la soltase. No tenía poderes, pero al menos recordaba lo que Lark le había contado acerca de dónde tenía que golpear a un hombre para hacerle daño, así que se echó hacia atrás con todo su peso, obligando al extraño a que se levantase, y después le dio una patada, con todas sus fuerzas, justo entre las piernas. El hombre emitió un sonido parecido a un grito ahogado, como si estuviese dejando salir todo el aire de sus pulmones, y entonces la mano que rodeaba su muñeca se soltó cuando él se dejó caer contra la mesa, derribando el montón de monedas al tiempo que ella salía corriendo hacia la puerta.

Su madre intentó atraparla cuando pasó junto a ella, pero sus brazos eran demasiado lentos, y su cuerpo estaba consumido por todos los años que había pasado robando magia, y Kosika ya había salido corriendo por la puerta antes de acordarse del otro hombre, y del carruaje. Este se echó sobre ella en medio de una nube de humo, pero consiguió escaparse por debajo de sus brazos y se alejó corriendo por la estrecha calle.

Kosika no sabía lo que harían si la atrapaban.

No le importaba.

No se lo permitiría.

Eran grandes pero ella era rápida, e incluso si se conocían las calles, ella se conocía los callejones, las escaleras, las nueve murallas y todos los rincones estrechos del mundo, aquellos por los que ni siquiera Lark podía entrar ya. Le empezaban a doler las piernas y le ardían los pulmones, pero Kosika siguió corriendo, atajando entre los puestos del mercado y las tiendas hasta que los edificios desaparecieron de su vista y el camino se transformó en los escalones que llevaban hasta el Bosque Plateado.

E incluso entonces tampoco se detuvo.

Ninguno de los otros niños se atrevía a entrar en el bosque. Decían que estaba muerto, que estaba maldito, que los árboles tenían rostro, ojos que os observaban desde la desconchada corteza grisácea. Pero a Kosika no le daba miedo, al menos, no le daba tanto miedo ese bosque muerto como los hombres que la perseguían, con su mirada hambrienta y sus manos como grilletes. Cruzó la primera línea de árboles, tan erguidos como los barrotes de una jaula, y siguió corriendo entre las líneas, dos, tres, antes de apoyarse contra un tronco estrecho.

Cerró los ojos y contuvo el aliento, intentando escuchar algo más allá de los latidos acelerados de su corazón. Buscando oír voces, pasos. Pero el mundo se había quedado de repente en silencio, y lo único que oía era el murmullo del viento entre las ramas casi desnudas. El susurro sobre las hojas quebradizas.

Lentamente, abrió los ojos. Una docena de ojos de madera la observaban desde los árboles. Esperó a que alguno parpadeara, pero ninguno se movió siquiera.

Kosika podría haberse dado la vuelta entonces, pero no lo hizo. Había cruzado la linde del bosque, y eso le había dado valor. Así que se internó aún más, caminando hasta que ya no pudo ver los tejados, o las calles, o el castillo, hasta que se sintió como si ya no estuviese en la ciudad, sino en otro lugar. Un lugar tranquilo. Un lugar en paz.

Y entonces lo vio.

El hombre estaba sentado en el suelo, con la espalda pegada al tronco de un árbol, las piernas extendidas y la barbilla contra su pecho, flácido como una muñeca de trapo, pero la escena le hizo contener un grito, el sonido reverberó por el silencioso bosque como una rama al quebrarse. Se tapó la boca corriendo y se escondió tras un árbol cercano, esperando que el hombre alzara la cabeza y buscase un arma. Pero no se movió. Debía de estar dormido.

Kosika se mordió el labio inferior.

No podía irse, no era seguro volver a casa, todavía no, y no quería darle la espalda al hombre sentado en el suelo, por si intentaba sorprenderla, así que se dejó caer contra otro árbol, con las piernas cruzadas, asegurándose de que pudiera ver bien al extraño dormido. Rebuscó en sus bolsillos y sacó la bolsa encerada de azucarillos.

Se los metió de uno en uno en la boca, mirando de vez en cuando al hombre que estaba sentado contra el árbol. Decidió guardarle uno de los azucarillos, para darle las gracias por hacerle compañía, pero pasó una hora y el sol se ocultó en el horizonte lo suficiente como para acariciar las ramas con sus últimos rayos, el aire pasó de ser fresco a frío, y el hombre seguía sin moverse.

Entonces tuvo un mal presentimiento.

—*Os?* —gritó, haciendo una mueca de dolor cuando su voz rompió el silencio del Bosque Plateado, la palabra rebotando sobre los duros troncos de los árboles.

«¿Hola? ¿Hola? ¿Hola?».

Kosika se levantó y se acercó al hombre. No parecía muy mayor, pero tenía el pelo blanco plateado, sus prendas eran elegantes, demasiado como para estar sentado en el suelo. Llevaba puesta una capa plateada y supo, en cuanto estuvo lo suficientemente cerca, que no estaba dormido.

Estaba muerto.

Kosika ya había visto antes un cadáver, pero uno muy distinto, con las extremidades retorcidas en ángulos imposibles y las entrañas esparcidas sobre los adoquines. No había sangre bajo aquel hombre. Era como si se hubiese cansado y hubiese decidido sentarse a descansar, para nunca volverse a levantar. Tenía un brazo sobre el regazo. El otro colgaba inerte a su costado. La mirada de Kosika bajó hasta su mano, que tocaba el suelo. Tenía algo debajo de los dedos.

Se acercó y vio que era hierba.

No eran los hierbajos muertos, duros y puntiagudos que había en el resto del Bosque Plateado, sino hierba suave, corta y verde que se extendía bajo su cuerpo como si fuese un cojín.

Pasó los dedos entre las briznas, apartándolos de golpe cuando rozó su piel por accidente. El hombre estaba frío. Su mirada pasó entonces sobre su capa. Parecía de buena calidad, calentita, y pensó en quitársela, pero no se atrevió a volverle a tocar. Y, aun así, tampoco quería dejarle allí. Tomó su último terrón y se lo colocó sobre la palma de la mano, justo cuando un sonido rompió el silencio del bosque.

El chirrido del metal arrastrándose y el ruido sordo de unas pisadas.

Kosika se levantó de un salto y corrió hacia los árboles en busca de protección. Pero no venían a por ella. Oyó cómo los pasos se ralentizaban para después detenerse, y ella también se quedó quieta y echó un vistazo mientras se escondía tras un tronco estrecho. Desde allí no podía ver al hombre sentado en el suelo, pero podía ver a los soldados que se alzaban sobre él. Eran tres, sus armaduras plateadas brillaban bajo la tenue luz. Guardias reales.

Kosika no podía oír lo que estaban diciendo, pero vio que uno se arrodillaba y oyó a otro sollozar. Un sonido que rompió el silencio del bosque, que la hizo estremecerse. Después les dio la espalda y salió corriendo.

UNO

Relojes, cerraduras y objetos claramente robados

I

LONDRES ROJO
ACTUALMENTE

El maese Haskin tenía un don para arreglar objetos rotos.

El letrero sobre la entrada de su tienda rezaba algo parecido.

ES HAL VIR, HIS HAL NASVIR, declaraba con una caligrafía elegante y dorada.

«Una vez roto, pronto se repara».

En apariencia, su negocio se dedicaba a arreglar relojes, cerraduras y cualquier otra baratija del hogar. Objetos guiados por una magia sencilla, los pequeños engranajes que hacían funcionar tantos hogares londinenses. Y, por supuesto, maese Haskin *podía* arreglar un reloj, pero también podía hacerlo cualquiera con un oído medianamente decente y los conocimientos básicos de la lengua de los hechizos.

No, la mayoría de los clientes que cruzaban la puerta negra que daba acceso a la tienda de Haskin traían consigo objetos mucho más extraños. Objetos «rescatados» de barcos en el mar, que habían encontrado en las calles de Londres o comprado en el extranjero. Objetos que llegaban dañados o que se rompían en el trascurso de su adquisición, y cuyos hechizos se habían debilitado, deshecho o arruinado por completo.

La gente traía todo tipo de objetos a la tienda de Haskin. Y, cuando lo hacían, inevitablemente se topaban con su aprendiza.

Solía estar sentada con las piernas cruzadas, sobre un taburete desvencijado detrás del mostrador, con una maraña de rizos castaños rebeldes amontonados como un sombrero sobre su cabeza, recogidos con un cordel, una red, o lo que quiera que encontrase. Puede que tuviese trece años, o veintitrés, según cómo le diese la luz. Se sentaba como una niña y maldecía como un marinero, y se vestía como si nadie nunca le hubiese enseñado a hacerlo correctamente. Tenía los dedos delgados y veloces, siempre en constante movimiento, y unos ojos oscuros inquietos que se movían sobre cualquier objeto que dejasen sobre el mostrador, y hablaba mientras trabajaba, pero solo con el esqueleto de un búho cercano.

El búho no tenía plumas ni piel, solo era una maraña de huesos unidos con un alambre plateado. Le había llamado Vares —«príncipe»— en honor a Kell Maresh, a quien le guardaba cierto parecido, con sus ojos de piedra, uno azul y el otro negro, y por el efecto inquietante que producía en aquellos con quienes se cruzaba, resultado del hechizo que le empujaba de vez en cuando a mover el pico o a ladear el cráneo, asustando a los clientes desprevenidos.

Sin duda, la mujer que estaba esperando al otro lado del mostrador pegó un salto al verlo.

—Oh —dijo, sacudiéndose como si ella también tuviese plumas—. No sabía que estaba vivo.

—No lo está —contestó la aprendiza—, estrictamente hablando.
—En realidad, muchas veces se preguntaba dónde se trazaba en realidad esa frontera. Después de todo, el búho estaba hechizado solo para replicar movimientos básicos, pero de vez en cuando lo sorprendía rascándose un ala allí donde debería tener plumas, o se percataba de que estaba mirando fijamente a través de la ventana con esos ojos de piedra y podría jurar que era como si estuviese pensando en *algo*.

La aprendiza volvió a prestar atención a la mujer que estaba esperando. Sacó un tarro de cristal de debajo del mostrador. Era del tamaño de su mano y tenía forma de farolillo, con seis caras de cristal.

—Aquí lo tiene —dijo, dejándolo sobre la madera.

La clienta alzó el objeto con cuidado, se lo llevó a los labios y susurró algo. Al hacerlo, el farolillo se encendió, y sus cristales se tiñeron de un blanco lechoso. La aprendiza lo observó y vio algo que la mujer no podía: los hilos de luz que rodeaban el objeto se ondularon y alisaron, el hechizo fluyó sin problemas cuando la mujer se lo acercó a la oreja. El mensaje se repitió en un susurro, y el cristal volvió a quedar vacío.

La mujer sonrió.

—Maravilloso —dijo, metiéndose en el bolsillo de su abrigo el guardasecretos. Colocó unas monedas en una pila ordenada, un lish de plata y cuatro lin rojos.

»Dale a maese Haskin las gracias de mi parte —se despidió, alejándose.

—Lo haré —respondió la aprendiza cuando la puerta se cerró.

Barrió las monedas con la mano y bajó de un salto del taburete, moviendo la cabeza de un lado a otro para desentumecer el cuello.

Por supuesto, no existía ningún maese Haskin.

De vez en cuando, cuando aún la tienda era nueva, había arrastrado a un hombre viejo desde una taberna cercana, le había pagado un lin o dos para que viniese y se sentase en el taller con la cabeza escondida entre las páginas de un libro, tan solo para que ella pudiese señalarle cuando entrasen los clientes y decir: «El maese está muy ocupado trabajando en estos momentos», ya que, por lo visto, un hombre medio borracho inspiraba más confianza que una jovencita de su edad, de quince años.

Tiempo después se cansó de gastarse ese dinero, así que apiló unas cuantas cajas y un cojín tras una puerta de cristal moteado y señaló eso en su lugar.

En esos momentos, a solas en la tienda, la aprendiza —cuyo nombre nadie sabía, pero que se llamaba Tesali— se frotó los ojos, con los pómulos amoratados por los secantes que llevaba todo el día, para focalizar la vista. Dio un largo trago a su té negro, amargo y demasiado fuerte, tal y como le gustaba, y aún caliente gracias a la taza, uno de los primeros objetos que había hechizado.

El sol se empezaba a poner al otro lado de las ventanas, y las farolas alrededor de la tienda comenzaron a encenderse, caldeando la sala con una luz cálida que se reflejaba en las estanterías, los estuches y las encimeras, todos ellos bien surtidos, aunque no abarrotados, justo en el límite de lo que se consideraría agradablemente abundante y desordenado.

Era un equilibrio que Tes había aprendido a guardar gracias a su padre.

Las personas con tiendas de este tipo tenían que ser cuidadosas: si estaban demasiado limpias, parecía que no tenían muchos clientes. Si estaban demasiado desordenadas, los clientes se llevarían sus encargos a otra parte. Si todo lo que podían ver estaba roto, pensarían que no se te daba bien arreglar objetos. Si todo lo que veían estaba arreglado, se preguntarían por qué nadie había venido a reclamarlo.

La tienda de Haskin (su tienda, en realidad) estaba perfectamente equilibrada.

Había estantes llenos de bobinas, sobre todo de cobre y plata, los mejores conductores mágicos, y botes llenos de engranajes, lápices y tachuelas, y montañas de papeles llenos de garabatos de hechizos a medias. Todos los objetos que había pensado que una tienda de reparaciones debía tener a mano. En realidad, los engranajes, los papeles, las bobinas, todo era de decoración. Un poco de decorado para tranquilizar a la audiencia. Un pequeño truco para que no se fijasen en la verdad.

Tes no necesitaba ninguno de esos objetos para arreglar un poco de magia rota.

Lo único que necesitaba eran sus ojos.

Sus ojos, que por alguna razón veían el mundo no solo en formas y colores, sino en hilos.

Allá donde mirase, los veía.

Un lazo brillante retorciéndose por su té. Una docena más surcando la madera de la mesa. Cientos de líneas delicadas serpenteando entre los huesos de su búho mascota. Se retorcían y enroscaban por el aire alrededor y por encima de todo y de todos. Algunos eran opacos, y otros brillantes. Algunos eran hilos individuales y otros filamentos trenzados; algunos flotaban a la deriva, ligeros como las plumas, y otros se agitaban como una corriente. Era una vorágine vertiginosa.

Pero Tes no solo podía ver los hilos del poder. Podía tocarlos. Pellizcarlos como si fuesen las cuerdas de un instrumento y no el tejido del mundo. Encontrar los extremos deshilachados de un hechizo roto, trazar los hilos de la magia rota y arreglarlos.

No hablaba la lengua de los hechizos, no lo necesitaba. Hablaba el propio idioma de la magia. Sabía que era un don peculiar, así como sabía lo que la gente era capaz de hacer con tal de poseer las cosas más peculiares, que era exactamente por lo que mantenía la ilusión de la tienda.

Vares rechinó el pico y sacudió sus alas sin plumas. La joven observó al pequeño búho, y este le devolvió la mirada, para después girar la cabeza hacia las oscuras calles más allá del cristal.

—Aún no —dijo, terminándose el té. Era mejor esperar un poco más y ver si algún otro cliente se aventuraba en el interior de la tienda. Una tienda como la de Haskin tenía un tipo de clientela distinta al caer la noche.

Tes se deslizó tras el mostrador y sacó un fardo de arpillera dentro del cual había una espada, y después se volvió a buscar un par de secantes. Parecían gafas, aunque el don no se encontraba en las lentes, sino en la montura, pesada y negra, con los bordes que se extendían a ambos lados como las anteojeras de un caballo. Que es justo lo que eran; ocultaban el resto de la sala, reduciendo su mundo a solo el espacio en el mostrador, y la espada sobre este.

Se los colocó sobre los ojos.

—¿Ves esto? —le dijo a Vares, señalando el acero. El hechizo se había grabado originariamente en el lado plano, pero una parte se había dañado en la batalla, reduciendo la hoja de un arma irrompible a un mero pedazo de metal endeble. A ojos de Tes, los filamentos de la magia que rodeaban el arma estaban igual de deshilachados.

»Los hechizos son como los cuerpos —explicó—. Se vuelven rígidos y se rompen, ya sea por desgaste o por negligencia. Si recolocas mal un hueso, cojearás. Recoloca mal un hechizo y todo puede resquebrajarse, romperse, o incluso algo peor.

Había aprendido esas lecciones por las malas.

Tes dobló los dedos, y los pasó surcando el aire sobre el acero.

—Un hechizo existe en dos lugares —continuó—. En el metal y en la magia.

Cualquier otro reparador se limitaría a volver a grabar el hechizo en la hoja. Pero el metal seguiría estando dañado. No, era mejor tomar el hechizo y tejerlo en la propia magia. De ese modo, no importaría lo que les pasase a las marcas sobre el acero, el poder permanecería intacto.

Con cuidado, metió la mano entre la red de magia y empezó a reparar los hilos, uniendo los extremos deshilachados y haciendo pequeños nudos que después se deshicieron, dejando los lazos lisos, intactos. Estaba tan absorta en su trabajo que no oyó que la puerta se abría.

No se dio cuenta hasta que Vares se levantó, rechinando el pico para avisarla.

Tes alzó la mirada, con las manos aún inmersas en el hechizo.

Con los secantes puestos no podía ver más allá de un palmo de ancho, así que tardó un rato en divisar al cliente. Era alto, con un rostro impasible, y una nariz que se había roto más de una vez, pero toda su atención se centró, como siempre, en la magia que le rodeaba. O en la falta de esta. No era muy común ver a una persona sin nada de poder, y la mera ausencia de hilos a su alrededor le convertía en un punto oscuro en medio de la sala.

—Estoy buscando a Haskin —gruñó, observando la tienda.

Tes apartó los dedos con cuidado y se quitó las gafas, volviendo a envolver la espada con la tela del fardo.

—Está ocupado —respondió, moviendo la cabeza hacia la parte trasera de la tienda, como si este se encontrase ahí atrás—. Pero yo puedo ayudar.

El hombre le dirigió una mirada que le puso los pelos de punta. A ella solo la dedicaban dos tipos de miradas: apreciativas y escépticas. Aquellos que la veían como a una mujer, y aquellos que la veían como a una niña. Ambas miradas la hacían sentir como si fuese un saco de grano al que estuviesen evaluando, pero la que más odiaba era la segunda, que pretendía hacerla pequeña. De hecho, a veces, *conseguía* hacerla sentirse así.

La mirada dura del hombre cayó sobre la espada, cuya empuñadura se asomaba por debajo de la tela.

—¿Tienes edad para estar manejando magia?

Tes se obligó a sonreír. Con dientes.

—¿Por qué no me enseñas lo que tienes?

Él gruñó, y metió la mano en el bolsillo de su abrigo, sacando un brazalete de cuero y dejándolo sobre la mesa. Sabía exactamente qué era, o más bien, lo que pretendía ser. Lo habría sabido incluso si no hubiese visto la marca negra que rodeaba su muñeca izquierda cuando lo dejó sobre la mesa. Eso explicaba la falta de hilos, la oscuridad que le rodeaba. No carecía de magia por naturaleza, sino que le habían colocado un limitador, lo que significaba que la corona había creído conveniente despojarlo de su poder.

Tes tomó el brazalete y lo hizo girar entre sus manos.

Los limitadores eran la mayor condena que se le podía poner a un delincuente, a excepción de la ejecución, y muchos lo consideraban un castigo aún más cruel, el tener que vivir sin acceso a su propia magia. Por supuesto, estaba prohibido anular uno. Burlar el hechizo limitador. Pero «prohibido» no significaba «imposible». Solo «caro». Supuso que le habrían vendido el brazalete diciéndole que era un anulador. Se preguntó si él sabría que le habían estafado, que el brazalete era defectuoso, el hechizo inacabado, un torpe gruñido a la nada. Nunca lo diseñaron para que funcionase.

Pero *podría* funcionar.

—¿Y bien? —preguntó, impaciente.

Ella alzó el brazalete entre los dos.

—Dime —dijo—, ¿esto es un reloj, una cerradura o cualquier otra baratija doméstica?

El hombre frunció el ceño.

—*Kers?* No, es un…

—Esta tienda —explicó— tiene licencia para arreglar relojes, cerraduras y cualquier otra baratija doméstica.

Él bajó la mirada y miró fijamente la espada que sobresalía por debajo de la tela.

—Me habían dicho que…

—A mí me parece un reloj —le cortó.

Él la miró sorprendido.

—¿Pero no es un reloj…? —Su voz se elevó al final, como si ya no estuviese tan seguro. Tes suspiró y le miró fijamente. Él tardó demasiado en entender lo que quería decir.

»Ah. Sí. —Su mirada bajó hacia el brazalete de cuero y después pasó sobre el búho muerto, que se percató de que le estaba observando, antes de volver a mirar a la extraña joven tras el mostrador—. Bueno, entonces es un reloj.

—Excelente —dijo, sacando una caja de debajo del mostrador y dejando caer el objeto prohibido en su interior.

—¿Así que puede arreglarlo?

—Por supuesto —respondió Tes con una sonrisa alegre—. Maese Haskin puede arreglar cualquier objeto. —Sacó una pequeña tarjeta negra de visita con el sello de la tienda y un número impresos en dorado—. Estará listo en una semana.

Observó al hombre marcharse, murmurando algo sobre los relojes mientras la puerta se cerraba a su espalda. Se empezó a preguntar qué habría hecho para ganarse un limitador, pero se detuvo antes de seguir por ahí. La curiosidad era más peligrosa que una maldición. No había sobrevivido tanto tiempo haciendo preguntas.

Ya era bastante tarde, la marea de gente más allá de la tienda se retiraba a medida que los residentes del *shal* se centraban en pasatiempos más oscuros. El *shal* tenía mala fama y, por supuesto, podía ser un lugar bastante duro. En las tabernas se atendía a aquellos que preferían no cruzarse con los que apoyaban a la corona, la mitad del dinero que se usaba en las tiendas del *shal* provenía de bolsillos ajenos, y los residentes preferían dar la espalda si oían a alguien gritar o pelearse, en vez de apresurarse a detener la trifulca. Pero la gente dependía de la tienda de Haskin para arreglar y reparar sus objetos sin hacer preguntas, y todo el mundo sabía que ella era su aprendiza, así que Tes se sentía a salvo, tan a salvo como podría estar en un lugar como ese.

Guardó la espada inacabada, se bebió de un trago el resto de su té y se dispuso a cerrar la tienda.

A mitad de camino hacia la puerta, empezó el dolor de cabeza.

Tes sabía que solo era cuestión de tiempo antes de que se asentase en el interior de su cráneo, de que le impidiese ver, pensar y hacer cualquier otra cosa que no fuese dormir. El dolor ya no la sorprendía, pero eso no le volvía menos ladrón. Robando tras sus ojos. Saqueando todo lo que encontraba en su cabeza.

—*Avenoche*, Haskin —le susurró a la tienda vacía; tras sacar el dinero que había ganado ese día, guardado en el cajón del mostrador, con una mano y alzar a Vares con la otra, pasó por delante de las estanterías y atravesó la pesada cortina que daba a la trastienda. Allí se había hecho su pequeño refugio, con una cocina en la esquina y un altillo con una cama.

Se quitó los zapatos y guardó el dinero en una lata metálica que tenía detrás de los fogones antes de calentarse un plato de sopa. Mientras se entibiaba, se soltó el pelo de la maraña que tenía en la cabeza, pero este no cayó con su propio peso, sino que se alzó alrededor de su cabeza como una nube de rizos castaños. Sacudió la cabeza y entonces un lápiz rodó sobre la mesa. No recordaba haberlo puesto allí. Vares inclinó el cráneo para picotearlo mientras ella comía, empapando trozos de pan duro en el caldo.

Si alguien la hubiera visto entonces habría sido sencillo adivinar que la aprendiza era joven. Con sus codos huesudos y sus rodillas afiladas dobladas sobre la silla, su cara redonda, la manera en la que se tomaba la sopa y en la que mantenía una conversación con un búho muerto, hablándole de cómo arreglaría el anulador, hasta que el dolor de cabeza se agudizó y ella suspiró, se llevó las palmas de las manos contra los ojos, con pequeñas estrellitas brillando en el interior de sus párpados por la presión. Esos eran los únicos momentos en los que Tes añoraba su hogar. Las frías manos de su madre acariciándole la frente y el ruido blanco de las olas, el aire salado que actuaba como un bálsamo para ella.

Alejó ese sentimiento junto con el plato de sopa vacío, y subió la escalera que llevaba hacia su pequeño altillo, donde apoyó a Vares sobre una estantería improvisada. Corrió la cortina, dejando el pequeño cubículo completamente a oscuras, o tan a oscuras como podía teniendo en cuenta el brillo de los hilos que flotaban sobre su piel y que iban hasta el búho, atravesándole para ir hasta la caja de música que había junto a él. El objeto tenía forma de acantilado, con leves olas de metal chocando contra las rocas brillantes. Alzó la mano y pellizcó un hilo azul, poniendo la cajita de música en movimiento.

El tenue susurrar de las olas llenó el altillo, como el respirar del mar.

—*Vas ir*, Vares —murmuró Tes tapándose los ojos con un paño grueso, ocultando la poca luz que había en el altillo, y se acurrucó en su camita al fondo de la trastienda de Haskin, dejando que el arrullo de las olas la arrastrara hacia un sueño profundo.

II

El hijo del mercader estaba sentado en el Pez Dorado, fingiendo leer sobre los piratas.

Fingiendo leer porque la luz era más bien escasa, e incluso aunque no lo fuese, no se podía esperar que se centrase en el libro que tenía enfrente, el cual se sabía de memoria, o en la jarra de cerveza a medio beber, que era demasiado agria y espesa, o en cualquier otra cosa que no fuera en esperar.

La verdad era que el joven no estaba seguro de quién, o qué, estaba esperando; solo sabía que se suponía que tenía que quedarse allí sentado y esperar, y que lo que quiera o quien quiera que le tuviese que encontrar le encontraría. Era un acto de fe y, desde luego, no era el primero que se le pedía, aunque seguramente tampoco sería el último.

Pero el hijo del mercader estaba listo.

Tenía una pequeña bolsa a sus pies, oculta entre las sombras de la mesa, y una gorra negra le cubría la frente. Había escogido una mesa que estaba pegada a la pared, y se había sentado con la espalda apoyada en ella. Cada vez que se abría la puerta de la taberna alzaba la mirada, con cuidado de no llamar demasiado la atención; solo miraba hacia arriba, sin mover ni un ápice la cabeza, algo que había aprendido gracias a un libro.

El hijo del mercader no tenía mucha experiencia, pero se había criado consumiendo innumerables libros. No solo historias, o manuales de hechizos, aunque sus tutores también le habían hecho leerlos. No, su verdadera educación se había basado en las *novelas*. Relatos épicos acerca de bribones y granujas, ladrones y nobles, pero sobre todo, de héroes.

Su favorito era *Las leyendas de Olik*, una saga que hablaba de un huérfano sin blanca que crece hasta convertirse en el mejor mago, marinero y espía del mundo. En el tercer libro descubre que tiene sangre *ostra* corriendo por sus venas y le aceptan en la corte real, solo para darse cuenta tiempo más tarde de que todos los nobles están podridos, que son incluso peores que los canallas con los que se ha tenido que enfrentar en el mar.

En el cuarto libro que, en su opinión, era el mejor, el heroico Olik conoce a Vera, una mujer hermosa que está presa en un barco pirata, o al menos eso cree él, pero más tarde descubre que ella es en realidad la capitana, y que todo había sido un engaño para capturarle y venderle al mejor postor. Consigue escaparse y, después de eso, Vera se convierte en su mayor enemiga, pero nunca en su igual, porque *Olik* es el héroe.

El hijo del mercader se alimentaba con esas historias, se bebía los detalles, se atiborraba con el misterio, la magia y el peligro. Las leía hasta que la tinta se descoloraba y los lomos se agrietaban, hasta que los bordes de las hojas estaban manchados de tanto sobetearlos o de habérselos metido en los bolsillos sin mucho cuidado cuando su padre se acercaba a los muelles para revisar su trabajo.

Su padre, que no le entendía; no podía entenderle.

Su padre, que pensaba que estaba cometiendo un terrible error.

La puerta de la taberna se abrió y el hijo del mercader se puso en tensión cuando vio entrar a un par de hombres. Pero estos no miraron a su alrededor, tampoco se fijaron en él o en la gorra negra que le habían dicho que llevara. Aun así, los observó cruzar la sala hasta una mesa al otro lado, los vio llamar al camarero y cómo se acomodaban. Solo llevaba unas pocas semanas en Londres, y todo le seguía pareciendo una novedad, desde los acentos, que estaban mucho más marcados que el suyo, hasta los gestos, la ropa y la moda actual de ir vestido a capas, para que pudiesen ir quitándose prendas y dejar al descubierto otras nuevas, dependiendo del clima o de la compañía.

El hijo del mercader examinó sus rostros. Podía controlar el viento desde que nació, aunque eso no era algo extraordinario. Tenía una segunda habilidad mucho más valiosa: una mirada aguda para los detalles y, gracias a ella, un don para detectar mentiras. Su padre apreciaba ese talento ya que le resultaba bastante útil a la hora de interrogar a los marineros sobre el inventario que llevaban a bordo, sobre cómo se había perdido una mercancía, o por qué no habían conseguido una compra, o cómo dicha compra se había perdido misteriosamente por el camino.

No sabía por qué ni cómo era capaz de leer la expresión de una persona tan rápidamente. Su ceño en tensión, el cómo apretaban los dientes con fuerza, la infinidad de pequeños movimientos y tics que formaban su expresión. Ese era su idioma particular. Uno que el hijo del mercader siempre había sido capaz de leer.

Volvió su atención al libro que tenía sobre la mesa, intentando centrarse en las palabras que había leído cientos de veces, pero su mirada se deslizaba inútilmente por la página.

Movía la rodilla debajo de la mesa, nervioso.

Se removió en su asiento y se estremeció, con la piel en la base de la columna aún en carne viva por la marca que lo ataba al camino que había elegido. Si se centraba, todavía podía sentir los trazos, los dedos extendidos como si fuesen radios saliendo de la palma de la mano. La mano simbolizaba el progreso, el cambio, la…

Traición.

Esa era la palabra que el mercader había gritado mientras perseguía a su hijo por la casa.

—Solo lo llamas así —había replicado el joven—, porque no lo entiendes.

—Oh, por supuesto que lo entiendo —había espetado el mercader, con el rostro enrojecido—. Entiendo que mi hijo no es más que un niño. Entiendo que Rhy Maresh fue un príncipe valiente y que ahora es un rey valiente. Lleva siete años reinando y, en ese tiempo, ha evitado una guerra con Vesk, ha abierto rutas comerciales, rutas que nos han ayudado, y…

—… y nada de eso cambia el hecho de que la magia del imperio está desapareciendo.

El mercader había alzado las manos en el aire.

—*Eso* no es más que un rumor.

—No lo es —había replicado el hijo, ajustándose la bolsa de tela sobre el hombro. Ya había hecho las maletas, porque ese día partía un barco hacia Londres, y él viajaría en esa nave—. No ha surgido ningún nuevo *antari* desde Kell Maresh, de eso hace ya un cuarto de siglo. Cada vez hay menos magos que muestran afinidad con varios elementos, y son más los que nacen sin ningún tipo de afinidad. La sobrina de mi amigo…

—Oh, la sobrina de tu amigo… —había afirmado el mercader, pero su hijo había insistido.

—Ahora tiene siete años, nació un mes después de que coronasen a tu rey. No tiene poderes. Otro amigo tiene un primo que nació un año después y que tampoco. Otro, un hijo.

El mercader se había limitado a negar con la cabeza.

—Siempre ha existido la gente sin…

—No tantos, o con edades tan cercanas. Es un aviso. Un *ajuste de cuentas*. Algo en este mundo se ha roto. Y lleva roto un tiempo. Se está extendiendo una enfermedad en Arnes. Una podredumbre en el corazón del imperio. Si no cortamos por lo sano, no podremos curarnos. Es un pequeño sacrificio que tenemos que hacer por el bien mayor.

—¿Un pequeño sacrificio? ¡Quieres asesinar al rey!

El hijo del mercader se había estremecido al pensarlo.

—No, incitaremos al pueblo, y haremos que se escuchen sus voces, y si el rey es tan noble como dice, entonces entenderá que si realmente quiere lo mejor para su reino, se hará a un lado y…

—Si crees que esto terminará sin un derramamiento de sangre, eres un traidor y un necio.

El hijo del mercader se había dado la vuelta entonces, dispuesto a marcharse y, por primera vez, su padre le había agarrado del brazo para detenerle.

—Debería entregarte a las autoridades.

La ira había ardido tras la mirada de su padre y, por un momento, el hijo del mercader había pensado que tendría que recurrir a la violencia. El pánico había florecido en el interior de sus costillas, pero le había sostenido la mirada al anciano.

—Debes seguir lo que te dicta tu corazón —había dicho—. Al igual que yo estoy siguiendo lo que me dicta el mío.

El padre había mirado a su hijo como si no fuese más que un extraño.

—¿Quién te ha metido esta idea en la cabeza?

—Nadie.

Pero, por supuesto, eso era mentira.

Al fin y al cabo, la mayoría de las ideas vienen de algún sitio. O de alguien.

Esta había venido de *ella*.

Tenía el cabello tan oscuro que absorbía toda la luz. Eso fue en lo primero en lo que se fijó el hijo del mercader. Negro como una noche sin luna, y la piel oscura y cálida, propia de aquellos que han vivido mucho tiempo en el mar. Ojos del mismo tono y con motas doradas, aunque no estaría lo suficientemente cerca como para verlas hasta tiempo después. Ese día había estado en el puerto haciendo inventario cuando ella apareció, cortando el aburrimiento de su día como una espada.

Un momento estaba sosteniendo un rollo de encaje plateado hacia el sol y al siguiente, allí estaba ella, observándole a través del patrón, y pronto estaban dando vueltas entre los rollos juntos, y más tarde se olvidaron de las telas y ella le guiaba por una rampa hacia su barco, riéndose, pero no era una risa delicada, como la risa delicada y de carrillón de las jóvenes de su edad, sino algo más bruto y salvaje; bajaron hasta la cálida y oscura bodega, y él le estaba desabrochando los botones de la camisa y debería haberla visto entonces, la marca, como una sombra en sus costillas, pero no fue hasta más tarde, cuando estaban tirados sobre el suelo, sonrojados y satisfechos, que llevó la palma de su mano y sus dedos hacia la marca y le preguntó por ella.

Y en aquella oscura bodega, ella se lo contó. Le habló del movimiento que había empezado, lo rápido y fuerte que se había hecho. La Mano, le había dicho, que tomaría la debilidad del mundo y la corregiría.

—La Mano sostiene el peso que equilibra la balanza —había dicho, acariciando su piel desnuda—. La Mano sostiene el filo que esculpe el camino hacia el cambio.

Él se había bebido sus palabras como si perteneciesen a una novela, pero no era así. Aquello era mejor. Aquello era real. Una aventura de la que podía formar parte, una oportunidad para ser un héroe.

Podría haberse marchado navegando con ella aquella noche, pero para cuando regresó al puerto, el barco ya no estaba. Al final, no tenía importancia.

Ella no había sido la Vera para su Olik, pero había sido un catalizador, algo que guiase al héroe hacia su objetivo.

—Sé que no lo entiendes —le había dicho a su padre—. Pero la balanza se ha desequilibrado, y alguien debe volverla a su sitio.

El mercader seguía agarrando el brazo de su hijo, examinando su rostro en busca de respuestas, aunque no estuviese preparado para escucharlas.

—Pero ¿por qué has de ser *tú*?

Porque, había pensado el hijo del mercader.

Porque había vivido veintidós años y aún no había conseguido nada importante. Porque se quedaba en vela por las noches y anhelaba vivir una aventura. Porque quería tener la oportunidad de hacer algo relevante, de cambiar el mundo de algún modo, y esta era su oportunidad.

Pero no le podía decir nada de eso, al menos no a su padre, así que se limitó a mirarle fijamente a los ojos y dijo:

—Porque puedo.

El mercader le había atraído hacia sí y había acunado el rostro de su hijo entre sus manos temblorosas. Así de cerca, había podido ver que los ojos de su padre refulgían al estar anegados en lágrimas. Entonces, algo dentro de él le había hecho vacilar. Le empezaron a surgir dudas.

Pero entonces su padre había vuelto a abrir la boca.

—Entonces eres un necio y morirás.

El hijo se había tambaleado hacia atrás, como si le hubiesen golpeado. Había leído entre las líneas que formaban el rostro del mercader y había sabido que el hombre creía que aquello era cierto. Entonces, también había sabido que nunca sería capaz de convencer a su padre de lo contrario.

Volvió a escuchar la voz de la mujer, hablándole en la oscura bodega.

«Algunas personas no son capaces de ver que se necesita un cambio hasta que se lleva a cabo».

Sus nervios se fortalecieron, así como su determinación.

—Estás equivocado —le había dicho en voz baja—. Y te lo demostraré.

Dicho aquello, el hijo del mercader se zafó del amarre de su padre y se marchó. Y, esta vez, nadie lo detuvo.

Eso había ocurrido hacía un mes.

Un mes, había pasado tan poco tiempo y, sin embargo, habían cambiado tantas cosas desde entonces. Tenía la marca y, además, tenía una *misión*.

La puerta del Pez Dorado se abrió y entró un hombre. Su mirada paseó entre las mesas antes de posarse sobre el hijo del mercader.

Esbozó una sonrisa, como si fuesen viejos amigos, e incluso si hubiese estado mirando a otra persona, el hijo del mercader habría sabido que aquella mirada era mentira.

—Aquí estás —dijo el desconocido acercándose a la mesa. Tenía el andar de un marinero y el porte de un guardia—. Siento llegar tarde.

—No importa —respondió el hijo del mercader, mientras una energía nerviosa le recorría por dentro, mitad emoción y mitad miedo. El otro hombre no llevaba ninguna bolsa encima, y ¿no se suponía que tenían que ser dos? Pero antes de que pudiese decir nada, el desconocido le interrumpió.

—Vamos, entonces —dijo alegremente—. El barco ya está atracado en el puerto.

Se metió el libro en el bolsillo trasero y se levantó, dejando una moneda sobre la mesa y bebiéndose de un trago lo que le quedaba de cerveza, olvidando que no se la había tomado entera porque era demasiado amarga y espesa. Se le quedó pegada en las paredes de la garganta al bajar. Intentó no toser, pero fracasó. Forzó una sonrisa, en la que el otro hombre no se fijó porque ya se había vuelto hacia la puerta.

En cuanto salieron del local, aquel hombre perdió todo su buen humor. La sonrisa desapareció de su rostro, dejando en su lugar una mueca severa y hueca.

Entonces el hijo del mercader cayó en la cuenta de que, en realidad, no sabía en qué consistía su misión. Preguntó, asumiendo que el otro hombre le ignoraría, o que se esforzaría por hablar en clave. No fue así.

—Vamos a liberar algo de un barco.

«Liberar», sabía, era solo otro modo de decir «robar».

El hijo del mercader nunca había robado nada, y la respuesta de aquel desconocido solo le generó más preguntas. ¿El qué? ¿De qué barco? Abrió la boca para preguntar pero las palabras se le quedaron atoradas en la garganta como la cerveza cuando pasaron junto a un par de guardias reales. El hijo del mercader se puso en tensión al verlos, aunque no hubiese cometido ningún delito, al menos aún no, salvo que la marca que llevaba bajo la ropa contase.

Que contaría.

«Traición», resonó la voz de su padre en su cabeza, al compás del latir de su propio corazón.

Pero entonces, el otro hombre alzó la mano para saludar a los soldados, como si los conociese, y ellos le dedicaron un asentimiento de cabeza al pasar, y el hijo del mercader se preguntó si sabrían la verdad, o si solo era que a la rebelión se le daba muy bien esconderse a plena vista.

El Pez Dorado estaba a menos de un barco de distancia de los muelles de Londres, así que era un paseo corto, uno que terminó en un barco estrecho y sin nombre. Lo bastante ligero como para que solo lo tuviese que dirigir un único mago de viento, como él; un esquife pequeño, como aquellos que se usaban en travesías cortas y rápidas, en las que la velocidad importaba mucho más que la comodidad.

Siguió al hombre hasta una corta rampa que llevaba a la cubierta. Cuando las pisadas de sus botas resonaron sobre la madera, su corazón comenzó a latir con la misma fuerza. Aquel instante le parecía vital, cargado de poder y significado.

El hijo del mercader sonrió y se llevó las manos a la cintura.

Si fuese un personaje literario así sería como comenzaría su historia. Tal vez, incluso algún día la escribiese.

A su espalda, alguien se aclaró la garganta, y al volverse se encontró con un segundo hombre, una figura enjuta que ni siquiera se molestó en fingir que le reconocía.

—Bueno —dijo el recién llegado, con la mirada fija en el hijo del mercader. Este esperó a que siguiese hablando y, cuando no lo hizo, le tendió la mano e iba a presentarse pero la palabra se le quedó trabada en la garganta cuando el primer hombre negó con la cabeza. El segundo dio un paso adelante, le pinchó en el pecho y dijo—: Sin nombres.

El hijo del mercader frunció el ceño. Olik siempre se presentaba.

—¿Cómo nos llamaremos?

Los hombres se encogieron de hombros, como si aquello no les pareciese un detalle importante.

—Somos tres —respondió el que había ido a buscarle al Pez Dorado.

—Puedes contar hasta tres, ¿verdad? —dijo el otro, cortante—. Él es el primero. Yo soy el segundo. Supongo que eso significa que tú eres el tercero.

El hijo del mercader frunció el ceño. Pero entonces se recordó que los números solían ser simbólicos. En las historias que había leído, las cosas a menudo venían de tres en tres y, cuando era así, el tercero era siempre el que importaba. Debía ocurrir algo parecido con las personas.

Y así, mientras soltaba los cabos y el barco se dejaba llevar por la corriente carmesí y giraba, con el palacio real brillando en el horizonte, el hijo del mercader, ahora el tercer hombre, sonrió, porque sabía, desde la coronilla hasta la suela de sus botas, que estaba a punto de convertirse en el héroe de esta historia.

Y se moría de ganas.

III

lucard Emery estaba acostumbrado a atraer miradas.
Le gustaba pensar que era por su apuesto porte; su cabello
dorado y ondulado, sus ojos como una tormenta azul, su
piel bronceada, o puede que fuese por su gusto impecable, siempre le
habían gustado las prendas bien elaboradas y alguna que otra joya,
aunque el zafiro de su frente hubiese dejado de brillar. Y luego, por
supuesto, podría ser por su reputación. Noble de nacimiento, *corsario*
por vocación, una vez capitán del infame *Pináculo Nocturno*, vencedor
de los últimos *Essen Tasch* (no se habían vuelto a celebrar otros juegos
desde que Vesk utilizó los últimos para asesinar a la difunta reina),
superviviente de la Marea y consorte del rey.

Cada uno de esos títulos por separado le habría convertido en alguien de interés.

Juntos, le convertían en alguien infame.

Y, aun así, esa noche, mientras deambulaba por el Hilo de Seda,
nadie se volvió a mirarle, nadie se fijó en él. El jardín de placer olía a
azúcar tostado y a lilas frescas, un aroma que flotaba por los pasillos y
subía por las escaleras, enroscándose como el humo alrededor de los
clientes. Era un establecimiento majestuoso, lo bastante cerca del Isle
como para que la luz rojiza del río tiñese las ventanas de la zona sur, y
llamado así por los lazos blancos de seda que llevaban las anfitrionas
anudados en las muñecas para distinguirse de los clientes. Y como todos los burdeles de lujo, sus propietarios eran maestros en el arte de

pasar desapercibidos. Se podía contar con su discreción y, si alguno de los dueños te conocía, como seguramente era el caso, tenía la decencia de no mirarte demasiado o, peor, de no causar una...

—¡Alucard Emery!

Se estremeció ante el volumen de aquella voz, ante el descaro de que le hubiesen llamado por su nombre, y se volvió para encontrarse con un joven que se tambaleaba hacia él, ya bastante borracho. Un único hilo azulado se retorcía a su alrededor, aunque Alucard era el único que podía verlo. Iba vestido con las mejores sedas, con el cuello de la camisa abierto y mostrando una franja de piel suave y bronceada. Tenía el cabello dorado revuelto y los ojos negros. No completamente negros, como los de Kell, sino como dos gotas de tinta perfectas en el centro de un mar blanco, y que habían consumido por completo los iris; aunque no podía decir con certeza si sus pupilas se habían reducido hasta no ser más que dos puntos enanos en el centro o si se habían expandido consumiendo los iris de placer.

Alucard echó la vista atrás, buscando un nombre en sus recuerdos. Oren.

—Maese Rosec —le saludó tan amablemente como pudo, dado que Oren era el hijo de una casa noble.

—¡Te acuerdas! —Oren le dio una palmada en el hombro como si fueran viejos amigos. En realidad, los Rosec llevaban mucho tiempo viviendo en el norte y solo se habían visto una vez, hacía cinco años, en la boda real. En aquel entonces Alucard había pensado que el tipo era un niñato malcriado. En ese momento, estaba seguro. Oh, no cabía ninguna duda de que Oren Rosec era apuesto. Pero el efecto se veía empañado por el hecho de que el joven lo sabía, y se comportaba con una arrogancia que terminaba dejando su aspecto en un segundo plano y a Alucard con ganas de pegarle un puñetazo en ese bonito rostro.

—Me sorprende ver a un Rosec tan al sur —dijo—. ¿Qué tal te está tratando Londres?

—De maravilla —respondió Oren con una sonrisa bobalicona y un guiño insufrible—. Me siento como en casa.

—¿Y tu hermana? —preguntó Alucard, echando un vistazo a su alrededor con la esperanza de encontrar a la anfitriona que andaba buscando y, con ella, una escapatoria.

—Oh, ¿Hanara? —Oren hizo un gesto de la mano para restarle importancia—. Se ha quedado en casa. Al fin y al cabo, era la mayor.

La atención de Alucard se centró en una única palabra, «era». Pero antes de que pudiese preguntarle, Oren ya se había inclinado hacia él, demasiado cerca, y dijo, demasiado alto:

—Pero me sorprende verte *a ti* aquí, maese Emery, y no al lado del rey.

Alucard le dedicó una sonrisa tensa.

—La última vez que lo comprobé, no estaba atado a la corona. Y, por lo tanto, puedo divertirme como quiera.

Oren se carcajeó.

—No te culpo —dijo, apretando con más fuerza el brazo de Alucard—. Al fin y al cabo, el lecho del rey debe de estar muy concurrido últimamente.

Alucard apretó los dientes con fuerza y se preguntó qué podría haber respondido a aquello si Oren no hubiese visto a una anfitriona de su interés al otro lado de la sala.

—Si me disculpas —dijo el joven noble, ya dejándole atrás.

—Con gusto —susurró Alucard, agradecido de que le dejase en paz.

Justo entonces, una mano con un lazo atado en la muñeca se posó sobre su hombro, y Alucard se volvió para toparse con una mujer con un vestido blanco, aunque cualquier cosa que pudiese decir no haría suficiente justicia a la mujer ni al vestido. Era exquisita, con piernas largas y pálidas, su cabello rubio ceniza recogido en lo alto de la cabeza con una docena de horquillas plateadas en forma de espinas. El vestido era una sola pieza de seda blanca rodeándole el cuerpo como un lazo alrededor de un paquete, ciñéndose aquí y allá hasta que cada una de sus curvas quedaba dibujada hasta el más mínimo detalle.

La mayoría la conocía como la Rosa Blanca.

Pocos la conocían también como la dueña del Hilo de Seda, así como su anfitriona más deseada.

Alucard la conocía como Ciara.

—Maese Emery —ronroneó, suave como la misma seda—. Ha pasado demasiado tiempo.

El aire a su alrededor se caldeó un poco cuando ella habló, y sabía que solo se debía a su magia, podía ver los hilos amarillos bailando justo sobre su piel, y aun así se sonrojó y notó cómo se inclinaba hacia ella, como una flor viéndose atraída hacia el sol.

—Así es —respondió él, tomándole la mano y llevándose sus nudillos contra los labios—. Y, sin embargo, de algún modo, dudo que tu cama esté fría.

Ella se encogió de hombros.

—Todos los cuerpos son cálidos, pero pocos han hecho arder mis sábanas de verdad.

Alucard se tragó una carcajada mientras ella lo conducía por el salón hacia el bar, cuya superficie marmolada se curvaba como si fuese un lazo, recorriendo toda la sala. Golpeó el mostrador con una uña perfecta y al poco tiempo aparecieron dos pequeñas copas de cristal con un líquido ámbar en su interior. Tomaron sus copas y las alzaron, esa era la manera en la que un cliente y su anfitriona cerraban un trato en el burdel.

—*Vas ir* —dijo ella en arnesiano.

—*Glad'och* —respondió él en veskano.

Una sombra cruzó el rostro de Ciara, una rápida nube de tormenta, antes de entrechocar sus copas y beber de un trago. Alucard la imitó. El licor sabía a luz solar y a azúcar, pero era consciente de que era lo suficientemente fuerte como para hacer que un cliente desprevenido se sintiera como si se hubiese acostado en tierra y despertado en altamar. Por suerte, sus años como capitán del *Pináculo* le habían concedido unas piernas firmes y una enorme tolerancia al alcohol.

Tomó las dos copas vacías en una mano y dejó que ella le guiara escaleras arriba con la otra, a través de un pasillo y hasta una habitación que olía mucho menos al aroma del burdel y más al bosque por la noche. Salvaje.

Para cuando la puerta se cerró y echó el pestillo, ella ya estaba empujándole contra la pared, dejando besos juguetones en su cuello.

—Ciara —la llamó amablemente, y entonces, cuando ella no se apartó sino que se presionó contra su cuerpo con más firmeza, repitió con más fuerza—. *Ciara*.

Sus labios formaron un mohín perfecto.

—Eres un muermo —dijo, dándole suaves toquecitos con las uñas en el pecho—. ¿Es que el rey sigue siendo el único dueño de tu corazón?

Alucard sonrió.

—Lo es.

—Menudo desperdicio —se quejó, apartándose. Al hacerlo, tiró del extremo de la seda blanca que la recubría, y esta se desenvolvió, cayendo hasta el suelo. Ahí estaba ella, completamente desnuda, con todo su cuerpo brillando como la luz de la luna, pero su mirada no se centró tanto en sus curvas, sino en sus cicatrices. Trazos plateados le recorrían la garganta, la curvatura de sus pechos, los pliegues de sus codos, el interior de sus muñecas. Un recuerdo de la Marea que cayó sobre Londres hace siete años. De la magia oscura que salpicó las orillas del Isle.

Eran pocas las personas que sabían que esa magia tenía nombre propio, Osaron.

Osaron, el destructor del Londres Negro.

Osaron, la oscuridad que se creía un dios.

Osaron, que corrompió todo y a todos los que tocó.

La mayoría de los que sobrevivieron lo hicieron sucumbiendo a su voluntad. Quienes lucharon contra él perecieron en su mayoría, quemados vivos por el fuego que corría por sus venas. Los pocos que no cayeron en sus garras, que lucharon contra la magia y la fiebre, sobrevivieron, pero fueron los únicos marcados por la batalla, con sus venas abrasadas hasta dejarles cicatrices plateadas por la maldición.

Alucard le tendió a Ciara una exuberante bata blanca, y su mirada se desvió brevemente hacia su propia mano, con la plata fundida surcándole la muñeca.

Se quitó su elegante abrigo azul y lo lanzó sobre una silla, mientras desprendía el broche sobre su cuello, lo más cerca que estaría de desnudarse. Dejaron la cama intacta, como hacían siempre, y se dirigieron a la mesita donde había un tablero de Rasch. Ya estaba dispuesto, con las fichas apiñadas sobre el tablero de seis lados, las negras se amontonaban a un lado y las blancas al otro. Tres figuras más grandes (el sacerdote, el rey y la reina) estaban rodeadas por doce soldados. El tablero de Ciara había sido un generoso regalo de parte de un cliente que prefería su inteligencia a su cuerpo, y las fichas estaban talladas en mármol en vez de en madera, con surcos dorados veteando la piedra.

—¿Puedo? —preguntó, señalando con un movimiento de cabeza hacia la botella que había en el alféizar de la ventana.

—Esta noche te está costando una fortuna, así que más te vale disfrutarla.

—Siempre las disfruto —dijo él, sirviéndole a cada uno una segunda copa del licor dorado. Alzó el suyo, recordando un viejo refrán—. *Och ans, is farr...*

—No —lo cortó, como si el sonido la ofendiera.

Alucard vaciló. Sabía que carecía de la fluidez del rey. Hablaba arnesiano y la lengua imperial, lo que Lila Bard llamaba «inglés», y podía recitar un puñado de refranes en otros idiomas, los suficientes como para manejar los tejemanejes de la corte. Pero su veskano era bruto y rebuscado, ya que había aprendido a hablarlo gracias a un marinero de su barco. Dicho esto, no creía que fuera el acento lo que molestaba a Ciara.

—¿Sabes? —dijo—, no es algo malo ser de más de un lugar.

—Lo es —replicó ella—, cuando esos lugares están en guerra.

Alucard enarcó una ceja.

—No sabía que *estuviésemos* en guerra —dijo, tomando asiento—. ¿Es que sabes algo que yo no sepa?

—Apostaría que sé muchas cosas. —Se dejó caer en la silla frente a él, deslizándose como si ella también fuera líquida—. Pero ambos sabemos que Arnes y Vesk son como dos lobos, lanzándose al cuello del otro. Solo es cuestión de tiempo que uno de los dos derrame sangre.

Pero, por supuesto, uno de los dos ya la había derramado.

Hacía siete años, dos de los príncipes de Vesk llegaron al palacio, aparentemente para celebrar el *Essen Tasch* y solidificar los vínculos entre los dos imperios. Pero tenían sus propios planes: debilitar a la corona y empezar una guerra. En parte habían conseguido su objetivo, asesinando a la madre de Rhy, Emira. También habrían logrado acabar con Rhy si tal cosa siguiese siendo posible. Lo único que impedía a Arnes declararle la guerra a Vesk era el peligro inminente del ataque de Osaron y, tras aquello, el rechazo de los veskanos hacia su hijo e hija, que los habían ofendido con sus actos.

Habían llegado incluso a ofrecer a su príncipe más joven, Hok, como pago por sus delitos, pero Rhy ya había presenciado demasiada sangre en muy poco tiempo, había perdido a su madre a manos de un príncipe ambicioso y a su padre por la oscuridad que le esperaba a las puertas del palacio, había tenido que ver cómo la Marea se cernía sobre su capital y se había visto obligado a luchar contra la oscuridad que había destruido todo un mundo. En solo unos días, se había quedado huérfano, le habían coronado, y le habían abandonado a su suerte para que recogiese los pedazos que quedasen de Londres. Así que si buscaba alguna venganza no sería con la vida de un niño.

Y así, lo que *deberían* haber sido las primeras llamadas a la guerra se habían acallado de nuevo entre los susurros de la estrategia.

Sin embargo, siete años después, las relaciones entre los imperios seguían tensas, y el velo de la diplomacia se estaba volviendo cada vez más fino, por lo que Alucard no culpaba a Ciara por restarle importancia a su linaje cuando se ganaba la vida a la sombra del palacio real. Puede que tuviese razón. Puede que solo fuese cuestión de tiempo antes de que la guerra llegase a las puertas de Londres, de un modo o de otro.

Apuraron sus copas, tomaron asiento y empezaron a jugar.

Alucard desplazó a tres de sus soldados, un primer movimiento atrevido.

Al contrario que en el Sanct, no había ninguna manera de hacer trampa en el Rasch. Era pura estrategia. Cuando un jugador eliminaba una ficha del rival, podían sacarla del tablero o quedársela, dependiendo de cuál quisiesen que fuese el resultado final. Algunos jugaban para desangrar a sus enemigos. Otros, para convertirlos en aliados. Siempre y cuando una de las tres fichas principales siguiese sobre el tablero, tenías la posibilidad de ganar.

—*Anesh* —dijo mientras esperaba a que ella moviese ficha—. ¿Has tenido algún cliente interesante últimamente?

Ciara se detuvo a pensar antes de responderle.

—Todos mis clientes son interesantes. —Movió su sacerdote a la parte de atrás del tablero, donde estaría a salvo—. A veces algunos hablan en sueños.

—¿De veras? —preguntó Alucard, cediéndole su turno.

Cuando se trataba del Rasch, ella era mucho mejor que él, así que casi nunca se esforzaba en intentar vencerla, prefería encontrar alguna forma nueva de irritar a su oponente.

—He oído por ahí —siguió diciendo Ciara, terminando su movimiento— que hay una flota pirata reunida frente a la costa de Hal. Una casi tan grande como el Ejército Rebelde.

—Interesante —respondió Alucard—, *mis* espías me han informado de que solo había cuatro barcos, y que parece que no saben en qué rumbo han de navegar, por lo que mucho menos contarán con un capitán. —Hizo avanzar uno de sus soldados sobre el tablero—. ¿Y qué hay de Vesk?

—No han visto al príncipe heredero en la corte desde hace semanas. Algunos piensan que está navegando. Otros, que ha atracado en algún puerto de Arnes y que está viajando hacia el sur de incógnito para salvar a su hermano menor, Hok.

Alucard volvió a mover el soldado hacia atrás.

—¿Salvarle de qué? ¿De un colchón duro y metáforas rebuscadas? —Rhy había dejado al heredero veskano en manos de los sacerdotes del Santuario de Londres y todos los informes decían que estaba demostrando ser un alumno brillante y muy educado.

Mientras Ciara pensaba en su siguiente movimiento, él se reclinó en su asiento, frotándose de manera distraída una de las muñecas.

Era un hábito que había adquirido años antes de la Marea, cuando la peor cicatriz que tenía que portar se la habían otorgado unos grilletes de hierro que le habían puesto al estar prisionero, y cuyo metal se calentaba hasta quemarle la piel. Un recordatorio doloroso de la vida que había dejado atrás. Ahora la banda oscura no era más que un pequeño decorado para la plata fundida que le recorría los brazos, llegando hasta sus hombros, su cuello y su rostro.

Para la mayoría, como Ciara, esa plata era una medalla al honor, un símbolo de fortaleza, pero él, durante mucho tiempo, había odiado esas cicatrices. No le habían recordado su poder, tan solo su debilidad.

Durante meses, cada vez que veía un destello plateado, veía a su hermana pequeña, Anisa, ardiendo por dentro hasta morir; sentía cómo su propio cuerpo se desplomaba en el suelo de su camarote, recordaba la fiebre, grabando a fuego sus peores recuerdos mientras

Osaron convertía sus fuerzas en la llama de una vela. Y Alucard sabía que su vida se habría apagado como la llama de esa vela si Rhy Maresh no le hubiese encontrado, moribundo en el suelo de su barco. Si Rhy no se hubiese tumbado a su lado sobre la madera llena de sudor y hubiese entrelazado sus manos, negándose a soltarle.

Durante meses, cada vez que se cruzaba con un espejo, se paraba frente a él y se quedaba observándolo fijamente, incapaz de mirarse, pero incapaz de apartar la mirada.

Solo había sido cuestión de tiempo que Rhy lo atrapase.

—¿Sabes? —había dicho el rey—. He oído que la humildad es una cualidad muy atractiva.

Alucard se las había apañado para dedicarle una sonrisa, teñida de una sombra de su encanto habitual.

—Lo sé —le había respondido—, pero es complicado no quedarse mirando cuando eres tan impresionante.

Y Rhy había debido de captar el toque de tristeza que teñía su voz, porque había abrazado a Alucard por la espalda y depositado un suave beso sobre la cicatriz plateada que surcaba su cuello.

—Tus cicatrices son mi parte favorita —le había confesado el rey, recorriendo con los dedos las líneas plateadas desde el cuello hasta las muñecas—. Amo todas y cada una de ellas. ¿Sabes por qué?

—¿Porque te da envidia que sea tan apuesto? —había bromeado Alucard.

Por una vez, Rhy no se había reído. Había alzado la mano hacia la mejilla de Alucard y había apartado la mirada del espejo.

—Porque te trajeron de vuelta a mi lado.

—Te toca —dijo Ciara. Alucard se obligó a volver a centrarse en el tablero, en el presente.

—¿Y qué hay de Faro? —cuestionó, moviendo el mismo soldado de antes—. Dicen estar de nuestro lado.

—Todos los embajadores tienen un piquito de oro. Ambos sabemos que Faro desea una guerra con Vesk.

—No pueden ganarla.

—Puede que sí, si Arnes decide aliarse con ellos.

Alucard había ido sacrificando sus fichas una por una mientras conversaban.

—Ni siquiera lo estás intentando —se quejó ella, pero sí que lo estaba intentando. Solo que no era ganar lo que pretendía.

Por desgracia, a Ciara no le apetecía fingir que estaba jugando, aniquilando todas y cada una de sus fichas. Con tres movimientos más, ya había ganado. Chasqueó los dedos y una pequeña ráfaga de aire surcó el tablero, derribando sus fichas restantes.

—¿Otra ronda? —preguntó y Alucard se limitó a asentir como respuesta.

Mientras recolocaba las fichas sobre el tablero, él se dedicó a volver a llenar sus copas.

—Bueno —dijo Alucard—. ¿Y qué hay de la Mano?

Ante la mención de los rebeldes, Ciara se echó hacia delante en su asiento, inclinándose sobre el tablero.

—Me pagas para que te hable de las amenazas de verdad. La Mano no es más que una pequeña molestia.

—Las polillas también lo son —repuso Alucard—. Hasta que deciden comerse tu mejor abrigo.

Ciara sacó una pipa y la encendió chasqueando los dedos. Un delgado hilo de humo gris azulado se enroscó a su alrededor.

—Entonces es cierto que la corona está preocupada, ¿verdad?

—La corona está alerta. Sobre todo cuando hay un grupo deambulando por la ciudad pidiendo su cabeza.

Ciara murmuró un asentimiento, pasando un dedo por el borde de su copa.

—Bueno, pues o sus miembros son muy cuidadosos o están mordiéndose muy bien la lengua. Que yo sepa, no he tenido a ninguno en mi cama.

—¿Estás segura?

—¿Es cierto que todos tienen la marca en alguna parte?

—Eso he oído.

—Entonces estoy bastante segura —dijo con una pequeña sonrisa traviesa. Alucard se levantó de su asiento, de repente demasiado inquieto como para estar sentado. Habían pasado unos cuantos años desde que surgió la Mano y, en aquel momento, la secta no parecía ser nada más que una leve incomodidad, una piedra en el zapato del reino. Pero en ese último año habían ido creciendo hasta convertirse en un problema mayor. Aparentemente no tenían ningún líder, ningún portavoz; el movimiento no tenía rostro, no tenían nada más que un símbolo y un mensaje: la magia estaba desapareciendo, y era culpa de Rhy Maresh.

Era ridículo. Infundado. Un grito de guerra para los descontentos, una excusa para incitar al caos y llamarlo «cambio». Pero había gente, gente amargada, enfadada y sin poderes, que estaba empezando a escucharlos.

Alucard se estiró y se acercó al alféizar de la ventana. El Hilo de Seda estaba en la orilla norte de la ciudad. A través del cristal podía ver el resplandor carmesí del Isle y el palacio abovedado, cubierto de oro, reflejándose sobre la superficie del río en la oscuridad.

No oyó a Ciara levantarse, pero la vio reflejada en el cristal, y sintió cómo sus brazos lo envolvían perezosamente.

—Debería irme —dijo, con el cansancio filtrándose en su voz.

—¿Tan pronto? —preguntó ella—. No hemos terminado la partida.

—Ya has ganado.

—Puede. Pero aun así, no me gustaría que nadie pusiera en entredicho tus… capacidades.

Él se giró entre sus brazos.

—¿Estás preocupada por mi reputación o por la tuya?

Ella se carcajeó y él le robó la pipa y le dio una calada, dejando que el embriagador humo le llenase el pecho. Después se inclinó hacia delante y la besó con delicadeza, enviando el humo hacia sus pulmones.

—Buenas noches, Ciara —dijo, con una sonrisa traviesa contra sus labios.

Los párpados de la joven se agitaron y se abrieron.

—Provocador —respondió ella, pronunciando la palabra entre una nube de humo.

Alucard se limitó a reírse, se escapó de su abrazo y pasó junto a ella, encogiéndose de hombros.

Salió del edificio y se internó en la oscuridad del callejón.

Solo las calles más cercanas al río estaban llenas de tabernas, salas de apuestas y posadas. Más allá, la orilla norte daba paso a jardines de placer y galerías de arte, y tras ellas, a fincas amuralladas con terrenos bien cuidados, donde residían la mayoría de las familias nobles de la ciudad.

Había sido un día soleado y cálido, pero en ese momento, al salir del Hilo de Seda, la noche se cernía sobre la ciudad como un cuchillo helado. El invierno estaba a punto de llegar. A Alucard siempre le habían gustado los meses de invierno, con sus chimeneas encendidas, sus vinos especiados y sus fiestas interminables para combatir el frío y la falta de luz.

Pero esa noche el frío repentino le desconcertaba.

Mientras paseaba, le dio vueltas a lo que le había revelado Ciara, sin obviar ni el más mínimo detalle.

Los rumores sobre Faro y Vesk eran inquietantes, pero en absoluto inesperados. Era la falta de información acerca de los rebeldes lo que le estaba volviendo loco. Había confiado en que la Rosa Blanca hubiese podido hilar los rumores para extraer algo de información. Era una anfitriona popular y hermosa, con el tipo de encanto líquido que conseguía que soltases la lengua. No solo los clientes hablaban con ella, sino que también lo hacían las otras anfitrionas, portando sus secretos y confidencias como un mirlo cargaría sus ofrendas, incapaces de distinguir un cristal precioso de un torpe vidrio.

Empezó a caer una lluvia fría. Alucard alzó la mano y el aire sobre su cabeza se arqueó hasta formar un dosel que le protegería del aguacero. Daría mala imagen, razonó, que el último vencedor del *Essen Tasch* pasease por Londres como un gato empapado. A su alrededor, la gente aceleraba el paso en busca de algún lugar donde resguardarse del mal tiempo, con las cabezas gachas mientras corrían hacia la marquesina más cercana.

Alucard no tardó mucho tiempo en percatarse de que le estaban siguiendo.

Eran buenos, de eso no le cabía duda. Se fundían con la oscuridad de la noche y, si hubiese sido cualquier otro, ni siquiera los habría visto, pero cuando su mirada escudriñó el espacio iluminado por la luz de las farolas y las calles encharcadas, el mundo se redujo a dorado y gris, con su magia brillando como una llama, trazando sus siluetas en carmesí, esmeralda y azul.

La anticipación le recorrió el cuerpo como una ola; no era miedo, sino algo más parecido al deleite. Una parte de él se emocionó, la misma parte que se había sentido atraída por Lila Bard en aquel primer encuentro, la parte que le llevó a competir y a ganar en los mayores juegos mágicos del mundo. La parte de él que siempre estaba ansiosa por aceptar una buena pelea.

Pero una de las sombras se movió y captó el más leve resplandor del oro bajo su capa, y sus esperanzas murieron al verlo. No eran ladrones, asesinos, ni rebeldes.

Esas sombras en particular pertenecían al palacio. Los *res in cal*, se llamaban. «Los cuervos de la corona».

Alucard puso los ojos en blanco y les dedicó un saludo con la mano; entonces las sombras retrocedieron de mala gana, adentrándose un poco más en la noche, sin duda llevando de vuelta a palacio la crónica de sus últimas aventuras.

Él siguió caminando, aminorando la marcha solo cuando llegó a un cruce que conocía demasiado bien. A su izquierda, el puente del palacio, y en el centro, el *soner rast*, como lo conocían en palacio, el «corazón latiente», alzándose sobre el Isle.

A su derecha, la calle que llevaba hasta la finca de los Emery.

Debería haber sido bastante sencillo darle la espalda. Pero no lo era. Algo tiraba en el interior de sus costillas, como un ancla al final de una cuerda. Entonces recordó el dicho que había intentado pronunciar en la habitación de Ciara.

Och ans, is farr, ins ol'ach, regh narr.

El veskano no era un idioma fácil de traducir. Era la clase de lengua en la que cada palabra podía significar doce cosas distintas, dependiendo de su posición en la frase y su contexto. Por eso nunca había conseguido aprender nada más que algunas frases sueltas. Pero esta se le había quedado grabada en la memoria. Alucard la entendía.

«La mente puede perderse, pero el corazón conoce su hogar».

Si recorría ese camino, Alucard sabía lo que encontraría.

Cerró los ojos, se imaginó atravesando la verja, subiendo los escalones de la entrada y abriendo la puerta principal, se imaginó a Anisa corriendo a su encuentro y rodeándole el cuello con los brazos; se imaginó a su padre, no como una sombra en la entrada, sino posándole una mano orgullosa sobre el hombro, y a su hermano Berras de pie frente a la chimenea, con una copa en la mano, diciendo que ya era hora de que hallase el camino de vuelta a casa. Alucard se quedó allí de pie, imaginándose una vida imposible, una que nunca ocurrió y que nunca sería real.

La casa había quedado completamente destruida tras su batalla con Berras, con su hermano envenenado por el poder de Osaron. Habría que tirar lo que quedaba de la mansión abajo, eso era lo que pensaba cada vez que sus pies le llevaban hasta allí, a abrir la puerta, cada vez que veía la fachada agrietada, los muros derrumbados. Deberían borrarla del mapa. Era otra cicatriz más, solo que no *necesitaba* tener que vivir con ella. Alucard sabía que solo tenía que pedirlo y Rhy se encargaría de borrarla del mapa.

Pero no se atrevía a dar la orden. No solo había sido la casa de su hermano o de su padre. También había sido la casa de su madre hacía mucho tiempo, la de su hermana, la suya. Y una parte de él ansiaba creer que llegaría un día en el que volviese a pertenecerle. Puede que se lo dijese a Rhy una noche, después de unas cuantas copas de más, porque la siguiente vez que hizo el tedioso recorrido hacia la finca de los Emery, se la encontró en pie, orgullosa y con la mansión completamente restaurada, hasta el más mínimo detalle, con cada ladrillo, pilar y cristal en su sitio.

Alucard supo, en cuanto la vio, que había cometido un terrible error. Lo odiaba. Odiaba el modo en el que la casa se alzaba en el horizonte, majestuosa pero dormida, con las puertas cerradas con llave y las ventanas oscuras.

Era un monumento. Una cripta.

En su interior solo le aguardaban los muertos.

Alucard suspiró y giró a la izquierda, hacia el puente.

Hacia el palacio.

A casa.

IV

La Rosa Blanca se quedó de pie frente a la ventana, observando a Emery partir.

Después recogió el trozo de seda que había formado su vestido y emprendió el cuidadoso trabajo de envolverlo alrededor de sus extremidades, su pecho, su cintura, moviéndose con dedos expertos mientras ataba el único nudo que lo sostenía todo formando una lazada en su muñeca, a pesar del hecho de que no tenía ninguna intención de volver a desenvolverse esa noche.

De haberla tenido, Ciara habría vuelto a bajar por las escaleras, regresando al salón, al bar y a los clientes que la esperaban en la planta de abajo. En cambio, subió por las escaleras, pasando por distintas habitaciones, la mayoría de las cuales estarían ahora en uso, y se detuvo solo cuando llegó a la puerta al final del pasillo de la última planta. Tras ella se encontraba su espacio privado, uno que usaba como oficina, el lugar donde la afamada Rosa Blanca se quitaba el disfraz de anfitriona y volvía a ser la mujer de negocios. Al fin y al cabo, era la dueña del burdel.

La puerta estaba cerrada con llave o, al menos, debería haberlo estado. Pero cuando Ciara llegó al rellano se sorprendió al verla entreabierta. Si hubiese tocado el picaporte lo habría notado frío, incluso helado, al tacto.

En cambio, se llevó la mano al pelo y sacó una de las finas horquillas que lo sujetaban, blandiéndola entre sus dedos mientras se internaba en la sala.

La habitación estaba tal y como ella la había dejado, con una única excepción. Había un hombre sentado ante el escritorio de madera clara, *su* escritorio, como si le perteneciese. Chasqueó los dedos y varias velas se prendieron con el gesto, tiñendo la sala y al intruso con un resplandor amarillento. Su rostro o, más bien, la máscara que llevaba se iluminó, reflejando la luz de las velas. Estaba llena de adornos, con la superficie como si estuviese hecha con oro fundido, y la parte superior se curvaba hacia arriba como si fuesen los rayos del sol.

Ciara relajó los hombros al reconocerle. Dibujó una sonrisa pero no soltó la horquilla.

—El maese del Velo —dijo—. ¿Qué te trae por aquí?

El Velo era otro de los jardines de placer de la ciudad, uno de los doce que había. Pero al contrario que el resto, este no permanecía en un único lugar y abría a capricho de su dueño. Ese era su truco, un club al que solo se podía acceder por invitación y que descendía sobre la ciudad como una nube oscura, reclamando uno de sus edificios por una sola noche.

El hombre sentado tras el escritorio abrió los brazos y habló en veskano.

—Te estaba esperando.

Ella se puso un poco tensa y respondió en arnesiano.

—Hay habitaciones mucho más cómodas en las que esperar.

—No me cabe duda —dijo, alzando un orbe de cristal que había sobre el escritorio. En su interior flotaba una rosa blanca, preservada para siempre en flor. Un regalo de uno de sus clientes—. Pero ninguna es tan privada como esta.

Ciara alzó la barbilla.

—Deberías saber, mejor que nadie, lo discretos que son mis clientes.

Él hizo rodar el orbe sobre la mesa, pasándoselo de una mano a otra.

—Sin duda. Ciertamente han sido… complacientes.

Mientras el orbe de cristal susurraba al rodar sobre la mesa, Ciara examinó al maese del Velo.

Nunca había visto su rostro, pero tampoco necesitaba verlo. Había lidiado con suficientes clientes para ser capaz de leer la verdad que solo un cuerpo podía confesar. Se fijó en la forma en la que estaba sentado en la silla, en su silla. La forma en la que parecía llenar el espacio, incluso en una oficina privada, como si le perteneciese. *Ostra*, pensó. Puede que incluso *vestra*. Se podía entrever justo ahí, en su postura y en la languidez de su arnesiano, en la formalidad de su veskano, que denotaba que provenía más de la educación que de la experiencia. Se podía entrever ahí, en la forma de sus manos y en las medialunas que formaban sus uñas. Se podía entrever ahí, en la burla que teñía su voz, como si ellos también estuviesen sentados ante un tablero de Rasch. Aunque suponía que él nunca jugaba a nada a menos que supiese que ganaría.

El hombre volvió a hacer rodar el orbe de cristal pero esta vez, cuando su mano izquierda lo lanzó, su mano derecha no se movió a su encuentro. El orbe rodó, con fuerza, a través del escritorio, hasta precipitarse hacia el suelo.

Ciara se lanzó hacia delante y lo atrapó justo antes de que se hiciera añicos. Suspiró y se enderezó y, cuando se levantó, ahí estaba el maese del Velo, ya no se escondía tras el escritorio, sino que estaba ante él, frente a *ella*, tan cerca que casi podía ver los ojos que se escondían tras la máscara.

Un único mechón de pelo oscuro se curvaba alrededor de la máscara dorada. Ella alzó la mano, como si fuese a colocárselo tras la oreja, con los dedos listos para quitarle la máscara, pero él atrapó su muñeca antes de que pudiera intentarlo siquiera con sus dedos helados quemándole la piel. Ella se estremeció, pero él la agarró con más fuerza, como si disfrutara de su incomodidad. Había tenido que tratar con suficientes clientes como para reconocer a aquellos que disfrutaban con el dolor ajeno. Luchó contra el impulso de clavarle la horquilla de plata en el costado y sonrió a pesar del frío cortante.

—Hay otras habitaciones para eso —dijo con calma—. Y otras anfitrionas.

—Hablando de anfitrionas… —La soltó y regresó a su posición anterior, sentado ante el escritorio, su escritorio—. He venido a contratar a tres de ellas para mi próxima apertura. Habrá muchos más clientes.

—Quizá deberías contratar a más anfitrionas que te pertenecieran solo a ti, en vez de tomar prestadas a las mías.

—La belleza del Velo radica en que está en constante cambio. Nunca es el mismo jardín…

—Nunca con las mismas flores.

—Exacto —dijo.

Ciara bajó la mirada hacia su muñeca, la piel se le había empezado a enrojecer por el frío.

—Te costará el doble. Por el riesgo.

—¿El riesgo? —No pudo verle enarcar una ceja, pero podía apreciarlo en su tono.

—Los negocios como los nuestros atienden a una clientela bastante diversa, pero mis consortes se han dado cuenta de que muchos de nuestros clientes comparten la misma marca. —Bajó la mirada hacia el orbe de cristal que tenía en la mano—. Por supuesto, son discretas. Pero creo que estarás de acuerdo en que, en este caso, la discreción merece ese coste extra.

Mientras hablaba vio cómo la escarcha se expandía sobre el cristal de la ventana, sintió cómo el ambiente se enfriaba, lo suficiente para que si suspiraba pudiese ver una nube de vaho con su respiración. Le recorrió una sensación horrible y espeluznante, como si sintiese sus dedos helados deslizándose sobre su piel. Ciara se irguió y la calidez volvió a llenar la sala. No la harían temblar bajo su propio techo.

El maese del Velo se reclinó en la silla.

—Puede que haya algo de verdad en tus palabras —reflexionó—, o puede que no. Se nos paga para pasar por alto los detalles de nuestros clientes.

—La discreción no es lo mismo que la ignorancia —rebatió ella—. No ocurre nada en mi burdel sin que yo lo sepa. Y apuesto a que en el Velo no pasa nada sin que tú te enteres.

Estudió la máscara dorada y al hombre que se ocultaba tras ella.

—Acabo de estar con el consorte del rey.

El maese del Velo ladeó la cabeza.

—¿Aquí? ¿Es que el lecho real se ha enfriado?

—Vino buscando información. El palacio está preocupado. Sospecha que he podido oír algo al respecto. Me habría pagado generosamente por ello. Pero no le he contado nada.

—Y, en cambio, me estás tendiendo la mano.

Ciara se encogió de hombros.

—No te lo estoy contando para demostrarte nada. Te estoy tendiendo la mano para que sepas cuál es mi postura al respecto.

—¿Entonces apoyas la causa? —La sorpresa tiñó su voz y, por primera vez, ella se preguntó si el maese del Velo haría algo más que *acoger* a la Mano en su establecimiento.

Ciara consideró su pregunta.

—No tengo nada en contra de la corona. Al igual que no guardo ningún tipo de cariño por tu causa. Pero los negocios son los negocios, y nuestros negocios prosperan en tiempos... agitados. —Devolvió el orbe de cristal con su rosa en el interior a su soporte sobre el escritorio, su escritorio—. Aun así, la discreción de mis anfitrionas puede que no tenga coste. Pero la mía, sí.

Él se levantó y se metió una mano en el bolsillo.

—Con tres anfitrionas bastará —repuso, dejando una pila de lish de plata en el borde del escritorio. A estos, añadió un único lin rojo barato—. Por tu tiempo —dijo y, a pesar de llevar puesta la máscara, ella pudo oír cómo la comisura de sus labios se alzaba divertida antes de que pasase a su lado, saliendo por la puerta y dejando tras de sí una brisa helada.

Ciara le observó bajar por las escaleras, pero no se movió, no hasta que estuvo *segura* de que el maese del Velo se había marchado.

V

EN ALGÚN LUGAR DEL MAR

Unas horas después de zarpar, los dos primeros hombres explicaron el plan.

Iban a robar en el *Ferase Stras*.

El tercer hombre los escuchaba atentamente, con el entusiasmo dando paso al terror.

Había oído las leyendas que hablaban del mercado flotante, cuando aún era solo el hijo del mercader y no un héroe en ciernes.

No se sabía demasiado acerca del legendario barco donde se traficaba con los bienes más peligrosos del mundo. A pesar de su nombre, el barco no era tanto un mercado como un cofre del tesoro, un lugar donde poder almacenar magia prohibida. Pocos de los objetos a bordo estaban realmente a la venta, y esos terminaban solo en manos de los compradores adecuados, elegidos por su capitana, Maris Patrol.

Algunas lenguas decían que la capitana era un fantasma, unida a las tablas de su barco para toda la eternidad. Otras proclamaban que solo era una anciana, aunque llevaba siendo una anciana desde los inicios del *Ferase Stras*.

Era imposible *encontrar* el mercado sin un mapa, y los únicos mapas que marcaban el camino hasta allí parecían no llevar a ninguna parte, a menos que supieras cómo leerlos. Y si finalmente lograbas dar con el camino a través del mar, no podías tomar el barco, ya que nadie podía pisar la cubierta sin haber sido invitado. E, incluso entonces, no se podía robar, ya que las salvaguardas mágicas eran tan fuertes como el barniz de su madera, no podían contrarrestarse con magia, y terminaban convirtiendo el cuerpo del ladrón en cenizas antes de que este hubiese llegado siquiera a la barandilla.

Era una misión suicida, una búsqueda imposible y, aun así, dos días más tarde, ahí estaban, apiñados en la plataforma junto al *Ferase Stras*, esperando a que les invitasen a entrar.

Era una plataforma justo sobre la superficie del mar, poco más que un tablón de madera unido al costado del barco, demasiado pequeño para soportar a tres hombres y un cofre, de modo que mientras el primero llamaba a golpes, el tercero se aferraba al borde trasero, lo bastante cerca como para sentir cómo sus talones quedaban fuera de la plataforma. El corazón le latía acelerado, oscilando entre la emoción y el terror. Pensó en Olik, el héroe que se había internado en los barcos de sus enemigos como si fuesen su propia casa. Olik, que había encerrado su miedo en un cofre de metal y lo había observado hundirse en las aguas del océano. El tercer hombre se imaginó a sí mismo embotellando todo lo que sentía y lanzándolo al mar, dejándole en calma y seguro.

Sin embargo, deseó tener una máscara, como el amigo de Olik, Jesar, el terror fantasma. El héroe nunca usaba una, pero sabía demasiado bien cuánto podía delatar un rostro. Por desgracia, también sabía que nunca les dejarían subir a bordo si se ocultaban de alguna manera, así que ahí estaba, intentando mantener una expresión neutra, con las cejas rectas y la boca cerrada. Tratando de crear una máscara con su propio rostro.

El primer hombre volvió a llamar a la sencilla puerta de madera.

—Puede que estén muertos —musitó el segundo, al ver que nadie aparecía.

—Más les vale que no lo estén —gruñó el primero, apoyando la bota en el cofre—. No sabemos si las salvaguardas están unidas al barco o a los cuerpos de quienes están a bordo.

El tercer hombre no dijo nada, se limitó a observar fijamente el mercado flotante y se preguntó cuántas de las leyendas serían ciertas. Si realmente había talismanes a bordo capaces de partir montañas en dos o de sumir en el sueño a miles de personas. Filos capaces de extraer secretos en vez de sangre de aquellos a quienes cortaban y espejos que le mostraban a uno su futuro, o jaulas de metal capaces de enjaular y almacenar la magia, la mente y el alma de una persona.

—¿Deberíamos entrar? —preguntó el segundo.

—Adelante, tú primero —dijo el primer hombre—. Les dije que no necesitábamos tres hombres para cumplir esta misión.

Pero el segundo hombre se frotó los dedos e invocó una llama. Esta cobró vida, pero cuando la llevó hacia la puerta, el fuego se apagó, sofocado por la fuerza de las salvaguardas del mercado.

El tercer hombre se tiraba nerviosamente de la túnica.

Al igual que los otros dos, iba vestido con el burdo tejido negro característico de los piratas. Era más áspero de lo que esperaba. Olik nunca había mencionado ese detalle. Ni cómo el constante balanceo de un barco podía revolverle el estómago a cualquiera.

Finalmente, la puerta se abrió.

Alzó la mirada, esperando encontrarse con la infame Maris Patrol, pero se vio frente a un hombre de mediana edad vestido con una capa blanca.

El sobrino mayor de la capitana, Katros. El capataz del barco.

Era ancho de hombros y de piel oscura, con la frente brillante por el sudor, como si estuviese enfermo. Pero no estaba enfermo, al menos no en el sentido estricto de la palabra. Estaba drogado. Aquello formaba parte del plan. El hermano pequeño de Katros, Valick, llevaba un esquife a la costa un par de veces al mes y regresaba con su navío lleno de comida y bebida. Su último cargamento lo habían mezclado con savarin, un polvo inoloro que debilitaba el cuerpo y nublaba la mente. La mayor parte de la toxina la habían puesto en el vino favorito de Maris, que lo producía un vinatero que ahora estaba aliado con la Mano.

Debía de haberse sentido generosa con su tripulación.

No era *veneno*, se recordó, mientras observaba a Katros balancearse de un pie a otro y su piel adquiría un tono azul grisáceo. Olik no era un asesino, incluso se esforzaba por evitar muertes innecesarias, y él también lo haría. Además, había demasiadas posibilidades de que el hechizo de las salvaguardas de a bordo lo detectase. Pero la gente consumía savarin por diversión. El peligro de la sustancia residía únicamente en su dosis, y eso quedaba en manos del bebedor.

Katros Patrol se aclaró la garganta y se irguió todo lo que pudo.

—Vuestras reliquias —dijo, tendiéndoles la mano.

El primer hombre le dio una patadita al cofre.

—Venimos para vender, no para comprar.

Pero el capataz del barco se limitó a encogerse de hombros.

—No me importa.

El tercer hombre entendió lo que quería decir. Aquello no era solo una puerta. La entrada al *Ferase Stras* era un umbral mágico, y todo buen umbral exigía un precio. Un coste para entrar al mercado, un pago para tan solo poner un pie entre sus mercancías. De acuerdo con lo que relataban las leyendas, un objeto tan mundano como una moneda no valdría. Tenías que deshacerte de algo con un valor especial, para que Maris pudiese añadirlo a su colección.

Habían atracado antes en el Sasenroche por ese mismo motivo.

El primer hombre le tendió un trozo de papel, atado con una cinta. Era la página de un libro que perteneció al Londres Negro.

El segundo hombre sacó un lápiz, cuya mina estaba hecha de sangre en polvo en vez de carboncillo y que estaba hechizado para que aquel que lo blandiese solo pudiese escribir la verdad.

Cuando le llegó su turno, el tercer hombre se metió la mano en el bolsillo, sus dedos rozaron el borde frío del cristal antes de sacarlo. Era un disco de apenas el tamaño de la palma de su mano. Se había pasado las últimas horas del viaje, desde aquel mercado negro hasta este, observándolo.

Estaba hechizado para que respondiese solo a una pregunta: «¿Voy a morir hoy?».

Cuando el cristal se tornaba negro, la respuesta era que sí.

No quería deshacerse de la reliquia, sentía en su interior que le pertenecía, pero se convenció de que, si aquello era cierto, terminaría encontrando el camino de vuelta hacia él.

Los objetos poderosos solían hacerlo.

Lo sostuvo por última vez, formuló la pregunta en su cabeza y suspiró aliviado cuando vio que el cristal seguía transparente.

Pues claro que no moriría, pensó.

Al fin y al cabo, esta era su historia.

Observó cómo las tres reliquias desaparecían en el interior de la manga blanca de lino de Katros Patrol. Y entonces la puerta del mercado flotante se abrió de par en par, conduciéndoles a su destino.

La habitación estaba en penumbra y abarrotada de armarios. Había objetos refulgiendo en cada balda, y la única superficie completamente despejada era un amplio escritorio de madera, junto al cual había una gran esfera negra, aunque no podía adivinar si era de cristal o de piedra. Estaba colocada en su soporte como un globo terráqueo, pero su superficie estaba tan lisa y vacía como los mapas que conducían al *Ferase Stras*.

El tercer hombre vislumbró una máscara, una pieza hermosa hecha de plata fundida, colocada sobre un cobertor, y se tuvo que contener para no acercarse y pasar los dedos sobre su superficie.

—¿Dónde está la capitana? —preguntó el primer hombre, observando el escritorio vacío.

—Vendrá cuando se la necesite —respondió Katros, llevándolos a través de la puerta de la oficina hacia la cubierta. Allí se encontraron con el otro sobrino de Maris, Valick, apoyado en el mástil, vestido con el mismo blanco impoluto, tan fuera de lugar en medio de la mugre salada del mar, y o bien no había bebido ni una gota del vino o tenía una constitución mucho más fuerte, porque parecía estar perfectamente sano y en pleno uso de sus facultades, como si no hubiese probado el savarin.

Los otros dos hombres cargaban con el cofre, con su contenido traqueteando en el interior, pero el tercero observaba sus alrededores, asombrado; el laberinto de pasillos y salas, escaleras y tenderetes, que se alzaban como una ciudad en miniatura por toda la cubierta. Se dirigió a una alcoba, donde un bastón solitario aguardaba en el interior de una vitrina; su empuñadura de bronce pulido representaba la cabeza de un cuervo. No tenía ningún hechizo escrito en la madera, pero su belleza era hipnótica.

—¿Qué es lo que hace?

No se dio cuenta de que había hecho la pregunta en voz alta hasta que todos los rostros se volvieron a mirarle.

—Si no lo sabes —dijo Valick—, entonces no es para ti. —Se volvió hacia los otros dos hombres—. ¿Habéis venido para comerciar o para vender?

—Depende —repuso el primer hombre— de si tenéis lo que estamos buscando.

—¿Y qué se supone que buscáis? —preguntó Katros, acercándose a ellos.

El segundo hombre sacó un papel doblado en el que habían dibujado el objeto que requerían. Era más o menos del tamaño de un juego de elementos infantil y no parecía gran cosa, pero un cuchillo de fruta tampoco lo parecía y aun así estaba lo bastante afilado como para matar.

Katros examinó el dibujo por un momento y negó con la cabeza.

—Esto no está aquí.

Mentía.

El joven que antaño había sido el hijo del mercader hizo crujir los nudillos, esa era la señal que habían acordado y los otros dos hombres lo oyeron.

—Entonces —dijo el primero, que se había autoproclamado el líder del grupo—, supongo que solo estamos aquí para vender.

—Eso suponiendo que nosotros queramos comprar —respondió Katros, señalando el cofre que portaban con la cabeza—. Mostradnos lo que tenéis.

—Por supuesto. —Se arrodilló frente al cofre y abrió la cerradura.

El segundo hombre levantó los cierres y alzó la tapa.

El tercero observó cómo el cofre se abría y revelaba un montón de tela. No era seda ni terciopelo, sino una tela pesada del color de las copas de los árboles de un bosque al anochecer. Una capa. No parecía ser gran cosa, pero claro, todas las leyendas estaban llenas de historias de artefactos y objetos poderosos que no parecían ser nada fuera de lo común.

—Está diseñada para proteger al portador de la magia —explicó el primero, sacando la tela del cofre y colocándosela sobre los hombros—. Dejadme que os enseñe cómo funciona.

Valick frunció el ceño.

—El barco entero está hechizado.

—Ah —replicó el hombre—, pero hay un hechizo que sí que funciona, incluso aquí. —Dibujó una sonrisa fría—. Las salvaguardas.

Las palabras cayeron sobre los presentes como un jarro de agua fría. Como si una vela acabase de encenderse y por fin viesen con claridad a sus visitantes, los rostros de Valick y de Katros, con la mirada aún drogada, se transformaron por completo cuando los dos capataces del *Ferase Stras* se dieron cuenta de lo que iba a suceder a continuación.

El segundo hombre ya había metido la mano en el cofre, con los dedos enroscados alrededor de la empuñadura de la espada que habían escondido bajo la capa. Alzó el arma, cortando el aire a su paso, y la enterró en el pecho de Valick Patrol. Katros rugió y se lanzó contra el atacante, y los dos cayeron rodando sobre la cubierta, al tiempo que el primer ladrón se daba a la fuga, y desaparecía entre el laberinto de salas.

El tercero corrió hacia el cofre abierto, pero una mano le agarró del pie y le hizo caer sobre la cubierta.

Valick yacía jadeante, con su propia sangre empapándole los dedos y los dientes; su túnica blanca ahora estaba teñida de rojo alrededor de la hoja enterrada entre sus costillas, pero su mano libre se aferraba con fuerza al tobillo del joven.

—Morirás —gruñó el capataz.

—Hoy no —respondió, canalizando su voz de pirata, y liberándose de su amarre de una patada. Pero Katros se las había apañado para sobreponerse a su oponente y estrelló al segundo ladrón contra el mástil. Todo el barco se tambaleó por el impacto y, mientras su contrincante se desplomaba contra la cubierta, Katros se volvió hacia él.

El tercer hombre alzó la mano, intentando invocar una ráfaga de aire pero olvidando que el barco no se lo permitiría. No podía crear ninguna muralla de aire para detener el avance tormentoso de Katros Patrol. Si el capataz hubiese estado en perfecto estado, si no hubiese tenido un tajo en la sien ni el savarin corriéndole por las venas, el disco de cristal seguramente se habría vuelto negro cuando le había preguntado si moriría ese día. Pero Katros se tambaleaba y él estaba sobrio, era rápido y estaba desesperado por convertirse en un héroe.

Dio un paso hacia atrás, sacando una espada de las profundidades del cofre, y lanzó un tajo demasiado alto. Volvió a blandirla y, esta vez, Katros alzó el brazo para bloquear el golpe. La espada cayó, surcando el aire, y esperó notar cómo cortaba la carne, pero en cambio notó cómo el acero entrechocaba contra el acero cuando el lino blanco se rompió y dejó al descubierto un brazalete metálico.

El tercer hombre blandió de nuevo su espada y volvió a atacar, esta vez apuntando hacia el rostro de Katros y, para su horror, el capataz del *Ferase Stras* atrapó la hoja con las manos. Una palma gruesa capturó la parte plana de la espada y un segundo más tarde se la arrancó de las manos, volviéndola en su contra.

El tercer hombre se apartó de su trayectoria, o lo intentó, pero notó cómo el filo le atravesaba la camisa, dejándole una herida superficial en las costillas, y tuvo el tiempo justo para sentir un calor abrasador, el hecho de que *Olik* nunca pareciese sentir el dolor en plena batalla...

Y entonces Katros le golpeó. Con fuerza.

Se le quedó la vista completamente en blanco, luego solo veía rojo, la sangre le salía a borbotones de la nariz y caía sobre la cubierta. El dolor le recorría la cabeza y le nublaba la vista, y a pesar del caos que se había desatado a bordo del mercado flotante, el antiguo hijo del mercader se sintió *insultado*.

Quería decir que había reglas. Iba contra las normas usar las manos, golpear a alguien con el cuerpo en vez de emplear fuego, agua o tierra.

En cambio, escupió la sangre sobre la cubierta y rodó sobre su espalda justo a tiempo para ver a Katros Patrol cerniéndose sobre él, con una bota en alto, dispuesto a aplastarle el cráneo.

Entonces el mundo pareció ir a cámara lenta. No gracias a un hechizo. No había nada de magia en aquello. Solo era como cuando, en el Sanct, uno mostraba su última carta porque ya había apostado todo lo que tenía. La sensación de hundirte al darte cuenta de que lo has arriesgado todo. Y de que has perdido.

Pero la bota nunca llegó a caer sobre su cabeza.

En ese mismo instante el segundo hombre salió de su estupor y se lanzó de nuevo contra Katros, cerrando el puño alrededor de su capucha y tirando de él hacia atrás. Al tercero le seguían pitando los oídos, pero vio cómo el acero cortaba el aire, oyó el crujido cuando los cuerpos chocaron contra una barandilla de madera y entonces los dos hombres desaparecieron, cayendo por la borda y hundiéndose en el mar.

El tercer hombre no recordaba haberse levantado, pero ahí estaba, tambaleándose hacia el sonido, cuando vio de reojo una capa verde, y el primer hombre apareció corriendo por la cubierta con un paquete bajo el brazo.

Lo había conseguido. Lo habían conseguido.

El primer hombre se dirigió directamente hacia la barandilla, con la clara intención de saltar el estrecho espacio que separaba su esquife del *Ferase Stras*. Y podría haberlo hecho, de no haber sido por Valick Patrol. El joven se las había arreglado de algún modo para arrodillarse sobre la cubierta y levantarse y, a pesar de la sangre que estaba tiñendo su túnica de rojo, reunió las fuerzas suficientes como para alcanzar al ladrón cuando este pasó junto a él, agarrándole por la capa con sus dedos ensangrentados. El cierre se soltó justo cuando el ladrón se disponía a saltar por la borda y la capa cayó sobre la cubierta justo cuando llegaba al borde.

Y entonces el mundo se tiñó de azul.

Un relámpago azotó la cubierta a la inversa, como si surgiese del cuerpo del hombre al chocar contra las salvaguardas del barco. Un trueno rompió el ambiente, como una puerta cerrándose de golpe, y el primer hombre salió disparado hacia atrás; su cuerpo no era más que un cascarón chamuscado cuando chocó contra el suelo.

Y el objeto, aquello por lo que habían venido hasta aquí, el premio que les ayudaría a cambiar el mundo, rebotó con fuerza contra la cubierta, un amasijo de metal doblado y madera astillada, un puñado de piezas que se resquebrajaron al rodar sobre los tablones.

El primer hombre no era más que una masa humeante, el segundo había caído por la borda junto con Katros Patrol, Valick por fin había sucumbido a sus heridas y, en el breve pero aplastante silencio, el tercer hombre se dio cuenta de que era el único que quedaba con vida.

Aunque no por mucho tiempo.

Podía oír el sonido de alguien abriéndose paso desde el interior del barco, su cuerpo chocando contra el casco, y el ruido de una puerta abriéndose en alguna parte de la cubierta, así que se precipitó hacia delante, con sus botas deslizándose sobre la sangre mientras recogía todas las piezas del objeto roto, que parecía incluso más pequeño de lo que era en realidad al estar desperdigado en varios trozos chamuscados y humeantes.

Tanto trabajo, pensó el tercer hombre, *por «esto»*.

Tomó la capa verde, se la puso sobre los hombros y la anudó contra su pecho antes de echar a correr hacia la borda y saltar. Esta vez no hubo ningún rayo azul, ningún trueno. Al saltar solo sintió una leve resistencia, como si le hubiesen clavado un anzuelo y un sedal tenso estuviese intentando tirar de él hacia atrás. Pero el sedal se rompió y el ladrón cayó.

Aterrizó con fuerza sobre la cubierta del esquife y rodó hasta estar tumbado sobre su espalda, con los restos del objeto aún aferrados contra su pecho. Estaba roto, pero todos los objetos rotos podían arreglarse. Guardó los fragmentos en el interior de la capa y se puso en pie. Invocó una ráfaga de viento, esperando que su magia y sus nervios no le fallaran ahora que las salvaguardas del *Ferase Stras* ya no lo limitaban, y una ráfaga de aire acudió a su encuentro, llenando las velas. Instantes más tarde, el esquife ya se había girado y se abría paso a través de las olas, alejándolo del mercado flotante.

El tercer hombre, que ahora era el *último* hombre, gritó victorioso.

Decían que era imposible, pero él lo había conseguido.

Había robado en el *Ferase Stras*.

Se frotó el pecho, donde un pinchazo de dolor se abría camino entre sus costillas. Pero era un dolor sin más, así que no le dio importancia.

El disco de cristal había estado en lo cierto.

No moriría ese día.

VI

Maris Patrol tenía pocos vicios.

Le gustaban los higos jugosos y las sábanas de seda, la plata pura y los secretos. Y un buen licor, del que se permitía tomarse una copa casi todas las noches, pero siempre con moderación. Una copita de whisky añejo justo antes de dormir, para aliviar el dolor de sus huesos viejos y despejarle la cabeza. Pero nunca demasiado como para desequilibrarla o nublarle la mente.

Por eso supo, cuando se despertó con la boca pastosa y la cabeza revuelta como el mar tras una tormenta, que la habían drogado.

La luz del sol se filtraba tenuemente a través de las cortinas de su camarote. Se incorporó, con los brazos temblándole por el esfuerzo. Era vieja, más vieja que la mayoría, las arrugas le surcaban como canales su piel morena, pero sus manos llenas de anillos seguían firmes y su columna recta. El sudor le empapaba la frente al intentar levantarse, pero no lo consiguió y se volvió a dejar caer en el borde de la cama.

—*Sanct* —maldijo en voz baja, y el montón de huesos y pelo que se hacía llamar «perro» la observó desde una alfombra cercana al oír su nombre.

Le llegaron voces desde el otro lado del barco. No estaban gritando, pero esto era el *Ferase Stras*, y sus paredes no guardaban ningún secreto, al menos no para ella. Dos de las voces pertenecían a sus sobrinos, pero el resto le eran desconocidas. Una vocecilla en el fondo de su mente le gritaba que se tumbase de nuevo, que descansase, que dejase que Valick y Katros se las apañasen solos con los clientes. Un día de estos, serían ellos quienes tendrían que dirigir el mercado. Un día de estos, sí, pero Maris seguía siendo la capitana de este barco y puede que ellos fuesen hombres adultos, pero seguían siendo jóvenes, seguían…

Entonces se oyó un grito, un alarido de dolor que rompió el aire, y Maris se levantó de golpe. Casi le fallaron las rodillas por el movimiento repentino, pero se las apañó para llegar hasta el armario junto a la puerta, abrió un pesado cajón y rebuscó hasta que encontró el vial que buscaba; el líquido en su interior refulgía como si fuesen perlas líquidas. Se lo bebió de un solo trago, sabía a metal y le congeló la garganta a su paso. Era desagradable, sí, pero en cuestión de segundos sus articulaciones dejaron de temblar. Su respiración se estabilizó. Un sudor frío se deslizó por su piel, pero tenía el brillo perlado del brebaje y, mientras se lo limpiaba de la frente, sintió cómo volvía a estar en sus cabales.

Tomó la túnica que colgaba de un gancho cercano y se la estaba colocando sobre los hombros huesudos cuando las salvaguardas del *Ferase Stras* se quebraron.

La fuerza hizo temblar el barco y Maris maldijo otra vez en voz alta.

Solo un necio intentaría robar en el mercado flotante. Pero llevaba viva lo suficiente como para saber que el mundo estaba lleno de necios.

Corrió por el camarote, con Sanct levantándose de su cama y pisándole los talones, como un fantasma pálido tras ella. Tomó la daga que tenía sobre el escritorio, abrió la puerta del camarote de par en par y salió a la cubierta superior, con su cabello plateado suelto y ondeando con el viento.

—*Venskal* —le ordenó al perro. «Espera».

Maris cruzó en silencio el laberinto de pasillos, buscando algún armario roto a su paso, alguna señal del robo. Los sonidos de la trifulca flotaban desde la cubierta principal, seguidos del ruido de algo o alguien cayendo al mar y del retumbar de unas botas corriendo por la madera. Desenvainó la daga y bajó las escaleras.

Pero para cuando llegó a la cubierta principal, todo estaba extrañamente tranquilo.

El barco se balanceaba suavemente de un lado a otro por la fuerza del impacto de las salvaguardas, y Maris podía oler los restos de sangre y magia en el aire. Había un cofre abierto y vacío en la cubierta, y el cuerpo de un ladrón, del que no quedaba nada más que un caparazón ennegrecido, yacía a medio camino de la barandilla. No había señales de Katros, pero a varios pasos de distancia del cuerpo del ladrón se encontró a su sobrino menor, Valick, con su túnica que solía ser blanca ahora roja por la sangre. Esta se encharcaba bajo su cuerpo, como una sombra que se extendía por la cubierta. Miraba hacia arriba, con la vista puesta en el cielo, los ojos abiertos de par en par y sin ver.

Maris se arrodilló a su lado y pasó una de sus manos llenas de anillos por el cabello oscuro de Valick. Ni siquiera tenía una sola cana.

—*Venskal* —volvió a rogar en susurros, esta vez al cadáver de su sobrino.

Sabía que el mundo tenía un orden, que daba y quitaba, que siempre había un motivo. Sabía que estaba prohibido interceder con la corriente de la magia e intentar cambiar su curso. Pero Maris Patrol era la capitana de un barco que comerciaba con objetos prohibidos.

Y habría usado todos y cada uno de ellos para traer de vuelta a la vida a su sobrino.

Maris se quitó un anillo de la mano derecha. Era una banda pesada hecha de plata, pero cuando cerró el puño a su alrededor el metal se quebró y la cáscara se desmoronó para revelar una pequeña tira de hilo dorado.

Estaba rodeando su muñeca con uno de sus extremos cuando Katros se arrastró por un costado del barco, con sus botas chapoteando en cuanto sus pies se alzaron a la cubierta.

Tenía un ojo completamente ensangrentado y la camisa le colgaba de los hombros arruinada del todo, con manchas de sangre fresca aquí y allá en la tela que anteriormente había sido blanca. Pero eran heridas superficiales y estaba vivo. Arrastraba otro cuerpo a su paso.

Lanzó al segundo ladrón sobre la cubierta, donde el hombre tembló y vomitó, soltando toda el agua del mar que había tragado. Su cabeza cayó hacia atrás y sus miembros perdieron la fuerza.

La mente de Maris estaba acelerada. Debería mantenerle con vida, interrogarle, hallar respuestas.

Pero Valick.

Su sobrino mayor debió de entrever su lucha interna a través de su mirada, porque escurrió el agua salada que empapaba su camisa y dijo:

—Le he roto la mandíbula. Dudo que pueda hablar.

Le dedicó a Katros una mirada de agradecimiento y empezó a enrollar el hilo dorado alrededor de la muñeca flácida del hombre en vez de en la suya. Parecía tan frágil como un pelo, pero se mantenía firme, incluso penetrando en la piel. Con el otro extremo rodeó la palma de Valick, doblándole los dedos sobre ella.

Katros la observó con la mirada oscurecida, y si la juzgaba por estar usando una magia tan prohibida, no lo mencionó. Sabía que habría hecho lo mismo por él.

Maris se aferró con fuerza a la mano de su sobrino menor y dijo una sola palabra, la única que había estado tallada en el interior del pesado anillo de plata. El hechizo se prendió como una mecha, quemando el camino a su paso a través del hilo dorado y desplazando la llama del cuerpo del ladrón al de Valick.

De los vivos a los muertos.

—¿Qué ha pasado? —preguntó Maris, observando cómo la llama recorría el hilo dorado, ennegreciéndolo a su paso.

—Ladrones —dijo Katros—. Subieron a bordo como clientes, alegando que tenían algo para vender. —Señaló con la cabeza el cofre vacío—. Era una capa, diseñada para repeler las salvaguardas.

Maris observó el cadáver carbonizado que había sobre la cubierta. Sus prendas completamente quemadas y fusionadas contra la piel.

—De poco le sirvió.

—Era una trampa —dijo Katros, pero Maris no le estaba escuchando. En ese instante, la llama ya había llegado hasta la palma de Valick y se apagó. Al desvanecerse, el ladrón se quedó completamente inmóvil y Valick tomó aliento con fuerza. El hilo se convirtió en cenizas entre los dos hombres. El ladrón cayó en manos de la muerte y el pecho de Valick se elevó y bajó con cada respiración, y Maris por fin se permitió soltar el aliento que había estado conteniendo.

Se sentía agotada, como si al final sí que hubiese sido ella quien había pagado con su vida.

—Necios —murmuró, levantándose—. ¿Creyeron que podían robar mi barco siendo solo dos hombres?

Fue entonces cuando Valick abrió los ojos y pronunció una palabra que hizo estremecer la vetusta columna de Maris.

—Tres.

Maris se volvió a mirarle como un resorte.

—¿Qué?

Valick se incorporó con una mueca de dolor, incluso cuando la herida entre sus costillas había empezado a cerrarse.

—Eran tres —tosió, con la sangre aún manchándole los dientes—. Uno consiguió escapar.

Maris se enderezó y oteó el horizonte. Estaba a punto de anochecer, la franja entre el mar y el cielo se difuminaba por la niebla, pero a lo lejos podía distinguir la silueta de un pequeño barco alejándose. Evaluó la distancia, pero el *Ferase Stras* no era un navío preparado para desplazarse a gran velocidad. Alguien había robado en su barco. Y estaba huyendo. Pero ninguna capa lograría salvarle de todas las protecciones mágicas que había colocado sobre el mercado.

—Ya sea rápido o lento —pronunció, medio para sí misma—, las salvaguardas harán su trabajo.

—Iban buscando algo —dijo Katros.

—Y lo encontraron —añadió Valick.

El humor de Maris se enturbió cuando Katros sacó un trozo de papel de sus ropas empapadas. La tinta se había emborronado y el papel apenas se mantenía entero, pero conocía cada pieza de su colección.

Incluyendo esta.

Había unos cuantos objetos a bordo del *Ferase Stras*, todos ellos prohibidos. Pero el término «prohibido» podía tener infinidad de significados. Había talismanes, como el anillo que acababa de utilizar, prohibidos porque iban en contra de la ley de la naturaleza. Había otros objetos capaces de dominar la mente y la voluntad, prohibidos porque iban en contra de la ley del control. Había objetos prohibidos por la fuerza de sus poderes, o por la magnitud de su magia, o la volatilidad de sus hechizos, y objetos prohibidos porque, en las manos equivocadas, podían arrasar reinos enteros o fragmentar mundos.

Este no pertenecía a ninguna de esas categorías.

Maris frunció el ceño.

No era el objeto más poderoso que tenía a bordo, ni de lejos. Y, sin embargo, estos hombres se habían tomado todas esas molestias para robarlo. Peor aún, no solo sabían qué estaban buscando, sino que sabían dónde encontrarlo. La apariencia desordenada del mercado era una artimaña; en realidad existía un orden, una lógica sobre dónde colocar cada una de las piezas de su colección. Y al menos uno de ellos debía saber dónde buscar. Había visto un mapa, no uno que le *llevase* hasta el *Ferase Stras*, sino uno de su *interior*, de su tesoro. Y eso era tan peligroso como la mitad de los objetos a bordo.

Maris negó con la cabeza. Ese sería un problema para otro día.

Lo primero era lo primero.

Dejó caer el trozo de papel y se giró, abandonando la cubierta; repasó el contenido del barco en su mente mientras recorría los pasillos atestados de objetos, pasando junto a armarios, cajas y vitrinas que a cualquier otra persona le habrían parecido desordenadas. Pero ella sabía a dónde estaba yendo, y encontró lo que buscaba.

Una caja negra, con un ojo dorado tallado en la tapa.

En su interior, había media docena de ranuras forradas de terciopelo. Cuatro de las ranuras estaban vacías. Las dos restantes contenían pequeños cristales de colores, cada uno del tamaño de una carta del Sanct.

Sus sobrinos eran listos. Lo más probable era que no hubiesen olvidado nada importante.

Pero Maris no tenía por costumbre dejar cabos sueltos.

Sacó una de las cartas de cristal del joyero y regresó a la cubierta superior; levantando el frágil cristal, pronunció una única palabra.

—*Enis* —dijo.

«Comienza».

El cristal se empañó momentáneamente entre sus dedos y, cuando se despejó, la cubierta empezó a retroceder, y a retroceder, y a retroceder, volviendo el tiempo atrás hasta el momento en el que los ladrones estaban allí, cuando acababan de subir a bordo de su barco.

—*Skar*.

«Detente».

La imagen se sacudió y se detuvo, las figuras se congelaron mientras dejaban el cofre en el suelo, frente a sus sobrinos.

Maris se acercó, colocándose en el centro de la escena, de espaldas a la imagen de Valick y Katros, para poder ver mejor a los ladrones.

—*Enis*.

La escena avanzó, tal y como había sucedido en el pasado. Ella dio vueltas a su alrededor, observando cómo se desarrollaba, presenció la muerte de Valick y el ataque de los ladrones, el primero derribado por las salvaguardas, el segundo cayendo por la borda con Katros, y vio cómo el paquete se rompía al chocar contra la cubierta, solo para ser recuperado unos segundos más tarde por el tercero.

Y, mientras este tropezaba, aturdido y sangrando hacia el costado del barco, lo vio, a través del desgarrón de su camisa: un tatuaje, o tal vez una marca, en sus costillas. Y aunque no podía contemplar toda la imagen, sabía lo que estaba buscando, ahí estaba: una mano.

Entonces el ladrón había desaparecido, saltando por la borda, y Maris volvía a estar en la escena, arrodillándose junto a Valick a medida que el pasado se fundía con el presente; el cristal se resquebrajó entre sus dedos, convirtiéndose en arena que salió volando con una ráfaga de viento.

Maris suspiró y sintió todos y cada uno de los muchos muchos años que acarreaba a sus espaldas cuando se volvió hacia Katros.

—Registrad los cuerpos —ordenó—. Y lanzadlos al mar.

—¿Y después? —cuestionó Valick.

Maris observó el horizonte con la mirada perdida. El barco ya no estaba. Sus dedos doloridos crujieron al cerrar la mano en un puño. Nadie robaba en el *Ferase Stras*.

—Aséate —le dijo—. Tengo un favor que reclamar.

DOS

La capitana
y el fantasma

I

Delilah Bard se recostó sobre la barandilla del *Barron Gris*, observando cómo la proa cortaba las olas del mar.

El viento soplaba con fuerza, impulsando el barco con la potencia suficiente como para que salpicase a su paso, con las gotas refulgiendo bajo la luz del sol.

Las velas se agitaban con la brisa y Lila echó la cabeza atrás, sus ojos marrones entrecerrados mientras observaba el cielo. Un desconocido nunca habría sabido que uno de esos ojos era real y el otro falso. Nunca sabría que el que había perdido no era marrón, sino negro como la brea, y que un médico de pacotilla se lo había extirpado en Londres, Inglaterra, en el único Londres que ella conocía para aquel entonces, cuando solo era una niña. Como si hubiese estado envenenado, una podredumbre que se terminaría extendiendo por su cuerpo, en vez de un símbolo de fortaleza, una marca que portaban quienes detentaban un poder extraordinario, una magia única.

Si tan solo hubiese nacido en este mundo, en el que adoraban la magia, en vez de en aquel en el que la habían olvidado. Pero ahora estaba aquí.

Extendió la mano e invocó al agua para que acudiese a su encuentro.

—Tigre, tigre —murmuró, aunque ya no necesitaba pronunciar esas palabras para centrarse en su poder. Simplemente podía cerrar los dedos y el agua respondería; esta rodeó su muñeca y se congeló a su alrededor formando un brazalete helado. Era fácil, no tenía que esforzarse. Tan natural como respirar.

Lila sonrió.

A lo largo de los años había sido muchas cosas.

Estafadora. Capitana. Viajera. Maga.

Hubo una vez, a un mundo de distancia, cuando no había sido nada más que una huérfana, una carterista, una ladrona con el sueño de robar un barco y alejarse del puerto navegando. Soñando con convertirse en pirata y reclamar un océano desconocido. Soñando con dagas elegantes y riquezas y, sobre todo, con la *libertad*.

Le había costado sangre —aunque no siempre suya—, sudor y lágrimas ganárselo, pero al fin lo había logrado.

Chasqueó los dedos y el brazalete helado se quebró con la suficiente fuerza como para que algunas esquirlas de hielo terminasen incrustadas en la barandilla. Las sacó una a una y las lanzó por la borda. Podía escuchar a Alucard en su cabeza refunfuñando por lo que le estaba haciendo a su barco. Pero, por supuesto, ese barco ya no le pertenecía.

Lo había rebautizado, a pesar del descontento de su antiguo capitán, pero al *Pináculo Nocturno* ya le había llegado su hora, ahora le tocaba al *Barron Gris* surcar los mares.

El *Barron* se había pasado sus primeros años como un navío independiente, sin ondear la bandera de nadie más que la suya propia. Había sido agradable navegar simplemente por el placer de hacerlo, descubrir puertos nuevos, mercados nuevos, mares nuevos. Pero Lila se había pasado los primeros diecinueve años de su vida con un único objetivo y, habiéndolo cumplido, ansiaba encontrar uno nuevo. Casi se sintió aliviada cuando empezaron a correr los rumores; los primeros hablaban de los problemas con los reacios aliados del imperio, Faro y Vesk, y los siguientes, peores aún, de los problemas que había en casa. Así que Alucard le había pedido que pusiese el barco al servicio de la corona. Para ir donde ningún barco real podría, y hacer lo que ningún navío real era capaz de hacer.

Espiar. Saquear. Sabotear. Hundir, luchar y robar.

Para clavarse como un puñal y desaparecer antes de que su víctima supiese siquiera que le habían golpeado, y mucho menos para saber que ese golpe había sido mortal.

De vez en cuando, cuando les convenía, el *Barron Gris* ondeaba las velas negras del *Pináculo*, se convertía de nuevo en una sombra en medio del mar, pero ese día se henchían sus velas blancas y su casco era de un gris anodino. Con suerte, se camuflarían entre el resto de los contrabandistas y ladrones que viajaban por la Costa de Sangre.

Algunos lugares se ganaban sus nombres a la fuerza por su naturaleza, puede que fuese por sus arenas negras o quizá por sus cienos rojos y sus mareas verdes, pero la Costa de Sangre no era uno de ellos. No, cuando las potencias establecieron Arnes, Faro y Vesk siglos atrás, había una franja, un único punto de unión donde confluían los tres imperios. Nadie era capaz de determinar la frontera exacta y, por eso, tras décadas de descontento, sabotajes y barcos hundidos, esa franja terminó ganándose su sobrenombre.

Y se dirigían a la capital, al famoso puerto de Verose.

Lila oteó el horizonte, aguardando a que la silueta dentada de los claros acantilados de la ciudad se perfilara. La guardia arnesiana había hecho todo lo que había podido por limpiar Verose hacía décadas, por expulsar a lo peor de las peores calañas e imponer algo de orden; el difunto rey, el padre de Rhy, Maxim Maresh, incluso había servido como capitán en su pase de operaciones durante un tiempo. Pero Verose había demostrado ser un sitio sin ley, por naturaleza o por elección propia.

Y a Lila le encantaba.

Era el tipo de lugar donde se solía derramar sangre, cada reunión estaba a una daga desenvainada de distancia de transformarse en una reyerta y...

Se escuchó cómo se rompía una botella en algún rincón de la cubierta detrás de ella, seguido de una ristra de maldiciones. Lila suspiró y se volvió hacia su tripulación. Tav y Vasry se daban empujones mientras que Stross, normalmente serio, se reía a carcajada limpia, los tres con la cara enrojecida. La única que faltaba era la esposa de Vasry, Raya. Lila alzó la mirada y escudriñó las jarcias hasta encontrar a la mujer, con su cabello negro y la tez pálida como el mármol, encaramada a la punta del mástil. El sol brillaba en lo alto y hacía calor, pero a la mujer no parecía suponerle un problema. Su mirada se posó en Lila, con sus ojos del mismo tono azul helado que el del glaciar del que procedía.

—No creías que fuese capaz de hacerlo, ¿verdad? —gritaba Vasry en arnesiano, y quedaba claro por el volumen de su voz y la manera en la que se balanceaba de un lado a otro que se había bebido hasta la última gota de la botella antes de romperla—. Pero he estado practicando.

Lila bajó la mirada hacia las esquirlas de cristal desperdigadas por toda su cubierta.

—¿Practicando para qué, exactamente? —preguntó.

Tav hizo el gesto de una pequeña explosión con las manos, y murmuró la palabra «bum». Lila enarcó una ceja. Vasry era un mago del viento por naturaleza, aunque nunca había sido demasiado bueno. Por lo que ella sabía, le sacaba más partido a su aspecto que a su magia. Tenía el cabello dorado, como un león, los ojos salpicados de unas pestañas gruesas y largas y, lo que era peor aún, parecía volverse más apuesto con la edad en vez de menos, lo que resultaba útil cuando necesitaban encandilar a alguien, aunque no lo era tanto cuando a su barco le venía bien una fuerte ráfaga de viento.

—Anda, toma, toma —dijo, tendiéndole a Stross otra botella—. Échale a esta algo de aire.

—Más os vale que esté vacía —repuso Lila un segundo antes de que su primer oficial lanzara la botella por la borda. Vasry extendió la mano, entrecerró los ojos y murmuró algo ininteligible. Estaba claro que quería golpear el cristal con fuerza, pero falló, y la botella se limitó a formar un arco en el aire y cayó intacta, hundiéndose con un ruido sordo entre las olas.

—Ups —dijo y, tras un momento de silencio, los tres hombres volvieron a estallar en carcajadas. Vasry hipó. Y Lila negó con la cabeza.

—Creo que ya habéis bebido suficiente.

Tav extendió los brazos hacia ella.

—Pero, capitana —dijo, con fingida sinceridad—, se supone que este es un barco de *recreo*.

—Lleno de fiestas y placeres —añadió Vasry.

—Es cierto —refunfuñó Stross, de repente a la defensiva—. Tan solo estamos siendo meticulosos.

En ese momento se arrepintió de haberles dejado la tarea de escoger la tapadera bajo la que navegaría el *Barron* en esa misión, incluso cuando tomó la última botella que había en la caja. Fue a beber un trago, pero se dio cuenta de que también estaba vacía.

Lila apretó los dientes con fuerza.

—Decidme que sigue quedando algo de alcohol en este barco.

Los tres hombres tuvieron la decencia de parecer al menos un poco culpables.

—Debería quedar alguna botella en la bodega.

Ella suspiró, se volvió y lanzó la botella vacía al aire.

En vez de extender su mano, la cerró, no en un puño sino formando una pistola. Con el pulgar hacia arriba y el dedo índice apuntando. Siguió el arco que trazó la botella en el aire con su dedo y apretó un gatillo imaginario.

La botella estalló con un estruendo. La tripulación la aplaudió y la vitoreó, y la capitana contuvo una pequeña sonrisa mientras se alejaba a grandes zancadas, con los gritos de su tripulación siguiéndola hasta la bodega.

II

Lila tarareaba al deslizarse entre las cajas de madera y su voz resonaba suavemente sobre el casco del barco.

El *Barron Gris* albergaba muchos objetos en su interior. Había provisiones, por supuesto, las suficientes como para que pudiesen permanecer en el mar durante semanas sin tener que tocar puerto alguno. Pero también había muchos objetos con los que comerciar, o conservar: rollos de telas elegantes y piedras de adivinación, máscaras veskanas y mantos faroanos, libros de poesía, historias y hechizos y, por supuesto, un buen número de armas escondidas entre las cajas, dado que su creciente colección hacía tiempo que ya no cabía en su camarote privado. Todo el mundo merecía tener un hobby, y solo porque Lila navegase para la corona eso no significaba que no se mereciese entretenerse.

La bodega también contenía una increíble colección de licores, extraídos de alijos privados o de los camarotes de los capitanes de los barcos con los que se cruzaban, aquellos que dejaban atrás hundiéndose a su paso.

—*¿Cómo se sabe cuándo vendrá el Sarows...?* —cantó, abriendo una caja de vino. Sus dedos bailaron sobre las botellas, trazando los lugares vacíos como si fuesen dientes que hubiese perdido.

«Tan solo estamos siendo meticulosos», había dicho Stross.

—Bastardos —murmuró, justo antes de que un brazo se cerrase en torno a su cuello.

Tiró de ella hacia atrás con una fuerza repentina, alzándola del suelo. Llevó la mano hacia la daga que portaba en la cadera, pero la mano de su atacante también se dirigió hacia ese mismo punto, apresándole los dedos sobre la empuñadura antes de que pudiese desenvainarla. Su agarre era tan sólido como una roca, pero ella aún tenía un as bajo la manga y lo usó, liberando una segunda daga y clavándosela a ciegas en el pecho a su atacante.

Debería haberse topado con su cuerpo. Pero no fue así.

En cambio, el atacante la soltó, lanzándola contra los estantes con una fuerza estrepitosa. Una botella de vino de verano cayó al suelo y se hizo añicos.

—Oh, vas a pagar por esto —siseó, volviéndose justo a tiempo para bloquear la daga que se dirigía hacia su cuello. Más allá del acero afilado, lo vio: el destello de una máscara negra, el pliegue de su abrigo, unos labios dibujando una sonrisa en su rostro. Pero su atacante no hizo ningún ruido. Ni cuando ella habló, ni cuando él atacó, y desde luego tampoco cuando saltó hacia atrás e intentó clavarle la bota en el pecho de una patada. Para cuando aterrizó, ella ya estaba blandiendo de nuevo su daga. Esta cortó el aire y se clavó en una viga de madera donde había estado su agresor hacía unos segundos, que se apartó y desapareció tras una pila de cajas.

Lila desincrustó la daga y volvió a blandirla. Contuvo el aliento y escuchó atenta al ruido de pasos en la bodega. Los cuerpos ocupaban espacio. Hacían ruido.

Sobre su cabeza, la tripulación cantaba una canción marinera, ajenos a lo que estaba sucediendo en la bodega.

Ahí abajo, los únicos ruidos que se oían eran el chapoteo de las olas del mar chocando contra el casco y los latidos de su corazón, retumbando en su pecho.

Lila no pidió ayuda. En cambio, se obligó a cerrar los ojos. Bloqueó la abarrotada bodega, la inclinación y el balanceo del barco, y estiró sus sentidos, intentando percibir el otro cuerpo como si solo fuese un elemento más que pudiese tocar con los dedos. No la madera y el agua, sino la sangre y el hueso.

Ahí estaba.

Parpadeó y su mano cortó lateralmente una de las cajas. La madera cayó al suelo y ella alzó la daga, esperando que su atacante se apartara de un salto. En su lugar, este saltó por encima de la caja, lanzando todo su peso contra ella y haciendo que ambos cayesen al suelo. Rodaron y, cuando se detuvieron, él estaba tumbado sobre ella, pero Lila tenía la daga contra su cuello.

El pecho del joven subía y bajaba.

El acero de ella le besaba la piel, pero no le hizo sangre.

—Tienes suerte —le dijo— de que tenga una mano tan firme.

Se le había caído la capucha e incluso bajo la luz mortecina de la bodega, su cabello cobrizo refulgía, con un único mechón plateado que le caía por la sien. Lila le quitó la máscara que ocultaba la mitad superior de su rostro, y esta se desprendió, revelando un par de ojos dispares, uno azul y el otro completamente negro.

—Admítelo —dijo Kell Maresh—. Te he sorprendido con la guardia baja.

Lila se encogió de hombros.

—Aun así te habría matado igualmente al final.

Él enarcó una ceja.

—¿Estás segura?

Ella rememoró la pelea en su cabeza. Pensó en qué habría pasado si él hubiese usado una daga en vez de su brazo. Si hubiese intentado matarla justo en ese momento, en vez de jugar, ¿habría sido capaz de detenerlo? ¿Habría sido capaz de oír el canto del filo de las espadas que tan bien conocía?

—Está bien —aceptó, todavía tumbada en el suelo bajo su peso—. En mi propia bodega, en mi propio barco, me has sorprendido con la guardia baja. Ahora, levántate —ordenó—, a menos que prefieras quedarte aquí abajo y echar un polvo.

Mereció la pena decirlo, aunque solo fuese para ver cómo las mejillas de Kell se sonrojaban con fuerza.

—Podrías volver a ponerte la máscara —añadió, y sus mejillas solo se pusieron incluso más coloradas.

Intentó disimularlo frunciendo el ceño al levantarse, tendiéndole una mano para ayudarla a ponerse en pie. Lila la ignoró, se levantó y lo empujó, antes de girarse de nuevo hacia la caja de vino abierta. Tomó la mitad inferior de la botella rota, observando el charco de vino de verano a sus pies.

—Estaba guardando esta botella —murmuró, mirando hacia atrás por encima del hombro.

Pero Kell no le estaba prestando atención. Estaba demasiado ocupado con su abrigo, dándole vueltas, cambiando el negro que había llevado puesto cuando la había atacado por el rojo, después el rojo por el azul, y finalmente el azul por el gris. Cada lado de ese abrigo tan peculiar era completamente distinto al anterior, desde su color hasta el corte, pasando por los botones y los cierres, hasta el contenido de sus bolsillos, y cada uno tenía una historia propia. A esas alturas ella ya conocía casi todas sus historias: ahí estaba el que llevaba puesto la noche en la que se conocieron; después estaba el carmesí real con los botones dorados en la parte delantera, el que lucía cuando tenía que ejercer de príncipe; luego, el gris claro que había usado en el *Essen Tasch*, cuando se puso por primera vez el disfraz de Kamerov Loste; pero de vez en cuando veía uno en el que nunca había reparado, escondido como los secretos de una vida de la que se sabía todos los detalles.

Finalmente, encontró el que buscaba, el abrigo color carbón al que le había tomado tanto cariño en todos sus años navegando, y se lo colocó sobre los hombros justo cuando alguien gritó desde la cubierta superior.

No eran Vasry ni Tav pidiendo más vino, sino Stross, con su voz grave resonando por todo el barco.

—*Hals!*

«¡Tierra!».

III

EL PUNTO MÁS AL SUR
HACE SIETE AÑOS

—*H*als! La voz de Stross resonó por el barco un instante después de que algo chocase contra el casco. En un segundo, Lila estaba dormida bajo un montón de edredones y, al siguiente, estaba levantándose de un salto de la cama, tambaleándose por la firmeza del suelo bajo sus pies.

Maldijo, metió sus pies con los calcetines puestos en las botas que siempre dejaba junto a la cama y se puso el abrigo rápidamente mientras abría de un tirón la puerta del camarote. Kell ya estaba allí, con su propio abrigo en las manos y el rostro preocupado y tenso, e instantes después Vasry y Tav salieron corriendo al pasillo, el primero despeinado pero vestido, el segundo con mucha menos ropa pero empuñando una espada.

Lila abrió la boca para decir algo, pero la interrumpió un ruido que un capitán nunca, jamás, desea oír: el sonido de la madera astillándose.

Subió a zancadas los escalones hasta la cubierta. Una niebla blanca rodeaba el barco y el sol estaba escondido en algún punto por debajo del horizonte, el cielo prometía un amanecer que aún no había llegado, pero bajo la tenue luz vio a Stross aferrándose a la barandilla y mirando por la borda.

—¡Se supone que tienes que gritar «tierra» antes de que nos choquemos contra ella! —le ladró, con la respiración entrecortada por el aire gélido.

—No es tierra —dijo Kell desde la cubierta superior.

Ella se acercó corriendo a la barandilla más cercana, bajó la mirada y maldijo aún más alto cuando vio que tenía razón. El *barco* no había tocado tierra.

Había chocado contra el hielo.

Tres semanas antes, Lila había decidido dirigir el barco hacia el sur y navegar hasta que algo les detuviera. Y ahora, por fin, algo les había detenido.

Debería haberlo visto venir, debería haber dado la vuelta hacía días, cuando se despertó por primera vez y descubrió esquirlas heladas flotando en la superficie del mar. Cuando el frío se volvió tan intenso que le cortaba la piel como el filo de una daga. Cuando el abrigo de Kell empezó a ofrecerle lados cada vez más cálidos, con capuchas y cuellos de borrego y con guantes en los bolsillos.

Deberían haber dado la vuelta entonces, pero el mundo era inmenso y ella estaba hambrienta por descubrirlo.

Y ahora estaban atrapados.

No habían chocado contra una esquirla congelada, contra una placa de hielo que flotaba por el mar. Ya *no había* mar. Se había congelado por completo. Lo que significaba que ella tendría que descongelarlo. Suspiró y pasó una pierna sobre la barandilla.

—Capitana —la llamó Stross, pero ella le quitó importancia con un gesto de la mano.

—Lila —le advirtió Kell, pero ella le ignoró.

Era una *antari*, la maga más fuerte del mundo. Podía mover un barco.

Saltó de la barandilla hacia el hielo y contuvo la respiración por instinto, esperando que se hiciese añicos al aterrizar sobre él, esperando sentir el frío del agua helada cerrándose sobre su cabeza. Pero sus botas chocaron contra el hielo con un ruido sordo y el mundo que tenía bajo los pies ni siquiera se estremeció.

Lila entrecerró los ojos, observando el horizonte a la distancia, pero era como si estuviese mirando fijamente un cristal de adivinación vacío.

Su ojo bueno le jugó una mala pasada, intentando conjurar *algo* donde no había nada, ni un puerto, ni un muelle, ni otro barco, pero todas las imágenes se disolvieron en la niebla.

Rodeó el barco, esperando encontrar algo de agua descongelada a su paso, pero en el corto periodo de tiempo que llevaban atrapados, el hielo ya se había vuelto a congelar alrededor del casco. Lila se destensó el cuello e hizo crujir sus nudillos, el viento helado se le pegó a las manos desnudas. Ella se las frotó.

—Dadles viento a las velas —gritó y su voz resonó por la vasta extensión de hielo.

Unos segundos más tarde, Tav ya había tensado la lona y Vasry había invocado una ráfaga de viento. El barco gimió como protesta, y Lila extendió ambas manos ante ella, aferrándose con su magia al hielo que la rodeaba, doblegándolo a su voluntad como si fuese una extensión de sus dedos, ordenándole que se *derritiera*.

La escena ante ella brillaba y resplandecía. El hielo parecía estar más delgado en algunas partes pero, en general, no cedía. Su enfado se transformó en ira, y la ira era poderosa. Apretó su amarre, forzó su voluntad sobre el hielo que la rodeaba, ordenándole que se convirtiera en agua.

El ruido le retumbó en los oídos, junto con el crujido de las capas superiores al romperse.

El mundo se tambaleó ante sus ojos, pero no fue la masa helada la que cedió. Sino su vista. A Lila se le nubló la vista del ojo bueno, su cabeza se volvió demasiado pesada de repente, y la voz de Alucard resonó en sus oídos como una advertencia de aquellos primeros días en los que empezó a enseñarle magia. Cuanto más grande era el elemento que querías controlar, le había explicado, más complicado era manejarlo. Un mago solo podía manipular aquello que podía contener. Una corriente de aire, unas capas de tierra, una ola del mar.

«Nadie puede abarcar el océano con su mente».

—Sí, sí, sí —murmuró ella en ese momento, mientras algo cálido y húmedo le rozaba los labios. Se llevó la mano hacia allí y la apartó teñida de rojo. Lila se frotó la sangre que le empapaba los dedos.

Puede que no pudiese abarcar el hielo con la mente. Pero siempre había otro modo para romperlo. Al fin y al cabo, era una *antari*.

—Oye, capitana —la llamó Vasry—, quizá deberíamos…

Ella no le prestó atención después de aquello. Llevó ambas manos al hielo y lo presionó con fuerza, siseando ante el frío atroz. Le castañearon los dientes al pronunciar las palabras.

—*As Staro.*

«Romper».

En cuanto el sonido salió de entre sus labios, una fuerte vibración resonó por el hielo. Un ruido ensordecedor, y las grietas empezaron a surcar la superficie por todas partes. Incluso bajo sus pies. Lila intentó mantener el equilibrio al tiempo que avanzaba sobre la placa helada y su barco se balanceaba, con el viento llenando las velas y liberándole de su prisión helada. Un paso, luego dos.

Y después, para su espanto, el hielo *volvió a formarse*, no a un ritmo natural, sino como si su magia hubiese sido una bobina de hilo que ella hubiese desenrollado y ahora otra mano estuviese volviéndola a enrollar con la misma rapidez. En cuestión de segundos, habían deshecho todo su trabajo.

—Hijo de puta —siseó, inclinando la cabeza.

Unas pisadas resonaron en el hielo a su espalda, y lo siguiente que supo fue que Kell estaba a su lado, envuelto en un abrigo gris con capucha que había encontrado como si fuese una advertencia la noche anterior.

—Lila, para —dijo, tendiéndole una mano enguantada para sostenerla—. No está funcionando.

Ella le apartó la mano de un golpe.

—Funcionará. Con la suficiente fuerza.

Kell observó el barco y ella pudo ver cómo una sombra le cruzaba el rostro, al igual que ocurría a veces cuando se miraba sus propias manos, como si ya no sirvieran para nada, como si ya no pudiesen sostener una cuerda o blandir una espada. Como si la magia fuese lo único que importase.

Él carraspeó para aclararse la garganta.

—Puede que haya pasado el tiempo suficiente.

Lila hizo una mueca de dolor pero no dijo nada. Habían pasado tres meses desde que habían dejado Londres atrás. Tres meses desde que la batalla con Osaron había destrozado la magia de Kell. Tres meses en los que él no había recurrido a su poder, convencido de que solamente necesitaba tiempo para curarse. Como si su magia fuese un brazo roto.

Puede que tuviese razón.

Tal vez, aunque ella lo dudaba. Sabía lo que se sentía cuando te arrancaban una parte de ti sin tu consentimiento. Todavía recordaba con claridad esas primeras semanas tras perder su ojo, la impotencia, la negación, la rabia que había sentido. Kell aún no la había sentido, pero la sentiría.

Hasta entonces, decidió darle espacio.

—No te molestes —le dijo, quitándole importancia con un gesto de la mano—. Está atrapado.

Se metió los dedos entumecidos en los bolsillos y miró a su alrededor. El sol debería haber salido para entonces, pero seguía en la misma posición, escondido justo bajo el horizonte. Como si estuviesen aprisionados en una bola de nieve, presos en el tiempo y en el hielo.

—¿Te has fijado…? —empezó a preguntar, pero no terminó de formular la pregunta. La atención de Kell estaba fija en algún punto a su espalda, con los ojos entornados—. ¿Qué ocurre?

Él frunció el ceño, bajando la voz hasta que no fue más que un susurro.

—Viene alguien.

Lila comenzó a señalar lo ridículo que era eso, la idea de que un desconocido fuera a encontrarles allí, en medio de un mar helado. Pero cuando se volvió, se dio cuenta de que tenía razón. Una figura se dirigía hacia ellos. Al principio pensó que podría ser un oso. Era enorme y peludo, con sus garras haciendo crujir con fuerza el hielo. Pero cuando se acercó, la figura se transformó en la silueta de un hombre enorme que vestía un abrigo con capucha. No tenía garras, sino botas con pinchos que se clavaban en la superficie helada.

Los dedos de Lila se cerraron en torno a la empuñadura de una daga. El hombre les sonreía mientras se acercaba, pero eso no significaba nada. Muchos piratas y asesinos sonreían antes de atacarte.

Stross, Vasry y Tav estaban sobre la cubierta observando lo que ocurría a sus pies, y a Lila no le hacía falta ver el brillo del acero para saber que estaban armados. Ella inclinó la cabeza hacia un lado, una orden silenciosa para decirles que estuviesen preparados.

—*Skalsa!* —gritó el hombre con una voz melodiosa, en un idioma que ella desconocía. Era incluso más grande de cerca, con el cabello y la barba negros como el carbón bajo la capucha de piel, y su tez era tan pálida bajo aquella luz espeluznante como el hielo que les rodeaba. Su mirada era de un azul sorprendente y, cuando se les acercó, Lila agradeció en silencio haberse puesto el ojo marrón para dormir, agradeció que Kell siguiese con la capucha puesta, con su ojo negro oculto bajo la escasa luz del amanecer.

El hombre seguía hablando con fluidez, sus agudos eran mucho más agudos y sus graves mucho más graves. Parecía que estaba dando un discurso, como si fuese algo formal y que hubiese practicado. Cuando terminó de pronunciarlo se quedó callado y los miró fijamente, esperando su respuesta.

Lila pasó la mirada del hombre a Kell y de vuelta al hombre, y estaba a punto de explicarle que no tenía ni idea de lo que acababa de decir cuando Vasry se inclinó sobre el costado del barco y dijo:

—¿Habla fresano? Estuve saliendo con una chica fresana hace años. Muy divertida. Tenía las manos heladas pero…

—¿Te importaría ir al grano? —murmuró Kell.

—Lo que quiero decir —dijo Vasry, bajando por la escala— es que aprendí algo de fresano. Quizá pueda ser de ayuda. —Se dejó caer los últimos escalones sobre el hielo junto a ellos, se resbaló pero recuperó el equilibrio rápidamente—. *Skalsa!* —dijo, saludando al hombre con el mismo tono melodioso. El hombre asintió y volvió a empezar su discurso.

En cuestión de segundos, Vasry movió sus manos, pidiéndole que hablase más lento. Balbuceó algunas frases para responderle. El hombre frunció el ceño. Y después sacó una daga larga.

—¿Qué le has *dicho*? —exclamó Lila.

Vasry estaba intentando encontrar la respuesta correcta pero ella ya no le estaba escuchando. En cambio, observó cómo el hombre se arrodillaba, girando la daga que llevaba en la mano hacia el hielo y usando su empuñadura para tallar algo en su superficie. Unos minutos más tarde, se levantó y murmuró algo ininteligible. Los símbolos que había tallado sobre el hielo comenzaron a retorcerse y girar, después se elevaron por el aire, ondulando entre ellos como una cortina. Esta vez, cuando volvió a hablar, su voz cruzó la cortina que había formado el hechizo y se transformó en arnesiano. Pareció sorprenderse al escucharlo, y ella se preguntó cuántos marineros de Arnes se aventurarían hasta una zona tan al sur.

—Oí cómo el hielo se quebraba —dijo, sus palabras reverberaban por el aire al tiempo que el hechizo las interpretaba—. ¿Hay algún problema?

Lila señaló hacia el barco, cuyo casco estaba completamente atrapado por el hielo; para ella el problema era más que evidente.

—Nuestro barco está atrapado.

El hombre negó con la cabeza.

—Atrapado, no. No. *Hechizado.*

Bueno, pensó Lila, eso explicaba la extraña naturaleza del hielo, la manera en la que seguía cerrándose como una mano invisible contra su barco.

—Bien, entonces —dijo—, si no te importa deshechizarlo…

—Ah —le interrumpió—. Me temo que solo el maese del puerto puede liberar un barco una vez que este ha entrado en el puerto.

Lila observó a su alrededor, al hielo que les rodeaba, como para señalar que eso no se parecía en nada a un puerto. Al percatarse de su confusión, el hombre barrió la escena ante ellos con una mano enguantada.

—Esto es un puerto de *hielo* —explicó—. Cruzasteis la frontera del embarcadero hace un rato. Si lo que queréis es marcharos, tendréis que esperar al maese del puerto.

—¿Y tú no eres el maese del puerto? —preguntó Kell, que parecía estar divirtiéndose con todo esto.

El hombre negó, sacudiendo la cabeza enérgicamente, y se carcajeó.

—No, no, yo solo cuido de los barcos mientras ella está en la feria. Pero no os preocupéis, debería volver antes de que acabe el día.

Ante la mención de dicho «día», Lila volvió la mirada hacia la línea de luz mortecina que seguía abrazando el horizonte.

—¿Cuándo se supone que sale el sol por aquí?

El hombre se rio.

—¡Ah, depende! En algunos meses no se pone nunca. En otros nunca sale. Ahora estamos al final de la estación sin luz, así que debería salir en algún momento de los próximos días. Nunca se me ha dado especialmente bien llevar la cuenta, pero la verdad es que no me importa. Hace que el día que por fin hay luz sea una agradable sorpresa. Venid, podéis esperar en la casa del puerto, si queréis.

Dicho eso se giró y empezó a alejarse, con sus botas clavándose en el hielo. Kell y Lila intercambiaron una mirada y lo siguieron sin mediar palabra, con Vasry pisándoles los talones. La joven se volvió y les hizo señas a Stross y a Tav para que se quedaran en el barco a esperar. Se habría sentido mal por ello, pero Stross pocas veces salía del navío, y Tav tenía la desagradable costumbre de emborracharse hasta la perdición en los puertos en los que atracaban, así como de buscarse una pelea en cada uno de ellos que no siempre podía ganar.

Mientras caminaban, la niebla, adherida con fuerza al aire frío, comenzó a ondularse y a disiparse, mostrando docenas de otros barcos atracados, dispersos por el puerto helado, que entraban y salían de su campo de visión como fantasmas bajo la tenue iluminación. Cuanto más se internaban en el puerto, más barcos veía. Lila vislumbró siluetas aquí y allá sobre sus cubiertas, pero en su mayoría todos los navíos parecían estar vacíos.

El hechizo de comunicación, por suerte, les había seguido, lo que les era de gran ayuda ya que su guía mantenía una conversación constante.

—Estáis muy lejos de casa —dijo—. ¿A qué se debe vuestro viaje?

Lila se topó con la mirada de Kell.

—Somos cartógrafos —respondió unos segundos después. Esa era la historia que habían acordado contar cuando partieron hace meses. Era una apuesta arriesgada. En la mayoría de los sitios creían que los cartógrafos no eran más que meros artistas que realizaban un estudio independiente. Otros creían que eran espías que cartografiaban las costas extranjeras para su posterior conquista. Pero el hombre del puerto parecía satisfecho con su historia.

—Excelente. Ya iba siendo hora de que los imperios del norte se diesen cuenta de que hay mundo más allá de sus fronteras. Hay muchas cosas que apreciar aquí abajo. Por ejemplo, la feria sin luz. Es una celebración que comenzó como una manera de pasar los días más oscuros, pero aquello que alegra el alma suele tener un modo de perdurar. Ahora viene gente de todas partes para celebrarlo. ¡Estos días esperamos con ansias la oscuridad! Aquí estamos...

Habían llegado al final del puerto. Lila había esperado que el hielo terminase dando paso a tierra firme, pero no era así. En cambio, este se inclinaba hacia arriba, primero formando un camino y, luego, un refugio. Esperaba haberse encontrado con algo tosco y pequeño, pero ese edificio era enorme, y el hielo de sus paredes era tan liso y grueso como la piedra pulida. El hombre dio una palmada con sus manos enguantadas, que desprendieron escarcha con el gesto, mientras los conducía hacia una sala increíble. De las paredes heladas colgaban tapices enormes, el fuego rugía con fuerza en un hogar helado sin derretirlo, y una larga mesa cruzaba el centro de la estancia, con sus bancos cubiertos de lana y pieles.

Vasry soltó un suspiro de satisfacción y cruzó la estancia directo hacia la chimenea mientras su guía desaparecía en una sala contigua. Regresó unos minutos más tarde con tres tazas con algo dulce y humeante en su interior.

—Así que diriges la casa del puerto —dijo Vasry, tomando una de las tazas que les tendía.

—No, no —respondió el hombre—. Solo me ocupo de cuidarla, mientras que la encargada está en la feria.

Les señaló la enorme mesa con un gesto de la mano, invitándoles a tomar asiento. Lila se dio cuenta de que, como todo en aquella sala, también estaba hecha de hielo, con varias capas de telas de lana gruesas encima. Al tomar asiento, Lila recorrió la sala con la mirada. Aquel lugar le recordaba a algo sacado de un cuento de hadas: pintoresco, acogedor y... demasiado bueno para ser cierto.

El hombre se fue hacia la chimenea, para echar otro tronco a la lumbre. Lila lo observó alejarse y sintió la mirada de Kell en su nuca.

—¿Qué? —dijo, sin volverse a mirarle.

—No todo tiene que ser una trampa. —Sus palabras le hicieron sentir cómo algo tiraba con fuerza en su interior. Por sentirse observada pero, sobre todo, porque alguien fuese capaz de leerla.

—¿De verdad soy tan fácil de leer?

—No —respondió él con sencillez—. Pero me gusta pensar que estoy aprendiendo a hacerlo.

Lila se obligó a relajarse y a tomar su bebida. La taza le calentaba sus manos desnudas y el vino, si es que era eso lo que era, estaba caliente y le dejaba un regusto dulzón en la lengua. Se lo bebió en solo unos tragos y golpeó la mesa con los dedos, pensando, para luego levantarse de su asiento.

En el exterior la luz no había cambiado. No sabía qué hora era o cuánto tardaría la maese del puerto en regresar.

Pero sí sabía algo: no había navegado hasta el fin del mundo solo para quedarse allí.

Se dirigió hacia la chimenea y hacia el hombre que la atendía.

—Bien, entonces —dijo—. ¿Por dónde se va a la feria sin luz?

IV

—¡*T*ierra! —volvió a bramar Stross al tiempo que Lila salía corriendo de la bodega, aún con la botella de vino de verano rota en la mano. Kell la siguió, frunciendo el ceño.

El crepúsculo caía sobre la costa. En la capital, pensó, el sol lo estaría tiñendo todo de rojo y dorado, dotando a la ciudad de un brillo cálido y constante. Pero aquí, los últimos rayos del sol caían sobre la costa con un resplandor metálico, reflejándose en los edificios dentados que llenaban el acantilado hasta la bahía a sus pies.

Así que eso era Verose.

Kell intentaba no pensar demasiado en Londres, o en lo que su hermano y su familia estarían haciendo en estos momentos (había seguido a Lila hasta el fin del mundo y de vuelta, y había merecido la pena). Llevaban siete años navegando en el *Barron Gris* y la mayor parte de los días se sentía a gusto en el barco, e incluso entre la tripulación.

Pero lugares como Verose le recordaban lo lejos que estaba de su hogar.

Incluso a la distancia, la ciudad parecía estar lo bastante afilada como para cortar sus velas.

La tripulación estaba reunida, todos juntos en la cubierta.

Ahí estaba Stross, el primer oficial del *Barron*, fornido y serio, rascándose una barba negra que había empezado a llenársele de canas poco a poco, y su alegría pasajera se volvía más intensa cada vez que se acercaban a su destino.

Y Vasry, de pie bajo las velas y observándolo todo, como siempre hacía, como si estuviese posando para que alguien le retratase, con la barbilla alzada y el cabello rubio recogido en la nunca mientras les daba un buen uso a sus escasas dotes para controlar el viento y les guiaba hasta el puerto.

Luego estaba Tav, bajito y desaliñado como era, que en ese mismo instante estaba vomitando todo el contenido de su estómago por la borda después de haberse divertido de más esa tarde, incluso aunque estuviesen en un navío que se hacía pasar por un barco de recreo lleno de piratas ruidosos.

Y, por último, Raya, dejándose caer hasta la cubierta como una golondrina, con sus trenzas negras flotando con el viento a su espalda.

Raya, que se había unido a su tripulación tras la feria sin luz y que nunca les había abandonado, a pesar de la manifiesta aversión de Lila por los desconocidos.

—Creo que estoy enamorado —había dicho Vasry a la siguiente mañana y, para aquel entonces, ninguno le había prestado demasiada atención porque, francamente, Vasry se enamoró con la misma rapidez con la que se tropieza alguien después de haber bebido demasiado vino, así que Lila probablemente supuso que se le terminaría pasando y que terminarían dejando a la joven en el siguiente puerto en el que atracasen. Pero Raya resultó tener una afinidad con el agua bastante decente y ser una cocinera incluso mejor, y Vasry los sorprendió a todos al seguir enamorado hasta los huesos de ella, por lo que Lila permitió que la chica se quedase a regañadientes.

Ya habían pasado casi siete años desde entonces y la joven aún no había pronunciado ni una palabra en arnesiano, algo de lo que además parecía enorgullecerse, pero su rostro era tan expresivo como los ceños fruncidos de Kell y se le daba muy bien expresar aquello que quería decir con solo una mirada.

Y, encima, sabía luchar, algo que descubrieron cuando el *Barron* se metió en problemas con un barco que querían asediar, y la joven se las apañó para conjurar rápidamente un par de espadas de hielo y clavarle una de ellas en el pecho al pirata más cercano cuando este intentaba subir a bordo.

A Lila le gustó un poco más desde entonces.

Y a Kell le gustaba no ser el más nuevo de la tripulación.

En ese momento, mientras el *Barron Gris* entraba en el puerto de Verose, escudriñó las filas de barcos que ya había allí atracados, y encontró el que andaban buscando, amarrado a las tres naves a la izquierda del muelle. Una nave veskana, con banderas rojo sangre y alas grabadas sobre el casco blanco. Lo conocían bajo el nombre de *Eh Craen*.

El Cuervo.

Si los espías de Alucard Emery tenían razón, entonces este barco se dirigía hacia el sur, listo para entregarle lo que cargaba en su interior a un contrabandista arnesiano que iba hacia Londres. Alucard quería saber qué era lo que transportaba.

Y Kell quería lo que siempre ansiaba por esos días.

Demostrar que, incluso así, sin el poder que antaño había definido su existencia, que le había marcado como un *antari* y le había convertido en el mago más poderoso del mundo, seguía siéndole de utilidad al *Barron Gris*, a Lila Bard, al palacio, al imperio y a sí mismo.

V

EN EL PUNTO MÁS AL SUR DE FRESA
HACE SIETE AÑOS

Kell Maresh nunca había tenido tanto frío.

Durante años, si alguna vez sentía algo de frío solo tenía que invocar al fuego y una llama se formaba entre sus dedos, o al aire para que le mandase una cálida brisa que le calentase la piel. El gesto le era tan natural como respirar. No tenía que esforzarse. Sencillo.

Pero ya no había nada sencillo.

La agradable calidez del vino había ido disminuyendo a medida que la tripulación recorría el camino que les habían indicado que bajaba desde la casa del puerto, aunque no llevaba hasta una ciudad, sino hasta un enorme túnel excavado directamente en el corazón del glaciar. Una ráfaga de viento feroz silbaba a través de él, cantando su canción contra el hielo y hundiendo sus afilados dientes en cada centímetro expuesto de piel.

Y, aun así, a pesar de lo incómodo que se sentía, ese lugar albergaba algo extraordinario.

Ya había visto antes el hielo, pero el término no le hacía justicia a aquella superficie helada.

Cuando era joven, se había escondido en la sala de los mapas del rey para estudiar el modelo del imperio en miniatura que había sobre la mesa y los mapas de las paredes, preguntándose cómo era posible que un mapa tuviese esquinas cuando el mundo iba mucho más allá. «¿Dónde está el resto?», había preguntado, y el rey le había respondido: «Esta es la parte que importa».

Pero Maxim Maresh estaba equivocado.

Kell se sacudió, no quería pensar en el hombre que le había criado y que, sin embargo, nunca había llegado a verlo como a un hijo. El rey que había caído, entre tantas otras personas, en manos de Osaron y que había obligado a Rhy a subirse al trono demasiado pronto.

Por delante, Lila pasaba sus dedos desnudos por las paredes del túnel y había comenzado a tararear una canción marinera, con la melodía reverberando por las paredes de hielo, una canción con su propio coro; el eco de sus pisadas.

Sin la espeluznante luz del amanecer el túnel habría estado completamente a oscuras. Pero no lo estaba. De hecho, el hielo de las paredes que les rodeaban parecía brillar desde dentro, como si albergase una luz en su interior, de un azul pálido que Kell podría jurar que brillaba con más fuerza a medida que caminaban. Aminoró la marcha, acercándose a las paredes del túnel, y su reflejo deformado le devolvió la mirada desde el hielo. Un rostro pálido y alargado. El cabello rojizo dividido por un único mechón plateado. La única marca visible que le había dejado la batalla que le cambió la vida por completo.

Posó una mano enguantada en la pared de hielo y lo sintió, el hielo vibraba con energía propia, como si una corriente de agua lo surcase por dentro. El agua se había congelado, pero en su interior había algo indudablemente vivo.

Fue entonces cuando se percató de lo que aquello era en realidad. Una *fuente*.

Por supuesto, Kell sabía que el río Isle, en Londres, no era la única fuente que existía, que había fuentes de magia por todo el mundo. Pero, aun así, era extraño y maravilloso haber encontrado otra. Estar de pie dentro de ella. Bañarse en su brillo como si fuese algo curativo. Quizá, pensó —y esperó—, lo fuera.

Cerró los ojos e imaginó cómo la luz le envolvía, retorciéndose a su alrededor. Cosiendo las partes que se habían desgarrado.

Un temblor recorrió el túnel y Kell retrocedió, casi esperando ver cómo se abrían grietas en la pared alrededor de sus dedos. Vasry se dio la vuelta y Lila ya había desenfundado su daga y, por un horrible instante, Kell pensó que había dañado la fuente. Pero entonces se volvió a escuchar el estruendo y, esta vez, supo a ciencia cierta que no provenía de ningún lugar *tras* ellos ni de su alrededor, sino de delante. Al estruendo le siguió otro ruido, una marea de voces. Eran vítores.

Aceleraron el paso y giraron una curva hasta llegar a la boca del túnel, que se abrió para revelarles una ciudad tallada y hecha de hielo.

Y, en el centro, se celebraba la feria sin luz.

Por supuesto, no estaba realmente sin luz. El brillo azulado de la fuente se encontraba con la neblina del crepúsculo, dándole a todo lo que iluminaban un brillo helado, de ensueño.

Había un centenar de tenderetes que salían directamente del suelo helado, y todas las tiendas de hielo estaban cubiertas de sedas largas y brillantes, y adornadas con farolillos y banderines. Cientos de clientes se paseaban entre los puestos, envueltos en sus abrigos, mientras los mercaderes gritaban algo en fresano, sus voces reducidas a ser música en sus oídos al tiempo que ofrecían carne, té, juegos y magia. Había risas, música y más gente de la que Kell había visto en meses.

Pasaron a través de un arco ornamentado, del que colgaban carámbanos como si fuesen puntas de una corona, con esferas en forma de luna pendiendo de cada uno de ellos. Se había reunido una multitud un poco más allá, formando un enorme círculo alrededor de una mujer de tez pálida que llevaba puesto un abrigo plateado.

Estaba de pie en el centro de una pequeña plataforma, con las manos desnudas alzadas ante ella como si estuviese sosteniendo los hilos de una marioneta. Durante un largo instante permaneció inmóvil y, entonces, mientras todo el mundo la observaba, sus brazos empezaron a moverse, con sus dedos bailando por el aire.

Y el hielo que la rodeaba creció.

Se elevó a ambos lados y se juntó sobre su cabeza, formando la silueta delicada de un barco. Se extendió como la escarcha por el aire, alrededor de su cuerpo, hasta que la escultora desapareció en el interior de su obra.

La nave creció hasta alcanzar el tamaño de una casa, con todos sus detalles, con sus pernos y sus velas. Y eso ya habría sido bastante increíble, pero entonces el barco empezó a desplazarse. Se balanceó ligeramente, como si estuviese atrapado entre las olas. Y después volvió a quedarse quieto, pero esta vez era una quietud amenazadora. Como la calma antes de una tormenta. Un niño jadeó y, de pronto, Kell vio por qué. Había aparecido un único zarcillo helado, que se enroscaba alrededor del barco. Luego apareció otro. Y otro. La multitud contuvo el aliento cuando las extremidades de una bestia marina se cernieron sobre el casco, después sobre el mástil y por último por encima de las velas, apresándolo y arrastrándolo hacia él.

El barco crujió como si estuviese hecho de madera y comenzó a resquebrajarse bajo la fuerza del monstruo.

Kell observó la escena completamente atónito.

Una cosa era esculpir un objeto a partir de un elemento. Y otra muy distinta aportarle movimiento, invocar al viento para que hiciese ondear las velas heladas o crear tensión en las extremidades de un monstruo hecho de hielo. Era una obra maestra de la magia, una proeza que nunca había presenciado. El ser capaz de recrear el mundo real con tanto detalle y entonces...

De repente, el barco *se hizo añicos* con una explosión que sacudió la feria.

Toda la escena explotó frente a sus ojos, con el hielo disolviéndose hasta no ser más que copos relucientes que caían con delicadeza sobre los espectadores, espolvoreando sus hombros y capuchas, cubriéndolos de nieve. Y la mujer volvía a estar de pie, sola, en el centro de su plataforma.

La multitud estalló en aplausos.

Vasry la vitoreó y Kell aplaudió con fuerza y, a su lado, el rostro de Lila se iluminó, del mismo modo en el que se había iluminado aquel primer día en el Londres Rojo, cuando todo le parecía nuevo. Se bebió la escena con la mirada, impregnándose de su esencia, no con un regocijo malvado sino con una especie de asombro hambriento. Se volvió hacia él, le sonrió y se acercó, pero Kell la agarró de la mano desnuda y la atrajo hacia sí para besarla.

Una calidez agradable lo invadió, y no supo si se debía a la magia de ella, que chisporroteaba en el espacio entre sus cuerpos o al calor de su propio cuerpo, pero en cualquier caso lo agradeció.

Lila se apartó de él lo suficiente como para mirarlo fijamente a los ojos, con sus alientos mezclándose entre ellos hasta formar una nube blanquecina frente a sus labios.

—¿Y eso por qué? —preguntó.

—Para entrar en calor —respondió él, y ambos sonrieron, con el recuerdo de aquella primera noche en la que ella había hecho lo mismo, afirmando que era para darle buena suerte, dibujado como un hilo entre los dos. Ella lo volvió a besar, con más ganas, deslizando las manos por debajo de su abrigo. Kell se inclinó hacia ella. La amaba. Y eso lo asustaba pero, francamente, Lila también le daba miedo. Siempre se lo había dado.

Delilah Bard no era un colchón blando en una mañana de verano. Era el filo de una daga en la oscuridad: deslumbrante, peligrosa y puntiaguda. Incluso en ese momento, casi esperaba sentir sus dientes mordiéndole el labio, la intensa punzada de dolor, el sabor de su propia sangre en la boca.

Pero Kell solo la sentía a ella.

A su lado, Vasry carraspeó.

—Creo que me iré a buscar mi forma de entrar en calor —dijo, internándose en la feria.

Y entonces Lila se alejó también, atraída por los puestos y los objetos que vendían. Solo echó la mirada atrás una vez, con una sonrisa traviesa en los labios.

Y después desapareció entre la gente.

Kell estaba a punto de seguirla cuando un pequeño bulto chocó contra su costado. Se giró y se topó con una niña pequeña tambaleándose hacia atrás, cayendo con fuerza sobre su trasero en el hielo. Una chiquilla, tan abrigada contra el frío que solo se podía ver la parte superior de sus mejillas sonrojadas y sus brillantes ojos azules.

De pronto escuchó cómo hipaba, como si estuviese a punto de echarse a llorar, cuando llegó una mujer y la tomó en brazos, volviéndose hacia Kell para disculparse. Lo observó y, entonces, una ráfaga helada le recorrió el cuero cabelludo, lo que le hizo percatarse de que se le había caído la capucha, dejando a la vista su cabello cobrizo. Y su ojo negro.

Kell se estremeció, preparándose para lo que sucedería cuando alguien reconociese lo que era en realidad. Para el miedo, el asombro y lo que vendría a continuación. Pero no pasó nada. Su aspecto parecía no significar nada para ella. Pues claro que no significaba nada. Estaba a mil leguas de su hogar. Allí no era un príncipe y, aunque fuese un *antari* quizás ella no supiera ni siquiera lo que significaba ser *antari*. Puede que tampoco le importase.

Para ella, él no era más que un extraño en la feria sin luz.

Se llevó a la niña y Kell las observó alejarse, soltando una pequeña risita que se escapó de sus labios y formó una nube de vaho.

—*Hassa* —gritó alguien, y Kell tardó un momento en darse cuenta de que lo estaban llamando a él. Se volvió y se fijó en un hombre que estaba en uno de los puestos, con una bufanda gruesa cubriéndole la mitad inferior del rostro.

—*Hassa!* —volvió a llamarle, haciéndole señas a Kell para que se acercara. No estaba del todo seguro de qué tipo de objetos vendía aquel hombre, su mesa estaba llena de pequeñas figuritas, pero fue la pared a su espalda lo que le llamó la atención.

El espacio lo ocupaba una única escultura enorme e increíblemente delicada que podría haber sido un palacio, o solo una casa muy ornamentada, con su fachada surcada por una serie de ventanas.

Y, a diferencia del propio puesto, que estaba hecho de hielo con varios centímetros de grosor, la casa esculpida estaba hecha de placas de hielo tan delicadas como la escarcha, y parecía que fuese a desmoronarse bajo el más mínimo roce. De eso se trataba, comprendió Kell.

Al acercarse, el hombre empezó a hablarle a toda velocidad. Rhy siempre había sido al que se le daban bien los idiomas. Kell había ido aprendiendo alguna palabra suelta aquí y allá con sus viajes, pero nunca había aprendido fresano; era un idioma melódico y aspirado cuyas palabras nunca llegaban completas a sus oídos, sobre todo cuando aquel que las pronunciaba tenía la boca completamente oculta bajo una bufanda.

—Lo siento —le interrumpió Kell, dando un paso atrás—. No le entiendo.

Se dio la vuelta, dispuesto a marcharse, pero antes de que pudiese hacerlo el hombre le dedicó una sonrisa, con la mirada brillante.

—Ah. ¡Arnesiano! —dijo, adoptando una versión rota de su lengua—. Ven. Es *juego*.

Al decirlo se volvió hacia la casa ornamentada y señaló una de sus múltiples ventanas. En cada una de ellas había una esfera hecha con hielo de distintos colores, lo suficientemente grande como para llenar el marco de lado a lado.

—Rompe una —dijo, rodeando el objetivo con una mano enguantada—. Pero no casa. Toca casa. Pierdes.

Por supuesto, era un juego mágico.

Aunque no era uno muy complicado, incluso un niño con mucho cuidado podría hacerlo. Para ganar tenías que invocar un elemento y controlarlo lo suficiente como para que derritiese o moviese una de las esferas sin tocar la frágil casa helada. Para un mago habilidoso era una tarea fácil. Para un *antari*, en cambio, debería ser pan comido.

—No perderás —dijo el hombre—, si tocas bola, solo bola, ganas...

Señaló todos los premios que tenía sobre la mesa, unas pequeñas figuritas que no estaban esculpidas en hielo sino en una roca traslúcida y delicada. Había animales: pájaros, osos, perros e incluso ballenas; pero también había figuritas que representaban una tienda en miniatura, los puestecitos de la feria e incluso una réplica del arco que habían tenido que cruzar para llegar hasta allí. Y ahí, justo en el borde de la mesa, había un barco en miniatura. A Kell le recordó al *Barron Gris*. Le hizo pensar en Lila.

—Tú juegas —dijo el hombre.

Kell tragó con fuerza. Dobló los dedos, que los tenía medio congelados incluso con los guantes que su abrigo le había regalado.

Habían pasado tres meses.

Tres meses desde la batalla con Osaron en su palacio improvisado. Tres meses desde que Holland, Lila y Kell habían combinado sus poderes para enfrentarse al dios oscuro. Tres meses desde que Holland había usado a un Heredero para contener el poder del demonio y desde que Kell se había visto atrapado entre los dos y casi había muerto.

Tres meses, se recordó, y cuanto más esperase, mejor se recuperaría. Pero podía sentir cómo la magia se acumulaba bajo su piel. Esperando a que la invocase. Aguardando a que la utilizase.

Esa era la parte más complicada. Sabía que estaba ahí, como un pozo sin explotar, y cada día se descubría intentando recurrir a ella, así como llevaba haciendo toda la vida, solo para detenerse poco después al acordarse. Al recordar el dolor, la angustiosa y desgarradora agonía que lo había destrozado cuando intentó volver a usar su poder por primera vez después de que ganaran.

Pero habían pasado tres meses desde entonces.

Estaba seguro de que tres meses era tiempo suficiente.

—¿Cuánto cuesta una partida? —preguntó.

El hombre se encogió de hombros. Kell metió una mano en su bolsillo, esperando que el abrigo le diese lo que necesitaba. Sacó un puñado de monedas, aunque ninguna fresana. El hombre observó el montoncito que le tendía y seleccionó un lin arnesiano, carmesí y con una pequeña estrella dorada en el centro. La moneda desapareció en el interior de su abrigo.

—Bien —dijo, dando una palmada—. Ahora, juegas.

Kell tragó con fuerza y se quitó los guantes mientras decidía qué elemento usar. El fuego era la opción más fácil, pero el más probable que dañase el resto de la casa. La tierra sería inútil, ya que allí no había tierra. Podría invocar el agua que componía la propia esfera, pero el resto de la casa estaba hecha de lo mismo. No, la respuesta correcta era invocar el viento. Una única ráfaga que consiguiese derribar la esfera.

Se le aceleró el pulso por la anticipación. Le había costado tanto haber esperado todo ese tiempo para volver a usar su magia que se sentía como un muerto de hambre a punto de comerse su primera y única comida.

Kell respiró hondo y alzó la mano, invocando su magia de nuevo.

Y esta respondió a su llamada.

Corriendo hacia él como si fuesen viejos amigos que se acaban de reencontrar.

Acudió a su encuentro, tan ansiosa, tan rápido.

Acudió, sí.

Pero el dolor también la acompañó.

No era la rigidez propia de un músculo que lleva mucho tiempo en reposo, o la de un hueso que aún no se ha asentado del todo, sino el dolor agónico de una herida abierta. Una ráfaga de viento se filtró entre sus dedos, yendo hacia la casa hecha de hielo, y el dolor se desató por completo, desgarrándole el pecho, arrancándole el aire de los pulmones y la fuerza de las extremidades.

Y toda la casa estalló en pedazos.

Kell no vio cómo sucedía. Para cuando ocurrió él ya estaba hecho un ovillo sobre el suelo helado, respirando con dificultad, con el sudor haciendo que su ropa se le pegase a la piel bajo el abrigo, y el miedo subiendo junto con la bilis por su garganta.

Luchó por levantarse cuando la gente se volvió para mirarlo, y el hombre del puesto observó con tristeza la casa destrozada.

—Has perdido —repuso, como si no fuese obvio.

Kell se tambaleó hacia atrás, desesperado por alejarse de los puestos, de la multitud y de la feria sin luz. Logró atravesar el arco antes de que le fallasen las rodillas y se dejase caer sobre el suelo, vomitando. Eso estaba mal. Todo estaba mal. En otro tiempo Kell Maresh había sido el mejor mago del mundo. En esos momentos ni siquiera podía ganar un juego de niños.

No oyó cómo Lila se acercaba pero entonces allí estaba, posándole una mano sobre el hombro.

—Kell —lo llamó, y había algo en su voz, algo que él nunca había escuchado antes, algo que sonaba demasiado parecido a la lástima, que hizo que se apartase de golpe de su contacto.

—Tres meses —jadeó. Aún le costaba respirar con normalidad, aunque ahora se debía más al pánico que al dolor—. Tres meses y no han servido para *nada*. Deberían haber sido suficientes. Pero sigue rota. —Se pasó las manos por el pelo, desesperado—. Sigo roto.

Negó con fuerza con la cabeza.

—No es justo.

La mirada de Lila se encontró con la suya, con su ojo de cristal brillando bajo la extraña luz.

—Nunca lo es.

Se le formó un nudo en la garganta.

—Soy un *antari*, Lila. —Las palabras le arañaron la garganta al salir—. No soy nada sin mis poderes.

Ella lo miró con el ceño fruncido.

—¿Es que yo no era nada sin los míos?

Y antes de que pudiese decir que aquello era distinto y que ella lo sabía, Vasry se les acercó, con sus pestañas doradas cubiertas de escarcha y una joven bajo el brazo.

—Mirad —dijo alegremente—. ¡He encontrado mi forma de entrar en calor!

Kell se levantó y se alejó de ellos todo lo rápido que pudo, dirigiéndose a la salida del túnel, hacia el puerto y al barco.

Y aún pudo oír que Vasry preguntaba a sus espaldas:

—¿A dónde va?

—A regodearse en sus desgracias —respondió Lila.

Pero estaba equivocada. Kell estaba harto de regodearse en sus desgracias, harto de esperar a que su poder se curase. Había estado equivocado al pensar que solo era cuestión de tiempo. Al pensar que su magia se podría curar. Si sus poderes no volvían por sí solos, él los obligaría a regresar a la fuerza.

UN MES MÁS TARDE

Kell se estaba desmoronando.

Así era como se sentía, allí de pie en el centro del camarote, con la camisa abierta, las mangas arremangadas y el sudor goteando por su piel. Había dejado su abrigo tirado sobre una silla, y una botella de vino yacía vacía en el suelo a su lado. Había una vela encendida sobre la mesa, con una pequeña llama que lo observaba fijamente, firme y expectante.

Kell tenía su propio camarote en el barco. A diferencia del camarote del capitán, este era pequeño y con poco mobiliario; tenía poco más que una cama, una cómoda y un lavabo. Pero le pertenecía, como había pasado con la habitación que tenía en la planta superior del Sol Poniente, un lugar donde pudiese estar solo. Con sus pensamientos. Con su poder.

Respiró hondo, estiró la mano e intentó atraer el fuego hacia él.

En cuanto este respondió a su llamada, también lo hizo el dolor. Tan intenso y violento como un cuchillo al rojo vivo, rasgándole la piel. Trazando un camino a través de sus costillas. Ordenándole que se detuviese.

Podría haberse detenido, si no por él, por su hermano, Rhy, cuya vida estaba vinculada a la suya, que sentía cada gota de dolor como si le perteneciese. Su sufrimiento era como un hilo que les unía. Si herían a uno de ellos, el otro también sufría ese dolor, y Kell nunca se atrevería a hacerle daño a su hermano.

Pero había aprendido rápidamente que ese dolor en particular le pertenecía solo a él. No era un dolor físico. No le pertenecía a su cuerpo, sino al tejido que formaba su alma. Y por eso siguió adelante, como había hecho cada noche desde que habían visitado Fresa y la feria sin luz.

Sostuvo el fuego en la palma de una mano con los dientes apretados mientras extendía la otra hacia un vaso, invocando al agua que había en su interior. Esta se alzó, formando un remolino en el aire al acudir a su encuentro, pero Kell había empezado a temblar, con el sudor pegándole el cabello cobrizo a la piel.

Podía hacerlo.

Tenía que hacerlo.

Era Kell Maresh. Mago *antari* y príncipe adoptado. Había viajado a través de mundos, había conocido y temido a los gobernantes de los Londres Gris, Rojo y Blanco. Se había enfrentado a Vitari y a la oscuridad que intentó poseerle, había ganado a todos los concursantes excepto a Lila en el *Essen Tasch*, había luchado contra Holland y también había luchado a su lado, había presenciado cómo el otro *antari* sacrificaba todo lo que tenía, todo lo que era, para salvar sus ciudades. Holland, que no había sobrevivido a la batalla. Pero Kell sí.

Había sobrevivido a todos aquellos horrores.

Y sobreviviría a esto. Él…

Se tambaleó y perdió el control. La llama se extinguió, el agua cayó como la lluvia sobre el suelo, y le fallaron las piernas, derribándole de rodillas.

—Levántate —siseó entre dientes.

Le temblaban los músculos pero, después de unos segundos, se levantó, apoyándose en la mesa. Extendió la mano hacia el vaso vacío, pero en vez de alzarlo con la mano, lo lanzó hacia el suelo, barriendo la mesa con el brazo. Observó cómo se hacía añicos al chocarse contra la madera.

—Recógelo —se ordenó, envolviendo los fragmentos de cristal con la mente.

Los cristales temblaron en el suelo.

—Recógelo —rugió mientras los pedazos se elevaban, lentos y vacilantes, por el aire. A Kell se le oprimió el pecho. Le temblaban las manos.

Vuelve a juntar los fragmentos, pensó.

Vuelve a juntar tus fragmentos.

Los cristales flotaron los unos hacia los otros, repiqueteando como campanillas al chocar, separándose. La daga al rojo vivo se le clavó en el pecho y el control de Kell vaciló. Se recompuso rápidamente y se dedicó por completo a juntar esos fragmentos de cristal. Estos impactaron entre sí con tanta fuerza que se convirtieron en arena y Kell se desplomó, jadeando.

Dejó escapar un sollozo desgarrador y apoyó la frente sobre la madera.

Se dijo que terminaría acostumbrándose al dolor. Que todo terminaría por doler menos. Que en algún punto el dolor por fin desaparecería, *tenía* que desaparecer. Al fin y al cabo era una herida, y todas las heridas acababan curándose.

La piel abierta se cerraba y cicatrizaba y, sin embargo, esta herida parecía volver a abrirse con cada intento. No era un corte en la piel. Era como si algo en lo más profundo de su ser se hubiese roto, deshilachado, y estaba empezando a sospechar, a temer, que nunca se curaría. Que nunca se volvería más fácil. Que nunca dolería menos.

Como si fuese un miembro destrozado que tuviese que amputar, pero no había nada que cortar. Todo él estaba roto. En sus momentos más oscuros, cuando no conseguía imaginarse una vida sin magia, o un futuro sin dolor, pensaba: *No puedo vivir así.* Pero tenía que hacerlo. Puede que ese dolor le perteneciese solo a él, pero su vida no. Su vida nunca volvería a pertenecerle solo a él.

Así que arrastró su alma rota hacia delante, sintió cómo se quebraba de nuevo con cada paso, y esperó que llegase el momento en el que su magia fallase por completo, sabiendo que sería una bendición cuando eso ocurriese.

Pero por ahora seguía ahí. Deshilachada y desgarrada, y aguardando a que la invocase.

Se obligó a levantarse, apoyándose en las rodillas y en las manos, cuando una gota roja cayó al suelo. Le sangraba la nariz, su cuerpo le suplicaba que parase. En cambio, se limpió la sangre con la mano y apoyó la palma ensangrentada en el suelo húmedo, antes de invocar su poder de *antari*.

—As Isera —dijo, preparándose para lo que vendría a continuación. La magia cobró vida gracias a la sangre y su orden. Una fina capa de hielo se extendió bajo su mano, cubriendo los tablones de madera. Kell se sintió aliviado al comprobar que esa magia seguía funcionando. Y entonces se le nubló por completo la vista, y su mundo se volvió negro al tiempo que el filo al rojo vivo se le volvía a clavar bajo la piel.

Luchó contra el impulso de gritar de dolor, sin éxito; un grito desgarrador se filtró entre sus labios mientras se desplomaba, le ardía la mejilla al golpearse contra el suelo helado, y sollozó del dolor, de rabia y de pena.

¿Quién era él sin su magia?

¿Qué valor tenía?

Recobró la vista poco a poco, pero en ese momento toda la sala le daba vueltas y cerró los ojos con fuerza, intentando llenar sus pulmones de aire de nuevo. Seguía ahí tumbado cuando oyó que la puerta se abría y el sonido de unas botas al golpear la madera. El mundo se oscureció tras sus párpados cuando una sombra se alzó ante su rostro.

—Suficiente —dijo Lila, y él pudo detectar la ira en su tono.

Pero no era suficiente. No podía parar, no hasta que la magia volviese a hablarle. No hasta que recordase quién y qué era. No hasta que fuese lo bastante fuerte como para soportarlo.

—Estás asustando a la tripulación.

—Mis disculpas —murmuró, irónicamente.

Si ella hubiese sido cualquier otra persona tal vez le habría mesado el cabello, o incluso se habría tumbado a su lado en el suelo del camarote, habría enredado los dedos con los suyos y le habría dicho que todo iría bien, que saldrían de esta, que hallarían el modo, que él volvería a sentirse completo de nuevo.

En cambio, desenvainó una daga.

Oyó el roce del arma al desenfundarse y, un momento después, escuchó cómo el acero chocaba contra el suelo a su lado, con el filo al alcance de la mano. El mensaje parecía estar bastante claro.

—Si pudiese acabar con mi sufrimiento, lo haría —murmuró, y en ese instante sabía que estaba diciendo la verdad. Pero Lila se limitó a sisear entre dientes.

—Idiota —dijo, dejándose caer sobre una silla cercana—. ¿Sabes qué más eres, Kell?

—¿Alguien cansado?

—Un niñato malcriado —contestó—. Y vago.

—Ya estoy roto —repuso, con una mueca de dolor—. No hace falta que me remates.

Lila suspiró y se recostó en la silla.

—Había un vendedor, en Londres.

Ella nunca lo llamaba el Londres Gris, pero él sabía que ese era el Londres al que se refería. Su voz adquiría un tono distinto cuando hablaba de su otra vida, la que había tenido antes.

Kell respiró hondo. El dolor se había desvanecido, dejando paso al agotamiento. Intentó incorporarse pero no fue capaz, así que reunió fuerzas para rodar sobre su espalda y mirar hacia el techo en vez de a ella.

—¿Cómo se llamaba?

—¿Jack? ¿Jones? —Lila se encogió de hombros—. Eso no importa. Era el mejor en su trabajo. Un genio con la espada. Podía luchar contra tres oponentes a la vez, o degollar a un hombre incluso antes de que sintiese el beso helado del acero contra su cuello. Y entonces lo atraparon.

—¿Quién? —preguntó Kell.

Podía percibir lo enfadada que estaba.

—¿Qué? No importa quién fue. Alguien tan bueno siempre se enfrenta al peligro de que puedan atraparlo tarde o temprano. Así que lo atraparon. No lo mataron, pero sí que le robaron su vida. ¿Sabes cómo? —No esperó a que Kell le diese una respuesta—. Le cortaron la mano con la que sujetaba su espada. Se la amputaron justo a la altura de su muñeca. Incluso le quemaron la herida abierta para que no se desangrase. Pensaron que vivir así era un destino peor que la muerte. ¿Y sabes lo que hizo?

Lila se inclinó hacia delante y Kell la miró fijamente. No podía evitarlo.

—Encontró a esos hombres y usó su espada para degollarlos. Uno por uno, a todos ellos.

—¿Cómo? —preguntó Kell, y Lila le dedicó una sonrisa perversa, antes de levantarse.

—¿No es evidente? —respondió, pasando junto a Kell y junto a la daga que había tirado a su lado—. Aprendió a usar la otra mano.

VI

Era noche cerrada para cuando el *Barron* atracó en Verose. Stross y Vasry, a quienes se les había pasado un poco la borrachera para ese entonces, se bajaron del barco dando tumbos, como si todavía siguieran borrachos como cubas, y recorrieron el puerto riéndose a carcajadas. Volvieron una hora más tarde con unas cuantas botellas de vino más y un número.

«Nueve».

Ese era el número de marineros a bordo del *Cuervo*.

—¿Estáis seguros? —preguntó Lila. Vasry asintió con entusiasmo, casi perdiendo el equilibrio. Ya no estaba tan sobrio, entonces. Ella se volvió hacia Stross, que le confirmó el número que habían contado.

—Nueve —dijo, y ella asintió; estaba intentando decidir cómo acabar con todos ellos, cuando Kell le dedicó una mirada de advertencia. Lila suspiró. Pues claro, él insistiría en dejarlos a todos con vida.

—*Había* nueve a bordo —aclaró Vasry—. Pero dos se marcharon hacia los acantilados.

—Y cuatro se fueron hacia el Túnicas Rojas —añadió Stross—. Les pagué una buena suma a sus anfitrionas para que se tomasen su tiempo con ellos.

—Eso deja solo a tres a bordo —dijo Vasry.

—Sí —respondió Lila escuetamente—. Sé contar. —Se golpeó la manga con los dedos mientras ideaba un plan. Asesinar a tres hombres era bastante sencillo. El no matarlos era la parte complicada. Las órdenes de Alucard no decían que *detuviesen* el barco, solo tenían que averiguar qué transportaba, lo que significaba que necesitarían tiempo para examinar la bodega. Stross podría hacer guardia e incluso servir como distracción si fuera necesario. A Tav se le daba bien la fuerza bruta y siempre estaba dispuesto a enfrascarse en una buena pelea. Y Kell, bueno, ¿qué sentido tenía afilar un cuchillo si nunca cortabas nada con él?

—Vasry, Raya, vosotros dos os quedáis a vigilar el barco —ordenó.

—Si insistes —dijo Vasry, acariciando la cintura de su esposa—. Se supone que este es un barco de recreo, de placer. Mantendremos las apariencias.

—Tú mantienes el viento en las velas —le advirtió—. Por si necesitamos una escapatoria rápida. Y tú —añadió, señalando a Raya con la cabeza—. No dejes que nadie toque mi barco.

Dicho eso se volvió hacia Kell, que estaba cerrando con fuerza las correas de su abrigo negro. Sus miradas se encontraron, y él se irguió, calándose la capucha hasta que el último mechón de su cabello cobrizo quedó oculto. Tav y Stross se quedaron esperando, preparados.

—Bien, entonces —dijo Lila, abriendo los brazos—. Es hora de que vayamos a saludar.

Cuatro personas deambularon por el puerto de Verose.

Tenían aspecto de que venían de pasar un buen rato y de que buscaban divertirse un poco más. Lila sonrió y echó la cabeza hacia atrás, como si estuviese saboreando la noche. Unos pasos por delante, Tav se reía en voz baja, como si Stross acabase de contarle un chiste, aunque no creía que Stross nunca, jamás, hubiese contado un chiste. No estaba segura ni de si se sabía alguno.

A su lado, Kell olía a vino de verano.

Antes de bajar del barco había volcado en su mano el poco vino que quedaba de la botella destrozada y se lo había pasado por el pelo.

—Al menos así no está completamente echado a perder —había dicho, salpicándolo con las gotas que le quedaban en la mano.

En esos momentos Kell le pasaba el brazo sobre los hombros y ella le rodeaba la cintura, con su pequeño cuerpo pegado completamente al de él mientras medio cantaba medio tarareaba una cancioncilla marinera contra su cabello oscuro.

—Quién iba a decir que serías tan buen actor —dijo ella cuando se tambaleó, como si se tropezase con sus pies, dejando caer todo su peso contra su cuerpo—. ¿Dónde has aprendido a actuar así?

—Te olvidas de la reputación de mi hermano —repuso, rozándole la frente con los labios—. Tuve bastante tiempo para estudiar su comportamiento mientras lo arrastraba de vuelta a casa al amanecer.

—Siempre el cuidador —musitó ella con un suspiro—. Nunca al que cuidan.

—Lo creas o no —dijo él—, soy *capaz* de divertirme.

Ella soltó una carcajada, el sonido flotando por el aire y recorriendo el muelle.

—Capaz, quizá. ¿Dispuesto a ello? Nunca.

Ralentizaron sus pasos a medida que se acercaban al *Cuervo*.

Stross extendió un brazo para apoyarse sobre el casco pintado con unas alas blancas, como si no confiase en que sus piernas fuesen a poder soportar su peso, o solo necesitase un momento para descansar. Tav se deslizó entre las sombras del barco y se subió por un costado, cayendo silenciosamente sobre la cubierta.

—Entramos y salimos —le recordó Kell—. No causamos una escena.

Lila puso los ojos en blanco.

—Luego me dirás que los quieres de una pieza.

—Preferiblemente, sí.

Ella suspiró.

—Y yo que creía que íbamos a pasárnoslo bien, era demasiado bonito para ser cierto. —Al decirlo, lo empujó hacia la sombra del barco. Kell se echó hacia atrás para apoyarse en el casco mientras Lila le pasaba las manos por el torso. Incluso estando completamente a oscuras pudo ver cómo se sonrojaba, antes de que sus dedos se internasen en el bolsillo de su abrigo y sacasen un pequeño objeto negro. Se acercó a él lo suficiente como para poder besarlo y, en cambio, le colocó la máscara. Esta se asentó como una mano helada sobre su rostro y lo hizo sonreír, una sonrisa que le pertenecía a un extraño, al tiempo que Kell Maresh desaparecía en el interior de su abrigo.

VII

EN ALGÚN LUGAR DEL MAR
HACE SEIS AÑOS

—Cualquier día de estos —dijo Lila, mordiéndose las uñas.

Estaban en la cubierta del barco, con las velas desplegadas y la marea en calma. El sol empezaba a salir por el horizonte y el frío de la noche aún no se había despedido del todo, lo único que le consolaba, al menos por lo que Kell podía ver, era que le había pedido a la tripulación que se esfumasen, aunque suponía que estarían observándoles desde alguna parte.

—El extremo puntiagudo hacia mí —bromeó Lila.

Él la fulminó con la mirada, con los dedos apretando con fuerza la empuñadura de la espada corta que tenía en la mano.

Kell *sabía* cómo blandir una espada.

Se había criado entre los muros de palacio, con la misma educación que un príncipe, pero también le habían inculcado cómo proteger a la familia real. En concreto, le habían encargado la protección de Rhy. Rhy, que no tenía magia con la que defenderse, sin poderes propios para protegerse. Rhy, que había insistido en aprender a blandir una espada, y por eso Kell había aceptado ser su compañero en los entrenamientos, hasta que el príncipe había sido lo bastante bueno como para practicar con la guardia real.

Kell sabía cómo sujetar una espada y cómo usarla, pero, aun así, el peso del acero en la mano le resultaba algo extraño, demasiado tosco. Mucho menos elegante que las armas que había conjurado invocando al viento, la roca o el hielo.

Lila bajó de un salto de una caja y extendió los brazos.

—Entonces, ¿a qué estás esperando?

—Tú no vas armada.

—Kell —respondió con una sonrisa de lástima—. Creía que me conocías lo suficiente como para decir algo así. —Le hizo un gesto para que se acercase. Ya se había enfrentado a él antes, en el Londres Gris, cuando él pensaba que solo era una ladrona y ella no sabía lo que era la magia, y mucho menos que la poseía, y en aquel momento había sido el acero de ella contra sus hechizos. Se habían enfrentado con más fiereza en el *Essen Tasch*, cuando él se hacía pasar por Kamerov Loste y ella fingía ser Stasion Elsor, pero aquello había sido una competición mágica, de fuego, agua y tierra. Una competición sujeta a unas reglas.

Kell nunca se había enfrentado a Delilah Bard de este modo.

Examinó la cubierta, fijándose en las cuerdas y en las cajas, en las redes y en los clavos, en todos los objetos que antaño habría usado como armas.

En ese momento lo único que le quedaba era la espada que blandía.

Se acercó a Lila, esperando que retrocediese, que se echase hacia atrás, pero sus botas se mantuvieron firmemente clavadas sobre los tablones y sus brazos continuaron extendidos, y lo único que movió fue la comisura de los labios, que se elevó de satisfacción, justo antes de que él empuñase la espada directa hacia su cabeza.

Acero contra acero, el sonido resonó por toda la cubierta.

Él había tenido las manos completamente vacías hacía un segundo, pero en ese momento una daga refulgía entre sus dedos. Alejó la espada y volvió a intentarlo, esta vez para asestar un golpe bajo y rápido, uno que debería haberle atravesado las costillas. Pero una segunda daga apareció en su mano libre, atrapando la espada entre las dos.

La liberó y volvió a intentarlo, pensando que ella debería haber elegido un arma más larga, pero en lugar de eludirlo, se abalanzó sobre él, esquivando su espada y acercándose como una amante, antes de colocarle una daga bajo la barbilla.

—Muerto —susurró.

Y entonces salió de su abrazo y dio un paso atrás.

—Otra vez —dijo.

Él se pasó una mano por el pelo, apartándoselo de la cara y se volvió a preparar, esta vez estudiando el modo en el que Lila se balanceaba de un pie a otro, cómo inclinaba un poco la cabeza hacia un lado para compensar su falta de visión. Si pudiera...

Pero esta vez no esperó a que él atacase primero.

Acometió, feroz y rápida, obligándolo a retroceder.

Él logró esquivarla, dando un paso atrás, y volvió a atacar. Una y otra vez. Y, de alguna manera, a pesar de que él tenía una hoja mucho más larga, con mejor alcance, ella siempre estaba ahí para bloquearlo, para esquivarlo. No era una oponente elegante, pero se movía a la velocidad de un látigo, y no importaba lo mucho que Kell lo intentase, no había forma de rehuirla, ningún punto débil.

Él dio un paso atrás, o lo intentó, pero se había olvidado por completo de lo que lo rodeaba y, en vez de toparse con la cubierta despejada, se estrelló contra el mástil. La fuerza del impacto le robó el aire de los pulmones e hizo que su espada cayese sobre la cubierta con un estrépito, pero Lila no se detuvo, siguió atacando, con sus dagas refulgiendo bajo la luz de los primeros rayos de sol; no tenía tiempo para pensar, así que no pensó, simplemente alzó las manos frente a su rostro, con los dedos estirados, e intentó atraer un ovillo de cuerda cercano. Este se alzó, volando hacia la muñeca de Lila, incluso aunque el dolor le desgarrase, agudo y profundo, y al final fue en vano, porque su daga cortó la cuerda de un tajo antes de acabar contra su cuello.

—Muerto —susurró. Dejó caer la mano—. ¿Qué ha pasado?

Respondió jadeando, con las palabras deslizándose ahogadas entre sus dientes.

—Se me olvidó.

Lila estudió el filo de su daga.

—Yo también lo olvidé al principio. Corrí directa hacia las puertas, me caí rodando por los escalones. Tardé meses en volver a encontrar el equilibrio, en volver a aprender a calcular la distancia. Fue duro, pero terminé aprendiendo. Y tú también lo harás.

Una ira incontenible brotó en su interior. Quería gritarle que aquello era distinto, que a ella le habían robado el ojo, pero, para él, su magia seguía ahí. Era como una extremidad que podía sentir pero no podía usar. Un arma que estaba obligado a poseer pero que nunca podría blandir.

Quería atacarla. Gritarle.

En cambio, se arrodilló, recogió su espada y dijo:

—Otra vez.

HACE CINCO AÑOS

Los rayos del sol se fundían con el mar, tiñendo el mundo que les rodeaba de rojo.

El *Barron* había atracado en un puerto faroano. El aire conservaba el calor del día como un horno de leña después de haber apagado el fuego. A Kell le ardían los pulmones, los brazos y las piernas.

—Eres demasiado rápida —dijo, intentando recobrar el aliento.

—Pues ponte a mi altura —respondió Lila, agachándose y dando un paso atrás para zafarse de él.

Entrenaron hasta que el sol se puso por completo en el horizonte y el atardecer rojizo dio paso a la noche, hasta que Stross salió a prender los faroles que había repartidos por la cubierta. A la luz de los faroles Kell podía vislumbrar al resto de la tripulación, repartidos por la cubierta del *Barron* como pájaros encaramados a una rama, observándoles. Incluso el miembro más reciente de su tripulación, Raya, la mujer del sur que Vasry se había traído al barco con ellos tras su expedición, estaba sentada sobre una pila de redes, con los ojos claros brillando en la oscuridad.

Kell los ignoró. Tenía que ignorarlos. El mantenerse con vida requería toda su concentración.

—Eres demasiado buena —dijo, esquivando por los pelos el último ataque de Lila.

—Pues mejora —respondió ella. Sus movimientos exigían una concentración implacable, una precisión que él no conseguía superar. No le extrañaba que hubiese llegado tan lejos. Delilah Bard era una fuerza de la naturaleza. El mundo no se había limitado a abrirse ante sus ojos. Se había hendido, como la piel bajo el filo de un puñal.

Era increíble.

—¿Te ha dicho alguien alguna vez —preguntó— que estás preciosa cuando peleas?

Sus palabras le hicieron perder el equilibrio, como un barco atracando sobre un lecho irregular. Se tambaleó, aunque solo un segundo, y él aprovechó ese preciso instante para atacar. Lila alzó la daga en el último momento, pero ya estaba cerca, maravillosamente cerca, y sus dos espadas se cerraron temblorosas sobre su garganta.

Por una vez, Lila frunció el ceño.

Por una vez, Kell sonrió.

Y entonces ella le dio una patada en el pecho.

No la había visto venir y cayó con fuerza de espaldas contra la cubierta, jadeando.

Rhy también estaría sintiendo ese golpe, pensó, imaginándose a su hermano a leguas de distancia, en medio de alguna gala o de algún banquete, haciendo una mueca de dolor por la fuerza del impacto de la bota de Lila contra las costillas de su hermano. Kell murmuró una disculpa entre dientes tumbado sobre la cubierta, exhausto, mirando fijamente al cielo. Era una noche sin luna, negra y llena de estrellas.

Y entonces el rostro de Lila apareció sobre él, tendiéndole la mano para ayudarlo a levantarse.

Esa noche cayó como un peso muerto en la cama, con los brazos y las piernas adoloridos y agotados.

Tenía todo el cuerpo magullado pero, por primera vez en meses, agradeció el dolor.

HACE CUATRO AÑOS

El abrigo de Kell yacía tirado a su lado en el suelo, su camisa empapada de sudor y lluvia.

Mientras Lila daba vueltas a su alrededor se pasó una mano por el cabello húmedo, retirándoselo de la cara; se lo había cortado hacía poco pero, de alguna forma, siempre acababa pegándosele al rostro. Durante su último entrenamiento había caído una tormenta. Aunque ya había pasado, sustituida por el sol abrasador típico del verano, la cubierta seguía encharcada, con las velas empapadas goteando al tiempo que Kell rodaba sobre la madera para intentar esquivar los ataques de Lila.

Consiguió esquivar otro golpe y se oyó una ovación.

Ya no estaban solos en la cubierta. La tripulación del *Barron* al completo les observaba con gran interés, gritando e incluso haciendo apuestas, aunque Kell dudaba que estuviesen apostando a su favor. Aunque sí que ganaba.

A veces.

Pocas veces.

La mayoría de las veces no, se limitaba a mantener a su oponente a raya, por lo que sus victorias se medían en minutos. Había mejorado mucho esos últimos meses. Se había visto obligado a mejorar. Pero Lila siempre encontraba una nueva forma de que estuviera alerta. Lo arrastraba a entrenar al amanecer, al mediodía, en mitad de la noche, todo para que pudiese aprender a percibir el movimiento de un arma bajo los primeros rayos del sol y a la sombra, bajo el resplandor del mediodía, a la luz de la luna y en medio de la oscuridad.

De vez en cuando todavía cometía el error de recurrir a su magia, y siempre lo pagaba caro. Pero había ganado fuerza en la mano al tener que sostener constantemente una espada, y el acero empezó a sentirse, si no como una extensión de su brazo, al menos como algo que se veía capaz de blandir, no siempre con destreza, pero lo suficientemente *bien*.

En cuanto se acostumbró a las espadas cortas, Lila le dio dos, y para cuando pudo defenderse con ellas, la tripulación había dejado de fingir indiferencia y se había involucrado en las peleas. El primer oficial, Stross, había sido quien sugirió la tómbola.

—Así le añadimos algo de chispa al asunto —dijo, mostrándoles la caja de madera en la cocina una noche mientras Raya les servía el estofado. Kell sospechaba que solo se debía a que se habían cansado de verlo perder y de que estaban intentando hacer de sus entrenamientos algo más interesante. En el interior de la caja había pequeños trozos de papel doblados con algo garabateado: el nombre de todas las armas que llevaban a bordo.

Lila siempre había tenido predilección por los objetos afilados, y desde que se convirtió en la capitana del *Barron* su colección no había hecho más que crecer, aumentando hasta niveles insospechados e incluso dejando de lado el acero más tradicional.

Por eso, mientras daban vueltas el uno alrededor del otro, Kell sostenía un par de guadañas pequeñas, con sus filos curvados, mientras que Lila empuñaba un sable. Vasry y Tav intercambiaron una mirada, y Kell sospechó que habían sido ellos quienes habían añadido esa arma al lote más recientemente. Quizá habría alguien que estuviese apostando por él después de todo.

Cansada de sostener el arma en alto, Lila atacó y, a pesar del tamaño del sable, se las siguió apañando para moverse con una velocidad antinatural. Se lanzó contra él y Kell dio un paso atrás, esperando que el peso de la espada terminase haciéndole caer. Pero, de alguna forma, aunque fuese imposible, Lila pivotó, invirtiendo el arco que formaba el arma.

Él alzó una de las guadañas y la bloqueó, la fuerza del impacto reverberando por su brazo cuando sus aceros chocaron, pero ya tenía alzada su segunda guadaña, cortando el aire y directa hacia su pecho. Los ojos de la joven se abrieron de par en par al percatarse y lo único que pensó Kell fue: *Te tengo*, justo antes de que dejase caer su sable al suelo y esquivase la guadaña. Retrocedió de un salto y cayó en cuclillas al mismo tiempo que la enorme espada se estrellaba contra la cubierta.

Era la primera vez que Lila Bard perdía un arma.

Se hizo el silencio en la cubierta. La tripulación contuvo el aliento.

Lila alzó la mirada hacia Kell y una sonrisa traviesa se dibujó en su rostro.

Tenía tantas sonrisas, tan distintas. Algunas eran alegres, otras crueles, otras realmente malvadas, unas llenas de humor, otras llenas de odio, y él seguía aprendiendo a leerlas todas. Pero esta la conocía, no porque la usase a menudo, sino porque no la usaba casi nunca.

Era una sonrisa orgullosa.

Pero la pelea aún no había acabado. Ella todavía no se había rendido. Lila se levantó y observó la espada que había abandonado sobre la cubierta entre los dos. Lila se lanzó hacia la espada, y él también. Pero en cuanto Kell trató de atacarla, algo lo obligó a detenerse. Bajó la mirada hacia el suelo y vio cómo una capa de hielo le apresaba los pies. Sus botas estaban congeladas y adheridas a la cubierta.

Lila recuperó la espada y la alzó, dejando que su filo terminase contra el pecho de Kell.

—Yo gano —repuso simplemente, y él observó anonadado cómo la sangre se deslizaba entre los dedos de su mano libre. Había usado magia. Aunque no la magia elemental, sino magia *antari*.

—Has hecho trampas —se quejó, indignado, pero Lila se limitó a encogerse de hombros.

—No soy yo la que no puede usar la magia.

Y dicho eso arrojó la espada de nuevo sobre la cubierta y se alejó, dejándole para que rompiese a solas el hielo que apresaba sus botas. A partir de ese día no hubo más reglas.

Kell solo luchaba para ganar.

HACE TRES AÑOS

Le costó tres intentos atarse bien las correas.

Kell maldijo entre dientes, ajustándose las hebillas sobre el pecho.

—Por el amor de Dios, ¿por qué tardas tanto? —preguntó Lila, exasperada.

Estaba desparramada sobre la silla en vez de sentada correctamente, al otro lado de la mampara, con una pierna sobre el brazo del asiento y la máscara con cuernos del Sarows girando perezosamente entre sus dedos.

—A menos que te estés poniendo un corsé y una falda no entiendo por qué estás tardando tanto. Si necesitas que te eche una mano…

—Espérate —gruñó Kell, atándose las botas—. Esto ha sido idea tuya.

En realidad, había sido idea de Alucard.

Al fin y al cabo, él era quien les había escrito pidiéndoles que diesen un buen uso al *Barron*. Lila había estado más que dispuesta a ello. El problema, por supuesto, era Kell.

Gracias a los entrenamientos incesantes de Lila ya no *luchaba* como un príncipe, pero no podía cambiar el hecho de que seguía teniendo el aspecto de uno. Allí donde atracaban, la gente siempre se volvía a mirarle. Se fijaban en su ojo, en su cabello, en su porte. Si quería ser alguien distinto a Kell Maresh, el príncipe *antari*, necesitaba un disfraz.

Lila había señalado entonces su abrigo, con sus lados infinitos, y había preguntado si habría un lado escondido que pudiese servirles, uno que le hiciese parecer menos un noble y más un pirata. Menos fuego y más oscuridad.

Kell tomó la máscara y se la colocó.

Había pasado un mes desde que la joven lo había sugerido y, en ese tiempo, ninguno había vuelto a hablar del tema, hasta esa noche, cuando él le pidió que lo acompañase al camarote del capitán, le dijo que se sentase en la silla colocada mirando a la pared y que esperase.

—¿Estás o no? —gritó Lila, pero esta vez él no respondió. La joven miró por encima del hombro hacia él—. ¿Kell?

Su pierna se resbaló del brazo de la silla y la apoyó en el suelo. Estaba a punto de levantarse cuando él le posó la mano en el hombro.

Lila *casi* se sobresaltó.

Él sonrió. Era difícil adelantarse a Lila, pero estaba claro que la joven no había oído el ruido de sus pisadas al deslizarse por el suelo del camarote. No había oído el susurro de la tela ni el cambio de peso de un lado a otro de su cuerpo. Se levantó de su asiento y se volvió para mirarlo; él se preparó para uno de sus comentarios sarcásticos pero, por primera vez en su vida, Lila Bard parecía haberse quedado sin palabras.

Lila observó al desconocido que tenía enfrente.

En otro tiempo, él habría cambiado su peso de un pie a otro bajo su escrutinio, se habría tironeado de la ropa como si le quedase demasiado apretada. Pero esa noche no. Esa noche permaneció completamente inmóvil, dejando que ella lo estudiara.

Llevaba puesto un abrigo negro, con botones negros mate que desaparecían entre el tejido en vez de reflejar la luz, y una capucha que se había colocado sobre la cabeza, impidiendo ver hasta el más mínimo mechón de su cabello. La parte superior de su rostro quedaba oculta por una máscara negra, que le escondía ambos ojos tras un pedazo de gasa.

Lentamente, alzó la mano hacia la capucha y se la retiró. Esta cayó sobre sus hombros, dejando al descubierto su cabello cobrizo, que ya no estaba suelto y desordenado sino completamente pegado a su cabeza. Sus manos se deslizaron por la parte delantera de su disfraz y desabrochó uno a uno los botones de su abrigo; este se abrió, revelando más tela oscura. Se quitó el abrigo, que cayó junto a sus pies, dejando al descubierto unos pantalones negros y una túnica del mismo color que se le pegaba al pecho como una segunda piel, con el cuello ceñido contra la garganta. Unas tiras delgadas de cuero negro le cruzaban las costillas desde el costado. Pistoleras.

Lila alargó las manos y las pasó por las correas. Kell había ganado músculo gracias a sus sesiones de entrenamiento, y sus músculos se tensaron bajo su contacto.

—He de admitir, Kell —dijo, dejando escapar una suave risa entrecortada—, que estoy impresionada.

—¿De verdad? —preguntó. Su voz sonaba diferente. Más grave. Más suave. No como una roca, sino como la seda. Se acercó un poco más a ella, como si estuviese a punto de revelarle un secreto, y añadió—: Pero no me llamo Kell.

—¿Ah, no? —preguntó Lila, intrigada—. ¿Y cómo te llamas, entonces?

Bajo la máscara, elevó la comisura de los labios, esbozando una sonrisa de medio lado.

—Puedes llamarme Kay.

—Kay —musitó ella, probando el sonido en sus labios, como si lo saborease. Él escuchó el pequeño gemido de placer que soltó al descubrir las dos espadas cortas enfundadas en su espalda. Se habían convertido en su arma preferida en todos esos meses de entrenamiento, pero estas eran especiales. Las había comprado en el mercado prohibido de Sasenroche. Sabía que a ella le gustarían y notó cómo sus dedos trazaban la silueta de una de las vainas de cuero antes de dirigirse a la empuñadura.

—No todas las espadas te pertenecen —repuso.

—Me pertenecen si puedo hacerme con ellas. —Su mano estuvo a punto de cerrarse sobre la empuñadura cuando él se giró de repente y apresó su muñeca.

—Yo no lo haría —le advirtió, pero sabía que no sería capaz de resistirse. Tal y como pensaba, Lila se zafó de su agarre, haciéndole perder el equilibrio. Él era rápido, pero ella lo era más, y en un momento estaba a su espalda, desenvainando una de sus espadas, sosteniéndola en alto como si fuera un trofeo durante un segundo, antes de soltar un aullido de dolor y dejar caer la espada como si quemase.

Esta cayó al suelo con un estrépito y él chasqueó la lengua, se arrodilló y la recogió. Volvió la hoja para que reflejara la luz que entraba por la ventana, revelando el hechizo que había grabado en el acero.

—¿Ves? —dijo—. Yo también sigo pudiendo usar la magia.

Volvió a meter la espada en su vaina y se irguió, alzando la barbilla con orgullo. Al final se había dado cuenta de algo. No tenía que dejar atrás todos sus aires principescos. Podía redoblarlos, crear una especie de amenaza, una arrogancia que se asemejase al peligro.

—Me has dejado que te quitara la espada —le espetó, sacudiéndose el escozor de la palma de la mano.

—El dolor enseña rápido —respondió, tomándole la mano y llevándose sus dedos quemados a los labios—. Y te lo advertí.

A Lila se le aceleró el pulso; podía sentirlo a través de su piel.

—Me gusta este nuevo tú —dijo, y había algo distinto en su voz, un deseo crudo que lo puso nervioso.

—¿De verdad? —susurró con un ronroneo.

Una sonrisa traviesa se dibujó en el rostro de Lila, estirando una mano para atraerlo más hacia ella, pero Kell se le adelantó, dando un paso adelante, pegando sus cuerpos hasta que nada más que la ropa los separaba. La hizo retroceder un paso, luego dos, hasta que los talones de sus botas se chocaron contra el borde de la cama.

Con un movimiento rápido, un tanto travieso, la empujó hacia el colchón y ella se dejó caer, con los dedos enredados en las correas de cuero de su disfraz, tirando de él para que se colocase sobre ella en la cama. Él se alzó sobre sus codos y se llevó una mano hacia la máscara, pero esta vez fue Lila quien lo detuvo, enroscando los dedos en su muñeca.

—Aún no —dijo con una sonrisa traviesa—. Quiero ver lo que *Kay* sabe hacer.

VIII

PUERTO DE VEROSE

ACTUALMENTE

S e dejó caer sobre la cubierta del *Cuervo* sin hacer ni un solo ruido. El metal negro se le pegaba al rostro. Había tardado un tiempo en acostumbrarse a su peso, a la tenue sombra que se dibujaba en el borde de su visión, al fantasma de la gasa sobre sus ojos, pero en ese entonces, se aferraba a ella, a cómo se sentía cuando la llevaba puesta. Como si fuese alguien completamente distinto.

Ya no era Kell, era Kay.

Lila aterrizó de cuclillas a su lado, con la famosa máscara del Sarows colocada sobre su rostro.

Tav se escondió pegado al mástil de un barco desconocido, con un dedo contra los labios. Al otro lado de la cubierta había un marinero veskano sentado sobre una caja de madera, tallando una rama con una daga corta y afilada. Al cabo de un rato, alzó el objeto y se lo llevó a la boca, y al soplar este emitió un silbido suave y melodioso. Al amparo de aquel sonido, los tres avanzaron por la cubierta. Al dejar de tocar, la sombra de Tav se cruzó frente al campo de visión del hombre.

—*Och vel?* —preguntó, levantándose de un salto. Debía de haberlos confundido con sus compañeros, pero su rostro se descompuso en cuanto Lila salió de entre las sombras, la cornamenta de su máscara enroscándose sobre su cabeza.

—Bonito barco —repuso, deslizando la mano sobre la barandilla, y el hombre estaba tan asombrado que no se dio cuenta de que Kay estaba a su espalda hasta que le rodeó el cuello con el brazo.

Podría haber acabado con él, ya sabía perfectamente dónde tenía que clavar el puñal para segar una vida, pero en lugar de eso le colocó un paño sobre la nariz y la boca, y contuvo la respiración al tiempo que el olor del sueñoveloz le llenaba los pulmones al hombre hasta que dejó de forcejear y cayó como un peso muerto entre sus brazos.

Estaba dejando el cuerpo con cuidado sobre la cubierta cuando un segundo veskano salió por una puerta y se detuvo bruscamente, observando la escena: dos figuras enmascaradas y las piernas del hombre al que acababan de drogar sobresaliendo tras una caja de madera. Pero *no* vio a Tav, escondido entre las sombras junto a la puerta; al menos, no le vio hasta que ya fue demasiado tarde, se lanzó sobre él y le tapó la boca con un paño. Debería haber perdido el conocimiento en cuestión de segundos, pero no fue así. Se revolvió y forcejeó entre los brazos de Tav, a quien le doblaba en tamaño, arañándole para intentar liberarse. En más de una ocasión estuvo a punto de zafarse de su agarre, e incluso aunque le flaqueó una rodilla, y luego la otra, solo dejó de luchar cuando su cabeza golpeó la cubierta.

Por un momento nadie se atrevió a mover ni un músculo.

Tav se balanceó sobre los talones, con la respiración agitada por la pelea. Lila ladeó la cabeza y Kay contuvo la respiración mientras esperaban a que apareciese el tercer veskano. Pero no había ni rastro del tercer miembro de la tripulación. Con suerte, habría dejado a los otros dos de guardia y se habría ido a la cama, nunca sabría que habían estado allí.

Tav se irguió.

—Podríais haberme ayudado —se quejó, sacudiéndose el polvo de la ropa.

—Oh, podría —susurró Lila, volviéndose hacia la bodega—, pero era más divertido quedarse mirando.

Al bajar a la bodega, una llama refulgió en el centro de la palma de Lila, y su propia mano le cosquilleó, con un anhelo fantasmal recorriéndole los dedos. Intentó dejar de pensar en ello cuando Tav le lanzó una barra de hierro y él la usó para abrir la caja más cercana. Los clavos rechinaron y la madera cedió con un crujido; Kay se detuvo, atento por si escuchaba algún ruido que proviniese de la cubierta. No se oía ni un alma. Levantó la tapa de la caja. En su interior había botellas de alcohol con el cuello delgado, frascos ambarinos llenos de tark, un licor que se deslizaba como la miel por la garganta al degustarlo, pero que se asentaba como una piedra en el estómago. Lo había probado una vez, por culpa de Rhy, y a la mañana siguiente se había despertado sin recordar nada de la noche anterior y con el pelo empapado, solo para descubrir después que se había dado un baño en el Isle. En pleno invierno. Completamente desnudo. En ese momento se estremeció al ver los frascos llenos de tark, pero Tav tomó uno entre los dedos y se lo metió en el bolsillo antes de que Kay pudiese volver a tapar la caja.

Cerca de allí, Lila soltó un pequeño silbido. Se volvió hacia ella y se la encontró con los brazos metidos hasta los codos en una caja de cartón y, un momento después, los sacó sosteniendo en alto el premio gordo: una espada. Kay puso los ojos en blanco. Sabía que no tenía ningún sentido pedirle que volviese a dejarla en su sitio porque ya había desaparecido en el interior de su abrigo.

Tav chasqueó los dedos para llamar su atención hacia una tercera caja.

Estaba llena de farolillos de papel, doblados hasta que casi quedaban completamente planos, pero cuando alzó uno en la mano, este se abrió hasta formar la figura de una luna blanca. Kay frunció el ceño y la escena le recordó a algo. Un recuerdo que no conseguía ubicar en su memoria. Sostuvo el farolillo en alto bajo la escasa luz de la bodega y vio el fantasma de un hechizo en el interior de la envoltura de papel. Era pequeño y compacto, y aún estaba intentando leerlo cuando resonó una voz sobre sus cabezas.

—¿Oster? *Han'ag val rach?* ¿Oster?

Oster, supuso, debía ser uno de los hombres que ahora dormía en la cubierta, con los pulmones llenos de sueñoveloz.

El metal brillaba en la periferia de la vista de Kay. Lila ya había desenvainado una de sus dagas. Él negó, sacudiendo la cabeza, y pasó junto a ella, subiendo los escalones.

—*Ag'ral vek* —gritó en veskano cuando llegó a la cubierta. «Estoy aquí».

Era una mala imitación, pero no pretendía seguir con la farsa mucho tiempo, solo el suficiente para hacer dudar al hombre que había sobre la cubierta, y así fue, hasta el momento en el que vislumbró a la figura enmascarada que había ante él, vestida completamente de negro. El hombre observó a Kay con los ojos entrecerrados, como si estuviese intentando comprender qué hacía un desconocido en su barco.

—Tú no eres Oster —gruñó, las palabras entorpecidas por el alcohol que se habría bebido.

—No —dijo Kay—. No lo soy.

Por un momento no ocurrió nada. Y entonces, sucedió todo a la vez.

El hombre extendió la mano hacia él y Kay notó cómo la cubierta del *Cuervo* se inclinaba drásticamente, cómo la marea se agitaba bajo el barco. Pero había aprendido que una espada tenía una clara ventaja ante depender de la magia elemental: era mucho más rápida de invocar. Desenvainó la espada antes de que una ola chocase contra el costado del barco. Se lanzó hacia delante mientras que el veskano seguía atrayendo el mar hacia sí.

Se volvió y golpeó al veskano en la sien con la empuñadura de la espada justo cuando el agua se cernía sobre sus cabezas. Al hombre se le nubló la vista y se desplomó, cayendo sobre la cubierta con un ruido sordo. Al perder el conocimiento también perdió el control sobre la ola. Kay se arrodilló y se preparó para el torrente que le caería encima, para el frío terrible y repentino.

Después se incorporó, empapado y temblando, pero victorioso. A sus pies, el barco volvió a mecerse con violencia, mientras el mar recuperaba la calma, pero había sido una ola enorme y observó cómo las olas se alzaban sobre el muelle, haciendo que el resto de los barcos atracados también se balancease en sus embarcaderos.

Sanct, pensó cuando los faroles de todos los barcos circundantes se encendieron uno a uno, y un puñado de marineros salieron a sus cubiertas para ver quién había sido tan imbécil como para invocar a la marea en la bahía.

—*¿En serio?* —siseó Lila, a medio camino de la bodega—. No podías simplemente…

Pero entonces se calló, volviendo la mirada hacia la derecha. Él también oyó el ruido al mismo tiempo. Stross, hablando demasiado alto, en el muelle a sus pies, preguntándole a alguien si conocía el camino hacia la Feliz Anfitriona. Demasiado alto, y demasiado tarde, ya que oyeron cómo unas botas subían a la carrera por la rampa. Varios pares de botas.

La tripulación del *Cuervo* había regresado.

Él chasqueó los dedos, una señal silenciosa, y Lila y Tav retrocedieron, volviendo a esconderse entre las sombras de la bodega. Kay se giró y se escondió tras el mástil cuando tres veskanos subieron corriendo a la cubierta.

—¿Oster? —gritaron—. ¿Aroc? ¿Esken?

Empezaron a hablar en susurros y podrían haber pensado que los tres que habían dejado en el barco de guardia se habían aburrido, o enfadado, y se habían marchado a divertirse.

Podrían haberlo pensado. Si no hubiese sido por el cuerpo que yacía en el centro de la cubierta encharcada.

Kay maldijo entre dientes cuando los oyó correr hacia el marinero caído. Desenvainó su segunda espada y salió de entre las sombras del mástil para enfrentarse a los recién llegados.

Eran dos hombres y una mujer, altos como montañas, con el cabello entre rubio y blanco. Tenían la mirada firme y sobria. O no habían estado bebiendo o sabían aguantar bien el alcohol. Los dos hombres desenvainaron sus armas, uno un hacha y el otro una espada, al tiempo que la tercera extendía los brazos a los lados y el aire se llenaba del aroma característico de la magia. Giró la muñeca y un fragmento de hielo afilado como una flecha salió volando por la cubierta.

Directo hacia él.

Kay alzó la espada justo a tiempo y el hielo se estrelló haciéndose añicos contra el acero. El sonido reverberó como una campana de salida y estalló la batalla.

Kay retrocedió, cortando los siguientes tres fragmentos de hielo que le lanzaron, y se agachó justo antes de que el hacha se clavase en el mástil, en el mismo sitio donde segundos antes había estado su cabeza.

El arma se liberó de la madera por sí sola y regresó a la mano del veskano. Vale, eran dos magos.

La cubierta se congeló bajo sus pies justo cuando saltó sobre la caja más cercana, aterrizando sobre la madera seca, y se topó cara a cara con el hombre más grande de los tres, que fácilmente le sacaba una cabeza y era tres veces más ancho que él, con la espada alzada.

Kay se apartó justo antes de que el arma se clavase con fuerza en la cubierta del barco y eso le dio tiempo a desenvainar su espada para poder degollar al hombre, o eso pretendía. El veskano elevó el brazo para bloquear su ataque, y su acero se topó con el metal de una armadura, con la suficiente fuerza como para que la espada reverberase entre sus manos por el impacto.

Para ese entonces Tav y Lila ya habían salido a la cubierta, por el rabillo del ojo los vio enfrentándose a los otros dos tripulantes. Tav era rápido, y surcaba la cubierta cortando todas las cuerdas que sujetaban las velas para que cayesen sobre la cubierta helada, y Lila, con el fuego lamiendo el filo de sus dagas, se deslizaba abriéndose camino a través de un escudo de hielo pateando a su oponente, lanzándola contra la barandilla con la suficiente fuerza como para que se astillase.

Y sonreía. Una sonrisa perversa dibujada en su rostro.

Pues claro que sonreía.

La mujer contra la que estaba luchando se desplomó sobre la cubierta y…

—¡Cuidado! —gritó Kay cuando vio cómo el hacha surcaba el aire, directa hacia la espalda de Lila. Pero ella ya se estaba dejando caer sobre la cubierta. Aterrizó como un gato sobre sus manos y rodillas al mismo tiempo que el hacha volaba sobre su cabeza, y después volvió a levantarse, blandiendo sus dagas en una mano y, esta vez, cuando el hacha estaba volando de nuevo hacia la mano del veskano, la *atrapó*. Arrancó el arma del aire como si le perteneciese, se giró y la enterró en el pecho de su dueño.

Era demasiado pedir dejarlos con vida, pensó justo cuando su atacante consiguió liberar su espada. Kay retrocedió de un salto cuando este la volvió hacia él. Se retorció fuera del alcance del veskano o, al menos, lo intentó, pero el hombre comenzó a mover los labios y a Kay solo le dio tiempo a maldecir entre dientes; eran tres magos, que sabían cómo blandir su magia además de sus armas. Antes de que una columna de viento lo golpease por la espalda, dejándolo sin aliento y derribándolo, una de sus espadas se le escurrió entre los dedos y desapareció bajo la vela arrugada.

El hombre dejó caer su espada con fuerza, directa a su pecho, y Kay rodó sobre su espalda y levantó la única espada que le quedaba para bloquear el golpe o, mejor dicho, para redirigir el impacto hacia arriba, alejándola de su pecho. Si hubiera sido cualquier otra espada, solo habría colisionado en el aire sobre su hombro, pero su hoja tenía la anchura de dos manos y el filo inferior le rozó el lateral del cuello, con el acero rascando el hueso.

El dolor le nubló la vista.

Kay soltó un grito ahogado y rodó, poniéndose en pie, con una mano blandiendo la espada y la otra presionándose el hombro ensangrentado. Pero antes de que pudiese volver a esquivar el ataque de su oponente, poner distancia entre él y aquella montaña de hombre, se vio lanzado contra el mástil, no por una ráfaga de viento sino por el cuerpo del veskano, cuya mano le rodeaba el cuello como un collar de acero, como una roca. Alzó la espada para cortarle la muñeca pero su hoja se topó con un brazalete de acero y ahora sí una ráfaga le arrancó el arma de las manos. Tenía otra arma, en su bota, una daga, pero antes de que pudiese echar mano para desenvainarla, el veskano lo alzó hasta que sus pies dejaron de pisar la cubierta, con sus botas intentando inútilmente volver a tocar suelo firme mientras aquel hombre cerraba una mano alrededor de su cuello, aplastándole la tráquea, y empuñaba la enorme espada con la otra.

El hombre retrocedió, dispuesto a hundirle la espada en el pecho, y Kay hizo lo único que se le ocurrió para poder salvarse de una muerte segura.

Alargó la mano ensangrentada y rodeó el antebrazo del veskano con ella.

—*As Staro* —pronunció con la respiración entrecortada.

Al hombre se le abrieron los ojos como platos. La magia recorrió su piel y sus huesos, convirtiendo cada centímetro de su cuerpo en piedra. Sus dedos perdieron fuerza y le soltaron en el último momento, y Kay se dejó caer sobre la cubierta, jadeando, pero libre.

Por un instante sintió cómo el poder le envolvía, tan agradable como el calor del fuego de una chimenea en invierno.

Y entonces lo único que sintió fue el dolor.

IX

ila Bard se había aficionado a un juego.

Cada vez que peleaba, se ponía un reto.

Esta noche —pensaba—, *solo usaré fuego.*

Esta noche, solo usaré hielo.

Esta noche, dejaré que sean ellos quienes ataquen primero.

Esta noche, lucharé como si no tuviese magia, como si estuviese de vuel-ta en Londres, en mi Londres, y no tuviese nada más que perder que mi vida.

El hombre del hacha estaba muerto, pero Lila se lo estaba pasando bastante bien con la mujer que invocaba el hielo, observando cómo conjuraba los carámbanos o un escudo de hielo, permitiéndole crear escarcha que se esparciese sobre su piel, dejándola congelar la cubierta, haciéndole pensar que tenía posibilidades de ganar. Luchar le gustaba. Era como estirar un músculo que llevaba tenso mucho tiempo.

Hasta que Kay gritó.

Kay, que siempre sería Kell para ella, sin importar el abrigo que llevase puesto, cómo se peinase o cómo hubiese aprendido a luchar. Kell era el único que gritaba y el sonido se le clavó en el pecho como un cuchillo sin afilar, de los que tardan en matarte y dejan una herida desgarrada a su paso. No perdió más tiempo, se colocó tras la veskana y le rebanó el cuello. La mujer cayó sobre la cubierta como un peso muerto, y la escarcha que hasta ese momento había cubierto los tablones comenzó a derretirse a su paso mientras cruzaba la cubierta, pasando junto a Tav, que estaba acabando con uno de los hombres que había tenido la mala suerte de llegar en medio de la pelea, y yendo directa hacia Kell.

El veskano más grande estaba de pie a la luz de la luna, su enorme espada desenvainada y alzada sobre la cabeza, pero tanto su arma como él se habían vuelto de piedra maciza.

Kell estaba arrodillado frente a la estatua, con la cabeza baja. Se le había caído la capucha, su pecho subía y bajaba de forma irregular con su respiración, el sudor se deslizaba por su rostro bajo la máscara.

Lila se recostó contra la estatua del hombre.

—Bueno —dijo, golpeando la punta de su daga ensangrentada contra la piedra—. ¿No era que les íbamos a dejar con vida?

La respiración de Kell se estabilizó. Lentamente, con la mandíbula tensa, se puso en pie. Lila sabía que tras la máscara tendría la mirada brillante, los ojos anegados de lágrimas por el dolor. Pero lo único que veía era el negro. Kell echó un vistazo a su alrededor, como si se estuviese preguntando qué podría hacer con ese desastre, pero Lila tenía una idea. Llevó las manos hacia el pecho de la escultura de piedra y la empujó. Era enorme, pero invocó una ráfaga de viento para que le ayudase, y la piedra se tambaleó, derribando la escultura sobre la cubierta de madera, que rompió los tablones y cayó hasta la bodega que había bajo sus pies, abriendo un agujero en el casco del barco como si le hubiesen disparado un cañonazo.

Los otros barcos habían perdido todo interés en ellos tan pronto como se dieron cuenta de que esa lucha no les afectaría, así que no había nadie en el muelle aparte de Stross para presenciar cómo las tres sombras desembarcaban, o cómo soltaban las cuerdas que ataban al *Cuervo* a su amarradero. Los cuatro observaron cómo el barco se alejaba a la deriva, con la única vela que Tav no había cortado hinchada gracias a una brisa repentina que fue directa hacia ella.

El barco ya había empezado a inundarse.

No tardaría en hundirse.

—Bueno —dijo Tav alegremente—. Creo que estoy demasiado sobrio para esto.

Stross se aclaró la garganta.

—A mí tampoco me vendría mal un trago. ¿Capitana?

Lila se encogió de hombros. Para cuando amaneciese su barco ya habría desaparecido del puerto, y Verose permanecería intacto. Quería rebuscar en los bolsillos de la ciudad, pasar los dedos por su abrigo, ver si tenía algo de valor que pudiese robar. Y tampoco le vendría mal un trago.

—¿Por qué no?

Kell habló en poco más que un murmullo.

—Me temo que no soy la mejor compañía en este momento.

Lila enarcó una ceja.

—¿Y quién ha dicho que estuvieses invitado?

Él soltó algo parecido a una carcajada. Estaba claro que aún no se había recuperado del todo y estaba intentando ocultar el dolor, aunque no podía. Al menos, a ella no se lo podía ocultar. Para Lila, Kell siempre había sido tan transparente como un cristal ligeramente inclinado hacia ella, así que donde el resto veía colores y vetas, ella veía la verdad. Lo veía a él.

Y en ese momento sabía a ciencia cierta que quería estar solo.

—No tardaré mucho —le dijo, quitándose la máscara del Sarows y lanzándosela. Él la atrapó al vuelo, y Lila vio cómo su rostro se contorsionaba en una mueca de dolor, su cuerpo todavía se resentía. Ansiaba poder tocarlo y curarlo, aunque sabía que él no se lo permitiría.

Imbécil cabezota, pensó mientras le observaba alejarse hacia el *Barron* y ella se giraba para seguir a Stross y a Tav. El dolor le pertenecía solo a él, así que le permitiría que lo afrontase a solas. Pero volvió la mirada hacia atrás en más de una ocasión, observando cómo su abrigo negro ondeaba bajo la brisa helada hasta que solo fue una sombra en medio de la oscuridad.

X

Esta es la peor bebida que he probado en mi vida, pensó Lila poco después de tomársela.

Nunca se había considerado una persona demasiado exigente con la cerveza, pero lo que quiera que le hubiesen servido en esa jarra sabía como si el dueño del Marea Negra hubiese vertido una botella de alcohol barato en un cubo de orina y lo hubiese puesto en la carta como si fuera una pinta de cerveza. Era fuerte, eso había que reconocérselo, pero cada vez que tomaba un sorbo, la bebida luchaba por volver a salir por donde había entrado.

A Tav y a Stross no parecía importarles. Al menos, no les importaba lo suficiente como para que dejaran de beber.

—El truco —le comentó Tav— es aguantar la respiración al beber.

—No'stá tan mal —refunfuñó Stross, deslizando las palabras, pero era un hecho bien sabido entre su tripulación que su primer oficial no tenía sentido del gusto, algo que descubrieron durante su breve periodo como cocinero.

Lila abandonó la cerveza sobre la mesa y rebuscó en su abrigo la espada corta que había robado de la bodega del *Cuervo*. No la había usado en el barco durante la pelea, no la había necesitado, así que seguía aún en su vaina. Era bastante pequeña; a los veskanos les solían gustar más las espadas gigantescas, pero esta se parecía más a una daga y era más o menos del largo de su antebrazo. Cuando desenvainó la espada se dio cuenta de que era tan fina como una cinta y tenía un brillo blanco perlado. Una fría brisa flotaba sobre el acero, y cuando la colocó bajo la luz más cercana pudo distinguir una serie de hechizos grabados en el filo, aunque no sabía leerlos.

—Bueno, mira eso, es un trabajo increíble —dijo Tav que, al no tener magia, compartía su afición por los objetos afilados.

—Lo es —murmuró.

El filo reflejaba la luz por lo aguzado que estaba y tuvo que resistir el impulso de pasar el pulgar sobre él. Así que volvió a envainar la espada y la dejó con cuidado sobre la mesa.

A su alrededor, el Marea Negra estaba a rebosar.

Resguardadas en una esquina había un trío de mujeres con una pequeña fortuna hecha de plata en su cabeza, inclinadas sobre un mapa que tenían encima de la mesa. En otra esquina la tripulación al completo de un barco estaba bebiendo hasta desfallecer mientras echaban una partida de Sanct. Incluso había un par de soldados arnesianos, aunque no vestidos con su uniforme, por supuesto, pero no les hacía falta portar el emblema de la copa y el sol o estar engalanados en rojo y oro para saber lo que eran.

Entre la multitud, las paredes de madera y las cortinas oscuras, el lugar parecía más el casco de un barco que una taberna. O, dado el aire viciado de su interior, el vientre de una ballena.

Recorrió la sala con la mirada aunque, en realidad, no estaba observando nada ni a nadie en concreto.

Estaba *escuchando*.

Verose era el refugio de los ladrones por excelencia, un lugar donde las leyes del imperio quedaban sepultadas bajo la voz de su gente, en su mayoría delincuentes, piratas y magos exiliados. Era el tipo de lugar que alimentaba los rencores hasta transformarlos en malas ideas. El tipo de lugar del que fácilmente podrían haber salido los rebeldes que se hacían llamar la Mano.

Así que Lila escuchó con atención. O, al menos, lo intentó, ya que la mayoría de los clientes del Marea Negra hablaba un dialecto del arnesiano, pero mientras que algunos manejaban el idioma como una pluma estilográfica, de manera elegante, otros lo usaban a modo de martillo. Si a eso le añadimos las risas entrecortadas, el chirrido de las sillas al deslizarse por el suelo o la manera en la que la gente subía y bajaba la voz, era como estar luchando contra la corriente. Era más fácil relajarse y dejarse llevar por las palabras.

Tav, en cambio, había sacado una baraja de cartas y Stross y él estaban inmersos en un intenso juego de beber, que tenía algo que ver con lanzar las cartas sobre la mesa todo lo rápido que pudieses y gritar cuando salía un rey o una reina. El perdedor bebía. O puede que fuese el ganador el que bebía. Sinceramente, Lila no estaba segura. Pero los observó picarse por el juego como dos solteronas y se maravilló por la calma que les rodeaba, por lo fácil que era estar con ellos, como si nada más importase. Se descubrió deseando que Kell estuviese allí. Y Vasry y Raya también.

Qué raro.

Si le hubiesen preguntado con diecinueve años cuál era su definición de «libertad» habría respondido que «uno». Una sola persona. Un solo barco. Un gran mundo a su alrededor. Y, aun así, allí estaba, siete años más tarde, libre, pero lejos de estar sola.

Le había gustado estar sola. Se le daba bien. Nunca había confiado en nadie ni se le había dado bien relacionarse con la gente.

Pero, en realidad, ellos no formaban parte de esa gente. Eran otra cosa. Aliados. Amigos. Familia.

Hubo un tiempo en el que esa simple idea habría bastado para marearla, para que su corazón se acelerase hasta aporrearle las costillas con ese viejo ritmo familiar que le gritaba que corriese, que huyese lo más rápido que pudiese. Como si fuera una trampa, como si una serpiente de cadenas se estuviese enroscando alrededor de sus piernas. Como si la gente fuese un ancla, un peso muerto diseñado para atraparte, para arrastrarte hasta el fondo con ellos.

Preocuparte por alguien te podía ahogar, si se lo permitías.

Pero también podía ayudarte a flotar.

Aunque no era que se lo fuese a decir a esos bastardos.

—¿Otra ronda? —preguntó Tav, volviendo a amontonar las cartas.

Stross negó con la cabeza.

—Estoy cansado —dijo, levantándose y terminándose la cerveza de un trago.

—Cansado de perder, querrás decir —repuso Tav, levantándose y dejando un puñado de monedas sobre la mesa. Ambos se volvieron hacia Lila—. ¿Vienes, capitana?

Ella observó a su alrededor y negó.

—Aún no.

Tav vaciló y Stross la miró fijamente, sopesando qué hacer, y parecía que estaban a punto de volver a sentarse cuando ella les hizo señas para que se marchasen.

—Oh, iros a la mierda —dijo—, y dejadme beber en paz.

Si Kell hubiese estado allí habría montado una escena, habría insistido en quedarse hasta que se hubiese acabado la cerveza, para seguirla luego de regreso al barco como una sombra enfadada. Pero Kell no estaba allí, y Stross sabía que era mejor decirle que se mantuviese a salvo o que tuviese cuidado. Todos sabían que se podía cuidar sola.

—A tus órdenes —dijo Tav, inclinando un gorro invisible.

Lila les observó marcharse y pidió otra cerveza.

El abrigo cayó con un ruido sordo sobre el suelo de su camarote.

Arrojó la máscara con fuerza contra la pared. Las siguientes en caer fueron las espadas; sostuvo sus vainas de cuero rígido entre las manos ensangrentadas, pero Kay se deshizo prenda a prenda, hasta que solo quedó Kell.

Vasry y Raya se habían alejado de su camino cuando apareció sobre la cubierta. No se molestaron en charlar ni en preguntarle cómo había ido la misión. Podían ver las pruebas justo frente a sus narices, hundiéndose en la bahía. O en la misma cubierta del *Barron*, donde se habían quedado marcadas sus pisadas ensangrentadas.

Siete años entrenando y, aun así, seguía fracasando. No importaba lo mucho o lo duro que practicase, seguía habiendo momentos en los que su cuerpo se olvidaba, en los que reaccionaba por instinto.

Se quitó la camisa empapada, sacándosela por la cabeza y haciendo una mueca de dolor cuando un pinchazo agudo le recorrió el hombro, proveniente de la herida que le había dejado la espada. Se las apañó para llegar hasta la palangana y sus ojos se deslizaron hacia el enorme espejo colgado encima. Su reflejo le devolvió la mirada, con el cabello que le caía sobre el rostro, con un único mechón plateado atravesando un mar carmesí. El reflejo de su piel desnuda no era más que un tapiz de cicatrices. La sangre seguía brotando del corte que le habían hecho a lo largo de la clavícula, corriendo por su pecho en un hilo ensangrentado. Bajaba por la cadena de su collar hasta llegar a las tres monedas que llevaba colgadas del extremo de la cadena. Objetos que antaño le habían permitido viajar entre Londres. Entre mundos.

As Travars, pensó con tristeza mientras la sangre goteaba desde las monedas hacia la palangana, tiñendo el agua de rosa y dando paso después al rojo.

Kell se llevó la mano, casi distraído, hacia las monedas y luego siguió subiéndola por su pecho, hacia la horrible herida que la espada le había dejado en la clavícula, una que sabía que su hermano debía de estar sintiendo también.

Era una maravilla que no hubiese tenido noticias de Rhy, o peor, de *Alucard*, todavía.

Bajó la mirada hacia el anillo rojo que llevaba en la mano derecha, como si esperase que pensar en el rey de Arnes o en su consorte terminase invocándoles, pero la banda permaneció apagada y fría contra su anular. Al igual que el anillo negro que llevaba en el dedo de al lado. El anillo rojo tenía grabado el sello real: el cáliz y el sol naciente. En el negro solo había un barco.

Eran objetos excepcionales y preciados esos anillos; no eran únicos, pero solo existían *dos* así. Cada uno tenía su hermano gemelo, una réplica perfecta diseñada para pertenecerle a alguien más.

Era un objeto mágico muy ingenioso que le había regalado la reina hacía cuatro años; servía para unir a dos personas, sin importar dónde estuviesen. Uno solo tenía que pasar el dedo por el anillo y decir las palabras *As vera tan* —«Te necesito»— y su gemelo se calentaría e iluminaría, alertando a su portador. Si se colocaban ambos anillos sobre un tablero de adivinación, el hueco en su interior desaparecía, formándose un cristal plano y negro que actuaba como ventana, porque no era lo bastante grande como para ser una puerta, a través de la cual poder ver y hablar con el otro portador.

Su hermano se había casado bien, pensó Kell, aunque no era la primera vez que lo pensaba.

El gemelo del anillo rojo que llevaba, por supuesto, pertenecía a Rhy Maresh, que dijo que solo se lo pondría si podía combinarlo con sus otras galas. El otro anillo negro Kell se lo había regalado a Lila. O, al menos, lo había intentado. Pero no había ido según lo previsto. Lila se había quedado pálida cuando se lo ofreció, había retrocedido como si fuera una serpiente o una botella llena de veneno que él le estaba pidiendo que bebiese y, demasiado tarde, Kell recordó las costumbres que tenían en su mundo, el significado que acarreaba un anillo así para alguien del Londres Gris.

Le había mostrado el que él llevaba puesto, intentado explicarle que los anillos estaban vinculados y cómo, en caso de estar en apuros, podría llamarle, pero su mirada había perdido todo rastro de alegría y se había vuelto burlona.

—Si alguna vez estoy en apuros —había dicho—, saldré yo sola de ellos.

Entonces él le había gritado y ella había respondido del mismo modo. La había llamado cabezota y ella le había llamado egoísta, él le había dicho que era una miedica y ella le había respondido que era un necio y, al final, se había marchado hecha una furia y cerrando la puerta tras de sí con un estruendo; las olas habían golpeado furiosas el casco del barco y Kell sabía que había arrojado el anillo al mar.

No volvieron a hablar de ello después de eso.

Y, aun así, él nunca se quitó su anillo. Ni ese día, ni al siguiente, ni al otro. Era una tontería, lo sabía; al fin y al cabo, el anillo era completamente inútil por sí solo, no era nada más que una baratija sentimental, pero él seguía llevándolo puesto, para fastidiarla. Como si quisiese decir que, para él, seguían estando unidos, que siempre lo estarían, que ella era una de las dos únicas personas del mundo a las que amaba de verdad, tanto como para dejarse atar a ellas de ese modo.

Kell pasó el pulgar por el anillo oscuro y después metió las manos en la palangana, limpiando todo rastro de sangre, antes de ponerse a trabajar en sus heridas.

La magia *antari* era algo extraordinario.

Era el único tipo de poder que era parte magia elemental y parte hechicería. Caos y orden. Una gota de sangre, un par de palabras y podías transformar a un hombre en piedra, abrir una puerta a otro mundo, curar casi cualquier herida.

As Hasari.

Dos palabras que había pronunciado infinidad de veces, para curar a los enfermos, para sanar una herida mortal. Curarse la herida habría sido tan sencillo.

Por supuesto, Lila podría haberlo hecho, si se lo hubiese pedido.

En cambio, Kell sacó dos botellas que guardaba en el armario bajo la palangana.

La primera se la llevó a los labios y se la bebió de un trago. El contenido de la segunda lo roció sobre un paño. El aroma penetrante le llenó las fosas nasales y todo el estrecho camarote. Cuando se llevó el paño húmedo sobre la herida, el dolor volvió a arremeter, con la suficiente fuerza como para robarle el aliento y hacerle apretar los dientes para no gritar, pero en cuestión de segundos, el sangrado cesó y le pidió disculpas en un susurro a su hermano al enhebrar una aguja y ajustar la luz, inclinándose hacia delante para estar más cerca del espejo.

Cuando la punta de la aguja se clavó en su piel, se obligó a pensar en la pelea en la cubierta del *Cuervo*. Con cada puntada, con cada tirón y cada pinchazo, contaba todos sus pasos en falso, sus errores, reviviendo cada uno de sus movimientos, hasta que tuvo la pelea grabada a fuego en la memoria y estuvo seguro de que la próxima vez no olvidaría ninguno de sus errores.

XI

De alguna manera, la segunda jarra que Lila había pedido sabía incluso peor que la primera.

Tenía el color del aceite y la textura del lodo y, al alzarla para observarla bajo la tenue de luz de la taberna, era como si estuviese llena de pintura. Se llevó la bebida a los labios, distraída; estaba incluso a punto de darle un pequeño sorbo para probarla cuando una voz la detuvo.

—Yo que tú no lo haría.

Lila alzó la mirada y se encontró con una mujer al otro lado de la mesa, con el cabello oscuro recogido en una corona de trenzas. Le brillaban los ojos bajo la luz de la taberna y, cuando sonrió, solo se movieron sus labios, tensándose sobre sus dientes.

—Déjame que lo adivine —dijo Lila secamente—. Está envenenada.

—Podría estarlo perfectamente —respondió la mujer, dejándose caer sobre la silla frente a ella como si la hubiese invitado a hacerlo.

Su mirada se dirigió casi de inmediato hacia el arma que Lila había dejado sobre la mesa.

—Esa —dijo la desconocida— es una espada muy bonita.

—Lo sé —respondió Lila—. Ha merecido la pena hundir un barco para conseguirla.

—Ah, así que eres una pirata.

—Capitana, en realidad.

La mujer pasó la mirada a su alrededor.

—¿Y tu tripulación?

Lila no sabía si estaba amenazándola o intentando halagarla.

—Ocupándose de sus propios asuntos.

La mujer no captó la indirecta.

—Tanis —dijo, presentándose. Esperó a que Lila le dijese su nombre. Pero no lo hizo.

—¿Qué quieres, Tanis?

La mujer se reclinó en su asiento, estudiándola.

—No eres de por aquí. —Lila no respondió y Tanis siguió hablando—. La mayoría no lo son. Solo están de paso y no saben cómo funciona la ciudad. —Tanis extendió las manos bocarriba sobre la mesa—. A veces les hace falta un guía.

—Déjame que lo adivine —dijo Lila—. Tú eres esa guía.

Tanis volvió a sonreír. Esa sonrisa sin dientes y todo labios.

—Esa soy yo. Así pues, ¿qué te trae por Verose?

Lila inclinó la cabeza como si estuviese pensándose la respuesta.

—Estoy de vacaciones.

Tanis soltó una carcajada seca.

—¿Y te has venido aquí?

—Quería ver de dónde había salido el Ejército Rebelde.

Habían pasado cuarenta años desde que aquel ejército improvisado, dirigido por magos de cada uno de los tres imperios, había navegado por la Costa de Sangre, camino a Londres, decidido a derrocar al rey de Arnes.

Era una apuesta arriesgada. Un anzuelo con cebo.

Tanis inclinó la cabeza hacia un lado.

—¿Supongo que no te gusta demasiado la corona?

Había mordido el anzuelo. Era hora de tensar el sedal. Lila dejó que su rostro pasase de la anodina diversión al enfado. Bajó la mirada hacia la espada que había sobre la mesa, escogiendo con cuidado lo que diría a continuación.

—Los sacerdotes hablan de equilibrio. Dicen que la magia se rige por las leyes de la naturaleza. Pero la naturaleza *cambia*. Entonces, ¿por qué el poder no cambia con ella? —Alzó la mirada cuando dijo eso último y se encontró con los ojos de Tanis fijos en ella. El fuego surgió en la palma de la mano de Lila justo antes de que la girase y la presionase contra la mesa, grabando la huella de su mano en la madera—. Verose me parece la clase de lugar donde las chispas se transforman en llamas.

Lila no pronunció la palabra *menas* —«mano»—, no tuvo que hacerlo. Una mirada de reconocimiento ya había surcado el rostro de Tanis. Se le oscurecieron los ojos, pero su sonrisa no se tambaleó. Y entonces se inclinó sobre la mesa y colocó su propia mano sobre la huella quemada.

—Me temo que te equivocas —dijo, frotando la mesa y borrando la quemadura de la madera—. Si estás buscando la ayuda de una *mano amiga* —añadió—, Verose no es el lugar adecuado. —Se levantó—. Pero si alguna vez pasas por Londres, he oído decir que sus jardines son preciosos. —Volvió a dirigir la mirada hacia la espada—. Y yo que tú guardaría eso —añadió—. No me gustaría enterarme de que lo has perdido. —Tanis le señaló con un movimiento de cabeza hacia el tabernero.

—Oli —le llamó—, tráele a la capitana un trago de verdad.

Y dicho eso se marchó.

Le sirvieron otra jarra de cerveza y, esta vez, el líquido de su interior no se parecía del todo al lodo, aunque seguía distando mucho de ser ámbar. Aun así, Lila bebió un sorbo y se relajó en su asiento, dándole vueltas a lo que le había dicho la mujer. Perdida en sus pensamientos, con la cerveza burbujeándole en la cabeza, tardó un momento en darse cuenta de que el ambiente de la taberna había cambiado por completo.

Como si Tanis hubiese prendido una lámpara y la hubiese dejado encendida al marcharse.

En ese momento se alegró de llevar puesto el ojo marrón en vez del negro. Lo último que necesitaba era que se corriese el rumor de que había una *antari* en la ciudad. Sabiendo cómo era Verose, alguien intentaría arrancarle el ojo negro de la cuenca, aunque de poco les serviría, o secuestrarla para después pedir un enorme rescate por ella, o venderla al mejor postor y, si eso ocurría, tendría que *armar una escena* y Kell se lo recordaría hasta el fin de sus días.

Pero Tanis sí que tenía razón en algo: debería haber guardado la espada. La había dejado sobre la mesa, con la superficie perlada emitiendo un brillo extraño y, en algún momento, los clientes del Marea Negra habían empezado a fijarse en ella.

En algún punto de la velada había pasado de ser la ladrona a ser el objetivo.

Lila sentía las miradas clavadas en ella al acabarse la cerveza de un trago. Al sacar una moneda de su bolsillo. Al levantarse el cuello del abrigo. Al cerrar los dedos en torno a la empuñadura de la daga veskana y levantarse. Así que no le sorprendió que, cuando alzó la mirada, hubiese un hombre de pie frente a ella, al otro lado de la mesa. Era alto y tan delgado como un poste de madera, con los ojos tan oscuros como si, en realidad, fuesen dos nubes de tormenta las que llenaban sus cuencas. Su mirada bajó hacia la hoja lentamente.

—Cuidado —dijo—. No vayas a cortarte.

—Vete al infierno —respondió, lo que, al parecer, no fue una respuesta bien recibida. Estaba a punto de marcharse cuando él la agarró y la empujó hacia delante, sobre su estómago, inmovilizándola contra la pared.

—Entrégamela —exigió el hombre, con las manos apoyadas sobre la madera mientras se inclinaba hacia delante.

—Vale —gruñó Lila. Desenvainó la espada.

Y se la clavó de una estocada en la mano.

El hombre la miró boquiabierto, con el rostro contraído en una mueca de rabia y dolor, pero antes de que pudiese retroceder, aullar de dolor o desenvainar su propia arma, algo cambió en su interior. Se quedó completamente rígido, sus venas se oscurecieron y su piel comenzó a arrugarse y a *carbonizarse*, ardiendo desde el interior en el tiempo que Lila tardó en inspirar y espirar una única vez.

Y entonces simplemente se *desintegró*.

Dejando a su paso nada más que un reguero de ceniza sobre la mesa y en el suelo.

La hoja siguió clavada en la madera, en pie, indemne.

Y los clientes, que habían continuado con sus vidas como si no pasase nada, a pesar de las peleas, los cristales rotos y las espadas desenvainadas, se volvieron todos a la vez para ver a Lila allí de pie, con la espada clavada en la mesa, rodeada por un montón de ceniza.

Era hora de irse, ya. Sacó la espada y dejó una moneda sobre la mesa, levantando una pequeña nube de ceniza al volver a envainar la daga y alejarse de allí. Nadie la siguió. Salió de la taberna directa a la oscuridad de la noche, que se había vuelto mucho más fría que cuando entró.

En algún punto de la noche se le había desabrochado el botón superior de la camisa y se le había salido el collar. En el extremo del cordón de cuero colgaba un anillo negro, con un barco grabado en la parte superior. Envolvió el anillo entre los dedos y se lo volvió a meter bajo la camisa, dirigiéndose de vuelta a los muelles.

Había dado exactamente diez pasos cuando se dio cuenta de que no estaba sola.

—Este es el único aviso que os voy a dar —dijo—, esta noche no estoy de humor para peleas.

—Ya lo veo —respondió una voz profunda y suave a su espalda. Se giró y se encontró con un hombre de tez oscura, vestido de la cabeza a los pies de blanco, y lo primero que pensó fue lo extraño que era elegir vestirse de blanco, un color tan poco común entre aquellos que surcaban los mares. Era lo mismo que había pensado la primera vez que le vio, en el barco de Maris.

Valick, pensó. Así se llamaba.

—Estás muy lejos del mercado flotante. —Su mirada se dirigió hacia la espada que llevaba en la mano y Lila rodeó la empuñadura con más fuerza—. El que se lo encuentra, se lo queda —añadió.

Y él no debería haber sabido lo que era, pero lo sabía.

—Un arma como esa debería estar en el *Ferase Stras*, no en manos de nadie por las calles —dijo Valick.

Lila enarcó una ceja.

—¿Has venido hasta aquí solo por un cuchillito de nada?

—No —respondió—. He venido hasta aquí por ti.

Lila entrecerró la mirada.

—Si piensas añadirme a vuestra colección…

—Le debes un favor a Maris —le interrumpió—. Ha llegado el momento de que se lo devuelvas.

Un favor. Lila debería haberlo sabido cuando Maris le ofreció el ojo negro de cristal, debería habérselo pagado en ese entonces, haberle dado un año, o un par de ellos, de su vida y haber quedado en paz en ese momento, pero tuvo que ofrecerle un favor a cambio. Un favor era un modo amable para referirse a una deuda, y Lila odiaba estar en deuda con nadie. Llevaba mucho tiempo esperando que la vieja serpiente marina lo reclamase, e incluso había empezado a preguntarse con los años si se le habría olvidado.

Por supuesto, no lo había olvidado.

—¿Y bien? ¿Qué quiere?

Valick le tendió una mano.

—Te lo dirá ella misma. —En la palma de la mano llevaba un anillo. No era negro como el que tenía colgado, sino plateado, con un pequeño reloj de arena grabado. Aun así, Lila reconoció el trabajo de la reina en la talla, y estaba segura de que su anillo gemelo se encontraba en manos de la anciana.

—Tendremos que hallar un tablero de adivinación —comenzó a decir Valick, pero Lila ya se estaba acercando.

—Tonterías —respondió, pinchándose la palma de la mano con la punta de una de sus dagas—. Sería un desperdicio de magia.

Alargó la mano y la cerró en torno al anillo que le tendía, agarrando la mano de Valick en el proceso y encerrando el metal entre sus palmas. Y, antes de que pudiese alejarse, susurró las palabras al aire, y el mundo a su alrededor tembló y se desgarró.

XII

L ila Bard dejó atrás la oscura calle y se internó en el camarote de un barco, arrastrando consigo a Valick Patrol. El suelo se balanceaba levemente bajo sus botas, el aire vibraba con algo parecido a un trueno. La habitación era estrecha, con la luz de un farol derramándose desde un armario hacia una cómoda e iluminando por completo un escritorio tras el que estaba sentada Maris Patrol, capitana del mercado flotante. La anciana iba vestida con una túnica blanca, y su cabello plateado, surcado de canas, suelto y ondeando a su espalda. Tenía una copa de vino en una mano, un libro en la otra y, seguramente, un segundo antes habría estado disfrutando de ambos. Sin embargo, en ese instante, la estaba mirando fijamente, y Lila tuvo el inusual honor de ver cómo la sorpresa surcaba su expresión, justo antes de que desapareciese al mismo tiempo que cerraba el libro de golpe.

—Eres una necia incorregible —dijo Maris en arnesiano, a la vez que el trueno cesaba—. *Sabes* que este barco está protegido contra cualquier intrusión mágica. —Así que a eso se debía la vibración que surcaba el aire a su alrededor.

—Tenía el presentimiento de que funcionaría.

—El *presentimiento* —siseó la anciana—. Has puesto en peligro la vida de mi sobrino por un maldito *presentimiento*.

—Una suposición fundada, entonces. —Lila hizo girar el anillo de Valick alrededor de su dedo—. Las salvaguardas del palacio están vinculadas a la sangre, para que la familia real pueda ir y venir sin tener que recitar una docena de hechizos. Supuse que el *Ferase Stras* funcionaría del mismo modo. Y, como puedes ver, tu sobrino está entero.

Miró de reojo a Valick, cuya tez morena se había vuelto gris. Parecía que estaba a punto de vomitar.

—Más o menos —añadió Lila.

—Ni se te ocurra vomitar en mi habitación —gruñó Maris, y Valick asintió antes de salir corriendo a trompicones hacia la oscuridad. Antes de que la puerta se cerrara entró una ráfaga de aire salado y helado. Lila se dio la vuelta para examinar el contenido de los armarios. Habían pasado siete años desde que había estado por última vez en esta misma habitación, siete años desde que se había subido por primera vez a este barco para hallar el modo de derrotar a Osaron. Y llevaba siete años esperando poder regresar.

—¿Qué estás haciendo aquí? —le preguntó Maris.

—Tú me has invitado —respondió Lila, sosteniendo el anillo en alto. Su gemelo brillaba bajo la tenue iluminación de la sala, uno entre los múltiples anillos que relucían en la mano huesuda de la mujer.

—Eso era una invitación para hablar —dijo sin intentar quitarle el anillo—. No para que vinieses de *visita*. Estoy segura de que Valick te lo dejó claro.

—Se le debió de pasar comentármelo —dijo Lila, dejando caer el anillo sobre la mesa—. Supongo que podría preguntarte cómo has conseguido hacerte con un objeto hecho por la reina, pero... —Se interrumpió, abriendo los brazos para abarcar lo que le rodeaba, el barco, cuyo único propósito era almacenar y comerciar con magia peligrosa.

—Es una criatura muy inteligente, ¿no te parece? —reflexionó Maris en voz alta—. Por supuesto, su majestad no *inventó* la magia de vinculación, pero aun así, es una elegante ejecución del hechizo. Una mente como la suya puede ser algo peligroso.

—Por favor, quédatela. Guárdatela en una de las cajas de tu barco.

Maris ladeó la cabeza, observándola.

—No te cae bien.

—No confío en ella —la corrigió Lila, dejándose caer en la silla que había frente al escritorio. Había un saco blanco junto a su bota y tardó un momento en darse cuenta de que, en realidad, no era un saco sino un perro que parecía bastante viejo. Estaba inquietantemente quieto. Lo acarició con delicadeza con la bota para asegurarse de que respirara. El animal suspiró y ella se volvió hacia Maris—. Pareces más vieja.

—Me siento más vieja —replicó ella—, ¿qué has hecho con tu ojo? —añadió.

Ambas sabían que no se estaba refiriendo a los ojos que estaban en las cuencas del rostro de Lila en ese momento, sino al que se encontraba en su camarote, guardado a buen recaudo en una caja de terciopelo, cuya superficie no era marrón ni azul, sino tan negra como la brea. Tan negro como el ojo que había perdido a manos del bisturí de un médico de pacotilla en su Londres, antes de saber de la existencia de los otros mundos, o de la magia que poseían, y, por supuesto, mucho antes de saber lo que era un *antari*.

El ojo que había intercambiado por un favor.

—Lo sigo llevando de vez en cuando —contestó—. Pero me he dado cuenta de que la gente es idiota. Si les muestras tu poder, les muestras los ases que escondes bajo la manga. Es mejor que intenten *adivinarlo*, porque casi siempre se equivocan.

La puerta del camarote volvió a abrirse y Valick regresó, con mucho mejor aspecto. Cruzó la habitación y dejó la espada hechizada sobre el escritorio.

—Eso sigue siendo mío —dijo Lila cuando Maris la alzó y la desenvainó, estudiando su hoja perlada. Frunció el ceño y las arrugas le surcaron el rostro como el hielo al romperse bajo presión.

—¿Sabes lo que hace?

—Mata a gente.

Maris puso los ojos en blanco.

—Cualquier arma común es capaz de matar. *Esta* usa la propia magia de esa persona para destruirla. Se alimenta del poder que corre por sus venas y lo vuelve en contra de su propio cuerpo…

Lila se enderezó en su asiento, interesada. Recordaba la forma en la que el hombre de la taberna parecía haber empezado a arder desde el interior, justo antes de convertirse en cenizas. Se preguntaba qué podría hacerle a un mago que controlase el hueso. ¿Se terminaría convirtiendo en un collar de perlas, o colapsaría como un saco de carne sin huesos? ¿Y qué pasaría si se la clavase a un *antari*?

—... con un único corte —terminó Maris.

—Vale —dijo Lila—. Así que... es un arma. Y mata a gente.

Maris negó, exasperada.

—Es una pena que todo ese poder que posees no vaya acompañado de un poquito de sentido común. —Abrió un cajón de su escritorio.

—Sigue siendo mía —murmuró Lila, viendo cómo la espada desaparecía en el interior del cajón.

—Considéralo el pago por haber subido a mi barco. Ahora, vete.

—Pero acabo de llegar. Y aún no me has dicho por qué me has hecho llamar. A menos que fuese para ponernos al día. Supongo que la vida en este barco debe ser muy solitaria...

—Fuera de mi *habitación*. Valick, enséñale a la capitana Bard la cubierta inferior. Pero ni se te ocurra dejarle tocar nada.

Lila se puso en pie con las manos en alto.

—Venga ya. Ni siquiera yo sería tan imbécil como para intentar robar algo de *tu* barco.

—Alguien lo ha sido —dijo Maris, y antes de que Lila pudiese preguntar quién, se terminó su copa de vino de un trago y señaló con un movimiento de la cabeza hacia la puerta.

Lila se dispuso a marcharse, pero a medio camino se volvió para mirar a la anciana de nuevo. Había algo que quería preguntarle. Algo que necesitaba saber.

—La magia más poderosa del mundo se encuentra en este barco. Si existiese algo que pudiese ayudar a Kell... —Fue perdiendo la voz, delatando lo mucho que lo necesitaba.

A lo largo de los últimos siete años habían buscado y probado numerosas pociones y hechizos, habían experimentado con todas las malditas cosas que sabían. Y no habían hallado nada en los tres imperios, o en ningún mercado, ya fuese negro, escondido o de cualquier otra clase, capaz de arreglar lo que se había roto en su interior.

Con el tiempo, Kell había dejado de lado su pesquisa.

Pero ella nunca había dejado de buscar.

—Pagaré lo que me pidas —añadió.

Maris torció la boca en una media sonrisa.

—Salda una deuda antes de aceptar otra.

El veneno le subió por la garganta como la bilis, pero la capitana alzó una mano para interrumpirla antes de que pudiese replicar nada. De repente, parecía cansada.

—Si tuviese algo en mi poder que pudiese restaurar los poderes de Kell Maresh, o aliviar su sufrimiento, te lo daría... —Casi añadió que se lo daría «gratis»; Lila observó cómo el termino se formaba en el aire entre ellas, pero Maris sabía que no podía decirlo.

En cambio, la anciana sacudió la cabeza y añadió:

—Pero no lo tengo.

Las palabras cayeron sobre ella como una roca, como una puerta cerrándose de golpe por una fuerte ráfaga de viento. Y esta vez, cuando Maris le hizo un gesto invitándola a marcharse, Lila se giró y siguió a Valick a la salida.

Aunque al mercado nocturno del Londres Rojo lo hubiesen podido arrancar de cuajo de la avenida que había junto al Isle y lo hubiesen cargado en un barco, con sus tenderetes y sus puestos llenando cada centímetro de la cubierta, no habría conseguido hacerle sombra al *Ferase Stras*.

El barco duplicaba en tamaño al *Barron*, era un laberinto de pasillos, cubiertas, camarotes y salas llenas de objetos, como si fuesen libros apilados sobre mesillas demasiado pequeñas.

A Lila siempre se le había dado bien trazar mapas. No aquellos que se dibujan sobre el papel, sino los que vivían en su cabeza; mapas de callejones o de las calles principales de las ciudades que visitaba, de los mundos que había visto, guardados a buen recaudo en su memoria. Podía pasear por una calle y aprenderse su recorrido de memoria con los pies, sin necesidad de retroceder sobre sus pasos, y, aun así, no tenía sentido intentar trazar un mapa del *Ferase Stras*. Puede que fuese por la magia, porque estuviese hechizado para alterar los recuerdos de aquellos que lo visitaban, o puede que solo se debiese al caos y al desorden, a la distracción de estar rodeada de objetos poderosos.

Pero Valick sabía cómo moverse por el barco.

Lila le siguió, bajando por las escaleras y cruzando un pasillo que estaba lleno de habitaciones. Más de una vez ralentizó sus pasos ante alguna alcoba resguardada tras una cortina, con la esperanza de echar un vistazo a los objetos que escondía en su interior, pero Valick siempre la llamaba para que siguiese andando, doblando una esquina, bajando unas escaleras y subiendo otras, hasta que por fin llegaron al único espacio abierto del barco, la cubierta inferior. El otro sobrino de la capitana, Katros, estaba apoyado contra el palo mayor, tallando una pieza de Rasch en un trozo de madera. Al ver a Lila Bard se enderezó y su mirada se desvió hacia la plataforma que había a un costado del barco, donde se *suponía* que los visitantes tenían que aguardar antes de entrar al mercado, un camino por el que claramente ella no había embarcado. Pero la mirada de Lila se dirigió directamente hacia la cubierta.

Incluso bajo la luz de los faroles podía ver los daños. La mancha de sangre sobre los tablones de madera, la quemadura que había dejado la magia sobre la cubierta.

—¿Qué ha pasado aquí? —preguntó, siguiendo los restos de las salvaguardas destrozadas hacia la barandilla astillada. Katros y Valick abrieron la boca a la vez para responder, pero Maris se les adelantó.

—Me han robado.

Estaba claro que había seguido otro camino y que se había vestido en ese tiempo, cambiándose la túnica por un pantalón y una camisa de lino blancos, recogiéndose el cabello plateado en una trenza. El viejo perro blanco la seguía en silencio.

—¿Robado? —La mano de Lila se apartó de la barandilla—. Creía que eso era imposible.

—Debería serlo, sí —reconoció Maris, cruzándose de brazos.

Lila quería preguntar cómo lo habían logrado, pero las preguntas servían como moneda de cambio para la gente como Maris, había que tener cuidado con cómo se gastaban. Así que, en cambio, hizo la pregunta que le parecía más pertinente.

—¿Qué tiene todo esto que ver conmigo?

—Tres ladrones subieron a bordo de mi barco. Solo uno logró escapar.

Lila rascó con la suela de su bota la mancha de sangre seca que había sobre la cubierta.

—¿Y quieres que vaya tras él?

—El ladrón no me importa, me importa lo que robaron, o quién podría querer un objeto así.

Katros le tendió un pedazo de papel con algo dibujado.

—Se dañó durante el ataque —dijo Maris—. Pero podría funcionar.

Lila examinó el dibujo. Parecía el boceto demasiado detallado de una caja, decorada tan solo con un anillo de hierro en la tapa. Se la veía bastante sencilla, pero cuando Lila era joven robó algo que se le parecía; era una caja-puzle, como las que se diseñaban para esconder su propia llave. Era pequeña y estaba hecha de madera y de bronce, con piezas que se deslizaban y giraban, bisagras que se movían y cierres que solo se soltaban si hacías los movimientos correctos y en el orden adecuado.

Había tardado tres horas en abrirla.

Las dos primeras las había pasado intentando resolver el puzle, la tercera rompiendo la caja a golpes con una piedra.

La que estaba dibujada parecía bastante simple pero, de nuevo, estaba en el *Ferase Stras*. Y no solo eso, sino que además a Maris le preocupaba lo suficiente como para pedirle que la buscase, incluso cuando puede que su magia no funcionase. Lo que significaba que el mero hecho de que existiese una ínfima posibilidad de que ella pudiese localizarla era motivo suficiente para que la anciana usase el favor que le debía.

—¿Qué es lo que hace? —preguntó Lila.

Maris suspiró y fijó la mirada en el horizonte oscuro. Era una noche sin luna, el mar estaba tan negro que parecía que estaban flotando en el cielo. La anciana tenía ese brillo característico en la mirada de alguien que, aunque su cuerpo esté presente, su mente se encuentra muy lejos, como si estuviese a punto de contarle una historia, sin importar si quería escucharla o no.

—Los *antari* siempre han sido muy escasos. Pero hubo un tiempo en el que todavía podías contarlos con los dedos de más de una mano. Un tiempo en el que la gente no solo había oído hablar de su poder, sino que lo había presenciado de cerca. En el que lo habían visto y lo ansiaban. Tampoco era de extrañar. Una gota de sangre, una única frase y podías convertir un cuerpo en piedra, derribar murallas o recomponerlas, curar una herida mortal, o incluso abrir puertas a otras partes del mundo, y entre mundos.

—Soy bastante consciente de lo que *puedo* hacer —replicó Lila.

Maris le lanzó una mirada de advertencia.

—Todo lo que eres capaz de hacer se puede conseguir con un hechizo. Esa era la teoría. Así que los artesanos se pusieron manos a la obra para diseñar un hechizo que pudiese emular tus dones.

Lila tuvo un mal presentimiento pero, esta vez, no volvió a interrumpir.

—La magia *antari* —continuó Maris— pertenece al lugar donde la hechicería se encuentra con la magia elemental. Es sencilla y elegante, y el talento necesario para replicarla no tenía ninguno de esos dos atributos. Era volátil y complicado, y requería que los objetos que fabricaron fuesen capaces de contener la magia, de evitar que los hechizos se rompiesen o se deshiciesen de la peor manera posible.

—Pero funcionó —adivinó Lila.

—Pero funcionó —repitió Maris—. El objeto que robaron es una *persalis*. Un creador de portales.

El mal presentimiento de Lila se transformó en el terror más puro.

—Dime que este aparato no es capaz de abrir las puertas entre los mundos.

—Por suerte, no —respondió Maris—. Solo los *antari* han sido capaces de hacer eso. Pero sí que puede abrir las puertas dentro de un *mismo* mundo. El anillo de hierro que hay sobre la tapa se suelta y se usa para marcar el destino. Y la caja se encarga de crear el portal.

Al igual que el «As Trascen», pensó Lila. El hechizo que le permitía crear un atajo en el mundo, saltar de una calle cualquiera a un barco.

—*Al contrario* que con tu magia —continuó Maris—, este portal permanece abierto, sin importar cuántas personas lo crucen. Mientras el hechizo siga activo podría trasladar a un ejército entero de un lugar a otro.

El terror se convirtió en ira. Lila apretó los dientes con fuerza.

—¿Alguna vez pensaste que en lugar de conservar la magia más peligrosa del mundo podrías, no sé, destruirla y salvarnos a todos de tener este maldito dolor de cabeza? —siseó.

—Si lo hubiese hecho entonces no habrían existido los anillos para compartir el poder entre *antari*, y entonces vosotros tres nunca habríais derrotado a Osaron, tras lo cual supongo que Londres habría caído en sus manos rápidamente, e imagino que habría conseguido hacerse con el resto del mundo poco después. Si solo piensas que la magia puede terminar cayendo en las manos equivocadas, terminas olvidando que, de vez en cuando, también puede caer en las manos adecuadas.

Lila se mesó el cabello.

—Así que un ladrón consiguió escaparse. ¿Y los otros dos...?

—No lograron salir —respondió Maris, tajante. Chasqueó los dedos para llamar a Katros, que se acercó a ella y le mostró una bolsita.

—Esto es todo lo que llevaban encima —explicó, tendiéndosela a Lila. Tiró del cordel que la ataba y volcó todo su contenido sobre la palma de la mano. No había más que unos cuantos lin rojos. Apenas daban para pagar un plato de comida.

—Decidme que tenéis algo más —dijo, volviendo a meter las monedas en el saco.

Maris carraspeó para aclararse la garganta.

—También tenía un símbolo quemado sobre la piel. La huella de una mano.

—Maldita sea —murmuró Lila en voz baja al oír aquello.

—Siempre tan bienhablada —replicó la capitana del *Ferase Stras*, y Lila pensó, no por primera vez, que debería haberle pagado por el maldito ojo de cristal de otro modo—. Te sugiero que encuentres la caja rápido —añadió—. Antes de que *alguien* la utilice.

—Y yo que pensaba que podía tomarme mi tiempo para buscarla. —Lila se metió el saquito con las monedas en el abrigo—. ¿Algo más?

Maris sacó un objeto de su bolsillo. Un trozo de cristal del tamaño de un naipe.

—Puede que esto te sea de ayuda.

Lila tomó el objeto y lo hizo girar entre los dedos. Parecía algo bastante común, pero como estaba allí, en el barco de Maris, lo más probable era que no lo fuese en absoluto. Lo alzó sobre su cabeza para examinarlo.

—¿Es que quieres que adivine para qué sirve?

La anciana hizo un sonido que bien podría haber sido una carcajada. Pero que le salió tan seca como el papel.

—Piensa en ello como una ventana hacia el pasado —dijo—. Por si, como yo, te encuentras un paso por detrás. —Le explicó cómo activar el hechizo, pero cuando Lila se llevó el cristal al ojo bueno para probarlo, con la palabra ya en la punta de la lengua, la mano de Maris salió disparada hacia ella, con sus viejos dedos cerrándose en torno a su muñeca.

—Úsalo con cautela —le advirtió—. Solo funciona una vez.

—Pues claro que solo funciona una vez —suspiró la *antari*, deslizando el frágil cristal en el interior de su abrigo—. Bueno, si no me tienes que decir nada más… —Desenvainó la pequeña daga que llevaba atada en la cadera, pero al acercar la punta a su piel, Maris carraspeó.

—Yo que tú no lo haría. Las salvaguardas han cedido antes por mi sobrino. Dudo que sean tan benévolas contigo. —Con un movimiento de la cabeza señaló hacia la plataforma de embarque, que sobresalía del barco como una estrecha lengua sobre el mar. A Lila le recordó a un tablón, como aquellos por los que los piratas les hacían caminar a sus prisioneros para acabar con ellos—. Mejor prevenir que curar.

Lila se colocó sobre el tablón. El barco se balanceaba con la corriente y el tablón endeble se hundía bajo sus botas, pero no se tropezó. Dio un paso, y luego otro más, dejando atrás el casco del barco y las salvaguardas que lo protegían, hasta que estuvo a salvo sobre el mar.

Podría haberse detenido justo allí, pero algo en su interior le exigía que siguiese caminando, hasta llegar al mismo borde. Lila bajó la mirada hacia el agua negra y sacó una astilla de madera de su bolsillo. Un pedazo del pájaro que había tallado en la proa de su barco. A Alucard casi le dio un ataque cuando se percató de que le faltaba una pluma en el ala a la escultura. Pero Lila tenía un buen motivo.

La *persalis* puede que fuese la herramienta mágica de un impostor, pero funcionaba gracias a una verdad.

Nunca abras una puerta si no sabes a dónde te llevará.

Se clavó la punta de su daga en el dedo, sintió la mordedura del acero y cómo la sangre empezaba a manar.

—Delilah —la llamó Maris.

Lila volvió la vista atrás.

—Déjame adivinarlo, quieres que tenga cuidado.

Otra vez esa risa seca.

—El cuidado es para los viejos que caminan sobre un suelo mojado —respondió Maris, con la brisa agitándole la trenza plateada—. Quiero que me traigas de vuelta esa maldita caja.

Lila sonrió y presionó su pulgar ensangrentado sobre la pluma de madera.

—A sus órdenes, capitana —dijo, dando un paso hacia delante y dejándose caer desde el tablón hacia el mar al mismo tiempo que pronunciaba el hechizo.

Su cuerpo nunca llegó a tocar las olas.

Un latido después Lila estaba sobre la cubierta del *Barron*.

Una pequeña caída, una sacudida y entonces sus botas estaban golpeando los tablones de madera de la cubierta, a media zancada de distancia de Vasry y de Raya, que estaban inmersos en una partida de Sanct. Vasry pegó un grito y se cayó de espaldas de su taburete. Los labios de Raya se curvaron en una sonrisa divertida.

—Nunca me acostumbro a eso —dijo Vasry, poniéndose de pie.

Lila giró la cabeza lentamente para destensar el cuello mientras se alejaba por la cubierta, volviendo a meterse la pluma de madera en el bolsillo. La adrenalina de la noche ya había desaparecido y de repente estaba agotada, le dolían los huesos por la pelea en el *Cuervo*, no paraba de darle vueltas a la misión de Maris, tenía la piel manchada de sangre y de poder. Se quitó el abrigo y lo lanzó a un lado, lavándose las manos y la cara con una jarra de agua.

—¿Y Stross y Tav?

—*Hesassa* —respondió Raya.

—Fuera de combate —interpretó Vasry, cuyo fresano había ido mejorando notablemente con los años.

—¿Y qué hay de nuestros vecinos? —preguntó, inclinando la cabeza para señalar hacia el amarradero vacío donde había estado el *Cuervo*—. ¿Algún problema con ellos?

—Oh, unos cuantos —dijo Vasry—. Los otros cuatro regresaron buscando su barco.

—¿Y?

—Estamos en Verose —respondió, encogiéndose de hombros mientras una sonrisa traviesa se dibujaba en su rostro—. Si no lo querían perder, no deberían haberse bajado. Se pasaron por aquí —añadió—, preguntando si habíamos visto algo. Pero les quedó bastante claro que estábamos bastante *ocupados*. —Raya chasqueó los dedos y un pequeño chorro de agua le empapó la cara.

Lila escrutó la cubierta.

—No lo hemos visto —dijo Vasry, leyéndole el pensamiento—. Al menos, no desde que regresó. Se fue directo a su camarote y creímos que lo mejor era darle espacio.

Lila asintió. Todos estos años y la tripulación seguía manteniendo las distancias con Kell. No podía culparlos. A Stross no le hacía mucha gracia tener a un príncipe a bordo, decía que llamaba demasiado la atención. Tav y Vasry lo trataban como si fuese una mercancía valiosa. Raya actuaba como si fuese un cañón a punto de estallar en cualquier momento.

En resumen, les daba miedo.

Lila también les daba miedo, por supuesto. Pero era un miedo distinto. Temían lo que era capaz de *hacer*. Pero Kell les daba miedo por lo que *era*. Incluso aunque los dos fuesen *antari*, la tripulación solía olvidarse del ojo de Bard hasta que hacía algo como aparecer de la nada sobre la cubierta del barco.

Lila les dio las buenas noches y bajó el corto tramo de escaleras que llevaba al interior del *Barron*. Quería darse un baño. Tomarse un plato caliente. Meterse en la cama. Pero cuando llegó a su camarote, entró solo para quitarse el abrigo y dejar el naipe de cristal que Maris le había dado en el primer cajón de su escritorio.

Tras ello, siguió recorriendo el estrecho pasillo hasta la puerta cerrada del fondo.

No se molestó en llamar.

Kell estaba tumbado de lado en la oscuridad, su cabello creando pequeñas olas sobre la almohada. Tenía los ojos cerrados, pero sabía que no estaba dormido. Nunca se quedaba dormido, al menos no si ella estaba fuera. Lila se hundió sobre el colchón a su lado, estirada en la estrecha cama, y él fingió despertarse, rodando sobre su espalda primero y después volviéndose hacia ella.

—Hola —la saludó en inglés. Tenía la voz grave y suave como una caricia, y ella se descubrió acercándose tanto por lo que había dicho como por su tono. Toda su vida había dado por sentado el idioma, pero allí, en ese mundo, el inglés era la lengua imperial, reservada para los nobles arnesianos y la corona, para usarla solo en la corte, una ostentación que había nacido tras siglos en los que los magos *antari* habían sido los encargados de llevar las misivas entre mundos, entre Londres, y entre reyes y reinas. Pero allí, en medio del océano, era algo privado. Un idioma en el que hablaban solo cuando estaban a solas.

Kell alargó la mano hacia su rostro y le retiró un mechón rebelde, ocultándoselo tras la oreja. Últimamente sus manos se habían vuelto más ásperas, pero su tacto seguía siendo igual de ligero, como si Lila fuese a romperse.

—¿Dónde has estado? —le preguntó, y ella se lo contó todo. Le habló de Tanis y su aviso, de la llegada de Valick, de Maris y del robo a bordo del mercado flotante, y de la misión que le habían encomendado.

Antes de que hubiese terminado de hablar, Kell ya estaba sentado, con la barbilla apoyada en las manos mientras escuchaba la historia de la *persalis*, de los tres ladrones que habían ido a robarla y del que consiguió escapar. Y cuando terminó, no le dijo que era demasiado peligroso, no le dijo que era una misión suicida, o que era como intentar buscar una aguja en un pajar. Ni siquiera le preguntó por dónde tenían que empezar. Lo sabía tan bien como ella. Si esto era obra de la Mano, entonces solo tenían un objetivo. El palacio. La corona. El rey.

Lila se estiró todo lo larga que era a su lado, sintiendo cómo sus músculos por fin se relajaban.

—A Londres, entonces —dijo él en la oscuridad.

Lila asintió y respondió en un susurro:

—A Londres.

TRES

El corazón del rey

I

LONDRES ROJO

L a ciudad estaba llena de objetos rotos, aunque eran pocos los
que Tes descubría que no tenían arreglo.

Se pasó su día libre como siempre se los pasaba, paseando entre los puestos y tenderetes llenos de baratijas, rescatando cualquier objeto que le llamase la atención. Algunas baratijas se limitaba a arreglarlas, pero otras las desmontaba, recopilaba los hilos mágicos que las formaban y los usaba para crear cualquier otra cosa. Tomaba algo que ya existía y lo *mejoraba*. Otros artesanos se centraban en inventar algo, pero ella prefería mejorar lo que ya existía.

Una bolsa con su botín del día traqueteaba golpeándole el hombro mientras Tes se abría paso por el mercado abarrotado. Al pasear, murmuraba en voz baja, no para sí misma, sino para el búho que llevaba en el bolsillo delantero de su abrigo.

—… sigo buscando la llave de hierro. Y necesito un poco más de cobre, ¿no crees?

Vares hizo sonar sus huesos para mostrarle que estaba de acuerdo con ella, sintiendo el movimiento como si se tratase de un segundo corazón contra su camisa.

Ayudaba tener a alguien con quien hablar, incluso si ese alguien era más bien un algo y ese algo técnicamente estaba muerto. Tes estaba al borde de un ataque, con los nervios a flor de piel, como siempre que salía de la seguridad de su tienda. Probablemente se debiese a la tetera de té amargo que se había tomado antes de salir, o al bollo de azúcar que se había comido en dos bocados en el último mercado.

Llegó al final del corredor de los puestos, pero en vez de seguir paseando, se giró y se deslizó a través de una cortina que había entre dos tenderetes, entrando en un segundo corredor de puestos oculto.

Una de las primeras cosas que aprendió fue que la mayoría de los mercados que se precien tienen dos caras.

La primera era sosa y discreta, llena de objetos corrientes, pero la segunda… la segunda quedaba oculta justo detrás, dándole la espalda, como una moneda girada por el canto, o como el sumo sacerdote en el Sanct, la única carta que tenía dos caras.

Allí, la magia brillaba un poco más. Allí, el precio se podía pagar con monedas o con un trueque. Allí, nunca sabías lo que podías encontrar.

La segunda cara no era un mercado *prohibido* —Tes siempre rehuía de ese tipo de mercados con su habitual cautela—, simplemente era uno que prefería regir sus negocios a su manera, sin que la guardia real le molestase. Como la trastienda de una tienda de antigüedades, reservada para aquellos que sabían dónde buscar, y que sabían que era mejor no hacer preguntas.

Tes aminoró la marcha al llegar a una mesa llena de diferentes juegos de elementos, cuyas tapas estaban abiertas para mostrar su contenido.

Había cinco elementos: agua, fuego, tierra, aire y hueso; el último se incluía aunque su uso estuviese terminantemente prohibido. Algunos de los juegos estaban dentro de cofres enormes y ornamentados, con cada uno de los elementos protegido por un orbe de cristal del tamaño de un melón redondo. Otros eran tan pequeños que entrarían en la palma de la mano de un niño, con los elementos preservados dentro de unas cuentas de cristal.

En la parte delantera del puesto se amontonaban bolsas llenas de cuentas de repuesto, con los elementos acumulados en su interior, como si estuviesen esperando a que les llegase su turno. Eran como una mancha oscura en su visión, con su poder dormido, con su magia sin invocar.

No había ni rastro del vendedor, pero Tes dejó que sus dedos fuesen directos hacia uno de los juegos; era una pequeña caja con los bordes dorados y cuyos elementos estaban colocados formando una única fila. Pero, al hacerlo, la bolsa que llevaba colgada se deslizó por su brazo y golpeó la bolsa de cuentas más cercana, desparramando todo su contenido sobre la mesa.

—No, no, no —siseó. Se abalanzó sobre la mesa, atrapando la bolsa a tiempo para enderezarla, pero no antes de que un puñado de cuentas de cristal se escurriesen por el borde, chocando contra los adoquines como granizo al caer. Tes se estremeció cuando todas las miradas del mercado se volvieron hacia ella y se arrodilló para recoger las cuentas con gotas de agua teñida de varios colores en su interior.

Atrapó dos que intentaron escapar de entre sus dedos rodando por los adoquines, pero la tercera terminó desapareciendo bajo la mesa. Intentó recuperarla, pero cuando sus dedos recorrieron la superficie de cristal, la cuenta siguió rodando por el suelo, alejándose de su alcance. Al mismo tiempo, vio un par de botas que se acercaban a la parte de atrás del puesto y escuchó las voces de dos hombres.

—… días están numerados.

—¿Sabes algo que yo no sepa?

Una risa grave le siguió a la pregunta.

—Digamos que yo no invertiría en nada carmesí ni dorado.

Tes se quedó completamente helada. Estaban hablando de la corona.

—¿De verdad importa qué trasero real se siente en el trono?

—Importa, cuando el trasero en cuestión no tiene poderes.

Tes frunció el ceño. Todo el mundo decía que el rey Rhy no tenía magia conocida, pero ella no llegaba a comprender qué tenía eso que ver con sus capacidades para gobernar Arnes, hasta que la voz siguió hablando.

—Importa cuando la magia se está agotando.

No era la primera vez que Tes había oído hablar de la falta de poder, de la marea de magia que se estaba alejando de sus costas, pero si los hilos se estaban apagando lentamente, ella no lo había visto. Y, aunque fuese así, ¿quiénes eran ellos para decir que era culpa del rey?

Se suponía que los *antari* eran la máxima expresión de la magia, y llevaban siglos extinguiéndose, mientras que Rhy Maresh tan solo había ascendido al trono tras la Marea. La Marea, que se cernió sobre las calles de Londres como una plaga, infectando a aquellos que no lucharon y acabando con casi todos los que sí lo hicieron. Si el poder realmente se *estaba* agotando, ¿por qué no echarle la culpa a eso? ¿No era más probable que la magia del imperio hubiese quedado dañada por ese suceso tan caótico, y no porque un rey sin poderes hubiese ascendido a un trono creado por el hombre?

Tampoco era que tuviese importancia.

Cuando la gente quería causar problemas, lo único que se necesitaba era una buena excusa. Llevaba meses saboreando el regusto amargo que dejaban los problemas que se estaban gestando en la ciudad. Era parecido al humo o al té amargo, y a cada día que pasaba parecía volverse un poco más fuerte.

—¿Sabes lo que les hacen en Faro y en Vesk a aquellos que no tienen poderes? —estaba diciendo uno mientras ella contenía el aliento e intentaba alcanzar la cuenta de agua.

—Seguro que no les dan una corona.

—Exacto. Nos hace parecer débiles. Tal y como yo lo veo, hemos cometido un error, pero la Mano va a remediarlo.

—¿Y si no lo consiguen?

—Bueno, entonces, ¿qué es un soberano mimado menos en el mundo?

Al fin los dedos de Tes consiguieron rodear la cuenta perdida. Se deslizó hacia atrás y se levantó, dejando caer su presa de vuelta en la bolsa de tela y alejándose a toda prisa del puesto antes de que los hombres cruzasen la cortina y se diesen cuenta de que alguien los había oído hablar de traición.

No volvió la vista atrás, no ralentizó sus pasos, ni siquiera cuando Vares sacó la cabeza de su camisa, como si el búho muerto le estuviese pidiendo que hiciese algo. Y sí que había algo que podía hacer. Todos los ciudadanos habían visto las letras doradas grabadas en los tableros de adivinación repartidos por la ciudad, las órdenes que parecían más bien súplicas, en las que se exigía a la gente de Londres que informase de cualquier indicio de rebelión.

Había un tablero de adivinación colocado en la entrada del mercado. Sabía que si apoyaba la mano sobre el símbolo dorado los soldados vendrían.

Pero no lo hizo.

Tes no tenía nada en contra del rey.

Solo había tenido ocho años, y estado a cientos de millas al norte de distancia, cuando la Marea asoló Londres y Rhy Maresh se vio obligado a ascender al trono. No había estado allí para ver la ciudad caer y renacer de sus cenizas, para presenciar cómo el joven y apuesto príncipe, que acababa de quedarse huérfano, era coronado rey. Pero sí que recordaba su primer invierno en la ciudad, hacía tres años. El deslumbrante desfile que inundó de luz helada la avenida principal durante la *Sel Fera Noche*, con la familia real flotando en una plataforma dorada sobre la avenida como si esta fuese un lago helado. Por un momento, solo un segundo, Tes había estado lo bastante cerca como para ver el rostro del rey, con su barbilla alzada, orgullosa, su sonrisa deslumbrante y la corona anidada entre sus brillantes rizos negros, pero lo que le había llamado de verdad la atención habían sido sus ojos dorados que, a pesar de su brillo de oro fundido, le parecieron tristes.

No, no tenía nada en contra de Rhy Maresh. Parecía un rey bastante bueno. Pero Tes ya tenía suficiente con sus problemas, así que se esforzaba por no meterse en los de los demás.

Además, todo el mundo pensaba que el rey no tenía poderes, pero ese día, durante el desfile, ella había podido ver el rayo de luz plateada que salía de su pecho, del que surgían no hilos, sino llamas plateadas, que prendían el aire alrededor de su corona.

Rhy Maresh no estaba tan indefenso como parecía.

—¡Qué ven mis ojos! ¡Pero si es mi aprendiza favorita!

Llegó al último puesto donde Lorn, un anciano enjuto con las gafas sobre la nariz, la estaba esperando. Tenía el rostro como el viejo tronco de un árbol, lleno de arrugas en las comisuras de los ojos y la boca cada vez que hablaba.

—¿Cómo está maese Haskin esta semana?

La joven dejó de pensar en el rey y se las apañó para esbozar una sonrisa.

—Ocupado —respondió—. Lo creas o no, las cosas siguen rompiéndose.

Lorn le lanzó una mirada perspicaz.

—Me cuesta creer que queden en Londres relojes, cerraduras o cualquier otra baratija que haya que arreglar.

Tes se encogió de hombros como respuesta.

—Supongo que la gente es muy torpe.

Lorn tenía una calva en la coronilla. Tes se la veía cada vez que visitaba su puesto, porque la parte trasera de su tienda estaba llena de espejos. Estaban por todas partes, de docenas de tamaños y formas, y algunos estaban colgados en ángulos extraños para reflejar el mundo a su alrededor en fragmentos desiguales. Los hechizos tejían un patrón de líneas a su alrededor, prometiendo desvelarte el futuro, el pasado, mostrarte un recuerdo o tus más profundos deseos.

Lorn se inclinó para buscar algo que tenía bajo la mesa y Tes se vio reflejada en uno de los espejos, con sus rizos salvajes formando un nido en la nuca, en lugar de estar amontonados sobre su cabeza, así como el bulto que creaba Vares en el bolsillo de su abrigo, y su propia magia, que no se enroscaba a su alrededor como hilos, al igual que la de los demás, sino que surgía de su cuerpo como un aura, como la luz tras un cristal empañado. Había intentado atrapar esa nube infinidad de veces, pero la luz se doblaba alrededor de sus dedos, el suyo era el único poder que parecía no poder atrapar.

—Veamos, veamos… ¡ajá!

El mercader se enderezó y le tendió una pequeña bolsita. Él y Haskin tenían un acuerdo (o, al menos, eso es lo que Lorn creía), según el cual el primero recogería cualquier chatarra que pudiese serle útil a un reparador y, a cambio, él le traería cualquier cosa que pudiese necesitar arreglo a la tienda para que se la compusiese completamente gratis.

Tes tiró del cordón que cerraba la bolsita y echó un vistazo en su interior al amasijo de piezas. Para cualquier otra persona, esas piezas no habrían sido más que chatarra, pero ella, al observarlas, veía el brillo del metal y el resplandor de la magia; su mente ya estaba dándole mil vueltas, corriendo un paso por delante y esperándola en la mesa de trabajo del taller. Alzó la mirada para darle las gracias a Lorn pero, al hacerlo, se fijó en el reflejo de una mujer en los espejos tras él, que se deslizaba silenciosamente entre los puestos.

Tes se puso tensa. Fue como si un escalofrío le recorriese todo el cuerpo, congelándola y clavándole los pies al suelo. Su corazón se saltó un latido al ver cómo la mujer aparecía, desaparecía y reaparecía, su reflejo oscilando sobre el cristal angular.

Unas mejillas afiladas.

Una trenza oscura.

Una capa esmeralda.

La misma que su padre le había regalado a su hermana mayor, Serival.

—Para cuando te vayas de caza —le había dicho, con su boca crispada con los labios apretados, lo más parecido a una sonrisa que había formado jamás. Para aquel entonces ella aún era demasiado joven como para entender la naturaleza del don de su hermana o saber que cuando hablaban de «cazar» no se referían a los animales.

—*Kers la?* —preguntó Lorn, pero otra voz se había sobrepuesto sobre la suya, una más grave, más sedosa, que le llenaba los oídos, la cabeza y el corazón.

«¿Qué te pasa, conejita?».

Tes se tambaleó hacia atrás y se giró, esperando ver a su hermana justo allí, con expresión triunfante al cerrar esos dedos helados sobre su garganta.

«Te atrapé».

Pero Serival no estaba por ninguna parte.

No había ni rastro de ella, o de su capa esmeralda que solía acelerarle el pulso a Tes; ante ella solo estaban los puestos habituales y el rostro de Lorn, lleno de preocupación. Pero la voz de Serival resonaba en su cabeza.

«¿A dónde has huido, conejita?».

Tes dio un paso atrás, con el saquito bajo el brazo.

«¿Cuánto tiempo crees que puedes esconderte?».

Le murmuró algo a Lorn, algo parecido a una disculpa, o quizás un «gracias», o al menos eso esperaba; no pudo escuchar lo que había dicho con el retumbar de sus latidos en sus oídos, después se dio la vuelta y se escabulló por el hueco entre dos puestos más cercanos, volviendo a la seguridad del mercado abarrotado.

Algo verde le llamó la atención en el rabillo del ojo. La mujer con la capa esmeralda estaba de pie a unos pasos de distancia, dándole la espalda mientras pasaba las manos por unos rollos de tela. Tes retrocedió, quizá demasiado deprisa, con demasiada fuerza, notó cómo se chocaba contra alguien, o contra algo, notó cómo daba un traspié y caía, y escuchó el grito enfadado del hombre y el ruido de la madera al impactar contra la calle empedrada.

La mujer vestida con la capa esmeralda también lo oyó y se volvió hacia el ruido y, por primera vez, Tes le vio la cara. Todo el aire que había estado conteniendo en los pulmones salió en un único suspiro. No era Serival. Pues claro que no.

Su hermana no la había encontrado.

Tes estaba a salvo.

El búho movió las alas en el bolsillo de su abrigo y supo que estaba intentando tranquilizarla con el gesto.

—Estoy bien —susurró, tanto para Vares como para ella misma—. Estoy bien.

El hombre, entretanto, seguía maldiciendo mientras se agachaba para recoger la caja que se le había caído.

—Más te vale que no esté rota —le espetó y Tes se dio cuenta de que no lo estaba, pero aun así sacó una tarjeta de visita dorada y negra del bolsillo de su abrigo y se la tendió.

—Si lo está —le dijo—, llévasela a Haskin. Él se encargará de arreglártela gratis.

Y antes de que el hombre pudiese armar más jaleo, antes de que nadie más se volviese a mirarlos y se fijase en la extraña joven con el saquito de chatarra y los ojos abiertos como platos y asustados, Tes se dio la vuelta y huyó, corrió de regreso a las cuatro paredes, a las estanterías desordenadas y a la seguridad de su tienda.

II

Rhy Maresh se quitó la corona.

La pesada banda de oro macizo cayó sobre su ropa, que había dejado amontonada en el suelo a su lado, junto con los zapatos y su capa, formando un montón desordenado de galas en la esquina de los baños.

Eso es lo que ocurre, pensó Rhy, *cuando el rey muda la piel.*

Seguramente alguien del servicio se habría apresurado a ofrecerse a despojarlo de su ropa y a colgarla de manera ordenada en los ganchos de la pared, como si fuera un pecado que la ropa de un rey tocase el suelo embaldosado y uno aún mayor que se arrugase, pero Rhy le había ordenado a todo el servicio del baño real y a los guardias que solían aguardar en el pasillo que se marchasen, alegando que, como su rey, solo quería que lo dejaran en paz.

—Pero, majestad… —protestaron los sirvientes.

—*Mas res* —urgieron los guardias.

—El maese Emery nos advirtió… —comenzaron a decir todos a la vez y, en ese momento, Rhy frunció el ceño, endureció su mirada dorada y chasqueó la lengua antes de decir que, la última vez que lo comprobó, el *maese Emery* no había sido coronado rey. Usó el tono que solía usar su padre al decirlo, habían pasado siete años y aún sentía como si estuviese tomando ese tono prestado, como si no le perteneciese, y se irguió todo lo alto que era, tal y como solía hacer su madre cuando quería llevar la voz cantante y que nadie le replicase, pero una parte de él seguía sorprendiéndose cuando los guardias y los sirvientes se disculpaban. Y, sobre todo, cuando acataban sus órdenes.

Rhy suspiró y se sumergió en el agua humeante.

La bañera tenía el tamaño de una poza, construida con azulejos y oro en vez de tallada sobre la roca húmeda. La luz se reflejaba sobre cada superficie, transformando la sala en algo parecido a como sería si estuviese en el interior de una piedra preciosa. Se pasó la mano por el cabello oscuro y se recostó contra una pared, deleitándose en el calor del agua. Le seguía doliendo el hombro, aunque ya solo era un dolor sordo que le recorría la clavícula a causa de lo que quiera que Kell hubiese hecho la noche anterior. O, más bien, de lo que quiera que le hubiesen hecho. Había sido un corte bastante superficial, de eso estaba seguro; no por la cantidad de sangre que había derramado, sus heridas fantasma no supuraban nada, sino por el dolor que le había recorrido la clavícula, en vez de sentir cómo le atravesaban el hombro. Aun así se preguntó cómo habría ocurrido, al igual que siempre hacía cuando el sufrimiento de su hermano se transformaba en su propio dolor.

Rhy se llevó la mano al pecho. No tenía por qué mirar hacia abajo, no necesitaba ver la cicatriz sobre su piel oscura, o el elaborado trazado de hechizos que rodeaba su corazón. Hacía tiempo que había memorizado todas aquellas espirales, el mismo patrón que había grabado sobre la pálida piel de Kell.

Alucard odiaba ver sufrir a Rhy, pero la verdad era que Rhy agradecía poder sentir el dolor de su hermano. Se lo habría quitado todo, hasta la última gota, si pudiese, para sufrirlo solo él, pero no era así como funcionaba el hechizo. Kell había arrastrado a Rhy de vuelta, había usado su propia vida para anclarlo al mundo, y lo único que él podía hacer era soportar el peso de seguir vivo. Si Kell moría, él también moriría. Hasta entonces, estaban unidos, y el daño que le hiciesen a uno, el otro también lo sentiría.

Pero resultó que el vínculo también tenía sus límites. Sabía que últimamente el dolor de Kell era mucho más profundo, más intenso, pero era un dolor distinto al que Rhy no podía, y nunca podría, acceder. Así que le dio la bienvenida al dolor sordo que le recorría el hombro mientras se hundía un poco más en la bañera. Pensó que era posible que el agua caliente también aliviase los músculos doloridos de su hermano. Pero incluso cuando se le ocurrió esa idea, supo que la magia no funcionaba así. Su conexión era algo extraño, parecía poder llevar el dolor de uno a otro sin dificultad, pero a la hora de sentir placer no obraba del mismo modo.

Del agua de la bañera surgían columnas de vapor, y Rhy extendió la mano hacia una de ellas y observó cómo los pálidos hilillos se curvaban en torno a sus dedos. Cuando era joven fingía que era la magia la que le rodeaba los dedos, observaba el vapor con los ojos entrecerrados e intentaba guiarlo para que siguiese el patrón que él le marcaba. Pero el aire ni siquiera se mecía entre sus dedos.

Cerró la mano y los tres anillos que llevaba reflejaron la luz.

El primero era rojo, con el cáliz y el sol grabados, y le unía a Kell. El segundo, dorado y con una corona y un corazón grabados, le pertenecía a Alucard. El tercero, blanco como el mármol, con un árbol tallado, le unía al *Aven Essen*, el sumo sacerdote, asignado por el Santuario y que se encargaba de aconsejar y consolar a la corona.

Hace tiempo solía llevar un cuarto anillo, una banda de plata preciosa, cuyo gemelo pertenecía a la reina, pero Nadiya se lo había quitado alegando que lo usaba con demasiada frecuencia y sin respetar como era debido su trabajo.

Su esposa, la inventora. No se sentía amenazado por la inteligencia de Nadiya; al contrario, hacía tiempo que había aceptado que su papel en esta vida era ser el gobernante apuesto, y no el brillante. Por supuesto, la reina también era hermosa pero, con suerte, Rhy envejecería como el buen vino, volviéndose más apuesto con la edad, y ella no, y entonces su puesto estaría asegurado. Eso mismo fue lo que le dijo antes de su boda, deleitándose en cómo enarcaba las cejas.

—Oh, no te preocupes —le había respondido ella—. Pienso ser una arpía.

Rhy sonrió al recordarlo y dejó que su mano se hundiese bajo el agua mientras echaba la cabeza hacia atrás, apoyándola en el borde de azulejos de la bañera. Dejó que su mente divagara, pensando en el gremio de mercaderes con los que se había reunido esa misma tarde, en la capitana de la guardia de la ciudad y su lista de delitos e infractores, en las misivas de Faro en las que le explicaban por qué no irían a visitarles y sus planes para la *Sel Fera Noche*.

La Larga Noche Oscura.

Era el festival más importante de la ciudad, el que marcaba el final de la estación más fría del año, pero también un nuevo aniversario desde que se sellaron las puertas entre mundos, lo que lo convertía también en una celebración de los Maresh. Al fin y al cabo, fue el primer rey Maresh quien se fijó en la extraña magia que brotaba del Londres Negro y usó el poder combinado de los *antari* para expulsar la magia maldita, sellando las puertas entre los mundos para que la oscuridad no pudiese extenderse, y dejando que el Londres Negro se consumiese tras sus muros como si fuese una habitación en llamas y sin ventanas, que ardió y se convirtió en nada más que cenizas.

Por supuesto, no había muerto. Un fuego solo necesita una brasa que siga ardiendo para recuperar su calor, y sí que habían sobrevivido algunas brasas. Brasas como Vitari, un resquicio de magia maldita que había quedado atrapada en una piedra. Y Osaron, que no era una brasa sino la chispa que lo empezó todo, que aguardaba en el Londres Negro a la espera de un aliento que le devolviese a la vida. Osaron, que sí que había conseguido volver a arder con la suficiente fuerza como para arrasar los mundos, y casi lo había logrado, antes de que Kell, Lila y Hollad acabasen con él.

No era algo que todo el mundo supiera. Por lo que la gente sabía, el Londres Negro seguía encerrado tras sus muros y la *Sel Fera Noche* no era más que un momento de celebración. Y, al ser el tricentenario, la fiesta sería aún mayor. Toda la ciudad al completo se vestiría de dorado y de rojo, con el sello real del cáliz y del sol, y las calles y los pasillos de palacio se llenarían de gente brindando por los Maresh.

Y Alucard quería *cancelarlo*, aunque no era que Rhy pudiese o *quisiese* cancelarlo, todo por culpa de la Mano.

La Mano, que afirmaba que la magia estaba fallando.

La Mano, que decía que todo era culpa suya.

Rhy Maresh, el rey sin magia. Envenenando el pozo.

La ira floreció en su pecho, presionándole las costillas. La ira y el miedo de que pudiesen tener razón.

Alucard afirmaba que nada de lo que decían era cierto. Nadiya decía que no tenían pruebas. Pero la inquietud era cada vez mayor. Había que detenerlos.

Para ello, tenían que *capturarlos*.

Así que Rhy extendió los brazos a sus lados, cerró los ojos y esperó, hasta que sus pensamientos por fin se calmaron y su mente flotó a la deriva.

HACE SIETE AÑOS

Rhy no podía dormir, así que decidió emborracharse.

Le costó trabajo, ya que había ido desarrollando con los años una enorme tolerancia al beber a escondidas, pero se enfrentó a la tarea con dedicación. Podía imaginarse el ceño fruncido de desaprobación de su hermano, y eso le produjo una breve chispa de felicidad, que se extinguió poco después al saber que Kell también empezaría a sentirse mareado y que ambos sufrirían las consecuencias por la mañana.

—Lo siento —se disculpó Rhy en un susurro dirigido hacia la que solía ser la puerta de los aposentos de su hermano al pasar frente a ella. Alzó la mano, como si estuviese a punto de llamar, antes de recordar que Kell no estaba ahí dentro. No había pisado ese cuarto desde hacía semanas. No, estaba fuera, navegando a saber dónde junto a Lila Bard. Despojándose de su antigua vida y saboreando su nueva libertad, mientras Rhy se hundía bajo el peso de la corona de su padre.

Rhy le dio un largo trago para castigarle por haberle dejado atrás.

Pasó frente a un espejo dorado y se detuvo delante.

Menuda imagen daba.

El nuevo gobernante de Arnes, descalzo y descamisado bajo su bata, con los ojos dorados brillantes por el alcohol, el cabello hecho una maraña de rizos bajo la corona del luto. Una cicatriz en forma de estrella sobre el corazón y una botella de vino de invierno en la mano.

Se las apañó para dedicarle una sonrisa cansada a su reflejo, alzando la botella y brindando consigo mismo. Al menos seguía siendo apuesto.

Su mirada cayó sobre la botella. El vino de verano solía ser dulce y ligero, perfecto para los días caldeados por el sol. Pero los vinos de invierno eran mucho más fuertes y amargos, especiados, y lo bastante potentes como para entrar en calor en plena ola de frío. Normalmente se solían guardar en las bodegas hasta la primera noche del festival de otoño, que aún tardaría otro mes en llegar, pero él había descorchado esa botella con los dientes antes de tiempo. Ventajas de ser el rey.

«El rey».

El término le quedaba como una camisa demasiado grande. Rhy sabía cómo ser un *príncipe*, un *canalla*, un *hermano*, un *hijo*. Pero no tenía ni idea de cómo ser un rey.

Los guardias de palacio estaban de pie, quietos como estatuas, repartidos por el pasillo cuando él pasó frente a ellos, con la mirada fija en sus pies, y Rhy sabía que solo lo hacían para darle privacidad, para permitir que viviese el duelo a su manera y, aun así, al no mirarlo, lo hacían sentir como si fuese un espectro. Un fantasma que acechaba el palacio. Los arnesianos no creían en los fantasmas, pero los veskanos sí. Y los faroanos también. Hablaban de espíritus incansables que acechaban el lugar donde habían muerto, o que se ocultaban entre las sombras de los vivos. Se preguntó si en los otros mundos también pensarían así. En el mundo de Lila parecían estar obsesionados con la idea de que los acechasen, incluso escribían novelas enteras dedicadas a esa idea, o intentaban invocar a los muertos, como si estos permaneciesen esperando para siempre justo al otro lado de la puerta a que los llamasen. Se preguntó si el fantasma de Holland seguiría ahí fuera también, paseando por las calles de su Londres, o si habría logrado hallar la paz al fin. ¿Y qué había de sus padres? ¿Era suyo el peso que sentía sobre los hombros? ¿Le estaban siguiendo de cerca?

Siguió recorriendo el pasillo, pasando de largo los aposentos reales que no se atrevía a mirar, y mucho menos a abrir, caminando sobre las alfombras enmoquetadas. Todo estaba tan en silencio, tan vacío. De repente sintió el impulso de gritar.

Al otro lado de las ventanas de palacio el Isle relucía con su característico brillo carmesí, pero las orillas estaban salpicadas de llamas amarillas y blancas.

En las semanas que habían transcurrido desde el ataque de Osaron a la ciudad, las piras habían ardido día y noche, devolviendo los cuerpos al aire y a la tierra, y su fuerza vital a la corriente. Miles de muertos. Almas que habían luchado contra la oscuridad y habían perdido, cuyas vidas habían ardido como el aceite. Cientos de vidas que se habían quedado con cicatrices, con venas que habían ardido hasta volverse plateadas por haber luchado contra el veneno que había recorrido su sangre. Y cientos de vidas más que habían sobrevivido a la noche «ilesas», no porque se lo mereciesen, sino porque habían elegido no luchar. Masas incalculables de personas que habían sentido cómo la oscuridad se acercaba a sus puertas y simplemente la habían dejado entrar.

—No los odies por vivir —le había dicho Alucard.

Pero Rhy los odiaba. Porque, al final, eran unos cobardes y les habían recompensado por ello. Fueron débiles, no se enfrentaron al mal y siguieron con sus vidas.

Sobrevivieron mientras que Maxim Maresh no había podido. Y Emira Maresh tampoco.

Su familia había muerto, su casa era una tumba, y a Rhy le habían enterrado vivo en ella mientas que Alucard, que acababa de perder a su hermana, estaba ahí fuera con la mitad de la guardia real ayudando con las reparaciones, dándole buen uso a su magia. Y Rhy sabía que él debería estar con ellos. Aunque fuese un inútil, debería estar con ellos.

—Eres el sol de Arnes —le había dicho Alucard, depositando un beso sobre su frente—. Siempre hay un momento en el que alzarse y otro para descansar.

Pero Alucard estaba equivocado. Rhy no podía descansar. No podía…

—Mi rey —dijo una voz a su espalda, y él se encogió al oír el título, como si lo hiriese, y se volvió para encontrarse con un joven sirviente, haciéndole una reverencia—. ¿Hay algo que pueda hacer por vos?

Echó la cabeza hacia atrás, contemplando los techos abovedados de su tumba.

—Tráeme mi caballo.

¿Y qué si no tenía magia? Rhy Maresh era el rey. Cabalgaría por las calles como había hecho aquella horrible noche y dejaría que la gente de su ciudad supiese que estaba con ellos.

La preocupación surcó el rostro del sirviente.

—Su majes… —empezó a decir, pero Rhy entrecerró sus ojos dorados.

—Prepara mi caballo —ordenó, intentando proyectar un ápice de la autoridad de su padre.

—Señor —había dicho el sirviente—, me han dicho que no era seguro.

Y Rhy soltó una carcajada amarga.

—Te prometo que no hay nadie que corra menos peligro que yo.

El sirviente dudó, profundizó la reverencia y se marchó. Rhy cerró los ojos, sintió cómo se tambaleaba sobre sus pies. Siguió caminando, los pies le llevaron hasta la sala del trono.

Se había pasado la mayor parte del día allí, en el Salón de las Rosas, atendiendo a un flujo sin fin de ciudadanos y peticiones, apilando su sufrimiento encima del suyo propio, pero en esos momentos la enorme sala yacía en completo silencio y vacía. Los banderines rojos y dorados que ondeaban entre los pilares permanecían inmóviles. Recorrió la sala, con el frío mármol bajo sus pies descalzos.

Llegó a la base del estrado y miró fijamente los dos tronos gemelos. Uno estaba envuelto con una tela negra, con el emblema del sol y del cáliz bordado con hilo dorado. Habían colocado dos coronas sobre el trono envuelto. Cuando llegase el momento, se fundirían y el metal se volvería a forjar para crear una nueva corona. Una que le pesaría el doble sobre la cabeza.

Rhy subió los escalones de piedra y se dejó caer sobre el trono vacío. Apoyó la mano sobre el brazo del asiento, trazó los ligeros surcos que había hecho la palma de Maxim Maresh con sus dedos. Rhy no era pequeño, ni por asomo, pero su padre había sido un gigante. O, al menos, a su hijo siempre se lo había parecido.

La botella de vino se le resbaló entre los dedos. Cayó como un peso muerto pero no se rompió, simplemente rodó con impotencia por el suelo, dejando a su paso un camino hecho de gotas de vino oscuro que parecían gotas de sangre sobre el mármol blanco. Rhy se quedó mirándolas fijamente hasta que se le nubló la vista por las lágrimas.

Oyó cómo alguien abría las puertas de la sala del trono lentamente y alzó la mirada, esperando encontrarse con el sirviente de antes.

En cambio, a quien se encontró fue al *Aven Essen*.

Tieren Serense, el sumo sacerdote del Santuario de Londres, consejero de Nokil Maresh y después también el de su hijo Maxim. Y ahora también de Rhy, el único Maresh con vida.

—Tú no eres mi caballo —dijo, cortante.

—No —respondió el sacerdote—. No lo soy.

Tieren se acercó al estrado, con su túnica blanca susurrando sobre el mármol.

No necesitaba preguntar quién le había hecho llamar.

—¿Cómo has llegado hasta aquí tan rápido?

—Tengo una habitación en el ala este.

—¿Eso está permitido?

Tieren enarcó una ceja canosa.

—No dejamos de ser sacerdotes si dormimos fuera de los muros del Santuario.

—Bueno —dijo Rhy—. Espero que la habitación sea lo bastante austera para ti. No me gustaría ofender tu modesta sensibilidad.

—Oh, sí —aseguró Tieren—. Casi no hay oro.

El *Aven Essen* se detuvo a los pies del estrado. Parecía viejo pero, de nuevo, Rhy no recordaba una época en la que el sacerdote no lo hubiese sido. Las arrugas le surcaban el rostro como grietas profundas en medio de una sequía, pero seguía andando erguido y sus ojos azules aún brillaban, llenos de vida.

—Maese Rhy —dijo con suavidad—, ¿hace cuánto que no duermes?

—Ya no me importa no poder dormir —respondió Rhy—. Cuando cierro los ojos... —Tragó con fuerza, con las palabras trabadas en la garganta—. Cuando cierro los ojos, sueño.

No necesitaba decir nada más, no necesitaba decir que la mayoría de las noches se despertaba gritando. Que las primeras veces que le ocurrió los guardias entraron corriendo en sus aposentos, con las espadas en alto, creyendo que le estaban atacando. Pero que esos días sucedía con tanta frecuencia que ya sabían que no era así, se limitaban a quedarse fuera, de pie en el pasillo junto a su puerta y apartaban la mirada, y de alguna manera eso era incluso peor.

Rhy no necesitaba decir nada de eso. En cambio, se dejó caer hacia delante, con los codos sobre las rodillas, se pasó las manos por el rostro, subiendo hasta su cabeza y revolviendo con los dedos el cabello. Se le engancharon en la corona de luto, se la arrancó y arrojó el maldito objeto a un lado del salón, que resonó al golpear el mármol. Rebotó. Rodó. Y terminó a los pies de una columna.

Se volvió a recostar en el trono y dejó que su mirada vagase hasta el alto techo.

—Sabes —murmuró—, si el rey y la reina hubiesen podido tener un segundo heredero, entonces habríamos tenido que luchar por la corona. Yo podría haber perdido, y habría pasado el resto de mis días siendo un príncipe vanidoso e indulgente. —Rhy cerró los ojos con fuerza—. En cambio, estoy solo.

La voz de Tieren, cuando habló, estaba mucho más cerca.

—Nunca estarás solo.

Rhy se obligó a bajar la mirada hacia él y a prestarle atención, se topó con que el sacerdote se había acercado hasta quedar a su lado. Se frotó los ojos y, cuando respondió, lo hizo en un susurro.

—No sé cómo gobernar.

El anciano se limitó a encogerse de hombros.

—Nadie lo sabe nunca. —Pasó la mirada por el salón del trono—. Tu madre, Emira, llegó al palacio con veintitrés años. Era la segunda hija de una casa noble y no deseaba ser reina. A Maxim le habían enviado a la Costa de Sangre por ser un joven demasiado imprudente. Cuando regresó, lo hizo como un príncipe guerrero y un héroe y, aun así, cuando llegó su hora de subir al trono y gobernar, tu padre se sentó justo en el mismo sitio donde estás sentado tú ahora, en ese mismo trono, y me dijo: «Sé cómo dirigir a los soldados a la guerra. ¿Cómo puedo dirigirles hacia la paz?». Nadie nace sabiendo cómo gobernar.

Rhy se sintió como un niño pequeño, asustado.

—Entonces, ¿cómo lo hicieron?

—Aprendieron. Se equivocaron. Volvieron a intentarlo. Fracasaron. Los peores gobernantes ven sus reinos como un juego de Rasch, los hombres y las mujeres dejan de ser personas para pasar a ser piezas en su tablero. Pero tú… —posó la mano sobre el hombro de Rhy— los amarás. Sangrarás a su lado. Saldrás herido cuando ellos salgan heridos. Una parte de ti morirá cuando ellos mueran. El resto de ti seguirá viviendo. No sé si serás un gran rey, Rhy Maresh. Solo el tiempo lo dirá. Pero creo con todo mi corazón que serás un buen rey.

Tieren dejó caer la mano a un costado.

—Todos nos ponemos prendas que nos quedan grandes y esperamos que, con el tiempo, crezcamos hasta llenarlas. O, al menos, nos acostumbramos a que nos queden grandes.

Rhy observó al *Aven Essen* con interés.

—¿Tú también?

Tieren le sorprendió sonriendo.

—Lo creas o no, no nací sacerdote.

Se quedó callado un segundo, como si quisiese añadir algo, cuando las puertas del salón del trono se abrieron de par en par. Ambos se volvieron hacia allí cuando Alucard Emery entró corriendo en la sala, con las botas embarradas y los hombros empapados. Algo en el interior de Rhy se relajó al verle. Con sus mechones dorados surcando su cabello castaño y el patrón plateado que le recorría la piel.

—Mi rey —le saludó animado y, dicho de sus labios, el término sonaba menos como un martillo y más como un beso. Si a Alucard le extrañó la presencia del sacerdote a esas horas, o vio la tensión en el rostro de Rhy, no lo mencionó, se limitó a recoger la corona de luto y a acercarse al estrado con ella entre las manos.

— Mi corazón —respondió Rhy, poniéndose en pie. Le pesaban las extremidades. Su cuerpo le pedía a gritos descansar. Tenía el pulso acelerado por el miedo, pero entonces Alucard estaba a su lado, pasándole un brazo sobre los hombros para sostenerlo. Rhy se dejó caer contra su pecho.

—Dime —le dijo Alucard—, ¿es demasiado tarde para pedir una audiencia? —Sus ojos azules brillaban con picardía—. Tengo un par de favores que pedirle a la corona.

Rhy se las apañó para esbozar una pequeña sonrisa. El dolor desapareció, como si le quitasen el peso que tenía sobre los hombros.

Se volvió para decirle a Tieren que podía retirarse, pero no hizo falta.

El sacerdote ya se había marchado.

III

E l sonido del acero entrechocando contra el acero resonó por los terrenos de palacio.

Alucard se apoyó sobre los codos en el muro del patio y observó a las dos docenas de nuevos reclutas que entrenaban a sus pies, con sus espadas siseando al ejecutar los movimientos del combate. Como si una lucha pudiese reducirse a seguir una serie de reglas, a mantener un orden. Uno dejó caer su espada. Otro hizo un movimiento bastante torpe y su oponente maldijo en voz alta.

Gimió para sus adentros.

—¿De dónde has sacado a este grupo?

Isra estaba de pie a su lado, de brazos cruzados, con su pelo corto y plateado brillando bajo los últimos rayos de sol del día. Había servido junto a Maxim Maresh en Verose, había regresado como capitana de su guardia y ahora era la capitana de la de Rhy.

—No eran los peores de los peores —contestó—, pero tampoco se quedan muy lejos.

No tenía que decir aquello que Alucard ya sabía. Durante muchos años los arnesianos habían visto el unirse a la guardia real como un honor. Pero desde que Rhy Maresh subió al trono, el número de voluntarios había descendido considerablemente. Los rumores de la Mano tampoco eran de mucha ayuda.

—Bueno —murmuró Alucard—. Si alguien puede conseguir encarrilarlos, esa eres tú.

Lo decía en serio, pero Isra puso los ojos en blanco.

—Los halagos no te llevarán a ninguna parte conmigo. Y en cuanto a este grupo...

Como si se tratase de una señal, se desató una pelea a sus pies. Una de las peleas de entrenamiento había ido escalando rápidamente y amenazaba con pasar del desorden a convertirse en una revuelta hasta que Isra se subió al murete y gritó, con la voz retumbando sobre el campo de prácticas, amplificada por la magia del viento que surgía de su piel.

—*Tarso!*

«¡Orden!».

Una única palabra, lo suficientemente fuerte como para hacer que sus armaduras retumbasen, y le volviesen a prestar atención. Isra tenía ese efecto en la gente. Comenzó a bajar los escalones que llevaban hacia el campo de entrenamiento y Alucard la siguió. Los reclutas se colocaron en fila, o algo parecido, cuando Isra y Alucard pasaron entre ellos.

Sintió sus ojos en la nuca, evaluando sus prendas elegantes, el hecho de que estuviese vestido con los colores de Rhy y no con los suyos propios. Sabía cómo le llamaban.

Res in Rast.

«El corazón del rey».

Alucard se pasó el pulgar distraídamente por el anillo de oro. Era una costumbre que había adquirido, el trazar el corazón y la corona grabados en la superficie.

Por supuesto, ese no era el único nombre por el que le llamaban. También estaba *Res in Fera*, «la sombra del rey», y *Res in Stol*, «la espada del rey».

Y por último estaba *Sitaro*.

«Consorte».

Si Rhy y él hubiesen sido unos amantes cualquiera a pocos les habría importado. Si Alucard no hubiese nacido en el seno de una casa real rival. Si su llegada no hubiese coincidido con la ausencia del *antari* (como si hubiese sido culpa suya que Kell decidiese marcharse). Si a

Alucard le hubiese bastado con dormir en la cama del rey sin haber insistido en que le concediesen un lugar a su lado.

Sitaro no era una palabra malsonante, al menos no por sí sola, el problema era cómo se usaba. Las palabras tenían dos poderes distintos: el primero era su significado, el segundo era cómo las usaban. *Sitar* era un título, y lo podían emplear con reverencia o, al menos, con respeto. Pero también podía ser un insulto, escupiéndola: si le quitabas la última sílaba pasaba de *sitaro* a *sita*, de «consorte» a «puta».

Todo el mundo sabía que no debían decirlo cuando él estuviese cerca, pero a veces no hacía falta decir nada para que eso se escuchase alto y claro, se podía leer en la postura, en la expresión de esa persona, en su mirada.

Tendían a olvidar que no solo era el consorte del rey, y un miembro de la realeza por derecho propio, sino que también era un *triádico*. Si alguien más hubiese podido ver la magia que se enroscaba a su alrededor en esos instantes, no habrían contado solo un hilo o dos, sino tres. Tierra. Aire. Agua.

Puede que Alucard Emery no fuese un *antari*, pero seguía siendo uno de los magos más poderosos del mundo.

Y no le importaba recordárselo a cualquiera.

Alzó la voz al hablar.

—Estos entrenamientos de pacotilla os vienen bien para ganar resistencia —dijo—, pero no sustituyen a la experiencia práctica de verdad. Por eso es importante entrenar bien. Nunca sabéis a quién tendréis que enfrentaros. Nunca sabéis lo que son capaces de hacer.

Pasó la mirada sobre los reclutas, fijándose en la magia que les rodeaba. Pocos sabían de la existencia de la visión especial de Alucard, y prefería que siguiese siendo así. Pero le era útil cuando tenía que evaluar a sus oponentes. Los soldados allí reunidos frente a él dominaban el agua y la tierra sobre todo, uno o dos dominaban el viento, y unos cuantos el fuego. No había nadie que dominase el hueso, con esa luz violeta tan extraña, pero tampoco le sorprendía. Ese don no solo era escaso, sino que estaba *prohibido*. Iba en contra de las reglas de la magia y de las leyes de la naturaleza el controlar el cuerpo de otra persona, y cuando un niño mostraba tener esa afinidad, rápidamente le inculcaban que no debía aprender a usarla. Si los niños eran inteligentes, hacían caso. Si no... bueno, había hechizos diseñados para cercenar la magia.

—*Tac* —dijo Alucard, abriendo los brazos—. ¿A quién le apetece enfrentarse *a mí*?

Todos los reclutas murmuraron a su alrededor. Alucard sonrió. Solía ofrecer una pelea contra él al menos una vez a la semana y, en realidad, lo hacía tanto por ellos como por él mismo. Echaba de menos los torneos y la vida en el mar, los cientos de maneras que tenía de mantener su magia constantemente activa. Se contenía, por supuesto. Siempre se contenía. Pero, de vez en cuando, al menos por unos minutos, encontraba lo que andaba buscando y se le aceleraba el pulso de la emoción.

Algunos dieron un paso adelante, ansiosos por aceptar el desafío. Otros dieron un paso atrás, contentos por quedarse como meros espectadores. Alucard se quitó el abrigo y lo lanzó hacia un poste cercano, se desabrochó los puños de la camisa y se arremangó, considerando sus opciones. Ya no estaba observando y evaluando sus poderes. Estaba estudiando sus rostros, intentando encontrar las sombras, la oscuridad, el desdén.

Los encontró bastante rápido, en el rostro de un joven con el cabello negro repeinado hacia atrás, apartándolo de su cara.

—Tú —dijo—. ¿Cómo te llamas?

El recluta se irguió todo lo alto que era.

—Yarosev.

—Yaroscv —le reprochó Isra—, ¿es así cómo te diriges a un miembro de la familia real?

Y ahí estaba. Sus labios se apretaron hasta formar una línea fina, una mueca enfadada. Su magia de fuego brilló con fuerza, ondeando sobre sus hombros.

—Me llamo Yarosev, *alteza*.

Alucard sonrió.

—Bueno, Yarosev —repuso, desenvainando su espada—. Cuando estés...

El recluta era rápido, eso tenía que admitirlo.

Yarosev desenvainó su propia espada y, al mismo tiempo, atacó, alzando las manos y con sus labios ya formando las palabras que necesitaba pronunciar para invocar su magia. Pero necesitaba aire para hablar.

Alucard cerró su mano libre en un puño, robándole todo el aire de los pulmones al soldado.

Yarosev jadeó, o lo intentó, abriendo y cerrando la boca como un pez fuera del agua, y entonces Alucard atacó, con su espada cortando el aire sobre su pecho.

El recluta abrió los ojos de par en par y retrocedió un paso, apartándose de su espada. Alucard volvió a atacar, una y otra vez, aunque no estaba intentando que ninguno de sus embates llegase a golpearle de verdad, mucho menos a herirle. No, se estaba tomando su tiempo, observando cómo el rostro del joven soldado se sonrojaba, para después volverse morado y, en último lugar, azul. Yarosev dio un traspié, se cayó y, aunque estaba derribado en el suelo, no se rindió. Siguió manteniendo la espada en alto, con la punta temblando por el esfuerzo. La ira en su mirada se había transformado, cambiando hasta convertirse en un fuego distinto. No se rendiría fácilmente. Eso estaba claro.

Alucard sacudió su mano libre y liberó el control que tenía sobre el aire de los pulmones de Yarosev. El recluta jadeó y respiró profundamente, dejando caer su espada al suelo a su lado.

Alucard envainó su propia espada y le tendió una mano para ayudarlo a levantarse, pero Yarosev tomó un puñado de tierra y se lo lanzó directo a la cara, en un último y desesperado intento por ganar algo de ventaja. Podría haber funcionado si Alucard no lo hubiese visto venir y se le hubiese adelantado. Podría haber funcionado si Alucard hubiese sido un mago menor. Pero no lo era. Alucard chasqueó los dedos y la tierra se quedó quieta, flotando en el aire, a pocos centímetros de la mano de Yarosev.

El recluta finalmente se desplomó otra vez, intentando recuperar el aliento. Y golpeó el suelo con los nudillos, admitiendo la derrota.

Alucard dejó que la lluvia de tierra terminase de caer, volvió a inclinarse sobre el joven y le tendió la mano de nuevo.

Esta vez, Yarosev la aceptó.

—Bien hecho, soldado —le dijo, ayudándolo a levantarse.

—He perdido —murmuró. Como si eso fuese lo único que importase. Como si, en todos los años que Alucard llevaba entrenando con los soldados, alguno de ellos hubiese sido capaz de *ganarle*. Le dio una palmada a Yarosev en la espalda, levantando una nube de polvo con el gesto.

—Seguiste luchando. Incluso cuando estabas tirado en el suelo.

Isra se quedó de pie a su lado, observando al resto de reclutas que se habían reunido en círculo a su alrededor. Su mirada se topó con la de Yarosev cuando este regresó con los demás y asintió. Alucard se limpió las manos que se le habían llenado de tierra. Había sido una buena manera de entrar en calor.

Se volvió hacia los soldados. Abrió los brazos de nuevo e hizo una pequeña floritura.

—Muy bien —dijo—. ¿Quién es el siguiente?

Cuando Alucard se marchó del campo de entrenamiento una hora más tarde, tenía la camisa chamuscada, los pantalones llenos de tierra y el pelo se le había salido de la trenza. Y, aun así, al subir los escalones que le llevaban de vuelta hacia el patio principal, se sentía mejor de lo que se había sentido en semanas. Ahora lo único que necesitaba era un buen trago y un baño caliente, algo que el palacio estaría encantado de proporcionarle.

Había varios caminos para entrar en el *soner rast*. Él se había aprendido de memoria la mitad cuando aún era solo un joven noble, cortejando a Rhy en secreto, y el resto se los había aprendido cuando se unió a la casa real. Estaba la entrada principal, en el sur, con sus escalones de piedra clara y sus grandes portones dorados; y las puertas del norte, a las que se accedía desde el patio donde entrenaban los soldados. Y después estaban las puertas secretas, escondidas en la base del puente; un balcón a dos pisos de altura, por el que se podía entrar solo a través del huerto real; una variedad de accesos un poco más atrevidos para los que tenías que escalar, y el resto del lugar estaba protegido hasta los dientes. Alucard todavía recordaba una noche en la que se le ocurrió la brillante idea de escalar la fachada norte bajo la luz de la luna y estuvo a punto de caer directo al Isle.

Últimamente ya no necesitaba entrar con tanto secretismo.

Al acercarse a las puertas del norte, los guardias le hicieron una profunda reverencia, con las armaduras reluciendo bajo la luz del sol y la mirada fija en sus pies; sus capas rojas se amontonaban a su alrededor como si fuesen un charco de sangre sobre el suelo de piedra. Empujó las puertas con una mano, dejando que el hechizo tallado en la superficie leyese sus huellas y las reconociese. Una cerradura oculta en el interior de la madera giró y abrió la puerta, dándole la bienvenida a casa.

El sol ya se había puesto casi por completo y, con su marcha, el palacio se había llenado del ritmo característico de la tarde, mucho más tranquilo que durante el día, ya que cuando el servicio llenaba los pasillos, resonaban voces por todas partes y cada sala albergaba algo.

Alucard giró el cuello para destensarlo mientras subía por las escaleras que llevaban al ala real, ralentizando sus pasos cuando llegó al final y vio un *conejo*.

Estaba sentado justo ahí, moviendo la nariz y mordisqueando el borde de una alfombra.

Alucard observó con detenimiento al animal, y él le miró fijamente, hasta que oyeron el ruido sordo de unos pasos descalzos y el conejo se alejó dando saltos justo cuando una niña pequeña doblaba la esquina.

—¡Luca! —gritó antes de lanzarse directa a los brazos de Alucard.

Tieren Maresh, a la que solían llamar Ren, iba descalza y a medio vestir, con su camisón desabotonado y los rizos negros despeinados.

Alucard dejó a la niña con cuidado en el suelo, tratando de enderezarle el camisón.

—A ver, ¿qué habíamos dicho de dejar sueltos a los animales por el palacio?

—Pero no puedo tenerlo atrapado en mi dormitorio para siempre —dijo Ren, horrorizada—. Las jaulas son para guardar las cosas que te pertenecen, y el *Aven Essen* dice que no puedes *poseer* a un ser vivo…

Exactamente, pensó Alucard cuando el conejo se alejó saltando fuera de su alcance y empezó a morder las borlas de un cojín sin que nadie lo molestase. En Arnes no era costumbre tener animales como mascotas, precisamente por ese motivo. Los halcones y los cuervos, así como cualquier otra ave, debían poder volar sin restricciones. Los osos y los grandes felinos debían poder vagar salvajes como cualquier otra criatura, cazando aquello que la naturaleza les permitiese cazar. Había excepciones, por supuesto: gatitos o cachorritos abandonados, alguna que otra bestia herida, y los caballos que montaban o utilizaban para arar el campo, pero incluso a esos animales se los trataba con la mayor reverencia posible. Pero, en general, ponerle un collar a una bestia y meterla en una jaula iba en contra de una de las reglas principales de la magia arnesiana: nunca obligar a una mente o un cuerpo a hacer lo que uno quisiese, nunca se debía controlar a un ser vivo. Era una devoción que les diferenciaba del resto de Londres, que permitió que su magia prosperase donde la del resto se desperdiciaba o se agotaba.

Pero el amor de Ren por los animales parecía pasar por alto las leyes de la naturaleza y la llevaba a querer buscar la compañía de amigos un tanto peculiares.

A Rhy le gustaba recordarle a Alucard que todo era culpa suya.

Al fin y al cabo, todo había empezado con Esa, la gata consentida que había acechado la cubierta del *Pináculo* a su lado. Podría haberla dejado atrás para que pasase los años que le quedaban de vida en el mar, pero Lila Bard se había negado a llevarse a la bestia a bordo del *Pináculo* cuando se hizo cargo de él, alegando una aversión mutua. Alucard sospechaba que simplemente eran demasiado similares en sus formas de ser pero, aun así, Esa había terminado viviendo en palacio con él y se podía escapar cuando quisiese para investigar su nuevo entorno. Y entonces nació Ren y la gata fingió que no le interesaba en absoluto la bebé, pero esos ojos de amatista la seguían donde la niña anduviese, siempre vigilantes; allá donde fuese, la gata siempre estaba a su lado.

Después llegó el búho, cuando Ren cumplió los dos años. Un pájaro enorme tan blanco como la nieve que había aterrizado en el balcón junto a sus aposentos. Ella le había invitado a entrar y, para cuando alguien del servicio se percató de que había un búho enorme encaramado a una silla en su dormitorio e intentó liberarlo, el pájaro se negó a marcharse. Se quedó durante más de un año allí, en el dormitorio de la princesa, alimentándose de lo que quiera que la niña pudiese meterse en los bolsillos durante la cena y, al final, una primavera, se fue volando y Ren tuvo que dejarle marchar.

—Volverá —había dicho entonces con la seguridad de una niña pequeña.

Y, para sorpresa de todos menos de ella, volvió. Los animales simplemente apreciaban la compañía de Ren. Incluso cuando solo tenía cuatro años era tan afable que conseguía tranquilizar a cualquier ser vivo, y aunque algunos en palacio habían recelado de la creciente colección de mascotas de la princesa, a Rhy le encantaba, y Alucard no tenía ninguna duda de que esos animales vivían mejor en palacio que la mayoría de los nobles de la ciudad, y trabajaban mucho menos para ganarse el sustento.

Ren le pinchó la mejilla con el dedo para llamar su atención.

—Luca.

—¿Sí?

—¿Me has traído un regalo?

Alucard suspiró. Había cometido el terrible error de salir de viaje el año pasado y volver con un pequeño barquito tallado en madera que producía música cuando lo ponías en el agua. Ahora, cada vez que volvía, aunque fuese de dar un paseo, la princesa esperaba que le trajese algún tipo de premio.

Seguía rebuscando entre sus bolsillos algo que darle a la niña cuando su niñera, Sasha, dobló la esquina, con una pequeña capa colgada del brazo, un par de zapatillas de andar por casa en una mano y una corona dorada en la otra. Sin perder el tiempo, alzó al conejo entre sus brazos como si solo fuese un juguete perdido más.

Sasha tenía la edad suficiente como para haber sido madre dos veces, pero se movía con la seguridad de una soldado. Tenía el cabello canoso recogido, pero se le habían escapado unos cuantos mechones rebeldes de la corona de trenzas que se había hecho y estos formaban una nube de tormenta a su alrededor, con algunas pequeñas vetas blancas como si fuesen rayos.

—Ahí estás —dijo como si no tuviese importancia—. El agua se está enfriando.

Ren le dirigió una mirada triste a Alucard.

—Quería bañarme con *Padre* —dijo, dejando caer los hombros—. Pero dijo que quería estar solo.

Alucard se arrodilló hasta que su rostro quedó a la altura del de la joven princesa. Se encontró con la mirada de Ren y se preguntó cuándo habría crecido tanto, cuándo habría dejado de necesitar bajar la mirada.

—No te gustaría compartir un baño con tu padre, créeme —dijo—. Ocupa casi todo el espacio en la bañera y acapara *todas* las burbujas.

—¡Pero las burbujas son mi parte favorita! —dijo Ren, atónita.

—¡Lo sé! —respondió Alucard—. Pero cuando te das un baño con otra persona tienes que compartir.

Ren alzó la mirada hacia Sasha, en busca de confirmación. La niñera se limitó a asentir. La princesa se mordió el labio inferior, como si estuviese considerando la idea. Y entonces se aclaró la garganta antes de volver a hablar.

—Esta noche —dijo con toda la diplomacia que una niña de cuatro años era capaz de reunir—, me daré el baño sola. —Le tendió la mano a Sasha y esta se la tomó.

—Muy bien, *más vares* —repuso la niñera, llevándose a Ren de vuelta a sus aposentos.

Alucard las observó alejarse por el pasillo y se giró, dispuesto a encontrar a Rhy y seguro de que él sí que podría convencer al rey de que compartiese sus burbujas.

IV

Rhy suspiró y se hundió un poco más en la bañera. Permaneció inmóvil, hasta que su mente se quedó completamente en blanco, hasta que la superficie del agua se volvió tan transparente como un cristal, hasta que lo único que podía escuchar era el sonido de su respiración, el tenue crujido de una tela...

Y el susurro del acero.

El rey abrió los ojos de golpe cuando una espada cayó sobre él.

Se apartó justo a tiempo, fuera del alcance del asesino, y la espada le rozó la mejilla en vez de clavársele en la garganta. El metal resonó contra los azulejos al mismo tiempo que él se revolvía y se lanzaba contra su atacante, agarrándole del brazo y arrastrándolo hasta el interior de la bañera, donde Rhy había escondido un puñal bajo el borde embaldosado.

Cerró la mano en torno a la empuñadura, con el metal caliente contra su palma, y se volvió hacia su atacante. El otro hombre estaba otra vez de pie, con el agua cayéndole por el pecho.

Era joven. Mucho más joven que Rhy. No parecía un asesino, o un rebelde, o un canalla. Parecía un miembro del servicio de palacio, que era exactamente lo que era. Rhy lo reconoció, tras las líneas rojas que recorrían el rostro del joven. A primera vista podría parecer sangre, pero Rhy sabía que era pintura, podía ver la huella de la mano que se había presionado contra el rostro, dejándole un rastro de pintura roja sobre las cejas y las mejillas; se fijó en ella en el mismo momento en el que la espada de aquel joven descendió sobre su cabeza.

Rhy se llevó la mano a su propio rostro, y sus dedos se mancharon de rojo. Eso sí que era sangre. Chasqueó la lengua.

—Es un delito —dijo— herir al rey. —Aunque la herida no es que le fuese a durar demasiado tiempo abierta. Ya podía sentir cómo su piel volvía a cerrarse. Su cuerpo permanecía siempre intacto gracias a la magia de Kell.

El modo en el que se curaba, la rapidez, le había atormentado durante mucho tiempo, le había hecho preguntarse si seguía siendo humano o solo era una ilusión. Pero, de vez en cuando, se sentía agradecido por ello.

—La Mano otorga y la Mano toma —recitó el hombre, acercándose a través del agua.

—Anda, ahora también tenéis un lema —murmuró Rhy.

—La Mano construye y la Mano destruye.

Lanzó un tajo con su espada y Rhy alzó el puñal para bloquear el golpe.

—Siempre me he preguntado… —reflexionó el rey—. ¿Eso te convierte en un dedo? ¿Un nudillo? ¿Un padrastro?

—La Mano sostiene el filo —gruñó el hombre— que talla el camino hacia el cambio.

Al decirlo, se lanzó hacia delante. Rhy se hizo a un lado para bloquear el golpe pero, esta vez, algo sostuvo su arma. Bajó la mirada y vio la punta temblando, clavada en la superficie del agua, allí donde la magia del atacante la tenía atrapada.

Mierda, pensó Rhy justo antes de que el agua de la bañera le arrancase el arma de las manos. Esta desapareció bajo la superficie y entonces su atacante estaba ahí, justo frente a él, clavándole la espada en el pecho.

Rhy soltó un gemido ahogado en el preciso instante en el que la espada le rasgó las costillas, atravesándole el torso y saliendo por su espalda, entre el hombro y la columna.

El dolor era como una descarga de calor abrasador.

Todo este tiempo, y todavía no se había acostumbrado a morir.

La muerte le robó el aliento y le brotaba sangre de la herida que goteaba sobre el agua, formando espirales a su alrededor. Su cuerpo le traicionó, dejándose caer en los brazos de su atacante.

—Este es el fin de los Maresh —dijo la Mano.

Rhy se rio, con la sangre llenándole la boca y tiñéndole los dientes apretados.

—¿Es que no te has enterado? —jadeó sin aliento, incorporándose—. Soy el Rey Inmortal.

El hombre abrió los ojos como platos por la sorpresa, que rápidamente se transformó en terror cuando Rhy dio un paso atrás y después otro, sacando con cada paso el arma de su pecho. Dolía, *santos*, dolía mucho, pero no acabaría con él. Uno de sus pulmones estaba lleno de sangre, pero Rhy respiró entrecortadamente a la vez que la herida entre sus costillas empezaba a cicatrizarse.

El atacante retrocedió dando un traspié, lanzando tajos a diestro y siniestro completamente a ciegas con la espada como si estuviese intentando llegar al otro lado de la bañera. Rhy vadeó hacia él, el dolor de su pecho había empezado a menguar, disminuyendo hasta convertirse en algo soportable.

El atacante dejó caer su espada y la hoja desapareció en el interior de la bañera ensangrentada al mismo tiempo que su dueño alzaba las manos sobre la cabeza, rindiéndose. O, al menos, eso fue lo que Rhy supuso que estaba haciendo. Hasta que el hombre comenzó a mover los labios.

El sonido que salía de entre ellos debía ser el susurro de la magia y, entonces, algo rodeó las piernas de Rhy y tiró de él hacia abajo, obligándole a sumergirse bajo la superficie. Rhy se agitó, intentando librarse de su amarre, pero el agua ensangrentada se enroscaba a su alrededor como una cuerda y lo sujetaba contra el fondo de la enorme bañera. Al otro lado de la superficie del agua revuelta pudo distinguir al asesino, con la mano abierta mientras controlaba la magia y la magia le controlaba a él, al igual que había hecho con su espada.

Y entonces Rhy se dio cuenta, justo cuando le empezaron a arder los pulmones y se le nubló la vista, de que iba a ahogarse.

Kell estaba cenando cuando empezó a morir.

Lila estaba apoyada en la encimera de la cocina, pelando una manzana, y él acababa de meterse en la boca una cucharada del último estofado que había preparado Raya cuando un dolor abrasador le atravesó el pecho. Se le cayó la cuchara de las manos y se dobló hacia delante, aferrándose al borde de la mesa justo cuando sintió que una hoja al rojo vivo se le clavaba entre las costillas.

—Oh, venga ya —dijo Lila—. Sé que no es su mejor plato pero… ¿Kell?

Jadeó, intentando volver a llenar sus pulmones, y saboreó en la boca el fantasma de la sangre. Lila clavó el cuchillo con el que estaba pelando la manzana en la fruta, la dejó sobre la encimera y se acercó a él. Kell sintió la herida fantasma de una espada y cómo salía de su pecho, para después llevarse la mano hacia allí incluso aunque sabía que no encontraría ninguna herida. No era en su pecho en el que se había clavado la espada.

Rhy.

El dolor empezó a menguar, pasando de ser punzante y violento a ser mucho más soportable, y Kell respiró con dificultad y se enderezó, pensando que lo peor ya había pasado. Se sacó el anillo rojo del dedo y estaba a punto de murmurar el hechizo que conectaba su anillo con el de su hermano.

Pero, cuando abrió la boca, no pudo pronunciar nada.

Volvió a intentarlo, pero sus pulmones se cerraron, reacios a desprenderse del aire que contenían. No podía respirar. Un miedo visceral se apoderó de él, arrollándole. Le empezó a dar vueltas la cabeza y sintió como si algo estuviese aplastándole el pecho, pero entonces todo cambió y notó que sus pulmones se llenaban de agua. Consiguió tambalearse fuera de la cocina, hasta el estrecho pasillo, antes de perder el equilibrio y vomitar, medio esperando que fuese agua lo que vomitase sobre el suelo de madera.

Pero de su boca no salió nada, aunque sus pulmones siguieron encogiéndose. Intentó ponerse en pie, pero su cuerpo le falló y el anillo de su hermano se le resbaló entre los dedos. Se le nubló la vista y se tumbó sobre su espalda. Lila ya estaba allí, arrodillada a su lado, con el rostro teñido de preocupación; sus labios se movían, pero Kell no lograba oír lo que decía por el martilleo de su pulso acelerado en los oídos.

Y entonces llegó la negrura.

Rhy recordaba haberse preguntado si deberían poner salvaguardas en los baños reales.

Pero la magia se encargaba de mantener el agua caliente así que sería una tontería, una pérdida de tiempo y de energía, por lo que habían optado por dejar la sala sin protección alguna, y ahí estaba ahora, inmovilizado contra el suelo de la bañera por el poder de otra persona.

Vio algo brillar por el rabillo del ojo a su lado. La espada que había perdido. Rhy se obligó a intentar alcanzarla, pero el agua a su alrededor le presionó con más fuerza y le robó el poco aire que le quedaba.

Le ardían los pulmones.

Empezó a nublársele la vista.

Sobre su cabeza, la superficie se quedó tan en calma que parecía un panel de cristal. Al otro lado estaba el hombre con el rostro contorsionado formando una sonrisa salvaje.

Y entonces, de pronto, la sonrisa cambió. La diversión desapareció por completo, dejando solo una mueca de terror. Unas gotas de sangre fresca gotearon y se expandieron por la superficie del agua antes de que a Rhy le fallase por completo la vista, y entonces el hombre cayó hacia delante como un peso muerto, hundiéndose de cabeza en la bañera. Al mismo tiempo, Rhy notó cómo la fuerza que le aprisionaba desaparecía y emergió del agua jadeando.

Bajó la mirada hasta el cuerpo que en ese momento flotaba a su lado, vio la daga que tenía clavada hasta la empuñadura en la espalda y alzó la mirada para encontrarse con los ojos de Alucard Emery, que estaba de pie en el borde de la bañera, vestido con nada más que una bata abierta.

—¿Qué demonios? —dijo la sombra del rey, el corazón del rey, rojo de ira. Rhy se limitó a suspirar con fuerza y nadó hasta el borde de la bañera para salir.

Alucard se acercó al montón de ropa y le lanzó su bata.

—¿Dónde está el servicio? —soltó mientras Rhy se pasaba la prenda por los hombros. De la herida de su pecho seguía manando sangre, pero se estaba curando poco a poco.

—Quería estar solo —respondió Rhy, dejándose caer en el banco que había en una esquina de la sala.

—¿Y los guardias? —preguntó Alucard enfadado—. Por todos los santos, ¿por qué les has dicho que se *marchasen*?

No respondió nada, se limitó a mirar a Alucard fijamente a los ojos. Alucard, la única persona que nunca le había apartado la mirada solo porque fuese el rey, quien siempre había sido capaz de leerle como un libro abierto.

—Mierda, Rhy…

—No quería que les hiciesen daño.

—¡Para eso están! —rugió Alucard.

Rhy le lanzó una mirada sombría y se llevó la mano al pecho para señalar la herida entre sus costillas que habría acabado con cualquier otra persona.

—No dejaré que nadie muera por mí cuando yo no puedo morir.

Alucard soltó un suspiro exasperado. Era una discusión que ya habían mantenido una docena de veces en los últimos años. Apartó la mirada y la dirigió hacia la bañera, hacia el cuerpo que flotaba en el agua, antes de fruncir el ceño.

—Me resulta familiar.

—Porque lo es. Le contraté la semana pasada.

Alucard alzó las manos en el aire, enfadado.

—Pues claro que sí. Qué más dará el protocolo a seguir. Ya sabes, ese que se estableció con el único objetivo de mantener a esta familia a salvo.

Como si eso no fuese exactamente lo que Rhy estaba tratando de hacer. Observó el cuerpo del asesino y suspiró. Lo había contratado con la idea de conseguir capturar a la Mano con vida para interrogarlo. Respiró hondo e hizo una mueca de dolor. Escupió sangre sobre los azulejos. Estaba empezando a pensar que esa noche no podía ir a peor. Entonces, uno de los anillos que llevaba en la mano derecha empezó a brillar. El rojo. Por supuesto.

—Mierda —murmuró Rhy.

—Ah, ¿es que pensabas que no se iba a dar cuenta? —le reprendió Alucard.

El rey observó fijamente el anillo por unos minutos, viendo cómo brillaba con más intensidad a cada segundo que pasaba, hasta que la luz mágica que manaba iluminó toda la habitación, arrojando sobre el cuerpo del asesino y la bañera un brillo tenebroso.

—Adelante —insistió Alucard, con un retintín inquietante—. Estoy deseando ver la cara de Kell.

Rhy no necesitaba verla. Podía imaginarse a la perfección su expresión en esos momentos. Seguía mirando el anillo, preguntándose si de verdad tenía que responder, cuando Alucard se acercó a él, le arrebató la banda roja y salió furioso al pasillo.

En un momento, Kell sintió que se ahogaba y al siguiente la presión sobre sus pulmones había desaparecido y el aire los volvía a llenar con fuerza. Para cuando consiguió ponerse en pie, Lila ya tenía entre los dedos su anillo carmesí. Kell se lo quitó y se marchó hecho una furia por el pasillo, alejándose de ella.

Solo había un tablero de adivinación en el *Barron*, una especie de recipiente negro pulido que estaba en el camarote del capitán.

—*As vera tan* —dijo, activando el hechizo al entrar en la habitación de Lila.

El tablero de adivinación estaba en una esquina. Estaba claro que Lila lo había estado usando como cesto de la ropa, ya que tenía varias prendas apiladas encima. Lo tiró todo al suelo, presionó el anillo contra el tablero de piedra negra y esperó. Durante unos angustiosos minutos nadie respondió a su llamada. Kell solo podía ver su reflejo sobre la piedra oscura moteada, con el rostro pálido y los ojos abiertos de par en par por el dolor, la preocupación y el enfado. Entonces el panel oscuro parpadeó y su superficie se vio sustituida por un rostro que Kell conocía y odiaba.

Alucard Emery estaba de pie en el salón de estrategia del palacio, con nada más que una bata de seda encima, y Kell se alegró de no poder ver nada más allá de su torso.

—¿Dónde está? —exigió saber y, por primera vez, el consorte real no rezumaba su habitual satisfacción. Parecía exasperado. Molesto.

—Oh, ¿te refieres a tu hermano? Le he dejado con el cadáver del asesino al que ha invitado a darse un baño con él.

Kell miró horrorizado a Alucard.

—¿Qué quieres decir con que lo ha *invitado*?

—Al parecer su alteza real tenía tantas ganas de atrapar a la Mano que decidió usarse a sí mismo como cebo. —Sus ojos azules se fijaron en algo a la espalda de Kell—. Hola, Bard. ¿Qué tal está mi barco?

Lila había aparecido justo tras él.

—Sigue de una pieza. Y la tripulación quería que supieses que yo les caigo mejor que tú.

Alucard crispó los labios en una sonrisa, pero a Kell todavía le pitaban los oídos. Se aferró con fuerza al borde del tablero.

—¿Cómo has podido dejar que pasase esto?

La diversión desapareció por completo del rostro del consorte.

—¿Yo?

—Solo tenías una tarea.

Alucard se echó hacia delante.

—Aunque no lo creas, tengo más de una cosa que hacer. No todos nos podemos permitir estar por ahí jugando a los piratas. Dime, ¿sigues disfrazándote? Me han dicho que incluso has adoptado un nombre muy chulo.

—Oh, dejad de coquetear —dijo Rhy, apareciendo en la imagen. Tenía la bata atada con fuerza, intentando esconder la herida, pero le goteaba agua rojiza del cabello negro, tiñéndole el cuello de la prenda.

Y Kell quería zarandear a su hermano por haber sido tan insensato, quería señalarle que, aunque Rhy no pudiese morir siempre y cuando él siguiese con vida, Kell necesitaba poder respirar para seguir vivo, y si se hubiese ahogado durante un poco más de tiempo, quién sabe qué podría haber pasado con el hechizo que los unía. Pero Rhy ya tenía una disculpa escrita en su mirada, así que Kell resistió el impulso de gritarle.

—¿Estás bien? —preguntó en cambio.

Rhy se las apañó para sonreír, pero la sonrisa no le llegaba a los ojos.

—Gracias a ti, creo que viviré. —Se fijó en Lila y cambió de tema rápidamente—. Ah, ¿y cómo está mi capitana favorita?

Alucard le dedicó una mirada ofendida y volvió a dirigir su ira hacia Kell.

—Como puedes observar, tu hermano, aquí presente, está de una pieza, pero yo me tengo que ocupar de limpiar un estropicio bastante grande, así que, si nos disculpas...

Kell cerró los ojos y respiró profundamente, tratando de tranquilizarse.

—Vamos para allá.

—Oh, no, eso no será necesario —dijo el consorte, y antes de que pudiese explicarle que no tenía nada que ver con la última temeridad de Rhy, Alucard Emery retiró el anillo del tablero de adivinación y la imagen desapareció.

—Bastardo —murmuró Kell, tomando su propio anillo. Apartó el tablero y se dirigió de vuelta a la cocina, donde se dejó caer de nuevo sobre el banco aunque había perdido por completo el apetito. Lila volvió a tomar su manzana y retomó la tarea de pelarla.

—¿Sabes? —dijo—. No ha sido tan mala idea. —Kell alzó la mirada hacia ella—. Quiero decir —siguió explicando, cortando un trozo de manzana—, es un buen cebo.

—Es el *rey* —recalcó Kell.

—No puede morir —replicó ella, clavando su cuchillo en el aire, como si estuviese apuñalando a alguien.

—Me gustaría no poner a prueba los límites de esa teoría —dijo Kell, recordando la sensación del agua llenándole los pulmones, la negrura—. Solo porque tenga tendencia a autodestruirse...

Lila soltó un bufido.

—¿Has oído alguna vez lo de «le dijo la sartén al cazo»?

Kell frunció el ceño pero Lila se limitó a encogerse de hombros y a meterse el trozo de manzana en la boca.

V

Alucard sacó el gotero del frasco y observó cómo tres gotas oscuras caían y se esparcían por la copa de vino blanco. A su espalda, Rhy estaba sentado en el borde de la cama que compartían, leyendo los informes del día como si no le hubiesen apuñalado una hora antes. Llevaba puesto solo un par de pantalones de seda y la piel de su pecho volvía a estar tersa y oscura, cualquier rastro del altercado con la Mano ya había desaparecido como si solo hubiese sido un mero rasguño y no una herida mortal.

Alucard se volvió, dándole la espalda al carrito, y se acercó a la cama con la copa en la mano.

—Bebe —le dijo, más como una orden que como un ofrecimiento. Seguía enfadado, cabreado porque Rhy no hubiese confiado en él. Cabreado porque, después de todo este tiempo, siguiese habiendo ocasiones en las que no sabía cómo leer el rostro del rey o su pensamiento.

Rhy dejó a un lado los informes y tomó la copa que le tendía, mirando fijamente su contenido. Era un tónico para relajarle los músculos y calmarle la mente.

—Mi envenenador nocturno —murmuró, dejando la copa de vino sobre la mesilla al lado de la cama.

Alucard se dispuso a darse la vuelta y a alejarse, pero Rhy le agarró de la manga antes de que pudiese hacerlo.

—Alucard. —Solo ese nombre, pronunciado por esos labios. Siempre habían sido su perdición. O, al menos, siempre habían bastado para que se olvidase de lo enfadado que estaba. Rhy lo sabía y sonrió al verlo; tiró de su manga hacia él, con sus manos llenas de anillos dirigiéndose después hacia la parte delantera de su bata, arrastrando a Alucard hasta que estuvo tumbado sobre él en la cama. Alucard alzó las manos por las sábanas hasta que quedaron a ambos lados de la cabeza de Rhy.

Rhy pasó las manos sobre su pecho, subiéndolas hacia su rostro y trazando la línea de su mandíbula.

—Mi corazón —susurró, con los ojos dorados brillantes, y Alucard se inclinó para besar a su rey, pero Rhy arrugó la nariz con desagrado—. Hueles como el campo de entrenamiento.

—Tenía previsto darme un baño —repuso—, pero en la bañera había un rey demasiado ocupado en ahogarse.

—Qué maleducado por su parte —bromeó Rhy, extendiendo las manos sobre su pecho.

—Muy maleducado —gruñó Alucard—. Pone a prueba mi paciencia a diario este rey.

—Parece desquiciante. —Rhy bajó la mano, trazando los abdominales de Alucard—. Y, aun así, te quedas a su lado. Debes de quererle mucho.

Alucard fijó su mirada en la del rey.

—Sin duda. —Dejó caer todo su peso sobre el cuerpo de Rhy, llevando los labios a su oreja—. Y es muy bueno en la cama.

Rhy se rio bajo su peso.

—¿De veras? —Mordió suavemente el hombro de Alucard mientras su mano descendía hasta la parte delantera de sus pantalones. Alucard ahogó una respiración e inclinó la cabeza hacia delante cuando la mano de Rhy desapareció en el interior de la prenda.

En ese mismo instante, la puerta se abrió de golpe.

Alucard no se detuvo a pensar ni un segundo lo que estaba haciendo. Para cuando la luz del pasillo iluminaba el dormitorio él ya estaba de pie, con una mano alzada sobre la copa de vino con la medicina que Rhy había dejado sobre la mesilla, cuyo contenido se elevó sobre la copa y se endureció hasta formar una daga helada contra la palma de su mano. ¿Dónde estaban los guardias? ¿Por qué nadie había dado la voz de alarma? ¿Por qué no había oído el ruido del acero entrechocando? Su mente ya iba un paso por delante, pensando en todos los posibles escenarios. Que alguien hubiese asesinado a los guardias de palacio y hubiese conseguido llegar hasta los aposentos del rey.

Pero en el umbral no había ningún asesino.

Solo una niña pequeña con un pijama dorado y carmesí que debería estar dormida para esas horas.

—Santos —siseó Alucard, soltando un suspiro entrecortado. Escondió la daga helada a su espalda al mismo tiempo que la princesa entraba en el dormitorio del rey tambaleándose como una prisionera que acabase de escaparse de su celda.

No había ni rastro del conejo, pero Esa entró a hurtadillas tras la princesa y se subió de un salto a una silla cercana, con sus ojos violetas observándolo todo.

—¿Qué ocurre? —preguntó Rhy, volviendo a anudarse la bata al tiempo que su hija se subía a la cama gigante y dejaba caer su cuerpecito entre las almohadas. Alucard soltó la daga helada y la derritió hasta que cayó formando un tirabuzón color vino en el interior de la copa vacía.

—Ren Maresh —dijo Alucard, que estaba acostumbrado a ser el padre serio, ya que Rhy se negaba a serlo—. Es muy tarde. Deberías estar durmiendo.

—Necesito un cuento —pidió Ren, alzando las manitas. Llevaba entre los dedos un libro sobre mitos faroanos. Relatos que hablaban de animales capaces de hablar, aunque solo para decir la verdad, o que podían soñar los sueños de otras personas, o hacer eclosionar nuevos mundos. Las ilustraciones, llenas de trazos dorados, eran pequeñas obras de arte, con la tinta emborronada levemente allí donde Ren no podía contenerse a no acariciar las plumas o las orejas de algunos de los animales.

—Ren —comenzó a decir Alucard, que estaba *seguro* de que a la niña ya le habrían leído el cuento de buenas noches, o tres cuentos, cortesía de su niñera, de la que no había ni rastro.

—Luca —le suplicó Ren, usando su apodo como un hechizo que se sabía demasiado bien al tiempo que daba golpecitos sobre las almohadas a su lado.

La integrante más joven de la familia real tenía los ojos de su padre, como si estuviesen hechos de oro derretido y enmarcados por unas pestañas largas y oscuras, y la boca de su madre, aunque sus labios sonreían mucho más.

—Y no tiene nada mío —había dicho Alucard una noche tras haber bebido demasiado vino.

Pero Rhy había posado sus manos suavemente sobre sus mejillas, rodeando el rostro de su amante.

—Tiene tu corazón —le había dicho Rhy.

Alucard suspiró y rodeó la cama, tumbándose sobre las almohadas al lado de su hija para observar la página que le mostraba.

Todos los cuentos de ese libro estaban en faroano, por supuesto; aún no había cumplido ni cinco años y Ren ya había demostrado tener el talento del rey con los idiomas, una habilidad que compartían como si fuesen dos habitaciones distintas dentro del mismo palacio, con todas las puertas abiertas de par en par. Si la diplomacia fallaba, pensó Alucard con tristeza, al menos sería capaz de comunicarse con sus enemigos en su lengua.

Tenía el libro abierto por su cuento favorito, una historia que hablaba de un cuervo que podía ver el pasado y el futuro, pero que no tenía forma de saber cuál era cuál.

La niña se hizo un ovillo entre ambos, enredando sus deditos en el cabello de Alucard, y él se maravilló de todo el amor que le profesaba. Rhy tomó el libro y empezó a leer, estaba a punto de pasar la página cuando alguien carraspeó.

Alucard alzó la mirada, esperando encontrarse a Sasha en el umbral de la puerta en busca a la princesa. En cambio, a quien se encontró fue a la madre de Ren. La reina.

Nadiya Loreni estaba de pie en el umbral, con una pequeña sonrisa empezando a dibujarse en la comisura de sus labios. Ahí era donde parecía permanecer siempre, en equilibrio, como si por sonreír demasiado fuese a desbordarse. A pesar de sus curvas, había poca delicadeza en la reina, ni en sus penetrantes ojos color avellana, ni en su lustroso cabello negro que llevaba corto y recogido tras las orejas, como si le molestase constantemente.

En cuanto apareció, Ren se escondió bajo las sábanas y Alucard le echó unos cuantos cojines por encima, por si acaso.

—Mi reina —dijo Rhy en tono cálido.

—Mi rey —respondió ella, deslizándose en el interior del dormitorio. Aunque no era que le perteneciese también a ella, no le pertenecía, pero sí que era una invitada frecuente. Cuando Rhy se casó, había habido una pregunta clave. Sobre dónde viviría su reina, dónde dormiría, si el lecho real debería acoger a dos personas o a tres. Pero Nadiya no había dado ningún tipo de muestra de querer compartir los aposentos del rey, más allá de cuando se enfrascaron en la tarea de concebir a la princesa, e incluso entonces se había enfrentado a ello más con intención que con pasión. Como si solo fuese un rompecabezas que tuviese que resolver. Un medio para conseguir un fin que todos deseaban.

—He de decir, Rhy —murmuró Nadiya cuando llegó al poste de la cama—, que me alegra ver que estás bien. —Lo dijo con tono ligero, como si no tuviese importancia, pero su mirada dejaba perfectamente claro que sabía lo que había pasado en los baños. Echó un vistazo hacia Alucard y sus miradas se encontraron, su rostro reflejaba a la perfección el mismo enfado que sentía.

—Dime —dijo Rhy, dirigiendo una mirada cómplice hacia las sábanas—, ¿por casualidad no habrás perdido a una niñita?

—Depende —respondió Nadiya, recostándose contra el poste de la cama—, ¿qué aspecto tiene la niña en cuestión?

—Así de alta —dijo Rhy, alzando la mano para marcar la altura—, con rizos oscuros, bastante adorable. Ha salido a su padre, por supuesto.

—Mmm —murmuró Nadiya—, me suena, sí. Pero mi niña es buena y sabe cómo comportarse.

Un movimiento brusco bajo las sábanas.

—Y mi niña es inteligente y sabe que es hora de irse a la cama.

El cuerpecito se revolvió de nuevo, pero no salió.

—Y *mi* niña es valiente y no se *escondería* para no irse a dormir.

Dicho eso, la pequeña cabecita oscura de Ren salió de entre las sábanas.

—No me estoy *escondiendo* —respondió, desafiante—. Solo quería que me leyesen un cuento.

Rhy miró fijamente a su hija.

—¿Y *tú* de dónde has salido? —le preguntó, haciéndose el sorprendido.

Ren se rio y Alucard sintió cómo su corazón le daba volteretas en el pecho al escuchar su risa, por la alegría de la niña y el amor en la mirada de Rhy.

—¿*Esta* es la niña que habías perdido? —preguntó el rey, alzando a Ren entre sus brazos como si fuese una ofrenda.

La reina se inclinó sobre el colchón, acercando el rostro al de su hija para estudiarlo.

—No estoy del todo segura...

—Soy yo —protestó Ren. Nadiya sonrió y alargó las manos para alzarla en brazos.

—Bueno, es un alivio —dijo, apoyando a la niña sobre la cadera. La cabeza de Ren empezó a oscilar de inmediato, con sus rizos oscuros sobre el hombro de su madre. La reina depositó un suave beso sobre la cabeza de la niñita—. Dales las buenas noches a tus padres. —Y Ren murmuró suavemente las buenas noches, primero en la lengua imperial y luego en arnesiano común antes de que Nadiya se la llevase con ella, sacándola del dormitorio.

Cuando se marcharon, Rhy alargó la mano para tomar la copa, estudiando el tónico que había en su interior como si nunca lo hubiese visto, como si no se lo tomase cada noche, para alejar las pesadillas. Pesadillas en las que veía a su madre morir de nuevo entre sus brazos. A su padre empalado en las escaleras que llevaban a palacio. Su propio cuerpo torturado y roto, incapaz de morir, incapaz de hacer nada más que observar y sufrir. Pesadillas de las que se despertaba gritando y contra las que Alucard no podía hacer nada más que abrazarlo, sostenerlo entre sus brazos, pegarlo contra su pecho.

El tónico era una bendición, una misericordia.

Una que Rhy parecía creer que no merecía.

—El descansar no te hace débil —le dijo Alucard con dulzura. El rey le dedicó una sonrisa triste y se bebió el tónico de un trago.

El calor abrasador que les había invadido antes se había ido apagando, dejándoles simplemente con un calor agradable en el estómago. Rhy se hundió entre los almohadones y Alucard movió los dedos para invocar una suave brisa que se encargó de apagar todas las velas, sumiendo el dormitorio en una oscuridad que solo conseguía romper el brillo carmesí que se filtraba entre las cortinas. O, al menos, así es como lo habrían visto todo un par de ojos normales. Para Alucard, los hilos de magia refulgían con intensidad rodeando sus cuerpos. Sus propios hilos, azul, verde y blanco, como un mar poco profundo, y los de Rhy, una galaxia plateada contra las sábanas de seda oscuras.

Alucard se tumbó a su lado, abrazando al rey, y observó el vaivén del pecho de su amante al respirar, los finos hilos que salían y entraban en su corazón hechizado. Los hilos brillaban como la luna, del color tan especial que cobraba la magia *antari,* y, sin embargo, no se parecían en absoluto a los hilos que rodeaban a Kell o a Lila, no se movían del mismo modo, con la misma cadencia, trazando el recorrido de cada una de sus venas o de sus extremidades. En cambio, todos los hilos que rodeaban a Rhy surgían y terminaban en la marca oscura de su pecho, la que ardía con la magia oscura de Kell, vinculando sus cuerpos, el latido de sus corazones y su dolor.

Rhy alzó la mirada hacia él y se topó con sus ojos.

—¿En qué estás pensando?

—En tu hermano —respondió Alucard, lamentando sus palabras en cuanto las hubo pronunciado.

Rhy enarcó una ceja.

—¿Debería estar celoso?

Él puso los ojos en blanco.

—Duérmete, anda.

—Sabía que todo ese odio no era más que una farsa.

—Anda, *cállate* —murmuró Alucard, rodando sobre su espalda.

El rey se carcajeó, con la risa teñida por el efecto del tónico, que le dormía lentamente. Suspiró y se calló, sus músculos se relajaron cuando el sueño le reclamó. Alucard se tumbó a su lado en la oscuridad, golpeando suavemente con el pulgar el anillo dorado que llevaba siempre puesto en la mano derecha. Trazando con el dedo el corazón y la corona una y otra vez, dándole vueltas al anillo en su dedo. Estaba seguro de que Rhy se había quedado completamente dormido hasta que su voz rompió el silencio que les envolvía.

—¿Por qué me odian? —susurró el rey.

Sus palabras estaban desdibujadas, suavizadas por la droga que se había tomado, pero incluso bajo su efecto su mente había regresado a la bañera, a la Mano.

—Muchos te aman —respondió Alucard con dulzura—. Son pocos los que no.

Rhy abrió los ojos lentamente, como dos pepitas de oro reluciendo en medio de la oscuridad.

—¿De verdad soy un rey tan horrible?

Alucard suspiró ante su pregunta.

—Todos los reyes son horribles a ojos de aquellos que están buscando a alguien a quien culpar.

Rhy frunció el ceño. No era la respuesta que esperaba, por lo que Alucard siguió hablando.

—Eres el rostro de sus males. Eres el poder que ellos no tienen. Tienes la riqueza de la que ellos carecen. Esa gente no odia a Rhy Maresh. Odia a la corona.

Se hizo el silencio entre ellos, hasta que Rhy lo rompió con una pregunta.

—¿Te pondrías la corona?

Alucard se carcajeó. No era un sonido bonito, sino afilado y mordaz.

—Ni por todo el oro de Arnes.

—Te quedaría bien.

—Oh, de *eso* no me cabe ninguna duda.

—Aunque no tan bien como a mí, por supuesto —añadió Rhy en un murmullo adormilado.

—Pues claro que no.

Rhy no dijo nada después de aquello. Su respiración se ralentizó, el único movimiento era el de los hilos plateados subiendo y bajando, saliendo y entrando en su pecho, moviéndose con el latir de su corazón. Alucard se quedó tumbado a su lado hasta que estuvo completamente seguro de que el rey dormía profundamente.

Y entonces, con cuidado, salió de entre las sábanas, se anudó la bata y se fue a buscar a la reina.

VI

Alucard se consideraba un hombre con pocos miedos.

No le daba miedo la muerte, se había enfrentado a su rostro varias veces. No le daban miedo el dolor o la oscuridad, las arañas o el mar abierto. Pero sí que le incomodaba levemente la idea de que le enterrasen vivo y así era como se sentía al bajar hacia los aposentos de la reina. Los faroles estaban encendidos en las paredes, con un hechizo grabado en su superficie que hacía que brillasen con más fuerza para iluminar sus pisadas, creando una cinta dorada pálida que surgía de su interior, pero con cada paso que daba, se alejaba cada vez más de la superficie. Sus pasos resonaban sobre los anchos escalones de piedra, el sonido como un susurro en el fondo de un pozo, ahogado.

El palacio por sí solo era un espectáculo maravilloso, suspendido en un puente sobre el río Isle. Pero no había nada de magia en su construcción. Todo su peso lo soportaban cuatro columnas enormes que se hundían hasta el lecho del río. Dos de esas columnas estaban hechas de piedra sólida, pero las otras dos estaban vacías por dentro. En el interior de una estaba el calabozo real, con celdas que antaño habían encarcelado a Cora Taskon, uno de los dos herederos veskanos que habían intentado acabar con la línea Maresh, e incluso una vez llegaron a albergar, aunque brevemente, a Kell Maresh, cuando el antiguo rey le encarceló en un arrebato enfadado (Alucard no podía culparle por ello).

La otra columna vacía se la habían entregado a la reina como regalo de bodas.

Corría el rumor por algunas tabernas de Londres de que la reina de Arnes en realidad era una prisionera, encerrada en sus aposentos en contra de su voluntad. Pero Nadiya Loreni no era ninguna prisionera, y aunque se pasase la mayoría de sus noches enterrada en las entrañas del *soner rast,* era completamente por elección propia. Le habían dado unos aposentos increíbles en el ala real, con una cama lujosa en la que apenas dormía y un salón reluciente en el que nunca pasaba el rato, pero el servicio y los guardias de palacio habían adoptado la costumbre de llamar a esto sus aposentos privados.

Esa sala no se parecía en absoluto a la prisión que había en la otra columna, y tampoco conservaba ningún rastro de lo que había sido en el pasado, cuando había sido la sala de entrenamiento secreta del príncipe *antari.*

Ahora eran una serie de cámaras conectadas entre sí, cada una tan amplia y abierta como los grandes salones que había en los pisos de arriba, y llenas de tesoros. Era una hazaña impresionante, con el tamaño y la grandeza de un palacio, si dicho palacio no tuviese ventanas y estuviese en el fondo del Isle.

Alucard tarareó una canción en voz baja al llegar al final de las escaleras, para que la reina supiese que estaba allí. Una vez le había regañado por acercarse a ella a hurtadillas en mitad de un hechizo que estaba creando y le advirtió que si no hubiese sabido cómo controlarse podría haber derrumbado todo el palacio sobre sus cabezas. Incluso hoy en día no sabía si lo había dicho de broma o no.

Se dio una vuelta alrededor de la sala sin prisa. Ella estaría ocupada. Siempre estaba ocupada.

Había una docena de encimeras y mesas, cada una llena de objetos, ya fuesen las primeras piezas para un nuevo chisme o los restos de uno. Sobre una de las mesas había una pistola, un arma que reconocía solamente por la devoción de Lila Bard hacia ellas. Tenía la recámara abierta y descargada, pero el cañón estaba decorado con una serie de hechizos dorados. Alucard la dejó donde estaba, sin tocarla, como hacía con cualquier objeto con el que se topase en el taller de Nadiya.

Se encontró a la reina en la siguiente sala, con la cabeza inclinada sobre una mesa, una copa de vino a su lado y la corona quitada; la circunferencia dorada colgaba de una lámpara cercana como si fuese una túnica que alguien se hubiese quitado en medio de un momento de pasión. La reina estudiaba su obra como si fuese un tablero de Rasch en medio de los últimos movimientos de la partida. Lo único que se movía a su alrededor era un lazo de fuego que le rodeaba los dedos, tan fino y preciso como el bisturí de un curandero.

El cabello negro le caía suelto a los lados, terminando justo por encima de sus hombros. Cuando llegó a la corte había tenido una melena larguísima, que caía como una cascada por su espalda, con el tipo de rizos que los hombres adoraban y las mujeres envidiaban, y su primer acto como reina había sido cortársela. La gente, por supuesto, habló a escondidas sobre ello (aunque eso no impidió que muchos se cortasen también su cabello para llevarlo a juego con el de la reina). Los mismos que gritaban a los cuatro vientos que era una prisionera y que Rhy se lo había cortado en un arrebato de ira, porque estaba celoso de su belleza. Otros habían dicho que lo había hecho solo porque quería que ella y Alucard fuesen a juego.

La verdad era mucho más simple que las habladurías: el pelo largo se interponía en su trabajo.

Para Nadiya Loreni eso era razón más que suficiente para cortárselo.

Alucard siguió tarareando la canción mientras recorría el borde de la sala, pero si la reina le oyó llegar, no se molestó en levantar la mirada. Él alzó un poco más la voz, añadiendo la letra a su canción.

—«Tuve un amor, cuando era joven, que me dejó por el mar, pensaba que me había dejado para siempre…».

Pero Nadiya no se movió ni un ápice y Alucard se dio cuenta de que esperaba, aunque no por primera vez, que nadie intentase asesinar jamás a la reina. Dudaba que se diese cuenta siquiera.

—«Pero regresó cuando ya era viejo» —cantó, pasando frente a una estantería llena de artefactos inservibles, versiones anteriores de las monedas gemelas que había diseñado para convertir el tablero de adivinación en algo que sirviese para comunicarse incluso a largas distancias. Había otra estantería llena de una colección de botellas, un mortero, una maja y un bote lleno de hierbas; los ingredientes para hacer el tónico que Rhy tomaba para dormir sin dejar incapacitado a su hermano.

—«Yo esperé y él lo sabía…».

Alucard pasó los dedos por el aire sobre los pedazos de algo que se parecía demasiado a un Heredero, el objeto que se usaba para contener y transmitir la magia de una persona. Ese tipo de objetos se habían prohibido hacía un siglo. El último que existía lo habían utilizado para capturar a Osaron. O eso pensaba.

—«El día que se alejó navegando de mí…».

A su lado había una mesa llena de esquirlas de metal y hojas de pergamino, cada una de ellas llenas de garabatos apretados de la reina, una mezcla de anotaciones y conjuros. Y justo allí, en una vitrina abierta, había tres anillos de plata.

—« … se llevó mi corazón y mi alma al mar…».

Alucard dejó de cantar. Conocía esos anillos.

Eran los mismos que habían llevado los tres *antari* en su batalla contra la oscuridad. Los anillos que habían unido a Holland, Lila y Kell, permitiendo que compartiesen su magia. Pero también habían sido los que quebraron el poder de Kell cuando no pudo quitarse el suyo a tiempo. Incluso en ese momento la magia que se tejía alrededor de esos anillos era extraña, desprendían una luz iridiscente llena de sombras.

Alucard extendió la mano y cerró la vitrina.

Entonces empezó a cantar la canción mucho más alto, casi berreando, acercándose a la reina.

—«El rey era de fuego y la reina de hielo, y cuando se acostaron esa noche, él la hizo derretirse no una, sino dos veces…».

—Así que tú eres el que le ha enseñado esa canción a Ren —dijo al fin la reina.

Parpadeó, como si se acabase de despertar de un sueño, y alzó la mirada hacia él, con un par de gafas de aumento apoyadas sobre la nariz. Tras ellas estaban sus ojos de color avellana, que parecían mucho más grandes de lo normal, con motas doradas y verdosas.

—Tú, Alucard Emery, eres una influencia horrible.

—Lo creas o no —dijo, sirviéndose una copa—, ya me lo habían dicho antes.

Tenía el vaso a medio camino de los labios cuando Nadiya le detuvo.

—Eso es para limpiar metales.

Alucard olfateó la bebida y dejó el vaso, robándole en su lugar la copa de vino que tenía a su lado. Se dejó caer sobre un lujoso sillón verde, que no pegaba en absoluto con la sala. La única concesión que había hecho la reina por sus frecuentes visitas.

—¿Es que duermes alguna vez? —preguntó él.

—¿Y perder estas horas tan maravillosas? No, la noche está hecha para trabajar.

—Creo que los soñadores —replicó— no estarían de acuerdo contigo.

—Yo sueño así —dijo ella, señalando la mesa con los brazos abiertos, que estaba llena de hechizos a medio acabar—. Y podría destacar que tú también estás aquí, despierto.

—No podía dormir.

—¿Así que has decidido venir a incordiarme? —Pero no lo dijo molesta.

—¿Qué puedo decir? —bromeó—. Adoro el placer de tu compañía.

Nadiya se carcajeó, el sonido era extraño y radiante, y Alucard se recostó sobre el sillón esmeralda, se pasó las manos detrás de la cabeza y ella volvió a centrarse en su trabajo, ignorándolo por completo.

VII

E l día que Rhy Maresh se casó con Nadiya Loreni, Alucard
Emery se puso como una cuba.

Se las apañó para no montar una escena, había aprendido hacía tiempo a cómo asegurarse de que no se le notase lo borracho que
iba y cómo mantener una apariencia encantadora y tranquila, a pesar
del caos que bullía en su interior.

La ceremonia se celebró en el Salón de las Rosas, que estaba lleno
hasta los topes de *ostra* y *vestra* deseando ver a su rey y a la reina que
habían elegido.

Alucard había propuesto ausentarse, incluso había esperado que el
rey le permitiese no acudir a la ceremonia, pero Rhy había insistido en
que debía estar presente. Al fin y al cabo, era la sombra del rey. Su
guardia personal. Así que Alucard permaneció de pie en la base del
estrado, con el rostro contorsionado en una mueca alegre mientras el
Aven Essen ataba un trozo de cuerda dorada alrededor de las muñecas
de los reyes.

No debería haber sido tan duro presenciarlo, pero lo fue.

Pero Rhy había hecho el mismo proceso cuando estaban los dos
solos en su dormitorio la noche anterior, sin nadie como testigo. Había arrastrado a Alucard fuera de la cama, le había quitado el cinturón
dorado a su bata y lo había atado entre sus dedos; las manos de Rhy,

oscuras y llenas de anillos, y las de Alucard, mucho más claras y con venas plateadas.

—Ato mi vida a la tuya —había dicho Rhy, envolviendo sus manos con el cinturón, y Alucard había soltado una risita, pero el rostro de Rhy y su voz dejaban claro que lo decía en serio—. Ato mi vida a la tuya —había repetido, sus ojos dorados brillando, buscando, esperando una respuesta.

—Ato mi vida a la tuya —había respondido Alucard.

Rhy le había dado otra vuelta al cinturón alrededor de sus muñecas.

—Ato mi corazón al tuyo —dijo, solo que esta vez su voz se proyectó mucho más, porque ya no estaba hablándole a Alucard. Estaba de pie en medio del Salón de las Rosas, ante el *Aven Essen* y todos los miembros de la corte.

—Ato mi corazón al tuyo —respondió Nadiya Loreni.

Alucard tragó saliva con fuerza.

—Ato mi destino al tuyo —dijo el rey.

—Ato mi destino al tuyo —respondió la reina.

Tieren retiró la cuerda dorada que rodeaba sus manos con una floritura.

—*Is fir on* —estableció, y el juramento reverberó por la sala. *Está hecho.*

Esas últimas palabras cayeron sobre Alucard como un portón de hierro. La gente estalló en vítores, alzando la voz para celebrar la unión. El rey y la reina se volvieron entonces para mirar de frente a su corte, con las manos unidas.

Alucard sonrió y aplaudió con el resto de los asistentes, y después se marchó a ponerse otra copa.

¿Y por qué no? Al fin y al cabo, toda la ciudad estaba de celebración.

El puerto estaba lleno de barcos y las calles que rodeaban al palacio estaban repletas de vendedores, cuyos puestos habían aparecido de la noche a la mañana rodeando el edificio como champiñones, y Alucard no había visto el *soner rast* tan rebosante de vida desde antes de que Maxim y Emira muriesen.

Los *ostra* de la ciudad iban vestidos de blanco, una marea de cuerpos de color crema reunidos en el Gran Comedor, donde la música resonaba contra las paredes doradas, las mesas estaban colmadas de comida y bebida que nunca lograrían acabar, y las columnas de mármol estaban cubiertas con telas de los colores de las dos casas que se habían unido en matrimonio. Según Rhy, los cuatro colores habrían quedado horribles juntos, el rojo y oro de los Maresh, y el morado oscuro y gris claro de los Loreni, así que habían decidido quedarse solo con uno de cada: morado y oro. Rhy le había ofrecido añadir una franja azul por los Emery, por *Alucard*, pero él se había negado.

Esa ya no era su familia. Y, aun así, cuando se había vestido esa mañana, había decidido hacerlo con los colores de su familia. No porque echase de menos el azul y el plata o los recuerdos que traían consigo, sino porque todos los que se reunirían en el salón para celebrar la boda podrían ver de ese modo que la casa Emery apoyaba a los Maresh.

Y, para dejar clara su postura, había intercambiado el sigilo de su familia por el cáliz y el sol, tejidos en plata y zafiro en lugar de en granate y dorado.

Se le acercó un sirviente, le tendió su copa y observó cómo el vino dorado subía y bajaba con el movimiento en el interior del cáliz al llenarla. La risa de Rhy, plena y sonora, se escuchó por toda la sala. Alucard se volvió hacia el sonido y vio al rey al otro lado del salón, con su tez oscura brillando bajo la luz dorada. La reina sonrió e hizo una leve reverencia, y el corazón se le llenó de celos a la vez que se preguntaba qué podría haber dicho la joven para hacer reír así a Rhy.

Acababa de decidir marcharse al balcón cuando alguien le llamó.

—¡Alucard Emery! ¡Cuánto has crecido! —Una anciana, con un exuberante vestido verde como el bosque, se acercó a él. Se esperaba que todos los *ostra* fuesen de blanco, pero los *vestra* podían ir vestidos con los colores de sus casas, otro recordatorio de que ellos también eran familias de la realeza.

—Mirella Nasaro —dijo, dibujando una sonrisa.

Llevaba un colgante de un caballo, el sigilo de su casa, hecho de esmeralda y oro blanco, y su largo cabello recogido en la nuca, dejando a la vista sus entradas, incluso más marcadas por las perlas que se había colocado en las raíces. La perla más grande caía como una lágrima justo por encima de sus cejas. Cuando se inclinó para besarle la mano, sus recuerdos le pusieron al día, proporcionándole los detalles más relevantes.

Los Nasaro eran la familia real más alejada de la línea sucesoria y estaban repartidos por el campo. Mirella era astuta, pero su marido era un necio sin ambición, cuyo único objetivo era adquirir más y más tierras o cabezas de ganado.

—Siempre tan encantador —dijo, retirando la mano con rapidez y señalando con ella la sala—. Qué fiesta más magnífica. Ojalá mi hermana siguiese viva para ver todo esto. Puede que recuerdes a mi sobrina, Ezril; habríais formado una pareja encantadora, ¿sabes?, si no se hubiese convertido en sacerdotisa.

—Una pena, supongo —respondió Alucard—, que los dos estemos demasiado ocupados.

Mirella asintió vagamente, oteando la multitud en busca de algo o de alguien.

—Aunque no encuentro a mi hijo. Ya debería estar aquí. Quería que conociese al rey.

—Y estoy seguro de que también quería que conociese a la reina.

—Oh, sí, a ella también —dijo Mirella, distraída, y Alucard aprovechó ese momento para alejarse, intentando escapar, cuando otra voz le detuvo.

—Maese Emery.

Suspiró y se volvió hacia Sol Rosec, ataviado en negro y oro, con su sigilo, una corona y una espada, brillando contra su cuello. Tras él había un niño y una niña, a punto de llegar a la edad adulta y que estaba claro que eran hermanos. Aunque cuando se trataba de los Rosec a veces era difícil saberlo a ciencia cierta. Se solía decir que eran tan orgullosos que llevaban sus colores en la piel y, sin duda, los tres tenían el mismo cabello dorado, aunque de distintos tonos, y los mismos ojos negros, como dos manchas de tinta sobre el lino blanco.

—Maese Rosec —le saludó Alucard haciendo una reverencia—. Ha pasado mucho tiempo desde la última vez que nos vimos.

—Sin duda —respondió el *vestra*. Lo cierto era que los Rosec eran la única familia real que no tenía una residencia permanente en Londres. En su lugar, tenían su propia corte en el norte, aunque eran lo suficientemente inteligentes como para no llamarla así.

Maese Rosec señaló a sus hijos.

—Mi hijo, Oren. Y mi hija, Hanara.

El joven, Oren, hizo una reverencia casi perfecta, pero con una floritura un tanto burlona, y curvó los labios para formar una sonrisa que solo le pertenecía a él. La joven, Hanara, se dobló en una reverencia, pero mantuvo su cabeza alzada, con los ojos negros fijos en Alucard.

—Tu padre era un buen amigo mío, ¿sabes? —dijo Sol Rosec.

Habían pasado diez años desde su fallecimiento pero la sola mención de Reson Emery aún le ponía en tensión.

—Lamento mucho su pérdida…

—Pues eres el único. —Las palabras salieron a borbotones de entre sus labios antes de que Alucard pudiese evitarlo.

Tras su padre, Oren soltó una carcajada seca. Hanara arqueó una ceja. Sol solo frunció el ceño y fingió escrutar la alborotada sala.

—¿Y dónde está tu hermano mayor, Berras?

Alucard se estremeció al oír el nombre.

—Me temo que te has perdido unos cuantos acontecimientos recientemente —repuso—, en todo el tiempo que has pasado lejos de Londres. —Se aseguró de dejar clara la última palabra—. Mi hermano ya no es bienvenido en la corte.

Los ojos negros de Rosec recorrieron el rostro de Alucard.

—Una pena. Ver cómo una casa tan noble cae en tal… deterioro.

Alucard aferró su copa con fuerza. Se imaginó que su mano rodeaba el cuello del anciano en vez del cristal, robándole todo el aire de los pulmones. No sería una tarea demasiado complicada, la magia de Sol Rosec solía estar teñida de rojo vibrante, pero en esos momentos no era más que un hilo rosa pálido sobre sus hombros. Se estaba muriendo. Y Alucard se preguntaba si ya lo sabría.

—Padre. —Oren se inclinó hacia delante—. ¿No deberíamos acercarnos a felicitar al rey y a la reina?

—Por supuesto —dijo Rosec y, dicho eso, se marcharon los tres juntos y se perdieron entre la multitud.

Alucard no se marchó de inmediato. No, soportó una hora más, sonrió, bromeó e hizo cumplidos hasta que le dolió la cara, y después se escapó a la galería de arriba, convenciéndose de que no estaba huyendo, sino intentando encontrar un punto desde donde poder observar mejor a la multitud.

Desde las alturas, los cuerpos que había en el salón a sus pies se volvieron un tapiz, uno que era capaz de leer tan fácilmente como leía los hilos de magia que flotaban por el aire entre la multitud.

El rey y la reina envueltos en oro.

Los guardias y los sirvientes de palacio vestidos de pies a cabeza de carmesí.

Los *ostra* y los emisarios faroanos vestidos de blanco, aunque la ropa de estos últimos tenía un corte distinto y se ceñía mucho más a su piel.

Solo había un único veskano deslizándose entre la multitud; no era un representante de una corte extranjera, sino el príncipe más joven, Hok, que vivía en el Santuario de Londres. Al parecer hablaba arnesiano con suficiente fluidez como para pasar por un nativo, pero la piel clara y el cabello rubio platino del joven destacaban fácilmente entre la concurrencia.

La marea verde que debía ser Mirella Nasaro recorría la sala pegada a las paredes, probablemente seguía buscando a su hijo.

Los tres Rosec vestidos de negro estaban juntos como si fuesen una mancha de tinta en medio del cuadro.

La nueva familia de la reina, los Loreni, estaban vestidos de violeta, con los cuellos de sus prendas en forma de luna creciente plateada.

Alucard los observó a todos, pero incluso una vez que terminó de examinar todo el salón se percató de que seguía buscando algo. Una franja plateada. Una mancha azul zafiro.

Cualquier rastro de su hermano.

Por supuesto, no estaba allí. Berras Emery no se había dejado ver en casi tres años, al menos no desde la noche en la que el veneno de Osaron se adueñó de la ciudad. La noche en la que su hermana Anisa murió y Alucard había ardido al luchar contra la magia oscura que Berras había permitido que le poseyese como si le estuviese derramando una copa encima.

Aunque no era que le hubiese tenido mucho más aprecio antes de que ocurriese aquello.

Su relación era un desastre con cuenta atrás. Se podía contar a base de nudillos y huesos rotos, palabras envenenadas y tramas de exilio. Y, tras la muerte de su madre, y bajo la sombra de su padre, Alucard era todo lo que Berras no era.

Sin embargo y a pesar de todo eso, Alucard todavía esperaba que Berras apareciese, aunque solo fuese para armar una escena. Si cerraba los ojos podía ver a su hermano mayor, con su cabello oscuro repeinado hacia atrás y la cabeza alta, llevando los colores de su familia con un orgullo que Alucard nunca había logrado sentir. Podía ver los ojos de Berras, de un azul tan oscuro que parecía negro cuando se enfadaba. Podía oír su voz rasposa al ver el colgante del cáliz y el sol que Alucard llevaba puesto y decir:

—Bueno, al menos le ha puesto un collar a su puta.

Alucard aferró el colgante y el sigilo se le clavó en la palma de la mano. Se le nubló la vista y cerró los ojos con fuerza, conteniendo las lágrimas que amenazaban con derramarse. La música y las voces se deslizaban por las paredes desde el salón a sus pies hasta la galería superior y, sin embargo, de algún modo, pudo oír cómo la túnica blanca del sacerdote se acercaba a él. Sintió su presencia antes de volverse a mirarlo y ver los pálidos hilos de magia que rodeaban al *Aven Essen*.

—Maese Emery —le saludó Tieren con amabilidad. Caminaba erguido pero en ese último año se le habían empezado a ahuecar las mejillas, y su piel se había vuelto menos tersa, colgante, como si la tierra la estuviese llamando. Incluso los hilos de su magia estaban perdiendo su color.

Alucard observó la copa de vino que el anciano llevaba en la mano.

—¿Eso lo tiene permitido?

El *Aven Essen* enarcó una ceja canosa.

—Soy sacerdote, no un santo. Además, todo es una cuestión de equilibrio. —Le dio un largo trago a su copa y cerró los ojos, deleitándose en el sabor del vino—. Todo lo bueno en su justa medida.

—No sé yo —respondió Alucard, terminándose su copa de un trago—. Prefiero disfrutar de mis vicios al máximo.

Tieren abrió los ojos lentamente. Eran claros, azules como una mañana de invierno, y lo estudiaban, como si despegasen trozo a trozo su fachada y su orgullo.

—Alucard —comenzó a decir en voz baja.

Alucard sintió cómo se le cerraba la garganta y apartó la mirada del sacerdote, apoyando los codos en el balcón. Su mirada cayó como una roca de vuelta sobre la multitud. Podría haber aterrizado en cualquiera, por supuesto, pero aterrizó sobre Rhy. El rey sonrió, una sonrisa encantadora, y extendió un brazo como si intentase abarcar todo el salón, o quizás estuviera relatando una historia. Alucard se preguntó de qué estaría hablando y deseó por un momento ser capaz de leerle los labios desde ahí arriba. Debería haber estado allí, al lado de Rhy. En cambio, la reina estaba ocupando el que debería de ser su lugar, con una mano apoyada sobre el hombro de Rhy, como si quisiese marcar su territorio, como si la corona que relucía bajo las luces sobre su cabello oscuro no fuese suficiente, como si necesitase recordarle a alguien que el rey le pertenecía.

—Había que hacerlo —dijo Tieren, y esa fue la peor parte. Alucard sabía que el sacerdote tenía razón. Había jurado no solo amar al rey, sino también protegerlo, y, para poder proteger el trono, que el rey concibiese un heredero era un resguardo mucho más fuerte que cualquier espada o escudo.

Era lo único que Alucard no podía darle a Rhy.

Y lo único que Rhy necesitaba para seguir siendo rey.

El mandato de la magia establecía que el rey o la reina regente solo podría tener un heredero, para evitar que su familia creciese demasiado, que se volviese demasiado fuerte, pero si no conseguía concebir un heredero, eso se tomaba como una señal de que el mandato de esa familia debía acabar. El trono pasaría entonces a manos de cualquiera de las otras familias reales: los Rosec, los Nasaro, los Loreni o los Emery. Todas esas familias ya habían gobernado anteriormente y todas estarían encantadas de volver a gobernar si se les concediese la oportunidad.

No, los Maresh llevaban trescientos años en el trono.

Alucard no sería el motivo por el que lo perdiesen ahora.

—Había que hacerlo —repuso, alzando la copa hacia sus labios, solo para encontrársela vacía.

A sus pies, la nueva reina se había alejado de Rhy y ahora el rey estaba solo. Dio una vuelta sobre sí mismo, como si buscase a alguien, y Alucard se convenció de que Rhy lo buscaba a él, hasta que vio una mancha de cabello carmesí y supo que era a Kell a quien andaba buscando.

Alucard apretó los dientes con fuerza. Había prometido no sacar de quicio al príncipe *antari* ese día, pero su determinación se debilitaba con cada copa. Acababa de decidir volver abajo y divertirse un poco, puede que incluso encontrar a Lila Bard, donde quiera que estuviese, cuando alguien se aclaró la garganta a su espalda.

Se giró esperando ver a su capitana favorita.

Pero no fue a ella a quien vio.

Lo primero que vio fue la corona, igual que la que llevaba puesta Rhy, sobre su cabello negro.

—Bueno —había dicho Alucard cuando Nadiya Loreni llegó a la corte—, al menos sigo siendo el más guapo. —Por supuesto, era broma, Nadiya era deslumbrante. La mayoría de los nobles se solían vestir con prendas elegantes solo para parecer medianamente atractivos, pero la hija mayor de los Loreni era simple e innegablemente preciosa. Con su rostro en forma de corazón y su cuerpo lleno de curvas suaves que contrastaban con su afilada inteligencia. Al igual que su madre, que su abuela, y que otras tantas mujeres Loreni antes que ella, era tanto inventora como noble.

Y ahora, también era reina.

Alucard echó un vistazo a su alrededor buscando al *Aven Essen*, pero el sacerdote se había marchado, dejándole para que se enfrentase a solas a la esposa de Rhy. *Traidor*, pensó cuando la reina se le acercó.

—Alucard —dijo, y él odió la manera en la que pronunció su nombre, como si fuesen aliados o incluso viejos amigos.

—Mi reina —respondió, haciendo una profunda reverencia, y Alucard creyó haberla visto poner los ojos en blanco.

No se había fijado en que tenía las manos ocultas tras la espalda hasta que las sacó de su escondite, revelando una botella de vino abierta.

—No tienes copa —dijo mientras ella le rellenaba la suya.

—No —respondió la reina encogiéndose de hombros—. Supongo que tendremos que compartir.

Él se bebió de un trago el vino que le había servido y le tendió la copa vacía, antes de apartar la mirada de ella y volverse hacia la seguridad que le proporcionaba la vista desde el balcón.

—¿No deberías estar ahí abajo, saludando a tus invitados?

—Creo que sobrevivirán sin mí. —Se llenó la copa y le dio un sorbo—. ¿Y qué hay de ti? —preguntó.

—¿Qué pasa conmigo? —replicó él, enarcando una ceja.

—Eres la sombra del rey. ¿No deberías estar a su lado?

—Hoy solo soy el ave mascota del rey —respondió cortante—, así que prefiero estar en las alturas.

Nadiya se colocó a su lado, apoyando los codos en la barandilla de mármol.

—Sé a ciencia cierta que también eres su corazón.

—¿Quién te ha dicho eso?

—Él mismo. El día que nos conocimos. Y cada día desde entonces. —Alucard se volvió a observarla y Nadiya le sorprendió riéndose a carcajadas, la primera de muchas risas que vendrían después—. ¿De verdad creías que no sabía que estaba casándome con los dos?

—¿Estás enfadada conmigo? —preguntó, cerrando la boca antes de poder añadir «como yo contigo» a la pregunta.

—¿Por qué debería estarlo? —Se tomó lo que quedaba de vino de un trago y observó la copa fijamente, como si fuese un problema, un rompecabezas por resolver—. Nunca he entendido por qué una persona tiene que serlo todo. Quiero ser madre, no esposa.

—¿Entonces por qué ser reina?

—Por poder —respondió sin dudar y Alucard no debió haber sabido esconder muy bien su sorpresa, porque ella siguió hablando antes de que pudiese decir nada—. Oh, no es lo que estás pensando. No quiero tener poder para gobernar a los ciudadanos o iniciar guerras. Me refiero a tener poder para hacer lo que quiera. Para pensar, trabajar y vivir a mi manera, sin que nadie se interponga en mi camino. —Le brillaban los ojos al hablar, ansiosa por ver lo que le depararía el futuro.

—Así que ¿no le amas?

—¿Se supone que tengo que amarle? —bromeó, pero al ver la sombra que le cruzó el rostro, matizó—. Quiero a nuestro rey. —Y a Alucard le gustó que dijese «nuestro rey» en vez de «mi rey», y le gustó incluso más cuando añadió—: Pero nunca le amaré como tú, maese Emery. Y supongo que eso te parece bien. Al igual que a mí también me lo parece. —La reina bajó la mirada hacia la multitud que celebraba la boda a sus pies, con Rhy en el centro de la estancia—. Ambos le amaremos —dijo—, cada uno a nuestra manera. Yo le daré lo que tú no puedes darle. Y tú le darás lo que yo nunca podré ofrecerle. Y juntos, los tres, seremos la mejor familia que este reino haya visto.

Se le encogió el corazón en el pecho al oírla pero, por primera vez en todo ese día, no fue por ira, envidia o pena. Sino por la esperanza.

—Ahora ya puedes bajar de tu rama —dijo Nadiya, apartándose de la barandilla—, y ayudarme a sobrevivir a esta fiesta.

Alucard se irguió todo lo alto que era y le dedicó una pequeña sonrisa.

—Si insistes, mi reina.

VIII

Nadiya dejó a un lado las herramientas y se echó atrás en su asiento, masajeándose el cuello, y Alucard supo que ya podía hablar tranquilo de nuevo.

—Casi asesinan al rey esta noche.

—Eso he oído —dijo la reina, como si estuviesen hablando de lo que habían cenado en vez de un regicidio. Si hubiese estado hablando con cualquier otra, podría haber pensado que era una impertinente. Pero Alucard la conocía demasiado bien como para pensar algo así. Nadiya se levantó de su asiento y se alejó, desapareciendo en la habitación contigua. No le dijo que la siguiese, no hacía falta. Cuando él la siguió hasta el interior de la habitación, el fuerte aroma a hierro de la sangre lo golpeó de lleno, seguido de la esencia de cítricos y de la menta, que se elevaba como finas columnas de humo desde las velas que había repartidas por toda la sala.

El cadáver del asesino estaba tumbado completamente desnudo sobre un bloque de piedra y de la herida que había acabado con su vida ya no manaba ni una gota de sangre.

—Mi reina, si lo que querías era compañía, solo tenías que pedirla.

—Oh, Alucard —dijo, rodeando el cadáver—, ¿eso es una invitación? Ya deberías saber que no eres mi tipo.

—¿Es porque soy hombre o por mi corazón?

—Ninguno de los dos —respondió, quitándose las gafas de aumento—. O puede que por ambos.

No eran más que bromas compartidas, unas que estaban tan gastadas como un buen par de botas. Muy a su pesar, Nadiya Loreni parecía estar perfectamente sola.

—Pero no estoy sola —le había dicho una vez, más de una vez—. Tengo un marido, una hija y un amigo que me molesta mientras trabajo. Tengo la libertad que solo puede tener una mujer casada, o la riqueza de una madre, y el poder indiscutible de una reina. Dicho de otro modo, tengo todo lo que necesito.

—¿Y tienes todo lo que quieres? —había presionado él, al saber lo que se sentía cuando te negaban el poder hacer realidad tus sueños, incluso rodeado de tantas riquezas. Pero Nadiya se había limitado a mirarle, con una sonrisa divertida dibujada en el rostro antes de responder:

—Si quisiese tener a una mujer en mi cama, Alucard, la tendría. Lo creas o no, prefiero dormir sola.

Y él la había creído, porque si Nadiya Loreni quería algo, no paraba hasta conseguirlo.

Alucard se acercó al bloque de piedra y estudió al aspirante a asesino de Rhy. Muerto, el asesino parecía mucho más joven. Una serie de trazos de pintura roja le surcaban las mejillas, aunque se había desconchado en algunas partes.

La mirada de Alucard bajó por su cuerpo hasta que encontró aquello que estaba buscando. Justo ahí, sobre las costillas, justo bajo la herida mortal. La marca de unos dedos tatuada en su piel.

La Mano.

La ira le llenó el pecho al ver la marca. Clavó las uñas sobre la piedra. El aire a su alrededor se estremeció, haciendo que las llamas de los faroles que iluminaban la sala parpadeasen. Recordó lo que había murmurado Rhy, con la voz adormilada y triste.

«¿Por qué me odian?».

Alucard alzó la mirada, apartándola del cadáver y dirigiéndola hacia la pared frente a él y el gráfico que la abarcaba. Había ido creciendo como las malas hierbas con el mal tiempo, extendiendo sus zarcillos sobre la piedra.

Seis meses antes, cuando los susurros se transformaron en rumores que no parecían dar señales de esfumarse pronto, había acudido a la reina, la mente más inteligente que conocía y la única en la que confiaba de verdad, y se había obligado a hacerle la pregunta que más temía.

—¿Hay algo de verdad en lo que dicen de que la magia está fallando? ¿Hay alguna manera de saberlo?

Odió la pregunta incluso antes de soltarla. Sus palabras le habían sabido mal, rancias y teñidas de duda, y le daba miedo cómo pudiese reaccionar la reina, el espanto en su rostro.

Pero debería haber sabido que no sería así en absoluto. Nadiya era Nadiya, al fin y al cabo. No había rehuido la pregunta, porque ya se la había formulado ella misma, y había intentado hallar la respuesta sola. Le había traído justo a esa misma sala y le había mostrado las primeras partes de su mapa. Que se convertiría con el tiempo en un diagrama enorme de la magia, ya que intentaba trazar su presencia y su fuerza desde el día en el que se sellaron las puertas entre los mundos tres siglos antes de que Rhy ascendiese al trono, y solo porque no tenía manera de encontrar información anterior a esa fecha. Ese día, había visto la curva decreciente del diagrama y su corazón se había hundido con ella.

—¿Así que los rumores sí que albergan parte de verdad?

La reina se había limitado a encogerse de hombros.

—Todo en la naturaleza tiene sus fluctuaciones. La marea sube para luego bajar. Las estaciones vienen y van, una y otra vez.

—¿Cuándo regresará? —había preguntado entonces Alucard, intentando mantener a raya el pánico que amenazaba con teñirle la voz—. ¿Cuándo volverá a subir la marea?

Nadiya había dudado antes de responder, frunciendo el ceño. Y al final no respondió, lo que significaba que no sabía la respuesta, y eso le desconcertaba.

Alucard miró fijamente el diagrama hasta que se le nubló la vista, hasta que los puntos y las líneas se desdibujaron para formar un amasijo que hacía que pensar en el vaivén y las fluctuaciones de la magia no fuese algo tan demoledor.

Pero Nadiya tenía razón.

Puede que a sus enemigos no les importase.

Una espada roma sigue siendo un arma en las manos equivocadas.

Miró fijamente el diagrama durante lo que parecieron horas. Y entonces, finalmente, rompió el silencio.

—No se lo cuentes al rey.

—No es algo que sea culpa de Rhy —respondió ella—. La marea mágica empezó a caer incluso antes de que subiese al trono.

—No importa —dijo Alucard—. Él se convertirá en un mártir.

Nadiya le había apoyado entonces la mano en el hombro, y él agradeció su peso familiar y tranquilizador.

—Entonces lo protegeremos —estableció—. De la Mano y de sí mismo. —Se quedaron en esa misma postura durante horas y después ella dejó caer la mano, antes de decir—. Todavía me falta un dato clave.

Y Alucard sabía que se refería a Ren.

Ren, que aún no tenía ni cinco años. Que era demasiado joven para manifestar sus poderes. O para no manifestar poder alguno. Él sabía que ese era el peor miedo de Rhy. Que su hija fuese como él, que hubiese nacido sin magia. Y, si eso ocurría, la Mano lo utilizaría como una chispa para encender el fuego que terminaría haciendo arder hasta las cenizas al reino.

Pero Nadiya tenía un arsenal mágico enorme, y destruiría a cualquiera que se atreviese a ir a por su hija.

Y nadie se atrevería. Porque Alucard no tenía intención alguna de esperar a que Ren fuese lo bastante mayor para manifestar sus poderes. Ni tampoco tenía intención alguna de permitir que la Mano siguiese creciendo.

Un resplandor metálico captó su atención y Alucard apartó la mirada de la pared y la devolvió hacia el cadáver que había sobre la mesa y hacia la reina que se cernía sobre él, que se estaba arremangando con un cuchillo afilado en una mano.

—¿Es que pretendes sacarle los órganos para tus experimentos?

Lo dijo en broma, pero debería haberlo sabido.

Nadiya tenía la clase de rostro que parecía estar siempre a punto de sonreír. Con sus labios carnosos, los ojos de color avellana y una ceja siempre alzada ligeramente por encima de la otra, que le daba un aire de picardía, uno que Ren había heredado. No había maldad en su rostro, solo curiosidad y asombro. La única diferencia era que a Ren le gustaba dibujar aves mientras que Nadiya prefería cortarles las alas y quitarles las plumas una a una para entender cómo eran capaces de volar en el interior de las corrientes sin caer. Más de una mascota de Ren había terminado allí abajo… siempre después de haber muerto de forma natural. O eso esperaba.

Observó cómo la reina deslizaba el cuchillo por el torso del cadáver del asesino, y cómo la piel se separaba del hueso como la cera bajo el acero.

—¿Qué le pasa al alma cuando el cuerpo muere? —murmuró en voz alta—. Los arnesianos creen que el cuerpo no es más que un caparazón, un recipiente para el alma que le da vida. Que mientras estemos vivos, está lleno, y, cuando morimos, el recipiente se vacía, y el poder regresa a la corriente, dejando atrás solamente un caparazón hueco. Sin recuerdos. Sin conciencia. Sin espíritu. Si es cierto, no podemos aprender nada de los muertos.

Dejó el cuchillo a un lado, tomó una pequeña sierra y comenzó a serrarle las costillas, abriendo la caja torácica.

Alucard tragó saliva con fuerza y apartó la mirada.

Nadiya se carcajeó.

—Estoy segura de que viste cosas peores en tu época de pirata.

—Corsario —le corrigió—, e incluso entonces no solía ir por ahí descuartizando a los muertos. ¿Te importaría decirme por qué estás…?

No llegó a terminar la pregunta porque se quedó mudo cuando ella dejó la sierra a un lado y empezó a abrir la caja torácica del hombre con sus propias manos. Alucard notó cómo la bilis le subía por la garganta y se acercó un poco más a las velas de menta y cítricos a la vez que Nadiya sacaba los dedos ensangrentados del torso del hombre lo suficiente como para tomar un bisturí y seguir con su trabajo.

—Luego están los faroanos que también creen que el cuerpo no es más que un recipiente para albergar el espíritu —continuó—, pero que, con el tiempo, los dos se fusionan hasta convertirse en uno solo, dejando rastro el uno en el otro, como la marca que deja una mano sobre la arcilla húmeda. El poder moldea el cuerpo. La carne retiene recuerdos…

Lo decía como si no tuviese importancia, como si estuviesen tomándose un té y unas tostadas en la cocina...

Alucard intentó dejar de pensar en comida cuando las manos de la reina hicieron un sonido de succión en el interior del torso del hombre antes de salir.

Sosteniendo su corazón.

—La Mano nos atormenta porque sabemos muy poco de ellos. Tenemos que descubrir qué es lo que *quieren*.

—Lo mismo que quieren todos nuestros enemigos —respondió él—. Desatar el caos y llamarlo «cambio». Terminar con el reinado de los Maresh.

—Esos son sus ideales, pero no responden a mis preguntas —estableció, sosteniendo el corazón en una mano, sopesándolo—. La Mano no es más que una fachada, una máscara, pero la gente es quien lleva las máscaras, no al revés. Y todo el mundo quiere algo distinto. —Observó el órgano sangriento que tenía en la mano con los ojos brillantes—. ¿Qué quería él?

Llevó el corazón hasta un altar que estaba cubierto de un delicado trazado de hechizos, escritos no con tinta sino con arena. No, no era arena. Era azufre. Alucard se acercó justo cuando ella colocaba el corazón en el centro del patrón. Vertió un frasco de aceite sobre el órgano, chasqueó los dedos, y una pequeña chispa cayó de entre sus dedos hacia el corazón. La chispa no prendió, sino que se consumió, una llama negra y azulada se tragó el órgano justo antes de trazar las líneas del patrón de azufre lentamente.

A Alucard nunca se le habían dado especialmente bien los hechizos. Sabía cómo leer un hechizo básico y usarlo decentemente, pero siempre había preferido la magia elemental, la simpleza del aire, la tierra o el agua entre sus manos antes que el empleo mucho más abstracto del poder de cualquier otro.

Por eso nunca había creído que la hechicería formase parte de la magia. Pero al ver un nuevo hechizo, uno que nunca había visto antes, se sintió, bueno, como cuando Bard le hablaba de la hechicería, llena de objetos extraños y fantasiosos relegados a las historias de su antiguo mundo, cosas con las que la gente sueña sin llegar a comprender.

A Alucard le pareció ver cómo lo imposible se hacía realidad, y se dio cuenta de que lo único que separaba a lo uno de lo otro era el talento.

No podía ni siquiera imaginarse cómo funcionaba la mente de Nadiya, cómo lograba construir un hechizo, pero podía ver los hilos, entretejidos con tanto cuidado como si formasen una tela. Ahí estaban la tierra y el agua, para simular el flujo de la sangre en las venas. Y ahí estaba el fuego, para emular la chispa vital.

—Lo que daría —dijo la reina— por poder ver el mundo como tú.

Alucard alzó la mirada, masajeándose el ceño fruncido. Estaba tan acostumbrado a bloquear los haces de luz, a ver a través de los hilos, que cuando se centraba en ellos, entrecerraba levemente los ojos y se le formaba una arruga en el entrecejo. Eso era lo que lo había delatado; la reina, con su mirada perspicaz, ya se había fijado en su bizquera años antes, y él había cometido el terrible error de contarle la verdad.

—¿Crees que es por tu cerebro o por tus ojos? —preguntó Nadiya mientras el hechizo seguía ardiendo—. Creo que los ojos son la fuente de la percepción del mundo. Solo hay que fijarse en los magos *antari*, el modo en el que la magia reclama sus nervios oculares. Pero, de nuevo, el cerebro es el que se ocupa de darle sentido al mundo que nos rodea y de procesar lo que estamos viendo.

—¿Es que eso importa?

—Pues claro que sí —respondió, ofendida. Pero su voz estaba llena de pasión y se le habían ampliado las pupilas hasta que sus iris no eran más que una franja fina rodeándolas, tan oscuros como los de un amante en medio de un momento de locura.

—No me gusta ni un pelo cuando me miras así —dijo Alucard.

—¿Así cómo?

—Como si fuese uno de tus proyectos. Como si fuese algo que quisieses descuartizar.

—Te volvería a unir cuando hubiese acabado. Espero que sean tus ojos —añadió, guiñándole un ojo—. Es mucho más fácil estudiarlos. Y los tuyos tienen un tono azul precioso.

—No te puedes quedar con mis ojos.

—No te preocupes —dijo, encogiéndose de hombros—. Te los quitaré cuando te mueras.

El leve chisporroteo de la magia cesó. El corazón había dejado de arder y yacía como un órgano chamuscado en el centro del diagrama de azufre. El hechizo había acabado. Nadiya contuvo el aliento, Alucard se acercó a la mesa, y juntos, observaron fijamente el altar.

Las líneas se habían recolocado, ya no formaban un círculo intrincado alrededor del corazón. Ahora surgían como ramificaciones en todas direcciones, como los radios de una rueda. Como las puntas de una estrella. Como las ramas de un árbol.

La imagen le recordó a Lila Bard, apoyada sobre la barandilla del *Pináculo* mientras miraba una taza de hojalata llena de un té asqueroso. En su recuerdo le estaba hablando acerca de una feria que había llegado a Londres, a su Londres, hacía muchos años, y con la que viajaba una mujer que decía saber leer el futuro gracias a los posos del té.

—¿Qué te pronosticó? —le había preguntado entonces.

Lila se había quedado mirando fijamente la vasta extensión del océano en el horizonte.

—Que causaría muchos problemas y moriría muy lejos de casa.

Alucard se había carcajeado con ganas.

—Yo mismo te podría haber pronosticado eso, Bard.

Ella le había dedicado una de esas sonrisas tan suyas, tan afiladas como una de sus dagas.

—Sí, bueno, yo miré fijamente la taza y ¿quieres saber lo que vi? —Él había asentido con ganas. Ella había tirado lo que le quedaba del mejunje oscuro al mar—. Solamente té.

En ese momento Alucard observó a Nadiya que miraba fijamente la mesa y, al igual que la primera vez que la vio, su mirada era plana, ilegible, y la corriente que recorría su cerebro era completamente invisible.

Él se aclaró la garganta.

—¿Y bien? ¿Ha funcionado?

Nadiya frunció el ceño, como si estuviese intentado darle un sentido a aquello que estaba viendo. Después de unos cuantos segundos que se le hicieron eternos, la decepción cruzó su rostro.

—No todos los hechizos funcionan —dijo, pasando la mano sobre las cenizas y los trazos de azufre. Se giró y volvió junto al cadáver arruinado, clavando su mirada en los ojos sin vida del asesino. Por un momento se preguntó si querría extirparlos y volver a intentarlo pero, en su lugar, llevó la mano hacia una palanca que había en el borde de la mesa. El cuerpo sin vida desapareció cuando la superficie se abrió por el centro y cayó al interior de la piedra vacía. La reina agitó la muñeca y las llamas se apoderaron del cadáver.

—Hazme un favor, Alucard —dijo sin apartar la vista del cuerpo mientras el fuego lo consumía.

—¿El qué?

—La próxima vez, trata de traerme al hombre con vida.

IX

El último ladrón había empezado a encontrarse mal.

Todo comenzó como un dolor sordo justo bajo las costillas, como si tuviese el estómago revuelto.

Al principio pensó que sería culpa del vaivén del barco; aunque fuese hijo de un mercader nunca había sido de estómago fuerte y, al alejarse a toda velocidad del *Ferase Stras,* su pequeño esquife se había balanceado e inclinado con fuerza sobre el oleaje de la noche. Pensaba que todo era culpa de la energía que había tenido que dedicar a impulsar el barco él solo, lo que le había dejado sudoroso y temblando para cuando por fin había llegado al puerto, y al barco que le estaba esperando, que había alquilado para transportar a los tres hombres —ahora solo a él— de vuelta a Londres.

Se desplomó sobre el catre en el interior de su pequeño camarote, con la *persalis* que había robado envuelta en la capa y el objeto aferrado contra su pecho, y achacó su creciente malestar a las secuelas de su aventura, aunque no había sido ni por asomo tan divertida como había esperado que fuese.

El último ladrón nunca pensó que su malestar se podría deber a las salvaguardas que protegían el *Ferase Stras,* o al hecho de que no había tenido tiempo de volverse a poner la capa sobre los hombros cuando se lanzó por la borda del mercado flotante.

Les dio vueltas, febrilmente, a los acontecimientos una y otra vez en su cabeza, hasta que comenzó a ver su historia como si fuese una de las leyendas de Olik que solía leer. Hasta que él, por supuesto, se convertía en el héroe de su propia leyenda.

Una mano áspera le sacudió con fuerza para despertarle poco antes del amanecer. Se sentía ardiendo y helado a la vez, temblando entre sudores, y tardó un momento en darse cuenta de que el barco ya había atracado.

—¿Londres? —preguntó con la garganta seca, pero el hombre negó con la cabeza.

—Tanek.

Tuvo que reordenar sus pensamientos y volver sobre sus planes. Sí, cierto. Se acordaba de que los otros dos ladrones habían hablado de aquello horas antes del robo. Navegarían con el esquife hasta el puerto más cercano, después se subirían a bordo de un barco mercante que los llevaría tan dentro del curso del Isle como pudiese, atracando justo antes del puesto de control, donde les estarían esperando un carruaje y un caballo. Los puertos tenían un registro de los barcos, pasajeros y cargamentos que entraban y salían, pero nadie prestaba atención a los carruajes que ingresaban a la ciudad.

Los dos ladrones más experimentados no habían incluido al tercero en sus conversaciones, pero él se había escondido cerca y había escuchado a hurtadillas; sentía un amargo regocijo de que hubiesen muerto y él fuese el único con vida para terminar la misión.

Pero al abandonar el barco su orgullo flaqueó rápidamente. El suelo bajo sus pies parecía tambalearse y le angustió descubrir que el dolor sordo de antes se había agudizado, extendiéndose hacia sus sienes y su pecho. Se obligó a respirar profundamente y llenar sus pulmones de aire fresco y salado al tiempo que se colocaba el paquete envuelto bajo el brazo e iba al encuentro de su conductor.

Era un carruaje bastante cómodo, lo suficientemente grande como para que pudiesen viajar tres personas, y había pasado a ser solo para él.

Intentó disfrutar de ello cuando las ruedas comenzaron a girar y traquetearon por el camino. Los tenues rayos del sol matutinos se filtraban por las ventanas del carruaje, y cuando la silueta de Londres apareció en el horizonte, se obligó a desenvolver el paquete y a enfrentarse al problema más evidente.

Su botín, la *persalis*, estaba rota.

El creador de portales había estado de una sola pieza a bordo del *Ferase Stras*, y ahora eran varios pedazos. El último ladrón intentó recordar el dibujo que había visto, que reproducía cómo se suponía que era cuando estaba entero. Como una pequeña caja de madera, con el anillo negro y dorado sobre la tapa. Esa era la única pieza que se *suponía* que debía desprenderse, hasta ahí llegaba, y sabía cómo debía funcionar la *persalis*, que era capaz de abrir un portal que llevase allí donde pusiesen el anillo.

El último ladrón no tenía ni idea de *para qué* quería la Mano el creador de portales, pero estaba claro que su plan dependía de que funcionase.

Estudió el desastre de piezas más de cerca.

Parecía que no faltaba ninguna, e intentó volver a juntarlas, creyendo que, quizás, así fuese como funcionase, que se *suponía* que se podía separar por partes, pero no, algunos trozos de metal estaban doblados y la madera estaba astillada; la única vez que creyó haberla arreglado el carruaje dio un saltito y la cajita volvió a desmoronarse sobre su regazo.

Suspiró y dejo caer la cabeza sobre el respaldo, cerrando los ojos con fuerza.

Era una aventura, se recordó.

Era una aventura y él era Olik. Él era el elegido. Él…

… iba a vomitar.

Golpeó el techo del carruaje con el puño y salió a la carrera antes de que el cochero hubiese parado siquiera, vomitando en la calle. No tenía nada en el estómago, había estado demasiado nervioso como para comer algo antes del robo, y se había sentido demasiado enfermo después, pero sí que echó algo, un amasijo rojo oscuro que le dejó un sabor metálico a su paso.

Se irguió, intentando recobrar el equilibrio apoyándose en el carruaje, con las piernas temblorosas y la cabeza dándole vueltas. Echó un vistazo a su alrededor. Estaban en el *shal*. Era una zona de Londres que al hijo del mercader le habían enseñado a evitar en su juventud cuando sus padres lo traían a la capital, un grupo de calles y callejuelas a las afueras de la ciudad que albergaban a todo tipo de clientes indeseables. Desde allí, el brillo rojizo del Isle no era más que un tinte suave sobre las nubes bajas y el palacio solo era unos cuantos pináculos dorados en la distancia.

Y, aun así, no le parecía un lugar tan horrible. Aquel barrio, al menos, tenía una panadería y unos cuantos puestos, una taberna con todas las ventanas intactas, una modista y una tienda con una «H» dorada enorme en la puerta. El letrero colgaba justo debajo de la letra, y él se acercó con pasos temblorosos para poder leerlo.

Una vez roto, pronto se repara.

Y así, sin más, el último ladrón tuvo una idea. Era una idea horrible y, si no hubiese estado tan enfermo, probablemente se habría parado a pensar lo suficiente como para darse cuenta de lo insensato que era. En cambio, regresó al carruaje y le pidió al conductor que esperase mientras recogía todos los trozos de la *persalis*. Al menos tuvo la sensatez de sacar la llave, el anillo negro y dorado, y guardarlo en el bolsillo de su abrigo, contra su pecho, antes de envolver el resto y dirigirse dando tumbos a la tienda.

Se dejó caer con todo su peso contra la puerta solo para darse cuenta un segundo después de que estaba cerrada con llave.

Intentó girar la manilla, maldiciendo entre dientes antes de ver el pequeño cartel de Cerrado en la ventana. Se le empezó a nublar la vista. Apoyó la frente con un golpe sordo contra la puerta de madera y luchó por recuperar el aliento.

Después regresó a duras penas hasta el carruaje y se hundió en la familiar oscuridad de su interior a esperar.

X

Tes se había ido a dormir con ganas de comer *dumplings*. En algún punto de su sueño, esas ganas se le habían clavado en el estómago como una astilla y se habían quedado allí, así que para cuando se despertó ya no eran solo ganas, sino una necesidad. No se había molestado ni en prepararse una taza de té, se había puesto las botas, se había echado el abrigo sobre los hombros y había salido de la tienda en busca de su desayuno, convenciéndose de que el trabajo podía esperar.

La tienda podía abrir un poco más tarde.

Durante los tres últimos años Tes se había propuesto probar todos los *dumplings* que Londres le ofrecía, desde la docena de puestos diferentes repartidos por todas las calles principales de la ciudad, pasando por el enorme puesto que había en el mercado nocturno, el restaurante elegante que había en la orilla norte del Isle y que se especializaba en *dumplings* de pescado, hasta incluso ese carrito de dudosa procedencia en medio del *shal*. Era una investigación constante pero, de momento, los mejores los había encontrado en un pequeño puestecito blanco escondido entre la carnicería y la panadería en Hera Vas, al otro lado del puerto.

Había que recorrer un largo trecho hasta allí, pero merecía la pena, y media hora más tarde Tes ya estaba volviendo a la tienda con una bolsa de papel humeante contra el pecho como si estuviese llena de monedas de oro en vez de empanadillas de una masa esponjosa.

El sol de la mañana había salido entre las montañas, tiñendo la ciudad con una luz cálida que parecía bañar los tejados y reflejarse en los escaparates. A su alrededor, Londres cobraba vida, y aunque Tes seguía echando de menos los acantilados donde había nacido y el rumor constante de las olas del mar, se había terminado encariñando con la capital, con la forma en la que la ciudad se extendía y crecía; como un jardín floreciendo en primavera, cada día era un poco distinta, un poco más grande. Le gustaba la manera en la que la magia parecía rebosar en cada esquina, aunque a veces sus hilos estuviesen tan enmarañados y brillasen tanto que le hacían daño a la vista con su fulgor. Le gustaban los mercados que parecían salir por todas partes como las setas y el hecho de que sin importar cuánto explorase sus calles, siempre terminaba hallando algo nuevo. Le gustaba el constante traqueteo de los caballos y los murmullos a voces en las calles, como si fuesen una melodía que subía y bajaba en intensidad pero que nunca se silenciaba. Le gustaba saber que estaba en un lugar tan grande y lleno de ruido que podía permitirse gritar y nadie se volvería a mirarla. Donde se podría esconder y nadie la encontraría.

«¿Dónde estás, conejita?».

Tes se estremeció y se convenció de que solo era por la fría brisa que se había levantado, y que atravesaba los agujeros de su abrigo.

—Tengo que coserlos, pero ya —le comentó a Vares, que estaba resguardado en su bolsillo habitual. El búho muerto no respondió nada. Ella no lo culpó. Ambos sabían que no se le daba tan bien coser con aguja e hilo comunes como con los hilos de magia. Su madre siempre… Tes apartó ese recuerdo antes de poder terminarlo, pensando en cualquier otra cosa. Puede que hubiese llegado el momento de comprarse ropa nueva en vez de remendar la que tenía.

Los quince eran una edad tan complicada. Su cuerpo insistía en crecer a trompicones, de modo que todo le quedaba demasiado grande o demasiado pequeño, incluso su propia piel.

Decidió que más tarde empezaría a buscar un abrigo nuevo. Pero no uno mágico. La mayoría de los abrigos solían tener tejido algún hechizo: un encantamiento para repeler el agua, o para mantener el calor en invierno y el frío en verano. Lo único que Tes quería era un abrigo de lana buena.

Le rugió el estómago así que decidió abrir el saquito y meterse un *dumpling* en la boca, deleitándose en el sabor del bollito hecho al vapor que le llenó los sentidos al morderlo, con su cebolla picada y la carne especiada. Sonrió al saborearlo.

—Ha merecido la pena —dijo con la boca llena.

En su bolsillo Vares chasqueó el pico como para decirle que él también quería uno.

—No tienes estómago —señaló—. Solo me dejarías el bolsillo perdido.

El búho muerto soltó algo parecido a un suspiro. Tes se tragó la comida y resistió el impulso de tomar otro bollito hasta que estuviese de vuelta en su tienda con una taza de té en la mano.

Suspiró aliviada al llegar al *shal*, sus ojos se acostumbraron a las sombras que llenaban los callejones más estrechos y el brillo del río que rompía como una ola contra los edificios. Solo aminoró la marcha cuando pasó frente a una tienda cerrada y vio algo dibujado en la pared, con la pintura blanca todavía fresca.

De cerca solo parecían enormes trazos irregulares, pero al dar un par de pasos hacia atrás vio lo que se suponía que era.

Una mano.

Aceleró el paso para llegar cuanto antes a su tienda, con la «H» dorada dándole la bienvenida. Pasó los dedos sobre el letrero: Una vez roto, pronto se repara, tirando de los hilos que había tejido sobre las letras como salvaguarda, y aflojó el hechizo que mantenía la tienda cerrada a cal y canto.

Pero cuando Tes entró en la tienda vio, demasiado tarde, que no estaba vacía.

Alguien estaba de pie frente al mostrador, hurgando, de espaldas a la puerta. El miedo se apoderó de la joven y sus manos buscaron el arma más cercana (que por desgracia no fue más que un pequeño farolillo, diseñado para amplificar la luz) y se aclaró la garganta antes de hablar.

—¿Qué crees que estás haciendo?

—Buscar azúcar —respondió una voz familiar, y entonces la figura delgada como un junco se enderezó, revelando un cabello negro y unas extremidades larguiruchas para las que el abrigo gris deshilachado se quedaba pequeño—. Sinceramente, Tes, ¿cómo puedes tomarte el té así? —Se volvió lentamente al decirlo y sus mejillas afiladas atraparon la luz que entraba por la ventana, revelando un rostro con una mandíbula puntiaguda como la de un zorro y una sonrisa pícara.

Nero.

Tes sintió cómo el miedo se iba evaporando y cómo sus músculos se relajaban hasta que vio que se había servido una taza de su mejor té.

—¿Sabes? —dijo—, la gente suele colocar cerraduras en las puertas por un motivo.

Nero se echó hacia delante sobre el mostrador, apoyándose en los codos, y se apartó un mechón de pelo de la cara con un soplido.

—¿Para hacer las cosas un poco más interesantes?

Tes dejó el saquito de *dumplings* a un lado y sacó al búho muerto del bolsillo de su abrigo, devolviéndolo a su percha sobre el mostrador.

—¿Quién es un buen pájaro muerto? —canturreó Nero mientras sacaba unas cuantas semillas fritas de su bolsillo.

—Ni se te ocurra —dijo ella cuando vio que iba a dárselas al búho—. Sabes que no puede comer.

En efecto, cuando el búho se comió las semillas estas cayeron repiqueteando contra sus huesos y se terminaron amontonando en el suelo a sus pies.

—Oh —dijo Nero, acariciando el cráneo del pájaro—. Pero mira lo feliz que le hace.

Vares chasqueó el pico alegremente y ahuecó sus alas sin plumas.

Tes puso los ojos en blanco. Incluso tenía camelado al maldito pájaro. Ese era el problema con Nero. Era encantador. Con su cabello negro que parecía tener vida propia, con el pico de viuda que se formaba en sus entradas justo en su frente, los mechones que se rizaban contra sus mejillas y el resto que se elevaban formando una nube oscura sobre su cabeza. Y, por si eso no fuera suficiente, estaban sus ojos, con unos iris verde intenso y bordeados en oro, y su sonrisa, el tipo de sonrisa que hacía sonrojar a Tes, aunque lo odiase.

«Encantador» no era el *único* término que se le ocurría para definirle, ni por asomo, pero solía ser el primero que se le venía a la mente, seguido de «delincuente», «estafador» e «inútil», aunque esos vocablos solían evocar imágenes de brutos con el ceño fruncido y él siempre estaba sorprendentemente alegre.

Y luego, estaba la palabra «amigo». Era como una piedra calentita contra la palma de su mano y se debatía entre la necesidad de aferrarse a ella con fuerza o lanzarla lo más lejos posible. Los amigos eran peligrosos, y ella nunca había previsto hacer uno, mucho menos uno como él.

Nero se apartó del mostrador y echó un vistazo a su alrededor.

—¿Qué tal está maese Haskin hoy? —preguntó, sabiendo perfectamente que dicha persona no existía y nunca había existido.

—Hambriento. —Tes tomó el saquito de *dumplings* y rodeó el mostrador, estableciendo una frontera física entre ellos, aunque solo fuese para recordarle a Nero que dicha frontera existía—. ¿Cómo demonios has entrado?

—Hay dos puertas —respondió con ligereza, aunque ella nunca le hubiese mostrado la segunda entrada, que estaba escondida como un secreto en la parte de atrás de la tienda—. Solo has puesto un hechizo en la principal.

Tes maldijo entre dientes.

—Mira qué listo.

—Si tan solo tuviese magia —murmuró—. No tendría por qué serlo.

Su sonrisa adquirió un deje amargo al decirlo, como si el no tener poderes lo hubiese tachado de alguien inferior. Y habría sido así, si hubiese nacido sin afinidad a un elemento.

Pero ambos sabían que estaba mintiendo. Tes lo podía ver escrito en el aire que lo rodeaba, el violeta intenso de su poder, un color tan poco común que destacaba, incluso entre la maraña de hilos de la tienda. E incluso aunque no hubiese sido capaz de leerlo justo ahí, entre sus hilos, lo había visto hacía mucho tiempo, solo una vez, en acción. Él la había ayudado a salir de un apuro cuando llegó a Londres y, para ello, había usado su poder. Así que ella lo sabía, y él sabía que ella lo sabía, y ambos sabían lo suficiente como para esconderse detrás de una mentira.

—¿Qué estás haciendo aquí? —le preguntó, poniendo la tetera de nuevo en el fuego y tomando la taza que él había dejado sobre el mostrador.

Nero abrió los brazos.

—Soy un cliente.

—¿Y no podías esperar fuera?

—Hacía frío.

—Sigue siendo verano —repuso ella, levantando a Vares para poder barrer el montón de semillas.

—¿Parecía que iba a llover? —probó.

Tes miró a su alrededor y suspiró.

—¿Has robado algo?

Nero dio un paso atrás, ofendido.

—¿A ti? *Jamás.* —Luego procedió a sacar un *dumpling* de la bolsita y a metérselo en la boca—. Sinceramente —dijo con la boca llena—. Guau, esto está muy rico, me duele siquiera que lo preguntes. Pero ya que estamos los dos aquí ahora, me vendría muy bien tu ayuda.

El problema con Nero era que ella sabía que solo traía inconvenientes. Los llevaba como una medalla colgada sobre el pecho, desde esa mueca desventurada hasta esos ojos verdes y dorados. Era como estar viendo una trampa en primera persona y eligiendo caer en ella igualmente.

No podía evitar que le gustase.

Puede que fuese por la forma en la que le trataba, no como si fuese una más de sus víctimas, sino como a su hermana pequeña.

Tes sí que era la hermana pequeña de alguien, pero no la suya. Y si él se lo hubiese preguntado alguna vez le habría mentido, le habría dicho que era hija única y que sus padres habían fallecido de un modo horrible en el mar, así que no había nadie en el mundo que fuese a echarla de menos y que nadie iría a buscarla, y eso era todo.

Pero Nero nunca le había preguntado, porque se entendían, tenían un acuerdo. Podían tratarse siendo las personas que eran en esos momentos, pero no podían saber nada de quienes habían sido antes de conocerse. El pasado era el pasado, así que nunca preguntó lo que una chica de su edad (aunque tampoco era que le hubiese dicho su edad) estaba haciendo sola en la ciudad, dirigiendo una tienda de reparaciones que solía rozar la ilegalidad, y ella no le preguntó acerca de la magia que fingía no poseer o por qué siempre parecía que acababa de salir de una pelea que había perdido.

Claro que, con el tiempo, habían ido intercambiando pequeños —y en su mayoría inútiles— detalles sobre sí mismos. A él le perdía el dulce. Ella sobrevivía a base de té amargo. Él tenía una sonrisa capaz de engatusar a las sombras para que dejasen paso a la luz. Ella tenía una mirada capaz de volver a sumirlo todo en la oscuridad. Ambos tenían la costumbre de hablar con cosas que realmente no estaban ahí: Nero hablaba consigo mismo y Tes le hablaba a su búho. Pero el único motivo por el que Nero sabía siquiera su nombre era porque hizo una apuesta con ella en una partida de Sanct en la que tenía que decirle una letra de su nombre por cada mano que perdiese, y para cuando ella se quiso dar cuenta de que el objetivo del juego era hacer trampas, él ya sabía las tres primeras letras, las únicas que ella usaba.

—No te enfades —le había dicho entre risas—. Solo es un nombre.

Pero se equivocaba. Un nombre era como un mechón de pelo o un padrastro, algo de lo que la gente se desprendía con demasiada facilidad, sin que les preocupase dónde podría acabar. Pero desde que abrió la tienda había visto hechizos tejidos con un nombre en su interior, maldiciones que se hilaban alrededor de las sílabas, encantamientos que rodeaban letras.

Había visto con sus propios ojos cómo la gente usaba los nombres para amenazar y para sobornar.

Había visto a un hombre al que le habían apuñalado por el nombre que había dicho.

A una mujer a la que habían arrestado por haber escupido el nombre del rey.

Los nombres tenían valor. Y su padre le enseñó a no entregar nunca nada por menos de su valor. Especialmente algo que no podías comprar de vuelta.

De algún modo, Nero también lo sabía. Al fin y al cabo, le había dado su nombre de pila o, al menos, esas cuatro letras: N, E, R, O; las había lanzado como si fuesen trozos de papel quemado en la *Sel Fera Noche*. Pero nunca le había dicho el resto. Si había más, lo había omitido, desechado.

Él solo era Nero.

Y ella solo era Tes.

Él solo era un ladrón.

Y ella solo era una reparadora.

—Enséñamelo.

Nero sonrió con picardía y sacó un colgante del interior de su bolsillo. Era un objeto llamativo, dorado y con piedras preciosas engastadas. Se lo tendió a Tes.

—No es mi color, ¿verdad?

—Supongo que los ladrones no pueden ser quisquillosos con lo que roban. —Le quitó el collar de las manos y, al hacerlo, su mirada se dirigió hacia los dedos del joven. Estaban manchados de pintura blanca. El estómago le dio un vuelco. Se convenció de que no debía importarle, que no era de su incumbencia.

Nero siguió su mirada y apartó la mano de golpe, limpiándose la pintura en los pantalones.

—No he sido yo —comenzó a decir.

—No quiero saberlo —le cortó.

—He tocado la pared —insistió—. No me di cuenta de que la pintura seguía fresca hasta que ya era tarde.

—No me importa —dijo ella. Y lo decía en serio. Ese era el tipo de problemas que no necesitaba ni quería. La Mano no tenía rostro. Nadie sabía cuántos eran ni quiénes se unían al movimiento. Si una persona conocía a alguien de la Mano, no vivía para contarlo, y si una Mano iba por ahí alardeando de serlo, no vivía lo suficiente como para hacerlo de nuevo.

—Déjame adivinarlo —dijo, devolviendo toda su atención al collar—. Has liberado este colgante de las garras de un barco, o se ha caído del carromato de un mercader, o una ráfaga de viento lo ha llevado *volando* hasta tus manos.

Nero se cruzó de brazos.

—Para tu información, lo gané limpiamente en una partida de Sanct.

—No se puede ganar limpiamente en ese juego. —Tes despejó un hueco sobre el mostrador y dejó el colgante sobre un trozo de tela negra.

—Bueno, pero lo gané. Aunque puede que lo ganase demasiado fácil. —El joven se inclinó hacia delante, internándose en su espacio personal—. Solo quiero estar seguro de que no esté maldito.

Tes buscó sus secantes.

—Aquí reparamos cosas rotas —empezó a decir.

—Relojes, cerraduras y cualquier otra baratija —terminó él por ella—. Eso ya me lo sé. Bueno, pues digamos que esto es una baratija que he encontrado por casa, y que creo que está un poco rota, así que quizá puedas hacer lo que sea que hagas... —dijo, haciendo una floritura con la mano en el aire— y ¿comprobar que todo esté bien?

Tes negó con la cabeza, aunque se colocó los secantes. El resto de la sala desapareció, y Nero desapareció con ella; el caos de hilos entretejidos se disolvió y todo quedó completamente negro. Bajó la mirada hacia el collar, que había pasado a ser la única magia que veía. Entonces fue muy fácil ver cuál era el problema. No tuvo ni que tocarlo, aunque lo hizo, haciendo el ademán de alzar el collar y darle la vuelta.

—No está maldito —repuso—, pero está anclado. —En alguna parte a su izquierda Nero soltó un gemido frustrado—. No me extraña que dejasen que lo ganases —siguió diciendo—, sabían perfectamente que podrían seguirte para recuperarlo después.

El joven se plantó en su línea de visión. Incluso con los secantes lo único que podía ver era su rostro, demasiado cerca, y el inquietante brillo morado de su magia flotaba en el aire alrededor de sus ojos verdes y dorados, que estaban abiertos de par en par, suplicantes.

—A menos que tú lo desancles.

Tes suspiró.

—A menos que yo lo desancle —dijo—. Algo que solo haré para que su dueño...

—Su *antiguo* dueño...

—No venga a buscarlo a mi tienda.

Nero le dedicó una sonrisa deslumbrante.

—¿Te he dicho alguna vez que eres la mejor?

—Solo cuando te hago un favor.

—Pues te lo intentaré decir más veces a partir de ahora —dijo, desapareciendo entre la oscuridad más allá de su visión.

—No necesito que me halagues —replicó, ignorando el calor que se había apoderado a la fuerza de sus mejillas—. Ahora déjame trabajar. —Tes tomó una herramienta y fingió trabajar sobre el hechizo escrito en el colgante en vez de estar tirando de los hilos que había sobre él. Las herramientas no servían para nada cuando se trataba de la magia, lo había descubierto a las malas. Sus manos eran las únicas herramientas capaces de enganchar y sujetar los hilos, tejerlos y deshilacharlos, atarlos y rasgarlos.

Mientras ella se dedicaba a deshacer el hechizo de seguimiento, Nero se paseó por la tienda.

—No toques nada —le advirtió y prácticamente podía oír cómo sus dedos se detenían a medio camino sobre un estante.

—¿Cuánto vas a tardar?

—Depende de cuántas veces me distraigas —respondió.

Podría haber trabajado mucho más rápido, pero entonces habría sido demasiado evidente lo que estaba, y lo que no estaba, haciendo. Oyó cómo la bolsita de papel encerado crujía cuando Nero le robó otro *dumpling* y maldijo entre dientes, hurgando entre los hilos.

Cada vez que conseguía liberar un hilo del hechizo y lo apartaba del resto, la luz se atenuaba al instante. Sin estar ligada a algo, la magia se esfumaba, volviendo a la corriente. Segundos después, desaparecía consigo el hilo. Los minutos transcurrieron lentamente mientras Tes se centraba por completo en su tarea, hasta que el colgante reposó sobre el mostrador sin brillo alguno a su alrededor, tan apagado como el trozo de tela sobre el que estaba colocado. Sin ser nada más que una joya llamativa. Seguía mirándolo fijamente, descansando la vista gracias a la oscuridad, cuando algo grande y metálico se estrelló contra el suelo.

Tes se quitó los secantes de golpe y el mundo a su alrededor volvió a la vida, demasiado caótico, demasiado brillante.

Nero estaba tras el mostrador, con una mano en su estantería personal, en su alijo, como lo llamaba, una pared a rebosar de cestos llenos de baratijas a medio arreglar y de hechizos a medio formar. Objetos con los que se entretenía entre trabajo y trabajo. El joven se arrodilló para recoger el objeto que había tirado.

—¡No lo toques! —gritó ella, y él procedió a dejarlo caer otra vez. Tes se estremeció cuando chocó contra el suelo, con el ruido sordo del metal hueco al rebotar.

—¿Es peligroso? —preguntó Nero mientras el objeto rodaba por la madera.

—¿Tú qué crees?

—Creo que parece un hervidor.

—*Es* un hervidor —respondió Tes, frotándose los ojos cansados—. Pones agua fría dentro y sale caliente. O saldrá, cuando termine de arreglarlo.

—¿Podrías hacer que saliese vino?

Empezó a responder que no, pero dudó. Ese hechizo sería mucho más complicado de crear que uno que se limitase a calentar agua, porque implicaría una transmutación, transformar la tierra y los minerales en... no; se frenó antes de que su mente pudiese adelantarse, perderse en el potencial del objeto.

—Toma —dijo, tendiéndole el collar—. Ya no está anclado. Solo es una joya de mal gusto que podrás vender rápido.

Nero le quitó la joya y le dio vueltas entre los dedos.

—¿Cómo lo hace? —le preguntó al búho en vez de a ella.

La verdad era que ni Tes lo sabía. Al menos, no sabía cómo explicarlo con palabras, porque no tendría sentido para nadie más que para ella. La mayoría de la gente veía la magia de dos formas distintas: como un elemento puro o como un hechizo construido. Los hechizos habían sido diseñados para entretejer los elementos y darles forma, eran instrucciones escritas para esos elementos, pero había pocos magos elementales que controlasen también los hechizos, al igual que existían pocos hechiceros capaces de controlar los elementos en estado puro. Uno era la lana y el otro era el tapiz, lo que significaba que ambos estaban hechos con hilo. La gente asumía que cuando Tes trabajaba en un objeto leía su hechizo, pero para ella las marcas no tenían ninguna importancia. Leía el propio patrón, un idioma que nadie más era capaz de ver o de leer. Uno que solo existía para ella y para la magia.

A veces se preguntaba si existirían más personas como ella, capaces de ver el mundo como ella lo veía, que pudiesen tocar los hilos y transformarlos. Si existían, nunca había oído hablar de ellas. Lo que significaba que, si había más gente como ella, eran lo bastante inteligentes como para mantener en secreto su talento.

Así que cuando Nero formuló la pregunta Tes se limitó a responder lo mismo de siempre:

—Magia.

—¿Cuánto te debo? —preguntó, metiéndose el colgante en el bolsillo.

Tes tomó la bolsa de *dumplings* y la apartó del borde del mostrador. Parecía mucho más ligera que antes.

—Cinco lin.

Nero hizo una mueca al oír el precio y ella estuvo a punto de ceder, tampoco había sido tanto trabajo…

—Y qué pasa con los tres… —Echó un vistazo en la bolsa—. ¡Te has comido cuatro *dumplings*!

Él sonrió ampliamente.

—Te traeré seis.

—¿Para que puedas comerte la mitad? —contratacó.

Él le guiñó el ojo y retrocedió lentamente hacia la puerta.

—Quiero de los *buenos* —añadió—, de los de la tienda en Hera Vas.

—Solo los mejores —respondió él, alzándose el cuello del abrigo, que tenía incluso peor aspecto que el suyo.

—Y usa el dinero que *no* me estás pagando para comprarte un abrigo mejor.

—No puedo —dijo—. Este me da buena suerte.

—Está lleno de agujeros.

—Y, aun así, todavía no se me ha caído a cachos. —Nero se giró hacia la puerta—. ¡Saluda a maese Haskin de mi parte! —gritó, extendiendo la mano hacia el pomo justo cuando la puerta se abrió de golpe y un joven entró dando un traspié.

Nero podría haberse apartado de un salto del camino del hombre, pero no lo hizo, y chocaron de tal modo que Tes sospechaba que algo acababa de desaparecer del bolsillo del desconocido para ir a parar por arte de magia al de Nero.

—Lo siento —se disculpó Nero, aminorando la marcha lo suficiente como para sostener al nuevo cliente antes de desaparecer por la puerta; entonces el hombre se lanzó hacia el mostrador, con algo apretado contra el pecho.

—Haskin… —empezó a decir.

—No está aquí —respondió antes de que pudiese preguntar—. Pero yo puedo ayudarte. —Tes estaba a punto de empezar a dar el mismo discurso de siempre, sobre relojes, cerraduras y baratijas, pero las palabras murieron en sus labios antes de salir cuando se fijó en los hilos que rodeaban al desconocido.

Se estaban… apagando.

El hombre no podía ser mucho mayor que Nero, pero tenía un aspecto horrible. Al principio pensó que podría estar enfermo, pero ella misma había estado enferma antes, y el brillo de sus hilos no se había apagado de ese modo. Aquello era distinto. Como un veneno extendiéndose por las raíces. O como una *maldición*.

Tes dio un paso atrás cuando el desconocido dejó caer el paquete sobre el mostrador que los separaba.

—Necesito que… lo arregles. —Se tropezó con las palabras y le temblaban las manos al desenvolver el paquete sobre el mostrador; en su interior había pedazos de madera astillada y trozos de metal doblados, ya no era tanto un objeto como un amasijo de trozos. Lo que quiera que fuese, o que hubiese sido, estaba muy roto.

Tes dudó. No quería tocarlo por si era la fuente de la enfermedad del hombre. Ya había visto objetos malditos antes, de cuyos hilos goteaba una magia contaminada con un brillo aceitoso, les rodeaba como una especie de humo tenue y sus hebras se desmoronaban, pudriéndose desde el interior. Sin embargo, los hilos que flotaban sobre el objeto roto estaban rasgados, pero no se estaban pudriendo.

Al contrario que el cliente, que parecía empeorar por segundos. El sudor le bajaba por la nariz y tenía los ojos hundidos en sus cuencas y ojerosos.

—¿Qué es esto? —preguntó, pero él no respondió a su pregunta, se limitó a murmurar lo que decía el letrero de su tienda.

—Una vez roto, pronto se repara.

Tes se cruzó de brazos.

—¿Quieres que lo arregle sin que sepa qué es o para qué sirve?

—Está roto —jadeó—. Eso es lo único que necesitas saber. Se supone que tendría que ser solo una pieza. ¿Puedes arreglarlo o no?

Esa era una buena pregunta. Todavía no había encontrado nada que no pudiese arreglar, pero normalmente sí que sabía cómo se suponía que debía funcionar. Y, aun así, al menos en teoría, los hilos terminarían desvelándoselo. Si era capaz de leer el patrón. Si podía reconstruirlo.

Sería un reto. Pero a Tes le encantaban los retos.

Señaló el montón de trozos sobre el mostrador.

—¿Estos son todos los pedazos? —preguntó y el desconocido dudó antes de responder.

—Son todos los que necesitas —dijo, lo que no significaba lo mismo, pero estaba claro que no se encontraba bien y a ella no le convendría que se desmayase en su tienda.

—Lo haré —dio Tes—. Por ocho lin. Se paga la mitad por adelantado.

El hombre no le puso ninguna pega. Rebuscó en sus bolsillos y sacó un puñado de monedas. Todos eran lin, monedas de metal rojo con una pequeña estrella dorada en el centro, y aun así las tomó una a una, deslizándolas por la palma de su mano, y alzando cada una de las monedas hacia la luz como si estuviese comprobando su valor antes de dejarlas sobre el mostrador.

Tes sacó una tarjeta de visita negra con una «H» dorada en un lado y un número en el otro, y la deslizó sobre el mostrador para no tener que tocarlo. Por si la maldición que estaba acabando con él era contagiosa.

Su mirada ya estaba regresando al paquete, a los trozos, y su mente ya había empezado a anticiparse a los acontecimientos cuando el desconocido rompió el silencio.

—¿Cuándo estará listo? —preguntó.

—Cuando lo esté —respondió ella simplemente, pero cuando vio el miedo y el pánico que le surcó el rostro enfermo añadió—: Vuelve dentro de tres días.

Para entonces ya sabría si podía arreglarlo o no.

La cabeza del desconocido se sacudió como la de una marioneta a la que acaban de cortarle los hilos.

—Tres… días. —Parecía reacio a dejar el paquete con ella, roto como estaba. Se apartó del mostrador como había hecho Nero antes, aunque en sus movimientos no había nada de sencillez ni de encanto, era como si una cuerda tensa tirase de él hacia la puerta. Y después la abrió y desapareció tras ella.

Tes se levantó y le siguió hasta la puerta, giró el cartel de Cerrado y cerró con llave, a pesar de lo temprano que era. Se comió los *dumplings* que le quedaban y se preparó una tetera de té negro amargo, antes de sentarse frente al montón de pedazos astillados. Se crujió los nudillos, se destensó el cuello y se recogió sus rizos salvajes en un moño.

—Bien —le dijo al búho muerto que estaba a su lado—. Veamos qué tenemos aquí.

CUATRO
La puerta abierta

I

Las maletas de Lila golpearon el suelo con un ruido sordo.

—¿Sabes lo que me encanta? —preguntó, echando un vistazo a su alrededor—. Puedes cambiar el nombre que hay en el letrero o el número de escalones. Puedes cambiar el color de las paredes y las vistas que tienes desde la ventana. Pero no importa cuántos mundos cruces, una taberna siempre será una taberna. —Respiró profundamente—. Serrín y cerveza rancia. Siempre me hace sentir como en casa.

Kell dio una vuelta lentamente, observando la habitación que les habían asignado en el Sol Poniente.

—*Ir cas il casor* —dijo. «A cada cual lo suyo».

Pero, en realidad, entendía lo que quería decir.

Había tenido una habitación en esa misma taberna hacía muchos años. Le había dado un respiro, un modo de alejarse de la vida en palacio y de la atención del rey, pero también había sido un lugar seguro donde poder guardar a buen resguardo las cosas que había conseguido en sus viajes entre mundos.

Y no le extrañaba que a Lila también le resultase familiar. Al fin y al cabo, hacía casi una década, Lila había vivido en una habitación en este mismo lugar, aunque en un mundo distinto. El Sol Poniente estaba en la misma localización que el Tiro de Piedra del Londres Gris y que el Hueso Quemado del Londres Blanco.

Eran puntos fijos. Así era como Kell los conocía, lugares en los que, de forma extraña, los mundos se alineaban perfectamente y, de ese modo, lo que existía físicamente en un mundo también existía en los demás, copias perfectas que surgieron de la nada, como un eco de las otras. Un puente sobre el mismo tramo del río. Un pozo en la misma colina. Una taberna en la misma esquina.

En esos lugares, los muros que separaban los mundos eran más delgados, al menos, a él siempre se lo habían parecido, y ahí de pie en el centro de la sala Kell se imaginó que, si levantaba la vista, podría ver los tablones blancos del Hueso Quemado; que si daba un paso, el suelo crujiría bajo su peso y sobre la cabeza de Ned Tuttle; se imaginó que podía sentir todos aquellos lugares, la lluvia tras sus ventanas, el frío que se colaba por debajo de sus puertas, la sombra de algo que no llegaba a comprender pero que podía ver por el rabillo del ojo. Kell se estremeció, convencido de que podía notar...

Escuchó cómo un pestillo se soltaba, devolviéndole al presente y a aquella pequeña habitación.

Lila había abierto la ventana de par en par. Más allá de los tejados puntiagudos y las calles llenas de carruajes, el brillo rojizo del Isle se reflejaba sobre las nubes bajas al mismo tiempo que el día daba paso a la noche. En alguna parte del puerto, el *Barron Gris* se mecía sobre las olas, anclado en su amarradero.

Kell se dejó caer de espaldas sobre la cama, haciendo una mueca de dolor cuando su cuerpo blando se topó de lleno con el colchón, duro como una piedra.

—Y pensar que hemos elegido esto antes que el palacio —murmuró.

Lila apoyó la bota en el arcón de madera a los pies de la cama.

—Podrías haberte quedado en el palacio.

—Podría —repuso él, llevándose las manos a la nuca—. Y tú podrías haberte quedado en el barco.

—Podría —respondió.

—¿Y por qué no lo has hecho?

Lila alzó la mirada hacia el techo y Kell pensó que le diría la verdad, que diría aquello que odiaba decir, aquello que él necesitaba escuchar: que su lugar estaba a su lado, al igual que el de él estaba junto a ella. Pero Lila se limitó a encogerse de hombros.

—No soporto estar en un barco parado, encadenado al amarradero como una bestia salvaje. Me hace sentirme atrapada.

Ella se volvió hacia la cama, ladeando la cabeza al mirarlo.

—Esto me recuerda —dijo— a la noche en la que nos conocimos. ¿Te acuerdas?

—¿De cuando me robaste y usaste la magia robada para conjurar a una doble que intentó matarte? —Kell cruzó los tobillos uno sobre el otro—. ¿Cómo podría olvidarlo?

Ella le quitó importancia con un gesto de la mano.

—Me refería a lo que pasó después del robo y antes del hechizo. Cuando te até a una cama. —Le brillaban los ojos con picardía—. Una igualita a esta.

—Lila, ni se te ocurra —dijo Kell, pero ya era demasiado tarde.

La madera ya había empezado a desprenderse del cabecero. Él trató de incorporarse, pero esta le rodeó las muñecas como si fuesen unos dedos y le obligó a volver a tumbarse en el estrecho catre.

Lila Bard sonrió y se dejó caer sobre el borde de la cama.

—Suéltame —le advirtió Kell, pero ella posó la mano sobre su pecho, con firmeza y con los dedos extendidos, como si estuviese reclamando el cuerpo que había debajo. Sus miradas se encontraron y no pudo creer que en algún momento hubiese pensado que sus dos ojos marrones eran iguales. Uno vibraba con intensidad, lleno de vida; el otro era completamente plano. Tan distintos como una ventana abierta y una puerta cerrada.

Se inclinó sobre él hasta que su cabello le rozó las mejillas. Hasta que sus labios estuvieron a solo unos centímetros de los suyos. El pecho de Kell subía y bajaba acelerado bajo la palma de su mano.

—Suéltame —repitió, bajando la voz. Y, en esa ocasión, lo hizo.

Pero cuando las ataduras de madera liberaron sus muñecas, Kell no se apartó. Alzó una mano hacia ella, enredando los dedos entre sus mechones.

—¿Por qué no te has quedado en el barco? —volvió a preguntar porque, de vez en cuando, no le bastaba con bailar alrededor de la verdad. Quería oírselo decir. Incluso aunque no quisiese llevar el anillo. Quería saber por qué había elegido estar allí, con él.

Lila le sostuvo la mirada durante tanto tiempo que él podría haber sido capaz de contar las chispas brillantes en su ojo bueno. Y entonces, al fin, casi con reticencia, Lila respondió a su pregunta con la verdad.

—Porque la cama estaría vacía sin ti.

Kell sintió cómo sus labios se curvaban en una sonrisa. Pero antes de que pudiese saborear las palabras, ella ya se había levantado y alejado hasta el otro extremo del dormitorio, con una daga en una mano y un trozo de papel en la otra.

—Cámbiate —dijo—. Dudo que a Kay le reciban con los brazos abiertos en la corte.

Kell se levantó de la cama, se acercó a la palangana y la llenó con una jarra que había al lado. El agua salió caliente gracias al hechizo que tenía grabado y Kell se lavó la cara y se pasó una mano húmeda por el cabello cobrizo. Desprendía un olor fuerte a mar y a sal, y no le cabía ninguna duda de que Rhy haría algún comentario al respecto.

Se quitó el abrigo y le dio la vuelta, de izquierda a derecha, para que la capa negra de Kay desapareciese y fuera reemplazada por una prenda que Kell llevaba meses sin ponerse: un abrigo rojo y elegante, con botones dorados en la parte delantera. Las solapas estaban ribeteadas con hilo dorado y el forro hecho con seda dorada, toda la prenda olía a las velas de palacio y a jabón floral y dulce. Ese abrigo le pertenecía a Kell Maresh, *antari* afamado, príncipe de Arnes y el hermano del rey.

Era un abrigo que ya no parecía quedarle bien.

Técnicamente, por supuesto, siempre le valdría. Cada uno de los lados del abrigo le quedaba como un guante. Todo era gracias a la magia que estaba entretejida en la prenda para que, incluso cuando los hombros de Kell se volvieron más anchos al navegar, con los nuevos músculos que habían aparecido sobre sus escuálidos brazos gracias a todas las horas que había pasado entrenando con sus espadas, el abrigo se tornó más ancho por la espalda y se ajustó un poco más a la cintura, adaptándose fácilmente a su nueva figura.

Y, aun así, al pasarse el abrigo carmesí sobre los hombros, sintió como si se estuviese disfrazando.

Se sentía incómodo.

Se miró en el espejo que había colgado sobre la palangana y un fantasma le devolvió la mirada. Con los ojos de distinto color y atormentado. La mandíbula afilada y las mejillas hundidas. Con un único mechón blanco, como si fuese una cicatriz, atravesándole el cabello cobrizo.

Al otro lado de la habitación, Lila clavó la daga en la pared, con el trozo de papel bajo la punta. Sobre él había dibujado un símbolo, uno de los primeros que había aprendido a hacer, un círculo sencillo atravesado por una cruz. Un atajo. La magia *antari* podía llevar a una persona de un mundo a otro, quedándose en el mismo lugar, o de un punto a otro dentro del mismo mundo. Pero el último requería un marcador.

—Recuérdame de nuevo —dijo Lila— por qué no podemos usar el anillo de tu hermano.

Un marcador, o un artefacto. El primero podría llevarte a un lugar, el segundo te llevaba con una persona.

—Porque sé que es mejor no presentarse ante Rhy sin avisar —respondió Kell.

Había pasado casi un año desde su última visita, en la que habían cometido el error de viajar directamente hacia el rey. Habían terminado en el interior de sus aposentos privados, y Kell había visto mucha más piel de Alucard Emery de lo que le habría gustado.

Lila se encogió de hombros y se puso manos a la obra, pasando el pulgar por el filo de la daga, solo lo suficiente para hacerse un corte poco profundo. Usó su sangre para copiar el símbolo que había sobre el papel en la pared, pero él sabía que tenía la cabeza en otra parte.

—¿Sigues pensando en la noche en la que nos conocimos?

Lo había dicho de broma, pero ella no se rio.

—Pienso en esa noche a menudo —respondió, pasando el pulgar ensangrentado sobre la pared—. Cuando Holland me encontró, tú ya tenías la piedra. No tenías ningún motivo para volver.

—No era tu lucha —dijo Kell—. Él te utilizó para llegar hasta mí.

—Aun así —repuso—. Solo funcionó porque tú caíste en su trampa.

—Sí, lo hice —accedió, antes de añadir—. Menos mal que tú también volviste a por mí.

Lila ladeó la cabeza, examinando su obra.

—Sin duda.

Él se quedó callado unos minutos, apoyándose en la palangana. Debía ser por la habitación, o por el brillo rojizo del Isle, pero echaba de menos esa época.

—¿Por qué volviste?

—Bueno, me lo pasé tan bien con Holland la primera vez que pensé…

—Lila.

Ella sacó la daga de la pared de un tirón.

—Supongo que estaba en deuda contigo. Conseguí salir con vida aquella noche porque tú ocupaste mi lugar. Yo habría perdido la pelea, y sabes lo mucho que odio perder. Al parecer odio mucho más que alguien pierda por mí. Y ahora —dijo, mirándolo por encima del hombro—, ¿estás listo?

—No.

Lila sonrió.

—Bien.

Él se colocó a su lado frente a la pared. Ella le recolocó el cuello del abrigo y subió una mano hacia su cabello cobrizo para revolvérselo y que unos rizos rebeldes cayesen rodeándole el rostro. Después le tomó la mano y llevó la que tenía libre hacia el símbolo ensangrentado.

—*As Trascen*.

El mundo a su alrededor no se rasgó.

Simplemente desapareció.

No dolía, al menos no tanto como cuando Kell pronunciaba el hechizo, pero era extraño, *erróneo*, como si él no fuese más que un pasajero que se ve arrastrado por la estela mágica de otra persona.

Entonces todo recobró su forma y el Sol Poniente desapareció, viéndose reemplazado por el palacio real. Kell extendió el brazo y se apoyó sobre una pared llena de tapices mientras esperaba a que se le pasase el mareo antes de seguir a Lila fuera de la alcoba y hacia sus aposentos reales. Echó un vistazo a su alrededor, hacia la cama llena de almohadones, la bandeja dorada que se balanceaba sobre el brazo del sofá y el balcón por el que se filtraban los últimos rayos carmesíes del crepúsculo.

Su hogar.

El término le subió por la garganta como la bilis y se obligó a tragárselo.

Esa habitación le pertenecía a un Kell distinto, al mismo al que le pertenecía el abrigo que ya no le valía. El que se había sentado a la mesa dorada que había en el piso de abajo, intentando enseñarle magia a Rhy, al que hacer magia le había resultado tan sencillo como respirar. Y estar ahí de pie, en medio de todos esos recuerdos, lo hizo estremecer, porque ansiaba con todas sus fuerzas volver a ser ese Kell. Volver a tener esa vida. Pero eso ya no era posible, porque ese Kell y esa vida se habían esfumado para siempre.

Se había convertido en una persona distinta. Por necesidad, aunque no por elección.

Y, sin embargo, ese lugar seguía llamándolo. Se rodeó el torso con los brazos en un abrazo extraño y se hizo una promesa que jamás podría cumplir.

Kell se acercó a la cama y deslizó los dedos sobre los almohadones de seda. Había pasado casi un año desde la última vez que pisó esa habitación y, aun así, todo estaba exactamente igual a como lo había dejado. La chimenea estaba limpia y esperando a que alguien la encendiese. Los libros estaban colocados exactamente en el mismo sitio donde él los había dejado, sin una mota de polvo. Había una jarra llena de agua limpia junto a la palangana de mármol. Se imaginó a Rhy dando la orden de dejarlo todo impoluto, a los criados descorriendo las cortinas cada día y volviéndolas a cerrar cada noche; todo estaba preparado, como si su hermano fuese a regresar en cualquier momento.

Kell oyó cómo se abrían las puertas y se volvió a tiempo de ver cómo Lila desaparecía por el pasillo, seguido un segundo después del ruido del metal de las armaduras de los guardias entrechocando como si se preparasen para el combate.

—*Sanct* —murmuró, corriendo tras ella. Llegó al pasillo y se encontró frente a tres soldados cerrándole el paso a Lila y con las espadas en alto. Al ver a Kell bajaron las armas e hicieron una reverencia, tres rodillas blindadas golpeando el suelo como campanas.

—Bueno, eso ha sido ofensivo —murmuró Lila, cruzándose de brazos.

—*Mas vares* —le saludó el guardia más viejo sin alzar la mirada.

—Bienvenido de vuelta —añadió el segundo, que parecía tener más o menos su misma edad.

Estaba claro que el más joven de los tres nunca había visto a Kell Maresh en carne y hueso, porque se quedó pálido y, en vez de inclinar la cabeza, miró fijamente a Kell a los ojos, su expresión una mezcla perfecta de admiración y miedo.

—*Aven* —susurró el joven guardia entre dientes, una bendición que igualmente podría haber sido una maldición.

Kell les hizo un gesto para que se levantasen.

—¿Dónde está el rey? —preguntó.

—En sus aposentos —dijo el guardia de más edad, antes de volverse hacia Lila—. Mis disculpas, *mas arna* —añadió, haciéndose los tres a un lado, y Kell casi podía oír cómo Lila apretaba los dientes ante el saludo. «Mi señora». Las luces del pasillo brillaron con más intensidad.

Kell fue el primero en llegar a la puerta, llamando antes de que Lila pudiese entrar sin permiso. Unos minutos más tarde, esta se abrió de par en par, y ahí estaba Alucard Emery, encorvado como un gato apoyado en el marco, con la camisa abierta y el pelo revuelto enmarcándole el rostro.

Sus ojos azul oscuro recorrieron a Kell y torció los labios en una sonrisa arrogante.

—¡Yo no he pedido esto! —les dijo a los guardias sobre el hombro de Kell—. Devolvedlo.

Kell frunció el ceño y fue una suerte que su magia ya no se equiparase a su estado de ánimo. En cambio, su mano se dirigió hacia la daga que llevaba colgada en la cadera cuando la mirada de Alucard pasó hacia Lila, su sonrisa arrogante transformándose en una completamente genuina al verla.

—Bard. *Tú* sí que puedes entrar.

Y entonces Rhy apareció a su lado, apartando a su amante, y lanzándose con los brazos hacia Kell.

—Hermano —dijo, abrazándole con fuerza. Al contrario que con su abrigo y con todos los demás resquicios que le quedaban de su vida anterior, este, al menos, sí que seguía sentándole bien.

II

Rhy Maresh estaba en la cima del mundo.

O, al menos, así era como se sentía. En realidad, estaba encaramado en el tejado inclinado que había sobre sus aposentos, con una pierna doblada, una botella de vino en precario equilibrio sobre la rodilla y con su hermano a su lado.

Si se inclinaba un poco más hacia delante, lo suficiente como para mirar por encima del borde del tejado, podría ver su balcón, con la luz de su habitación filtrándose a través de las puertas acristaladas. Si miraba hacia el frente podía ver toda la ciudad, un mar de cristal, madera y piedra que se extendía por todas partes, dividido por el fulgor carmesí del Isle. Y si alzaba la mirada solo veía el cielo. Con las nubes bajas teñidas de rojo, o el orbe que era la luna o, en una noche completamente oscura, el brillo de las estrellas, repartidas por el firmamento.

Si le preguntaras a cualquiera en Londres te diría que las mejores vistas de la ciudad eran las que daban al palacio arqueado, pero eso era porque nunca habían presenciado aquellas.

Un pináculo, dorado y reluciente, se alzaba a su espalda y, a sus pies, el tejado caía como el bajo de una capa demasiado larga. Se inclinaba suavemente sobre los muros, puede que una botella hubiese rodado sobre las tejas, pero un cuerpo no, y era lo suficientemente ancho como para que dos hombres adultos se pudiesen tumbar encima, uno al lado del otro, sin que sus coronillas rozasen siquiera el pináculo o que sus talones colgasen del borde.

Una noche, cuando Rhy tenía unos doce o trece años, había conseguido convencer a Kell para que alterase la pared que daba a su balcón, para que tallase unos escalones en la piedra, unos que pudiesen ocultarse tras la hiedra que crecía por la pared. Después de aquello ese lugar se había convertido en un secreto que compartían, un refugio seguro.

O eso creían hasta que una noche la voz de Maxim Maresh les llegó desde el balcón, gritándoles que si querían conservar las cabezas sobre los hombros más les valía bajar de inmediato.

—Te dije que era una mala idea —había murmurado Kell después, con las mejillas todavía sonrojadas por el escarmiento del rey.

—¿Y entonces por qué has subido? —le había rebatido Rhy.

—Para asegurarme de que no te partieses el cuello.

—Podrías haberme detenido —repuso.

Kell lo miró ofendido.

—¿Es que no te conoces?

Pero Rhy sabía que a su hermano, aunque lo negase, le encantaba su escondite secreto en el tejado tanto como a él. Veía la forma en la que sus hombros y sus manos se relajaban cuando estaban ahí arriba, cómo desaparecía ese ceño constante que siempre tenía.

Observó a Kell en ese momento y se sorprendió al darse cuenta de que su hermano también lo miraba fijamente.

—*Kers la?* —le preguntó en arnesiano. Siempre habían recurrido a ese idioma cuando estaban a solas, para seguir hablándolo con fluidez, manteniendo sus acentos. Al menos, ese había sido el motivo por el que lo usaba Rhy. Kell, en cambio, prefería hablar en arnesiano antes que en la lengua imperial.

—*Nas ir* —respondió su hermano, sacudiendo la cabeza. «Nada»—. Es solo que tienes buen aspecto.

—Pues claro que lo tengo —bromeó Rhy, antes de añadir—: Y tú también.

—Mentiroso —bufó Kell.

Pero ¿estaba mintiendo? Rhy no estaba seguro. Observó a su hermano. Siempre había sido capaz de leerle como un libro abierto, pero estaba empezando a preguntarse si se debía solo a que, al crecer, Kell siempre le había dejado leerle. Sin embargo, en los años que habían pasado alejados, había cambiado; su rostro, que solía ser como un cristal para él, completamente transparente, ahora estaba del revés, por lo que la luz ya no lo atravesaba, sino que se reflejaba. Su postura desbordaba confianza, incluso la manera en la que se apoyaba sobre un codo, algo que le pertenecía más a un pirata que a un príncipe. No a Kell, sino a Kay. Como si hubiese tenido que enterrar su pasado, el pasado que compartían, para ser quien era entonces.

Había ganado algo de peso, se le habían ensanchado los hombros después de tantos meses navegando. Su piel clara, al menos la que podía ver gracias al cuello abierto de su camisa y sus muñecas, se había convertido en un tapiz de cicatrices. Rhy había sentido todas y cada una de ellas, aunque su cuerpo nunca había retenido las marcas más de un día o dos. Pero esas cicatrices no eran nada comparadas con la herida más profunda de todas. Incluso en la oscuridad Rhy podía ver las ojeras bajo la mirada de Kell, el precio que estaba pagando por tanto sufrimiento.

Y sabía que era mejor no preguntarle, pero debía de estar más borracho de lo que creía, porque formuló la pregunta igualmente.

—¿Cómo se siente?

Y Kell debía de estar mucho más borracho de lo que parecía, porque le respondió con sinceridad.

—Como si se me estuviese rompiendo el corazón poco a poco en el pecho. Como si me estuviese viniendo abajo.

Rhy bajó la mirada hacia la botella.

—Te quitaría ese dolor si pudiese.

—Lo sé.

—No está bien —murmuró—. Estamos vinculados. Todo el dolor que tú sientes debería poder sentirlo yo también.

—Este dolor reside en otra parte —dijo Kell—. Y no desearía que tú también lo sufrieses. Además —añadió con una sonrisa triste—, alguien me dijo una vez que el dolor es un recordatorio de que seguimos vivos.

Rhy sacudió la cabeza al recordar esas palabras, unas que había dicho en una época en la que intentaba convencerse a sí mismo de ello.

—Parece algo que diría un idiota.

—O un optimista.

—Un príncipe arrogante —repuso Rhy.

—No te subestimes —dijo Kell con una sonrisa traviesa—. También eras un cabezota. E irritante.

Rhy sintió cómo la risa le burbujeaba en el pecho. Y con ella, el aire a su alrededor se volvió más ligero.

—Bueno —dijo Kell, llevándose la botella de vino de verano a los labios—. ¿Qué me he perdido?

Y entonces empezaron a intercambiar historias, acerca de los inventos de la reina, del *Barron Gris* y de Lila y Alucard. Kell le relató a Rhy historias de su vida en el mar y Rhy le habló sobre la colección de animales de Ren, Kell sonrió y Rhy se rio a carcajadas y, por un momento al menos, pudieron ignorar con facilidad aquello que no se estaban contando. Por unos minutos, al menos, Kay había desaparecido junto con el rey, y solo estaban los dos hermanos, bebiendo vino y hablando de todo y de nada.

Lila Bard se alzaba sobre el mundo.

Pasó los dedos sobre la costa de Arnes, cruzó el mar con las uñas, extendió la mano sobre Londres y las puntitas de los tejados de palacio y sus pináculos le pincharon la palma. La maqueta era enorme, con la tierra tallada sobre un bloque de mármol y el mar hecho de cristal tintado. Era un objeto impresionante, con sus puertos y ciudades esculpidos en rocas coloridas. Pequeños barquitos flotaban sobre paneles de cristal azul o se asentaban como cerillas en sus puertos, y el cristal que formaba el Isle incluso se volvía rojo al subir desde Tanek hasta Londres.

Lila tomó un barco en miniatura y lo balanceó en la punta de uno de sus dedos, y al otro lado de la sala Alucard sacó dos copas cortas de un armario dorado, junto con una botella de vino.

La habitación era casi tan grande como la del rey, o como la de Kell, pero mientras que sus aposentos estaban llenos de mármol, de sedas doradas y madera pulida, los de Alucard todavía conservaban el espíritu del *Pináculo Nocturno*, con sus paredes oscuras y repletas de objetos elegantes. No había ninguna cama, no la necesitaba, supuso Lila, pero sí que tenía una mesa de madera oscura enorme, como la que había dejado atrás en el camarote del capitán de su barco, que ahora era el de ella.

Solo el techo pertenecía al palacio. Las telas ondeaban colgando desde lo alto, deshaciéndose en unas nubes de gasa, como en el resto de las habitaciones, salvo que no formaban un cielo al amanecer como en la habitación de Rhy, o un cielo al atardecer como en la de Kell, sino el tipo de nubes que te puedes encontrar por la noche en mar abierto, con su azul casi negro e iluminadas por la luz de la luna.

—Creía que no echabas de menos tu vida en el mar —musitó, dejando el pequeño barquito en un puerto.

—No es que no la eche de menos —explicó Alucard, sirviendo un par de copas de vino—. Es simplemente que he encontrado algo por lo que merece la pena quedarse. —Se unió a ella junto al borde de la maqueta y le tendió una copa—. Cortesía de la bodega real.

El vino tenía el color de las perlas y estaba salpicado con pequeñas motas de luz, y cuando Lila le dio un sorbo se dio cuenta de que sabía a luz de luna. Si acaso pudieses beberte un rayo de luna. Levantó la copa hacia la luz y observó cómo las pequeñas burbujas subían hasta la superficie.

—Dime —dijo Alucard, rodeando la maqueta y deteniéndose en el otro lado del imperio—. ¿Qué te trae de vuelta a Londres, capitana?

—Ah, ¿es que no has oído las noticias? Necesito un barco.

Se quedó completamente blanco.

—¿Qué le ha pasado al *Pináculo*?

—¿Te refieres al *Barron*? —Lila se encogió de hombros—. Me temo que se ha hundido.

Alucard se atragantó con el vino y la miró horrorizado.

—No puede ser verdad.

Ella se limitó a encogerse de hombros como respuesta. El silencio se extendió entre ellos como un manto pesado, lo suficientemente espeso como para cortarlo con un cuchillo romo. Hasta que, finalmente, Lila decidió romperlo. Curvó los labios en una sonrisa divertida y Alucard se dejó caer en su silla, soltando todo el aire que había estado conteniendo.

—No tiene gracia —murmuró—. Pero, entonces, ¿por qué has vuelto? ¿Estás pensando en marcharte al extranjero? —No se refería a irse a Faro ni a Vesk. Sabía que cuando Lila volvía a este Londres, solía marcharse a visitar los otros tres.

La primera vez que se había ido «al extranjero», como decía Alucard, fue solo porque Kell se lo había pedido. Ocurrió en aquellos primeros meses cuando él aún creía que su magia solo necesitaba tiempo para reponerse. Por lo que ella había acudido en su lugar, la última *antari* con poderes operativos, la primera del Londres Gris, para asegurarse de que los restos de Osaron todavía siguieran a salvo en el sótano de las Cinco Puntas (así era), y después se fue al Londres Blanco, para ver qué había pasado tras la muerte de Holland (imagina su sorpresa al descubrir que, de entre todo lo que podría haber pasado, una niña reina se había alzado con la corona).

Hasta donde Kell sabía esas habían sido sus últimas excursiones entre mundos. Pero no era cierto. A lo largo de los últimos siete años Lila había regresado una y otra vez, a pesar de que no le guardaba especial cariño a ningún mundo en particular, así como tampoco odiaba el otro. Llamémoslo curiosidad. Llamémoslo deseo de estirar un poco las piernas. Llamémoslo veintipico años teniendo que contenerse. Pero Lila no podía elegir ignorar esos mundos, no podía ni siquiera imaginar que eso jamás pudiese hacerle feliz.

Solo se lo había confesado a Alucard cuando un día él había sacado el tema y le había pedido que mantuviese vigilados el resto de los mundos. Arnes ya tenía suficientes enemigos por sí solo, había dicho. Lo último que necesitaban era que un enemigo de otro mundo llamase a su puerta.

En ese momento Lila negó con la cabeza.

—Si no estás aquí para visitar otros mundos —dijo Alucard—, ¿entonces por qué?

Lila bajó la mirada hacia su copa.

—Por el buen vino y la compañía decente.

—Lo sabía —repuso su antiguo capitán con una sonrisa engreída—. Soy mucho más divertido que Kell.

—Eso sin duda —respondió, pero el toque divertido de su conversación ya empezaba a esfumarse.

Alucard se inclinó hacia delante, apoyándose en los acantilados de la maqueta.

—¿Qué ocurre?

Lila se bebió lo que le quedaba de vino de un trago y dejó la copa sobre el mar abierto.

—¿Has oído hablar de una *persalis*?

Por su expresión quedaba claro que no, así que se lo contó todo: le habló de Maris y de los ladrones de su barco, de los dos que habían muerto y del que se había escapado. Y de lo que se había llevado.

Alucard la escuchó, con la mirada oscura anunciando tormenta y la barbilla apoyada en la palma de la mano, hasta que terminó de contarle la historia.

—¿Y crees que este ladrón se dirigía hacia Londres?

Lila se mordió el interior de la mejilla.

—Tenía una marca, justo debajo de la ropa. ¿Puedes adivinar el qué? —Movió la mano como si le cediese la palabra y Alucard soltó una maldición.

—Una mano.

Ella asintió.

—Y como están tan empeñados en acabar con la corona, creí que Londres era el lugar adecuado por donde empezar a buscar. —Se levantó de su asiento y rodeó la maqueta hasta llegar a Alucard—. Supongo que aún no los has encontrado.

Él negó con la cabeza.

—Y si tienen la *persalis* ahora será incluso más difícil ubicarlos.

—Según Maris, cuando se la llevó estaba rota, se rompió durante su huida. —Como si los objetos rotos no pudiesen arreglarse. Como si que estuviese dañada significase que ya no era peligrosa.

Alucard no dijo nada, pero tenía el rostro teñido de preocupación. Lila sabía lo que estaba pensando. Ella también lo había pensado. Un arma capaz de recortar el espacio, algo que solo un *antari* era capaz de hacer. Solo que la puerta que abriesen se mantendría así, permitiendo que cientos de asesinos la cruzasen.

Extendió la mano y la apoyó sobre uno de los tejados puntiagudos, con el pináculo lo bastante afilado como para pincharle el dedo.

—El palacio sigue protegido, ¿verdad?

—Sí —respondió—. Pero no sé si las salvaguardas servirán para algo si abren una puerta hacia el interior del edificio.

—Según Maris —dijo Lila—, la llave es un anillo de metal sobre la tapa de la *persalis*. Pero tienen que colocarla en el lugar donde quieran que lleve la puerta.

Si a Alucard le aliviaba esa noticia, no lo demostró. Ni siquiera parecía estar escuchando.

—Debería haberlos encontrado ya —murmuró—. Tengo ojos por toda la ciudad.

—Y ahora también estoy yo —dijo Lila, dirigiéndose a la puerta.

Él alzó la mirada hacia ella.

—¿A dónde vas?

—A darles un buen uso a mis ojos.

III

El último ladrón con vida se despertó con el olor de algo *quemándose*.

No recordaba cómo había vuelto a la habitación que había conseguido, no recordaba haber caído sobre la cama, completamente vestido, y no recordaba haberse quedado dormido, delirando hasta soñar.

Ese sueño tan precioso.

En él, había vuelto a casa y su padre no estaba enfadado con él, se había limitado a abrazarle, rodeándole con sus fuertes brazos, y había dicho que la juventud estaba repleta de tonterías y que le perdonaba, que era, y siempre sería, su hijo.

Todo iba bien hasta que el mundo a su alrededor volvió a cambiar, hasta que le arrastró a la realidad el olor acre del humo. Le sabía la boca a ceniza, notaba un calor horrible bajo la piel y tenía la desconcertante sensación de que se estaba quemando vivo, de que una llama le estaba devorando desde el interior, y pensó que de ahí debía de venir el olor a quemado. Hasta que empezó a ir las voces, bajas y susurrantes, acompañadas del crepitar de un fuego demasiado real. Abrió los ojos lentamente, deseando poder estar en cualquier otra parte, y vio que no estaba solo y que su mesa estaba ardiendo.

No era un fuego grande, al menos no todavía, sino que estaba contenido sobre la mesa, pero un hombre tan ancho como un armario, con el cabello lacio y claro, y el rostro cubierto de cicatrices, estaba echando poco a poco todas sus pertenencias a esa llama hambrienta.

—¿Ves? —dijo el desconocido entre dientes—. Te dije que esto haría que se despertase.

—Una daga habría sido más rápida —repuso una segunda voz. Provenía de una mujer que estaba apoyada en el respaldo de una silla; tenía el cabello rapado por los costados y el resto recogido en una larga trenza. Llevaba puesto un brazalete de metal en el antebrazo, que reflejaba la luz que proyectaba la creciente hoguera.

»Si te dejas la puerta abierta —añadió—, alguien podría entrar.

Por supuesto, *alguien* sí que había entrado.

No sabía cómo se llamaban, pero sabía qué eran y para quién trabajaban. Los había visto antes, escondidos entre las sombras contra la pared, la noche en la que le habían asignado su misión.

En ese instante la mujer golpeaba distraídamente su brazalete con los dedos y, al hacerlo, el metal se ondulaba como si fuese la superficie de un lago. Al otro lado de la habitación el hombre de pelo claro lanzó un zapato al fuego, del que surgió una triste columna de humo.

El hijo del mercader intentó levantarse de la cama, solo para darse cuenta poco después de que su cuerpo no se lo iba a permitir, le pesaban los brazos y las piernas, anclándole al colchón.

—Apagadlo —gruñó, haciendo una mueca de dolor cuando las palabras le subieron por la garganta, que le ardía por el humo.

El hombre enarcó una ceja llena de cicatrices y lanzó el otro zapato al fuego.

—Te estuvimos esperando —dijo la mujer, sin inmutarse por la creciente llama—. En el puerto. Se suponía que vosotros tres iríais a buscarnos. Pero no lo hicisteis. Lo sabemos porque tuvimos que esperaros.

—No hace tan buena noche como para estar esperando —murmuró el hombre, que había empezado a arrancar páginas de un diario.

—Parad, por favor —les suplicó el hijo del mercader, la cabeza le daba vueltas al intentar levantarse. Intentó sentarse sobre el colchón, pero la cama había pasado a ser un barco sobre el oleaje, meciéndose con fuerza bajo su cuerpo. Se volvió a dejar caer sobre el colchón y luchó contra las ganas de vomitar.

—Odio esperar —continuó la mujer—. Me muero de aburrimiento esperando. Y tuve que estar mirando todo el rato a Calin. Lo que ya es castigo más que suficiente. Así que le dije «oye, vamos a buscarlos». Y al parecer los otros dos nunca volvieron. Y tú estás aquí, echándote una siesta.

—Creo, Bex —dijo Calin—, que es bastante desconsiderado.

La mujer, Bex, miró fijamente al hombre, con los ojos abiertos como platos, y frunció el ceño.

—¿Qué pasa?

—Sinceramente, no creía que supieses palabras tan largas.

Calin se volvió hacia ella, con las manos cerradas en puños y, por un segundo, creyó que se terminarían matando entre ellos en vez de matarlo a él. Pero ella apartó la idea con un gesto de la mano, con la mirada todavía fija en el hijo del mercader. Sus ojos eran del mismo tono grisáceo que el acero sin pulir.

—¿Dónde está? —preguntó. Él no respondió. Ella se cernió sobre él—. Has venido hasta Londres —dijo—. Así que debes de tenerla.

—Yo no… —intentó decir, y el rostro de la mujer se oscureció.

—Respuesta incorrecta.

—No, yo… —Volvió a empezar, pero tenía el estómago revuelto y la bilis le subía por la garganta. Vomitó a un lado de la cama y lo que quiera que hubiese echado le sabía a cenizas y a podrido. Tragó saliva con fuerza—. No la tengo —se las apañó para decir—, pero la tuve y la tendré. Se rompió cuando la saqué del barco. Así que la llevé a un sitio donde pudiesen arreglarla. Ella me la devolverá. Yo me guardé la llave. —Se metió la mano en los bolsillos en busca del anillo de metal.

Pero no estaba allí. Debería haber estado ahí. Había estado ahí.

El pánico lo consumió, pero no podía pensar, al menos no al sentirse tan enfermo y febril, y con el fuego, que se extendía sobre la mesa empezando a acariciar una de las paredes con sus llamas, con el humo acumulándose en el techo. Tosió con ganas, buscando algo, lo que fuese. Lo único que encontró fue la tarjeta negra con la «H» dorada impresa en un lado y un número en el otro. La alzó, esperando que fuese suficiente. La mujer se inclinó sobre él y se la arrebató de entre sus dedos temblorosos.

—Bueno, Bex —dijo Calin, echando el aceite de una lámpara cercana sobre el fuego que continuaba extendiéndose por la habitación—. ¿Qué te parece?

—Creo que esto es un maldito desastre —respondió, metiéndose la tarjeta en un bolsillo y levantándose, antes de volverse hacia la puerta—. Haz con él lo que quieras.

El hijo del mercader cerró los ojos con fuerza.

Ya no quería ser un héroe.

Ya no quería ser una Mano.

Solo quería volver a casa.

—Nah —dijo el hombre—. Sería malgastar una buena arma.

—¿Desde cuándo tienes principios?

El humo negro se acumulaba en el techo y los dos extraños estaban hablando sobre quién acabaría con su vida. El hombre sacó una moneda y le dijo a la mujer que eligiese, cara o cruz. Él ganó y ella puso los ojos en blanco; el hijo del mercader decidió que debía de seguir dormido, y que aquello no era más que un horrible sueño. Se despertaría de nuevo en el mar, en su cama con una mujer preciosa, con sus brazos y piernas entrelazados, con los dedos de la joven mesándole el cabello. Se habría quedado profundamente dormido. Pero se despertaría.

Se despertaría.

El hijo del mercader no se dio cuenta de que estaba sonriendo hasta que Bex lo miró extrañada.

—¿Por qué sonríes como un idiota? —dijo, alzando la mano al mismo tiempo que una estaca de metal se formaba en ella, surgiendo de la nada.

—Sigo dormido —respondió él, cerrando los ojos y hundiéndose un poco más en la almohada.

Su voz, cuando le llegó a los oídos, era suave y parecía provenir de muy lejos.

—Claro que lo estás —dijo y entonces oyó el silbido del acero al cortar el aire, y sintió su breve y frío beso cuando le cortó el cuello.

Nunca llegó a despertarse.

IV

K ell tenía una cara que poca gente conocía.

Era como uno de sus abrigos, no el gris, o el negro, o cualquiera de los que solía ponerse, sino un frac brillante que solía mantener escondido entre tantas capas de tela que nunca nadie lograba encontrarlo.

Excepto Rhy.

El saber destapar a su hermano siempre había sido su reto personal.

Antes —así es como Rhy pensaba en sus veintiún años de vida, simplemente «antes»—, antes de que el Londres Negro consiguiese filtrarse en su mundo, antes de que sus padres muriesen, antes de que él se convirtiese en rey... antes habría arrastrado a Kell a la ciudad, al amparo de la noche, disfrazados como gente de a pie, y le habría dado de beber hasta que sacase esa cara rara y maravillosa a relucir. Hasta que dejase de luchar tanto porque nadie la viese y aflojase el control que tenía sobre todo lo que lo rodeaba. Hasta que se soltase. Cuando eso ocurría, las arrugas alrededor de los ojos de Kell, arrugas que no tenían nada que ver con la edad, arrugas que había tenido desde los cinco años, se suavizaban, sonreía y se reía, y Rhy se maravillaba al poder ver esa otra versión de su hermano y se lamentaba de que fuese tan complicado dejarla entrever.

En ese momento, en el tejado, esa cara brillaba con fuerza.

La botella que Rhy tenía en la mano hacía tiempo que estaba vacía, y a la de Kell solo le quedaba el culo, y aunque el dolor siempre viajaba por el vínculo más rápido que el placer, habían bebido lo suficiente para que sus borracheras se entremezclasen. El ojo azul de Kell brillaba con fuerza y con su mano libre gesticulaba sin cesar para contar una historia que involucraba a Lila Bard y un barco robado que resultó no llevar más que pollos en la bodega. Lo que resultaba todavía más gracioso porque la palabra en arnesiano para «pollo», *corsa*, era muy parecida a la palabra para «espadas», *orsa*: el único motivo por el que Bard había querido subir a ese barco en primer lugar.

—Deberías haberle visto la cara —dijo Kell. Se sentó un poco más erguido, intentando imitar la voz de Lila al hablar—. *¿Qué se supone que tengo que hacer con ellos ahora?* —Kell sacudió la cabeza al recordarlo—. Vasry quería dejarlos libres. Incluso llegó a abrir una de las jaulas e intentó hacerles saltar por la borda antes de darse cuenta de que…

—Los pollos no pueden volar —terminó Rhy por él.

—No, no pueden —estableció Kell.

Sus miradas se encontraron y ambos estallaron en una carcajada limpia.

—Está claro que la vida pirata te sienta bien —dijo Rhy un rato después.

Kell enarcó una ceja.

—Disculpa —dijo Kell, haciéndose el indignado—. Soy un *corsario*. —Y fue una imitación tan inquietantemente perfecta de Alucard, desde la forma en la que se curvaba su boca hacia un lado hasta cómo elevaba la barbilla orgulloso y el tono de su voz, que Rhy perdió la poca compostura que le quedaba y echó la cabeza atrás, soltando una carcajada sonora y cayendo de espaldas sobre el tejado, con el cielo nocturno deslizándose fuera y dentro de su campo de visión.

—Me voy a caer rodando —dijo, jadeando.

—Te atraparé —respondió Kell sin detenerse a pensar.

La risa de Rhy se apagó.

—Lo sé.

Kell se tumbó a su lado, alzando la mirada hacia el cielo. El silencio se extendió de nuevo entre ellos, pero esta vez era como una sábana de seda arropándoles en una noche de verano, fresca y agradable. Y, cuando el latir de su corazón se fue ralentizando, Rhy se dio cuenta de que era feliz. Por un momento, no sentía nada más que gozo. Pero entonces llegó la culpa. ¿Cómo podía ser feliz cuando todo el imperio pendía de un hilo muy fino y el fantasma de la violencia flotaba sobre su cabeza? ¿Cómo podía ser feliz cuando sus padres estaban muertos y su hermano estaba roto? Y entonces, justo por detrás de la culpa, estaba el miedo.

Miedo, no por su propia vida —ese era un concepto abstracto, ya que no podía morir y podía soportar el dolor—, sino miedo por las vidas de aquellos a los que amaba. Miedo por no poder protegerlos de las llamas como Kell le había protegido a él. Un miedo que palpitaba con fuerza en su pecho, que rodeaba su corazón y sus pulmones hasta que le cortaba la respiración. Un miedo que se alimentaba de su felicidad, que crecía gracias a ella. Y luego estaba la locura, la crueldad de saber que la vida era frágil y que él tenía muchos a los que amaba y se pasaba toda la vida lamentando su pérdida incluso antes de que se hubiesen marchado.

—El amor y la pérdida —murmuró.

—Son como un barco y el mar —terminó Kell por él. Era uno de los dichos favoritos de Tieren. Al pensar en el *Aven Essen* a Rhy se le llenaron los ojos de lágrimas.

Sobre sus cabezas, la luna estaba casi en su plenitud, y al nublársele la vista parecía uno de esos farolillos de papel que flotaban por el cielo durante la *Sel Fera Noche*.

Rhy sonrió.

—¿Te acuerdas del año en el que subimos un montón de farolillos de papel aquí arriba…? —Kell había prendido las mechas, Rhy los había lanzado al cielo y juntos los habían visto alejarse flotando por el firmamento como si fuesen estrellas recién nacidas.

A su lado, Kell se incorporó bruscamente.

—*Sanct* —siseó—. Soy imbécil.

—¿Eh? —preguntó Rhy somnoliento.

—Los vi. En la bodega del barco. Los vi y no conseguía recordar para qué servían.

—No tengo ni idea de qué me estás hablando —dijo Rhy, el vino había empezado a hacer efecto y le pesaban las piernas y los brazos de una manera agradable. Quería aferrarse a esa sensación, pero Kell volvió a fruncir el ceño y, de repente, parecía dolorosamente sobrio.

—Asaltamos el barco de un contrabandista veskano. Tenían armas y botellas de tark...

—Me encanta el tark...

—Y una caja llena de farolillos blancos, como los que usamos durante la Larga Noche Oscura. —Kell dejó caer la cara entre las manos—. Debería haberme llevado uno, pero nos tendieron una emboscada.

—¿Tan raro te parece? —preguntó Rhy—. Los contrabandistas comercian con aquello que pueden vender, y siempre hay demanda de farolillos. Además, registramos cada caja de cada barco que atraque para el festival.

Kell le observó estupefacto.

—No es posible que pretendas celebrar el festival este año en serio.

Rhy le miró fijamente.

—Oh, pues claro que lo voy a celebrar —respondió poniéndose a la defensiva.

—Estás al borde de una guerra con Vesk y un grupo de rebeldes sin rostro están planeando destronarte.

—¿De veras? —dijo Rhy, incorporándose—. No tenía ni idea...

—Y les estarías dando la oportunidad perfecta en bandeja de plata, una noche en la que la ciudad se llena de desconocidos y de magia, en la que tú estás a la vista de todos.

—Tengo que hacerlo.

—No seas idiota —espetó Kell—. No tienes guardias suficientes, y aunque los tuvieses, no puedes predecir por dónde te atacarán...

—Kell —dijo, con su nombre cortando el aire que los separaba como un cuchillo—. Tengo que hacerlo.

Rhy no estaba mirando a su hermano al decirlo, pero podía sentir el peso de su mirada. Pasaron los minutos, largos y mudos, con un silencio que solo se rompió con el sonido de una respiración profunda.

—Dime, por favor, que no estás planeando usar esto para descubrir a la Mano.

Rhy giró la botella de vino vacía entre sus manos.

—Vale, no te lo diré.

No dijo que sí que se le había pasado por la cabeza, no dijo que se había pasado los últimos meses como un preso en su propio palacio, encerrado por las amenazas y los temores de otras personas, no dijo que estaba harto de estar asustado, de sentirse indefenso.

—Trescientos años —dijo en cambio—. Este invierno se cumplen trescientos años desde que vencimos a la oscuridad. Desde que mi familia, los Maresh, la venció. —Fijó la mirada en la de Kell—. ¿Qué impresión daré si *no* lo celebro?

Kell apretó la mandíbula, pero no respondió nada.

Rhy observó la silueta nocturna de la ciudad, bañada con la luz carmesí y con sus edificios brillando en la oscuridad como piedras preciosas.

—Soy el rey —repuso en un susurro—. Siempre habrá alguien que intente matarme. Por supuesto, sé que no es por mí, yo solo soy la corona, un nombre, un manto sobre una silla elegante. Pero he de admitir que me cuesta no tomármelo como algo personal. Sobre todo después de las Sombras.

Las Sombras no era un nombre demasiado ingenioso para un grupo rebelde, pero claro, la Mano no era mucho mejor. Tenía doce años cuando las Sombras lo secuestraron de los terrenos de palacio y lo dejaron desangrándose hasta la muerte en un bote. Si Kell no lo hubiese encontrado... pero, por supuesto, lo encontró.

—Ni siquiera sé por qué lo hicieron.

—Por los impuestos, creo —dijo Kell, dándole un sorbo a su botella de vino.

Rhy suspiró.

—Qué terriblemente trivial. —Pero entonces, ¿por qué motivo lo estaba atacando ahora la Mano?—. ¿Sabes?, a veces me he preguntado si eran ellos. Las Sombras, pero con un nombre distinto.

—No lo son —dijo Kell, tenso.

—¿Cómo puedes estar seguro?

—Porque los maté a todos.

Rhy no dijo nada ante aquello. No lo había sabido. Pero siempre lo había sospechado. No porque las Sombras hubiesen desaparecido de la noche a la mañana, que también, sino porque hubo un momento, tras la noche del ataque, en el que lo supuso. Se había despertado completamente a salvo entre los muros de palacio, aún temblando de miedo por el ataque, y había ido en busca de Kell. Se había deslizado por el pasadizo secreto que unía sus aposentos, esperando encontrarse a su hermano profundamente dormido en la cama, y en cambio, se lo había encontrado metido en una bañera revestida de cobre, con la cabeza apoyada en el borde. Su ropa estaba apilada en el suelo a un lado y la única luz que iluminaba la sala era el brillo carmesí del Isle que se filtraba por el balcón. Bajo ese resplandor no podía saberlo a ciencia cierta, pero Rhy podría haber jurado que el agua de la bañera estaba roja.

Su hermano no le había oído entrar y Rhy se había vuelto a internar en el pasadizo secreto, se había deslizado hasta su dormitorio y metido en la cama. En ese momento, la voz de Kell lo devolvió al presente, al tejado a su lado.

—Aún quedan unas cuantas semanas para la Larga Noche Oscura —dijo, vaciando la botella de un trago—. Si insistes en celebrarla, entonces más nos vale encontrar a la Mano antes.

Rhy trazó un arco con el brazo, señalando a la ciudad que se extendía ante ellos y a los miles de desconocidos que poblaban sus edificios y llenaban sus calles.

—No puede ser tan difícil, ¿verdad?

Sus pasos resonaron por la escalera.

—Supongo que no puedes pedirles a todos y cada uno de los ciudadanos que se desnuden —murmuró Lila como si lo pensase de verdad—, para poder examinarlos en busca del tatuaje.

Los guardias les hicieron una reverencia al pasar. Se dio cuenta de que no era tan profunda como la que le habían hecho a Kell, pero al menos ninguno le apuntó con un arma.

—¿Y hacer que más gente se una a su causa? —Alucard negó enérgicamente con la cabeza—. Creo que será mejor que no.

—Tienen un líder —dijo Lila—. Deben tener un líder. Todas las manos necesitan brazos, y todos los brazos necesitan una cabeza. ¿No tienes ninguna sospecha?

—Tengo unas cuantas… pero eso es todo lo que son, sospechas.

—¿Te importaría compartir la más relevante?

—Que a pesar de todo lo que dicen, no son arnesianos, ninguno lo es.

Lila no ralentizó sus pasos. Eso ya se le había pasado por la cabeza, por supuesto.

—Crees que una potencia externa los está financiando.

—La mejor guerra es la que tu enemigo libra consigo mismo.

Bajaron las escaleras en completo silencio y, al llegar abajo, Lila se plantó frente a él.

—No pienses en la Mano como algo más de lo que es. Siguen siendo solo personas, y las personas se pueden encontrar. Se pueden detener.

Alucard murmuró pensativo. Bajo esa luz no solo parecía cansado, parecía enfermo. Demacrado. Demasiado tenso, como la cuerda de un arco a punto de romperse.

—Si estuvieses más tenso te romperías —dijo—. ¿Cuándo fue la última vez que dormiste?

—Últimamente me cuesta descansar. —Entreabrió la boca, dejando los dientes a la vista, aunque no para sonreír, sino para hacer una mueca—. No puedo imaginarme por qué.

Lila chasqueó los dedos, sintió el beso frío del acero al deslizarse por su mano.

—Podría intentar matarte si quieres.

Alucard se las apañó para soltar una risita sorprendida.

—¿Y eso en qué me ayudaría?

Ella se encogió de hombros.

—Hace que la sangre fluya —respondió—. ¿Hace cuánto tiempo que no te enfrentas a un contrincante de verdad?

—Entreno con los soldados todos los días —dijo, un tanto indignado—. Y si ese es el único método que conoces para relajarte antes de dormir, me compadezco de Kell.

Siguió recorriendo el pasillo y Lila se puso a su lado, devolviendo la daga al interior de su manga.

—Supongo que existen otros métodos para quemar energía.

Alucard enarcó una ceja.

—¿Eso es una proposición?

—Por desgracia no me apetece nada acostarme contigo. Aunque estoy segura de que el rey estaría encantado de complacerte si...

Justo en ese instante una pequeña figura salió de debajo de una silla que estaba en su camino.

Lila se detuvo de golpe y bajó la mirada. De entre todas las cosas que podía ser, era un conejo. Mullido y de pelaje dorado, con los ojos completamente negros y que arrugaba una naricilla enana.

—Parece que la cena se ha escapado de la cocina —repuso, pero Alucard se limitó a suspirar y alzó a la pequeña bestia bajo un brazo.

—Miros —dijo con gravedad—. Y allí donde haya una mascota, habrá...

Como si la hubiesen invocado, una niña pequeña apareció dando saltos por una esquina y cantando una canción de cuna.

—«Suave, suave, siseó la serpiente» —cantó la niña, bailando sobre las líneas del trazado de la exuberante alfombra del vestíbulo—. «Tranquilo, tranquilo, ladró el perro. Cuidado, cuidado, ronroneó el gato, ¡justo antes de abalanzarse sobre su presa!». —Al pronunciar esto último saltó tanto como sus pequeñas piernecitas le permitieron, y aterrizó en cuclillas sobre uno de los círculos dorados de la alfombra. Justo frente a ellos.

Ren había crecido desde la última vez que Lila la vio, había pasado de ser una pequeña infante que se tambaleaba al caminar a una niñita con la barbilla puntiaguda y una buena mata de rizos negros. Quizá la niña no la recordase, pensó Lila. Al fin y al cabo, un año era mucho tiempo, sobre todo cuando solo habías vivido cuatro. Pero la niña se irguió, alzó la mirada y sus ojos brillaron encantados.

—¡Hola, Delilah Bard!

—Hola, Ren Maresh —respondió con voz uniforme.

A Lila no le gustaban los niños, y había decidido hacía mucho tiempo que la hija de Rhy no sería la excepción a la regla. No mimaría a la niña, no la adularía, ni la hablaría con el tono agudo que se usaba para hablarles a los niños, ni endulzaría sus palabras, así como tampoco complacería a la niña en todos sus caprichos. Por desgracia, a Ren Maresh no solo le gustaba Lila, la adoraba, y no había nada que ella pudiese hacer para empañar esa alegría. La niña siempre estaba tan malditamente alegre de verla.

—Ya hemos hablado de esto, Ren —le dijo Alucard, tendiéndole el conejo—. Llévatelo a tu cuarto.

Ren tomó a la mascota, se dio la vuelta y volvió a dejarla en el suelo, para que encarase el pasillo en la dirección contraria, y observó cómo se marchaba dando saltos por el pasillo. Alucard echó la cabeza atrás y suspiró cansado, como un padre que ya no sabe qué más hacer.

Esa también había aparecido tras la niña en algún momento y estaba sentada en un cojín, balanceando su cola blanca de un lado al otro cuando el conejo pasó saltando a su lado; sus ojos lavanda estaban fijos en la capitana que le había robado su barco. Lila le sostuvo la mirada a la bestia hasta que una vocecita la llamó.

—Delilahhh —pidió Ren, haciéndole señas para que se agachase. Lila suspiró y se arrodilló frente a ella hasta que sus ojos estuvieron a la misma altura. Esos ojos, como los de Rhy, ardían con oro en su interior, pequeñas motas doradas rodeadas de un halo de pestañas negras. Ren se limitó a mirarla fijamente, expectante. Lila se impacientó.

—¿Qué quieres? —le preguntó.

Ren se echó hacia delante, y colocó las manos a ambos lados de su boca.

—Haz el truco —le pidió en un susurro.

Lila arqueó una ceja. Ese era el problema con los niños. Hacías algo una vez y ya tenías que estar dispuesto a hacerlo una y otra vez cuando te lo volviesen a pedir.

—Por favor —añadió la princesa como si se le hubiese ocurrido *a posteriori*.

Lila se cruzó de brazos.

—¿Qué me darás a cambio?

—Vamos, Bard —la reprendió Alucard.

—¿Qué? —contestó mientras la niña rebuscaba entre los bolsillos de su pijama—. Nada es gratis. Y tu hija aquí presente es una pequeña acaparadora.

Por supuesto, Ren se metió la mano en un bolsillo profundo y sacó un lin, un pendiente de rubíes, una figurita de un guardia de palacio y una única pluma negra. Lila estaba observando los tesoros cuando una mujer con el cabello canoso apareció por la esquina, con el conejo bajo el brazo.

—Ahí estás —dijo, dirigiéndose a Ren. Le dedicó una mirada de disculpa a Alucard—. Me he despistado solo un momento.

Se acercó con el brazo libre extendido, lista para alzar a la niña como había hecho con el conejo.

Pero Lila levantó una mano.

—Espera —dijo—. Estamos en medio de un trato. —Observó el contenido del bolsillo de la niña—. ¿Cuál es tu favorito?

Ren señaló la pluma de ónice.

—Se le cayó —explicó muy sombría, por si acaso alguien pensaba que había conseguido esa pluma de un modo mucho menos moral. Lila tomó la pluma y se la metió en el abrigo.

Echó un vistazo a su alrededor, observando el pasillo y buscando un jarrón, una jarra o cualquier otra fuente de agua. Al no encontrar ninguna, su mirada se dirigió a las manos de Alucard. Lila había dejado su copa de vino atrás, pero él sí que había traído la suya, llenándosela justo antes de salir.

Todavía le quedaba una buena cantidad dentro.

—¿Puedo? —preguntó, y para cuando él quiso responder con un «no» el vino ya estaba alzándose en el aire, creando una pequeña lazada plateada que se enredaba alrededor de la palma de su mano. Se retorció y se sacudió hasta convertirse en un conejo.

Ren alzó la mirada, encantada, y Lila miró a Alucard, solo para ver cómo una extraña tristeza surcaba su rostro, la mirada lejana de alguien que estaba sumido en un recuerdo. Pero entonces parpadeó, la miró, y la tristeza había desaparecido.

La niña aplaudió complacida e intentó alcanzar la figura líquida, pero esta saltó fuera de su alcance, pasando de la mano derecha de Lila a la izquierda, y dejando caer unas pequeñas gotas de vino sobre la alfombra. Era difícil darle forma a un elemento y mucho más difícil todavía imprimirle movimiento de ese modo, para que pareciese que estaba vivo.

—¿Sabes? —dijo mientras el conejo saltaba por el aire sobre sus cabezas—. Esto me lo enseñó Alucard. —Siete años atrás, en el interior del *Barron*, cuando todavía era el *Pináculo* y él seguía siendo el capitán, Alucard Emery había accedido a enseñarle a hacer magia. Le había enseñado a centrar su mente, a vincular lo que quería conseguir con sus palabras.

«Tigre, tigre, fuego que ardes».

Por supuesto, él ya sabía lo que para aquel entonces Lila solo sospechaba: que había algo más en su interior que solo carne, sangre y agallas, mucho más que un ojo perdido. Tenía un extraño don de la vista, gracias al cual había detectado la plata que se enroscaba a su alrededor el día que se conocieron, los hilos que la marcaban con la magia *antari*. Pero aun así le había enseñado. Le había mostrado cómo manejar un elemento. Cómo mejorarlo. Cómo hacerlo suyo.

Ren abrió los ojos como platos, dirigiendo toda la atención que le había estado prestando al conejo líquido hacia su padre.

—¿Luca?

—Sí, Luca —respondió Lila, pasándose el animal de una mano a otra como si fuese una piedra caliente—. Y él puede hacerte este mismo truco *siempre que quieras*.

Alucard observó fijamente a Lila por encima de la cabeza de su hija. «Gracias», murmuró, claramente molesto, pero ella se limitó a encogerse de hombros. Le estaba bien empleado por haber tenido una hija. Podría haber parado justo en ese momento, debería haberlo hecho, haber disuelto el truco y haberse librado de la atención de Ren de una vez por todas.

Pero, por algún motivo, no lo hizo.

Por algún extraño motivo se volvió a arrodillar para estar a la misma altura que la niña, y ahuecó las manos bajo la figura mágica. Lila dobló los dedos y el conejo se congeló en el aire, los cristales de escarcha surcando su piel plateada. Este cayó sobre las palmas de sus manos. Pero aún no había terminado.

—¿Sabes? —susurró, bajando levemente la voz para darle un tono conspiratorio—. Luca sabe hacer muchas cosas. Pero no puede hacer esto.

Aferró la figura con más fuerza, aunque no la suficiente como para romperla, sino solo la justa como para pincharse el pulgar con la punta helada de la oreja del conejo

—*As Staro* —susurró.

Y el animal pasó del hielo a la piedra pulida entre sus manos.

Los ojos de Ren se abrieron más de lo que creía posible ante la escena y sus labios esbozaron una sonrisa maravillada al mismo tiempo que alguien contenía la respiración con fuerza.

—*Mas aven* —dijo la niñera, dejando caer al conejo de verdad que llevaba en brazos y haciendo una profunda reverencia al darse cuenta de lo que Lila acababa de hacer. De lo que era. La expresión en el rostro de la niñera no era de temor, sino de asombro. Sin duda era una de esas personas que creían que los *antari* eran algo más que magos con unos dones más poderosos; que pensaban que eran la magia en esencia pura. Elegidos. Benditos.

Lila sabía que Kell odiaba ese tipo de muestras de devoción, que le erizaban la piel, pero a ella le gustaba que, de vez en cuando, la viesen como algo más, en vez de como alguien inferior. En otro Londres, la mujer se habría santiguado al presenciar la escena. En ese Londres, se llevó los dedos a los labios y susurró algo contra ellos.

—Sasha —dijo Alucard con dulzura—. ¿Serías tan amable de…?

La niñera se recompuso.

—Claro —repuso—. Por supuesto.

Lila dejó la pequeña figurita de piedra sobre las palmas extendidas de Ren, y Sasha se apresuró hacia ellas antes de tomar a la niña en brazos. Ren pasó sus deditos sobre el conejo de piedra, trazando su lomo de arriba abajo.

—Claro —repitió—. Tu madre querrá darte las buenas noches.

—Y esa es mi señal de que tengo que irme —dijo Lila, girándose sobre sus talones y dirigiéndose hacia las puertas del palacio—. Buenas noches, princesa.

—¡Buenas noches! —gritó Ren mientras Sasha se la llevaba en brazos de vuelta a sus aposentos.

—A mí nunca me ha hecho una reverencia tan profunda —refunfuñó Alucard, siguiéndola hacia las puertas.

Había dos guardias apostados a los lados. Los dos apoyaron las palmas de sus manos sobre la madera y Lila pudo oír el susurro del hechizo cobrando vida, los pernos deslizándose en el interior de la madera. Y entonces las puertas se abrieron de par en par y la brisa nocturna se coló rápidamente en la estancia. Salió a la oscuridad, echó un vistazo atrás antes de marcharse, y vio a Alucard enmarcado por la luz dorada del vestíbulo.

—Podrías venir conmigo a tomarte un trago —dijo, aunque ya sabía su respuesta antes de que él negase con la cabeza. Lila chasqueó la lengua—. La paternidad te ha vuelto un muermo.

Ni siquiera fingió ofenderse por sus palabras. Su mirada se dirigió a un punto a sus espaldas, a la ciudad, oscura bajo la noche.

—Puedes llevarte un carruaje si quieres.

Lila soltó una única carcajada sarcástica.

—¡Qué generoso! Me llevaré también a un par de guardias y un trompetista. —Extendió los brazos a los lados—. Al fin y al cabo, ¿por qué mezclarte entre la multitud cuando puedes destacar?

Él le dedicó una sonrisa de medio lado.

—Te metes en tantos problemas que a veces se me olvida que no quieres que nadie se fije en ti.

Lila dejó caer los brazos a sus costados.

—Es más difícil robarle a alguien cuando ya te están mirando fijamente las manos.

Le dedicó una amplia sonrisa al decirlo, pero Alucard supo captar lo que se escondía tras sus palabras, y su ánimo se ensombreció.

—Ten cuidado.

—Siempre lo tengo —respondió.

Pero mientras bajaba las escaleras de palacio se percató de que iba tarareando la cancioncilla de Ren.

«Cuidado, cuidado, ronroneó el gato.

Justo antes de abalanzarse sobre su presa».

V

Rhy colgó su corona en la rama de un manzano.

El maravilloso regusto del vino plateado se había diluido, dejando tras de sí solo el cansancio. Sabía que no debía beber tanto, siempre le hacía pasar de la alegría al malhumor en cuestión de segundos. Curiosamente, a Kell le pasaba justo lo contrario. Se había marchado en dirección a sus aposentos tarareando una canción marinera. Rhy también debería haberse ido a la cama, pero su dormitorio estaba vacío, salvo por el tónico somnífero que le esperaba sobre la mesilla, y sabía lo que ocurriría cuando se lo bebiese. Conocía a la perfección el modo en el que la droga haría que le pesase todo el cuerpo, apagándole la mente, se cerniría sobre él más como un par de manos, sujetándole con fuerza hacia abajo, que como una manta, hasta que los brazos y las piernas se le volviesen demasiado pesados y su mente dejase de luchar. Y entonces, por la mañana, la boca le sabría a azúcar quemado, y Rhy no podría evitar pensar que se había olvidado de algo, incluso aunque lo que hubiese olvidado fuese una pesadilla.

Sabía lo que pasaría, y no estaba listo todavía, así que dejó caer la corona sobre el colchón y siguió caminando, dejando que sus pies le guiasen por sus aposentos y bajando las escaleras, para salir al patio del palacio.

Los guardias lo siguieron de cerca, revueltos como el polvo bajo sus pies. Pero al llegar a las puertas les ordenó que se quedasen dentro.

—Majestad —dijeron.

—No es seguro —añadieron.

—El patio se encuentra fuera del recinto del palacio —repusieron, como si él no estuviese enterado de ese detalle. Lo sabía, pero no le importaba. Que su reina se enfadase con él. Que su amante lo regañase. No necesitaba que lo protegiesen. Era el hombre más a salvo del mundo. Era el Rey Inmortal.

Y quería estar solo.

Les ordenó que se quedasen en sus puestos y ellos le obedecieron, quedándose allí de pie, bajo las luces de la entrada, como si estuviesen vigilando una jaula y Rhy, por primera vez, fuese el único en libertad.

Caminó entre los árboles del huerto real, tocó una manzana para ver si cedía. Pero la fruta todavía no estaba madura. Se aferraba a la rama, con la piel empezando a ponerse rosa.

—Paciencia —solía decir Tieren—. La paciencia es lo que las vuelve dulces.

Rhy cerró los ojos con fuerza, y a su alrededor ya no era otoño, sino primavera, tres años atrás, y él ya no estaba solo porque el *Aven Essen* paseaba a su lado. En su recuerdo, Tieren arrastraba los pasos, como si la túnica blanca que llevaba puesta pesase más que él.

La muerte le estaba acechando, lentamente, pero terminaría llegando hasta él, agotando al viejo sacerdote poco a poco a cada día que pasaba. Cuando habló, lo hizo con la voz cansada, como el viento deslizándose entre los juncos.

—A algunos se les da muy bien ocultar lo que piensan, Rhy Maresh. Pero a ti no. —Su risa era suave, nada más que un susurro. Solamente sus ojos azules seguían igual de agudos que antaño—. Puedo ver tus pensamientos flotando como una nube sobre tu cabeza.

Rhy trató de responder, solo para percatarse de que tenía la garganta cerrada. Apartó la mirada.

Un momento más tarde, Tieren dejó de caminar y se apoyó sobre el tronco de un árbol, con el cansancio visible en cada una de sus líneas de expresión.

—¿Necesitas sentarte? —le preguntó Rhy, pero el *Aven Essen* desestimó su propuesta con un gesto airado de la mano.

—Me temo que si me siento no podré levantarme después. —Y entonces, al ver su mirada horrorizada, volvió a reírse con esas carcajadas suaves tan suyas—. Me refiero a mis piernas, no a mi vida, Rhy. Se me agarrotan las rodillas.

Siguieron caminando y entonces Tieren añadió:

—No es un mal término, la muerte.

Y, sin embargo, tenía la suficiente energía como para detener al rey, para hacer que sus piernas se hundiesen sobre el terreno. Tragó saliva con fuerza y alzó la mirada. Las copas de los árboles habían empezado a verdear, y le parecía injusto que Tieren se estuviese marchitando cuando el resto del mundo estaba empezando a florecer.

—¿Tienes miedo? —le preguntó Rhy.

—¿Miedo? —repitió Tieren—. No. Estoy *triste*, supongo, de que todo vaya a terminar. Y de que vaya a perderme tantas cosas… —Y solo por un momento, Rhy pudo ver cómo la nuez del anciano se movía, cómo se le nublaba la vista con las lágrimas no derramadas, antes de que siguiese hablando—. Pero todo termina. Así es como funciona el mundo. La muerte es esencial. Un descanso. Y admito que tengo ganas de poder descansar por fin.

—Descansar —repitió Rhy—. ¿Eso es todo?

—Somos objetos prestados —dijo el sacerdote—. Nuestros cuerpos se marchitan y nuestra esencia… bueno, la magia es el río que todo lo nutre. Se presta a dar vida, y en la muerte la reclama, y así el cauce parece subir y bajar cuando, en realidad, no pierde ni una sola gota.

—Pero ¿qué hay de nuestras mentes? —insistió Rhy—. ¿De nuestros recuerdos? ¿Qué pasa con *nosotros*?

—Somos un instante, majestad. Y los instantes pasan.

No era suficiente. No después de todo lo que había visto. No después de todos a los que había perdido.

—Así que, en la muerte, ¿simplemente dejamos de existir? ¿Venimos y nos vamos y, después, no somos nada?

Rhy podía oír cómo alzaba la voz, pero Tieren se limitó a suspirar. A lo largo de los años esos mismos suspiros se habían convertido en un idioma propio, uno que Rhy hablaba con fluidez. Un único suspiro podía significar que estaba exasperado, cansado o que era infinitamente paciente. Ese suspiro era una mezcla de los tres.

—Solo porque no sigamos adelante —dijo el sacerdote—, no significa que no hayamos existido. Vivimos una vida, dejamos atrás un legado. Pero el río solo corre en un sentido, y nos lleva su corriente.

Rhy negó con la cabeza.

—Si eso fuese cierto yo no estaría aquí. Te olvidas de que *morí* —dijo. No añadió que en ese breve pero sólido periodo de tiempo en el que estuvo muerto no sintió nada—. Morí y dices que eso debería haber sido el final, pero volví de entre los muertos. Lo que significa que seguía allí. No dejé de existir.

—Tu muerte fue breve —se aventuró el sacerdote—. Puede que aún no te hubieses marchado del todo. Existe, al fin y al cabo, un instante en el que la llama se ha apagado pero las brasas siguen calientes.

Rhy alzó los brazos en el aire.

—Hablas como si no tuvieses ni idea.

Tieren suspiró y esta vez estaba claro que era un suspiro impaciente.

—Nunca he fingido ser *sabio*. Solo soy viejo. Así que no, *no lo sé*. Pero *creo*. Creo que no nos quedamos por mucho tiempo, aunque sería agradable. Creo que si seguimos con vida, es en el corazón de aquellos a los que amamos.

Hubo una palabra que se le quedó en el tintero.

«Solo».

Pero si había algo más allá de la oscuridad, entonces, ¿qué pasaba con su madre y su padre? Rhy no sabía qué decir. ¿Qué pasaba con Tieren? ¿Qué pasaba con aquellos a los que había perdido y con aquellos a los que todavía podía perder? ¿Con Alucard, Nadiya y Ren? ¿Qué pasaría con aquello que habían visto, sentido, conocido y amado? ¿Cómo podría conservarlos en su corazón cuando sabía que terminaría olvidando el sonido de sus voces, el peso de sus manos? Y, un día, cuando Kell muriese, él también moriría. ¿Qué pasaría entonces? Después de todo lo que les había unido, ¿de verdad no existiría el vínculo más allá de la oscuridad?

Esos miedos le seguían a la cama cada noche y Tieren lo observó, como si tuviese escrito cada uno de sus temores en una nube sobre la cabeza.

—El amor y la pérdida —recitó el sacerdote moribundo.

Pero Rhy lo rodeó hasta plantarse ante él.

—¿Es que no he perdido ya lo suficiente? —espetó.

Tieren le devolvió la mirada, con la tristeza y la compasión llenándole los ojos. Y entonces se volvió y llevó una mano hacia una rama baja, pasando los dedos entre sus flores.

—Qué suerte tenemos —dijo con dulzura—, ya que después de cada invierno, nos recompensan con una primavera.

Rhy abrió los ojos de golpe.

En ese instante el huerto estaba completamente a oscuras.

Tieren se había ido.

Estaba solo de nuevo.

Y, sin embargo, algo lo había sacado de su ensoñación. Contuvo el aliento y escuchó atentamente hasta que volvió a oírlo.

Pasos.

No pertenecían a las pesadas botas de los soldados, eran un susurro mucho más ligero, como si fuesen una caricia del cuero sobre el empedrado. Alguien que intentaba no hacer ruido. El rey se llevó la mano al bolsillo y sacó la pequeña daga que siempre llevaba allí oculta, cuyo filo estaba hechizado para incapacitar a sus oponentes. Solo tendría que rasgarles la piel para que surtiese efecto.

Rhy se apoyó contra el tronco del árbol más cercano y esperó, listo para clavarle la daga en el costado a su atacante, para hacerle un corte rápido y profundo; esperó mientras los pasos se acercaban, hasta que estuvo lo bastante cerca como para oírlo respirar, y entonces surgió de detrás del árbol con la daga en alto…

Y se detuvo de golpe, con el filo a solo unos centímetros de la túnica blanca del sacerdote. Y, por un momento, incluso entonces, se le aceleró el corazón y creyó que, si alzaba la mirada, vería el rostro de Tieren.

Pero cuando lo hizo, frente a él no había ni rastro del pelo canoso, de los ojos azules o de la sonrisa paciente del sacerdote. Habían sido reemplazados por una piel sin arrugas y un rostro en forma de corazón, por un cabello negro que caía por la espalda como una cascada de tinta negra sobre la túnica pálida, esculpiendo un vago pico de viuda en la raíz.

La décima *Aven Essen* lo miraba fijamente, con la diversión dibujada en el rostro. Bajó la mirada hacia la daga.

—¿Es que estabas esperando a otra persona?

—Ezril —dijo, dejando caer la mano a un costado, derrotado—. ¿Qué estás haciendo aquí?

Ella extendió los brazos a los lados, con las mangas blancas meciéndose con la brisa nocturna.

—Soy la *Aven Essen*. Conozco tu corazón, *mas res*. Puedo sentir cuánto tu ánimo se enturbia, así como siento cuando el viento se vuelve frío.

Mantuvo el rostro totalmente serio al decirlo, pero Rhy había aprendido a lo largo de los tres últimos años que, mientras que Tieren había sido implacablemente sincero, Ezril pocas veces decía aquello que quería decir de verdad. Y, sin duda, un momento después, la comisura de sus labios se elevó y señaló con la cabeza hacia el palacio.

—Uno de los guardias me hizo llamar. Parecen pensar que tienes ganas de morir.

—¿Es posible tener ganas de morir —murmuró—, cuando sabes que no puedes hacerlo?

Su sonrisa se tambaleó.

—Lo es —respondió—, si insistes en tentar a la suerte y eludir a tus guardias siempre que puedes.

Rhy les dedicó una mirada oscura a las puertas del palacio. Podía ver las siluetas de sus guardias, enmarcadas por la luz.

—No deberían haberte hecho llamar.

—Y, sin embargo, lo hicieron. Y aquí estoy. Despierta, con la ropa puesta. Lo mínimo que puedes hacer es fingir que necesitas que te aconseje.

Dicho eso, pasearon uno al lado del otro bajo las ramas hasta que los árboles dieron paso a un camino empedrado que rodeaba todo el patio. A su derecha estaba el palacio, brillante. A su izquierda, el Isle refulgía. Y Ezril estaba a su lado.

La joven *Aven Essen* había sido un reemplazo muy extraño.

Ezril tenía el cabello tan oscuro como las plumas de un cuervo, unos ojos marrones que cambiaban de tono como el té, pasando del marrón más claro al más oscuro dependiendo de cuánto tiempo estuviese en remojo. Tenía la apariencia de una niña jugando a los disfraces con la ropa de otra persona. Había picardía en su interior. Una coquetería en su voz que pertenecía más a los jardines de placer que al sacerdocio. Y, sobre todo, no podía ser mayor que Kell.

—Eres una sacerdotisa muy joven —le había dicho el día en el que entró por primera vez en el Salón de las Rosas.

Pero ella se había limitado a encogerse de hombros y a sostenerle la mirada.

—Tú eres un rey muy joven. Puede que no quisiesen seguir reemplazando a tus consejeros.

¿Es que no he perdido suficiente?

Puede que aquello formase parte del regalo de despedida de Tieren.

Si era así, era agradable. Porque aunque el corazón de Rhy siempre se saltaba un latido al ver la túnica blanca, y siempre habría un momento en el que anhelaba alzar la vista y toparse con el rostro de Tieren, habría sido insoportable encontrar uno que tuviese su misma edad y su apariencia.

Ezril echó la cabeza atrás y suspiró, sonriendo al ver que su aliento ascendía formando una pequeña nubecita a su alrededor.

—Estamos a punto de cambiar de estación —dijo—. Es un agradable recordatorio, ¿verdad? De que todo cambia. —Bajó la mirada de vuelta hacia su rostro—. ¿En qué pensabas antes de que te interrumpiese?

—En lo que ocurre tras la muerte.

—Ah.

Rhy esperó que dijese lo mismo que Tieren, que lo alimentase a base de refranes del Santuario sobre las corrientes, los ríos y el sueño. Sin embargo, no fue así.

—Quieres saber qué ocurre tras la muerte. —Y entonces, leyendo la sorpresa en su rostro, añadió—: Oh, ya sé lo que se supone que he de decir. Que vivimos y morimos y eso es todo. Eso es lo que enseñan en el Santuario, y al fin y al cabo, puede que sea verdad. Pero los veskanos tienen sacerdotes que alegan saber hablar el lenguaje de los muertos, y en Faro construyen altares para aquellos que han perdido. Dejan ofrendas y buscan sus consejos. Ponen platos de más a la mesa y mantienen sus puertas abiertas, incluso en invierno, para que sus muertos puedan hallar refugio.

Dejó de hablar por un segundo, su túnica blanca ondeando bajo la brisa al girarse para mirarlo de frente.

—¿Quién es nadie para decir qué es verdad y qué es solo una superstición? Elegimos las historias que nos reconfortan. Cree lo que quieras.

—¿En qué crees tú? —preguntó Rhy.

—Bueno, el Santuario dice...

—No es eso lo que te he preguntado.

Los labios de Ezril se torcieron formando una sonrisa traviesa, de ese modo tan característico suyo que dejaba claro que sabía que eso no era lo que le habían preguntado.

—Creo que hay cosas que sabemos a ciencia cierta y cosas que no. Sabemos que la magia fluye en el interior de todo y de todos, que podemos controlar los elementos y crear hechizos. Sabemos que el mundo se rige bajo un orden natural y que exige equilibrio. Pero más allá de eso... —Se encogió de hombros—. Tú mismo eres la prueba de que la magia sigue siendo en parte un misterio. Al fin y al cabo —lo golpeó suavemente en el pecho, justo sobre su corazón y sobre la marca del hechizo que vinculaba su vida a la de Kell—, se nos enseña que el río solo fluye en un sentido y, sin embargo, aquí estás tú. —Su mano volvió a desaparecer en el interior de la túnica—. Es un agradable recordatorio de que lo único que podemos hacer es suponer.

Dicho aquello, siguieron paseando juntos, uno al lado del otro, bajo los árboles del huerto, iluminados por la luz de la luna, hasta que las nubes repartidas en el firmamento nocturno se despejaron y, aunque Rhy no era quien había hecho llamar a Ezril, se alegró de que hubiese acudido a su encuentro.

VI

Tes no lograba recordar la última vez que había dormido. A mitad de la primera noche, una fuerte migraña se había instalado en el interior de su cabeza, alimentada a base de bollos azucarados y té negro amargo. Latía al mismo ritmo que su corazón, pero no le importaba, estaba completamente inmersa en el trabajo.

Al día siguiente, dejó la tienda cerrada a cal y canto. Ignoró las llamadas ocasionales a la puerta, el golpeteo del picaporte, el hambre que se le aferraba a las costillas y sus rizos enredados, y también ignoró a Vares incluso cuando el pequeño búho dejó de chasquear el pico, dejó de mover las garras o de intentar llamar su atención. Se limitó a girar su cráneo de vez en cuando, con sus ojos de guijarros desparejados observándola mientras ella se levantaba y rodeaba el objeto, estudiándolo desde todos los ángulos.

—*Kers ten?* —le susurró al objeto roto mientras trabajaba.

«¿Qué eres?».

Era como intentar montar un puzle cuando no sabías la imagen final que había que formar. Al principio, te limitabas a intentar encontrar las piezas que encajaban pero, en algún punto, empezabas a verlo, la imagen que se suponía que tenía que existir entre lo que tenías y lo que te faltaba.

—*Kers ten?* —repitió, convirtiendo las palabras en una especie de mantra.

A mitad del segundo día pudo entrever la forma que había de adquirir, aunque no el hechizo. Era una especie de caja. O, al menos, estaba contenido en una. Pero a medida que siguió juntando las piezas, la magia también empezó a cobrar sentido, hasta que por fin pudo hallar el lugar donde el hechizo se había enredado y rasgado, y supo cómo arreglarlo.

—*Kers ten?* —preguntó una y otra vez.

Hasta que, al fin, el objeto le dio la respuesta. Le habló de lo que era. De lo que se suponía que debía ser.

Se le quedaron las manos congeladas sobre la caja cuando por fin lo averiguó. Tenía un hilo enredado entre los dedos, esperando a que lo volviesen a tejer, pero Tes se quedó completamente quieta; lo único que se movía eran sus ojos, trazando los hilos del hechizo, leyéndolo una y otra vez hasta asegurarse de que estuviera viendo lo que creía.

Y allí estaba ella.

No era una caja, en absoluto, aunque sí que lo habían construido para que pareciese una. No, aquello era una *puerta*.

O, en realidad, un *creador de portales*.

Básicamente era un atajo, un objeto diseñado para salvar las distancias, para permitir que una persona se moviese con libertad por un espacio ilimitado con solo un paso, sin importar los muros, los cerrojos o el espacio. Algo que no estaba estrictamente prohibido. Pero que era imposible.

O, al menos, debería haberlo sido.

Tes sabía que los *antari* podían abrir puertas como aquella, por lo que eso significaba que la magia estaba ahí, que existía, pero era un don que solo ellos podían utilizar. Este artefacto tomaba ese poder y se lo daba a cualquier persona. Tes intentó imaginarse un hechizo que le otorgase a todo el mundo la capacidad de ver y cambiar los hilos del poder, y se estremeció al pensarlo. Algunos dones eran poco comunes por un motivo.

Y, sin embargo, alguien había hallado el modo de tomar la más extraña de las magias del mundo y contenerla en el interior de una cajita de madera. Una caja que casi había terminado de arreglar. Y Tes no podía dejarlo, ahora no. El corazón le latía acelerado pero sus manos seguían firmes. Sus dedos se movieron, esta vez con rapidez, agitándose como un pez fuera del agua entre los hilos finales del hechizo al unirlos y arreglar las últimas roturas, trabajando cada vez más rápido hasta que lo terminó.

Tes se retiró los secantes y los lanzó a un lado, frotándose la piel amoratada alrededor de los ojos al tiempo que observaba el artefacto. Parecía tan *ordinario*. O lo habría parecido, al menos bajo una mirada ordinaria. Pero para ella era *increíble*. Una parte de magia *antari* traducida hasta crear un hechizo articulado. Era una pieza de artesanía increíble, completamente distinta a cualquier objeto que hubiese visto antes. Tes se levantó de su asiento, le dolían las piernas y tenía los músculos agarrotados, el cuerpo le pedía a gritos comida y descanso, pero ella tenía que asegurarse primero de que lo había conseguido de verdad. Tenía que saber si *funcionaba*.

Tomó la cajita entre las manos, se ubicó al otro lado del mostrador y se arrodilló, colocándola con cuidado en el suelo. Un hechizo como aquel necesitaba un desencadenante, pero las órdenes originales se habían dañado y habían quedado inutilizadas, así que Tes había escrito sus propias órdenes en el tejido del hechizo, utilizando el arnesiano común para hacerlo más sencillo: *Erro* y *Ferro*.

«Abrir» y «Cerrar».

Tenía la orden en la punta de la lengua, volviéndose más pesada a cada segundo que pasaba, hasta que abrió la boca y la palabra salió de golpe de entre sus labios.

—*Erro*.

La caja tembló y se estiró y, por un segundo, a Tes le pareció que iba a estallar en pedazos, pensó que había cometido un error, que había unido dos hilos que no debían estar juntos entre los cientos que componían el hechizo, pero entonces la caja se retrajo, como si estuviese suspirando, y el hechizo funcionó. La caja se desplegó y su interior quedó bañado en una luz extraña, y sus hilos salieron disparados más allá de los bordes de madera, elevándose por el aire y trazando la silueta de una puerta.

El interior de la silueta se onduló y se oscureció hasta que la tienda desapareció por completo, viéndose reemplazada por una cortina hecha de sombras. Más allá del velo, una escena difuminada estaba tomando forma, aunque Tes no lograba discernirla claramente. Era el contorno borroso de un camino vacío. Inmóvil. Sin color. Estático.

Tes se levantó y paseó alrededor de la puerta, esperando que algo saliese de dentro. Pero no salió nada. Extendió la mano y llevó sus dedos hacia ella, flotando sobre la superficie oscura. De su interior surgía una corriente de aire. Un olor metálico, como el del óxido o el de la sangre. La mordedura amarga del frío helador.

—Qué extraño —dijo, y debió de echarse hacia delante, solo un poco, al hablar, porque sus dedos tocaron el velo y este envolvió su mano, arrastrándola a través de él.

VII

EN ALGUNA OTRA PARTE

Tes se tropezó.

Estiró la mano hacia delante con la intención de apoyarse en la mesa de trabajo que sabía que tenía en la tienda de Haskin, pero había desaparecido, y la tienda había desaparecido con ella.

Tes recuperó el equilibrio por los pelos y se fijó en que estaba de pie en medio de una calle. Alzó la mirada, esperando encontrarse con las tiendas que había repartidas por su calle, pero estas también habían desaparecido, viéndose sustituidas por un muro de piedra blanca que le era totalmente desconocido. Se estremeció, notando de repente el frío que hacía, y entonces se acordó.

La *puerta*.

Tes dio una vuelta sobre sí misma, temiendo que hubiese desaparecido, pero seguía ahí, tan fina como un panel de cristal oscuro de pie en medio de la calzada. A través del marco de la puerta podía ver la tienda que acababa de dejar atrás. La cajita que no era una cajita en el suelo, en medio de la estancia. Tes se arrodilló e intentó tocar el artefacto. Intentó alzarlo, pero este no cedía, lastrado por el hechizo que seguía activo. Se volvió a poner de pie.

¿Dónde estaba?

En un callejón, uno que no reconocía, aunque se conocía todas y cada una de las calles del *shal*. Tras echar un vistazo a su alrededor

Tes se fijó en los finos hilos de magia que había tejidos a través de las piedras que formaban el muro y que refulgían, subiendo por el cielo, pero su brillo era distinto al que estaba acostumbrada. Un sonido grave retumbó a su alrededor, firme como el latido de un corazón, y tardó un momento en darse cuenta de lo que era: el sonido de los tambores.

Ladeó la cabeza, tratando de averiguar de dónde provenía, cuando, a su derecha, captó un *movimiento*.

Tes se dio la vuelta con rapidez y se encontró con una anciana que la observaba desde una alcoba. Vestía de forma extraña, con varias capas de tela hechas jirones; tenía el rostro demacrado y su piel curtida estaba llena de gruesas marcas negras. Tatuajes. Habló con un tono tan seco y quebradizo como el papel, haciéndole una pregunta en un idioma que Tes no conocía, lo que ya de por sí era extraño; de niña, su padre la había obligado a aprender todos los dialectos que se hablaban en Arnes.

Ella negó con la cabeza como respuesta y cuando la mujer se echó un poco más hacia delante, hacia la luz, Tes se tambaleó hacia atrás. Los hilos de magia de la anciana colgaban a su alrededor como si fuesen raíces oscurecidas, marchitas y sin brillo. Eso no era una maldición, no había nada envenenando el flujo del poder. No había flujo, no había movimiento.

La magia estaba arruinada.

Muerta.

La mujer volvió a hablarle en aquella extraña lengua y, esta vez, sus ojos pasaron de Tes a la puerta; estaba claro que ella también podía verla, y de nuevo hacia ella, alzó la mano, con la palma abierta, doblando sus dedos nudosos sobre el velo. Lo que quiera que estuviese diciendo había dejado de ser una pregunta. Sus palabras eran planas, su tono se iba afilando por minutos mientras decía los mismos términos una y otra vez, como si fuesen una orden, o una maldición.

Y entonces se lanzó hacia delante, con una repentina y salvaje velocidad, y agarró a Tes de la muñeca, rodeándola con sus dedos vendados, como unas esposas a su alrededor, tan apretados y fríos como el hierro. Tes logró zafarse de su amarre y se tambaleó hacia atrás, tropezándose con la caja y cayendo de vuelta a través de la puerta abierta y hacia su tienda de reparaciones.

La caja no se movió ni un ápice, pero en cuanto Tes cayó sobre el suelo que le era familiar, el mundo al otro lado de la cortina se desvaneció tras su manto, llevándose el extraño callejón y a la mujer destrozada consigo. Y, sin embargo, seguía oyendo su voz ronca, cada vez más alto, más cerca, y la mente de Tes se adelantó a su cuerpo, que intentaba procesar lo que estaba ocurriendo cuando la mano marchita y entintada de la mujer atravesó el velo, intentando alcanzarla, acercándose a ella.

—*Ferro!* —gritó Tes, y la puerta se retrajo, tan rápida como la hoja de una guillotina al caer.

Algo cayó con ella, rebotando sobre el suelo antes de detenerse a unos pocos pasos. Tes se acercó, extendiendo la mano antes de ver de qué se trataba.

Era un único dedo tatuado.

Dio un grito y lo apartó de una patada, observando horrorizada cómo el dedo amputado de la mujer rodaba bajo una mesa. Se sentó, jadeando por unos segundos, pronunciando todas y cada una de las palabrotas que conocía en todos los idiomas que sabía. Al final logró tranquilizarse y dirigió su atención de vuelta al lugar donde había conjurado la puerta. Ya no estaba, había regresado a su caja, pero el aire donde había estado seguía teniendo mal aspecto. El marco de la puerta seguía brillando débilmente, y Tes cerró los ojos con fuerza, pensando que solo debían ser los restos de la magia, a veces los veía después de trabajar durante mucho rato, los zarcillos de la magia se quedaban marcados en el interior de sus párpados, pero no importó cuántas veces parpadease, las líneas permanecieron flotando en el aire, como una cicatriz.

Bajó la mirada hacia el creador de portales que ahora estaba en el suelo, cerrado; volvía a parecer solo una caja. Algo había salido mal. Se suponía que la magia en el artefacto servía para crear atajos, para cerrar la distancia entre dos lugares, pero entonces Tes se percató de su error.

—Estúpida, estúpida, estúpida —siseó en voz alta.

Una puerta solo era una puerta si llevaba a alguna parte, y ¿cómo sabría a dónde debía llevar? Tenía que haber un final, una llave, una pieza del artefacto que marcase el destino. Pero no la tenía.

—¿Estos son todos los pedazos? —le había preguntado al hombre con la magia moribunda mientras él la miraba fijamente.

—Son todos los que necesitas —le había respondido.

Quizá sí fueran todos los que necesitaba para *reparar* el creador de portales, pero no para usarlo.

Obviamente había mantenido en secreto el hecho de que se había quedado con la llave y Tes, al no saber lo que estaba arreglando, no había pensado en dejar un espacio disponible para repararla o para crear una nueva. Se había limitado a volver a unir el hechizo sin esa parte tan importante, lo había arreglado como si eso fuese todo, y en vez de crear una puerta que llevase a otra parte dentro de ese mundo, había creado una que lo atravesaba.

Hacia otro mundo.

Tes se pasó los dedos por el pelo cuando el miedo la golpeó con todas sus fuerzas.

Conocía la historia, por supuesto, aunque era lo suficientemente antigua como para que ya hubiese empezado a parecerle una leyenda.

Había habido un par de dibujos en la tienda de su padre en los que salían ilustrados cuatro mundos como si fuesen libros, uno encima del otro. En el primer dibujo los libros estaban ardiendo, como si las llamas hubiesen empezado en el que estaba más abajo y hubiesen ido ascendiendo hacia los demás, enroscándose alrededor de las páginas de los siguientes y consumiendo su luz, aunque las llamas eran mucho más débiles en aquellos libros más alejados del que había empezado el incendio. En la segunda ilustración, el libro que estaba más abajo había ardido hasta quedar completamente negro, y su luz se había visto reemplazada por columnas de humo. Había una única palabra escrita en el marco.

«Ruina».

Cuando Tes era pequeña solía pasar sus deditos sobre aquellos dibujos, contando hasta tres, hasta llegar al libro que representaba su mundo. Nunca se había molestado en pensar demasiado en los otros tres. ¿Qué sentido tenía cuando nunca podría verlos? Los mundos que no podía tocar se convirtieron en mundos propios de cuentos, que vivían en sus historias y en ningún otro lugar.

Pero Tes sabía que había existido una época en la que cualquiera con magia suficiente podía pasar de un mundo a otro. Había existido esa época, pero había terminado hacía siglos, con la caída del Londres Negro, cuando se separaron los mundos al cerrarse las puertas entre ellos a cal y canto, todo para asegurarse de que la magia envenenada no entrase en su mundo. Después de aquello, a menos que fueses *antari* —y para cuando Tes nació ya quedaban muy pocos—, no era posible desplazarse entre mundos.

Hasta ahora.

Acababa de abrir una puerta.

Tes corrió hacia el creador de portales. Ya no estaba lastrado por la fuerza del hechizo activo y no pesaba más de lo que parecía, poco más que cualquier cajita de madera. Se lo llevó al mostrador.

A veces Tes arreglaba objetos.

De vez en cuando, incluso los mejoraba.

Pero sabía mejor que nadie que todo lo que se arregla también puede volver a romperse.

CINCO

La reina, el santo y el sonido de los tambores

I

LONDRES BLANCO

Los tambores empezaron a sonar al amanecer.

Tan tarantán. Tan tarantán. *Tan tarantán,* resonaban por todas partes, con tanta fuerza y tan constantes como el latir de un corazón, como si intentasen recordarle a toda la ciudad que estaban vivos, vivos, vivos. Se podía oír el sonido desde cada una de las nueve murallas que recorrían la ciudad de Londres como si fuesen arterias. Hacía mucho tiempo esas mismas murallas habían escindido la ciudad, la habían dividido. Pero actualmente, los muros de piedra clara estaban llenos de arcos, de cientos de canales abiertos que dejaban fluir ininterrumpidamente la vida.

Kosika estaba de pie frente a la ventana de su dormitorio, con los ojos cerrados y escuchando el latido de los tambores mientras Nasi y el servicio correteaban a su alrededor, trenzándole el cabello hasta formar una corona y cubriéndola de capas y capas de tela blanca ritual.

Se había negado a llevar un vestido y había optado, en cambio, por una túnica y un par de pantalones ajustados, pero les permitió que le colocasen una larga capa blanca sobre los hombros y que la prendiesen con el sello del Santo. Kosika llevó los dedos hacia el sigilo plateado, trazándolo con delicadeza, como siempre hacía. Era un recordatorio de que no estaba sola, de que cada paso que daba seguía la estela de una leyenda.

Los sirvientes dieron un paso atrás y Kosika se balanceó suavemente sobre sus pies observando cómo la capa blanca se amontonaba a sus pies y se deslizaba por el suelo.

Sabía que al final del día el bajo estaría rojo.

Kosika empezó a sonreír pero entonces Nasi le clavó una horquilla con demasiada fuerza en el cuero cabelludo y ella siseó una maldición, un sonido que la otra chica se limitó a ignorar.

—¿Sabes? —murmuró Kosika—, es un delito herir a la reina.

Nasi se sacó otra horquilla llena de gemas de entre los dientes.

—Entonces la reina debería quedarse quietecita.

Kosika frunció el ceño y Nasi la imitó, era la única lo suficientemente valiente como para mirarla fijamente a los ojos. El servicio siempre mantenía la vista puesta en sus pies. Los Vir también. Incluso Lark siempre era el primero en apartar la mirada. Pero Nasi ni siquiera pestañeó y fue Kosika quien terminó rindiéndose en su duelo de miradas y devolviendo la atención a la ventana.

Podía notar cómo la ciudad se estaba despertando. Podía ver cómo las calles se llenaban de movimiento a medida que cada uno de sus habitantes respondía a las llamadas de los tambores.

Era el día del diezmo.

El ritual había sido idea suya, una oportunidad para que la ciudad le diese las gracias; las gracias por las estaciones, por sus bendiciones y lo que costaba haberlas traído de vuelta. Y, a medida que las necesidades de la ciudad aumentaban, también lo hacía la necesidad de que los ciudadanos hicieran sus ofrendas.

En ese entonces los tambores resonaban por la ciudad cuatro veces al año: cuando el invierno daba paso a la primavera, la primavera al verano, el verano al otoño y el otoño de vuelta al invierno. Cuatro veces al año pero, en secreto, esta era la favorita de Kosika: el tercer diezmo. El día en el que el verano daba paso al otoño. Adoraba el color que cobraban las hojas de los árboles, que se volvían rojizas, doradas o incluso de tonos con los que solo había podido soñar cuando era pequeña. Adoraba ver cómo el cielo cambiaba con el paso del tiempo, y el modo en el que se reflejaba sobre el Sijlt día y noche. Y lo adoraba, aunque fuese por un motivo mucho más egoísta, porque era su cumpleaños (un mal presagio, había dicho su madre, haber venido al mundo cuando la vida se estaba apagando, pero en ese momento, de pie en su habitación del palacio, Kosika no se sentía maldita). Y, aunque no dejaría que su cumpleaños nublase la importancia del diezmo, sí que, en secreto, le complacía que fuese ese mismo día.

Ese año más que nunca.

Ese año Kosika cumplía catorce. Una edad que le importaba por distintos motivos. Llevaba en el trono siete años, siete años marcados por la paz y por el poder, lo que significaba que había pasado la mitad de su vida siendo reina.

Y, a partir de ese día, podría decir que llevaba gobernando mucho más tiempo que viviendo sin gobernar.

Nasi deslizó la última horquilla en su pelo y Kosika se apartó de la ventana, yendo hacia el fresno plateado que crecía en el centro de la sala. Sus raíces se abrían paso entre las rocas y sus ramas se alzaban hacia el techo abovedado. Kosika se detuvo ante él y llevó una mano hacia su corteza, como si el gesto le diese buena suerte.

Y entonces, solo entonces, supo que estaba preparada.

Nasi le tendió una daga plateada y Kosika se la enfundó en la cadera mientras los tambores seguían resonando por la ciudad, llamando a todo el mundo para que se presentase ante ella a sangrar.

Las puertas del palacio se abrieron a un mundo que aguardaba expectante.

Decenas de guardias reales flanqueaban los pálidos escalones que daban acceso y, a medio camino, Kosika pudo ver a Lark. Destacaba entre la multitud, siempre lo hacía. Solo tenía diecisiete años pero ya era más alto que la mayoría, con su cabello plateado repeinado hacia atrás, sus ojos oscuros fijos en el cielo en vez de en el suelo, la cicatriz que le rodeaba el cuello como una cadena a la vista, tal y como siempre estaba. La llevaba con orgullo.

A los pies de la escalera, los Vir aguardaban. Los doce miembros del consejo, engalanados con sus capas cortas plateadas, con Serak al frente, con la cabeza oscura inclinada y la mano envuelta en gasa apoyada sobre el emblema del Santo que llevaba al hombro.

Tras ellos, el patio estaba lleno de ciudadanos y soldados, todos ellos esperando ver a su reina de camino a entregar el diezmo.

Y, sin embargo, por un instante, Kosika no se movió. Se quedó en lo alto de la escalinata del palacio y se deleitó en la brisa mañanera que le acariciaba la piel, notó la frescura del aire, el paso de una estación, el equilibrio y el cambio que conllevaba, el subir y bajar de su pecho al respirar, al mismo ritmo que el retumbar de los tambores, y se sintió pequeña y enorme al mismo tiempo, como si solo fuese una gota más del Sijlt y, a la vez, como si toda el agua del mundo corriese por sus venas. Extendió sus sentidos más allá de lo que tenía ante sus ojos y supo que se encontraba en medio de un lugar sagrado, en el centro de la corriente, por lo que dejó que se la llevase consigo, más allá de los límites y escaleras abajo.

Kosika bajó los escalones, la capa blanca ondeando tras ella, y a su alrededor la gente se inclinaba para hacerle una reverencia y alzaban las voces para saludar a su reina.

HACE SIETE AÑOS

El día en el que su mundo cambió Kosika estaba tratando de echarse una siesta.

Lark y ella estaban sentados sobre la Votkas Mar, la Quinta Muralla, que era su favorita porque era la más alta de todas y desde ahí arriba podía ver el río deslizándose por el centro de la ciudad y el palacio, destacando en el horizonte como un trozo de pizarra afilada. Normalmente solía jugar a contar los puestecitos del mercado o los carromatos que pasaban por las calles, pero ese día estaba tumbada todo lo larga que era sobre la muralla, con un brazo sobre los ojos. Estaba cansada pero eso probablemente se debía a que no había vuelto a casa desde el incidente con los coleccionistas en la cocina de su madre el día anterior.

Y entonces Lark le pinchó suavemente en el costado.

—¿Has oído lo que dicen por ahí? —dijo—. El rey ha muerto.

Y en cuanto le escuchó decir aquello, lo supo.

Supo que el cuerpo que había encontrado en el Bosque Plateado el día anterior, el hombre que yacía contra el tronco del árbol como si estuviese dormido, al que le crecía hierba bajo los dedos, era el rey. Lo sentía en los huesos y en las puntas de los dedos con las que había tocado sus manos, e incluso tras sus costillas, como si fuese un dolor sordo.

Había regresado al Bosque Plateado a primera hora de la mañana pero, para aquel entonces, ya no había ni rastro del cadáver del hombre, aunque aún seguía visible el lugar donde había yacido, fácil de identificar gracias a la hierba, que seguía justo ahí. Más que eso, el verde se había extendido por el suelo, como si fuese un charco, por la noche, y ella se había tumbado encima, dejando que la rodease, con los tallos verdes rozándole suavemente las mejillas. Recordó el llanto del soldado.

—¿Qué le pasó? —preguntó, sorprendiéndose de que le ardiesen los ojos y se le cerrase la garganta con la pregunta.

Lark se encogió de hombros.

—Lo que siempre les pasa a los reyes, supongo. Alguien debe de haberle asesinado.

Pero Kosika sabía que eso no era cierto. Le había visto, con su ropa elegante y a medida y esa capa plateada corta, y no había habido ni una gota de sangre, ninguna herida. No parecía que alguien le hubiese atacado. Parecía en paz. Como un cuerpo agotado buscando un momento para descansar por fin.

—La cosa va a volver a ponerse fea —murmuró Lark, observando cómo un par de soldados paseaban a los pies de la muralla. Y probablemente tuviera razón. Siempre iba mal después de que alguien asesinase a un rey. Incluso aunque no le hubiesen asesinado y nadie hubiese afirmado haberlo hecho, ahora se encontraban ante un reino con el trono vacío y quién sabe cuántos intentarían hacerse con él. Al final terminaría en manos del más fuerte, o del más sanguinario, e igualmente tardaría tiempo en llenarse ese vacío.

Kosika cerró los ojos con fuerza, la tristeza llenándole el pecho.

La vida acababa de empezar a mejorar. El aire era más cálido. Se imaginó el frío regresando a la ciudad, la magia desvaneciéndose de nuevo, y se estremeció.

Clavó los dedos en la muralla y, por extraño que parezca, casi podía jurar que la piedra susurraba suavemente bajo sus manos. Kosika frunció el ceño y extendió las manos sobre ella.

—¿Sientes eso? —preguntó, pero Lark no la estaba escuchando. Estaba contando monedas en la franja de piedra que les separaba, lo que habían sacado por los amuletos que Kosika había encontrado la mañana pasada. El sonido de metal al entrechocar le revolvió el estómago, pero en cuanto él hubo terminado de contar, Kosika tomó las monedas: eran cinco tol de plata. Les darían para comprar pan, queso y carne para toda una semana. Comida suficiente incluso para alimentar a su madre también, pensó Kosika, justo antes de recordar por qué había acabado ella el día anterior en el Bosque Plateado. No le había hablado a Lark sobre aquello. Sabía que tenía suerte por el simple hecho de tener una madre, aunque fuese una tan mala como la suya; él no había tenido ese privilegio, pero había conseguido salir adelante. Ella también lo conseguiría.

Kosika se metió las monedas en el bolsillo, frunciendo el ceño al sentir cómo el metal cantaba al entrar en contacto con su piel, cómo la plata se calentaba e incluso parecía suave, como si estuviese a punto de derretirse. Se sentía un poco mareada y para cuando Lark bajó de un salto de la muralla y extendió los brazos hacia ella para ayudarla a bajar, ella negó con la cabeza y le dijo que se quedaría ahí arriba un poco más.

—*Oste* —se despidió él al marcharse.

—*Oste* —respondió ella.

Nunca planeaban dónde o cuándo volverían a verse. No tenían por qué hacerlo. Él iba a buscarla o ella lo buscaba a él. La mirada de Kosika se paseó sobre la ciudad y empezó a contar los barcos que navegaban por el Sijlt. Había contado nueve cuando oyó el grito.

Giró la cabeza rápidamente hacia allí. El sonido provenía de algún lugar cercano, lo bastante cerca como para erizarle el vello en la nuca, para ponerle los pelos de los brazos de punta y acelerarle la sangre, incitándola a salir corriendo, aunque no hacia el conflicto, nunca había que correr directa hacia el conflicto, pero cuando Kosika bajó de un salto de la muralla otro grito cortó el aire y conocía esa voz, incluso aunque nunca la hubiese oído gritar, aunque nunca hubiese escuchado nada de dolor o miedo en su voz.

Lark.

Tomó la misma dirección por la que lo había visto desaparecer hacía unos minutos, la misma de donde provenía el grito, dobló la esquina y la calle se dividía en tres caminos distintos y, aunque el grito rebotaba por las paredes, sabía de dónde provenía, lo podía sentir, como si un hilo los uniese y tirase de ella hacia él. Giró bruscamente a la derecha y allí estaba Lark, luchando con todas sus fuerzas, aunque una cadena le rodease las muñecas. Siempre le había parecido tan grande a Kosika, tan alto, pero era mucho más bajo que los dos hombres que lo estaban atacando, mucho más pequeño que el puño que se estrelló contra su mejilla.

—¡No! —gritó, lanzándose hacia la calle. Uno de los hombres se volvió hacia ella y el corazón le dio un vuelco al reconocerlo como uno de los hombres que había estado en casa de su madre, con el tatuaje de la cuerda en la mano izquierda y el cuerpo hecho de cartílago y grasa.

El coleccionista sonrió.

—Vaya, vaya —dijo, con una segunda cadena metálica colgando de la mano.

A su espalda, Lark estaba tratando de invocar al fuego, pero la cadena que le rodeaba las muñecas debía estar cortando su magia, porque abría y cerraba las manos pero no surgía nada entre ellas. Intentó levantarse, pero el hombre lo volvió a empujar hacia el suelo mientras el otro, el que le había pagado a su madre, se acercaba lentamente a Kosika.

—¡Corre! —le gritó Lark y, aunque no se enorgullecía por ello, Kosika solo tuvo tiempo de dar un paso atrás antes de que unos brazos se cerniesen sobre ella, un tercer hombre le sacó de golpe todo el aire de los pulmones y la alzó del suelo. El primero seguía acercándose lentamente a ella con la cadena en la mano, y el mundo a su alrededor había empezado a cantar, por lo que no lo pensó demasiado e intentó alcanzar con su mente el muro de piedra y atraerlo hacia sí.

Y, para su sorpresa, este respondió a su llamada.

Un trozo gigantesco del muro se removió entre los demás y se desprendió, escapándose, y cayendo como una ola sobre el hombre fibroso, sepultándolo bajo la piedra. Los brazos que la rodeaban la aferraron con más fuerza y Kosika echó la cabeza atrás con rapidez, escuchando el satisfactorio crujir de los dientes, a pesar de que un dolor agudo y punzante le atravesó el cráneo al hacerlo, se le nubló la vista por un segundo justo antes de que su captor maldijese en voz alta y la soltase. Cayó al suelo con fuerza, raspándose las palmas de las manos y las rodillas por el impacto. Al llevarse una mano a la nuca notó cómo algo pegajoso se quedaba entre sus dedos y, al apartarla, se fijó en que se le habían llenado de sangre. Estaba herida y asustada, pero no había tiempo para el miedo.

—Pequeña zorra —dijo una voz, acompañada del chirrido del acero, y Kosika se volvió hacia el hombre que la había tenido atrapada hacía un minuto. La sangre le manaba descontrolada de la boca, donde Kosika se fijó en que le había roto un par de dientes, al mismo tiempo que desenvainaba una espada y la enarbolaba directa hacia ella cortando el aire. Kosika estiró las manos inútilmente como si le fuese a suplicar que se detuviera.

Y lo hizo.

Todo su cuerpo se detuvo, quieto como una piedra, le temblaban los brazos y las piernas, como si fuese una mosca atrapada en una telaraña. Ella podía sentir los huesos estremeciéndose bajo la piel de él, el metal de su espada volviéndose en su contra, la punta hundiéndose en su pecho, la vida abandonándolo justo antes de que cayese al suelo como un peso muerto.

Se quedó mirando la escena fijamente, temblando al levantarse.

—Kosika.

La voz de Lark no era más que un susurro ronco. Kosika se volvió y lo vio, al otro lado de la pila de escombros, arrodillado, con la cabeza echada hacia atrás y una daga contra su cuello. El chico le hizo señas con sus manos esposadas. «Huye», le pedía. Pero esta vez sus piernas no la traicionaron. Esta vez, la impulsaron hacia *delante*.

—Quietecita donde estás —le ordenó el hombre, con los largos dedos enredados en el cabello plateado de Lark. El filo de la daga le besaba el cuello al chico, trazando una fina línea de sangre. Lark hizo una mueca de dolor. Había miedo en su mirada, pero estaba moviendo las manos de nuevo, aunque esta vez no para hacer señas, sino para intentar alcanzar algo, y ella se dio cuenta demasiado tarde de que Lark quería alcanzar la daga que llevaba oculta en la bota.

Todo ocurrió demasiado rápido.

Lark sacó la daga y la hundió en el pie del hombre. Este aulló de dolor y dio un salto hacia atrás, degollando a Lark en un solo movimiento.

—¡NO! —gritó Kosika, corriendo todo lo rápido que pudo, no hacia el hombre, que ya estaba huyendo, sino hacia su mejor amigo que se tambaleó hacia delante y cayó sobre la calle sucia. Ella siempre había sido rápida pero, esa vez, el viento estaba de su parte y la impulsó, llevándola como si fuese una pluma, con una velocidad imposible, hacia él. Cayó de rodillas junto al cuerpo de Lark mientras él abría y cerraba la boca jadeando, le temblaban los párpados, intentando mantener los ojos abiertos, y la vida lo abandonaba, demasiado rápido, demasiado pronto.

Kosika le quitó las cadenas que le rodeaban las muñecas y llevó sus manos sobre la garganta abierta del joven.

—*Nas aric* —le suplicó mientras la sangre que manaba de la herida se deslizaba entre sus dedos. «No mueras».

»*Nas aric* —repitió en un susurro, una y otra vez, pero, al hacerlo, las palabras se transformaron entre sus labios, la «n» se volvió mucho más suave, como una «h», las letras de la última sílaba se abrieron y brotó una nueva súplica. Un término que Kosika no conocía, que nunca había dicho.

Hasari.

Otro sonido se unió a él, como si fuese una respiración. *As.*

—*As Hasari. As Hasari. As Hasari.*

Aquellas extrañas palabras surgieron entre sus labios como un cántico y, al hacerlo, la sangre dejó de manar de la garganta de Lark. Había tanta sangre, sobre él, sobre ella, y en la calle bajo sus cuerpos, pero ya no tenía la piel grisácea. Su cuerpo se relajó, pero era el tipo de alivio que llegaba con el sueño, no con la muerte. El pecho de Lark subía y bajaba y, cuando ella por fin apartó las manos de su herida, vio que se había cerrado, dejando tras de sí tan solo una línea en relieve, como un ribete, que le cruzaba el cuello de un lado a otro.

Kosika soltó un sollozo. Los párpados de Lark se agitaron y se abrieron de golpe. Tragó saliva con fuerza y lo primero que dijo no fue una pregunta, fueron dos palabras, susurradas como si estuviese maravillado por lo que tenía enfrente.

—Tus ojos.

Y antes de que pudiese preguntarle qué quería decir con ello, escuchó las fuertes pisadas de unas botas blindadas y alzó la mirada para toparse con dos soldados, un hombre y una mujer, que caminaban hacia ellos vestidos con su armadura gris oscura.

—¿Qué ha ocurrido aquí? —exigió saber el hombre y fue entonces cuando Kosika se fijó en sus alrededores: la muralla de la ciudad, medio derruida, una mano tatuada que sobresalía bajo la pila de escombros; el cadáver con la espada atravesándole el pecho; Lark en el suelo, todavía cubierto de sangre, aunque no sangrase; sus propias manos teñidas de rojo y su cuerpo temblando por el miedo y el alivio. Los curiosos se habían empezado a acercar a la escena, aparecieron en las puertas y en las ventanas, observándolo todo.

—Levántate —ordenó la mujer, y Kosika hizo lo que le ordenaban, poniéndose de pie frente a Lark. Quería huir, pero él ni siquiera podía levantarse, aún no, y ella no lo dejaría atrás. Además, estaba empezando a sentirse mareada, como si ella hubiese perdido toda esa sangre.

Kosika seguía intentando decidir qué debía hacer cuando los cascos de un caballo retumbaron sobre el suelo empedrado y apareció un tercer soldado en la escena; vestía de forma diferente a los otros dos guardias, llevaba una armadura plateada y cabalgaba a lomos de un caballo de pelaje oscuro. Un guardia real. Desmontó y se quitó el yelmo para observar la escena.

—*Kot err* —murmuró. «Por el aliento del rey». Y entonces, en voz alta, añadió—: ¿Quién es el responsable de todo esto?

—Yo —respondió Kosika, fijando su mirada desafiante en la del guardia real. Él contuvo el aliento, con la sorpresa surcando su expresión.

No se había percatado de que uno de los dos soldados que habían llegado antes se había marchado hasta que regresó, arrastrando consigo al coleccionista que había degollado a Lark, el que había conseguido escapar. El hombre cojeaba, seguía teniendo la pequeña daga clavada en el pie y tartamudeaba algo incoherente hasta que el guardia real hizo una seña y el soldado con la armadura gris oscura lo golpeó con tanta fuerza que lo derribó de rodillas en el suelo y este se quedó justo ahí, inmóvil en esa posición. *Bien*, pensó Kosika, y tal vez se habría acercado y le habría dado una patada con fuerza en el costado si no hubiese sido porque el guardia real se volvió hacia ella y se arrodilló para que sus rostros quedasen a la misma altura.

El pecho plateado de su armadura estaba tan pulido que Kosika casi podía verse reflejada sobre el metal brillante. Casi, pero no del todo.

—¿A quién pertenece esa sangre? —la interrogó el guardia real, señalando sus manos. Kosika dobló los dedos, el rojo había empezado a volverse marrón al secarse en las palmas. La mayoría le pertenecía a Lark, pero también se había llevado esos mismos dedos hacia su cabeza, lo que significaba que la sangre que le manchaba las manos también era en parte suya. No dijo nada de eso y se limitó a mirar fijamente al hombre que estaba arrodillado frente a ella.

—Le cortó la garganta a mi amigo.

El guardia real no se volvió para mirar al coleccionista. No miraba a nadie más que a Kosika. Tenía el pelo claro y los ojos del mismo color que el cielo, de un azul acuoso.

—Una suerte que estuvieses aquí para solucionarlo —dijo, y había algo extraño en su voz, no era ira ni amabilidad… era asombro. Oyó el silbido del acero al desenvainarse y entonces el hombre al que habían derribado sobre sus rodillas cayó como un peso muerto hacia delante, degollado, y su sangre manchó los adoquines bajo su cadáver, exactamente igual a como había estado Lark minutos antes. Pero nadie se apresuró a ayudarlo, y Kosika se limitó a observar la escena, satisfecha, al mismo tiempo que el hombre respiraba su último aliento tembloroso.

Uno de los soldados grises, la mujer, estaba arrodillada junto a Lark, auxiliándolo para que se levantase, y Kosika ansiaba acercarse a su amigo, asegurarse de que estuviera bien, pero el guardia real la mantenía presa bajo su mirada.

—¿Cuánto tiempo hace que tienes magia? —preguntó, y ella estaba a punto de decir que no tenía magia, que aún no le había llegado, pero eso, obviamente, había dejado de ser cierto.

Al no responder, el guardia volvió a intentarlo.

—¿Dónde vives?

Kosika se mordió el labio inferior con fuerza, no iba a confesarle al guardia que ya no tenía hogar, que la noche anterior había dormido en un ático cuya ventana tenía el pestillo suelto, esperando que no hubiese ratones. Se limitó a negar con la cabeza y el guardia real pareció entender lo que quería decir, porque en vez de insistir, cambió de tema.

—Me llamo Patjoric. ¿Y tú?

A eso, al menos, sí que podía responderle.

—Kosika.

—Kosika —repitió él, sonriendo al pronunciarlo—. ¿Sabes lo que significa tu nombre?

Ella negó con la cabeza. Nunca le habían dicho que los nombres podían tener *significado*, su madre solo le había dicho que se llamaba así por el tramo dentado del propio Kosik, que recorría el borde de la ciudad como una herida que jamás cicatrizaba. Pero el guardia real la miró fijamente a los ojos.

—Significa «pequeña reina». —Se levantó y le tendió una mano—. Debes de estar cansada y hambrienta, Kosika. ¿Por qué no vienes con nosotros al palacio?

Se puso tensa, sospechando que podía ser una trampa, y se preguntó si el guardia no sería más que otro ladrón de niños. Y Lark también debía haberlo pensado porque ahora estaba de pie, lanzándose contra ellos.

—No te vayas —gritó con voz ronca. Pero la soldado lo agarró por los brazos y lo arrastró hacia atrás, y la ira surgió en su pecho como una ola mientras Lark intentaba, débilmente, liberarse.

—*No le hagas daño* —gruñó Kosika y el mundo a su alrededor pareció hacer reverberar su voz. Los adoquines bajo sus pies comenzaron a temblar, lo que quedaba de la muralla empezó a inclinarse hacia delante, una ráfaga de viento azotó su piel y todo el callejón gimió y se fragmentó, y ella no oyó las pisadas de las botas ni vio la empuñadura de la espada hasta que esta le golpeó en un lado de la cabeza.

Y entonces todo se detuvo.

II

ACTUALMENTE

K osika sería la última en hacer su ofrenda.

Bajó la escalinata del palacio lentamente, y los guardias reales se unieron tras ella, siguiéndola como si fuesen sus sombras. Pasó junto a los Vir, vestidos completamente de plata, a los pies de la escalera y junto a la multitud que se reunía a ambos lados. Mercaderes y marineros, sastres y panaderos, padres con sus hijos en brazos, todos ellos reunidos no por su edad o por sus ropajes, sino por la venda que les envolvía las manos.

Todo el servicio aguardaba a las puertas del palacio, con bandejas llenas de bollos azucarados en brazos para aquellos que ya habían presentado sus ofrendas. Los tres primeros premios para los tres primeros diezmos.

Un recordatorio de que ese día no solo se trataba del sacrificio, sino que también era una celebración.

A medida que Kosika se acercaba al altar que la esperaba al final del camino, el aire se llenó del olor cobrizo de la sangre, y la multitud se apartó para revelar a sus espaldas la estatua de un hombre, erguida sobre una pila poco profunda, cuya superficie, teñida de rojo, refulgía bajo los rayos del sol.

La figura de piedra era gigantesca, aunque estaba doblada todo lo grande que era, como si estuviese apoyada sobre las manos y rodillas. La cabeza del hombre estaba inclinada por una fuerza invisible, con los hombros encorvados y la camisa desgarrada, lo que dejaba al descubierto el hechizo de atadura que Athos Dane le había grabado en el pecho. Las manos de piedra tallada de Holland estaban pegadas al fondo de la pila por lo que, a medida que se llenaba, la sangre le llegaba por encima de las muñecas y de las espinillas, y daba la impresión de que se estaba hundiendo, centímetro a centímetro.

Kosika se acercó, deteniéndose tan solo cuando estuvo lo bastante cerca como para mirar a Holland Vosijk a la cara. Para poder ver el dolor en su gesto, su ceño fruncido, sus ojos, de dos tonos distintos, uno claro y el otro completamente negro.

Igual que los suyos.

—Primero fuiste un siervo —susurró en voz baja para sí misma. La multitud no tenía por qué escuchar lo que debía decir. Aquello era tan privado como una oración.

Desenvainó la daga plateada que llevaba al costado y se la pasó por el antebrazo con un único movimiento, rápido y profundo. La sangre comenzó a manar de la herida y a caer sobre la pila, quebrando la superficie sangrienta que la llenaba. Kosika se pasó los dedos por la herida y los llevó hacia el borde de la pila. Al contrario que el resto, esa parte estaba hecha de cristal helado en vez de en piedra.

—*As Sterno* —dijo, y el hechizo *antari* cobró vida, respirando gracias a su poder. La superficie de la pila se estremeció como si tuviese pulso, y las paredes de cristal se hicieron *añicos*.

La sangre se derramó sobre el suelo como una cascada. Le salpicó los pies y formó un charco alrededor de Kosika, tiñéndole de rojo los ropajes blancos. Se derramó hasta que la pila, que había pasado de ser un bol para convertirse en una piedra plana, quedó completamente vacía, y las manos de Holland quedaron de nuevo a la vista, con los dedos de piedra extendidos sobre la roca.

Kosika permaneció ahí de pie mientras la sangre le empapaba el borde de la capa y penetraba en el suelo del patio, volviendo la tierra negra como el sustrato.

El primer diezmo estaba hecho.

HACE SIETE AÑOS

Los rayos del sol bailaban por el techo.

Eso fue en lo primero en lo que Kosika se fijó al despertarse, al menos, creía que eso era el techo, pero estaba demasiado lejos. Las paredes de piedra se alzaban imponentes a su alrededor, curvándose sobre ella, pero el suelo en el que estaba tumbada era demasiado blando como para ser de piedra, y demasiado blando como para ser un colchón, incluso aunque eso fuese exactamente lo que era. Una cama tan grande que se podría tumbar en el centro, con los brazos y las piernas estirados completamente y, aun así, no llegar con ellos a los bordes. Y, por un momento, eso fue lo que hizo, con la mente apaciblemente en blanco a la vez que mantenía la mirada fija en el techo e intentaba recordar... ¿Dónde estaba? Sobre la muralla junto a Lark, observando el cielo y entonces...

Oyó un ruido.

Era tenue, como el débil golpear de un guijarro contra el suelo, y Kosika se enderezó de golpe, haciendo una mueca por el repentino dolor agudo que le cruzó la cabeza. Se llevó una mano hacia la frente y entonces lo recordó todo de golpe: los ladrones, la pelea, a Lark y a los soldados, intentó abrirse paso por el colchón, tratando de alcanzar el borde de la cama.

—Oh, bien —dijo una voz—, ya estás despierta.

Kosika se volvió rápidamente hacia la voz y se topó con una chica sentada con las piernas cruzadas en una silla cercana, con los codos apoyados en las rodillas. Tenía el cabello claro recogido en una trenza y el rostro afilado cubierto de cicatrices, tan finas y blancas que parecían costuras.

En la mesilla frente a ella había un tablero, cuyas figuras eran en una mitad doradas y negras y en la otra plateadas y blancas. Estaban mezcladas por el tablero, y algunas estaban ya incluso fuera de este, como si la chica estuviese en medio de una partida, pero si había estado jugando debía de haber sido contra sí misma.

—¿Tú quién eres? —le preguntó Kosika. El sonido de su voz hizo que le palpitase la sien y se llevó la mano de nuevo hacia la cabeza.

—Soy Nasi —respondió la joven—. Si te sirve de consuelo, han arrestado al soldado que te golpeó.

Kosika no lograba entender nada. La habían golpeado infinidad de veces innumerables personas y a nadie le había pasado nada, como mucho se habían disculpado después.

—Si lo pides —continuó diciendo Nasi—, puede que hasta lo condenen a muerte.

Kosika hizo una mueca de dolor. No quería matar a nadie.

—¿Por qué me golpeó?

Nasi señaló hacia la ventana con un gesto de la cabeza, como si fuese a encontrar la respuesta que buscaba allí. Kosika bajó de un salto de la cama, el aterrizaje le mandó otro ramalazo de dolor agudo a través de la cabeza, se acercó al alféizar y jadeó. No estaba en una casa cualquiera. Estaba en un palacio. En *el* palacio. Desde allí arriba podía ver los terrenos que se extendían a su alrededor, la muralla de piedra que lo rodeaba, podía trazar las otras nueve murallas mucho más pequeñas que circundaban la ciudad como si fuesen trazos de tiza sobre una pizarra, podía contar cada bloque y cada plaza. Los carruajes tenían el tamaño de una gota de lluvia y la gente no era más grande que un grano de arroz. El Bosque Plateado se asentaba en el borde de la ciudad, con el mismo tamaño que la palma de su mano, y todo Londres se extendía ante sus ojos como si no fuese más que un tablero de juego o un tapiz.

Tardó un momento en darse cuenta, pero entonces lo vio. Desde ahí arriba, era pequeño, poco más que una sombra minúscula, una línea rota, un charco oscuro. Al alzar la mano podía cubrir la marca por completo con la punta de un dedo. Pero sabía que, de cerca, algo iba muy mal. Faltaba parte del Votkas Mar y una grieta profunda se extendía por la calle. Parecía como si una mano grande, como la que tenía alzada en ese momento, hubiese aplastado el punto bajo su pulgar.

Kosika se sintió mareada, enferma.

—Tienen miedo —explicó Nasi—. De lo que podrías hacer si siguieses adelante.

Kosika se volvió hacia ella.

—No pretendía hacerlo.

La otra joven se limitó a encogerse de hombros y movió otra ficha sobre el tablero.

—Pero lo hiciste.

A Kosika le empezó a latir el corazón acelerado y, al mismo tiempo, una ráfaga de viento se levantó en medio de la sala, aunque las ventanas estuviesen cerradas. ¿Y qué pasaba con Lark? ¿Y si le habían hecho daño? ¿Y si ella le había hecho daño? Tenía que irse, tenía que encontrar a su amigo. Se dirigió a la enorme puerta, la empujó y después tiró de ella con todas sus fuerzas, pero esta no se movió ni un ápice.

—Está cerrada con llave —estableció Nasi como si no fuese lo bastante obvio.

Kosika echó un vistazo a la habitación, observó los tapices elegantes que cubrían el suelo y que colgaban de las paredes. La sala era enorme, mucho más grande que su casa, y estaba hecha totalmente de piedra.

—¿Estamos prisioneras?

La chica examinó el tablero.

—Yo no —respondió—. Pero tú puede que sí.

Kosika aprendería tiempo más tarde que Nasi nunca se molestaba en soltar una mentira piadosa. Creía que siempre era mejor saber la verdad.

—Pero hay sitios peores donde estar prisionera —continuó.

Nasi le tendió un bol de fruta y Kosika extendió la mano hacia él, con los dedos rápidos y habilidosos, antes de que la otra joven pudiese retirarlo. Pero Nasi se limitó a sostenerlo y a esperar, y el movimiento de Kosika se ralentizó evaluándolo todo. Tomó un melocotón y lo mordió, sorprendiéndose por lo dulce que era.

Nasi también tomó uno.

—Si *quieres* marcharte —dijo, estudiando la ruta—. No estoy segura de si podrían detenerte.

Kosika pensó en la calle destruida ahí abajo y se preguntó si la otra joven tendría razón. Estaba a punto de descubrirlo. Se volvió hacia la puerta y extendió las manos sobre ella, presionando las palmas sobre la madera, y se concentró. Podía sentir la madera y el metal, el lugar donde se juntaban. Comenzó a tirar de ellos y...

—¿Qué estás haciendo? —le preguntó Nasi.

—Tengo que encontrar a Lark.

—¿Chico rubio? —se aventuró la otra joven—. ¿De ojos oscuros? ¿Cubierto de sangre?

Kosika se giró hacia ella como un resorte.

—¿Lo has visto? ¿Dónde está?

—La última vez que lo comprobé estaba en las cocinas, comiendo el peso de los Vir en queso, pan y cualquier otra cosa que pescase.

—¿Los Vir?

—La guardia real. Así es como se hacen llamar. Todos muy orgullosos, siempre vestidos por completo en plata.

Kosika recordaba al hombre pálido que se había arrodillado ante ella. Patjoric.

Nasi le hizo un gesto sobre el tablero para que se acercase y Kosika obedeció. De cerca pudo ver que las fichas eran todas distintas. Había caballeros. Y figuras encapuchadas. Niños. Y reyes.

—Se llama kol-kot —explicó la joven, retirando todas las piezas del tablero hasta que solo quedó el rey blanco y plateado—. Cuando Holland Vosijk ascendió al trono —dijo—, los Vir fueron los primeros en arrodillarse ante él. Los primeros en pensar que era el Rey Venidero.

Al hablar fue añadiendo las fichas que representaban a los caballeros blancos y plateados al tablero, una a una, hasta que formaron un círculo alrededor del rey. Kosika las contó: trece.

—Ahora el rey está muerto. —Nasi alzó la figura entre sus dedos, sacándola del círculo y dejándola, casi con delicadeza, a un lado del tablero—. Y los Vir están intentando mantener la paz, pero solo es cuestión de tiempo que alguien venga a reclamar el trono vacío a la fuerza. Aunque esperan que no tengamos que llegar a eso, al menos no si *tú* decides ocupar el lugar de Holland.

Kosika se tambaleó.

—¿Por qué yo?

—Bueno —dijo Nasi, colocando otra ficha, un niño, en el círculo—, porque eres como él. Una *antari*.

Antari. Kosika no conocía esa palabra, y eso debía de haberse reflejado en su rostro porque Nasi se levantó, desenredando sus piernas y bajando de la silla de un salto. Estaba claro que era mayor que Kosika, pero seguía siendo joven. Probablemente sería más o menos de la edad de Lark, puede que tuviese nueve o diez años, con las mejillas llenas y los brazos y las piernas tan delgados como si hubiese dado varios estirones a lo largo de los años.

Nasi fue hacia una estantería que había junto a la cama y alzó un pequeño espejo. Se acercó a ella y lo levantó frente a su rostro para que se pudiese ver. Kosika estudió su reflejo.

Seguía siendo una niña en tierra de nadie, con una piel y un cabello que no pertenecían a ninguna parte. Pero solo uno de sus ojos estaba igual que siempre, con su tono tan característico. El otro había pasado a ser completamente negro, desde los párpados hasta el lagrimal, como si alguien le hubiese echado tinta. Kosika se tambaleó hacia atrás al verlo, frotándoselo con ganas como si, de ese modo, pudiese borrar la mancha. Pero cuando apartó la mano, el ojo negro seguía ahí.

—Los ojos así son poco comunes —dijo Nasi—. Son una marca de la magia. El difunto rey tenía un ojo como el tuyo, y despertó a nuestro mundo. Ahora tú tienes un ojo así y creen que es una señal. Puede que la magia siga regresando siempre y cuando haya un *antari* en el trono. Quizá puedas evitar que la guerra asole la ciudad de nuevo. Puede que la gente te mire y vean un buen augurio, una señal de cambio. O puede —continuó diciendo— que vean a una niña indefensa que se interpone en su camino y te rebanen el pescuezo.

Kosika tragó saliva con fuerza pero no conseguía apartar la mirada del espejo. Estiró la mano hacia el cristal y trazó su reflejo con el corazón amenazando con salírsele del pecho.

—¿Qué tengo que hacer?

—Nada —respondió Nasi—. Solo tienes que quedarte. Y seguir con vida. —Le quitó el espejo a Kosika—. E intentar no destruir más la ciudad.

Dicho eso, la joven se encaminó hacia la puerta y llamó tres veces.

—¿Qué estás haciendo?

—Les hago saber que estás despierta.

Se oyó cómo un pestillo pesado se deslizaba en el interior de la puerta y esta se abrió de par en par, revelando un pasillo y un guardia plateado tras ella, un Vir. Miró más allá de Nasi, hacia ella, y se hundió sobre una rodilla, inclinando la cabeza.

—Kosika —dijo en voz baja, y ella tardó un momento en darse cuenta de que no la estaba llamando por su nombre, sino por su título.

«Pequeña reina».

III

E l sol brillaba en lo alto del cielo para cuando Kosika llegó a la segunda parada, en el muelle.

Tenía los dedos pegajosos por el azúcar y manchados de rojo. Se había comido el bollo azucarado en el trayecto desde el palacio hasta la plaza a orillas del río, y se había limpiado las migas del dulce junto con los restos de sangre seca.

La multitud que bordeaba el Sijlt era el doble de grande que la que se congregaba frente al palacio, y el doble de ruidosa, animada por la recompensa del segundo diezmo: una copa de sidra caliente. Los tambores seguían resonando, marcando el latido de la ciudad, pero ahí se les unía otra música. Había una mujer sentada en un tejado cerca de allí que cantaba una canción sobre el Rey Venidero, y los mercaderes vendían comida para llevar para acompañar a la bebida que les habían regalado. La llegada de Kosika se anunció entre vítores y reverencias; la multitud se apartaba para abrirle camino a su reina y a su guardia, y luego volvía a cerrarse, como si ella fuese el fuego y estuviesen esperando sentir su calor.

Nasi y dos de los Vir todavía tenían que entregar su segundo diezmo, así que Kosika se quedó quieta, observándolos y esperando. Su mirada se cruzó con la de Lark y este alzó una copa de vino y le guiñó el ojo; ella tuvo que contenerse para no poner los ojos en blanco, pero no pudo evitar que sus mejillas se le sonrojasen. No estaba segura de por qué su sonrisa conseguía ese efecto. No quería su atención, no de esa forma. Y, sin embargo, cuando le mostró esa misma sonrisa a una chica preciosa de entre la multitud, sintió cómo ese calor abandonaba de golpe sus mejillas.

—No te culpo —comentó Nasi, envolviéndose la mano con una tira de tela blanca—. Sin duda *es* agradable de ver.

—Entonces te lo puedes quedar —respondió Kosika con demasiada rapidez.

—Qué amable —dijo Nasi—, pero prefiero tu compañía.

Kosika agachó la cabeza para esconder su sonrisa.

Lo cierto era que los amaba a ambos, siempre los había amado, pero últimamente Kosika amaba a Nasi y a Lark con una necesidad que le daba miedo, con un hambre que se asentaba en su interior y que la quemaba por dentro, que hacía que quisiese tenerlos cerca siempre, atarlos a ella. Pensó en los hermanos Dane, atando a Holland, y se preguntó si lo habrían hecho por odio o por necesidad, como un modo de mantenerle cerca, de sentir que estaban unidos. Aunque no era que ella fuese a seguir sus pasos.

Entonces el camino quedó completamente despejado, había llegado la hora.

Kosika se acercó al muelle y al segundo altar.

El Holland Vosijk que la estaba esperando ya no estaba arrodillado sino de pie en un pedestal sobre el agua. Una corona de piedra negra pulida rodeaba su sien y su mirada bicolor estaba fija en lo que tenía enfrente, en su ciudad, en ella. La capa que tenía tallada se alzaba a su espalda, como si la hubiese atrapado una brisa permanente, y sus botas desaparecían en el interior de la pila a sus pies, con su reflejo ondulado sobre la superficie rojiza.

—Primero fuiste un siervo —susurró Kosika—. Después, un rey.

Más allá, y más abajo, el río brillaba. El Sijlt se había descongelado durante el reinado de Holland, pero seguía corriendo pálido. La niebla se aferraba a su superficie y el agua misma emitía un tenue fulgor plateado, no muy distinto al de la escarcha, algo que Kosika había comprendido finalmente que no era un signo de debilidad, sino de fuerza. Un lugar donde se acumulaba la magia. Donde fluía.

Era el primer lugar donde sufrir, pero también el primer lugar donde sanar.

Su mirada cayó sobre la pila que la aguardaba.

Tanto sacrificio y, aun así, en realidad, solo eran unas pocas gotas. Unas pocas gotas de todos y cada uno de los habitantes de Londres. *Todos tendremos que sangrar un poco...*, pensó, pasándose el filo por segunda vez por la piel.

Segunda vez que Kosika llevaba la mano hasta el borde de la pila y recitaba el ritual, y segunda vez que las paredes que contenían el altar se hacían añicos y que la sangre caía como una cascada hacia el río a sus pies, formando una profunda mancha roja en su superficie antes de desaparecer por completo en la corriente. La gente se acumulaba a lo largo del río, en las orillas, y observaba cómo los trazos sangrientos desaparecían por la corriente, pero ella tenía la mirada fija en la estatua; el bajo de la capa de piedra goteaba sangre, al igual que la suya.

Kosika se volvió hacia la plaza, donde Nasi estaba esperándola con una copa de sidra y...

Oyó como una daga cantaba al acercarse a ella.

El silbido del metal, el brillo del acero, pero Kosika ya estaba invocando al aire por instinto, del mismo modo en el que alguien contendría el aliento, moldeándolo hasta formar un escudo a su alrededor, justo en el mismo instante en el que la daga lo golpeaba y caía rebotando, inútil, a sus pies.

Se oyeron gritos por todas partes, un llanto estrangulado, y entonces Nasi estaba junto a ella, enarbolando sus propias armas. Los Vir formaron una muralla a su alrededor y después los guardias se abalanzaron sobre el aspirante a asesino, obligándolo a salir de entre la multitud y a arrodillarse ante ella. Él luchó hasta que un guantelete le golpeó el rostro y sintió el filo de una espada contra la garganta.

—Esperad.

La emoción y la alegría anteriores se habían desvanecido por completo, llevándose consigo los sonidos de la celebración. Solo quedaba el constante retumbar de los tambores, ajenos a lo que acababa de ocurrir, por lo que la voz de Kosika resonó por toda la plaza.

Los guardias se quedaron completamente quietos. El hombre luchó como si fuese un ratón al que acababa de atrapar una serpiente.

Kosika bajó la mirada hacia el arma que yacía a sus pies.

No era la primera vez que alguien intentaba matarla. Y en el día del Santo, pero supuso que de eso se trataba. Había quienes la querían muerta porque era la reina y aquellos que la querían muerta porque era una *antari*. Porque creían que el poder de la vida de Holland solo residía en su sacrificio.

Y, efectivamente, el hombre murmuraba justo eso mismo en voz baja.

—*Och vil nach rest* —decía una y otra vez, en voz tan baja y con tanta premura como si estuviese rezando.

«En la muerte, nos liberas».

Kosika pasó por encima de la daga y cruzó la plaza hacia los cuatro soldados y el hombre arrodillado, que tenía la cara hinchada por el golpe del guantelete. Y, al acercarse, se fijó en que no tenía las manos envueltas. En que no estaba marcado.

—No has diezmado —dijo.

El hombre alzó la mirada hacia ella con veneno en los ojos.

—El mundo no quiere nuestra sangre —siseó—. Solo la tuya.

La reina observó sus dedos, manchados por su propia ofrenda.

—¿De verdad? —Le posó una mano en el hombro—. ¿Deberíamos preguntarle al mundo qué quiere de ti?

Él intentó retroceder ante su contacto, pero los guardias lo sujetaron con fuerza. Kosika cerró los ojos y esperó a que el mundo le diese la respuesta. Así era como funcionaba siempre con los hechizos *antari*. Le llegaban en el momento adecuado, cuando los necesitaba, como si alguien se los susurrase directamente en su interior y estos tomasen forma entre sus labios.

Así que esperó, y los guardias aguardaron con ella, así como todos los ciudadanos y los soldados también esperaron; el momento se alargó y se quedó en silencio y, en esa quietud, una nueva palabra salió a su encuentro, y ella le dio voz.

—*As Orense* —dijo, y el significado del hechizo resonó en su cabeza al pronunciarlo.

«Abrir».

Era un hechizo extraño, y no uno que ella habría elegido, pero lo habían elegido para ella, por lo que lo pronunció. Los ojos del hombre se abrieron como platos y sus labios se separaron en un grito ahogado al mismo tiempo que su piel se separaba, como si hubiese estado cosida por cientos de hilos invisibles y todos se hubiesen roto al mismo tiempo; entonces su sangre se derramó hacia delante, no eran las gotas que habría derramado en el diezmo, sino toda su sangre, cada litro carmesí que tenía en su interior, fluyendo como una cascada sobre el muelle.

No gritó.

Nadie gritó.

Al fin y al cabo, era Londres. Todos habían presenciado cosas horribles.

Y *era* horrible.

Pero también era lo correcto. Era la respuesta que le daba el mundo a la proclama del hombre de que solo ella debía sangrar.

Los guardias lo soltaron y lo que quedaba del cuerpo del hombre cayó como una roca mojada sobre el charco de sangre que le había dado vida. Pero Kosika no la malgastaría. Extendió la mano hacia delante y la sangre se elevó por el aire, formando un lazo sanguinolento que cruzó la plaza hasta la orilla del río, justo antes de desvanecerse en el Sijlt junto con el resto de los sacrificios.

Y, con eso, ya habían cumplido con el segundo diezmo.

HACE SEIS AÑOS

Kosika había puesto una mano sobre el rostro de Nasi para asegurarse de que respirara.

Podía ver cómo el pecho de la joven subía y bajaba al ritmo de su respiración, pero le seguía asombrando la manera en la que dormía, como si no hubiese nada que temer.

Kosika no sabía cómo dormir así.

Su madre solía dormir como una estrella de mar, con los brazos y piernas completamente estirados de lado a lado, por lo que si Kosika quería dormir también en la estrecha cama con ella, tenía que hacerse un ovillo en los pequeños huecos que quedaban e, incluso entonces, solo conseguía entrar en un estado de duermevela. Su piel siempre había estado despierta, sus oídos esperando escuchar cualquier ruido que anunciase problemas. De vez en cuando conseguía conciliar un sueño lo bastante profundo como para soñar algo, pero esas veces siempre eran efímeras porque su madre se removía mucho al dormir.

En ese momento, Kosika estaba sentada sobre el colchón, con ocho años y completamente despierta en la enorme cama, maravillada por la respiración constante de Nasi, por lo fuera de la realidad que estaba en esos momentos. Dio un pequeño bote sobre el colchón de prueba, pero la otra chica ni siquiera se inmutó.

Kosika resopló. Lo mínimo que Nasi podía hacer era hacerle compañía. Pensó en sacudir a la joven hasta que se despertase, en obligarla a echar una partida de kol-kot, o a que le contase alguna historia, pero Nasi probablemente se vengaría de ella contándole una de miedo, llena de sombras y dientes, y después de hacerlo tendría el valor de volverse a quedar profundamente dormida.

En cambio, Kosika se bajó de la cama.

Su camisón se deslizaba susurrando alrededor de sus tobillos, plateado y blanco. Tenía los pies helados y localizó un par de botas de andar por casa, aunque casi decidió dejarlas donde estaban, era mucho más sencillo escabullirse por el palacio sin el ruido que harían al caminar, antes de recordar que ya no tenía por qué ser silenciosa nunca más. Aquel era su palacio. Esa era su casa. Podía hacer todo el ruido que quisiera.

Kosika se puso las botas y se acercó a la ventana.

Al otro lado del cristal la luna no era más que una uña en el cielo y el río había adoptado un brillo perlado gracias a su luz. Al mediodía, puede que nadie se fijase, pero cuando caía el sol, el río desprendía un brillo plateado, como el de las estrellas.

Aquel primer año de reinado todo el palacio había contenido el aliento, los soldados habían aguardado, con las armas en mano, para la inevitable batalla que se desataría. Pero no hubo ninguna batalla. Presentaron a Kosika ante la ciudad y esta la aceptó como un regalo. Su pequeña reina. Nadie había osado enfrentarse a ella para reclamar el trono. Al menos, hasta donde Kosika sabía. Si había habido algún intento silencioso, no había llegado muy lejos.

Sabía que la gente la había aceptado porque, de ese modo, Londres podía cambiar mucho más rápido, porque la magia estaba regresando. Nasi podía conjurar agua, y lo hacía cada vez que tenía la oportunidad (Kosika esperaba que la magia no pudiese agotarse, o a Nasi no le quedaría ni una gota para cuando cumpliese los doce). Y la magia no solo había regresado para los niños.

Algunos adultos también habían recuperado sus propios poderes.

Cada día eran más los adultos que podían invocar el fuego o el viento, el agua o la tierra. Todos decían que era porque la magia seguía conectada al difunto rey, y a ella. Y tenía que ser ese el motivo, ¿no? Al fin y al cabo, había sido ella quien le había encontrado en el Bosque Plateado, incluso aunque nadie lo supiese. Era ella quien tenía el ojo negro, la marca de la magia.

La gente acudía al palacio todos los días, querían verla, tocarla, ser bendecidos. Acudían y, a veces, los Vir los dejaban entrar, y a veces no. Un día incluso acudió su madre, de repente se moría de ganas de verla. Su madre, que había tratado de venderla. Fue al palacio y, por un momento, Kosika pensó que era porque echaba de menos a su hija, porque quería que regresase con ella. Pero no fue así. Solo quería dinero. Los Vir la mantuvieron alejada desde entonces. A veces, cuando se estaba quedando dormida, todavía podía oír las monedas entrechocando sobre la mesa de la cocina.

Kosika se apartó de la ventana, sorprendiéndose por lo oscuro que estaba el dormitorio, iluminado tan solo por la tenue luz de la luna que se filtraba por el cristal a su espalda. Cerró las manos en puños y, al abrirlas, una pequeña llama bailaba sobre sus palmas.

Era tan sencillo, tan fácil como desearlo, y Kosika era una experta en desear aquello que no tenía. Mientras que otros tenían problemas incluso para invocar una simple llama, a ella solo le parecía difícil contener el fuego que invocaba. Este crecía poco a poco, cálido y brillante, tragándose sus dedos entre las llamas; contuvo la respiración y se centró en reducirlo hasta que no fue más grande que el tamaño de la llama de una vela, bailando sobre su palma de nuevo. Nasi seguía profundamente dormida cuando Kosika pasó junto a la cama de camino a la puerta. La mayoría de los suelos de piedra eran completamente lisos, pero algunos tenían un patrón tallado, y a ella le gustaba jugar a un juego en el que tenía que saltar entre las piedras marcadas hasta llegar al otro lado de la sala.

Apretó la oreja contra la superficie tallada de la puerta y escuchó con atención, pero no consiguió oír nada salvo el zumbido de la madera contra la palma de su mano, invitándola a que la tomase, la doblase, la hiciese crecer. Se imaginó cómo se deshacía bajo sus dedos, trenzándose en zarcillos, en ramas, hasta convertirse en un árbol, pero debía de estar imaginándoselo con demasiada fuerza porque la puerta emitió un crujido astillado. Kosika apartó las manos de golpe y cerró los ojos con fuerza, volvió a imaginarse la puerta solo como una puerta y nada más y, cuando abrió los ojos otra vez, esta seguía ahí, intacta.

La abrió de un suave empujón.

Había un par de soldados en el rellano, vestidos con sus armaduras tan oscuras que parecían absorber la poca luz del pasillo, y mimetizándose con las paredes. Kosika sabía que estaban ahí, incluso aunque no se moviesen, y sabía que no iban a abalanzarse sobre ella y a atraparla. Lo sabía, pero aun así aceleró un poco el paso hasta que se sintió a salvo, alejada de ellos, y llegó a las escaleras.

Llevaba viviendo en el palacio casi un año y todavía no había descubierto todos los secretos que escondía entre sus muros. Sabía que había cuatro torres y que ella se encontraba en el interior de una. Sabía que las escaleras bajaban y bajaban sin cesar, recorriendo tres pisos y tres rellanos. Sabía que en cada una de las plantas bajo la suya había un vestíbulo que recorría el piso entero, que unía las torres y que estaba lleno de pequeñas ventanas con vistas a la ciudad. Sabía que los trece Vir se quedaban en las dos plantas bajo la suya y que en el piso inferior estaba el palacio propiamente dicho, con su sala del trono y media docena de pasillos, así como algunos de los guardias. También sabía que existía otra planta subterránea, donde estaban las cocinas y donde residía el servicio.

Lo sabía, pero a veces, en la oscuridad, seguía dando tumbos, por lo que se quedó en los pasillos que bordeaban cada planta, contando para asegurarse de que tocaba todas las paredes y que sabría cómo regresar a su propia torre. Esa noche, sin embargo, perdió la cuenta. O puede que no la perdiese, puede que escuchase el susurro o viese la luz que se reflejaba en la pared de la escalera y simplemente hubiese decidido seguirla hacia lo alto de la torre.

Cuando llegó arriba, vio a un Vir.

Para ella, los trece Vir no eran más que pequeñas piezas del kolkot, como las que Nasi había usado, todos prácticamente iguales. Algunos eran altos y otros bajos, algunos tenían la piel oscura y otros eran pálidos, pero con su armadura plateada, sus capas cortas y el broche que llevaban para sujetarlas a los hombros, todas sus distinciones se terminaban emborronando para ella, y pasaban a ser tan solo esos pocos elegidos, la guardia original del difunto rey.

Este Vir estaba de pie ante una especie de altar, como un santuario situado frente a una puerta como la que conducía a sus propios aposentos. Al principio pensó que había un segundo Vir ante él, pero entonces se percató de que era una estatua.

Una estatua del difunto rey.

Tenía la cabeza echada hacia delante, tal y como la había tenido cuando ella se lo encontró en el Bosque Plateado. Pero ahí, en esa imagen, estaba de pie, con una corona apoyada sobre la cabeza.

Kosika se acercó y vio que en el altar frente a la estatua había una capa plateada extendida, igual que la que llevaban los Vir, con el mismo broche plateado en el centro. Había velas alrededor del broche, y observó cómo el Vir las encendía una a una antes de arrodillarse frente al altar.

Recordó a los soldados del Bosque Plateado. El modo en el que uno había caído de rodillas ante el cadáver del difunto rey. Este Vir no cayó de rodillas al suelo, sino que se arrodilló lentamente ante el altar y susurró algo en voz tan baja que ella no pudo entender lo que dijo, solo pudo oír el sonido aspirado de su susurro.

Cuando volvió a hablar se dirigió a ella.

—*Os*, Kosika —dijo y ella dio un salto hacia atrás, tensando los dedos alrededor de la pequeña llama que seguía bailando en la palma de su mano, antes de que se apagase de golpe por el susto. El Vir se puso en pie y la observó. Tenía el cabello espeso y oscuro, que se apoderaba de su rostro como la maleza, desde las espesas cejas que parecían un rastro de hollín que había manchado su frente, hasta la barba que le ensombrecía la mandíbula.

—¿Qué estás haciendo? —le preguntó Kosika.

—Rezando y presentando mis respetos.

Kosika se acercó y estudió la estatua del difunto rey. Desde ese ángulo podía ver el brillo de las dos gemas pulidas que tenía en su rostro de piedra, una verde y la otra negra. Se quedaron el uno al lado de la otra durante varios minutos y el Vir no dijo nada. Kosika pensó que ella tampoco debía hablar, pero siempre había sido débil para las preguntas.

—¿Quién era?

—Se llamaba —respondió el Vir— Holland Vosijk.

—Holland Vosijk —repitió ella.

Al decirlo saboreó el nombre como si fuese un terrón de azúcar deshaciéndose en su lengua. Sintió las briznas de hierba acariciándole los dedos. No había sabido mucho acerca del hombre al que halló en el Bosque Plateado, solo que él se había quedado dormido y algo la había hecho despertar a ella.

—Háblame sobre él —dijo y, aunque sabía que era la reina, añadió—: Por favor.

El Vir le dedicó una sonrisa y devolvió su mirada a la estatua.

—¿Te han contado alguna vez la historia del Rey Venidero?

Una vez hubo magia, se dijo. Y estaba por todas partes…

Los dedos de Kosika recorrieron las paredes del palacio al hablar, contándoles la historia a las piedras, a la hierba y al cielo. Podía sentir las rocas cantando bajo sus dedos, el suelo zumbando bajo sus pies descalzos, algo que sabía que no era propio de una reina, pero no le importaba.

Estaba sola aunque, por supuesto, no estaba sola. Nunca estaba sola del todo. Un puñado de Vir la observaban desde un balcón. Los soldados la miraban desde lo alto de la muralla. Nasi bajaba la mirada hacia ella de vez en cuando desde la copa de un árbol cercano al que estaba encaramada leyendo un libro sobre estrategia y sobre la guerra.

—Una vez hubo magia —volvió a empezar—, y estaba por todas partes. Pero no era igual para todos...

Cada noche, desde hacía un mes, se reunía con Serak, así se llamaba el Vir, en lo alto de las escaleras, y, cada noche, él le contaba una historia nueva y, cada día, ella se las volvía a recordar a sí misma, hasta que se las sabía al dedillo, de memoria. Historias que hablaban del pasado y del futuro. De otros tres mundos y de lo que ocurrió cuando desaparecieron tras sus puertas. De la forma en la que la magia estaba ligada al mundo y de la manera en la que se desvaneció. De cómo el mundo empezó a marchitarse.

De los muchos reyes y reinas que intentaron obligarla a regresar al mundo y fracasaron, porque había algo vital que no comprendían: algo tomado a la fuerza siempre será un pálido reflejo de aquello que se otorga con libertad.

De todos los aspirantes que se alzaron con el poder, todos pretendiendo ser el Rey Venidero, de la figura legendaria que haría que la magia regresase a su hogar, y de cómo la magia se negó a responder la llamada de todos y cada uno de ellos, porque ninguno le entregó nada de sí mismos.

Y entonces le habló de Holland Vosijk.

Holland, que no quería el trono pero que ayudó a que su amigo Vortalis se hiciese con él. Vortalis, a quien asesinaron una noche Astrid y Athos Dane, que tomaron a Holland como rehén, le ataron con magia para obligarlo a ser su siervo y le hicieron llevar la marca de su propia captura en el pecho.

Serak le habló de los Dane, le contó cómo habían estado en el poder durante siete años antes de que a ellos, también, los asesinasen, y cómo Holland había desaparecido para volver tiempo después no como un siervo, sino para reclamar el trono vacío. Le habló de cómo los pocos que habían osado enfrentarse a Holland perecieron bajo la siega de su devota Ojka, que fue una Vir antes siquiera de que ellos mismos se hiciesen llamar así, y le contó cómo cuando Holland subió al trono no obligó a la magia a regresar, no la ató a él; esta simplemente regresó. El río empezó a descongelarse y el mundo a su alrededor volvió a llenarse de color como unas mejillas al sonrojarse, y entonces todos supieron sin duda alguna que Holland era el Rey Venidero.

Encaramada a un árbol cercano, Nasi pasó la página del libro que estaba leyendo. Ya había oído todas esas historias. Kosika se las había relatado todas las noches y cuando descubrió que Nasi había estado allí, en el palacio, que había conocido a Holland, primero como un siervo y después como el Rey Venidero en persona, bueno…, entonces quiso saberlo *todo*.

—¿Cómo era? —le volvió a preguntar Kosika, y Nasi alzó la mirada de su libro.

—No lo *conocí* mucho mejor que tú.

—Pero lo viste… —Y Kosika quería añadir que lo había visto «vivo», pero no le había contado a nadie, ni siquiera a Nasi, lo que ocurrió aquel día en el Bosque Plateado.

Una vez, casi se lo confesó a Serak, como agradecimiento por todas las historias que él le había regalado, ya que ella no le había dado ninguna de su propia cosecha. Sabía que la creería si se lo contase, no era por eso por lo que no se lo había confesado, sino porque sentía que ese encuentro debía quedarse solo entre ella y el difunto rey. Un rayo de sol le acarició las mejillas y habría dado cualquier cosa por mantenerlo ahí para siempre.

—¿Cómo parecía ser? —insistió.

Nasi miró a lo lejos, como si estuviese intentando recordar. Al final, le respondió con una sola palabra:

—Solitario.

Esperó a que la otra joven añadiese algo más, pero Nasi regresó a su libro y Kosika se alejó del muro y del árbol, y retomó su historia, recitándola como si fuese una oración, recorriendo sus palabras como si fuesen un hilo, una cinta, un camino. En algún momento Kosika alzó la mirada y se percató de que había caminado sin rumbo por el borde del palacio y de que en ese instante estaba justo a la entrada del patio de las estatuas.

Era un espectáculo espantoso, una extensión de terreno llena de figuras retorcidas de reyes y reinas que habían subido al trono y que habían caído tiempo después. Serak le dijo que solo eran esculturas, pero Nasi insistía en que eran personas de verdad que habían sido transformadas en piedra. Que los Dane fueron quienes comenzaron aquel horrible patio para que quienes se atreviesen a enfrentarse a ellos viesen cuál sería su final. Kosika no sabía si Nasi estaba diciendo la verdad o solo le estaba gastando una broma, pero se detuvo ante las estatuas de los gemelos; Astrid estaba arrodillada y Athos de pie mientras una serpiente gigantesca se los comía vivos. Se echó hacia delante y se preguntó si de verdad estarían allí, atrapados para siempre en el borde de la muerte.

Aún no había ninguna estatua de Holland en el patio, pero sí que le habían reservado un hueco, se había cambiado el camino para que cualquiera que cruzase la puerta y entrase en el patio en dirección a las escaleras del palacio se encontrase con ella.

Kosika echó un vistazo a su alrededor. Había oído a algunos referirse al patio de las estatuas como un jardín, pero allí no había flores por ninguna parte. El aire de Londres se había caldeado y el río no se había vuelto a congelar, pero los terrenos de palacio seguían siendo escasos y estériles. Kosika nunca había visto ningún jardín, al menos no en la vida real. Solo en los libros, en los que había dibujos de suelos llenos de hierba espesa y flores silvestres, y también, una vez, en un cuadro que Serak le había enseñado, un cuadro de la ciudad, de cómo debía haber sido hace muchos siglos.

Kosika se arrodilló y presionó la palma de la mano contra el suelo oscuro, recordando lo que había sentido al pasar los dedos por la tierra llena de hierba bajo el cadáver del difunto rey. Tan suave como el terciopelo. Ahora sabía que la magia de Holland corría también por sus venas.

Ella era su heredera.

Y quería un jardín.

Kosika no tenía ninguna daga a mano, pero echó un vistazo a su alrededor y encontró un trozo de piedra rota, apartó la tierra que la cubría y se la llevó al interior del antebrazo. La apretó contra su piel y arrastró el filo dentado hasta hacerse sangre.

Dolió, pero se suponía que tenía que doler. Dar y tomar, esa era la naturaleza de la magia *antari*.

Lo único que necesitaba ahora era una palabra. Había descubierto los hechizos de manera extraña, no todos a la vez, sino uno por uno, y estos surgían de la nada en su cabeza cuando los necesitaba. De momento había aprendido el hechizo para «abrir» y para «cerrar», para «encender» y para «curar».

«Curar»… ese había sido el primer hechizo *antari* que había necesitado. Le había salido sin pensar cuando la sangre de Lark se filtraba entre sus dedos. Curar… eso era lo que tenía que hacer. Al fin y al cabo, ¿qué estaba intentando hacer sino curar la tierra?

Algo se movió en el borde de su visión. Nasi la había seguido hasta el patio y su voz flotaba entre las estatuas.

—¿Qué estás haciendo? —gritó, pero Kosika estaba demasiado concentrada en lo que tenía que hacer. Se pasó los dedos por el brazo sangrante y hundió ambas manos en la tierra húmeda y oscura.

—*As Hasari.*

Contuvo el aliento y esperó a que el hechizo surtiese efecto, a que empezase a crecer la hierba, a que las flores se abrieran, a que la tierra estéril se transformase bajo sus manos. Pero no ocurrió nada. Y, sin embargo, Kosika podía sentir cómo la magia tiraba de ella, cómo surgía de su interior y se hundía en la tierra. Un intenso dolor de cabeza se asentó dentro de su cráneo.

Algo iba mal.

Intentó sacar las manos de la tierra pero su cuerpo no se movía, tenía los huesos anclados y el pulso le latía acelerado en los oídos mientras el mundo intentaba alcanzarla; no era la tierra, sino algo más profundo, clavándole sus garras, no en la piel, sino más adentro. Era demasiado grande, demasiado fuerte, y Kosika se sentía como si la estuviesen aplastando, como si le estuviesen robando el aliento, la sangre y la vida para alimentarse. Trató de gritar pero tenía la garganta cerrada y lo último que vio fue el destello plateado de una armadura, una capa corta y el pelo oscuro de Serak, que puso las manos sobre las suyas, arrancándolas del suelo, y algo se desgarró en su interior antes de volverse todo negro.

Kosika volvía a estar en el Bosque Plateado.

Había estado huyendo de alguien, o de algo, no importaba quién o el qué, porque en el mismo instante en el que se internó entre los árboles supo que allí no la atraparían. Supo que estaba a salvo. Y, sin embargo, sus piernas siguieron moviéndose, internándola cada vez más en el bosque, con el corazón latiéndole a toda velocidad hasta que se percató de que el pulso que estaba notando no provenía de su pecho, sino de la tierra bajo sus pies. Entonces se detuvo, se arrodilló y hundió sus manos en la tierra, empezó a cavar, y a cavar, y a cavar hasta que sus dedos se cerraron en torno al corazón que no paraba de latir, y entonces Kosika se despertó.

Estaba sola en la cama.

Era demasiado grande sin Nasi, incluso las almohadas se amontonaban a su alrededor y no recordaba haberse tumbado, la luz del sol seguía filtrándose por las ventanas, con fuerza e iluminando toda la sala, y le dolía todo el cuerpo, desde la piel hasta los huesos, e incluso un poco más allá. Le dolía como si le hubiesen arrancado la piel a tiras para después volverla a colocar en su cuerpo, como la crema de calabaza que servían en la cáscara de la misma calabaza. Le rugió el estómago al pensar en comida e incluso eso le dolió, lo que le hizo preguntarse por qué.

Kosika intentó incorporarse pero sentía como si algo estuviese inmovilizando sus piernas bajo las sábanas, y entonces un extraño temor comenzó a invadirla, como si siguiese soñando o, peor aún, como si estuviese muerta. Apartó las mantas de un manotazo, de repente demasiado desesperada por deshacerse de su peso, y entonces Vir Serak estaba ahí, junto a ella, con su capa corta plateada balanceándose a su espalda.

—Con cuidado, mi reina.

No tenía la barba más larga de lo que la había tenido aquella mañana y dos sombras oscuras se acumulaban bajo sus ojos, como si no hubiese dormido desde hace días. Eso era extraño.

—¿Qué ocurre? —gruñó. Tenía la garganta seca y tuvo que formular la pregunta dos veces para que se entendiese; cuando lo logró, los ojos oscuros del Vir brillaron. Pero cuando habló no se dirigió a ella. No se había percatado de que había alguien más en la sala hasta que él se volvió y le habló a alguien que ella no conseguía ver.

—Diles que está despierta.

Se oyó cómo una puerta se abría y se cerraba y entonces Serak se dirigió hacia ella y le explicó lo que había ocurrido, con el mismo tono con el que le relataba las historias, y así fue como ella descubrió que llevaba dormida más de una semana. Que nadie sabía si moriría o si despertaría algún día, o si se quedaría atrapada para siempre en el limbo entre los dos. Pero había algo que Serak no le estaba contando, podía verlo en su mirada, o en la falta de ella, ya que no la miraba a los ojos cuando le dijo que la ciudad no sabía nada acerca de su enfermedad y que los Vir habían estado conteniendo al consejo, intentando decidir qué hacer a continuación.

Habían estado planeando qué hacer cuando muriese.

Y entonces la puerta se abrió de par en par y ahí estaba Nasi. No estaba llorando, pero Kosika podía ver claramente que sí que había estado llorando por la forma en la que sus ojos estaban rojos e hinchados cuando se lanzó sobre ella en la cama.

—¿En qué demonios estabas *pensando*? —Fue lo primero que le dijo.

Solo entonces Kosika recordó haber metido las manos en la tierra revuelta y el horrible tirón del suelo hambriento que quería alimentarse de todo lo que ella pudiese darle.

—Pensaba que podría curarlo —respondió, sintiéndose pequeña e idiota en cuanto lo dijo.

Kosika debería haberlo sabido, cuando el mundo no le otorgaba ningún hechizo, debía haber sabido que era como una advertencia.

—Tu poder es fuerte —dijo Vir Serak—. Pero incluso tú tienes tus límites.

—Tenía que hacer algo —replicó—. Hemos conseguido despertar a la magia, pero sigue siendo débil. Sentí cómo me necesitaba, su sed.

—Puede ser —dijo Serak—, pero no corre sangre suficiente en tus venas como para alimentar todo el mundo.

Kosika se incorporó un poco más.

—Entonces, quizá —repuso—, podamos alimentarlo todos juntos.

IV

ACTUALMENTE

El camino del diezmo terminaba en el Bosque Plateado. Los habitantes de Londres estaban reunidos alrededor de la arboleda, aguardando a que les entregasen su última recompensa con las manos vendadas. Era un saco lleno de semillas, un pequeño saquito de tela hechizado para que cuando las plantasen, sin importar la estación que fuese, las semillas germinasen. Otro recordatorio más de por qué recorrían ese mismo camino con cada cambio de estación, por qué se les había pedido que sangrasen.

El ánimo de la multitud parecía haber decaído por completo y se preguntó si las noticias acerca del aspirante a asesino de la plaza ya habrían corrido por la ciudad como la pólvora, si sería por eso por lo que estaban haciéndole unas reverencias más profundas.

Kosika se adentró en el bosque y se quedó ahí quieta, dedicándoles una sonrisa a los pálidos árboles. Parecía como si, de la noche a la mañana, las hojas hubiesen pasado del verde al dorado y se hubiesen empezado a caer formando remolinos en su recorrido.

Se dirigió hacia el tercer y último altar, que se alzaba justo en el borde del bosque en vez de en su interior, resguardado entre los troncos plateados, tanto que el gris de la piedra se llegaba a mimetizar con la madera que la rodeaba.

La tercera y última estatua de Holland Vosijk se alzaba sobre un pedestal elevado a ras de la pila, para que, cuando se llenase por completo, tal y como estaba en esos momentos, pareciese como si él estuviese caminando sobre la sangre en vez de abriéndose paso a través ella. Ya no llevaba la corona puesta, sino que la sujetaba entre las manos, con la cabeza echada hacia atrás y la mirada fija en las copas de los árboles y el cielo expectante. Las ramas se enredaban alrededor de su capa por lo que daba la impresión de formar parte del Bosque Plateado, o de que el bosque formase parte de él.

—Primero fuiste un siervo —recitó Kosika, de pie frente al altar—. Después, un rey. —Sacó la daga—. Y, por último, un santo.

Se hizo el tercer corte en el interior del antebrazo, el más profundo de los tres, y observó cómo su sangre se acumulaba en la herida hasta caer en la pila, que amenazaba con desbordarse también. Se quedó mirando fijamente la superficie rojiza, esperando a que se calmase, y entonces llevó la mano hacia las paredes de cristal de la pila y recitó la oración. Las paredes del altar se hicieron añicos, empapando las raíces del Bosque Plateado con la sangre que habían estado conteniendo, lo que hizo que aumentara de tamaño la mancha oscura que se extendía por su capa blanca.

Al terminar el tercer diezmo los ciudadanos comenzaron a marcharse, alejándose por el sendero de vuelta a la ciudad y perdiéndose entre las calles para regresar a sus hogares.

Pero Kosika se quedó, con la mirada fija en los árboles que tenía enfrente. Miles de ojos le devolvían la mirada sin parpadear desde los estrechos troncos, y le costaba creer que había existido un tiempo en el que temía ese lugar.

Pasó junto a la estatua y se adentró en el bosque.

HACE CUATRO AÑOS

—Una vez hubo magia —comenzó Serak—, y estaba por todas partes.

La alcoba solía estar iluminada por la luz de las velas pero aquella noche solo había una encendida; era pequeña, con una llama que parpadeaba y proyectaba sombras afiladas y dentadas sobre los muros, la estatua y el Vir.

—La magia estaba por todas partes, pero no era igual para todos.

Al hablar se llevó la mano, como siempre hacía, hacia el broche plateado que tenía en el hombro, sujetándole la capa: un anillo atravesado por una barra. Era el mismo símbolo tallado en el altar, y para ese entonces Kosika ya había descubierto que era el mismo que Holland había portado cuando estaba al servicio de los Dane, el mismo que Athos le había grabado a fuego en la piel para atarlo a él. Los Vir lo portaban como señal de que ellos mismos se habían atado al legado de Holland.

—Ardía como el fuego de una lumbre en el interior de una casa, calentando primero una habitación antes de pasar a la siguiente, y así continuamente, pero su calor y su luz se debilitaban cuanto más lejos de la llama se estaba. El Londres Negro era la primera habitación, la que más cerca estaba de la llama. Y nosotros éramos los siguientes. Después estaban los otros dos, más lejos del calor, pero todavía dentro de la misma casa.

Serak tomó la vela y la colocó en el altar.

—Pero la llama se volvió demasiado fuerte y el Londres Negro comenzó a arder. —Tomó un farol—. Y, en vez de quedarse cerca de la lumbre, nuestro mundo pasó a estar junto a un gran incendio. Por lo que los mundos decidieron cerrar sus puertas para evitar que el fuego se propagase. —Dejó con cuidado el farol junto a la vela—. Pero aunque el incendio ya estuviese contenido la gente seguía teniendo miedo.

El farol tenía cuatro cristales delgados que contenían la llama en su interior, los cuatro abiertos, pero Serak comenzó a cerrarlos uno a uno al relatar la historia.

—Observábamos nuestra magia y temíamos que llegase un punto en el que diese demasiado calor, en el que tuviese demasiada hambre.

Cerró el primer cristal.

—Así que la atrapamos.

Cerró el segundo.

—Construimos jaulas.

Cerró el tercero.

—La atamos a nosotros.

Cerró el cuarto y último, atrapando la llama en el interior de su jaula de cristal, sin aire.

—¿Pero sabes lo que le ocurre al fuego cuando lo atrapan?

Kosika observó cómo la llama temblaba y se encogía.

—Se apaga —susurró.

—Se apaga —repitió Serak, con la voz teñida de tristeza. Kosika no podía apartar la vista de la llama. Observó cómo se contraía, pasando de ser una llama alta a una pequeña, del dorado al azul, sintió un ramalazo de pánico cuando la vida abandonó la mecha, hasta que llegó al charco de cera que se había formado bajo la vela y...

... murió.

Un hilo de humo delgado ascendió desde la mecha, nublando el farol. Permanecieron en silencio durante unos minutos en medio de la completa oscuridad y Kosika contuvo el aliento, preguntándose si la lección había acabado. Pero entonces Serak rompió el silencio.

—Pero hay una diferencia, Kosika. La magia no muere.

Serak alzó el farol y liberó la vela, dejándola a un lado.

—La magia se retrae. Se resiste.

Extendió ambas manos alrededor de la vela apagada, con el ceño fruncido por el esfuerzo.

—Se hace cada vez más difícil volver a encenderla pero...

Una pequeña chispa. Solo un leve destello azul, y entonces la llama volvió lentamente a la vida, diminuta y frágil, pero ardiendo con fuerza. Y Serak sonrió.

—Eso fue lo que Holland hizo por nosotros —dijo, dejando caer las manos a los costados—. ¿Qué harás *tú*?

Kosika observó la vela solitaria, su luz apenas llegaba a iluminar las paredes.

¿Qué haré yo?, se preguntó, y después estiró la mano, no hacia la única llama ardiente, sino hacia los cientos de velas apagadas que había repartidas por toda la alcoba. Dobló los dedos y las mechas cobraron vida; el fuego comenzó a arder como una ola, prendiéndolas una a una, hasta que toda la sala quedó completamente iluminada.

Nadie siguió a Kosika hacia el interior del bosque.

Ni sus soldados ni los Vir. Ni Serak ni Lark. Ni siquiera Nasi la siguió. El Bosque Plateado había pasado a ser un lugar sagrado y nadie más que ella podía entrar. Su capa se deslizaba por el suelo a su paso, enganchándose en los nuevos brotes, hasta que se llevó los dedos hacia el broche. Lo soltó y la pesada tela se deslizó por sus hombros hasta caer formando un montón a su espalda, y Kosika siguió caminando hasta que llegó al lugar donde había muerto Holland.

Se arrodilló y pasó los dedos entre las briznas de la hierba que crecía, como siempre, bajo el árbol. Tan suave y verde como el día en el que lo encontró.

Incluso después de todos esos años no le había confesado a nadie que había estado allí. Que había sido la primera en descubrir el cadáver del difunto rey. Puede que los Vir se lo tomasen bien si se lo contase, que lo viesen como una prueba más de por qué era ella quien tenía que estar en el trono. O puede que dijesen que le había quitado la fuerza, que se la había robado a su cadáver cuando todavía no se había enfriado del todo. Kosika no lo sabía y tampoco le importaba. La verdad de lo que había ocurrido ese día, como del poder que corría por sus venas, no les pertenecía a ellos.

Kosika desenfundó su daga y se hizo un cuarto corte profundo en el brazo. Su diezmo privado. Dejó que las gotas rojizas cayesen como la lluvia sobre la franja de hierba bajo el árbol.

Ahora sí que conocía el hechizo. La palabra *antari* que había estado buscando el día en el que casi muere en aquel patio.

As Athera.

«Crecer».

Pero no lo pronunció. No necesitaba hacerlo. Las hojas doradas brillaban sobre su cabeza. Las raíces eran fuertes y profundas a sus pies. Las habían regado bien.

Se levantó y se volvió a poner la pesada capa sobre los hombros al mismo tiempo que, fuera del bosque, los tambores finalmente dejaron de sonar. No pararon todos al mismo tiempo, sino que se fueron quedando en silencio uno a uno, como el latir de un corazón ralentizándose, cuando empezó a correr el rumor por la ciudad de que ya se había completado el ritual.

SEIS

Los hilos convergen

I

LONDRES ROJO

Hay muchos aspectos que distinguían a Delilah Bard.
Pero quizás el más importante, al menos allí, en ese Londres, era este:

No *necesitaba* magia.

Por supuesto, la magia hacía que las cosas fuesen un poco más interesantes, pero ella se había criado en un mundo sin hechizos, sin atajos. Y, a pesar de su ojo, o tal vez gracias a él, había aprendido lo importante que es examinar algo de cerca. De observar, explorar, al recorrer la ciudad.

A Lila no le cabía ninguna duda de que desde palacio estaban haciendo todo lo que podían para encontrar a la Mano. Y, aun así, todavía no la habían encontrado. Lo que pasaba era que, aunque Alucard había jugado durante mucho tiempo a los piratas, nunca había dejado de ser un noble, Rhy era el rey y el objetivo, y Kell podía jugar a ser un corsario de capa y espada todo lo que quisiese, podía cambiarse el abrigo y hacerse llamar Kay, pero había sido el mejor mago del mundo durante sus veintidós años de vida, y seguía siendo, y siempre sería, un príncipe. Los tres habían nacido y se habían criado entre el poder. Veían el mundo desde esa postura. Veían su ciudad desde ahí: desde la fortaleza del *soner rast*.

Pero la ciudad era mucho más que eso.

No tenía un único rostro, una única personalidad. Podía llamarse de un único modo, sí, pero en realidad, su nombre estaba formado por cientos de palabras mucho más pequeñas, más privadas, más de a pie, domésticas y salvajes. Unas cuantas eran como estrellas, brillando con fuerza, otras eran como las esquinas de un callejón oscuro, pero la mayoría estaban en un punto intermedio.

Por ejemplo, estaba el mercado nocturno, con sus tiendas brillantes y llenas de magia que aparecían de la nada por las noches a la sombra del palacio, y que se alimentaba del brillo del Isle. Y luego estaba la Vía Estrecha, un callejón al sur del *shal* en el que se satisfacían otro tipo de placeres mucho menos elegantes. Pero había decenas de mercados repartidos por decenas de calles, quizá menos conocidos pero igualmente llenos de gente.

Cada calle de la ciudad tenía su propio ritmo, su propio color, su propio pulso. Y la mejor manera de descubrirlos, la única manera en realidad, era recorrerlas.

Así que eso era lo que Lila hacía.

Las recorría. No del mismo modo que Kell, con sus pasos seguros propios de alguien que siempre tiene una misión que cumplir. No, ella las recorría como quien no tenía a dónde ir. Paseaba, con la cabeza echada hacia atrás y las manos en los bolsillos, jugueteando con las reliquias que llevaba en su interior. Las mismas que Kell seguía insistiendo en llevar colgadas al cuello.

Un chelín, para el Londres Gris.

Un lin, para el Rojo.

Y un tol, para el Blanco.

Mientras trazaba con los dedos la forma del tol —una moneda con ocho cantos acuñada en plata— recordó su primera visita a la ciudad tras la muerte de Holland, en lo aliviada que se había sentido al oír que habían coronado a una reina niña. Eso fue hasta que vio un retrato de la niña. Lila había mirado fijamente a esos ojos de dos tonos, uno avellana y el otro negro, y murmurado: «Mierda».

Había regresado al Londres Rojo y a un Kell que la estaba esperando, le había hablado acerca de la ciudad, sobre cómo se estaba curando, y acerca de la reina niña, y en algún punto de la conversación había decidido omitir el hecho de que dicha niña era una *antari*.

Kell ya tenía suficientes problemas, así que Lila había decidido ocuparse de ese ella sola.

Había regresado al Londres Blanco una y otra vez, y en cada uno de sus viajes pensaba en asesinar a la joven reina, y en todos y en cada uno de ellos terminaba decidiendo esperar un mes más, un año más. No era por misericordia, en absoluto, era tan solo porque el Londres Blanco era un lugar hambriento de poder y quien quiera que subiese al trono tras ella podría ser peor.

Así que Lila había aguardado y observado cómo, a lo largo de los años, la ciudad había ido adquiriendo color, como la piel bajo el sol; había visto cómo se habían erigido monumentos en honor de Holland Vosijk, cómo la *antari* pasaba de ser una niña a una adolescente larguirucha, lo había visto todo y había esperado que esos ojos de dos colores se volviesen hacia los otros mundos. De momento, al menos, no lo habían hecho.

Y, si algún día lo hacían, bueno… se las apañaría.

Lila volvió a centrarse en la ciudad a su alrededor, en la calle que tenía bajo las botas. Recordó su primera vez en el Londres Rojo, viajando entre mundos gracias a la magia de Kell. Los había arrastrado la fuerza del hechizo a una parte de la ciudad distinta a cada uno, y lo primero con lo que se había topado fue un desfile. Un enorme espectáculo de magia, extraño y maravilloso. Verlo le había dado hambre, y en ese momento volvía a notar esa misma hambre, aunque no en la boca del estómago como en aquel entonces, sino en la propia ciudad. En las grietas que seguían existiendo entre la riqueza y la necesidad, y en cómo habían aumentado.

Cuanto más se alejaba de la seguridad del palacio, más podía advertir cómo la ciudad cambiaba. Era algo sutil, como el lento subir de la marea o el aire justo antes de una tormenta, pero seguía estando ahí.

Tardó solo una hora en encontrar el primer símbolo.

Se detuvo frente a una pared y pasó los dedos por la piedra. Hacía tiempo que la pintura se había secado, incluso había empezado a descascarillarse, pero sabía que era una mano lo que había dibujado.

—¿Dónde estás? —murmuró, extendiendo su mano en el centro de la marca.

Fue entonces cuando se percató de que la mano estaba un poco inclinada hacia un lado, girada ligeramente sobre su eje como si tuviese una muñeca invisible, como si estuviese en mitad de un saludo. Inclinó la cabeza en la misma dirección que seguía la mano, hacia la izquierda, y observó la calle hacia la que señalaba. Hacia el *shal*.

Lila frunció el ceño. Parecía demasiado obvio. El rincón más peligroso de la ciudad era, sin duda, el primer lugar que los soldados de palacio habrían registrado. Pero la noche se estaba acabando y no tenía más pistas, así que respiró profundamente y se internó en el laberinto de calles como si la oscuridad fuese una cortina que se abría para dejarla pasar y se cerrase tras ella.

Encontró la segunda huella una calle más abajo.

Y luego una tercera.

Pero la mano siempre se inclinaba hacia la izquierda, como si no la guiase hacia ninguna parte. O, comprendió, como si formase un círculo. Lila cerró los ojos y trazó un mapa de la ciudad en su mente, marcando los puntos donde había encontrado las manos, hasta que supo lo que dibujaban.

Las manos formaban una especie de anillo alrededor del bloque, un círculo en cuyo interior había tres tiendas cerradas, un establo, un burdel llamado el Camino Feliz y…

Lila se quedó completamente helada. Pensó en otra cosa completamente distinta, recordando de nuevo lo que había sucedido en Verose, en la Taberna, lo que le había dicho Tanis.

«Si alguna vez pasas por Londres», había dicho, «he oído decir que los jardines son preciosos».

Lila maldijo en voz baja. La ciudad estaba llena de vegetación, pero Tanis no había estado hablando de las flores. Los londinenses rojos tenían un término especial para referirse a los burdeles. Los llamaban «jardines de placer».

Dio media vuelta en la calle por la que había llegado, se dirigió hacia la entrada llena de vides del Camino Feliz y entró en el burdel.

Pensándolo bien, llamar «Camino Feliz» a un jardín de placer era algo... generoso.

Era más bien una taberna ruidosa con muchos rincones oscuros y habitaciones en la primera planta, y no tenías por qué prestar demasiada atención para oír el sonido de las patas de las camas arañando el suelo. Lila se dejó caer contra una pared junto a una chimenea que ardía con fuerza, con una cerveza en la mano, y observó cómo las anfitrionas se paseaban entre la multitud con los labios rojos y pasaban las manos suavemente sobre los hombros de sus futuros clientes.

Lila se fijó en que más de una vez alguna anfitriona se acercaba a ella, y la mandaba a paseo con una mirada mordaz, aunque se sintiese halagada. Le dio un sorbo a su cerveza e hizo una mueca. Era negra, amarga y lo bastante espesa como para dejar un rastro a su paso por el cristal. Y, como todas las bebidas de los burdeles, estaba increíblemente fuerte.

Ya contaba con eso. Era bien sabido que el alcohol conseguía soltar las lenguas. También las hacía hablar más alto. Los susurros rápidamente se convertían en gritos y los secretos se difundían rápidamente cuando los clientes apuraban sus copas.

Y, sin embargo, todavía no había descubierto nada.

Bueno, había oído los murmullos habituales de descontento, pero ni una sola palabra acerca de la Mano. Nadie tenía siquiera la decencia de parecer estar conspirando. Un hombre sí que escupió en el nombre del rey, pero no era más que un susurro sin sentido. Aparte de eso, solo había risas estridentes, historias mal contadas y un marinero que se había quedado dormido junto a la chimenea. O a los clientes se les daba demasiado bien morderse la lengua. O, como sospechaba, no tenían nada que ver con la Mano.

Ese no era el jardín que estaba buscando.

Y encima la cabeza había empezado a darle vueltas con ese vaivén tan característico y sabía a ciencia cierta que, cuando se levantase, sentiría cómo los tablones de madera se balanceaban bajo sus pies. Pero ella estaba acostumbrada a caminar con el oleaje y sabía lo lejos que podía llegar antes de que le fallasen las piernas.

Así que Lila se quedó lo suficiente como para terminarse la cerveza.

Al acabársela, se dirigió hacia la barra para dejar la jarra sobre la madera, y se fijó por primera vez en que estaba rajada.

Trazó la grieta con los dedos, con sus pensamientos deslizándose como un guijarro en la orilla del río. ¿Qué era lo que Maris le había dicho sobre la *persalis*? Que se había dañado durante la pelea. Puede que siguiese funcionando, pero también puede que no. Sabiendo que estaba rota, necesitaría que alguien la arreglase. Un objeto tan peligroso como aquel, era probable que intentasen repararlo ellos mismos. Pero si no era así, si no podían repararlo...

Lila le hizo señas a la camarera del burdel, una mujer fornida con la mandíbula dura, pero cuando fue a retirarle la jarra para volver a llenársela, colocó la mano encima.

—Permíteme preguntarte algo —dijo, suavizando sus palabras para que pareciese que estaba más borracha de lo que realmente estaba, asegurándose de dejar un lin sobre el mostrador como pago por lo que iba a preguntar—. Digamos que has tenido suerte y que un objeto mágico muy poderoso ha acabado en tus manos. —La camarera enarcó una ceja, esperando a que formulase la pregunta—. Pero se ha roto un poquito por el camino. ¿A dónde lo llevarías?

—¿Yo? —preguntó la camarera, colocando la mano sobre la moneda—. Me ahorraría pagar a nadie y lo arreglaría yo misma. —Se metió la moneda en el bolsillo—. Pero si no fuese tan lista, acudiría a Haskin.

Lila alzó la mirada. Saboreando el nombre en la lengua.

—¿Haskin?

La camarera asintió.

—Puede arreglar *cualquier cosa*. O eso he oído por ahí.

Lila sonrió y se dejó caer sobre el asiento.

—Está bien saberlo.

Un grito rompió el ambiente en la sala y la camarera se alejó. Lila bajó la mirada hacia la jarra de cerveza casi vacía como si fuese una bola de adivinación. *Haskin*, pensó. Empezaría buscando allí por la mañana.

Dejó la jarra a un lado y se metió la mano en el bolsillo, solo para darse cuenta poco después de que le había dado su último lin a la camarera. Cambió la mano de bolsillo y se topó con el puñado de monedas que Maris le había dado, las que le había quitado a la Mano que había muerto a bordo de su barco.

Lila sopesó los tres lin, pasándolos de una mano a la otra. Había ido hasta allí por su culpa, razonó. Lo mínimo que podían hacer era invitarle a la cerveza.

Se volvió a meter dos de los lin en el bolsillo y dejó el tercero sobre la barra antes de levantarse, aunque se puso de pie demasiado rápido, sobre todo después de esa última cerveza. Se quedó ahí un momento, intentando recuperar el equilibrio, y frunció el ceño. Puede que se debiese al ángulo en el que la luz incidía sobre el borde de la moneda, la forma en la que se reflejaba sobre el metal carmesí. O puede que se debiese a otra cosa, algo mucho más difícil de definir, un pálpito que le hizo volver a alzar el lin. Lila pasó el dedo por el borde y vio que tenía razón: no estaba del todo igualado.

—Hijo de puta —murmuró dándole vueltas entre los dedos, intentando descubrir lo que tenía dibujado, pero era demasiado pequeño y el metal demasiado oscuro.

Lila se volvió a dejar caer en la silla.

Sacó las otras dos monedas de sus bolsillos y las estudió, pero esas sí que eran perfectamente redondas. La única diferente era aquella. Tenía un código grabado, o un mensaje. Lila solo tenía que averiguar cómo descifrarlo. Por supuesto, no llevaba papel ni tinta encima. Golpeó la mesa con los dedos, su cabeza le daba vueltas al asunto a toda velocidad.

Su mirada se posó en la madera de la barra, picada y llena de grietas. Lila sonrió.

Sacó un pañuelo de su abrigo con una mano y extendió la otra sobre la madera. La superficie era un tapiz de marcas y dudaba que nadie fuese a notar que había una más. Aun así, no perdió de vista a la camarera mientras invocaba una pequeña llama. El calor surgió bajo la palma de su mano y un fino hilo de humo ascendió entre sus dedos; cuando apartó la mano, la madera que había tenido debajo estaba chamuscada. Echó las últimas gotas de su cerveza sobre la madera quemada y extendió la ceniza con el dedo.

Sus movimientos eran lentos, casi aburridos, como si solo fuese una clienta achispada que se estaba divirtiendo, aunque su corazón estaba empezando a acelerarse del mismo modo que cuando desenvainaba su daga, rápido y con la promesa de que después llegaría lo bueno. Apartó el dedo ennegrecido por la mezcla de ceniza y cerveza, pasó la moneda sobre la tinta improvisada y después, con cuidado, la hizo rodar por el pañuelo.

—Hijo de puta —repitió cuando las palabras empezaron a dibujarse sobre la tela.

SON HELARIN RAS • NONIS ORA

No era un mensaje. Era una dirección. Y una hora.

«El seis de la vía Helarin. A las once».

Lila ya se estaba levantando y saliendo por la puerta antes de darse cuenta de que se había olvidado de pagar la bebida.

II

El búho muerto se asomó, con sus ojos de guijarro observándola mientras Tes deshacía el hechizo.

Días y noches enteras de trabajo tiradas a la basura, y estaría mintiendo si dijese que no le dolía. Pero sabía que había usado su poder para algo que no estaba bien, que había logrado algo imposible. Algo *prohibido*. Se habían cerrado las puertas entre los mundos por un motivo y ahora ella había alzado un puente y cruzado esa frontera que se había trazado hacía siglos, una que se suponía que estaba ahí para mantener su mundo a salvo.

Tes pensó en la magia arruinada que rodeaba la cabeza de aquella anciana, los hilos sin vida que flotaban a su alrededor; pensó en el hombre que le había traído aquel maldito objeto a su tienda, la forma en la que su magia parecía estar pudriéndose, y sus manos se movieron más rápido, desmantelando la magia que había trabajado tan duro por restaurar.

Se oyó el chirrido de la puerta cuando alguien intentó abrirla.

Tes lo ignoró, Haskin llevaba cerrada desde que había aceptado el trabajo para arreglar el creador de portales, y en ese tiempo decenas de clientes habían tratado de entrar y se habían encontrado con que la puerta estaba cerrada con llave antes de marcharse. Esperaba que este hiciese lo mismo.

Solo que no fue el caso. Sacudieron el pomo una segunda vez y Tes dejó a un lado lo que estaba haciendo. Alzó la mirada. El chirrido cesó. Contuvo el aliento y aguardó, pero el sonido no regresó. En cambio, la cerradura empezó a *gemir*, como si el metal se estuviese expandiendo, y Tes tuvo el sentido común y el tiempo suficientes para echar los restos del maldito creador de portales en un saco y esconderlo bajo el mostrador justo antes de que la puerta de la tienda se abriese de par en par y un hombre y una mujer se adentrasen como si los hubiesen invitado.

—Está cerrado —dijo Tes, pero sus palabras no tuvieron el efecto deseado, porque la pareja no se detuvo.

Eran un par extraño.

Ella era pequeña y nervuda, con el cabello oscuro trenzado y recogido en la nuca. Su piel era del mismo tono que la arena mojada y sus ojos de un gris frío y plano. Llevaba un brazalete de metal en el antebrazo y su magia la rodeaba, con el brillo anaranjado característico del acero al rojo vivo. Eso explicaba lo de la cerradura.

Él era pálido en todos los sentidos: cabello y piel pálidos, y tan ancho como el bloque de un carnicero. Su rostro también se parecía a uno, con profundas cicatrices repartidas por toda la piel. Era como si alguien hubiese intentado cortarle la nariz de cuajo en algún momento pero el filo se hubiese quedado atascado en el tabique. Su magia era verde oscura, sin duda alguna, lo más brillante que tenía. *Un mago de tierra*, pensó Tes justo antes de que el hombre chasquease los dedos y la puerta se cerrase de golpe a su espalda.

Al trabajar en una tienda como aquella había aprendido a leer a sus clientes. No era solo lo que le revelaban sus hilos, sino también lo que tenían escrito en la mirada, en su postura. Tes sabía reconocer a las malas personas cuando las veía.

Y esos dos eran de lo peor.

—Estamos buscando a Haskin —dijo la mujer, dirigiéndose hacia el mostrador.

—No está aquí.

—Pero tú sí —dijo el hombre, pasando la mano sobre una mesa.

—Solo soy su aprendiza —respondió.

Él se detuvo justo al lado del lugar donde ella había abierto el portal, la cicatriz flotaba en el aire apenas a un palmo de su rostro, aunque no parecía darse cuenta. Se obligó a mirar de nuevo a la mujer, que ahora estaba de pie al otro lado del mostrador.

Tes observó que sacaba una tarjeta negra, con la «H» dorada estampada en el anverso, y le dio la vuelta para que se viese el número. Por supuesto, era la misma tarjeta de visita que Tes le había dado al hombre enfermo. El que le había traído el creador de portales.

Tes estiró la mano hacia la tarjeta pero en cuanto sus dedos rozaron el trozo de papel, la mujer la agarró por la muñeca y se la estampó contra el mostrador. La joven chilló y trató de zafarse de su agarre, pero la mujer dobló los dedos y un fragmento de metal se desprendió de su brazalete y se hundió en la madera alrededor de los dedos de Tes, de su mano y de su muñeca, inmovilizándola.

Todo ocurrió tan rápido que Tes no sintió el dolor hasta que unos delgados hilos de sangre manaron de allí donde el metal había empezado a cortarle la piel. El pánico se apoderó de ella y extendió la mano sobre el acero para intentar tirar de sus hilos y zafarse de su agarre.

—Yo que tú no lo haría —dijo la mujer, que habría supuesto que Tes intentaría liberarse de la manera tradicional—. Hay mucho metal en esta tienda.

La mano libre de Tes se detuvo en el aire antes de retirarla. Era cierto, podría liberarse y exponer sus poderes en el proceso, pero si dependía de su velocidad, terminaría perdiendo.

—¿Qué queréis? —preguntó.

—Ya llegaremos a esa parte —dijo la mujer, inclinándose sobre el mostrador y apoyándose en los codos—. Pero primero…

De repente tenía una daga en una mano y un mechón de Tes en la otra. Con un solo movimiento de muñeca le cortó los rizos, que cayeron sobre la palma de la mano de la mujer como una cinta oscura. Mientras Tes lo observaba todo, la daga desapareció y la mujer hizo un nudo con su mechón antes de metérselo en el bolsillo. El pánico se apoderó de ella, no por haber perdido sus rizos, tenía muchísimos como para que ese mechón le preocupase, sino por cómo podrían utilizarlos en su contra. Al igual que los nombres tenían valor, también lo tenía cualquier cosa que proviniese del cuerpo de una persona. Era algo que se suponía que le pertenecía solo a ella.

La mujer golpeó el mostrador distraídamente con los dedos, atrayendo de nuevo la atención de Tes hacia el acero que inmovilizaba su mano.

—Bueno —dijo la mujer—, antes de empezar deberías saber que, por cada mentira que digas, perderás un dedo. —Miró a su alrededor tras decirlo—. Y supongo que te importan tus dedos, sobre todo en este tipo de trabajo.

Tes luchó por calmar su corazón, que latía acelerado. Nunca se le había dado bien mentir, por eso siempre optaba por omitir la verdad. Era mejor no decir nada y evitar caer en las trampas a que la descubriesen. Pero tenía la sensación de que el silencio no conseguiría salvarla esta vez.

—¿Dónde está Haskin? —preguntó la mujer.

—No hay ningún Haskin —respondió—. Solo estoy yo.

—Eso podría habértelo dicho yo —dijo el hombre, alzando una pesada espada que había en una estantería para mirarse los dientes sobre la hoja. La mujer suspiró cansada, algo a medio camino de un bufido, pero no apartó la mirada de Tes.

—¿Y cómo es posible que una chica de tu edad tenga una tienda propia?

Tes tragó con fuerza.

—Soy buena en mi trabajo.

—Yo también —repuso la mujer y Tes contuvo el aliento cuando el metal que la inmovilizaba se enterró un poco más en su piel—. Nuestro amigo trajo algo para que lo arreglases. ¿Dónde está?

—Tienes que ser más específica —dijo Tes—, al fin y al cabo, esto es una tienda de reparaciones.

El hombre se rio ante el comentario y el sonido de su risa era como el de una cuchilla frotándose sobre una piedra de afilar. La mujer no sonreía. Deslizó la tarjeta negra sobre el mostrador. Tes hizo como si estuviese mirando el número.

—Me acuerdo de él —dijo después de unos minutos—. Estaba enfermo.

—Ya no —respondió el hombre, dejando claro que no era porque se hubiese *recuperado*.

La mujer apretó los dientes. No le caía bien aquel hombre, pensó Tes. Bien. Eso ya era algo.

La mirada helada de la mujer regresó a Tes.

—¿Cómo te llamas?

Un nombre solía tener valor, pero solo si estabas vivo como para utilizarlo.

—Tes.

—Bueno, Tes. Nuestro amigo cometió un error. Debería habernos llevado ese objeto a nosotros, no a ti. Estamos aquí para quitártelo de las *manos*. —Al decir esa última palabra golpeó con los dedos el metal que inmovilizaba la mano de Tes sobre la madera—. ¿Te contó lo que era?

—No —respondió Tes, agradeciendo que esa parte fuera verdad—. Prácticamente me lo lanzó, pero nunca me dijo para qué se suponía que servía. ¿Sabes lo difícil que es arreglar un objeto mágico sin saber para qué es?

La mujer entrecerró los ojos.

—¿Y lo has conseguido? ¿Arreglarlo?

—No —contestó con demasiada premura. De repente, el metal que la inmovilizaba se hundió un poco más en su piel, un dolor abrasador le recorrió el pulgar cuando el acero se le clavó en la base del dedo—. Quiero decir, aún no —jadeó—. Sigo trabajando en ello.

—Pero ¿se *puede* arreglar?

Tes asintió frenéticamente y, después de unos segundos, el metal aflojó su amarre. Su sangre manchaba el mostrador, deslizándose entre sus dedos.

—¿Dónde está ahora? —preguntó la mujer, pasando la vista por las estanterías, y Tes apretó los dientes para esconder su sorpresa. Por la manera en la que estaba examinando la tienda Tes sospechaba que no había *visto* el creador de portales antes, al menos, no cuando todavía estaba de una sola pieza. Si no sabían lo que estaban buscando...

Tes se giró y señaló con la mano libre hacia unas estanterías que había a su espalda. Hacia su «alijo», como a Nero le gustaba llamarlo.

—Tercer estante —mintió, las palabras le salieron con demasiada rapidez mientras se devanaba los sesos intentando recordar lo que contenía cada cesta, intentando encontrar algo que tuviese más o menos la misma forma—. Segunda cesta a la izquierda.

Era un juego arriesgado y peligroso, y cuando la mujer rodeó el mostrador y sacó la cesta, Tes esperó atentamente cualquier muestra de sospecha o ira, preparándose para sentir el acero cortándole la piel. Pero lo único que la mujer hizo fue vaciar el cesto.

Una caja de madera.

Era casi del mismo tamaño y forma que la que tenía escondida bajo el mostrador, metida en un saco entre los pies. La única diferencia era que *aquella* caja nunca podría abrir ningún portal entre mundos. Era un objeto sencillo, creado para poder capturar y emitir sonidos, como la que tenía al lado de su cama y que le ayudaba a conciliar el sueño.

La había encontrado en un mercado la semana anterior y quería ver si podía modificar el hechizo para que capturase una voz, pensando que sería agradable que Vares pudiese hablar al igual que podía escuchar.

—No parece muy rota —dijo la mujer.

—La caja solo es un recipiente —repuso Tes—. Esa es la parte fácil de arreglar. —Eso mismo era lo que le había pasado con el creador de portales—. Lo que es difícil de reparar es el hechizo que contiene.

—Muy bien, entonces —dijo la mujer depositando la caja en el mostrador—. Te sugiero que te pongas manos a la obra.

Tes respiró profundamente.

—Necesito ambas manos para eso.

La mujer ladeó la cabeza como si estuviese considerando la idea. Entonces el metal que la inmovilizaba se soltó, apartándose y regresando al brazalete de su antebrazo. Tes se frotó la mano, doblando los dedos e intentando ocultar lo mucho que le temblaba. La cabeza le daba vueltas al observar la caja sobre el mostrador.

—Esto llevará un rato —dijo.

Por favor, idos, por favor, idos, por favor, idos, el corazón le latía acelerado, con tanta fuerza como los tambores que había oído en aquel otro Londres.

La mujer se giró como si fuese a marcharse, pero tomó una silla y la arrastró por la tienda hasta el mostrador. Le dio la vuelta y se sentó con los brazos cruzados sobre el respaldo.

—Esperaremos.

III

Lila Bard debería haber hecho caso a su intuición.

Al fin y al cabo, era lo que la había mantenido con vida tanto tiempo.

El seis de la vía Helarin no estaba en el *shal*. Estaba mucho más allá. La vía Helarin estaba en la orilla norte de la ciudad, mucho más cerca de los *ostra* y de los *vestra* que de los barrios bajos de Londres. Era un barrio acomodado, con tiendas elegantes y bien decoradas, todas cerradas y a oscuras a esa hora, aunque las calles estaban todavía bien iluminadas, con los faroles encendidos gracias a una llama cálida y encantada.

No había ninguna fecha grabada en la moneda y no había modo de saber si la hora que habían impreso en el canto ya había pasado o estaba por llegar. Pero habían atacado el *Ferase Stras* hacía menos de una semana, y uno de los ladrones llevaba encima esa moneda. Así que esperaba que no fuese un recuerdo sino una invitación, una que aún no hubiese pasado.

SON HELARIN RAS • NONIS ORA

A las once. Según el reloj de la esquina y el de su bolsillo, eran las once y media. Apresuró el paso, con sus botas resonando primero sobre los adoquines y después sobre la madera al cruzar el puente que llevaba hasta la orilla norte del río.

Esa parte de Londres tenía su propio ritmo, el tiempo se deslizaba tan lento como la miel para la gente adinerada. Era el hogar de salas de espectáculos y fumaderos, restaurantes elegantes y fincas enormes, lugares donde la riqueza y el poder de la ciudad estaban a la orden del día. No vio ninguna mano pintada y, sin embargo, al girar la moneda entre los dedos, las letras se le clavaron en la piel.

Lila se obligó a caminar más despacio al acercarse a la vía Helarin, alargando los pasos, como si solo estuviese dando un paseo nocturno; se subió el cuello de la camisa y se irguió, y avanzó con la confianza que siempre sentía pero que rara vez demostraba, adquiriendo los aires de la gente con la que se cruzaba de camino a su destino.

Con suerte sería el jardín de placer al que se refería Tarin, con todos los miembros de la Mano reunidos en su interior, y su caza empezaría y terminaría en una sola noche. Pero cuando llegó solo se topó con una casa a oscuras.

La finca de un *vestra*, con amplios terrenos y una verja enorme, nada parecido a una casucha. Tres plantas, con la entrada y los balcones forjados en hierro oscuro, y el tejado lleno de adornos dorados.

Siguió caminando, yendo hacia la esquina de la casa, se detuvo bajo una marquesina y examinó la fachada, esperando a que alguien entrase o saliese. Los faroles relucían desde las ventanas del resto de las viviendas, pero en el número 6 de la vía Helarin no había ni una sola luz, y no era la oscuridad característica de una casa cuando todos sus miembros se han ido a dormir, sino que era una oscuridad hueca, propia de los lugares abandonados.

Lila se mordió el interior de la mejilla.

Puede que hubiese llegado demasiado tarde. Pero no lo creía. *No, pensó, lo que quiera que se suponga que ocurra aquí no va a ocurrir esta noche.*

Se giró por donde había venido, regresando hacia el río, hacia la taberna y hacia la estrecha cama que la estaba esperando, cuando vio por el rabillo del ojo que alguien la estaba siguiendo.

Lila aminoró la marcha, ladeando levemente la cabeza para intentar oír pasos, pero debían de estar sincronizando sus pisadas con las suyas, porque solo podía oír el murmullo de sus propias botas sobre el pavimento, el lejano galope de los cascos de los caballos y el susurro de las voces, arrastradas por la brisa.

Y eso era justamente lo que los hacía destacar. El silencio era demasiado pesado, demasiado sólido, como el relleno de una almohada. Kell le había contado una vez que si lo intentaba podría llegar a sentir la presencia mágica de otra persona, pero ella no le contó que llevaba mucho tiempo siendo capaz de sentirla antes de saber siquiera que se trataba de magia.

Con un giro de muñeca, la daga de Lila susurró contra la palma de su mano.

Se internó en la calle como si fuese a cruzarla, y en el escaparate de una tienda lo vio, un leve movimiento a su espalda. Una figura encapuchada, que se fundía casi perfectamente con la oscuridad.

Se volvió con la daga ya cortando el aire.

La sombra se apartó justo a tiempo pero Lila chasqueó los dedos y la daga la siguió, cayendo tan solo un centímetro en el último segundo antes de hundirse en su capa y clavarse en la puerta de madera que tenía a la espalda.

La figura jadeó sorprendida, clavada como una polilla sobre la madera.

—Vaya, hola —dijo, como si acabase de toparse con un viejo amigo y no con una Mano. Puede que no hubiese perdido del todo el tiempo esa noche. Bajo la capucha la sombra llevaba una máscara negra y sin rasgos. Incluso tenía las manos ocultas en el interior de dos guantes negros, que no estiró hacia Lila ni hacia su magia, sino hacia la daga, y el metal raspó la madera mientras la figura trataba de liberarse.

»No tan rápido. —Lila dobló los dedos y el metal volvió a hundirse en la madera hasta la empuñadura—. Tengo algunas pre…

Eso fue lo único que consiguió decir antes de que un pequeño objeto se deslizase hacia la mano de la figura, cayese sobre la calle entre los dos y explotase. La explosión no tuvo casi fuerza y apenas hizo ruido alguno, solo fue un destello de luz cegadora seguido de una nube espesa de humo negro y asfixiante. Lila alzó el brazo para cubrirse los ojos por el destello y entonces el humo estaba por todas partes, tragándose los faroles, la calle y cualquier otra fuente de luz.

Se preparó para un ataque, un arma o un cuerpo surgiendo de entre la oscuridad, pero no ocurrió nada de eso. El humo impregnó el ambiente, denso, y Lila intentó apartarlo con el brazo. Una ráfaga de viento atravesó el muro de humo negro y dejó al descubierto la puerta y el lugar donde había inmovilizado a la figura. Pero ya no había ni rastro de ella.

Su daga yacía en el suelo, abandonada. La recogió y se volvió, inspeccionando la calle y abriéndose camino entre el humo poco a poco. Alcanzó a ver el borde de una capa negra desapareciendo por otra calle.

Lila corrió tras ella.

La sombra era rápida y mientras sus botas resonaban por el empedrado, la maldijo por huir y por obligarla a perseguirla cuando podría haberse quedado donde estaba, luchar y perder.

Para cuando dobló la esquina y se internó en el callejón, la sombra ya estaba casi al otro lado.

Fue entonces cuando echó de menos su pistola. Su preciosa pistola que se había quedado sin balas hacía años y que había quedado relegada al fondo de su baúl. Apuntar y disparar, y habría acabado con ella. En cambio, estaba a punto de armar un desastre.

Lila respiró hondo.

Tigre, tigre, pensó, y aunque no necesitaba pronunciar las palabras, sintió cómo la magia salía a su encuentro, doblándose sobre el duro acero por los ruidos que hacía, aunque solo fuese en su cabeza. Lila giró la mano, con la palma hacia arriba, y al otro lado de la calle la figura se detuvo y se dobló sobre sí misma.

La noche a su alrededor se estremeció y el mundo bajo sus pies se tambaleó con la fuerza de la tierra mientras las piedras se alzaban para bloquear el camino.

Un callejón sin salida.

La figura se volvió, buscando otra salida con la mirada y puede que hubiese encontrado una, pero Lila estaba cansada de correr. Cerró la mano en un puño con fuerza y la calle se elevó alrededor de sus botas, apresándolas.

—Ahora —dijo, avanzando por el callejón como si tuviese todo el tiempo del mundo—. Vamos a probar otra vez. —En una mano llevaba la daga, y en la otra, invocó una llama.

Pero mientras se acercaba a la figura, esta se dejó caer hacia delante, desplomándose sobre sus manos y rodillas y, por un instante, Lila asumió que estaba herida. La verdad era mucho peor. Le estaba haciendo una *reverencia*.

Llegó hasta la figura arrodillada y usó la punta de su daga para quitarle la capucha. La máscara cayó junto con ella, dejando al descubierto un rostro joven, de piel oscura, grandes ojos marrones y unas mejillas en las que parecía no haber crecido nunca un solo pelo.

La mirada de Lila se posó en su frente. Se le había abierto la capa y bajo la luz del fuego pudo ver la armadura y el símbolo grabado en su pecho, negro sobre negro, por lo que apenas se podía identificar la marca. Pero la reconocía. Pues claro que la reconocía. Era un cáliz y un sol.

Lila siseó entre dientes. No le extrañaba que no hubiese luchado. No era una Mano. Era un miembro del *res in cal*. Los cuervos que espiaban para la corona. Para la reina.

—Mis disculpas, *mas aven* —dijo, mezclando el inglés y el arnesiano como solían hacer los guardias entre la realeza.

Lila soltó su amarre mágico y la tierra que le sujetaba las botas se desmoronó.

—Levántate —ordenó, y él se puso en pie, bajando la mirada hacia su barbilla—. ¿Qué estabas haciendo en esa casa?

La confusión en su rostro lo decía todo. Había gente que sabía cómo esconder lo que sentía y pensaba tras una máscara de plácida calma. Ese chico no estaba entre ellos. Estaba dispuesta a apostar que nunca en su vida había ganado una partida de Sanct siquiera.

No había estado esperando en la vía Helarin. Ahí era solo donde había notado su presencia. Apagó la llama y se llevó la mano a la cara, frotándose los ojos.

—¿Cuánto llevas siguiéndome?

—Desde el palacio —respondió, siendo un siervo obediente—. Cruzaste a la orilla sur, después diste una vuelta por el *shal* antes de entrar en el Camino Feliz y entonces...

—Suficiente —Lila sintió una punzada amarga. No le había oído llegar. Todo era por la maldita obra de la reina, la capa que absorbía la luz, la armadura hechizada para el sigilo; incluso las botas estaban encantadas para que no hiciesen ningún ruido sobre el suelo empedrado. Y, aun así, se culpó por no haber notado su presencia antes. No volvería a cometer el mismo error.

Lila le puso la punta de la daga sobre el cáliz que llevaba grabado en el pecho de la armadura.

—Dale un mensaje a la reina de mi parte. La próxima vez que mande a un cuervo para que me siga, le cortaré las alas.

El chico, y realmente era solo un niño, parecía querer decir algo, pero debió de pensárselo mejor. Asintió una sola vez pero no se movió ni un ápice. Lila se apartó con una floritura pero él dudó antes de hacer ningún movimiento, como si estuviese esperando a que ella fuese la primera en marcharse. Eso no iba a pasar.

—Vuela —le ordenó y, al hacerlo, una ráfaga de viento le empujó en la dirección adecuada. Lila lo observó marcharse y se quedó mirando hasta que ya no pudo distinguirlo entre las sombras, hasta que se mezcló con la oscuridad.

Se tomó su tiempo en el camino de vuelta.

Era casi medianoche y la ciudad se había quedado totalmente en silencio, como un cuerpo demasiado cansado que necesita un buen sueño reparador. Volvió sobre sus pasos hacia el Puente de Cobre que, a pesar de su nombre, estaba hecho a base de madera y piedra en su gran mayoría y el metal verdoso quedaba relegado tan solo a la barandilla, al arco y al poste afiligranado.

Lila se detuvo a la mitad del puente.

A pesar de la hora que era, no estaba sola. Un carruaje pasó traqueteando a su lado y unos cuantos nobles regresaban a pie hacia la orilla norte de la ciudad. Uno se paró para admirar el palacio, la forma en la que se erguía sobre el Isle y se reflejaba en la superficie, con sus bordes dorados cortando el cielo oscuro y acuoso sobre el río. Pero Lila les dio la espalda a los pináculos dorados y se quedó mirando fijamente la ciudad de Londres. Se alzaba justo ahí enfrente, dividida en sus dos orillas, una ciudad partida en dos por un río carmesí.

Habían estado buscando en el lugar equivocado.

No le cabía ninguna duda de que Alucard y sus guardias estaban buscando a la Mano, pero también se jugaría su propia mano a que estaban centrando todos sus esfuerzos en registrar los rincones más oscuros de la ciudad.

Pensó en todas las huellas de manos que había repartidas por el *shal*, en lo obvias que parecían. Una diana pintada de rojo. La «X» en un mapa del tesoro. Deslizó la mano en el interior de su bolsillo e hizo girar la moneda entre sus dedos; su canto irregular se le clavó en la palma al rodearla y su mirada regresó hacia la orilla norte de la ciudad, hacia el hogar de la élite.

«No pueden esconderse», había dicho Alucard.

Pero ¿y si el verdadero peligro no se estaba escondiendo?

¿Y si estaba caminando ante sus ojos, a plena vista?

La taberna estaba completamente a oscuras para cuando regresó al Sol Poniente, con las persianas bajadas. Lila subió las escaleras, las piernas le pesaban más con cada paso que daba, pero cuando llegó a su dormitorio, se lo encontró vacío. La luz carmesí se filtraba a través de la ventana, iluminando las esquinas del baúl y dibujando unos dedos rojos pálidos sobre la cama sin deshacer.

Kell no había vuelto.

No importaba, se dijo Lila, dejándose caer sobre el colchón. Más para ella. Se metió las manos bajo la cabeza, dejando que el silencio la tapase como una colcha y esperando a que el sueño se la llevase por fin. Pero este nunca llegó. Al final, Lila se levantó con rabia, con una maldición en la punta de la lengua y una daga en la mano. El breve pinchazo de dolor, la sangre manando de sus dedos con fuerza. Dibujó la marca y susurró las palabras contra la pared, sintiendo cómo la madera se desprendía a su alrededor al atravesarla.

La estrecha habitación desapareció, siendo reemplazada por el enorme dormitorio de palacio, como si el mundo hubiese respirado profundamente y empujado con fuerza, apartando el techo bajo y creando uno abovedado, cubierto de nubes de gasa, y transformando la madera gastada en mármol. Lo único que tenían en común los dos dormitorios era la luz carmesí que se filtraba a través de las puertas de cristal, reflejándose en los hilos dorados que formaban la alfombra y el cuerpo tumbado como una estrella de mar sobre la cama real.

Kell yacía medio vestido y boca abajo sobre el colchón, con su abrigo y sus zapatos desparramados por el suelo como un camino de migas de pan desde la puerta hasta los pies de la cama. Su espalda subía y bajaba. Su cabello cobrizo se abría como un abanico a su alrededor, como si fuese las llamas de un fuego que moría sobre sus mejillas y sobre la almohada.

Tantos años a salvo le habían hecho tener un sueño profundo.

Ni siquiera se removió cuando Lila se quitó las botas. O cuando dejó caer el abrigo al suelo, junto con sus dagas más pesadas. O cuando se metió en la cama. O cuando estiró una mano hacia él y le pasó los dedos, con toda la delicadeza de una ladrona, por el mechón blanquecino que recortaba su cabello carmesí. O cuando se acurrucó a su lado, lo bastante cerca como para oír el suave vaivén de su respiración y dejar que esta la arrastrase hacia el sueño.

IV

LONDRES BLANCO

Hacía tiempo que el sol se había ocultado por completo para cuando Kosika llegó a la escalinata de palacio, con su ropa rígida por la sangre seca.

Con cada parada en la procesión, había ido dejando atrás más y más guardias. En ese momento, de vuelta del Bosque Plateado, solo la flanqueaban cuatro guardias, Lark entre ellos. Y solo un Vir, Serak. Y Nasi, por supuesto.

Los tambores habían cesado, pero todavía podía oírlos retumbar en el interior de su cabeza. Kosika se convenció de que no era un dolor de cabeza, que solo era el pulso de la ciudad, cobrando fuerza. Aun así, había sido un día muy largo. Le dolía el brazo allí donde lo había cortado por el ritual, le ardían las piernas por haber cruzado la ciudad a pie, y lo único que quería era quitarse la sangre de encima y dormir.

Pero las puertas de palacio se abrieron de par en par, dejando a la vista una celebración, con el gran salón lleno de vida.

Los faroles colgaban por todas partes como pequeños orbes de luz plateada, una docena de soles pálidos que proyectaban sombras sobre el suelo empedrado, y el aroma del banquete flotaba en el aire. Habían sido los Vir quienes habían insistido en celebrar esos banquetes tan extravagantes. Como si los diezmos y los regalos que daban solo fuesen una primera parte, como si las ofrendas no fuesen el objetivo del día.

Todos los nobles de la ciudad estaban allí reunidos, con las manos vendadas con tiras de seda en vez de con gasa, lo único que dejaba claro que ellos también habían diezmado. La guardia real se había despojado de sus yelmos y ahora se deslizaban por la sala, mezclándose entre los invitados, y los Vir permanecían vigilantes, resplandecientes con sus capas plateadas.

Aquella escena irritó a Kosika.

Se suponía que aquel día era de oración. De sacrificio. Devoción. Y, en cambio...

—¡Nuestra reina! —gritó Vir Talik, alzando su copa y, por todo el salón, las copas se elevaron en su nombre, con el líquido carmesí en su interior.

Nasi se acercó a ella por detrás, llevando las manos a sus hombros, dispuesta a retirarle la capa ensangrentada.

—Déjala —espetó, alejándose del alcance de su amiga. Se internó en medio de la multitud, la marea de gente abriéndole paso, murmurando sus alabanzas. Pero Kosika no se entretuvo a que la agasajasen. Pasó junto a ellos, directa hacia las escaleras. No estaba de humor como para entretener a nadie ni para desfilar por el salón. Vir Reska, una mujer con la mirada aguda y el cabello canoso, intentó cortarle el paso.

—Majestad, el banquete.

—Estoy cansada —repuso Kosika, y eso debería haber sido razón suficiente como para que se apartase de su camino, pero la Vir señaló con un gesto de la mano hacia el salón lleno de nobles.

—Pero debe...

La mirada de Kosika se dirigió hacia la Vir como una daga justo en el mismo instante en el que esta se daba cuenta de su error. Dio un paso atrás y se dejó caer sobre una rodilla, con la capa plateada extendiéndose a su alrededor sobre el suelo. Kosika estiró una mano y la apoyó sobre el hombro de la Vir, tal y como había hecho antes ese mismo día. Sintió cómo la mujer se tensaba bajo su contacto. Ambas sabían que, de toda la sangre que manchaba la piel de Kosika, parte también le pertenecía a ella. Sabían que solo necesitaría pronunciar una palabra y la Vir se desgarraría desde dentro, al igual que su atacante en el muelle. Los huesos de aquel hombre seguían amontonados en la calle, y el resto de su cuerpo había sido arrojado al río.

Los sonidos de la fiesta se apagaron a su alrededor y Kosika bajó la voz, sus siguientes palabras destinadas únicamente a su sierva plateada.

—Dime, Vir Reska —dijo—, ¿qué *debo* hacer?

—Nada, mi reina —respondió la Vir, con la voz tan tensa como la cuerda de un arco a punto de dispararse—. Ya ha hecho más que suficiente. Si está cansada, debe descansar. Los Vir serán los anfitriones esta noche en su lugar, y en su honor.

Kosika retiró la mano del hombro de la Vir.

—Estupendo —repuso, emprendiendo de nuevo su camino hacia las escaleras.

Esa vez, todo el mundo fue lo suficientemente sensato como para dejarla marchar.

HACE CUATRO AÑOS

Las puertas de la sala del trono eran muy pesadas.

Hacían falta cuatro guardias para abrirlas y cerrarlas. O una *antari* enfadada.

Fue Nasi quien había ido a buscarla aquella tarde, para advertirle acerca de los Vir.

—¿Qué pasa con ellos? —había preguntado Kosika, que había estado distraída hasta que se fijó en la expresión en el rostro de Nasi.

Al igual que la otra joven nunca se había mordido la lengua, tampoco era capaz de esconder sus emociones. Cuando sonreía todo su rostro parecía iluminarse de alegría. Pero cuando estaba enfadada, su semblante lleno de cicatrices se convertía en una máscara rígida.

—Se están reuniendo —había respondido entonces—. Sin ti.

Las puertas del salón del trono crujieron al abrirse, anunciando la llegada de Kosika. Había visto cuadros de ballenas, unas criaturas marinas lo bastante grandes como para poder ponerse de pie en su interior. El salón del trono le recordaba a una ballena, con sus pilares blancos como el hueso y sus techos abovedados, que se arqueaban sobre su cabeza como si fuesen las costillas del animal.

Los Vir de la reina tuvieron la decencia de parecer sorprendidos, y sus voces se apagaron a mitad de frase cuando entró en el enorme salón, con sus pequeños zapatos resonando sobre el suelo. Ese suelo. Se rumoreaba que, hacía tiempo, había estado lleno de trozos de hueso. Los enemigos de Astrid Dane, blanqueados y tachonados en el mármol a sus pies. Solo eran rumores, pero aunque no lo fuesen, hacía tiempo que habían reemplazado aquellas baldosas.

En ese momento, deseaba que no hubiese sido así. Le habría gustado añadir algunas baldosas más de esas.

El trono de Kosika se alzaba en medio del salón del trono, los sillones del consejo formaban un círculo a su alrededor, como si fuesen unas manos rodeando a la reina. Y solo su trono estaba vacío.

—Majestad —dijo Vir Patjoric, levantándose.

—No os levantéis —ordenó Kosika, pero los Vir lo hicieron igualmente. Sabía que lo hacían en señal de respeto, pero lo único que consiguieron fue hacerla sentirse incluso más pequeña de lo que ya era—. Es culpa mía por haber llegado tarde. —Tomó asiento y dobló las piernas sobre el trono, escondiendo los pies a su espalda para intentar ocultar el hecho de que no le llegaban al suelo—. Por supuesto, no me habría presentado tarde si alguien me hubiese avisado antes de la reunión.

Los Vir intercambiaron miradas, sus rostros divididos entre el enfado y la incomodidad. Trece de ellos y, honestamente, todos excepto Serak, se seguían mezclando en su cabeza. No era solo por la capa plateada que todos llevaban. Era por sus posturas, por la forma en la que estaban sentados en sus asientos, por el modo en que se dirigían a ella al hablar, como si solo fuese una niña y no una reina.

En ese momento, doce de los Vir intercambiaron miradas. Solo Serak tuvo la decencia de mirarla *a ella*, y parecía estar a punto de decir algo cuando Vir Patjoric lo cortó. A Patjoric siempre lo reconocería, al fin y al cabo, había sido él quien la había encontrado.

—No queríamos molestarla —dijo, inclinando levemente su pálida cabeza en una reverencia.

—Los asuntos de Estado pueden ser bastante aburridos —añadió Vir Reska, a quien era fácil recordar porque sus ojos eran del mismo tono que el Sijlt, tan claros que parecían no tener color en absoluto.

—Os aseguro —dijo Kosika— que nada que tenga que ver con la ciudad me aburre. Ahora —añadió, poniéndose cómoda en el trono—, ¿qué me he perdido?

Otro Vir carraspeó para aclararse la garganta.

—Estábamos hablando sobre qué hacer con los otros mundos.

Kosika frunció el ceño. Por supuesto, sabía lo de los mundos, los conocía todos. Todas las habitaciones de la casa, como a Serak le gustaba llamarlos.

—¿Qué pasa con ellos? —preguntó.

—Bueno, en el pasado siempre ha habido… comunicación y…

—¿Ha venido algún mensajero a vernos?

—No —respondió otro Vir—. Aún no. Pero creemos que deberíamos ser nosotros quienes iniciásemos la comunicación.

—Nosotros —repitió Kosika.

Pero no existía ningún «nosotros» en este contexto. Las puertas entre los mundos estaban cerradas y solo los *antari* podían volver a abrirlas. Solo un *antari* podía cruzarlas.

—No veo a dónde queréis llegar con esto —dijo. Un murmullo se extendió por la sala, entre los Vir, como una ráfaga de viento entre las ramas de los árboles—. ¿Queréis que vaya a otro Londres? ¿Y para hacer el qué? ¿Entregar el correo?

—Holland lo hacía. —Eso provino de Vir Patjoric.

—Cuando era un siervo —espetó Kosika entre dientes—, no como rey. Y entonces solo lo hacía porque los Dane querían apoderarse de ese otro mundo. Creo que ha llegado el momento de centrarnos en el nuestro.

Se encontró con la mirada de Serak, y vio que una pequeña sonrisa se dibujaba en su rostro. Aprobaba lo que Kosika estaba diciendo.

—No merece la pena el riesgo —dijo Vir Reska—. Si atrapasen a Kosika, nos quedaríamos sin *antari* y sin reina.

Kosika se percató del orden en el que Reska había pronunciado esos títulos.

—Algún día —dijo un Vir de cabello oscuro llamado Lastos—, los muros caerán. Y debemos estar preparados para ello.

—Más motivo aún para centrar nuestros esfuerzos en *nuestras* fuerzas en vez de en las suyas —contratacó Kosika.

Vir Lastos se echó hacia delante en su asiento, agarrando los brazos de su silla con fuerza.

—Deberíamos conocer a nuestros enemigos antes de tener que enfrentarnos a ellos en el campo de batalla.

—¿Por qué han de ser nuestros enemigos? —preguntó Vir Serak—. ¿Por qué tienen que ser algo acaso?

—Somos los que más cerca estamos de la fuente de poder originaria —dijo Kosika—, y a cada día que pasa *nuestro* mundo revive un poco más.

—¿Y qué ocurre si sus mundos también lo hacen? —insistió Vir Lastos—. No tenemos manera de saberlo.

Pero Kosika ya no le estaba prestando atención a sus palabras. Era el tipo de hombre que gesticulaba al hablar y se fijó en que las palmas de sus manos estaban completamente intactas.

—Siempre es mejor saber a lo que te enfrentas —estaba diciendo antes de que ella lo interrumpiese.

—No has diezmado, Vir Lastos.

El Vir echó un vistazo rápido a su mano.

—Estaba demasiado ocupado con asuntos de Estado. —El Vir respiró hondo, dispuesto a retomar su argumento, pero Kosika no se lo permitió.

—Para esto, sacarás el tiempo.

Desestimó sus palabras con un gesto de la mano como si estuviese apartando a una mosca.

—Muy bien —dijo—. Si eso complace a la reina. Ahora, volviendo al tema del otro Londres…

—Hazlo ahora.

Kosika sacó la daga que siempre llevaba envainada en la cadera y se la tendió a Vir Lastos. Él observó el filo del arma, asqueado.

—¿Majestad?

—Al suelo no le importan las ceremonias. Acogerá tu diezmo con un día de retraso.

Esperó, pero el Vir no tomó la daga que le ofrecía.

—Entonces esperará —repuso—: Hasta el próximo día del diezmo. Se están volviendo bastante frecuentes últimamente.

—Lastos —le advirtió Patjoric, pero el Vir no se achantó.

—No. Al principio solo era una vez, y después pasó a ser una vez al año, ahora son dos. A este ritmo, más pronto que tarde todos estaremos demasiado débiles para poder hacer cualquier cosa que no sea sangrar.

—Dices que estaremos débiles —le reprendió Kosika—, pero Londres se hace más fuerte a cada día que pasa.

—¿Sabes por qué? —espetó—. Porque hemos prohibido los hechizos vinculantes y sacado de nuestras calles a los peores delincuentes. Porque tenemos gremios que cargan con sus mercancías a lo largo y ancho del Sijlt, ahora que se ha descongelado, y recaudamos impuestos en función de la riqueza. —Sacudió la cabeza, incrédulo—. Tú puedes elegir diezmar entregando tu sangre y venerando a los hombres como si fuesen santos, mi reina, pero los rituales no son lo que mantiene esta ciudad a flote.

—También serviste a Holland —soltó Vir Serak con desprecio—. Tú también creías…

—Creía que era nuestra mejor opción en ese momento —lo cortó Vir Lastos—. Pero no que fuese una especie de rey mítico.

—Has visto cómo los árboles florecían en el patio —dijo Vir Talik—. La cantidad de grano que llega en esas barcazas desde el norte.

—¿Por qué crees que el Sijlt fluye tan rápido ahora? —intervino Kosika.

Lastos la observó con la mirada plana y helada.

—Todo lo que se congela termina descongelándose con el tiempo. Puede que solo sea cosa de la naturaleza.

—Y, sin embargo —repuso—, aún no se ha descongelado en tu interior.

El Vir cerró las manos formando puños, el gesto oculto solo a medias bajo su capa. Por supuesto, no era el único que seguía sin magia. La mayoría de los niños desarrollaban una afinidad por algún elemento, pero un gran número de adultos habían resultado ser un terreno estéril para la magia. Entre los Vir, había tres: Lastos, Reska y Patjoric, quienes no podían ni siquiera invocar una llama para encender una vela.

—Puede que tengas miedo —siguió diciendo Kosika—. Puede que no quieras creer que la magia tiene voluntad propia, que es elección suya, porque entonces eso significaría que no te ha elegido.

—Yo no sería tan arrogante, *pequeña reina* —escupió esas dos últimas palabras como si fuesen una semilla que se le hubiese quedado entre los dientes.

Kosika bajó la mirada hacia la daga que seguía teniendo en la mano, observando su reflejo en el acero.

—El castillo está hecho de piedra —dijo Kosika—. Y la piedra es capaz de transportar el sonido de una sala a otra. He oído cómo te refieres a mí a mis espaldas: «Kojsinka».

«Pequeña tirana».

Vir Lastos se quedó pálido, pero Kosika no sabía si era el miedo o la ira lo que le había robado el color.

—¿Lo niegas? —insistió.

Él negó con la cabeza.

—Eres una niña. Con el conocimiento del mundo de una niña.

Los otros Vir se removieron en sus asientos, inquietos. Patjoric extendió el brazo hacia Lastos, pero este se sacudió su agarre.

—Una niñita a la que le gusta jugar a ser reina.

Kosika no se levantó. Si lo hubiese hecho, habría parecido como si mordiese el anzuelo. Pero no pudo evitar que el aire que llenaba el salón se agitase a su alrededor. Las piedras crujieron como si fuesen dientes, rechinando. Ella se echó hacia delante en su trono.

—Entonces no deberíais haberme puesto en este trono —dijo.

—No —repuso él lentamente—. No deberíamos.

Lastos echó un vistazo a su alrededor, esperando que el resto de los Vir se pusiesen de su parte o que, al menos, se pusiesen en su contra. Kosika pensó en el tablero de kol-kot que tenía en su dormitorio. Nasi le había enseñado las distintas maneras en las que disponer las fichas. En más de una, los sacerdotes eran lo bastante fuertes como para gobernar sin su rey. Pero solo era un juego. Y Kosika no era solo una reina. Era una *antari*. La heredera del poder de Holland. Y los demás Vir lo sabían, aunque deseasen que no fuese así.

Patjoric negó con la cabeza y suspiró, mientras que Reska mantuvo la mirada fija en el suelo. Talik observó a Lastos como si acabase de firmar su sentencia de muerte. Y, lentamente, Lastos se dio cuenta de que eso era justo lo que acababa de hacer.

—A mí me han llamado a reinar —expuso Kosika—. Pero nadie te ha obligado a ti a servir. —Señaló hacia las puertas del salón del trono, que seguían abiertas de par en par.

Él se quitó la capa con tanta fuerza que el broche circular se rompió y cayó sobre el suelo, repiqueteando como una campana al rebotar sobre el mármol.

Debería haberse girado y haberse marchado entonces. En cambio, se volvió hacia Kosika.

—Patjoric debería haberte matado cuando te encontró en aquella calle. Al fin y al cabo, lo mejor que hizo Holland Vosijk por nosotros fue mo...

Sus palabras enmudecieron, sustituidas por el enfermizo crujido del filo del acero raspando el hueso. Lastos soltó un grito ahogado y bajó la mirada hacia el filo de una espada que sobresalía de su pecho.

—Eso es una blasfemia —siseó Serak, que estaba de pie a su espalda como una sombra, con la mirada oscurecida por la rabia.

Los otros Vir también se habían levantado, llevando las manos hacia sus espadas, y, por un momento, el aire a su alrededor parecía tan sólido como el cristal, a punto de estallar en mil pedazos. Pero el momento pasó y nadie dio ni un paso adelante. Se limitaron a observar cómo Serak sacaba su espada del pecho de Lastos y este caía inerte sobre el suelo de mármol. Abría y cerraba la boca, pero lo único que salió de entre sus labios fue un estertor, un jadeo y, después, nada.

Kosika observó cómo la sangre manaba de su herida, encharcándose bajo su cadáver, y pensó: *Menudo desperdicio*. Alzó la mirada y se topó con la de Serak.

Ambos se entendieron sin tener que mediar palabra, y entonces Serak rompió el silencio, diciendo alto y claro:

—*Kos och var.*

Las palabras se repitieron por todo el salón.

Kos och var. Kos och var. Kos och var.

«Salve a la reina».

V

—¿Cuánto tiempo más vas a tardar?

Era bien pasada la medianoche. A Tes le ardían los ojos y le dolía la cabeza, y la última hora había seguido teniendo la frágil esperanza de que, si tardaba un tiempo considerable, los asesinos se aburrirían lo suficiente como para bajar la guardia y darle una oportunidad para escapar.

Pero el hombre con el rostro como el bloque de un carnicero seguía paseando tranquilamente por la tienda, toqueteando objetos mágicos a medio arreglar, y la mujer con la corona de trenzas no se había movido de su asiento, con esos ojos grises y planos fijos en Tes.

Hasta que Vares se removió en su sitio.

El búho había estado tan quieto como, bueno, un esqueleto normal, como si pudiese notar el peligro, pero la pregunta había hecho que se moviese. Agitó sus alas de hueso y giró la cabeza.

La mujer desvió la mirada hacia allí. La comisura de sus labios se alzó en algo parecido a una media sonrisa.

—*Kers la?* —preguntó, estirando la mano hacia el búho. Este respondió a su pregunta pegándole un picotazo en los dedos y la mujer afiló su sonrisa—. Qué magia tan ingeniosa.

Dobló los dedos al decirlo, y el filamento de metal que mantenía unido al búho se agitó en su interior.

—No —dijo Tes, una única súplica. Y puede que fuese por la forma en la que lo dijo o simplemente por el hecho de que sus manos habían dejado de moverse, que ello hizo que la mujer dejase en paz al pequeño búho, volviendo a fijarse en la cajita que estaba a medio montar sobre el mostrador. Era una maraña de magia, un revoltijo de hilos, incluso más desordenados por el caos de la tienda que la rodeaba, pero Tes no se atrevió a ponerse los secantes. No podía permitirse el lujo de estrechar su campo de visión, no podía olvidar que había más gente en la sala, incluso aunque eso hiciese que su dolor de cabeza se intensificase.

A pesar de la audiencia, Tes no se molestó en enmascarar sus poderes o en hacer como si utilizase alguna herramienta; no se molestó con nada más que en usar sus ojos y sus manos, en observar cómo sus dedos cortaban el aire sobre el objeto, dándole forma al hechizo que rodeaba la caja para crear algo que pudiese utilizar.

El hombre se dejó caer contra la puerta, aburrido. La mujer se echó hacia delante en su asiento, golpeando con los dedos el brazalete de metal, con el sonido llenando la sala.

—¿Cómo te llamas? —preguntó Tes cuando ya no pudo soportar más el silencio. La mujer enarcó una ceja oscura—. Yo te he dicho mi nombre antes —añadió en voz más baja.

Los labios de la mujer volvieron a curvarse en una sonrisa afilada.

—Bex —dijo, deslizando el nombre entre sus dientes—. Y esa basura andante de ahí es Calin.

Tes siguió moviendo las manos.

—No te cae bien.

—¿Qué me ha delatado?

—Pero sois compañeros.

El hombre lleno de cicatrices, Calin, soltó una carcajada amarga.

—Yo no diría que somos compañeros.

Bex pensó qué decir a continuación.

—En este momento compartimos un mismo jefe.

—Pensaba que los asesinos trabajaban solos.

Bex entrecerró los ojos.

—Eres un poco demasiado avispada —murmuró—. Si no tienes cuidado, harás que te maten. —Se levantó y se estiró, los huesos de su cuello crujieron de manera audible con el gesto—. Ahora, haz tu trabajo, o yo tendré que hacer el mío.

Tes se sorprendió respondiendo a la amenaza.

—¿Por qué debería hacerlo? Me vais a matar igualmente.

—Sí —repuso Calin—, pero si tú haces tu parte rápido, nosotros también.

Su valentía desapareció tan velozmente como había llegado y el miedo se impuso.

—Míralo de este modo —dijo Bex, apoyando los codos sobre el mostrador—. No me han *contratado* para matarte, y no suelo hacer nada gratis.

Tes quería creerla, podría haberlo hecho si Bex estuviese sola, pero Calin sí que tenía aspecto de alguien que había matado a mucha gente por el simple hecho de que podía hacerlo.

—No te preocupes por *él* —dijo Bex, como si pudiese leerle la mente—. Preocúpate por mí. Preocúpate por eso —añadió, señalando la caja sobre el mostrador.

Así que eso fue exactamente lo que Tes hizo.

Lo que, en realidad, llevaba haciendo desde hacía horas.

Tes mantuvo la vista fija en sus manos, se obligó a no mirar al eco de la puerta que seguía flotando en el aire a la izquierda de Calin, con sus bordes ardiendo. Se preguntó si ellos no podrían verlo acaso, o si simplemente no estaban mirando.

Al menos no eran capaces de ver lo que ella estaba haciendo.

Si hubiesen podido ver los hilos de magia se habrían percatado de que había trenzado los hilos dorado claro en el aire, juntándolos en el interior de la caja de madera. Era un trabajo contundente pero efectivo, uno que casi destrozó cuando Calin, que había abandonado su sitio junto a la puerta, derribó una enorme caja metálica llena de chatarra.

Las manos de Tes dieron un respingo y contuvo la respiración, temiendo que el hechizo se activase, pero por suerte no fue así.

—Malditos santos —murmuró Bex—. Si tan solo alguien me contratase para matarte.

—No hagas como si no te gustaría intentarlo gratis —dijo Calin, dándole una patada a la caja de metal para apartarla—. Soy tan difícil de matar como el propio rey.

—He oído decir que está hechizado —dijo Tes, trenzando con cautela el último hilo y haciendo su mejor actuación de alguien que tiene mucho trabajo por delante todavía.

—Supongo que lo descubriremos —respondió Bex.

Se cayó otra caja y la mujer cerró los ojos y apretó los dientes.

—Si tiras otra maldita cosa más… —gruñó, pero Calin no la estaba escuchando.

Estaba mirando fijamente hacia un espacio enfrente de las estanterías con la cabeza ladeada.

—*Kers la?*

Tes siguió su mirada y se quedó helada. Estaba mirando fijamente hacia los restos de la puerta. La rodeó, curioso, entrecerrando los ojos para observar mejor, y ella se dio cuenta de que no podía verla del todo, al menos no del mismo modo en el que la veía ella, pero estaba claro que había percibido que ahí había algo, un brillo en el aire, *algo* que no pertenecía a ese lugar.

—Oye, Bex —dijo, pasando una mano enorme sobre el eco del hechizo—. Ven a ver esto.

A Tes le latía el corazón acelerado cuando la otra asesina suspiró y se levantó. Se estaba quedando sin tiempo y en cuanto Bex le dio la espalda a la mesa, Tes actuó.

Alzó el objeto en el que había estado trabajando, el que no era y nunca sería un creador de portales, y lo lanzó al centro de la sala. Al caer, Tes tomó al búho y se resguardó bajo el mostrador, haciéndose un ovillo alrededor de Vares y de los restos del creador de portales real.

La caja de madera que, tal y como les había contado a los asesinos, solo era un recipiente para la magia, golpeó el suelo del taller de la tienda de Haskin y se hizo añicos, y eso sirvió como desencadenante para el hechizo de viento que Tes había tejido en su interior.

Que estalló con una fuerza repentina y violenta.

Tes nunca había hecho una bomba elemental antes, no tenía ni idea de si le había dado a la magia la potencia suficiente, al menos no hasta que el aire de su interior salió de golpe, disparando trozos de madera y haciendo que los cristales estallasen y que temblase todo el edificio.

Incluso el mostrador, clavado al suelo, gimió bajo la fuerza de la explosión, y no consiguió oír a los asesinos de lo mucho que le pitaban los oídos después, no sabía dónde estaban, si la explosión los había matado o si solo los había aturdido.

Pero Tes sabía que no tenía que quedarse a comprobarlo.

Tomó el saco con los restos del creador de portales y al búho muerto y salió de debajo del mostrador, corriendo hacia la trastienda y hacia la puerta oculta tras una cortina que llevaba hacia su cuarto. Allí se detuvo y echó la mirada hacia atrás, vio a la mujer debajo de los restos de una estantería de metal y al hombre que yacía a los pies de una pared de piedra. Pero ambos seguían vivos y ya habían empezado a recuperarse.

Tes golpeó con la mano el marco de la puerta y el hechizo que había tejido allí. Era lo primero que había construido en la tienda de Haskin, y no era para un cliente, sino para ella, por si tenía que volver a huir.

Tes adoraba esa tienda, pero solo era madera, piedra y una puerta pintada, así que no lo dudó. Pasó los dedos por los hilos y *tiró* de ellos, con tanta fuerza como pudo.

Alrededor de sus manos se extendieron las grietas, recorriendo las paredes hasta llegar al techo e incluso por el suelo. Al hacerlo, Tes se dio la vuelta y pasó por debajo de la cortina, corriendo hacia la estrecha habitación que tenía en la trastienda y dejando atrás la pequeña mesa y la cama elevada junto con la vida que se había construido ahí. Salió por la puerta de atrás, justo antes de que el edificio se hundiese, el tejado se derrumbase y todo el lugar se viniese abajo con un estruendo.

VI

A lo largo de los años, muchos habían intentado acabar con Calin Trell.

Su cuerpo era un mapa de intentos fallidos, de todas las veces en las que lo habían apuñalado y quemado, golpeado y maldecido. Le habían roto prácticamente cada uno de los huesos, había perdido mucha sangre y le habían enterrado vivo más veces de las que podía contar.

Es decir, haría falta algo más que derrumbar una casa sobre su cabeza para acabar con él.

La chica había sido rápida, eso se lo concedía. La explosión de aire le había estrellado de cabeza contra el muro, y en ese segundo en el que todo a su alrededor zumbaba, casi había fallado al devolver el ataque… casi, pero no del todo. Tuvo el tiempo necesario para invocar sus poderes y crear un escudo que lo protegiese de la piedra, la madera y el metal que cayeron sobre su cabeza.

En ese momento Calin estaba de pie en medio de los escombros, con una montaña de cascotes a cada lado. Le corría sangre por un ojo, que manaba de una herida que algo afilado le había hecho en la frente, pero por lo demás estaba ileso. *Que Bex Galevans se quedase con su acero y sus florituras*, pensó. El poder de la tierra era tosco, pero brutal.

Y hablando de Bex… Calin salió de su agujero improvisado y se quedó de pie sobre el montón de lo que hasta hacía unos segundos era la tienda de Haskin, justo antes de que esa pequeña zorra la derribase sobre sus cabezas. Deslizó los pies al caminar, apartando rocas y trozos de madera que crujieron bajo su peso. No prestó atención a ninguno de los espectadores que se habían empezado a agolpar en la calle; algunos estaban conmocionados, otros simplemente tenían curiosidad. Al fin y al cabo, estaban en el *shal*, cuyo lema no oficial era: «Métete en tus asuntos».

Echó un vistazo a su alrededor. Ni rastro de Bex.

Con suerte, estaría muerta bajo todos esos escombros.

Aunque no era que la suerte estuviese mucho de parte de Calin.

Se giró sobre sus pies, observando los edificios a cada lado, el callejón y la calle, y percibió de reojo un movimiento, una sombra con forma de chica, corriendo hacia la oscuridad.

Calin sonrió, con la sangre y el polvo pegándosele a los dientes.

Siempre le había gustado la caza.

Se bajó de un salto de la montaña de escombros y aterrizó con fuerza, con sus botas golpeando el suelo empedrado. La sangre le nubló aún más la vista y se la limpió con el dorso de la mano. El corte en la frente era profundo y le dejaría una buena cicatriz. Una marca más que añadir a la cuenta.

Calin desenvainó el puñal que llevaba a la cadera y se dirigió a la calle por la que había visto desaparecer a la joven.

Tes se deslizó por la oscuridad entre los edificios.

Conocía el *shal* mejor que la mayoría de Londres, lo conocía tan bien como cualquiera que no hubiese nacido y crecido entre esos estrechos callejones podría conocerlo, y sabía que de noche se transformaba en un lugar completamente distinto. Las calles seguían siendo igual de estrechas, con un laberinto de callejones ramificándose a su alrededor, algunos lo suficientemente anchos como para que cupiese un carromato pero, en la oscuridad, esas sinuosas calles también bloqueaban la luz. De vez en cuando, el brillo carmesí del Isle teñía los tejados con su resplandor, pero ningún río o farol podía acabar del todo con las sombras en esas callejuelas.

Por suerte para Tes y para su extraña vista, los hilos del poder brillaban con tanta fuerza que ningún lugar del mundo estaba jamás completamente a oscuras para ella. Pero sus pies se deslizaban torpes sobre el suelo por el pánico y, al contrario que el resto de la ciudad, el *shal* no dormía por la noche; cobraba vida cuando se ponía el sol, a pesar de la oscuridad, o puede que gracias a ella. Tes se abrió paso a través del mercado nocturno, sorteando media docena de puestos poco iluminados, solo para chocar de lleno contra un grupo que salía de una taberna, disculpándose a su paso. Vares seguía metido en su bolsillo y ella apretaba el creador de portales contra su pecho.

Las calles del *shal* no eran rectas, sino que daban vueltas en espiral, internándote cada vez más en su seno en vez de ayudarte a salir, como si aquel laberinto no quisiese dejarte marchar, y mientras que solo podía pensar en huir, sus pies no podían ir más rápido, ni más lejos, y necesitaba salir de allí cuanto antes, no solo del *shal*, o de Londres; tenía que irse a un lugar donde nadie pudiese seguirla, y así fue como terminó arrodillada en el centro de un callejón oscuro y sin salida, con el saquito abierto a sus pies y el creador de portales en el centro.

—Vamos, vamos, vamos —murmuró mientras sus manos volaban sobre los hilos.

De repente deseó no haber hecho tan buen trabajo al desmontarlo, pero siempre se le había dado bien recordar patrones una vez que ya había conseguido que funcionasen, y era mucho más fácil repetir algo que hacerlo por primera vez.

El búho muerto se removió y agitó sus alas huesudas con nerviosismo en su bolsillo, como si estuviese intentando decirle «más deprisa, más deprisa».

—Lo sé, Vares, lo sé.

Sus dedos se movieron entre los hilos con premura, reconstruyendo el patrón y volviendo a atar los nudos que había desatado.

—Ya casi está.

Algo se estrelló a su espalda y el sonido la hizo girarse bruscamente, pero solo era un borracho que se había chocado contra una maceta al regresar a su casa dando tumbos. Unos segundos más tarde, oyó cómo una ventana se cerraba sobre su cabeza. Esa vez, no se sobresaltó. Tampoco alzó la mirada cuando oyó a alguien caminando junto al callejón.

Al menos, no hasta que esos pasos se ralentizaron y se detuvieron.

—Vaya, vaya —dijo alguien como si tuviese la boca llena de piedras.

Las manos de Tes se apartaron de la caja cuando se volvió para enfrentarle. Calin estaba de pie en la boca del callejón, el brillo verde de su magia le iluminaba con más fuerza que cualquier farola, reflejándose sobre el puñal que llevaba en la mano, con el cabello lacio y ensangrentado pegándosele a la frente. Tenía los hombros llenos de polvo y escombros, y la sangre se deslizaba por su rostro, desde la frente hasta la comisura de la boca. Se pasó la lengua por los labios, saboreando la sangre.

—Bex tenía razón —dijo Tes, intentando mantener la voz todo lo firme que podía—. Sí que eres difícil de matar.

Su mirada se desvió hacia el callejón a su espalda, que terminaba en una pared.

—Fin del camino —señaló.

—Te sorprendería —replicó, mirándolo fijamente a los ojos—. *Erro.*

Escuchó cómo la cajita se abría y sintió cómo la puerta se alzaba frente a ella. Vio por el rabillo del ojo cómo el marco de la puerta se dibujaba en el aire, sintió el velo y la corriente de aire que se filtraba a través de él, llevando consigo el aroma a humo y a piedra mojada.

Los ojos de Calin se abrieron como platos y sus labios se torcieron cuando Tes dio un paso atrás, cruzando el umbral. El mundo a su alrededor se tambaleó y se emborronó y, a través del velo, pudo ver cómo se lanzaba hacia ella, con el brazo extendido.

—*FERRO.*

Y la puerta obedeció su orden y se cerró de un golpe, haciendo desaparecer a Calin, al *shal* y al resto de Londres.

Tes se quedó ahí de pie, recuperando el aliento, aunque ya no estaba en un callejón oscuro, sino en una calle bien iluminada.

Estaba lloviendo, aunque no era una lluvia torrencial, sino una llovizna ligera y constante, y el creador de portales yacía sobre el suelo empedrado a sus pies. La noche parecía extraña y sombría, pero tenía sentido; era una noche distinta, en un mundo distinto.

Lo había logrado. Estaba a salvo.

Tes dejó escapar una risita sorprendida que murió en cuanto se dio cuenta de que estaba herida.

Se estremeció cuando un dolor desconocido le sacudió el estómago, un calor que pronto se convirtió en un ardor abrasador; al principio pensó que serían las secuelas de la explosión, de la huida, pero cuando bajó la mirada hacia su estómago vio algo mucho más extraño: el mango de un puñal sobresaliendo justo encima de su cadera. Pero eso era una tontería, lo sabría si la hubiesen apuñalado. Se llevó la mano hacia allí y tocó la empuñadura y, en cuanto lo hizo, el puñal se movió y el dolor se apoderó de ella, como un ardor desgarrador bajo sus costillas.

Actuó por instinto, rodeando el mango con las manos y sacándolo de un tirón.

Algo que resultó ser una idea horrible.

Se le nubló la vista por el dolor y Tes cayó de rodillas sobre la calle, ahogando un grito.

La sangre se filtraba entre sus dedos. Presionó con fuerza la herida, aunque eso hiciese que su corazón latiese con más fuerza y que tuviese que contener otro grito agónico.

—Levántate —siseó entre dientes, pronunciando la orden en voz alta para darse fuerzas. Su cuerpo no quiso escucharla.

»Levántate, levántate, levántate —recitó Tes como si fuese un hechizo y, al mismo tiempo, oyó cómo otra voz la llamaba, con unas palabras que le eran desconocidas pero, al mismo tiempo, familiares.

Qué raro, pensó, con la cabeza dándole vueltas, casi sonaba como si estuviesen hablando en la lengua imperial. Sus hermanas y ella habían aprendido el idioma hacía mucho tiempo, pero llevaba años sin hablarlo ni escucharlo, por lo que había ido perdiéndolo por el desuso. Intentó traducir lo que le estaban diciendo, pero el dolor no le dejaba pensar. La voz volvió a gritar y, esta vez, juraría que había entendido la última palabra.

«Calle».

Y entonces se escuchó otro ruido mucho más cerca; este sí que lo reconoció, era el ruido de unos cascos. Tes alzó la mirada justo a

tiempo para ver cómo un caballo tirando de un carro se dirigía di
recto hacia ella en la oscuridad.

El conductor tiró de las riendas con fuerza y el caballo se encabritó,
girando bruscamente; la rueda del carro se rompió y todo comenzó a
caer hacia Tes y el creador de portales. Sus piernas cobraron vida de
nuevo, tomó la caja y se apartó justo antes de que el carro se estrellase,
astillando la madera y desperdigando cajas por la calle en el mismo punto
donde ella había estado hacía un segundo.

De alguna manera, Tes siguió moviéndose. Medio tambaleándose,
medio corriendo, intentando poner distancia entre ella y el lugar del accidente, llegó hasta casi la mitad del bloque antes de que el dolor del costado la obligase a detenerse. Se dejó caer en la acera bajo un alero, con una
mano aferrando el creador de portales y apretando la herida con la otra.
Cerró los ojos con fuerza, intentando pensar, pero la cabeza le daba vueltas y no era capaz de centrarse en nada. Abrió los ojos. Tenía la vista nu-
blada, la oscuridad se estaba apoderando de ella, o eso creía hasta que se
dio cuenta de por qué esa noche le había resultado tan extraña.

No había hilos.

Ni en la lluvia, que debería haber brillado con hilos de pálida luz
azul.

Ni en las farolas, cuyos hilos deberían haber emitido un brillo
amarillento.

Ni siquiera en la calle, que debería haber estado tejida con el fulgor verde de la tierra.

De hecho, los únicos hilos que *podía* ver eran aquellos que se enroscaban alrededor del creador de portales, o de la sangre que se derramaba sobre su regazo, con cada gota carmesí iluminada por el
brillo de los hilos de la cajita.

Un mundo sin magia.

Podría haber sido agradable de no haber sido porque se estaba
muriendo.

No, se dijo. No se estaba muriendo. Todavía no. Podía arreglarlo.
A Tes se le daba bien arreglar aquello que estaba roto. Es cierto que
siempre lo hacía usando su magia y que allí no había magia, y ella era
una persona y no un objeto, pero estaba herida, y estar herido era parecido a estar roto, así que podía arreglarlo. Tenía que arreglarlo.

El búho se removía nervioso en el interior de su bolsillo y le alegraba que, al menos, él siguiese funcionando. Se alegraba de no estar sola. Incluso aunque el movimiento de sus alas huesudas contra la herida doliese tanto como para obligarla a reprimir un sollozo.

Necesitaba detener el sangrado, de eso estaba segura. Cerrar la herida. Calmar el dolor. Las calles estaban llenas de tiendas a cada lado. Puede que alguien estuviese dispuesto a ayudarla, que tuviesen algo que le pudiese servir. Parecía mucho trabajo.

Tes quería volver a cerrar los ojos. Descansar. Solo un momento.

En cambio, respiró hondo y se levantó.

Calin se dejó caer contra la pared del callejón, limpiándose la suciedad de las uñas.

—¿Qué demonios haces ahí parado? —dijo una voz irritante.

Sigue viva, entonces, pensó justo cuando Bex se internó en el callejón, yendo directa hacia él. Y decían que él era difícil de matar. Ella tenía dos o tres heridas que sangraban sin cesar y apoyaba todo su peso en una pierna. No estaba muerta, pero era mejor que nada.

—Tenemos un problema —espetó Calin.

—¿Dónde está la niña? —exigió saber Bex.

—Se ha ido.

—¿Y no se te ocurrió ir tras ella?

—No pude —repuso—. Cerró la *puerta.* —Señaló con un movimiento de cabeza hacia la tenue cicatriz que cortaba el aire. Puede que no se hubiese fijado en el eco en la oscuridad de no haber sido porque había visto cómo la puerta se había abierto ante sus ojos, el lugar que había aparecido y desaparecido en su interior.

—Así que sí que la tenía. —Bex intentó esconder su sorpresa pero a Calin no pudo ocultársela, memorizó la forma en la que su ceja se enarcaba, cómo sus labios se abrían ligeramente. *Algún día, cuando te mate, me pondrás esta misma cara.* Torció la boca al pensarlo, pero Bex ya se estaba arrodillando en el suelo del callejón, desenrollando un mapa de la ciudad.

—¿Qué haces?

—Esa pequeña zorra mentirosa me debe un dedo —dijo, trazando una serie de marcas sobre el mapa. Calin nunca había prestado especial atención a los hechizos. Tal y como él lo veía, se te podían dar bastante bien muchas cosas, pero solo podías ser excelente en unas pocas. Prefería centrar sus esfuerzos en matar. Además, un hechizo como aquel le quitaba la parte divertida a la caza. Y, aun así, se quedó de pie en el callejón, esperando a que Bex la localizase o a que se le ocurriese alguna idea mejor, aunque tenía que admitir que un hechizo de localización les sería de ayuda en un momento como ese.

La vio sacar el mechón de pelo anudado del bolsillo, el que le había cortado a la chica, y lo dejó caer en el centro del mapa. Pronunció unas cuantas palabras y las marcas y el pelo se prendieron fuego y dejaron tras de sí solo sus cenizas. Suponía que ese era el momento en el que las cenizas tendrían que señalar hacia dónde ir, trazar un camino sobre el mapa hasta la chica.

Pero no ocurrió nada. Se quedaron justo donde estaban, aguardando a que llegase una brisa que se las llevara consigo.

—*Anesh?* —preguntó con impaciencia.

Bex mantuvo la mirada fija en el mapa pero Calin pudo ver cómo se le tensaban los hombros, cómo se le ponían los pelos de punta como cuando se enfadaba. Normalmente habría disfrutado de ese momento, pero le empezaba a doler la cabeza por el golpe que se había dado contra el muro y había perdido un puñal en perfecto estado.

Bex maldijo por lo bajo.

—¿*Y bien?* —volvió a preguntar.

Bex suspiró.

—Por primera vez en tu vida, tenías razón en algo —dijo—. Tenemos un problema. —Alzó la mirada—. Según el mapa, la chica no está aquí.

—Obviamente —dijo, señalando el callejón vacío, pero Bex ya estaba negando con la cabeza.

—No es solo que no esté aquí, *aquí*, pedazo de carbón descerebrado. —Bex barrió con la mano las cenizas de encima del mapa—. Es que no está *en ninguna parte*. Es como si no existiese.

—Puede que se te den de pena los hechizos —ofreció Calin—. O puede que la haya matado.

Había visto cómo su daga cruzaba el portal justo antes de que se cerrase.

Bex le lanzó una mirada oscura.

—Esperemos, por el bien de ambos, que no hayas sido *tan* estúpido. —Se levantó, observando el mapa por un momento—. Mierda —murmuró, pasando a su lado y haciendo un intento poco entusiasta de clavarle una daga entre las costillas.

Calin apartó la daga de un manotazo.

—¿A dónde vas? —preguntó, siguiéndola fuera del callejón.

—Nos vamos —respondió—. A decírselo al jefe.

VII

LONDRES BLANCO

Todo el mundo fue lo bastante sensato como para permitir a la reina marchar excepto, por supuesto, Nasi, que la siguió por las escaleras de caracol hasta que dejaron el salón atrás.

Kosika no estaba de humor.

—Vuelve abajo —le dijo al pasar el primer rellano—. No me gustaría que te perdieses la fiesta.

—No tenías por qué asustar a Reska de ese modo —le reprochó—. Solo era una tontería.

Kosika se acercó a su amiga, robando el aire de la sala. Ni siquiera había intentado conjurarlo pero últimamente los elementos parecían ir ligados a su estado de ánimo, a su temperamento. Nasi se tensó, sintiendo cómo el ambiente había cambiado, pero al contrario que la Vir, no se achantó. En cambio, siguió subiendo las escaleras, deteniéndose en el escalón justo debajo del suyo, de modo que quedasen frente a frente. Estudió el rostro de la reina.

—¿Por qué estás tan enfadada?

La mirada de Kosika bajó por las escaleras, ya casi no se podía oír el ruido de la fiesta.

—La gente que está ahí abajo son unos oportunistas, que no hacen otra cosa que seguir la corriente. La mitad se arrodillaron ante los Dane antes de arrodillarse ante mí.

Nasi se encogió de hombros.

—Si castigases a cada persona que se arrodilló ante ellos antes de arrodillarse ante ti, entonces no quedaría nadie para seguirte. Pero existe una diferencia entre el miedo y la devoción.

—Devoción —murmuró Kosika, dejándose caer contra la pared—. Perdóname si no estoy de humor como para que me exhiban por el palacio como una marioneta.

Nasi enarcó una ceja.

—La última vez que lo comprobé no tenías cuerdas. Te las habías cortado todas.

—¿Y entonces por qué me siguen tratando como si fuese una muñeca?

—Te tratan como a una *reina* —replicó Nasi, exasperada—. Eso es lo que eres. El símbolo de su fuerza. El poder que ha restaurado el mundo.

—Es el poder de Holland Vosijk. Deberían rezarle a él.

—Holland Vosijk está muerto —le reprochó Nasi sombríamente—. Y tú no lo estás.

Se acercó y posó una mano sobre el hombro de Kosika, sobre su capa manchada de sangre.

—Los resientes porque no viven ni respiran las leyendas del Santo de Verano como tú. Pero no siguen al Santo. Te siguen *a ti*. En lo que a ellos respecta, tú eres el motivo por el que sus campos han vuelto a ser fértiles. *Tú* eres el motivo por el que pueden invocar al viento para que llene sus velas. —Nasi hizo girar su mano libre y una llama surgió sobre la palma—. *Tú* eres el motivo por el que pueden invocar al fuego para calentar sus hogares. —Cerró la mano y la llama se extinguió—. Tú eres su reina y esta noche lo están celebrando, y hoy han dado su sangre porque tú se lo has pedido.

—Han dado su sangre porque les conviene.

—Nos conviene a todos. ¿No es así?

Kosika bajó la mirada hacia sus propias manos, llenas de sangre seca.

—¿Y si la magia volviera a agotarse? ¿Y si el poder terminara abandonando este mundo? ¿Me seguirían de todos modos?

—Oh, no —dijo Nasi alegremente—, en ese caso seguro que se volverían en tu contra. —Solo ella sería capaz de decir algo así tan a la ligera—. Al fin y al cabo, esto es Londres. Pero ambas sabemos que no nos veremos en esas. Porque te cortarías las venas en el Sijlt antes de que alguien tratase siquiera de degollarte.

Kosika intentó sonreír, pero no lo consiguió.

—Vuelve abajo —le ordenó a Nasi, señalando con un movimiento de cabeza hacia las escaleras—. Disfruta del banquete. Asegúrate de que los Vir no se vuelvan locos con el poder en mi ausencia.

—Deberías comer algo —le dijo su amiga, y Kosika se enfadó, aunque su estómago rugiese como protesta, con tan solo unos bollos azucarados y sidra en su interior.

—Bien —repuso—. Haz que me suban algo de comer.

Se giró, dispuesta a marcharse, pero antes de que pudiese hacerlo Nasi le tomó la mano y le dejó algo pesado en la palma.

—Feliz cumpleaños —dijo Nasi, inclinándose para darle un beso en la mejilla, y Kosika se sonrojó, solo un poco, antes de bajar la vista hacia su mano y ver lo que le había regalado: una figurita de mármol, como las piezas del tablero de kol-kot que tenía en sus aposentos. La figura representaba una de las piezas más importantes del juego. Un rey sin rostro.

Salvo que, en este caso, no era un rey sin rostro.

Sino una reina.

Era ella.

Desde la capa blanca hasta la corona de trenzas, e incluso los ojos, que eran dos piedras preciosas, una marrón y la otra negra como la brea. Se animó cuando sus dedos se cerraron en torno a la figurita. Alzó la mirada para darle las gracias a Nasi pero la chica ya estaba desapareciendo por la escalera de caracol, de vuelta al ruido y al jolgorio del banquete.

Kosika giró la pieza entre sus dedos y siguió subiendo hacia sus aposentos, pasando por el segundo rellano hasta llegar al tercero, que daba a la torre real, dejando atrás a los dos guardias que protegían su puerta.

Al fin, en silencio, se quitó la capa ensangrentada y se retiró una a una las horquillas enjoyadas que decoraban su cabello, dejándolas sobre la cama como un fantasma. Pasó junto al fresno plateado que crecía en el centro de su dormitorio y acarició el tronco de camino hacia el tablero que la esperaba en el mismo lugar de siempre, en el centro de una mesita baja y redonda, antes de dejarse caer sobre un taburete acolchado. El tablero ya estaba colocado, cada rey con sus soldados enfrente y un grupo de sacerdotes a sus espaldas. Kosika tomó al rey blanco y plateado sin rostro bajo su corona, lo guardó en un cajón, y puso su figurita en su lugar. Estaba pasando los dedos por los rasgos de piedra de su figura cuando algo —alguien— se movió a su espalda.

—Kosika —la llamó una voz suave y grave.

Se volvió y allí estaba él, vestido completamente de negro, con una mano en el poste de la cama y la otra sobre la capa ensangrentada, y con sus dedos largos, tan gráciles como aquel día cuando ella se los cerró en torno a aquel único terrón de azúcar en el Bosque Plateado.

—Hola, Holland.

SIETE

La mano que sostiene el filo

I

LONDRES ROJO

L a ciudad estaba llena de jardines de placer.

Algunos aprovechaban al máximo las largas noches de verano y otros te hacían entrar en calor en medio del frío invierno, algunos eran más íntimos y otros eran más imponentes, y todos deslumbraban a su manera.

Pero pocos conseguían superar al Velo.

Al igual que el resto, estaba a rebosar de clientes pudientes y era conocido no solo por ser lujoso, sino también por su discreción: los anfitriones les daban la bienvenida a sus clientes con una pared llena de máscaras impolutas que estos se ponían al entrar. Pero al contrario que el resto, no tenía terreno, ni paredes, ni tejado, ni raíces. En cambio, el Velo se dejaba caer en un lugar distinto cada noche, y solo sus miembros más fieles sabían dónde florecería esa vez.

De ese modo, su tamaño y su forma cambiaban en función de la naturaleza de su ubicación, lo que constituía parte de su atractivo. A veces su sede era lo suficientemente grande como para celebrar un baile de gala, y otras no era más que una serie de estrechas habitaciones y alcobas con cortinas. Era un circo ambulante, una fiesta en la que fluían el buen vino y el humo perfumado, y cada día, al amanecer, desaparecía.

El escenario cambiaba, pero las reglas siempre eran las mismas.

A aquellos al servicio del Velo se los distinguía por sus máscaras doradas, ya que los clientes llevaban unas que eran completamente negras o blancas. Era un mar de caras sin rostro, y mientras que algunos decidían ceder a sus instintos más primitivos y al placer aunque fuese a la vista de todos, otros se mantenían al margen, prefiriendo quedarse como espectadores sin el temor a ser vistos, y otros preferían disfrutar de la privacidad que ofrecía el Velo.

No era nada extraño encontrarse con algún par de siluetas en las escaleras, con sus rostros enmascarados muy cerca el uno del otro para hablar, en vez de ceder al deseo. O con un unos cuantos sentados alrededor de una mesa, hablando sobre la magia prohibida o el comercio exterior. O con una sala reservada no para el disfrute privado, sino para planear la caída de un rey.

Había una máscara dorada colgada en la puerta para dejar claro que alguien estaba usando esa sala y, en su interior, dos invitados esperaban a un tercero. Uno llevaba una máscara negra y la otra una blanca.

—Llega tarde —dijo el primero, con los rasgos ocultos tras la máscara de ónice y los nudillos llenos de cicatrices que brillaban bajo la tenue luz de la sala al rodear con fuerza una pipa. Tenía una marca plateada alrededor del pulgar, donde antes debía de haber llevado un anillo. Era un hombre corpulento y, cuando se reclinó en su asiento, sus hombros llenaron de lado a lado el respaldo alto de la silla.

La boquilla de la pipa desapareció tras su máscara negra y, un segundo más tarde, el humo se acumuló a su alrededor.

—Recuérdame de nuevo por qué nos importa esperarle.

La segunda invitada, con su rostro oculto tras una máscara de color blanco hueso, ladeó la cabeza. Era delgada, y sus curvas se amoldaban al contorno de la silla en la que estaba sentada.

—Todas las herramientas tienen su utilidad. —Se cruzó de piernas—. Y hablando de eso, ¿dónde está esa *persalis* tuya?

—De camino.

Tras la máscara blanca, ella torció el gesto.

—El siguiente encuentro es mañana por la noche. Si para entonces no la tienes, la Mano no podrá…

—Sé el tiempo que tenemos —le advirtió. Tenía el tipo de voz que hacía que cualquiera se achantase, se encogiese o apartase la mirada. La mujer no hizo nada de eso.

—Es tu plan —repuso—. Si no estás listo, podemos pasar al mío.

Él negó con la cabeza.

—Aún quedan semanas para la Larga Noche Oscura.

—Que quede demasiado tiempo siempre es mejor que si falta demasiado poco. —Al parecer, siempre hablaba así, con frases crípticas y el tono tan plano como una roca.

El hombre no dijo nada. Su mirada se dirigió hacia el reloj que había colgado en la pared. No sonaría hasta que el Velo cerrase al amanecer, por lo que todavía les quedaban unas cuantas horas, pero las manecillas recorrían en silencio el lado derecho de la esfera del reloj.

—Mocoso insolente —murmuró, aspirando por la boquilla de la pipa, solo para darse cuenta después de que se había apagado. La mujer le tendió la mano y una pequeña llama apareció sobre su dedo, pero él la ignoró, levantándose y acercándose a un farol.

Al inhalar, la puerta se abrió, con sus goznes chirriantes, y el tercer miembro de su grupo entró en la sala, aunque más que entrar caminando tranquilamente, lo hizo dando tumbos, pero era difícil saber si estaba borracho o simplemente un tanto contentillo. Su máscara dorada brillaba con fuerza, desde la barbilla puntiaguda hasta los cuernos que se enroscaban alrededor de su cabello bruñido, pero tenía la ropa arrugada y desaliñada, como si hubiese estado sin ella bastante tiempo y se la acabase de poner a toda prisa.

—Mis disculpas —dijo, con una botella en una mano y tres copas en la otra—. Me han entretenido en la escalera. Ya sabéis, cosas de negocios —añadió, haciendo un gesto con el brazo para abarcar la sala y el Velo, que le pertenecían.

El maese del Velo llenó las copas y se las tendió a sus invitados. El hombre con la máscara negra tomó la copa que le tendía, pero la mujer la rechazó con un gesto de la mano. El maese se encogió de hombros y añadió el líquido a la suya. Después se levantó ligeramente la máscara dorada, dejando al descubierto una mandíbula afilada y la parte baja de sus mejillas. A esas alturas, todos conocían perfectamente los rostros de sus acompañantes y, sin embargo, el primero y el segundo se dejaron las máscaras puestas.

—¿Estamos todos listos —preguntó el tercero, volviéndose a llenar la copa—, para mañana por la noche?

—No —respondió la segunda al mismo tiempo que el primero contestaba:

—Sí.

Los ojos del anfitrión pasaron de uno a otro tras su máscara dorada.

—¿Ya estamos en desacuerdo? ¿Qué me he perdido?

—No la tiene —repuso la mujer.

—La tendré —gruñó el hombre, con un tono tan oscuro como su máscara.

El maese del Velo tomó asiento.

—Finjamos por un momento que así es, que la tienes. —Se volvió hacia la mujer—. Y que tú eres capaz de introducir la llave en el palacio.

—El rey confía en mí —le aseguró, sin sonreír tras la máscara blanca.

—Y mira lo que se ha ganado por esa confianza.

Ella observó sus manos como si fuesen de lo más interesante antes de decir:

—Todo lo que vive debe morir.

—He oído que al rey no se lo puede matar —provocó el hombre de oro.

—Entonces será destituido —expuso ella.

—Pongamos que huye y que echa a su familia a los lobos. —Estaba claro que ni por asomo pensaba que eso fuese a suceder—. Ojalá pudiese estar ahí presente. No es muy divertido quedarse en la sombra a observar. —Le dio vueltas a su copa entre los dedos—. Supongo que no podemos perdonarle la vida a ninguno.

Eso hizo que el hombre con la máscara negra volviese a hablar.

—Pueden hacer lo que quieran con la reina y la heredera, pero el consorte es mío.

—Sería mucho más limpio —comenzó a decir la mujer—, si les dejásemos…

—No me importa —la interrumpió, cerrando las manos en puños con fuerza—. La *persalis* les llevará dentro de las salvaguardas del palacio. Asesinarán a todos aquellos que se pongan por delante, incapacitarán al rey y traerán a Alucard *ante mí*. —Dicho eso se volvió hacia el último miembro de su grupo—. ¿Está claro, *chico*?

El maese del Velo se reclinó en su silla, con la mirada oculta tras su máscara de oro brillante.

—Confundes a tu anfitrión con un sirviente.

—Un sirviente al menos sería *útil*.

El hombre de la máscara dorada se levantó y, al hacerlo, su buen humor de antes se derritió como la cera de una vela, dejando al descubierto algo duro tras de sí.

—No te olvides, viejo, de que puede que la *persalis* haya sido idea tuya, pero la Mano es invención *mía*. Tú haces planes que se desmoronan bajo presión, pero yo creo armas que resistirán lo que sea. Y puede que estén desafiladas, pero son nuestras. Causarán estragos. Se llevarán el mérito y la culpa. Y para cuando todos los Maresh estén muertos, el trono vacío y la ciudad conmocionada, buscando a alguien que los guíe… —el anfitrión abrió los brazos—, ahí estaremos *nosotros* para guiarlos. Daremos caza a todos y cada uno de los viles siervos de la Mano, los asesinaremos en nombre de la justicia. Y después no tendremos que *tomar* el trono. Nos lo *entregarán*. Y cuando eso pase quiero que recordéis quién fue el más útil de los tres.

Dejó caer una moneda sobre la mesa, como si fuese un cliente pagando por su bebida. Era un lin normal y corriente, o al menos tenía el aspecto de uno, pero en el canto había grabada una dirección: la ubicación donde tendría lugar la reunión la próxima noche.

—Por si se os había olvidado a dónde tenéis que ir.

Se levantó e hizo una amplia reverencia.

—Mientras tanto, disfrutad del Velo.

Dicho eso, desapareció por la puerta, mezclándose con la nube de música y risas que llenaba la casa. El hombre con la máscara negra observó cómo la puerta se cerraba a su espalda. La copa estalló en su mano llena de cicatrices, con la bebida deslizándose entre sus dedos.

—No me sentaré en un trono a su lado —murmuró entre dientes.

La mujer con la máscara blanca suspiró y se levantó. Se acercó a él y le colocó una mano sobre la manga. Viniendo de cualquier otro ese gesto le habría resultado agradable, incluso cálido. Pero su tacto era como una brisa, solo pretendía llamar su atención.

—Luchad por el cuerpo cuando ya esté muerto.

Y dicho eso ella también desapareció por la puerta.

El hombre de la máscara negra se quedó ahí de pie, en silencio, hasta que la puerta se cerró y supo que estaba solo. Entonces lanzó los pedazos de cristal a un lado, que se esparcieron sobre la alfombra de felpa de aquella casa prestada. Se retiró la máscara y la arrojó sobre la mesa, pasándose una mano por el cabello oscuro. Se acercó al farol y volvió a prender su pipa una última vez, fumando hasta que no quedó nada; confiaba en poder controlar su temperamento. Y después se guardó la pipa en el abrigo y se acercó a la mesa.

Tomó la moneda entre los dedos y la sostuvo a la luz, aunque se sabía de memoria las palabras que había grabadas en su canto: «6 vía Helarin. A las once». Aun así, se metió el lin alterado en el bolsillo, tomó la máscara negra y se la volvió a colocar antes de salir de la habitación.

Bajó las escaleras y se internó en el salón lleno de máscaras negras y blancas, y volvió a su posición junto a la pared como si solo fuese un cliente más, antes de salir a la noche. Había un puñado de carruajes repartidos por toda la calle, con sus dueños todavía en el interior del local. Pasó junto a ellos de camino al suyo, que estaba a un bloque de distancia y, al acercarse, sacó un anillo plateado de su bolsillo y se lo deslizó por el pulgar. Dos caballos tiraban de su carruaje, tan pálidos como la nata. Acarició el cuello de uno y, al hacerlo, la luz de las farolas se reflejó sobre las muescas de su anillo. Tenía el borde irregular; la banda no era en absoluto una banda, sino la estampa de una pluma.

El cochero se bajó del carruaje y le abrió la puerta.

El interior era de un exuberante azul medianoche.

—¿A dónde, mi señor? —le preguntó el cochero, y Berras Emery dejó caer la mano con la que estaba acariciando al caballo.

—A casa —dijo, internándose en la oscuridad.

DIECISIETE AÑOS ANTES

Todo dolía.

A medida que el carruaje avanzaba por la calle, cada traqueteo y cada bache hacían que su cuerpo se tensase y que sus músculos se encogiesen. Berras Emery respiró profundamente y exhaló entre dientes. Podía sentir cómo los moratones empezaban a aparecer en su pecho, por sus costillas, el dolor que aumentaba con cada minuto que pasaba en su barbilla, en su cabeza.

Al menos la peor parte quedaba oculta bajo la túnica, gracias al cuello alto y las mangas largas. La ropa de un noble escondiendo el cuerpo de un guerrero. Solo se podía ver el daño en sus manos. Tenía los nudillos en carne viva, con la sangre impregnando las vendas. Había ganado la batalla.

Últimamente, las ganaba todas.

Diecinueve, y todos rugían su nombre al entrar al *ring*. Por supuesto, no se construían estadios para peleas como esas, no eran torneos a los que asistieran *vestra* ni reyes. Al menos, no en Arnes, donde el mayor insulto que se le podía hacer a un igual era golpearlo, no con fuego o con hielo, sino físicamente, con la mano.

Era bajo, decían. Tosco.

Y tenían razón.

Aquello no eran los juegos elementales, no eran combates elegantes adornados con magia. El mismo *uso* de la magia estaba prohibido, y en los edificios donde se llevaban a cabo las peleas se levantaban salvaguardas para inutilizarla. Tal y como debería ser. Un hombre no elegía su magia. Era un don, una cuestión de suerte. Pero un hombre podía elegir lo que quería hacer sin ella, cuando solo eran carne, hueso y fuerza bruta. Podía elegir volver a levantarse y seguir adelante.

Era un tipo de fuerza completamente distinto.

El carruaje atravesó las puertas de la finca de los Emery y Berras respiró hondo por última vez, armándose de valor. Un sirviente abrió la puerta de entrada y él bajó del carruaje y cruzó el camino empedrado, con la espalda recta y la cabeza alzada.

No dejaría que nadie viese que estaba sufriendo.

Y no lo permitió, ni cuando subió los escalones, ni cuando entró en la casa ni cuando se quitó el abrigo, se lo lanzó a un criado y recorrió el pasillo. Sabía que había tónicos y bálsamos para curar los cortes y aliviar el dolor, pero también debilitaban la piel al curarla y, si los usaba, la próxima vez que golpease a alguien, o que lo golpeasen, le dolería mucho más. No, lo mejor era que la piel se endureciese y el tejido cicatrizase.

La puerta del estudio estaba abierta y de su interior surgía un puñado de voces. Con su padre llevando la voz cantante. Berras no se atrevió a detenerse ante la puerta, pero sí que ralentizó sus pasos para captar algo de lo que decían al pasar.

—... ocho años y ni una gota de magia...

—... el *antari* lo sigue a todas partes como un perrito faldero...

—... Maxim debería estar avergonzado...

Y entonces Berras estaba junto a la puerta. Vio a tres hombres que estaban de espaldas a él, pero su padre se hallaba en el mismo sitio de siempre, mirando hacia la puerta. Reson Emery no interrumpió su discurso, pero su mirada se clavó en Berras. Cayó hasta sus manos, antes de apartarla y volver a observar a sus invitados.

Berras siguió caminando, con el dolor sustituido por algo peor.

Era alto y ancho, la viva imagen de la fortaleza, mientras que su padre era viejo, encogiéndose a cada día que pasaba y, aun así, Reson conseguía empequeñecerle con solo una mirada de esos ojos azules. En ese momento echó de menos a su madre, que había muerto hacía seis años; echaba de menos su tacto, su voz dulce. Era un pensamiento débil, pequeño y delicado, que le hizo apretar los puños hasta que sus nudillos heridos aullaron de dolor, y siguió recorriendo el pasillo.

Unas risas silenciosas provenían de la sala de estar.

La chimenea estaba encendida y Alucard estaba sentado ante el fuego, con la espalda apoyada en el sofá y una jarra vacía a su lado. Tenía una mano extendida ante su rostro, con la palma hacia arriba, y sobre ella flotaba un hilo de agua que se retorcía y giraba hasta adoptar la forma de un dragón. Se enroscaba sobre sí mismo y brillaba, con la luz de las llamas reflejándose sobre él.

Berras observó la escena y su humor se ensombreció.

No era que *no tuviese* ni una gota de magia como el príncipe, pero su poder carecía de refinamiento. Podía alzar un muro de tierra o derribarlo, pero sus movimientos eran tan delicados como el machete de un carnicero, mientras que a su hermano pequeño le habían otorgado el bisturí de un cirujano. No importaba todo lo que Berras lo intentase, lo mucho que entrenase, siempre terminaba con un montón de tierra a sus pies.

Alucard abría y cerraba la boca, movía los dedos, pero, aparte de esos gestos, no parecía siquiera estar poniendo empeño alguno. Para él era tan fácil que lo hacía como si no fuese más que un truco de magia.

Su hermana pequeña, Anisa, estaba arrodillada tras él sobre los cojines, trenzándole el cabello mientras trataba de adivinar las figuras que su hermano estaba conjurando.

—¡Un barco! ¡Un gato! ¡Un pájaro!

—Alucard. —La voz de Berras cortó el aire. El agua, que en ese momento había adquirido la forma de un halcón, tembló en el aire, y unas cuantas gotas se desprendieron de sus alas cuando su hermano se volvió a mirarlo.

—¿Sí, hermano? —dijo sin levantarse del suelo.

—Ven aquí.

El agua flotaba suspendida en el aire, antes de volver a formar un tirabuzón que cayó de vuelta en la jarra justo antes de que Alucard se levantase y se acercase a él. Tenía un aspecto ridículo, con dos trenzas a medio hacer en su melena. Con catorce años seguía siendo una cabeza más bajo que Berras y todavía tenía que echar la cabeza hacia atrás para que sus miradas se encontrasen. Al hacerlo, Berras se fijó en que Anisa le había pintado los ojos y el polvo dorado le manchaba los párpados.

Berras frunció el ceño disgustado.

—Ten algo de dignidad.

Alucard le dedicó una sonrisa pícara.

—Suena aburrido.

—Pareces un idiota.

—Sí, bueno, a ti parece que te han pateado el culo…

Berras le asestó un puñetazo en el estómago. Oyó cómo sus costillas crujían, sintió cómo se astillaban bajo su puño justo antes de que su hermano cayese de rodillas ante él como si fuese a vomitar.

Anisa gritó y se acercó corriendo a ellos, lanzando su pequeño cuerpecito sobre el de Alucard.

—No, no, no —decía y la mesa y las sillas se sacudían con fuerza por su disgusto. Con solo seis años ya estaba llena de magia. Eso hizo enfadar más a Berras.

Alucard tomó una bocanada de aire con fuerza.

—Estoy bien —dijo—. Todo va bien. —Le colocó una mano temblorosa sobre su pequeño hombro—. Sube a tu cuarto, ahora.

Anisa abrió los ojos como platos y pasó la mirada entre sus hermanos.

—*Vete* —le ladró Berras, y Anisa salió corriendo, con sus pies descalzos resonando por el pasillo.

Alucard seguía apoyado sobre las manos y las rodillas, intentando recobrar el aliento. Berras esperó, observando cómo clavaba los dedos en el suelo para levantarse lentamente, con la sangre manchándole los dientes. Tragó saliva con fuerza.

—¿De verdad me odias tanto?

Sí, pensó Berras, con la palabra subiéndole por la garganta como la bilis. Odiaba a Alucard por poseer tanta magia. Odiaba a Alucard por ser débil. Tenía lágrimas en los ojos cuando alzó la mirada y se encontró con la suya, y Berras lo odiaba también por eso, por la forma en la que dejó que se liberasen y cayesen por sus mejillas, por las emociones que le invadían el rostro. Odiaba a Alucard por no odiarse a sí mismo.

A Berras le crujieron los nudillos doloridos al apretar los puños. Alguien tenía que darle una lección. Su padre había dicho que era cosa suya. Era el mayor, el que tenía que dar ejemplo. Si Alucard era débil era porque Berras no lo había obligado a ser fuerte.

—Padre dice… —empezó a decir.

—Padre es cruel —lo interrumpió Alucard, limpiándose la sangre de los labios con la manga—. Ya era horrible antes de que madre muriese, pero ahora es incluso peor. ¿Por qué tienes que seguirle los pasos?

—Esto es lo que significa ser un hijo.

—No —replicó Alucard—, eso es lo que significa ser una sombra.

Berras lo miró desde arriba.

—¿Sabes lo que significa ser un Emery?

—Creía que significaba orgullo y honor —respondió Alucard, limpiándose las lágrimas—, pero al parecer significa ser un rabioso im...

Berras lo volvió a golpear y, en esa ocasión, Alucard al menos se defendió. Alzó la mano y el agua salió como un torrente desde la jarra directa hacia él, congelándose alrededor de su antebrazo cuando lo alzó para bloquear el golpe. El hielo se hizo añicos con la fuerza del puño de Berras y derribó de nuevo a Alucard.

Anisa reapareció, tirando del brazo de su padre, tratando de que entrase en la sala e intercediese en la pelea. Pero si lo que buscaba era que la ayudase debería de haber ido a buscar a alguien del servicio. Reson Emery se quedó ahí de pie, observando a sus hijos. Su mirada pasó sobre Alucard como si fuese invisible, y fue directa hacia Berras, fijándose en la sangre esparcida sobre sus nudillos arruinados.

—¿Y bien? —se burló con sorna—. ¿Ganaste al menos?

La mirada de Berras se encontró con la de su padre.

—Yo siempre gano.

II

ACTUALMENTE

L a luz de la luna se filtraba en los aposentos reales, mezclándose en su interior con el brillo del Isle. Se proyectaba sobre la cama, sobre el hombro de Rhy, cuando subía y bajaba al respirar mientras su mente se perdía en sus sueños; y sobre Alucard Emery cuando se incorporó sobre el colchón, jadeando.

Solo es un sueño, se recordó, murmurando para tratar de hacerse oír sobre el martilleo acelerado de su corazón.

Solo un sueño. Pero, por supuesto, era mentira. Era un enredo de recuerdos, de momentos brutales enmarañados hasta crear una pesadilla. De su hermana quemándose desde dentro. De las cadenas de hierro en el interior de un barco. De Berras rompiéndole uno a uno los huesos mientras que su padre se limitaba a mirar.

Alucard bajó la vista hacia sus manos, que se aferraban a las sábanas con fuerza, y se obligó a soltarlas, frunciendo el ceño al ver que le temblaban. Se quitó las sábanas de encima y salió de la cama en busca de su bata, estremeciéndose cuando la seda entró en contacto con su piel desnuda.

Las pesadillas siempre lo dejaban agitado, en carne viva, reabriendo viejas heridas y con los nervios a flor de piel. Notaba cómo el sueño se alejaba de él como la marea al bajar, y sabía que tendría que nadar para volver a alcanzarlo.

Caminó descalzo hasta el aparador dorado que había junto a la pared, con todas sus botellas y sus copas vacías aguardando a que alguien las llenase. Podría haber encendido una lámpara, pero lo cierto era que había hecho tantas veces la infusión para Rhy que podía hacerlo a ciegas, incluso sin el brillo del río y de la luna. Pasó los dedos sobre las botellas hasta que sintió el borde afilado del tapón con forma de diamante y lo sacó. Al hacerlo, debería haber oído y sentido cómo el líquido chapoteaba en su interior. En cambio, no oyó ni sintió nada. La botella estaba vacía.

Alucard maldijo en voz baja.

En la cama, Rhy se giró sobre sí mismo y murmuró algo antes de sumirse más profundamente en el sueño. Alucard se acercó a él y se inclinó sobre la cama para darle un beso en la frente, justo entre las cejas, y después se metió el vial vacío en un bolsillo y se marchó.

El taller de la reina estaba desierto.

Era extraño, pensó Alucard, dada la hora que era. Nadiya siempre decía que las horas más oscuras de la noche eran el mejor momento para hacer algo de valor. Esas largas y oscuras horas antes del amanecer, cuando se podía quitar los vestidos de madre y reina y ser lo que ella más quería: una Loreni. Una inventora.

En otro momento puede que Alucard se hubiese quedado a explorar. Pero esa noche solo quería volver a dormir. Quería el sueño que caía sobre él como un telón y que no permitía que ni los sueños ni los recuerdos lo alcanzasen.

Se dirigió hacia el baúl que había en un extremo escondido de la habitación, con la tapa llena de viales de cristal, tarros con hierbas y un mortero de piedra. Todos los viales estaban etiquetados y los observó intentando recordar las proporciones exactas de sueñoveloz y de raíz sagrada mientras sacaba la botella vacía de su bolsillo. Acababa de tomar el primer vial y estaba decidiendo entre si tenía que echar tres gotas o cuatro cuando una voz lo interrumpió.

—Existe una línea muy fina entre la medicina y el envenenamiento.

Se giró sobre sí mismo y se encontró con Nadiya a los pies de la escalera con una bandeja apoyada en la cadera.

—Pensaba que estarías durmiendo —dijo.

—¿A esta hora? —preguntó ella como si eso fuese absurdo—. Quería té.

Dejó la bandeja sobre la mesa; encima había una tetera humeante, una taza y una pila de galletitas especiadas.

—Estoy seguro de que el servicio te lo podría haber traído.

—Ah, yo también —dijo, acercándose a él—. Pero tengo dos piernas perfectamente funcionales y la capacidad pasajera de hervir agua.

Le quitó la botella vacía de las manos y lo alejó del baúl.

—¿Sabes? —siguió diciendo, quitándole el tapón a la raíz sagrada—, hay veces en la vida en las que uno tiene que probar y equivocarse, y otras en las que no. —Dos pequeñas gotas desaparecieron en el interior de la botella—. Esta es una de las que no. A menos, por supuesto, que te guste la idea de no saber si volverás a despertarte.

—Preferiría poder despertarme, la verdad —admitió mientras ella devolvía el vial con la raíz sagrada a su sitio y pasaba de largo el sueño-veloz antes de tomar en su lugar un manojo de obra de viuda, echando una hoja en el mortero.

—El rey se ha acabado este lote bastante rápido.

—No es para él —admitió Alucard. La mirada de Nadiya se encontró con la suya pero no dijo nada, y se volvió a centrar en preparar el tónico. Decidió hacer algo útil y se acercó a la bandeja, sirvió una taza de té y tomó una galletita especiada del montón, antes de acercarle la taza y dejarla junto a su codo.

—¿Sabías que los *antari* están en palacio? —preguntó la reina, como si estuviese intentando mantener una conversación agradable.

—Mmmm —murmuró Alucard, mordisqueando la galleta. Tragó y no dijo nada más. La reina era brillante, pero sus ojos adquirían un toque distinto cuando Kell y Lila estaban cerca. Ella lo llamaba «curiosidad». Alucard lo llamaba «hambre».

—¿Qué les trae a Londres después de todo este tiempo? —insistió Nadiya.

—La Mano —respondió él antes de seguir paseándose por el taller de la reina mientras le explicaba lo que había sucedido en el asalto al mercado flotante de Maris Patrol, la *persalis* robada y la certeza de Bard de que la habían robado para usarla en contra de la corona. Se calló al llegar junto a la mesa de trabajo situada en el centro de la sala.

»¿Qué es esto? —preguntó, estudiando la superficie.

—Vas a tener que ser más específico —contestó la reina sin girarse para mirar. Pero Alucard estaba demasiado ocupado intentando darle sentido a lo que estaba viendo.

Los tres anillos *antari* estaban fuera de su caja de cristal. Las anchas bandas plateadas hacían de pesos, colocadas en las esquinas de una enorme tela negra, cuya superficie estaba cubierta de los trazos inclinados característicos de la letra de Nadiya, marcas de tiza blanca dibujando un hechizo. Los trazos estaban conectados, formando una vasta e intrincada red de líneas en cuyo centro había dos cadenas, ambas de oro. Una era mucho más fina y corta que la otra.

—Oh, eso —dijo la reina, apareciendo de repente a su lado. Dejó la taza de té en un costado de la mesa, sobre una pila de libros, y le entregó el tónico para dormir. Alucard se lo metió distraídamente en el bolsillo de su bata, incapaz de apartar la mirada de lo que tenía ante sus ojos.

—¿Qué es? —volvió a preguntar.

—¿Ahora mismo? Una obra en curso. Algún día puede que lo cambie todo.

Se le pusieron los pelos de punta cuando Nadiya tomó la cadena más gruesa y la sostuvo entre las manos como si fuese una reliquia sacerdotal.

—Una cosa —dijo— es crear un objeto capaz de aumentar la magia de aquel que lo utilice, siempre y cuando esa magia se limite a un solo elemento. Dos magos del agua. Dos artificieros del fuego. Dos, o incluso tres, *antari*. Algo que funcione solamente como amplificador, que permita que un mago tome prestada la fuerza de otro. Pero otra cosa muy distinta es crear un objeto capaz de permitir que un mago tome prestado un poder *distinto* al suyo. Imagínate ser capaz de vincular a un mago del agua con uno de tierra, o a un artificiero del fuego y a uno del viento. O —sus miradas se encontraron— a una persona sin magia y a otra que tiene mucha.

Algo amargo se le asentó en la boca del estómago.

—Nadiya…

—Esos anillos permitieron que los *antari* lo hiciesen una vez —siguió diciendo—. Por desgracia, hasta donde he podido averiguar, *solo* responden a la magia *antari*. Lo que limita mucho sus usos. No conseguí modificarlos, así que tuve que empezar de cero. Mira —dijo—, te lo mostraré.

Y, antes de que pudiese decirle que no, le rodeó la muñeca con la cadena de oro. Alucard se estremeció ante el contacto frío del metal, por la forma en la que se enroscaba sobre su muñeca, recordándole a unas viejas cadenas. Aguardó pero no sintió que nada más cambiase.

—¿Cómo funciona? —preguntó mientras Nadiya tomaba la cadena más corta y la enrollaba alrededor de su dedo índice, donde esta se ató sobre sí misma y se convirtió en un anillo de oro.

No dijo nada para activar el hechizo, solo tuvo que cerrar la mano, como si estuviese admirando la joya. Pero, al hacerlo, Alucard sintió cómo la cadena de oro se apretaba alrededor de su muñeca y se convertía en un brazalete, completamente pegado a su piel, una banda sin principio ni fin.

Nadiya le dedicó una sonrisa divertida.

—Déjame que te lo muestre.

Cerró los dedos y, al hacerlo, Alucard sintió cómo algo se desprendía en su interior. Era una sensación de lo más extraña, como si algo estuviese colapsando, un peso cayendo, si dicho peso fuesen sus pulmones y su corazón, todo lo que ocupaba algo de espacio bajo su piel. Una ligereza vertiginosa, un vacío repentino e impactante. Y no supo lo que había perdido, lo que le faltaba, hasta que el aire que rodeaba la mano de Nadiya empezó a vibrar. Hasta que la taza de té empezó a flotar y su contenido se derramó, y los tres elementos se mezclaron sobre la palma de la reina: el viento, la tierra y el agua.

Pero Nadiya solo podía controlar el fuego.

Esos eran sus elementos, su magia, o lo habían sido. Alucard captó su propio reflejo sobre una superficie reflectante y vio que el aire que lo rodeaba había perdido todo su color, los hilos azules, verdes y ambarinos de su magia ahora se enredaban alrededor de Nadiya, uniéndose a los hilos rojos de su poder.

Trató de recuperar su magia, solo para darse cuenta de que no podía alcanzarla. Porque no tenía nada a lo que agarrarse. Simplemente… no había nada ahí.

—Devuélvemela —ordenó Alucard, tratando de quitarse la cadena de oro que le rodeaba la muñeca.

—Ese es el problema —respondió la reina, con la mirada fija en los elementos que tenía sobre la palma de su mano—. Es mucho más fácil tomar algo que compartirlo.

Alucard se sentía mareado. Tal y como se había sentido sus primeros días en el mar, cuando la cubierta se mecía con fuerza bajo sus pies. Estiró una mano hacia delante para tratar de no perder el equilibrio.

—Nadiya.

Pero ella siguió hablando como si no tuviese sosteniendo su magia robada.

—Lo ideal sería que el poder pudiese fluir en ambos sentidos. Que fuese posible compartirlo por igual. Pero, tal y como puedes ver, de momento ese flujo es unidireccional. —Echó un vistazo alrededor del taller—. Qué interesante —dijo—, sigo sin poder ver de la misma forma que tú.

—Nadiya, *para*. —Las palabras le salieron de la garganta débiles y roncas, y entonces ella volvió a prestarle atención, como si se hubiese olvidado de su presencia por completo.

—Oh, lo siento —dijo, tocó el anillo y este se desató, la cadena de oro corta cayó sobre la palma de su mano y los elementos que había estado controlando hasta hacía un segundo se desmoronaron y se cayeron por su propio peso. El brazalete se aflojó alrededor de la muñeca de Alucard y él se lo sacudió con fuerza, como si fuese una serpiente, y la cadena dorada repicó débilmente al ir a parar al suelo.

Podía sentir cómo su magia regresaba, como si él solo fuese un recipiente que acabasen de vaciar y ahora volviesen a llenar. Se revolvió en su interior con su asombro y su ira y, por un segundo, se debatió entre arremeter contra la reina o alejarse de ella todo lo que pudiera.

—¿En qué demonios estabas *pensando*? —gritó cuando Nadiya se agachó para recoger la cadena de oro.

La reina lo miró perpleja.

—Vamos, Alucard —dijo, dejando ambas cadenas de vuelta sobre la mesa—. Solo era una prueba.

—Tú no eras la que estaba encadenada. —Se enderezó, dobló los dedos y estudió los hilos de magia que flotaban sobre su piel—. No tenías ningún derecho de hacer algo así.

Nadiya suspiró, impacientándose.

—Era mucho más fácil demostrártelo que explicártelo. —Tomó una tiza fina y empezó a garabatear algo en el borde de la tela—. Y, como he dicho, aún no está acabado. Cuando lo esté, el hechizo fluirá en ambos sentidos, para asegurar el consentimiento de ambas partes.

—Hay una razón por la que el poder tiene sus límites —dijo Alucard.

La reina chasqueó la lengua.

—Suenas como la *Aven Essen*. Siempre que Ezril baja aquí es para sermonearme sobre el equilibrio de la magia, el flujo del poder. Como si de lo único de lo que fuésemos capaces fuese de flotar llevados por la corriente. A veces hay que saltarse un poco las reglas…

—Esto no es saltarse las reglas, Nadiya. Esto es *vincular*. Y en las manos equivocadas…

Ella le hizo un gesto para quitarle importancia.

—En las manos equivocadas un cuchillo cualquiera puede acabar con una vida. ¿Deberíamos entonces sacarlos todos de la cocina?

Alucard la miró fijamente, atónito. Nadiya Loreni era una inventora brillante, pero tenía una especie de visión de túnel cuando se trataba de su trabajo. Nunca parecía percibir el riesgo que podría acarrear, solo su potencial. En su cabeza, el poder era una fuerza neutral. Y Alucard deseaba poder estar de acuerdo con ella.

—Esto es peligroso.

—Esto es el *progreso* —contratacó—. La magia es la que elige, eso es lo que dicen los sacerdotes. ¿Crees que a ti te ha elegido? ¿Que las fuerzas que rigen el mundo decidieron que tú tenías que ser capaz de controlar no solo un elemento, sino tres? ¿Qué te hace merecedor de ese privilegio? —No respondió nada, no sabía la respuesta a esas preguntas—. ¿Por qué una fuerza arbitraria debe ser la que decida quién puede controlar el agua, el fuego o la roca? ¿Quién posee magia y quién no?

Alucard se quedó helado. Nadiya no estaba investigando eso por curiosidad. Era un arma contra el escrutinio, una forma de proteger a su familia y su trono. No la culpaba por ello, y sin embargo, no estaba bien.

—Nadiya —dijo, sin una gota de ira en la voz.

Pero eso solo consiguió cabrearla más.

—Piensa en Rhy. En todos aquellos que dicen que no debería gobernar solo porque no posee magia.

—Esa gente es idiota —repuso Alucard.

—Pues claro que sí —espetó Nadiya—, pero los idiotas tienen voz, y las voces se hacen oír. Alucard, quieren castigar a Rhy solo porque la magia no lo eligió. Pero nosotros podemos *elegirlo*. Podemos darle poder.

—Quitándoselo a otra persona.

—No está *terminado* —dijo, exasperada.

—Sí, lo está. —Tenía que estarlo. Porque Alucard la entendía. Sabía que si Nadiya le ofrecía poder a Rhy, él probablemente lo aceptaría y, al hacerlo, esas personas, las que le llamaban débil, no se detendrían, solo tendrían otro motivo mucho mejor para odiarlo. Terminarían descubriendo que su magia era prestada, o robada, que la balanza del mundo se había inclinado injustamente a su favor, y entonces, cuando pidiesen a gritos su cabeza, tendrían razón.

Se acercó a Nadiya, le puso las manos sobre los hombros y la miró fijamente a los ojos.

—Destrúyelo —le advirtió Alucard—, o lo haré yo.

III

LONDRES BLANCO

Holland Vosijk estaba de pie tras el árbol en medio de los aposentos de Kosika.

Había crecido a lo largo de aquel último año, pasando de ser poco más que un árbol joven que le llegaba a la rodilla a un árbol que llegaba casi hasta el techo de la habitación, con cientos de ojos que lo observaban todo desde su tronco pálido y sus hojas de color ámbar. Pero a diferencia de los que había en el Bosque Plateado, sus hojas nunca se caerían. Cambiaban de color, se marchitaban y se enroscaban sobre sí mismas solo para volver a abrirse al cambiar de estación.

El servicio cuchicheaba sobre el árbol, diciendo que había echado raíces durante la noche. Hablaban de signos y de milagros. No tenían ni idea de cuánta razón tenían.

—¿Qué tal ha ido el diezmo? —le preguntó Holland.

—Deberías haber venido conmigo —respondió Kosika, levantándose y dejando el tablero de kol-kot justo donde estaba, junto con el regalo de Nasi.

Sus miradas se encontraron.

—Siempre estoy contigo.

Sintió cómo la calidez la invadía con aquellas palabras y se giró para ocultar su sonrojo, yendo directa hacia el lavabo, que estaba colocado sobre un estante de mármol, con un frasco de pomada y una toalla limpia a su lado. Cualquiera del servicio estaría encantado de ayudarla, pero ella prefería curarse sus propias heridas del diezmo. Creían que eso formaba parte del ritual cuando, en realidad, solo era porque prefería hacerlo en privado, para que su santo y ella pudiesen hablar con tranquilidad.

Kosika se subió la manga. Tenía la cabeza inclinada hacia delante para observar sus heridas, pero podía sentir la sombra de Holland a su espalda mientras se limpiaba los cuatro cortes que se había hecho en el antebrazo.

—Algo te preocupa.

Bajó la mirada hacia el lavabo, donde el agua se había teñido de rojo con su sangre.

—Siento que la magia de la ciudad se está fortaleciendo. De veras que sí. —Tragó saliva con fuerza—. Pero algunos días parece como si el suelo no tuviese suficiente.

Holland le posó la mano sobre la cabeza. Podía sentirla, ya no era como el susurro de una caricia, sino algo mucho más físico, como si estuviese hecha de carne y hueso.

—La magia puede aligerar el proceso de muchas formas, Kosika. Pero el propio cambio lleva tiempo.

Sus palabras eran firmes, pero estaba segura de que si se volvía y lo miraba a los ojos, vería la decepción en su mirada. Ella lo estaba decepcionando. A su rey. A su santo.

El peso de sus dedos se desvaneció.

—Estamos trabajando en un hechizo muy amplio y complicado. Tienes que ser paciente.

Kosika negó con la cabeza al extenderse la fría pomada por el interior del brazo. «Paciencia» era un término para las almas ordinarias. Ella era una *antari*. Si no podía conjurar la magia suficiente… intentó acallar sus miedos, sabía que no debía darles voz, no fuese que sus pensamientos fueran interpretados como una falta de fe. Pero, por supuesto, él los oyó de igual modo.

Holland suspiró, en voz baja, sin emitir apenas ruido.

—Puede que estés esperando demasiado.

Kosika se volvió hacia él.

—¿Qué quieres decir?

Sé quedó callado durante unos cuantos minutos y, aunque tenía un ojo negro y el otro verde, de algún modo, ambos parecieron oscurecerse.

—Solo que eres joven y que yo soy... una sombra de mí mismo. Hemos hecho ya mucho y la ciudad no se está volviendo más fuerte...

—No —lo cortó ella.

—Es mejor que antes.

—Una vela también ilumina más si se enciende en la oscuridad —replicó Kosika—. Pero no basta para hacer entrar en calor tus manos. No basta para desterrar el frío de tu hogar. Y no basta para iluminar una ciudad.

Holland consideró sus palabras. El fantasma de una sonrisa se dibujó en su rostro.

—Eres tan terca, pequeña reina. Pero no puedes encender un fuego así solo con desearlo.

Kosika fue a vendarse el antebrazo, pero se quedó con la venda en la otra mano, flotando sobre la herida, mientras consideraba lo que Holland le acababa de decir.

—Los otros mundos...

Holland apretó los labios con fuerza.

—No pienses en ellos.

—Una vez quisiste que sí lo hiciera.

—Estaba equivocado —respondió simplemente—. Esos mundos nunca nos han traído nada más que problemas. Además, el poder no es algo que te puedas traer de vuelta, así que, mientras los muros sigan en pie y las puertas sigan cerradas, la magia no fluirá entre los mundos. —Le acarició el brazo y pasó sus dedos fantasma sobre los suyos mientras Kosika se vendaba las heridas—. ¿De qué sirve codiciar lo que no se puede tener? He visto cómo reyes y reinas caían en desgracia por menos. No —dijo con dulzura—. Cuidemos nuestra llama y confiemos en que, con el tiempo, el calor que dé sea suficiente.

Observó el sitio donde la mano de Holland se cernía sobre su piel y juró que podía sentir su peso.

HACE UN AÑO

Había una sala tras el altar.

Kosika se había pasado tantas noches en aquella alcoba, estudiando la estatua de Holland Vosijk mientras Serak le relataba sus historias y, aun así, se había olvidado de que aquella salita estaba en una torre idéntica a la suya y de que, tras ella, había una puerta. Lo había olvidado hasta que, una noche, la luz de la vela iluminó la madera tras la estatua y, desde aquel instante, era lo único en lo que Kosika podía pensar, en esa puerta y a dónde llevaría.

Pero ya lo sabía, por supuesto.

Incluso antes de que Kosika recorriese las escaleras que llevaban a aquella torre una tarde de tormenta mientras la lluvia golpeaba las paredes de palacio. Incluso antes de que se internase en la alcoba y se deslizase en el estrecho hueco que había entre el altar y la puerta. Sabía que solo había un lugar adonde podía llevar.

A los aposentos del difunto rey.

A la habitación de Holland.

Contuvo el aliento e hizo girar el pomo, pero la puerta se mantuvo firmemente cerrada, ni siquiera se movió. Lo que significaba que la habían *sellado* de alguna manera. Como si fuese una tumba. Kosika se metió la mano en el bolsillo, trazó el triángulo de acero que guardaba en su interior con los dedos, del mismo tamaño y con la misma forma que la punta de una flecha. Presionó la punta con el pulgar hasta que le rasgó la piel y la sangre empezó a manar de la herida cuando llevó la mano hacia la madera.

Las palabras zumbaron en su mente antes de pronunciarlas.

—*As Orense.*

«Abrir».

La puerta crujió bajo su mano como un árbol azotado por una tormenta, con la madera astillándose y el metal arrastrándose en su interior. El sonido reverberó por las escaleras de acceso a la torre y ella siseó una maldición, esperó unos minutos para ver si alguien venía al haberla oído (seguía habiendo ocasiones en las que se sentía como una niña robando en casa de otra persona), pero no vino nadie y, en ese momento, cuando Kosika empujó la puerta, esta se abrió. Echó un último vistazo a su espalda y se internó en la oscuridad.

Las ventanas estaban cerradas a cal y canto, y la única luz provenía de la alcoba que tenía a su espalda, que no era suficiente como para ver con claridad. Pero se reflejaba sobre el metal oscuro de los candelabros que había en el rincón más alejado de la sala. Kosika cerró la mano y las velas se encendieron por toda la sala.

Echó un vistazo a su alrededor.

Parecía que nadie había entrado en la habitación de Holland Vosijk en mucho tiempo. La sala en sí era una copia exacta de la suya, las mismas paredes curvadas, el mismo techo abovedado, la misma cama enorme, pero todo estaba cubierto por una fina capa de polvo, como un reflejo de la pálida capa que se había aferrado como la escarcha a la ciudad de Londres durante tantos años.

Kosika tiró del aire, conjurando una suave brisa, lo bastante fuerte como para quitar todo el polvo.

Contuvo el aliento y se deslizó por la habitación, sabiendo que estaba pisando el mismo suelo que él había pisado. Pasando los dedos por las superficies por las que él los había pasado. Abrió las ventanas. Esas habían sido sus vistas. Quería quedarse allí un poco más, pero la lluvia ya estaba empezando a empapar el alféizar, así que volvió a cerrarlas, como si lo que la habitación contenía en su interior corriese el riesgo de derretirse.

Pasó los dedos por la cama donde Holland solía dormir, por la silla en la que se sentaba, escudriñando la habitación en busca de alguna pista. Una capa gris seguía colgando de un gancho en la pared. Allí, en la mesa, había una nota escrita con su letra, cuyos trazos eran tan afilados y sesgados como la propia tormenta.

Vortalis dijo una vez que no existen los reyes felices.
Que el único gobernante digno es aquel que entiende el precio que conlleva el poder y está dispuesto a pagarlo, no con las vidas de sus súbditos, sino con la suya propia.
Cuanto mayor es el poder, más alto es el precio.
Ocupar el trono es barato. Reparar el mundo sale caro.

Esto es lo que sé.
Me volvería a atar para ver este lugar restaurado.
Me arrodillaría ante cualquier rey.

La entrada terminaba ahí. Kosika rebuscó entre la montaña de papeles y encontró otra nota.

¿Qué he hecho? Solo lo que tenía que hacer.
Traer una chispa de oscuridad para encender mi vela.
Protegerla con todo mi cuerpo.
Sabiendo que ardería con ella.

Y entonces, en otro trozo de papel, una única palabra:

OSARON.

Las letras le provocaron un extraño escalofrío. Le resultaba familiar, al igual que la magia *antari*, cuyos hechizos ya tenía bajo la piel, anidados en su mente incluso antes de que ella los conociese.

—Osaron —susurró.

Una palabra extraña. No estaba en su *maktahn* nativo. Tenía un aire mágico. La volvió a pronunciar y, en esa ocasión, la palabra se transformó al subir por su garganta, convirtiéndose en un hechizo.

—*As Osaro.*

El poder surgió entre sus dedos. Las sombras ondularon a su alrededor, por toda la habitación, y una oscuridad sólida y repentina apagó todas las velas, ahogando cualquier rastro de luz. El pánico se apoderó de Kosika. Conjuró una ráfaga de viento para disiparla, pero no era humo y esta ni siquiera se inmutó. Invocó al fuego, sintió su calor en la palma de la mano, pero no podía ver la llama, no podía ver nada. Sintió como si se estuviese ahogando en esa oscuridad, quería que desapareciera, pero no existía ninguna manera de acabar con un hechizo *antari*, solo se podía contrarrestar, así que rebuscó en su mente, desesperada por hallar algo de luz.

Luz.

Luz.

«Luz».

—*As Ilumae* —Las palabras surgieron de entre sus labios junto con un resplandor blanquecino, que iluminó la sala a su alrededor con la misma rapidez con la que habían surgido las sombras, alejando consigo a la oscuridad. La habitación regresó tal y como había estado antes, con las llamas de las velas titilando.

Kosika dejó escapar un suspiro y salió corriendo, sellando la puerta de la habitación a su espalda.

Pero esa noche, de pie de nuevo en esa alcoba con Serak, su mirada se dirigió de vuelta a la madera que había a la espalda de la estatua.

—Háblame de los diez días —le pidió.

Diez días, ese era el tiempo que había transcurrido desde la muerte de los Dane y el regreso de Holland para reclamar el trono. Diez días y, en ese tiempo, nadie sabía dónde había ido.

Vir Serak le explicó que existían decenas de mitos distintos. Algunos aseguraban que simplemente estaba esperando, aguardando a que llegase su momento. Otros decían que lo habían herido en una pelea y que necesitaba tiempo para sanar, que se había arrastrado hasta el Bosque Plateado y que las raíces se habían enredado alrededor de sus extremidades hasta que la magia había vuelto a fluir por sus venas.

Otros seguían asegurando que había muerto.

¿Qué he hecho?

Kosika se mordió el labio. No lo entendía. Creía que debería entenderlo, pero a ella le parecía un acertijo.

Traer una chispa de oscuridad para encender mi vela.

Pensó en la demostración que le había hecho Serak con el farol, la llama que se había agotado antes de reavivarse.

—… en el Londres Negro.

La cabeza de Kosika se giró de golpe hacia Serak.

—¿Qué acabas de decir?

—He dicho que incluso hay una leyenda que cuenta que Holland se marchó al mundo quemado y que extrajo una brasa de entre sus cenizas. —Su ceño se frunció más a medida que hablaba, y su mirada se ensombreció—. Pero eso es una blasfemia. Holland Vosijk nunca mancharía nuestro mundo con esa magia negra.

—Claro que no —dijo Kosika, aunque su mente ya estuviese dándoles vuelta a sus palabras.

Cuanto mayor es el poder, más alto es el precio.

Me arrodillaría ante cualquier rey.

Sabiendo que ardería con ella.

Al día siguiente Kosika regresó a la habitación de Holland.

Subió por las escaleras a la carrera y se deslizó tras el altar, hacia el interior de sus aposentos. Regresó al escritorio y a todos los papeles que había esparcidos encima, pero esta vez miró algo más allá, hacia una pequeña cajita de madera. Al menos, creía que era algún tipo de caja. No tenía cerradura, ni cierre, solo la mancha de un círculo en la madera y una línea delgada que mostraba el lugar donde la tapa podría unirse a la base. Al tratar de abrirla supo que no estaba vacía, podía oír cómo algo traqueteaba en su interior, pero las dos mitades se mantuvieron firmes. Selladas como la puerta del dormitorio.

Kosika se llevó la mano al bolsillo. El pinchazo del acero, y la gota de sangre en la punta de su pulgar antes de pasarlo sobre la pequeña marca circular sobre la madera, tal y como Holland debía haber solido hacer.

—*As Orense* —dijo, las palabras surgieron de entre sus labios del mismo modo en el que habían surgido el día anterior. Dentro del círculo la línea se convirtió en una junta y se abrió.

En la caja había tres monedas.

Una era plateada, tenía el rostro de un hombre estampado en una de las caras y marcas que le eran desconocidas.

GEOR:III. D.G BRITT.REX. F.D. 1820.

La segunda era roja y tenía una estrella dorada tallada en una de las caras.

La tercera era negra y estaba hecha de una piedra tan lisa como el cristal.

Sus dedos se quedaron flotando por un instante antes de meter la mano en su interior, cerrando los dedos alrededor de la tercera; se maravilló al descubrir lo suave que era al tacto. La sostuvo bajo la tenue luz y pudo ver cómo la llama parpadeaba a través de ella. Entonces se le ocurrió un nuevo hechizo, que pronunció antes de poder siquiera evitarlo.

—*As Travars.*

Y entonces la habitación que la rodeaba desapareció y ella estaba cayendo.

Al principio a través de la nada y después a través del espacio vacío donde debería haber estado el palacio, con el viento rugiendo a su alrededor al caer y el suelo acercándose a una velocidad vertiginosa, cada vez más rápido. Kosika levantó las manos y el viento fue a su encuentro, el aire se enroscó bajo su cuerpo y a su alrededor. Se aferró a sus brazos y piernas y ralentizó su caída, la ralentizó pero no la detuvo, y cuando aterrizó lo hizo con fuerza, las rodillas se le doblaron por el impacto y sus manos chocaron contra la tierra compacta.

Le escocía más una palma que la otra y, cuando las levantó, pudo ver por qué. La reliquia de cristal negro se había hecho añicos entre su palma y el suelo, y los fragmentos se le habían clavado en la piel. Y, sin embargo, lo primero que pensó no fue en el dolor, sino en que había roto algo que una vez había pertenecido a Holland Vosijk.

Se metió los fragmentos más grandes de vuelta en el bolsillo, sacó un pañuelo y se lo enrolló alrededor de la mano herida al levantarse. Y frunció el ceño.

El palacio había *desaparecido*.

En cambio, estaba de pie en medio de una calle que ni siquiera conocía, rodeada de edificios derrumbados, con lo poco que quedaba en pie encorvándose y desmoronándose.

Podía oír cómo el corazón le latía con fuerza en los oídos, más alto que cualquier otro sonido, hasta que se dio cuenta de que era porque no había ningún otro sonido. Un silencio inquietante se cernía sobre todo a su alrededor. La calle estaba desierta. No había caballos, ni carretas, ningún signo de vida.

—*Os?* —llamó. No hubo respuesta, ni siquiera su propio eco.

Había estado lloviendo al otro lado de las paredes de palacio, pero ese suelo estaba seco y el aire sabía extraño, como si tuviese ceniza en la lengua, y si el sol brillaba en alguna parte estaba bien escondido, enterrado tras las nubes que flotaban por el cielo, bajas y oscuras como el humo.

Kosika se percató demasiado tarde de lo que había hecho, que lo que había pronunciado, era el hechizo que permitía que los *antari* viajasen entre mundos.

Ya no estaba en Londres.

O, al menos, no estaba en *su* Londres.

En ese otro Londres algo parecía ir mal. No, no solo estaba mal. Estaba *quemado*. Y entonces supo exactamente dónde estaba. Kosika se tambaleó hacia atrás como si, de ese modo, pudiese salir del alcance de la ciudad; se llevó la manga hacia la boca, tratando de no respirar las cenizas que flotaban en el aire, que se habían levantado para frenar su caída.

Estaba en el Londres Negro.

El mundo que había ardido con tanta fuerza que había terminado por consumirse.

Pero, si había sido el centro del incendio, hacía tiempo que se había apagado, quedando reducido solo a cenizas. Y, sin embargo, ¿qué le había dicho Serak? La magia no muere. Aguarda. Pero ¿qué? ¿Una una chispa?

Su mirada regresó a la huella ensangrentada que había dejado en la calle. Había esperado que empezase a humear, que se convirtiese en una llama. Pero no ocurrió nada. La calle se extendía, silenciosa y vacía, a su alrededor. Parecía una tumba. Como la mano de Holland cuando la había tocado aquel día en el Bosque Plateado. Fría, seca y muerta.

Kosika se estremeció y sacó uno de los trozos de cristal de su bolsillo, con el borde manchado de rojo.

—*As Travars* —repitió.

El mundo se agitó a su alrededor y el aire se tensó.

Pero luego todo se calmó y ella seguía ahí de pie, en medio de esa calle desconocida. El miedo la invadió justo antes de tener la repentina y horrible certeza de saber que estaba atrapada, que la magia que la había llevado hasta allí no era lo suficientemente poderosa como para conducirla de vuelta a casa, que el Londres Negro la había apresado y que nunca la dejaría marchar.

El ambiente estaba lleno de cenizas. La mareaban y le costaba respirar. Kosika luchó contra otro ataque de pánico.

O su magia no era lo bastante fuerte.

O no estaba usando el hechizo de la manera correcta.

No había otro hechizo, si no lo habría sabido, pero estudió la reliquia rota que tenía en la mano y recordó las otras dos monedas que había en el interior de la caja de la habitación de Holland. Podía adivinar a dónde la llevarían. Tres mundos. Tres llaves. Pero eran cuatro mundos, si incluía el suyo. No había una llave a su Londres, pero estaba claro que él había necesitado tener una. Kosika rebuscó en sus bolsillos, pero no encontró ninguna reliquia, solo los otros fragmentos del cristal del Londres Negro y su cuchillo en punta de flecha. Se lo había regalado Vir Serak y su pequeño mango estaba tallado con madera del Bosque Plateado. Ya estaba manchado con su sangre, pero se quitó la venda improvisada y se pasó la punta por la sangre que se había acumulado en su palma para asegurarse.

Funcionará, se convenció.

—Funcionará —repitió, esta vez en voz alta.

Lo dijo como si fuese un hechizo, algo a lo que le tuviese que dar vida con sus palabras. Y después cerró los dedos alrededor de la punta afilada y transformó ese deseo en palabras.

—*As Travars* —repitió y, esta vez, el Londres Negro se estremeció a su alrededor y desapareció como el humo. En esta ocasión no se cayó, sino que se tambaleó, como si hubiese dado un paso en falso, y después sus pies volvieron a estar sobre suelo firme, no sobre una calle con edificios desmoronándose, sino sobre un suelo de piedra pulida.

Había regresado al palacio, pero no estaba en la torre de Holland, sino en el gran salón.

Y el gran salón no estaba vacío. En absoluto, había una docena de guardias apostados contra las paredes y el servicio llenaba el espacio mientras tres Vir celebraban una reunión con un puñado de nobles. Y puede que la sala hubiese bullido de movimiento antes de su inesperada y repentina llegada, pero en ese momento todos parecieron detenerse. Un sirviente dejó caer una bandeja. Las copas que llevaba encima se hicieron añicos. Los tres Vir se giraron y los cuatro soldados que estaban más cerca se lanzaron directos hacia ella, llevando las manos a las empuñaduras de sus espadas justo antes de darse cuenta de que la figura cenicienta que estaba de pie en medio del salón era, de hecho, su reina.

Kosika no podía culparlos.

Una pequeña nube de hollín se arremolinaba a su alrededor y se deslizaban unas gotas de sangre por la palma de la mano con la que había estado sujetando la punta de flecha, y por un momento horrible creyó que iba a desmayarse. Pero el momento pasó y Kosika se mantuvo en pie.

Los soldados le hicieron una profunda reverencia pero los Vir se acercaron a ella a la carrera, y podía ver las preguntas en sus ojos mientras estos pasaban de su rostro a la sangre que goteaba de su mano. Y Kosika supo que no podía contarles dónde había estado.

Pero entonces recordó que no tenía por qué hacerlo. No era ninguna niña a la que tuviesen que dar una reprimenda. Era una *antari*. Era su *reina*. No les debía explicación alguna, así que se volvió en silencio y se dirigió hacia las escaleras, dejando un sendero de cenizas y sangre a su paso.

IV

LONDRES ROJO
ACTUALMENTE

Berras Emery se echó hacia delante en su asiento cuando el carruaje atravesó las verjas.

Los caballos aminoraron la marcha y se detuvieron frente a la casa.

Antaño había pertenecido a un noble solitario llamado Astel, pero este había perecido en la cama durante la Marea hacía siete años. Aunque no era que a nadie salvo a Berras pareciese importarle y, hay que admitirlo, su preocupación era más por la propiedad que por el dueño anterior.

Había llegado a la casa una noche, casi de la misma forma que el Velo, pero al contrario que el jardín de placer, Berras no había desaparecido al amanecer. Si alguien se había fijado en él, puede que hubiese asumido que era un sobrino lejano que había ido a hacerse cargo de los negocios de su difunto tío, a nadie le extrañaría con un hombre tan privado y antipático como había sido Astel. El heredero de los Emery no traía nada de su antigua vida y solo había contratado a un sirviente, el cochero, al que pagaba bien para que no hiciese preguntas.

El mismo cochero que, en ese momento, le abría la puerta del carruaje, haciéndole una profunda reverencia. Berras alzó la mirada por la fachada de la casa. No la había elegido solo porque estuviese vacía, sin heredero aparente. También era alta, con tres pisos, y desde las ventanas del último piso podía observar no solo su calle, sino también aquella que daba hacia el norte y toda la finca de los Emery.

O, al menos, lo que quedaba de ella.

Durante meses había sido poco más que una escombrera, pero entonces, un día, desde esas ventanas del estudio, había visto movimiento. Berras había observado cómo la restauraban lentamente, como si lo estuviesen haciendo por amor. Solo para ver cómo se quedaba después a oscuras, descuidada. Expectante.

Se burlaba de Berras con su presencia, siendo poco más que una descarada trampa en la que la finca era el cebo. Porque estaba seguro de que si volvía a poner un pie en esa casa, en *su* casa, se despertaría con un cuchillo en la garganta, con guardias sacándolo a rastras de su cama y metiéndolo en una celda de palacio, obligándolo a arrodillarse sobre la piedra fría y a suplicar el perdón de su hermano o la misericordia del rey.

Y Berras no tenía intención de hacer ninguna de las dos cosas.

En el interior de la casa robada alguien había prendido las luces. Su brillo pálido iluminaba su oficina, mezclándose con el suave crepitar de la chimenea que él no había encendido.

Berras suspiró, desentumeciéndose el cuello al cruzar el pasillo. Podía ver a Bex sentada en su silla, con las piernas sobre el escritorio, y a Calin tumbado todo lo ancho y largo que era sobre el sofá, con los brazos estirados sobre el respaldo. Berras solo se detuvo para pasar los dedos por el marco de la puerta antes de entrar.

—Baja tus pies de mi mesa —dijo, quitándose el abrigo.

Bex se incorporó y sus botas resonaron al golpear el suelo. Los ojos claros de Calin se abrieron como platos. Parecía cansado, o aburrido.

—*Tac?* —Berras echó un vistazo superficial a la sala—. Supongo que si estáis ahora aquí es porque la tenéis.

Bex miró hacia Calin, pero este no le devolvió la mirada. La mujer cambió su peso de un pie a otro y Berras supo con certeza lo que iba a decir incluso antes de que reuniese el valor necesario como para hacerlo.

—No.

Berras cerró los ojos con fuerza. La Mano se reuniría en menos de un día. La zorra con la máscara blanca tenía razón. Sin la *persalis*, este plan, *su* plan, no funcionaría.

—Espero que quisieras decir que «aún no» —sugirió entre dientes. A juzgar por sus rostros, no era eso en absoluto—. ¿Qué ha pasado?

—No es culpa nuestra —soltó Calin, saboreando las palabras antes de escupirlas.

—Uno de tus ladrones la ha fastidiado pero bien —dijo Bex—. Rompió la *persalis* al salir del barco y después, en vez de traérnosla, se la llevó a una tienda de arreglos del *shal* y se la entregó a una chiquilla para que la reparase. A una manitas.

Berras sintió cómo todos sus músculos se tensaban. Siempre sucedía lo mismo. Se le agarrotaban los músculos, como si se congelasen, uno a uno. Mientras que otros se acaloraban al enfadarse, Berras se quedaba helado.

—¿Dónde está la chica?

—Muerta —respondió Bex, y puede que la hubiese creído, al fin y al cabo, ni siquiera se inmutó ni hizo ningún gesto que la delatase, pero Calin sí. Su rostro se crispó justo después de que ella lo dijese.

—Estás mintiendo.

—No podía arreglarla —expuso Bex como si eso fuese todo.

Como si Berras Emery no *necesitase* la *persalis*. Como si solo fuese una baratija que les hubiese mandado buscar porque le apetecía en ese momento y no fuese la clave de todo su plan. Bajó la mirada hacia sus manos, hacia la red de líneas, tan delicadas como el encaje, que le recorrían los nudillos. Durante muchos años su padre le había ordenado que llevase siempre guantes, pero a Berras le gustaban esas cicatrices. Se las había ganado.

—Lo intentamos —continuó diciendo Bex—. Confía en mí. Calin puede que sea un zoquete incompetente pero yo no...

Ella siguió poniendo excusas, pero Berras dejó de escucharlas. Empezó a remangarse. La piel de sus antebrazos estaba bronceada y dura, las venas no eran más que sombras tenues por debajo. Había sobrevivido a la Marea y no tenía cicatrices plateadas porque cuando el dios oscuro se había introducido en su torrente sanguíneo no había luchado contra él. En cambio, había dejado que se alimentase de su rabia. Que ardiese a través de él y, al hacerlo, le habló. Le contó lo que podría llegar a ser. Le mostró que el cambio no era un regalo, sino un premio, algo que debía *ganarse*.

Al otro lado de la sala Bex seguía hablando. Seguía poniendo excusas hasta que él la interrumpió.

—¿Por qué estáis aquí?

Bex se cruzó de brazos y cambió su peso de un pie a otro.

—Bueno, tal y como yo lo veo, nosotros cumplimos nuestra parte del trato.

Berras la miró fijamente, perplejo.

—¿Pretendes que os pague por un trabajo que no habéis hecho?

—Ha sido un montón de trabajo —repuso Calin.

—No sabía que estaba pagando por vuestros esfuerzos. —Berras se acercó a ellos de una zancada—. Vuestra *parte* del trato era reuniros con los tres ladrones, acabar con ellos y traerme la *persalis*. Habéis fallado. Y, aun así, tenéis el valor de venir aquí a exigir que os recompense por ello. Más os vale marcharos antes de que os parta el cuello.

Calin se puso en pie. Bex se enderezó. Pero ninguno se volvió hacia la puerta. Por un momento, nadie dijo nada. Al final, fue Bex quien rompió la tensión. Bex, que hizo girar sus hombros y abrió las manos.

—De una manera o de otra —dijo—, vamos a necesitar nuestro *tajo*…

Al hablar sus dedos se movieron hacia el metal que tenía enrollado en el antebrazo. Estaba claro que esperaba que el acero respondiese, puede que incluso que le diese un toque dramático a la palabra «tajo», pero el metal ni siquiera se movió. Se quedó ahí colgando, tan inútil como un brazalete sin más en su muñeca.

La marca que había trazado con los dedos en el marco de la puerta brillaba débilmente. Un sigilo. Una *salvaguarda*.

Berras observó la escena, deleitándose en el modo en el que Bex vaciló, en la confusión que se extendió como una sombra por su rostro, en la forma en la que sus ojos se abrieron, solo un poco, cuando se dio cuenta de que su magia no iba a responderle. Echó mano a su arma más cercana pero era demasiado tarde, y Berras ya estaba frente a ella. Su puño se estrelló contra la mejilla de la mujer y oyó el satisfactorio crujido del hueso al romperse al mismo tiempo que ella se tambaleaba, cayendo de rodillas. Se llevó una mano a la cara, tratando de contener la sangre que le manaba de la nariz.

Su otra mano se las había apañado para desenvainar una daga, pero Berras le dio un pisotón, aplastándole los dedos bajo el tacón de la bota en el mismo instante en el que Calin se metía en la pelea. O lo intentaba. Le lanzó un puñetazo y era un hombre lo bastante corpulento como para que el golpe le hubiese hecho daño, si hubiese sabido cómo asestarlo. Pero no sabía. Su gesto fue descuidado y Berras se apartó fácilmente de su trayectoria, llevó una mano hacia un lado de la cabeza de Calin y lo estampó contra la pared. El hombre cayó al suelo como un ladrillo, pero Berras le asestó una patada en la cabeza para asegurarse de que no se levantara.

Bex ya estaba de nuevo de pie para entonces y se lanzó contra Berras enarbolando la daga, pero estaba medio cegada por las lágrimas y él le tomó por la muñeca y se la rompió con un golpe seco. Ella jadeó y aflojó su amarre sobre la daga, él se la arrebató y le atravesó el dorso de la mano con ella, clavándosela en el escritorio.

Bex dejó escapar un aullido.

—*Maldito pilse...* —consiguió decir antes de que Berras dejase caer todo su peso sobre la daga, hundiéndola un centímetro más, y ella se callase, ahogando un grito de dolor.

Calin seguía en el suelo, agarrándose la cabeza y gruñendo.

—Mi padre me enseñó muchas cosas —dijo Berras Emery—, pero esta fue la más importante: «Si un hombre no sabe cómo hacer una reverencia, le enseñas a arrodillarse».

Dicho eso, sacó la daga del escritorio de un tirón y Bex se escabulló fuera de su alcance, acunando su mano sangrante y su muñeca rota contra su pecho, con la mirada llena de odio. Odio, y miedo. Calin se puso en pie, se tambaleó violentamente, se apoyó contra la pared y vomitó. Bex usó su mano menos herida para volver a colocarse la nariz.

Berras observó el cuchillo ensangrentado.

—¿Quieres que te pague?

Su mirada oscura refulgió, con el mismo color que una tormenta al anochecer. Con sus manos desnudas, partió la hoja de la daga y le lanzó los dos pedazos a los pies.

—Tráeme algo por lo que merezca la pena pagar.

V

LONDRES GRIS

L a lluvia goteaba desde los carteles que colgaban sobre las tiendas a oscuras.

Tes entrecerró los ojos, tratando de leer lo que decían y deseando haber seguido con sus clases. Su familia no era *ostra* pero su padre insistía en que todas sus hijas hablasen el idioma que se hablaba en la corte, esperando que algún día pudiesen pertenecer a ella. Hacer que se sintiera orgulloso. En ese momento ella se esforzaba por entender los carteles.

«Modista». «Carnicero». «Licores». «Panadero».

Por supuesto, su padre había terminado perdiendo las ganas a mitad de sus clases, cuando estaba claro que ella no sería quien le traería la gloria. Su padre… Tes intentó alejar los recuerdos que tenían que ver con él, como siempre hacía, pero había perdido demasiada sangre como para luchar contra su cuerpo y su mente, y su voz terminó colándose en su cabeza.

¿Cuánto vales?

Dos palabras y ahí estaba de nuevo, de pie frente al mostrador de su tienda, con una rara y preciada compra en la palma de la mano, y su mirada oscura deslizándose del talismán a ella.

Tes se tambaleó y jadeó al recuperar el equilibrio, y la sacudida le abrió un poco más la puñalada que tenía en el costado.

Se le escapó un pequeño sollozo frustrado. La lluvia ya había amainado, pero era medianoche y todo estaba cerrado. Las calles estaban desiertas e, incluso con la luz de las farolas, la oscuridad era imposible, antinatural. La cabeza le daba vueltas y el dolor se había tornado cada vez menos agudo, lo que debería haberla aliviado, pero sabía que no era buena señal que las heridas dejasen de doler.

Estaba empezando a perder la esperanza cuando lo vio.

No un escaparate ni un cartel.

Sino un *hilo*.

Se deslizaba por la calle, un único zarcillo de luz, tan tenue que probablemente lo habría pasado por alto de no haber sido por la evidente ausencia de cualquier otro rastro de magia. Aun así, parpadeó con fuerza, convencida de que tenía que ser un fantasma y que su vista finalmente había empezado a fallar.

Pero cuando volvió a mirar, el brillo seguía ahí, un filamento, distinto a cualquiera que hubiese visto antes. No tenía color, nada que definiese su elemento, sino que estaba en blanco y negro, un corazón oscuro bañado de luz. Tes lo siguió hasta un recodo. Por un momento, el hilo se desvaneció y ella se tropezó al girar, desesperada por verlo otra vez, y entonces... ahí estaba. En la esquina, reluciendo y volviéndose un poco más brillante.

Lo siguió hasta el río.

El Isle... aunque, por supuesto, no era el Isle, solo seguía el mismo recorrido. Pensó que el hilo debía provenir de allí, pero cuando se acercó al río, se fijó en que era de un negro aceitoso, sin una sola luz en medio de tanta oscuridad. Era espeluznante ver cómo el río que recorría la ciudad no tenía pulso alguno.

Tes se estremeció, con la parte frontal de su camisa empapada de sangre. Cerró los ojos y se balanceó, antes de obligarse a volver a abrirlos. Encontró el hilo. Se deslizaba a lo largo de una pared cercana, mucho más brillante que antes, hasta que se introdujo entre los ladrillos de una casa y desapareció. Las ventanas del edificio estaban cerradas a cal y canto, pero la luz se filtraba bajo la puerta y Tes utilizó sus últimas fuerzas para llamar.

Nadie respondió.

Siguió llamando, pero el sonido parecía provenir de muy lejos. Estaba tan cansada. Apoyó la frente en la puerta. Su puño se resbaló por la madera. Cerró los ojos y sintió cómo le fallaban las rodillas. Oyó una voz, unos pasos y el chirrido de una cerradura. Y entonces la puerta se abrió y ella cayó al suelo.

—La han apuñalado.

—Ya lo veo, Beth.

—Una chica se presenta medio muerta en tu puerta, dejando sus huellas sangrientas sobre la madera y un charco de sangre en el suelo y a ti no se te ocurre llamar a nadie.

—Te he llamado *a ti*.

Tes abrió los ojos lentamente y vio que lo que había pensado que era una casa en realidad era una taberna. Había vigas de madera por todo el techo y el aroma de la cerveza flotaba por el aire. Dobló los dedos sobre la madera que tenía debajo. Estaba tumbada sobre una superficie dura y elevada. Una mesa.

Había dos voces en algún lugar más allá de su campo de visión que hablaban en voz alta, como si ella no estuviese presente. Un hombre, cuya voz no era grave pero sí uniforme. Y una mujer, con el tono tenso.

—Si muere tendrás un problema aún mayor.

Tes trató de moverse, pero sentía como si todo su cuerpo fuese un montón de sacos de arena. Volvió a cerrar los ojos e intentó entender lo que estaban diciendo en la lengua imperial.

—Es mi taberna.

—Sí, y la última vez que lo comprobé yo era camarera, no cirujana.

—Te he visto atar un asado.

—Ned Tuttle, si de verdad no sabes la diferencia entre un trozo de carne y una mujer joven, no me extraña que sigas soltero.

Oyó el chapoteo de unas manos en el agua, el movimiento de un trapo y entonces… el chasquido suave y huesudo del pico de un búho muerto. Vares. Tes abrió los ojos y se volvió hacia el lugar de donde provenía la voz del hombre. Era delgado y mucho más joven de lo que había pensado, con la nariz afilada y el cabello castaño alborotado. Se apoyó en la barra y justo allí, expuestos, estaban su abrigo, una pequeña pila de lin rojos y su búho. Y el hombre tenía en sus manos el creador de portales que ella había reparado.

Tes se lanzó contra él, o eso pretendía. Consiguió medio levantarse sobre un codo antes de que un dolor abrasador le recorriese el costado y la hiciese volver a caer y a tumbarse con un jadeo, golpeándose la cabeza en el proceso.

—Oh, genial —dijo la mujer—, está despierta.

El hombre se acercó, dejando el creador de portales atrás y apoyando a Tes con delicadeza sobre la madera.

—Túmbate —le pidió—. Estamos tratando de ayudarte. —Y entonces, para su sorpresa, sostuvo un único lin rojo entre los dedos, frente a su rostro y susurró—: Aquí estás a salvo.

Y antes de que pudiese preguntarle siquiera quién era y cómo conocía su mundo, el hombre le puso un paño sobre la nariz y la boca. Olía dulce y empalagoso. Pero el dolor empezó a desvanecerse y los bordes de su visión se suavizaron. Tes levantó la vista hacia el rostro del hombre y luego un poco más allá, hacia el tenue hilo de magia que se enroscaba en el aire a su alrededor. Se le crisparon los dedos y alargó una mano hacia él, como si quisiese atraparlo, pero entonces su mano cayó a un costado, la habitación se esfumó y todo se volvió negro.

OCHO

La chica, el pájaro y el barco de la buena suerte

I

HANAS

HACE OCHO AÑOS

Tesali Ranek tenía un corazón hinchado por el viento.

Eso era lo que su madre siempre decía. Que su hija menor había nacido con una brisa en su interior. Y por eso no sabía estarse quieta: siempre se estaba escapando cuando se encontraba ante una puerta abierta, y siempre estaba en movimiento, corriendo por los pasillos de la casa, jugando en la tienda del piso de abajo hasta que su padre se hartaba de que no se estuviese quieta o de lo cerca que estaba de aquellos objetos tan preciados y delicados que llenaban las estantcrías, por lo que, inevitablemente, terminaba echándola de la tienda y dejándola a su aire hasta el anochecer.

Aquel día, la Tesali de seis años se había alejado aún más de casa, había subido por el sendero del acantilado, que no era tanto un sendero sino un caminito sin hierba, un camino de rocas resbaladizas.

Pero por las vistas merecía la pena.

Se estaba levantando una brisa que traía consigo el aroma a tormenta, pero cuando escudriñó la bahía vio las nubes en el horizonte, como barcos lejanos. *Tiempo de sobra*, pensó, trepando por la última parte escarpada.

Hanas era una ciudad marítima, construida a lo largo de una serie de acantilados, tan altos como los escalones de un gigante, que ascendían desde la costa. El puerto se asentaba en la bahía a sus pies y los acantilados se alzaban a ambos lados, con sus bordes cubiertos de musgo. Nadie construía nada en aquellos acantilados, decían que la roca era demasiado voluble, que estaba demasiado suelta, que se terminaría desprendiendo como las capas de un hojaldre, pero si era cierto, ella no entendía por qué habían decidido entonces emplazar todos los edificios justo a sus pies. Los acantilados se mantendrían, insistían, siempre y cuando los dejasen en paz. Pero una niñita pesaba mucho menos que una casa, por lo que Tesali siguió escalando, con cuidado de no pisar ninguna piedra que pareciese estar siquiera un poco suelta, y cuando llegó a la cima se irguió, con las manos en las caderas, y sonrió triunfal, como si acabase de conquistar la ciudad y el acantilado, los dos a la vez, como si todo lo que tenía a sus pies le perteneciese.

—¡Soy la reina de Hanas! —gritó, pero el viento se llevó sus palabras, se las arrancó como si le quitase una cinta del pelo, y ella se dejó caer, sin aliento, sobre la hierba, mientras observaba el ir y venir de los barcos y cómo sus enormes velas se reducían hasta ser del tamaño de un banderín blanco.

Tesali se dejó caer de espaldas sobre la hierba y observó el cielo, vasto y abierto sobre su cabeza, hasta que el aire empezó a brillar y a moverse, como si unos dedos estuviesen apartando una cortina. Estaba ocurriendo de nuevo. Entrecerró los ojos, intentando volver a enfocar la vista, pero el brillo solo se agudizó, trazando líneas en el aire hasta que parecía menos un cielo y más un tapiz. Esperó a que desaparecieran y, cuando no lo hicieron, cerró los ojos con fuerza, dejando que el viento se le metiera en los oídos, en los huesos, en el corazón, y se la llevara con él.

Plinc.

Una gota de agua aterrizó justo entre sus ojos.

Tesali parpadeó.

No recordaba haberse quedado dormida, pero el día olía distinto y, cuando se despertó, vio que la tormenta finalmente había llegado, ya

no era una sombra en el horizonte, sino una oscuridad que se deslizaba sobre su cabeza, amenazando con...

Plinc, plinc, plinc.

Como una tubería a punto de explotar, y efectivamente, segundos
después, la llovizna se transformó en un aguacero y ella se levantó
medio corriendo, medio deslizándose por la pendiente, mientras la
tierra se convertía en barro a su paso, los guijarros patinaban bajo sus
zapatos y la lluvia caía a cantaros, se le nubló la vista por la tormenta
hasta que ya no parecía que estuviesen cayendo gotas de agua, sino
miles de diminutos filamentos de luz. Sacudió la cabeza, intentando
que sus ojos volviesen a funcionar correctamente mientras corría de
regreso a casa.

Para cuando el camino se transformó en una calle y el terreno
pasó de ser tierra compacta a adoquines, estaba empapada hasta la
médula, con los rizos pegándosele al rostro y a la nuca, y el vestido a
las piernas. Tesali pasó junto a un escaparate y se fijó en su reflejo sobre el cristal. Parecía una salvaje, hecha de viento, y una loca, y su reflejo la hizo sonreír.

Siguió corriendo, aminorando la marcha cuando vio el cartel.

Ese cartel, estampado sobre una placa de metal en vez de sobre
una tabla madera para que brillase, incluso en medio de una tormenta. ON IR ALES, rezaba en dorado. «Único en su especie».

La mucama, Esna, estaba de pie en medio de la escalera, con el
rostro enrojecido por el enfado; tomó a Tesali del brazo y la arrastró
al interior de la tienda de su padre y hasta la segunda planta, la que
daba a su casa.

—De todas las estupideces... —murmuró, y Tesali sabía por experiencia que lo mejor era que la mujer se desahogase, como una tetera
que silbaba hasta liberar todo el vapor.

La obligó a desnudarse ahí mismo, en lo alto de las escaleras;
abandonó sus prendas empapadas en la entrada de la casa, y entonces
Esna la metió dentro, dejando atrás las vitrinas de cristal, los armarios
de madera oscura y las puertas cerradas.

—Cuatro hijas —despotricó Esna—, y cada una con menos sentido común que la anterior.

Y dicho eso la arrastró sin contemplaciones hasta la bañera.

Su tenedor raspó suavemente el plato.

Tesali luchó contra el impulso de moverse. Esna le había puesto un vestido rígido que parecía más un castigo que otra cosa y llevaba los rizos recogidos en una trenza tan apretada que hacía que le doliese la cabeza. Se fijó en su reflejo en el cristal del pasillo. Parecía una muñeca.

—Justo como tu madre —decía a veces Esna. Lo que se suponía que debía ser un cumplido, lo sabía. Su madre era preciosa, con sus huesos finos. Refinada. La viva imagen de una *ostra,* una mujer noble de Arnes.

Su padre, en cambio, tenía cara de cuervo. Con una nariz puntiaguda y pequeña, la mirada afilada, giraba la cabeza como si no tuviese un cuello sobre los hombros. Si sus hermanas siguiesen en casa Mirin haría una imitación perfecta, y Rosana se desharía en carcajadas, y solo Serival, que era la que más se parecía a él, fruncíría el ceño y diría que no tenía gracia.

Tesali echaba de menos a sus hermanas mayores.

No siempre se habían llevado bien, pero la casa parecía demasiado vacía sin ellas. Era gracioso cómo un lugar podía sentirse vacío cuando estaba tan lleno de objetos. La colección de su padre había crecido tanto que ya no cabía en la tienda y había ido trepando como una mala hierba hasta la planta superior, apareciendo por todos los rincones, lo que no era tan malo, salvo porque no tenía permitido *tocar* absolutamente nada.

No porque algunos de esos objetos fuesen frágiles —la mitad estaban rotos de alguna manera—, sino porque eran *valiosos.* Y, según su padre, a los objetos de valor había que protegerlos, mantenerlos guardados en el interior de una vitrina, para que aumentase su valor.

No era que estuviesen *prohibidos.*

Todo el mundo sabía que Forten Ranek no comerciaba con magia prohibida. Era demasiado orgulloso.

—De eso se encargan en el Sasenroche —solía decir. No. Él era un «conservador», uno que se especializaba en los objetos preciosos y raros.

De vez en cuando el padre de Tesali le dedicaba una mirada apreciativa, el mismo tipo de mirada que usaba cuando quería evaluar el valor de una pieza nueva. Así que ella sabía que estaba esperando a ver cuánto valía.

Para descubrir su valor y hacer uso de ella, al igual que había hecho con sus otras hijas.

Sus hermanas.

La primera fue Mirin, cuya belleza era sublime. La llamaban «el diamante de Hanas». Al cumplir los dieciocho su belleza era tal que llegaron hombres de los tres imperios para pujar por su mano. La puja la terminó ganando un arnesiano lo bastante viejo como para tener el pelo plateado y que vivía en una mansión al norte.

Después le llegó el turno a Rosana, cuyos poderes la volvían excepcional. Al cumplir los diez años no solo podía controlar el fuego, sino también el hielo. Cuando cumplió los catorce ya se había marchado para ser la estrella principal de un circo ambulante, aunque Tesali sabía que siempre había soñado con ganar el *Essen Tasch*.

Y, por último, Serival, la mayor, cuya astucia era extraordinaria. No la vendieron, sino que la enviaron lejos, para ser los ojos de su padre por todo el mundo y hallar nuevos objetos que añadir a su colección.

Tres hermanas se fueron.

Tres sillas vacías a la mesa.

Sus padres hablaban como si ya se hubiesen ido las cuatro y Tesali creía que se terminaría muriendo de aburrimiento. Hacía rato que su plato estaba vacío, pero no podía irse, no hasta que se lo permitiesen. Una vela ardía en la mesa frente a ella y, mientras sus padres hablaban, dejó que su vista se perdiese, se le desenfocó la mirada una y otra vez hasta que la pequeña llama pareció desenvolverse, dividiéndose en hebras tan finas como cabellos.

Estaba convencida de que, si alargaba la mano, podría tomar uno entre sus dedos. Así que eso hizo, olvidándose de que solo era un truco que le estaba jugando la vista, que la llama solo *parecía formar* hilos, pero que en realidad no lo eran. Sus dedos se metieron en la llama y un calor abrasador se los quemó. Tesali soltó un gritito y apartó la mano de golpe y, por primera vez esa noche, llamó la atención de sus padres.

—No era mi intención —se disculpó rápidamente, llevándose los dedos quemados al pecho—. Estaba tratando de alcanzar la sal.

Su padre negó con la cabeza, pero su madre se limitó a mirarla fijamente, con una expresión extraña dibujada en su rostro. Había visto lo que Tesali había intentado hacer, sabía que no se había topado con la llama al ir a alcanzar otra cosa, sino que había ido directa al fuego.

Su madre dejó el cuchillo sobre la mesa y se levantó.

—Ven —dijo bruscamente—. Vamos a ponerte algo de pomada en esa quemadura.

Tomó la mano sana de Tesali y juntas se fueron hacia la cocina. No dijo nada más, al menos, no mientras buscaba el bote de pomada, ni mientras sentaba a Tesali en una silla, ni mientras le echaba el ungüento frío sobre los dedos. Pero cuando acabó, sus miradas se encontraron; tenían los mismos ojos, marrones con motas verdes y doradas.

—¿Por qué lo has hecho? —le preguntó.

Tesali se mordió el interior de la mejilla.

—Creía que podía tocarlo.

—¿El fuego?

Ella negó con la cabeza.

—Los hilos.

La confusión surcó el rostro de su madre.

—¿Qué hilos?

Tesali señaló con un gesto de la cabeza hacia la chimenea, hacia el fuego que brillaba lleno de hilos de luz, aunque la verdad era que también los había visto en la superficie de la mesa. Y en la pila, llena de agua. Y en el bote con la pomada.

—¿No los ves? —preguntó, y cuando su madre negó con la cabeza, Tesali se sintió triunfante, por fin tenía algo de valor. Por fin importaría.

Pero la mirada de su madre no estaba llena de orgullo, sino de miedo. Y entonces Tesali se dio cuenta de que lo que quiera que estuviese pasando con su vista era una habilidad muy poco común, un don extraordinario. Era extraño, como los objetos con los que comerciaba su padre, y Tesali sabía que nunca se quedaba con sus mejores posesiones.

Las vendía al mejor postor.

Su madre se arrodilló frente a ella y le tomó las manos con fuerza, ignorando las quemaduras.

—¿Cuándo? —preguntó—. ¿Cuándo empezó?

Tesali sacudió la cabeza. No lo sabía. No era como cuando alguien prendía una hoguera, sino más bien como el sol al salir por las mañanas, que iba iluminándolo todo lentamente, tanto que no se había fijado en ello, al menos no al principio. Y entonces, un día, ya no podía dejar de ver los hilos, porque cada objeto parecía tener un aura propia, un brillo tenue a su alrededor, como los faroles en el puerto cuando la niebla lo abrazaba por la noche. Solo que no era de noche y el brillo no provenía de los faroles. Todo brillaba.

Y entonces, por supuesto, ella no se había percatado de que era extraño. Al fin y al cabo, ¿cómo se suponía que tenía que saber cómo veía la gente? Pero la mirada de su madre le desvelaba lo suficiente y el miedo en su voz dejaba claro el resto.

—No debes decírselo a nadie —susurró, sus rostros estaban tan cerca el uno del otro que casi tenían las frentes pegadas. Y dicho eso su madre la hizo levantarse y la arrastró de vuelta al comedor y a sus sillas vacías.

»Niñita tonta —dijo, dedicándole una sonrisa a su padre—. Siempre soñando.

Tesali tomó asiento y no dijo nada.

Pero esa noche, en su dormitorio, se sentó en el suelo, con las piernas cruzadas, y observó la vela que se había llevado a la cama. Observó cómo los hilos se alejaban de la llama y se enredaban a su alrededor.

Ya no le dolían tanto los dedos, pero cuando volvió a estirar la mano hacia la llama sintió cómo las quemaduras le ardían como recordatorio y tuvo cuidado de no tocarla. En cambio, esperó a que el hilo ondease y se alejase del fuego, y cuando lo hizo, lo tomó entre los dedos. El hilo palpitaba, caliente, pero no ardía.

Tiró de él con delicadeza, solo un poco, esperando algo de resistencia. En cambio, la llama tituló y se apagó. Por un momento, el hilo permaneció entre sus dedos, brillando como una brasa sobre su mano, y luego desapareció.

Tesali sonrió en la oscuridad.

Encendió la vela de nuevo.

Y volvió a intentarlo.

II

HACE SIETE AÑOS

L a tienda de su padre estaba llena de maravillas.
Libros tan antiguos que era imposible descifrar lo que rezaban sus lomos; una carta a un rey de otro mundo; un busto en mármol de un artesano de Vesk; un cuadro hecho de cientos de pequeños paneles de cristal; un mapa hacia el *Ferase Stras*; un cuenco de adivinación en cuya superficie hechizada estaba grabado un hechizo para que, en vez de mostrar el futuro, mostrase el pasado; y un orbe de cristal esmerilado capaz de contener en su interior la voz de una persona.

Era un laberinto de armarios, un pasillo serpenteante de vitrinas y baúles de madera, en el que era fácil quedarse dando vueltas sin poder ver más allá, pero siempre que Tes se perdía, se ponía de puntillas, o se subía a una mesa, y buscaba al pájaro glorioso.

El pájaro estaba sobre un pedestal en el corazón de la tienda, como si fuese el centro de una brújula; sus plumas verdes brillantes reflejaban la luz, y la corona dorada que llevaba puesta destacaba sobre los baúles y las estanterías. Tes lo encontró y bajó de la mesa de un salto, avanzando en la dirección correcta.

De camino, pasó junto a un baúl estrecho, cuyo contenido quedaba totalmente oculto a pesar del ángulo en el que incidía la luz. Pero Tesali había memorizado lo que contenía: un trozo de papel escrito en el verdadero idioma de la magia; la mano rota de una pequeña escultura; un pedazo de roca que antaño formó parte de la frontera entre los mundos, cuando las puertas seguían abiertas. Reliquias del Londres Negro.

A Tesali no le gustaban los objetos que contenía. No tenían hilos, pero el aire que los rodeaba tampoco estaba vacío: una fina sombra bordeaba cada objeto, muy distinta a los halos que se formaban alrededor de los faroles por la noche. Una vez, y solo una única vez, abrió el baúl y metió la mano en su interior, no para tocar los objetos, sino la oscuridad que se extendía a su alrededor.

En aquel momento no sintió nada. Pero era un tipo malo de nada, una nada equivocada, y terminó frotándose las manos durante horas, incapaz de devolverles su calor.

Su padre había dicho que esos objetos no estaban prohibidos, que eran partes de la historia y que la historia era valiosa y, sin embargo, nunca los había vendido. Nunca se los mostraba a nadie siquiera. Tesali se preguntó si se habría olvidado de que estaban ahí, enterrados en medio de la laberíntica tienda. Ella trató de olvidarlos también, pero parecía que siempre terminaba encontrando el baúl oscuro. En ese momento le dio la espalda y se centró en hallar al pájaro glorioso.

Tesali no recordaba una época en la que aquel pájaro no hubiese estado en la tienda.

Hacía tiempo había sido tan grande como Tesali, pero después ella había seguido creciendo con los años y el pájaro no, y ahora ella era mucho más grande. Aun así, era magnifico, demasiado grande como para caber en un armario, por lo que estaba encaramado en lo alto, vigilando el valioso contenido de la tienda de su padre.

Según su padre, su especie estaba extinta. Era el último de su clase y, por lo tanto, el emblema perfecto para el On Ir Ales.

Pero no era el pájaro lo que la cautivaba.

Era la forma en la que se *movía*.

Cuando se puso en su línea de visión el pájaro agitó sus plumas y estiró las alas. Movió la cabeza y su mirada se volvió hacia ella, chasqueando el pico suavemente. Hacía esos pequeños movimientos predefinidos, guiado por una delicada red de magia que flotaba sobre sus alas, alrededor de su cuerpo emplumado y entre sus garras.

Antaño ella se había decepcionado al descubrir que solo imitaba lo que veía. Pero eso fue antes de ver los hilos que lo animaban. En ese momento, Tesali se maravillaba por la complejidad de la magia que la rodeaba. Estiró la mano hacia sus hilos y tomó uno entre sus dedos, como si fuesen las cuerdas brillantes de un instrumento, y el pájaro respondió levantándose levemente, como si estuviese a punto de echar a volar. Ese no era uno de sus movimientos predeterminados. Eso era algo que solo ella podía provocarle hacer.

—¡Tesali!

La voz de su padre debería haberse perdido por el laberinto, doblado alrededor de los armarios y baúles de camino, pero no lo hizo. Era capaz de atravesar el espacio.

Apartó la mano del pájaro y se acordó de por qué estaba allí. Se agachó, abrió el armario sobre el que estaba encaramado y sacó el cofre lleno de monedas que había en su interior, antes de echar a correr hacia la entrada de la tienda. El laberinto nunca parecía atraparla al salir, como sí que hacía al entrar, y en unos minutos ya estaba allí.

Su padre la esperaba con un cliente, un anciano, con el cabello plateado recogido en una trenza elegante. Estaban hablando de Londres, todo el mundo hablaba de la ciudad últimamente, y de la ola de magia maldita que había recorrido sus calles la semana anterior. Algunos creían que se debía a un hechizo que había salido mal, otros pensaban que había sido un asalto. Al fin y al cabo, el rey y la reina habían muerto. Pero eso no era lo que le importaba a su padre.

—… pronto tendré una de las espadas de Maxim Maresh —estaba diciéndole al hombre—, y la máscara de Kisimyr para el torneo. Tengo a alguien en la ciudad para recuperarlas.

Sabía que estaba hablando de Serival.

La atención de Tesali se centró en el mostrador que separaba a los dos hombres, donde aguardaba algo delgado y afilado bajo una tela. Intentó adivinar lo que era en el mismo instante en el que su padre le quitaba el cofre de las monedas de las manos.

—Mi hija menor —le dijo al cliente—. Siempre parece estar perdida en su cabeza.

El anciano le sonrió.

—Al mundo le hacen falta soñadores.

—¿De verdad? —preguntó el padre cortante, con la mirada fija en ella, como había estado antes la del pájaro, con sus ojos oscuros, sagaces y afilados.

—Sin duda —continuó diciendo el cliente—. Es gracias a los soñadores que existe la mitad de las maravillas de tu tienda.

Su padre le dedicó una sonrisa tensa pero, cuando empezó a contar las monedas, supo en lo que estaba pensando: ¿para qué sirve un soñador sin magia?

Tesali se apartó del mostrador, dirigiéndose a la mesa donde había estado sentada cuando entró el cliente. Volvió a subirse al taburete y se quedó mirando el juego de elementos que tenía abierto, aguardando, como de costumbre, porque su padre le ordenaba que practicase cada día.

La noche anterior lo había oído hablar con su madre.

«No tiene poderes», había dicho refiriéndose a su hija menor, escupiendo cada palabra como si fuese una maldición.

Su madre lo había tranquilizado diciéndole que el nuevo rey tampoco tenía magia, recordándole que el mundo ya le había bendecido con tres hijas muy poderosas y que con ella solo estaba buscando equilibrar la balanza. Como si Tesali solo fuese un diezmo que pagar, el precio por todas esas otras bendiciones.

Oyó la campanilla de encima de la puerta cuando el cliente se marchó, pero no levantó la mirada. Entrecerró los ojos mientras observaba las fichas sobre el tablero y movió los labios, fingiendo que no podía controlar ninguno de los elementos, aunque eso no fuese completamente cierto. Hasta donde sabía, no poseía magia *elemental*. No podía crear algo de la nada, no podía invocar una llama a partir de una gota de aceite, o conjurar una ráfaga de viento que moviese un montón de arena, o controlar los huesos. Pero si alguien encendía el aceite, podía tirar del fuego para formar lo que quisiese, podía transformarlo en un incendio o en una pequeña y delicada llama. Podía hacer que el agua se volviese hielo con solo tirar de sus hilos, o que la tierra formase un anillo. Podía tirar de los hilos de la propia caja de madera y convertirla en un brazalete, en una taza o incluso en el brote de un árbol. Podía ver el propio tejido del mundo y toda la magia que contenía, y podía tocar todos y cada uno de sus hilos, desenredar sus patrones y volver a formarlos y...

—Ni siquiera lo estás intentando —le regañó su padre.

Tesali se enfadó y en ese momento quiso contárselo todo, mostrarle lo que era capaz de hacer. Puede que entonces la mirase igual que a Serival, a Rosana o a Mirin. Con orgullo en vez de con expectación. Pero cada vez que sentía el impulso de hacerlo, recordaba el miedo en el rostro de su madre, recordaba que sus hermanas se habían ido y que, si decía la verdad, su padre no la querría.

La vendería.

—Ven aquí —le ordenó, y Tesali abandonó su juego de elementos y su silla y regresó junto al mostrador al mismo tiempo que su padre apartaba la tela que cubría su última adquisición.

Era un espejo.

Aunque estaba claro que no podía ser un espejo común. A su padre no le importaban los objetos comunes y Tesali podía ver cómo la magia se enredaba a su alrededor, formando un segundo patrón que rodeaba el borde plateado. Pero antes de que pudiese saber lo que significaba, él se lo contó.

—Algunos espejos nos muestran el futuro —explicó—. Otros nos muestran el pasado. Otros pueden mostrarte lo que más deseas y otros lo que más temes. Incluso hay unos cuantos que pueden mostrarte tu propia muerte.

Tesali se estremeció y esperaba que el que tenía enfrente no fuese uno de esos últimos.

—Pero este espejo —siguió diciendo, pasando una mano por el lado plateado—. Este espejo te revela lo que eres capaz de hacer. Te muestra tu potencial.

Tesali vio cómo sus ojos se abrían como platos en el reflejo y su padre confundió su temor con entusiasmo, y sonrió. No solía sonreír y a Tesali el gesto le parecía erróneo, antinatural.

—Ahora, mi pequeña soñadora —dijo—, ¿cuánto vales?

Era una pregunta que les hacía a todos los objetos que entraban en su tienda, a cada pieza que pasaba a formar parte de su colección. Una pregunta que hacía en voz baja, casi con reverencia, en la que no le hablaba al vendedor, sino al objeto que tenía entre manos, antes de dejarlo sobre un estante.

¿Cuánto vales?

El miedo le puso la carne de gallina en el mismo instante en el que su padre la agarró de la muñeca y la acercó al espejo.

Miedo, pero también alivio. Estaba cansada de ocultar quién era y lo que podía hacer. Se había quedado sin opciones. El espejo la desenmascararía, él sabría la verdad, y no sería culpa suya.

Su padre le estiró la mano sobre la superficie del espejo.

Estaba fría al tacto, una nube de vapor se formó al instante alrededor de las yemas de sus dedos, pero mientras observaba, el vapor creció y se extendió, empañando todo el espejo, borrando el reflejo de la tienda y a su padre, pero no a ella.

Tesali se quedó ahí de pie, en el centro del recuadro plateado. Y entonces el marco desapareció y estaba ahí sola, ya no estaba en la tienda de su padre sino en una calle que no conocía, en medio de una ciudad llena de vida. Trató de fijarse en lo que la rodeaba, pero antes de que pudiese hacerlo, la calle y los edificios que había a su alrededor empezaron a *desenredarse*, convirtiéndose en miles de hilos. Se deslizaron en su interior y los hilos respondieron a su llamada, moviéndose y alejándose antes de acercarse de nuevo.

Estiró la mano y pasó los dedos entre los hilos, como si fuesen las cuerdas de un arpa. Y los hilos cantaron. Cantaban en colores. Cantaban con luz. Podía sentir el poder que manaba de todos y cada uno de ellos. El potencial. Dobló los dedos en torno a ellos y se extendieron, tiró de ellos y respondieron a su llamada, acumulándose entre sus manos. Bajó la mirada y, en el espacio entre sus manos extendidas, los hilos se enrollaron, cada vez más rápido y con más fuerza, hasta que cobraron forma.

Y allí, entre sus manos, había una caja, un pájaro y una daga. Había una casa, una torre, un palacio y una calle. Había una ciudad derrumbándose, convirtiéndose en un castillo de arena. Había un hombre muerto alzándose como una marioneta que había vuelto a la vida. Había un río de luz que se desbordaba y terminaba ahogando al mundo entero. Tras este último los hilos se estiraron más allá de sus manos, se arquearon a su alrededor, hasta que ella estuvo de pie en medio de otro marco. No, no era un marco. Era una puerta.

Y entonces los hilos se tornaron negros.

Retrocedieron y se volvieron contra ella como una ola, alzándose sobre su cabeza. Contuvo el aliento cuando le cayeron encima, se metieron en su cuerpo, enroscándose alrededor de sus brazos y piernas, de su cuerpo, de su rostro, hasta que se la tragaron por completo, y ella desapareció.

Tesali se apartó del espejo y, al hacerlo, las visiones desaparecieron y ella volvía a estar en la tienda, con el corazón martilleándole en el pecho y el espejo volvía a ser solo un espejo. Su padre estaba a su espalda, agarrándola con fuerza de los hombros, y podía sentir la codicia en su toque.

Pero entonces dijo:

—¿Qué has visto?

Y Tesali se dio cuenta de que solo ella había podido ver su reflejo. Su secreto seguía siendo solo suyo. Ella era la única que podía decidir si compartirlo o guardarlo. Pero ¿cómo podía explicarle lo que acababa de ver? ¿Qué acababa de ver? ¿Qué significaba?

—¿Y bien? —insistió, así que Tesali respondió a su pregunta.

—Me he visto aquí —dijo—, contigo.

Era la verdad o, al menos, parte de ella. Al fin y al cabo, era lo que estaba viendo en ese momento. Se obligó a sonreír al decirlo. Como si no pudiese pensar en un futuro más feliz que ese. Como si ninguno pudiese imaginarse un futuro mejor. Su padre le soltó los hombros. Tomó la tela y la echó sin miramientos sobre el espejo, pero ella seguía mirando su reflejo en el cristal y vio la decepción que se extendió por su rostro en el mismo instante en el que la tela cayó sobre el espejo, ocultándolo todo.

III

HACE TRES AÑOS

Tesali corrió, maldiciendo las bailarinas que llevaba puestas porque se resbalaban y patinaban sobre la calle empedrada.

Su madre la obligaba a llevarlas porque insistía en que tenía que dejar de actuar como «una gallina fuera de su corral en vez de como una niña de doce años». Y creía que esos malditos zapatos la disuadirían a la hora de echar a correr.

No fue así.

Pero cuando sus padres la mandaban a que hiciese alguna tarea, corría, llegando a la carnicería, a la panadería o al banco en la mitad del tiempo, solo para poder pasar por el mercado del puerto al volver a casa.

Tesali *adoraba* el mercado del puerto, con sus puestos improvisados que surgían durante la noche como las setas, con sus mesas hechas con cajas de madera y sus tenderetes de lona, y atendidos por marineros que acudían a vender las mercancías y baratijas con las que se topaban en sus viajes. No era parte de su trabajo, sino un añadido. Por supuesto, su padre odiaba el mercado e insistía en que allí no había nada de valor, pero a ella la maravillaban sus objetos, todos reunidos y traídos desde los lugares más lejanos del imperio, e incluso a veces de más lejos todavía. Era fácil olvidar lo grande que era el mundo al vivir en Hanas.

Solo había salido de la ciudad portuaria una vez, en un viaje de medio día en carruaje hacia el sur para ver actuar a Rosana, la nueva integrante del circo ambulante, y estaba claro que estaba destinada a hacer grandes cosas. Una futura ganadora del *Essen Tasch*, solía decir su padre antes de que el príncipe veskano asesinase a la reina arnesiana, abriendo una brecha insalvable en el tratado entre los tres imperios y poniendo fin al torneo para siempre.

La mayoría de los días Tesali solo acudía a echar un vistazo a las mercancías y se imaginaba los lugares de los que provenían. Pero ese día, mientras examinaba los puestos, con un enorme asado en el interior de la bolsa que llevaba colgada (el motivo de su viaje) y el sueldo de un mes en sus bolsillos, iba en busca y captura de un premio.

De un regalo.

Era el cumpleaños de su padre y, aunque no era en absoluto un hombre sentimental, había decidido que los cincuenta años era una cifra que merecía la pena celebrar, por lo que su madre había visto la oportunidad perfecta para pedirles a todas sus hijas que volviesen a casa por un día. Mirin y Rosana ya estaban allí, sacando de sus maletas los regalos, y Serival llegaría en cualquier momento. Tesali echó un rápido y nervioso vistazo a los muelles; no estaba segura de si su hermana llegaría por tierra o por mar, pero de lo que no le cabía ninguna duda era de que traería consigo algo impresionante. Siempre lo hacía. Era la naturaleza de su trabajo: encontrar objetos de mucho valor.

Y Tesali estaba empeñada en encontrar algo de valor ella también.

Se deslizó entre los puestos, mirando aquí y allá, sin saber qué estaba buscando exactamente, pero segura de que terminaría hallándolo. Y lo hizo.

La mayoría de los puestos tenían al menos una pieza con magia defectuosa entre sus mercancías, un hechizo que estaba deshilachado o roto en formas en las que nadie más que ella era capaz de verlo. Pero en una mesa *todo* parecía estar roto. Desde las bolas de cristal, que deberían haber sido capaces de capturar una estación, pasando por las piedras calentadoras, que deberían haber hecho hervir el agua en la que se las sumergía, hasta los prismas de barco, que deberían haberse vuelto de distintos colores para advertir de la llegada del mal tiempo, si acaso funcionasen.

Había un hombre sentado sobre un cajón de madera tras la mesa, tallando algo con una pequeña cuchilla del tamaño de su pulgar. Tenía la piel oscura y sus mechones también oscuros estaban enrollados sobre sí mismos como si fuesen cuerdas, con cada rasta decorada con un dije plateado, y un fino hilo de magia azul se enroscaba alrededor de sus hombros.

Mientras ella lo observaba, él siguió tallando, pero hizo una muesca demasiado profunda y la madera se partió en su mano.

—Nunca se me ha dado bien tallar —murmuró el hombre, lanzando la madera rota entre las olas.

Y, aun así, tomó otro trozo de madera y volvió a empezar. Consiguió cortar tres lascas antes de alzar la mirada y encontrar a Tesali estudiando su mercancía.

—¿Algo que te interese? —preguntó, con la voz llena de salitre.

La mesa estaba llena a rebosar, pero Tesali asintió, tomando entre sus manos uno de los orbes. Tenía tres para el invierno y dos para la primavera y el otoño, pero ella escogió el único cristal de verano.

—¿Cuánto? —preguntó, y después contuvo la respiración. Solo tenía seis lin y un cristal de estaciones funcional habría costado el doble, y aunque no era el tipo de objeto que su padre solía tener en su tienda, siempre se estaba quejando del frío, así que creyó que podría gustarle. Al fin y al cabo, era una ola de calor en el interior de un orbe de cristal.

—Dos —respondió el marinero, y Tesali tuvo que esconder su sonrisa. Su padre siempre le decía que no tenía que dejar que sus emociones se reflejasen en su rostro. Se llevó la mano al bolsillo y sacó dos lin.

»Solo para que lo sepas —añadió el marinero—, está roto.

Eso era muy honesto por su parte, pensó, cuando la mayoría te diría que una tabla de madera era una espada de oro si eso te hacía comprarla.

Le dejó las dos monedas sobre la mesa.

—Lo sé —le dijo.

Lo que *no* le contó fue que podía ver el punto exacto en el que los hilos del hechizo se habían roto. No sería muy difícil de arreglar.

Al meter con cuidado el orbe roto en su mochila el marinero hizo una serie de cosas extrañas. Primero, terminó de tallar el trozo de madera y lo convirtió en una pipa diminuta. Después sacó un pequeño esqueleto articulado de un búho de entre sus pies, lo dejó sobre la mesa y le colocó la pipa en el pico. El marinero sonrió ante la estampa, divertido. Tesali se quedó mirando la escena, maravillada.

—¿Cuánto por eso? —preguntó.

—¿Por la pipa?

—Por el búho.

Él alzó la mirada, estudiándola.

—No es mágico —repuso. Y era cierto, no lo era. No había hilos tejidos a su alrededor, ni rotos ni enteros, ni marcas de ningún otro hechizo que recorriesen al pequeño búho, solo un alambre plateado que mantenía los huesos unidos.

Miró el búho detenidamente.

—Cinco —dijo finalmente.

—Cuatro —regateó Tesali, pero el marinero debió de haberse fijado en su mirada, quería ese búho, y negó con la cabeza. A Tesali se le encogió el corazón—. No tengo cinco.

Él se encogió de hombros, dejando claro que ese no era su problema. Ella se mordió el labio inferior, rebuscando entre sus bolsillos, como si las monedas se hubiesen podido multiplicar por arte de magia. Después se llevó las manos al cabello. Lo tenía recogido, como siempre, enredado y sujeto con una horquilla. Se soltó la horquilla y, con ella, el cabello, y una nube de rizos castaños cayó sobre sus hombros. La horquilla en sí no era gran cosa, pero tenía un adorno de plata. La volvió a cerrar y la añadió a la palma de su mano, junto a las otras cuatro monedas.

El marinero se quedó pensativo y ella contuvo la respiración.

Entonces estiró la mano hacia el pequeño pájaro y le quitó la pipa de madera del pico.

—Con eso puedes comprar el búho —repuso—. Pero no la pipa.

En ese momento podría haber abrazado al marinero, pero no lo hizo. En cambio, le tendió su pago y se llevó el pequeño esqueleto al pecho antes de que el hombre pudiese cambiar de idea. Observó cómo se metía las monedas en el bolsillo y se colocaba su horquilla plateada en el cabello.

Y después se volvió y echó a correr hacia su casa.

Por primera vez en años, no hubo sillas vacías en la cena.

Las cuatro hijas de Forten Ranek estaban en casa y se sentaron alrededor de su mesa de cumpleaños, tan elegantes como trofeos, con sus mejores prendas y arregladas cual muñecas. Un día, en el mercado del muelle, Tesali había visto un juego de figuritas de madera. El marinero le había mostrado lo bien que encajaban, una dentro de otra, y cada una tenía pintado un rostro distinto. Desde entonces no podía pensar en sus hermanas de otro modo. Tampoco ayudaba que se llevasen exactamente cuatro años entre cada una, eran como una serie de escalones, que iban desde los veinticuatro hasta los doce.

Las cuatro chicas Ranek eran distintas en casi todos los sentidos. Variaban en edad y estatura, en belleza y en carácter, incluso sus ojos eran diferentes: iban desde los amatista (de Rosana) hasta los avellana (de Serival), pasando por los marrones (de Tesali) hasta unos casi totalmente negros (de Mirin).

Lo único que tenían en común eran sus rizos, e incluso estos tampoco crecían igual.

Los de Serival caían sobre sus hombros formando ondas oscuras sueltas y siempre parecía llevarlos recogidos en una trenza, totalmente lisos y bien peinados.

Los de Mirin eran bucles dorados, siempre los llevaba sueltos, y caían alrededor de su rostro como la brillante melena de un león.

Los rizos de Rosana siempre estaban cortos, como si fuesen un halo de cálidos mechones castaños a su alrededor que se podía remeter bajo las numerosas pelucas que usaba al actuar.

Y después estaban los rizos de Tesali, que eran salvajes, rebeldes, un matojo de maleza que se escapaba sin cesar. Había hecho todo lo que había podido esa noche para tratar de contener esa masa rebelde y darle una forma bonita, pero para cuando el asado ya estaba hecho y servido a mediodía, las copas llenas con un vino fuerte del sur (del que incluso habían dejado que Tesali bebiese un poco, aunque no le gustaba el sabor o la forma en la que le hacía sentir, como si su cabeza fuese demasiado grande y demasiado pequeña al mismo tiempo), ya notaba cómo los mechones empezaban a soltarse.

Su madre les dedicó una sonrisa, feliz de poder tener a toda su familia en casa de nuevo.

Su padre también sonrió, contento de ver el resultado de sus esfuerzos.

Después Esna recogió los platos y llegó la hora de los regalos.

Tesali sostuvo el suyo bajo la mesa, esperando a que llegase su turno. Lo había envuelto en una tela de gasa y atado con una cinta. Había tardado casi toda la tarde, desde el mismo momento en el que había entrado por la puerta de su casa hasta que había bajado para la cena, pero lo había conseguido.

Movía las piernas sin cesar de la emoción al mismo tiempo que Rosana le tendía a su padre su regalo la primera; le entregó un sobre sellado con lacre oscuro. Su padre lo tomó pero antes de que pudiese abrirlo ella conjuró una delicada llama que prendió el sobre en un destello de chispas rojas y derritió el lacre, revelando su contenido.

Una invitación.

—Para una actuación —dijo—, en tu honor.

Su padre le dedicó una sonrisa con los labios apretados con fuerza mientras tomaba el sobre. Era un buen regalo, pero estaba claro que él había estado esperando algo más. Rosana también lo notó y bajó la mirada hacia sus manos, sonrojada. Si tan solo no se hubiese cancelado el *Essen Tasch*, pensó Tesali. Rosana tendría que hallar otra forma de destacar.

Mirin rompió el silencio con una sonrisa felina dibujándose en su adorable rostro.

—Mi regalo —dijo, sin tener entre manos ningún regalo evidente, hasta que sus delicados dedos bajaron hacia su estómago, acariciando su vestido—. Aunque tendrás que esperar unos meses para sostenerlo.

Su madre soltó un gritito de alegría y su padre le dedicó una enorme sonrisa, con dientes y todo, mientras Mirin se ponía a hablar de fechas en las que podría nacer el bebé y de nombres que había pensado, con la felicidad sonrosando sus mejillas al mismo tiempo que Rosana y Tesali intercambiaban una mirada exasperada, sabiendo que ninguna podría competir con ese regalo: un nieto.

Porque sí, aquello era, al fin y al cabo, como siempre, una competición.

Solamente Serival seguía imperturbable, estaba claro que confiaba en su regalo y eso solo hizo que Tesali se pusiese nerviosa, y que se volviese un tanto osada como para lanzarse delante de su hermana mayor, no quería estar a su estela.

—Padre —dijo, tendiéndole el regalo envuelto—, este es mi regalo, para ti.

Tesali contuvo el aliento cuando él le quitó el paquete de las manos y abrió su envoltorio improvisado para descubrir el cristal de verano. Cuando la superficie del orbe entró en contacto con su piel, cobró vida, y un pequeño árbol floreció en su interior.

Tesali sonrió, sabiendo que no solo había logrado arreglar el cristal de verano.

Sino que lo había mejorado.

Cuando estaba arreglando los hilos rotos halló una forma en la que retorcerlos, cambiar su trayectoria, para que cuando su padre sostuviese el orbe no solo viese el pedazo de verano que había atrapado dentro, sino para que también pudiese sentirlo. Sentir el calor del sol besando su piel como si estuviese sentado bajo ese mismo árbol. Su padre, que siempre estaba quejándose del frío que traía consigo el otoño, a quien le dolían las manos por el frío inminente.

Algo cruzó entonces el rostro de su padre, una expresión que pocas veces tenía la oportunidad de ver, incluso siendo su sombra en la tienda. Sorpresa. Y, junto con ella, una alegría casi infantil.

—Maravilloso —murmuró, y Tesali se sintió como si estuviese de pie a su lado dentro del cristal, bañándose en el calor del verano. Mirin y Rosana sonrieron, aprobando su regalo.

Pero el rostro de Serival había cambiado, volviéndose sombrío.

—¿Dónde lo has conseguido? —preguntó su hermana, y la pregunta logró sacar a su padre de su ensueño e hizo que se volviese a centrar en ella.

Tesali sabía cuándo debía mentir y cuándo debía escudarse en la verdad.

—En el mercado del puerto —respondió.

—¿Cómo lo has pagado? —insistió su hermana.

—Estaba dañado —dijo—, así que el marinero me lo vendió muy barato. Pero se me da bastante bien arreglar cosas. —Se dio cuenta de que la mirada de su madre estaba fija en ella, pero Tesali solo miró a su padre antes de seguir hablando—. He aprendido gracias a ver cómo lo hacías *tú*.

Era lo que tenía que decir. Observó cómo el cumplido suavizaba los rasgos de su padre. La mirada de Serival seguía fija en ella, pero había llegado su turno de entregar el regalo.

—Padre —dijo, sacando una pequeña caja de madera y deslizándola sobre la mesa hacia él. Sus manos, como siempre, estaban ocultas bajo un par de guantes. Mirin decía que era una artimaña para hacerla parecer más imponente de lo que era.

La mesa se quedó en completo silencio cuando Forten Ranek dejó a un lado el cristal de verano, el árbol iluminado por los rayos del sol desapareció al mismo tiempo que el orbe dejó de sentir su tacto, y abrió la caja, sacando un vial estrecho hecho de oro en vez de cristal.

Su padre frunció el ceño.

—¿Qué es esto? —preguntó.

Y eso debería haber sido aviso suficiente, ya que él era un coleccionista y sabía reconocer un tesoro cuando lo tenía enfrente; su hábil mirada siempre registraba el valor del objeto con solo verlo, al igual que ella sabía identificar su magia a primera vista. Pero Tesali podía ver algo que él no. Vio el zarcillo de luz que en vez de enroscarse alrededor del estrecho vial se internaba en su interior, moviéndose como una pequeña serpiente. Negro como la brea y, sin embargo, brillante. La cstampa la hizo estremecerse.

—¿Qué le puedes regalar a un hombre que lo tiene todo? —preguntó Serival, como si fuese un acertijo. Y entonces, cuando nadie respondió, dio ella la respuesta—. Tiempo.

Señaló hacia el vial.

—Eso son cinco años.

—¿Cinco años? —repitió su padre anonadado.

Serival le dedicó una amplia sonrisa entonces.

—De vida.

Aunque de repente hubiese entrado una corriente por la ventana y hubiese apagado todas las velas, el ambiente no podría haberse oscurecido más de lo que acababa de oscurecerse.

—¿Qué has hecho? —exigió saber su padre.

Serival se carcajeó ante su pregunta. Con la misma calidez que una granizada golpeando los cristales.

—No he matado a nadie, si es lo que estás preguntando. —Tomó el cáliz entre sus dedos enguantados—. Todavía no he subido al *Ferase Stras* —dijo—, pero he oído que su capitana comercia con años en vez de con dinero. El tiempo es una moneda muy valiosa. —Enarcó una ceja—. ¿Es que no te gusta tu regalo?

Él volvió a dejar el vial en el interior de la caja.

—Es magia prohibida.

—Solo está prohibida si se toma por la fuerza, y yo no lo conseguí así. Me lo dieron como pago.

—¿Como pago por qué?

El ambiente en la sala se había vuelto tan tenso como la cuerda de un arco. Serival le sostuvo la mirada a su padre.

—Eso es cosa mía, no tuya.

La silla de su madre chirrió cuando la arrastró por el suelo para levantarse.

—Esto no es algo de lo que se deba hablar durante la cena.

—¿De verdad? —preguntó Serival, divertida—. Es tu cumpleaños, padre. Cincuenta años, ¿quién sabe cuántos más?

Rosana contuvo el aliento. Mirin se mordió el interior de la mejilla. Tesali observó la escena horrorizada. Todos esperaron a que algo o alguien rompiese el silencio. En cambio, Forten Ranek se levantó y le ordenó a Serival que lo acompañase a su despacho, llevándose consigo la caja con el vial y saliendo furioso de la sala. Ella lo siguió y su madre desapareció en la cocina para ayudar a Esna, dejando a las tres hermanas a solas, rodeadas de sillas vacías.

Tesali miró fijamente el cristal de verano que había quedado abandonado al lado del asiento de su padre.

—*Anesh* —dijo Rosana, tomando su copa de vino. Solo tenía dieciséis años, pero siempre actuaba como alguien que le doblaba la edad.

—¿Por qué lo hace? —preguntó Mirin, acariciándose el estómago como si, de ese modo, pudiese tranquilizar a la vida que llevaba en su interior.

—¿El intentar contentar a nuestro padre o el comerciar con objetos peligrosos?

—Ambos.

—Pero ¿lo hace? —preguntó Tesali. Sus hermanas se fijaron en ella, algo que no solían hacer, y eso la animó a seguir hablando—. ¿De verdad comercia con magia prohibida?

—No —dijo Rosana al mismo tiempo que Mirin decía:

—Sí.

Las dos intercambiaron una mirada, pero Mirin se inclinó sobre la mesa con una sonrisa traviesa.

—He oído que tiene una brújula que señala hacia los objetos más poderosos. Que padre se la entregó.

—No seas estúpida —repuso Rosana—. Si padre tuviese una brújula capaz de hacer eso se la quedaría. —Suspiró y después, como si no lograse contenerse, añadió—: Serival no necesita ninguna brújula. Tiene un don para encontrar ese tipo de objetos.

—¿Un don? —preguntó Tesali mientras la magia de sus hermanas flotaba trazando tirabuzones por el aire a su alrededor. ¿Era posible que Serival también tuviese su visión?

—¿Por qué crees que siempre lleva puestos esos guantes? —cuestionó Rosana.

—¿Porque es presuntuosa? —bufó Mirin.

Rosana apretó los labios en una mueca.

—Una vez me confesó que era capaz de saber el valor de un objeto con solo tocarlo.

—Vaya mierda de respuesta —repuso Mirin, volviéndose hacia Tesali—. Lo que sé es que hay cosas extrañas y hay objetos prohibidos, y luego está lo que sea con lo que Serival comercie. Magia de sacrificio, posesiones...

—Padre no se lo permitiría —la cortó Rosana.

—Padre no podría *detenerla* —contratacó Mirin—. He oído que pujó en una subasta en Sasenroche por el ojo de un *antari*. No se pudren tras su muerte —añadió, tomando una uva del racimo que había en el centro de la mesa—, solo se vuelven de piedra. Si tienes uno, nadie puede matarte.

—Pareces una niña contando un cuento —la reprendió Rosana.

—La cuestión es —siguió diciendo Mirin— que nuestra hermana es una *cazadora*. Disfruta de la caza tanto como de... —Pero se quedó callada cuando su madre apareció en la entrada, limpiándose las manos con un paño y una mirada de advertencia.

—Si estáis empeñadas en cotillear como las viejas del pueblo, hacedlo en otra parte.

—Lo sentimos, madre —se disculpó Rosana.

—Ya nos íbamos —repuso Mirin—, nos vendría bien tomar el aire.

Tesali se levantó al mismo tiempo que ellas, pero le lanzaron una mirada que dejaba claro que, donde quiera que fueran, no estaba invitada. No pasaba nada. Por primera vez ni siquiera se sintió excluida. Se deslizó por el pasillo hacia su dormitorio, cerrando la puerta a su espalda.

El pequeño esqueleto del búho la esperaba sobre la cama.

—Hola —dijo, pasando un dedo por su cráneo curvado. Este no se movió ni un ápice, por supuesto. No tenía magia entre sus huesos.

Al menos, todavía no.

IV

A Tesali se le daba bien arreglar un hechizo que ya estaba ahí, pero nunca había formado uno desde cero. Y, sin embargo, se convenció de que más que crear estaba recreando. Recordó cada hilo tejido alrededor del pájaro glorioso de la tienda de su padre, la forma en la que se enredaban entre sí, el patrón y cómo fluían.

En una estantería que recorría de lado a lado una de las paredes de su dormitorio guardaba su pequeña colección: una docena de amuletos diferentes, algunos se los habían regalado sus padres y sus hermanas, otros eran reliquias que había comprado por unas cuantas monedas en el mercado del puerto. En ese momento los inspeccionó todos, tirando de los hilos que necesitaba uno por uno, sacrificando el hechizo por conseguir el material primario. Los hilos cantaron en voz baja entre sus dedos, temblando como si fuesen las alas de una polilla, delicados y frágiles, pero se las apañó para envolver cada uno de ellos alrededor del pequeño esqueleto del búho, anclando la magia a su cráneo, a sus alas, a sus talones.

Y justo en ese momento, sentada con las piernas cruzadas sobre el suelo de su dormitorio, Tesali comenzó a tejer.

Incluso cuando el hechizo empezaba a tomar forma bajo sus manos temía que no fuese a funcionar, estaba segura de que debía haber algo más en la magia, un umbral que no sería capaz de cruzar. Se convenció de que solo era una niña jugando, imitando algo real.

Pero entonces, al mismo tiempo que anudaba uno de los hilos, el búho se movió; no fue más que un temblor que recorrió los huesos y que hizo que se le subiese el corazón a la garganta. Después de eso empezó a trabajar más rápido, como si el hechizo fuese tan frágil como la llama de una vela, una que podía apagarse y desaparecer si suspiraba siquiera.

No fue así.

De hecho, todo cobró forma, y el tejido se asentó sobre el búho como una red. De pronto este agitó sus alas de hueso. Chasqueó el pico huesudo. Levantó el cráneo y pareció observarla a través de sus cuencas vacías.

El tiempo pasaba volando mientras Tesali trabajaba.

Sus sentidos se concentraron por completo en el pequeño búho y en nada más. Ni en los murmullos que se escuchaban por toda la casa. Ni en la puerta de su dormitorio abriéndose a su espalda.

—*Kers la?*

Tesali se sobresaltó y apartó las manos del búho como si quemase. Serival estaba apoyada en el marco de la puerta, de brazos cruzados, con la mirada entrecerrada como los ojos de un halcón.

—*Kers la, ri sal?*

Ri sal. «Conejita». Odiaba ese apodo y sus hermanas lo sabían por lo que, por supuesto, Serival se negaba a llamarla de otro modo. Al no obtener respuesta, su hermana dio un paso en el interior del dormitorio. Tenía los pies descalzos pero sus talones seguían resonando contra la madera.

—¿Qué tienes aquí? —preguntó y, en ese instante, Tesali cometió un terrible error. Debería haberla mirado como si nada, sin hacer ni un movimiento. En cambio, arrojó su falda sobre el pequeño búho. Lo hizo por instinto, uno que nacía de ser la hermana pequeña, pero era como si, con ese gesto, acabase de confesar haber cometido un crimen.

Serival no se precipitó. Se limitó a seguir caminando, dando tres pasos lentos para adentrarse aún más, hasta que estuvo justo ahí, de pie sobre Tesali. Y entonces se arrodilló. Serival siempre llevaba pantalones, nunca faldas, por lo que nada más que su sombra se amontonó a sus pies.

—Enséñamelo —dijo, sus palabras eran como una mano en la nuca, y Tesali supo que, si se negaba, eso le traería problemas y terminaría perdiendo. Lo sabía porque era una testaruda y ya lo había hecho cientos de veces, y nunca había salido como quería. Aun así, estuvo tentada, tenía la negativa en la punta de la lengua, pero lo que terminó aterrándola fue la sonrisa malvada en el rostro de su hermana que parecía querer decir: «Vamos, conejita, intenta huir».

Tesali apartó la falda, revelando al búho.

—Menuda mascota más morbosa —repuso Serival, divertida. Extendió la mano y con un dedo enguantado golpeó el pico del pájaro. Tesali contuvo el aliento. Mientras que el búho no se moviese podría mentir y decir que solo era un adorno más en su dormitorio ya desordenado.

Pero entonces Serival se volvió hacia ella.

—¿De verdad estás tan sola, conejita? —Y entonces el búho cobró vida y alzó la mirada porque, por supuesto, ella lo había querido así, lo había diseñado para que reaccionase a los cambios en el tono de voz, para que notase cuando alguien formulaba una pregunta. Para poder hablar con él. Había sido una idea innovadora. En ese momento la odiaba.

Serival entrecerró los ojos y toda la diversión desapareció de su rostro, viéndose reemplazada por algo mucho más afilado y sagaz. Las cuatro habían crecido con el pájaro glorioso, por supuesto, y sabían lo poco común que era su hechizo.

—Bueno, *eso* —dijo, alcanzando el búho— es una obra de magia magnífica.

Tesali se lanzó a por el búho, pero su hermana fue más rápida. Tomó al pequeño pájaro en una mano enguantada y le dio vueltas, estudiando sus huesos y el hilo plateado que los mantenía unidos. Tesali sabía que estaba buscando las marcas del hechizo, la fórmula de su magia, y sabía que no encontraría nada. El búho se removió entre los dedos de Serival, como si estuviese tratando de liberarse.

—Devuélvemelo —dijo, pero su hermana solo apretó aún más su agarre.

—Jamás te podrías haber permitido comprar algo como esto —expuso—. Lo que significa que lo has robado. Al igual que robaste el cristal de verano.

—No he robado nada —jadeó Tesali, insultada.

—No me mientas —le advirtió Serival, estrujando al búho. Terminaría rompiéndolo y acabaría con todo su duro trabajo. En ese momento a Tesali no le importaba la magia, podría volver a tejerla, sino el pequeño búho muerto que parecía estar muy vivo; había conseguido traerlo en parte a la vida, y este se retorcía y abría el pico en una súplica silenciosa...

—¡Lo he hecho yo!

Ya está, ya lo había dicho, y por un breve instante se sintió orgullosa de la sorpresa que surcó el rostro de su hermana. Pero entonces Serival entrecerró los ojos del mismo modo en el que lo hacía su padre y Tesali deseó poder retractarse.

—¿Qué quieres decir? —preguntó con calma, pero Tesali ya había recuperado la sensatez suficiente como para morderse la lengua. Serival bajó la mirada hacia el búho.

»Puede que si lo aplasto... —se aventuró, como si estuviese hablando consigo misma—. Dijiste que se te daba bien arreglar objetos rotos. —Serival alzó el pequeño búho por encima de su cabeza—. Me gustaría ver cómo...

—No lo hagas —suplicó Tesali, al mismo tiempo que otra voz se escuchaba por toda la casa, atravesando muros y puertas.

—¡Serival! —la llamó su padre. Su hermana dudó, pero incluso ella sabía que era mejor no ignorar sus llamadas. Lentamente, casi con delicadeza, volvió a poner el búho en el suelo entre ellas antes de levantarse.

—Hablaremos de esto por la mañana —dijo, como si «esto» solo fuese un cuento para dormir o un cotilleo, algo que pudiese guardarse—. Dulces sueños, conejita.

Tesali tomó al búho y lo abrazó contra su pecho. Se quedó ahí sentada, temblando en el suelo de su dormitorio mientras la puerta se cerraba.

—Lo siento —le susurró al pequeño búho—. Lo siento mucho.

Se quedó ahí de rodillas, dándole vueltas a lo que acababa de hacer, a lo que había dicho, mientras escuchaba cómo los pasos de su hermana se alejaban, uniéndose poco después a los de su padre, seguidos del crujir de las escaleras mientras los dos bajaban hacia la tienda.

Y entonces se levantó y salió corriendo al pasillo.

Tesali siempre había sido muy madura para su edad. Independiente hasta la médula.

Pero en ese momento necesitaba a su madre. Quería sentir sus caricias que la calmaban, diciéndole con su tacto que todo saldría bien. Que su secreto iba a terminar saliendo a la luz tarde o temprano, que solo necesitaba ocultar su talento mientras fuera pequeña.

Pero cuando llegó al dormitorio de su madre, le mostró el búho y le contó lo que Serival había visto, el rostro de la mujer perdió todo su color. Y cuando Tesali se lo hubo contado todo, no le dijo que todo saldría bien, no la consoló diciéndole que encontrarían un modo, que Serival nunca le haría daño a su hermana pequeña. No, cuando se volvió hacia ella, se fue directa hacia el vestidor.

—¿Dónde está ahora Serival?

—En la tienda, con padre.

Su madre asintió y le tendió una pequeña bolsita.

—Bien —dijo; la bolsa pesaba, llena de monedas—. Tienes que irte.

Tesali bajó la mirada hacia todo ese dinero. No entendía nada. *¿Irse?* Tenía doce años. Esa era su casa. Su madre le colocó una capa sobre los hombros, atándosela alrededor del cuello con rapidez. Y Tesali se descubrió diciendo todas las cosas que había venido a oír de los labios de su madre.

—Todo irá bien.

»Diré que robé el pájaro.

»Pensaremos en algo.

—Mírame —ordenó su madre, agarrándola de los hombros y, cuando lo dijo, el miedo teñía su mirada. Su madre, que lloraba la ausencia de todas y cada una de sus hijas como si se hubiesen muerto, que deseaba que todas tuviesen un lugar al que llamar «hogar». Su madre, que solía bromear diciendo que al menos tenía a Tesali. Que siempre tendría a Tesali.

—No lo volveré a hacer —suplicó, pero era mentira, ambas sabían que lo era. Cuando tenías esa clase de poder, no usarlo era como contener la respiración bajo el agua. Al final, tenías que salir a la superficie a respirar.

Tesali no se había dado cuenta de que estaba llorando hasta que su madre le retiró las lágrimas de las mejillas.

Había dolor en su mirada, pero ni rastro de sorpresa, y Tesali se dio cuenta de que llevaba mucho tiempo esperando a que llegase ese día, había sabido que llegaría. Su madre le dio un beso en la frente, la abrazó y le susurró en el pelo.

—Tu poder es tuyo. No dejes que nadie te lo robe.

Y dicho eso se apartó, llevándose consigo su calor.

—Ahora, vete.

Por primera vez en su vida Tesali hizo lo que le ordenaban.

La casa estaba en completo silencio, salvo por Esna, que tarareaba en la cocina alguna cancioncilla. Tesali se deslizó frente a la puerta y bajó en silencio las escaleras que llevaban hasta la entrada, donde dejaban los zapatos.

Se empezó a poner sus delicadas y suaves bailarinas, pero algo le hizo detenerse y elegir otros zapatos. Casi tomó los de Serival, que estaban hechos de cuero y cuyos cordones se ataban alrededor de la pierna como un corsé, con las puntas de plata, pero decidió tomar otros, para que su hermana no pudiese usar sus botas para rastrearla. Al final, Tesali se decantó por las duras botas de Esna, se quitó los calcetines y los empujó hasta las punteras para que no se le saliesen al correr.

Después abrió la puerta y salió al exterior, dejando la casa y las ventanas de la tienda de su padre atrás, antes de bajar la calle a la carrera.

V

«Vete», había dicho su madre.

Quizás hubiese tenido que preguntarle: «¿Hasta dónde?».

Tal vez debería haber preguntado: «¿Cuánto tiempo debo esconderme?». Pero no lo había hecho, temiendo que las respuestas le pesasen como piedras en los bolsillos, ralentizándola hasta que no se pudiese ni mover.

Tesali se aseguró de llevar al búho contra su pecho al correr por la calle empedrada, con sus botas resonando al chocar contra los adoquines.

Era casi completamente de noche cuando llegó al puerto. El sol se había escondido, pero no del todo; sus últimos rayos todavía acariciaban el horizonte, haciendo que los barcos pareciesen hechos de sombras. Aunque a ojos de Tesali, el mundo siempre brillaba con intensidad.

El mercado del puerto estaba cerrado, los puestos guardados, y los marineros estaban en esos momentos cargando a bordo de sus barcos lo que quiera que no hubiesen podido vender. Los navíos parecían pájaros listos para alzar el vuelo, con otros tirando de sus alas para estirarlas, listos para acostarse y pasar la noche.

Encontró al marinero que andaba buscando al final del muelle, subiendo a bordo de su barco una caja de madera llena de los objetos que no había vendido. Los dijes plateados que decoraban sus rastas reflejaban los últimos rayos del sol. El pálido brillo azulado de su magia se enroscaba a su alrededor.

—Tú otra vez —dijo cuando ella se le acercó a la carrera, jadeante. Tenía las mejillas sonrojadas y los rizos se le habían escapado de su recogido. Debía de parecer tan salvaje como se sentía, porque él echó un vistazo a su espalda para ver si alguien la estaba persiguiendo—. ¿Tienes algún problema?

—Sí.

—Entonces llévatelos a otra parte —dijo, girándose y dándole la espalda.

La mirada de Tesali fue directa hacia el barco.

—¿Es tuyo?

Él gruñó, un sonido que podría haber sido tanto un «sí» como un «no», de no haber sido por el hecho de que estaba en medio del proceso de subir una caja de madera por la rampa. La niña lo siguió, pero entonces él se volvió al llegar a cubierta, bloqueándole el acceso.

—Baja. No me apetece que dejes la cubierta llena de barro.

Bajó la mirada hacia sus botas antes de darse cuenta de que no había terminado de hablar.

—Por favor... —empezó a decir.

—... es una bonita palabra si se tiene compañía agradable —dijo, señalando con un gesto de la cabeza hacia Hanas—. Ahora vuelve a casa. Hace rato que se ha pasado tu hora de irte a la cama, señorita.

Tesali se enfadó.

—Puedo pagarte —dijo, notando el peso de las monedas en su bolsillo.

—No lo suficiente como para que compense el meterme en problemas —repuso el marinero.

Su mirada se dirigió hacia la caja de madera que tenía en los brazos.

—No se paga demasiado por la magia rota.

Él enarcó una ceja.

—¿Ahora insultas mi mercancía?

—Pero podrías sacar mucho dinero —continuó Tesali—, si estuviese arreglada.

«¿Cuánto vales?», solía preguntar su padre.

Estaba a punto de descubrirlo.

—Sé arreglar objetos rotos —añadió—. A veces incluso puedo mejorarlos.

Abrió la capa, revelando el pequeño búho que le había vendido esa misma mañana.

—¿Qué te parece? —preguntó, y antes de que él pudiese decir que parecía el mismo esqueleto, el búho se removió para responder a su pregunta, metió la cabeza bajo un ala y empezó a rascarse allí donde debería haber habido plumas.

El marinero dio un salto y después soltó una carcajada que la tomó desprevenida. Era profunda y llena, encantada.

—Me convertiré al sacerdocio —juró el marinero.

Ella volvió a guardar el esqueleto.

—Se me da bien —repitió Tesali.

—Ya lo veo.

—Si me llevas allá donde vayas, arreglaré todo lo que no hayas podido vender.

Él la estudió por un momento.

—¿Cómo te llamas? —preguntó, y ella estuvo a punto de decírselo. Pero después se quedó callada. Los nombres tenían valor. Y su padre le había enseñado que nunca tenía que entregar nada por menos de lo que valiese. Especialmente cuando era algo que no podías volver a comprar. Pensó en darle el nombre de Serival, pero la idea le dejó un regusto amargo en la boca, y supo que la haría estremecerse cada vez que la llamase. Así que al final decidió que lo mejor era darle una parte de su nombre, así que eso fue lo que le dio.

—Me llamo Tes.

—Bueno, Tes —dijo, dejando a un lado la caja de madera y tendiéndole una mano—. Tenemos un trato.

Estrecharon las manos y la suya se perdió en la de él mientras la arrastraba a bordo.

Pronto descubrió que se llamaba Elrick y que su barco era el *Fal Chas*.

El *Buena Suerte*.

—¿Dónde está la tripulación? —preguntó Tes, y él abrió los brazos como si de ese modo dijese que solo estaba *él* o, más bien, que *ellos* eran los únicos.

—Es ligera y amable —dijo, acariciando el casco—. Y se pone celosa con facilidad. Pero eres lo bastante pequeña, así que espero que no se enfade e intente ahogarte.

Poseía una forma muy característica de suavizar el tono al hablar, lo que hacía imposible saber si estaba bromeando o no. (Con el tiempo terminaría descubriendo que, aunque en ese momento Elrick era marinero, primero había sido soldado, lo que lo había hecho desarrollar un humor bastante seco).

El barco se liberó de su amarre y se alejó del puerto, lejos de Hanas. Tes se quedó de pie en la proa y observó cómo el puerto se alejaba en la distancia, fuera de su alcance. Elrick se quedó de pie en el otro lado de su estrecha cubierta, con la magia brillando a su alrededor mientras guiaba al *Buena Suerte* a través de la corriente, con una mano extendida sobre el mar.

En la otra mano llevaba una pequeña piedra. No estaba hechizada, de eso estaba segura, no era para amplificar su magia o centrarla, pero la hacía girar una y otra vez entre sus dedos; estaba desgastada y lisa, y cuando la pescó mirándolo solo dijo:

—Siempre viene bien tener algo de tierra a mano cuando estás en el mar. Te mantiene con los pies en la tierra.

Tes pensó en eso mientras su mirada regresaba hacia la costa que se alejaba en el horizonte. La noche cayó como un velo y todos los faroles que iluminaban las calles y las luces de las casas se encendieron, dándole forma al sitio que la había visto crecer. Estiró la mano hacia allí y parecía como si toda la ciudad portuaria cupiese en su interior, en su palma. Después pasó a entrar en la punta de su dedo. Hasta que desapareció por completo.

Cuando Hanas desapareció y el mar se extendió a su alrededor como un manto, de repente el mundo le pareció muy muy grande. El corazón empezó a latirle acelerado y respiró con fuerza, tratando de que el aire llenase sus pulmones.

Estaba sola. Y aunque tenía miedo, por primera vez en años, también era libre. Esa noche, cuando el *Buena Suerte* encontró la corriente, Elrick le tendió una manta y le asignó una esquina en el suelo del camarote, y ella se hizo un ovillo alrededor del pequeño búho y dejó que el barco la meciese hasta dormirla.

El mar bajo el barco había cobrado vida.

Las corrientes en mar abierto tenían un brillo azul pálido y constante, pero desde que habían dejado atrás el puerto, cambiando el océano por el río que les llevaría tierra adentro, el agua había ido mudando de color. En ese momento brillaba con un rojo espeluznante, atravesado por hilos de luz carmesí.

—Es increíble, ¿verdad?

Tes levantó la cabeza como un resorte. Elrick estaba inclinado sobre un lado y observaba la corriente bajo su barco.

—¿Puedes verlo?

—Bueno, no estoy ciego, así que sí, puedo ver la luz del Isle. Como todo el mundo desde Tanek.

Tes se maravilló ante la idea de que existiese una magia que todos pudiesen ver. Elrick ya no miraba el agua. La miraba fijamente a ella, saboreando una pregunta. Esa vez parecía estar a punto de pronunciarla pero, al final, terminó decidiéndose por tragársela, volviendo a mirar hacia el río.

Desde que la sacó de Hanas hacía dos noches no le había hecho ni una sola pregunta. Ni quién era o de quién huía. Ni cuando le arregló todos y cada uno de los objetos de su caja de madera. Ni siquiera cuando entró una vez en el camarote y la descubrió ajustando los hilos alrededor del pequeño búho, con sus dedos flotando sobre él en lo que debía de parecer aire vacío.

—Es asunto tuyo —había dicho, dándose la vuelta y marchándose.

En ese momento estaban el uno junto al otro, inclinados sobre la barandilla mientras el color del río por el que navegaban cobraba cada vez más intensidad.

—Dicen que es una fuente —explicó Elrick—. Un lugar donde la magia corre con tanta fuerza que cualquiera puede verlo.

Cualquiera, pensó mientras él señalaba con la cabeza a algo que había en la misma dirección que la proa.

—Se volverá cada vez más intenso cuanto más nos acerquemos a Londres.

Londres.

Sabía de la existencia de la capital arnesiana, por supuesto, pero en Hanas le había parecido algo sacado de una leyenda. Una ciudad tan grande que no sabías dónde terminaba. La joya del imperio, llena de magia. Rosana le había regalado a su madre una vez una ilustración del palacio real, que se suponía que estaba construido sobre un puente sobre el Isle, aunque a Tesali le parecía un lugar ridículo donde construir un palacio.

O eso pensaba, hasta que lo vio.

El río se ensanchó hasta convertirse en una vía carmesí, atestada de barcos, y en cada orilla había cientos de edificios, tantos que no podía ver las calles que serpenteaban entre ellos, y Tes tuvo que cerrar los ojos para luchar contra el brillo y el enredo de tantos hilos. Incluso con los párpados cerrados una sombra llenó su visión y notó cómo pasaban bajo un puente; la breve oscuridad era como una compresa fría sobre sus ojos. Y entonces, ahí estaba la luz de nuevo, y Elrick le dijo que abriese los ojos.

Al hacerlo vio el *soner rast*, el corazón de la ciudad. El palacio que se alzaba sobre el río carmesí, con sus pináculos dorados rasgando el cielo mientras los rayos del sol los transformaban en llamas.

Los puertos estaban llenos de todo tipo de barcos, desde pequeños esquifes a barcos enormes con más mástiles que velas tenía el *Buena Suerte*. Barcos con hechizos tallados en sus cascos y veteados con pintura a lo largo de sus proas. Allá donde mirase veía hilos de magia. Un tapiz casi cegador.

Se le hundió un poco el ánimo cuando examinó los muelles y no vio ningún mercado, ningún puesto improvisado.

—Esta ciudad tiene cientos de mercados —dijo Elrick a su lado—. Los encontrarás todos.

Lanzó una cuerda de amarre hacia un estribador que estaba aguardando en el puente.

Elrick colocó la rampa.

—Y hasta aquí ha llegado tu viaje —dijo, como si se hubiese limitado a llevarla de un puerto a otro. Como si no acabase de salvarle la vida, de liberarla. Sus botas prestadas resonaban sobre la cubierta, con su bolsa llena de monedas en un bolsillo y el búho bajo el brazo. Se sentía demasiado ligera, como si se hubiese olvidado de algo en vez de haberlo dejado todo atrás a propósito. Empezó a bajar la rampa pero Elrick la tomó del brazo.

—Espera.

Si en ese momento el marinero la hubiese invitado a quedarse a bordo ella habría dicho que sí. Pero no lo hizo. En cambio, tomó su mano y le dejó la pequeña piedra oscura sobre la palma, la misma a la que había estado dando vueltas entre los dedos mientras guiaba el barco. Y le cerró la mano a su alrededor.

—Para que te mantenga con los pies en la tierra —dijo—, cuando estés en el mar.

Ella se aferró a la piedrecita al bajar por la rampa y cruzó el puerto. Siguió aferrándola cuando llegó a los escalones que la llevarían a la calle y al interior de la enorme y vibrante ciudad. Siguió aferrándola al sumergirse en la corriente revuelta de luz y movimiento, y supo que, pasara lo que pasara, hallaría su camino.

Los hilos que atan

I

lguien llamó a la puerta del dormitorio.

La mano de Holland se deslizó por el brazo de Kosika y se alejó hacia la ventana al mismo tiempo que ella decía:

—Adelante.

Había estado esperando que fuese alguien del servicio, o incluso Nasi, pero en cambio se topó con Lark, que entró en la sala con una bandeja en las manos.

—Mi reina —dijo.

Su boca se curvó al decirlo, aunque no de forma burlona, sino juguetona. Un recordatorio de que la conocía desde que ella no era más que una rata callejera y él un ladrón delgaducho. Antes de que ella tuviese un ojo negro y una corona sobre la cabeza. Antes de que él tuviese una cicatriz cruzándole todo el cuello, antes de que sus hombros se hubiesen ensanchado, hubiese dado el estirón y su voz hubiese adquirido ese profundo tono meloso.

Su mirada recorrió la habitación y pasó a través de Holland antes de centrarse en la capa ensangrentada que se había quitado al entrar.

—Menos mal que no eres aprensiva.

Kosika se encogió de hombros.

—Nunca lo he sido.

No se había dado cuenta del hambre que tenía hasta que él le dejó la bandeja enfrente y pudo ver la comida apilada sobre los platos. Filetes gruesos de vacuno, zanahorias asadas, una hogaza de pan, un cuenco de fruta con hueso y una jarra de sidra, suficiente para alimentar a dos personas.

Al principio se había sentido desconcertada cada vez que alguien más estaba en presencia de su santo, desconcertada porque no podían verlo al igual que ella. Pero en ese momento, en parte la emocionaba.

—¿Te gustaría que pudiesen verme? —le preguntó Holland, y Kosika se descubrió pensando que la respuesta a esa pregunta era «no». No le gustaría, eso lo sabía, porque le *gustaba* que él la hubiese elegido solo a *ella*.

Los labios de Holland se curvaron en el fantasma de una sonrisa.

Y ella se obligó a volver a prestarle atención a su amigo.

—Come conmigo.

—¿Un soldado comiendo del plato de la reina? —dijo, horrorizado.

Pero ella puso los ojos en blanco y repartió la comida entre los dos. Kosika se dejó caer en una silla y Lark se sentó en un taburete.

—Te estás perdiendo un buen banquete —dijo.

—Y ahora tú también. Cualquiera del servicio podría haberme traído esta bandeja.

—Me alegro de que me hayan dado una excusa para verte —dijo, mirándola fijamente a los ojos—. Ya apenas nos vemos.

—Me ves todos los días.

—Veo a la reina.

¿Es que no somos la misma persona?, quería preguntarle. Pero sabía que no lo eran. Nunca sería una reina propiamente dicha, una reina estaría abajo, sonriendo y fingiendo escuchar a los nobles, pero tampoco podía volver a ser la chiquilla valiente y salvaje que solía ser.

Observó la capa ensangrentada.

—Me gustaría que ella también pudiese ser una capa o una corona —murmuró—. Algo que me pudiese quitar de vez en cuando.

—A mí no —dijo Lark—. Estás cambiando el mundo, Kosika.

Lo que dijo la sorprendió, al igual que el brillo en su mirada.

—Te es leal —murmuró Holland. Casi se había olvidado de que seguía ahí hasta que habló. Casi esperaba que Lark se estremeciese, que se sobresaltase al oír su voz. Pero, por supuesto, él no podía oírlo. No podía ver cómo Holland se acercaba a ellos, pasando los dedos por el tronco del fresno plateado.

Le costó un esfuerzo titánico seguir prestándole atención a Lark y dejar que su mirada siguiese a su santo por la habitación, así que agradeció enormemente cuando este se deslizó por detrás de Lark y se quedó ahí de pie, lo que le permitía mirarlos a los dos.

—Háblame de ese banquete que me estoy perdiendo.

—Bueno —repuso Lark, tomando una ciruela del cuenco—. La mitad de los nobles están borrachos y la otra mitad son idiotas. Dos de los Vir están liados y lo están escondiendo fatal, y Nasi está ligando con este soldado… ¡Gael!, ¿lo conoces? Es bastante guapo pero un cabeza hueca.

—¿Eso que noto son celos?

—Bueno —dijo, haciendo girar la ciruela entre sus dedos—. He oído decir que Gael es bastante bueno en la cama.

Kosika se atragantó con la sidra. Lark siguió divagando y, al hacerlo, ella se imaginó cómo el palacio que la rodeaba desaparecía, se imaginó que estaban sentados en la muralla de la ciudad de nuevo, con las piernas colgando mientras compartían algo de comida que habían robado. Y entonces bostezó y la habitación volvió a su sitio, Lark se levantó y dijo que ya era hora de irse.

—Mi reina —se despidió con una reverencia.

Ella se levantó también y lo siguió hasta la puerta. Al abrirla, los ruidos de la fiesta se colaron en la habitación. Pero Lark se detuvo en el umbral.

—Casi se me olvida —dijo, rebuscando en su bolsillo. Se volvió y le tendió una pequeña bolsita negra—. Feliz cumpleaños.

Ella se sonrojó al tomar la bolsita que le tendía, volcando su contenido sobre la mano. Unos pequeños cubos blancos y polvorientos le mancharon la palma. Terrones de azúcar.

—Los he robado de la cocina.

—De la cocina de palacio —señaló—. Que me pertenece. Podrías haberlos pedido.

—Sí, bueno, una niñita me dijo una vez que las cosas robadas saben el doble de dulce.

—Ya no soy una niñita —repuso, y Lark se rio como si le hubiese contado un chiste.

Dicho eso se marchó. La puerta se cerró a su espalda, silenciando los ruidos de la fiesta, y ella volvió a quedarse a solas con su rey.

Kosika bajó la mirada hacia los terrones de azúcar que tenía en la mano y sintió cómo Holland se acercaba a ella.

—¿Lo recuerdas? —preguntó Kosika.

Holland frunció el ceño.

—¿Que si recuerdo el qué?

—El día que te encontré tirado en el Bosque Plateado. Te dejé un terrón de azúcar en la mano.

Él negó con la cabeza.

—Encontraste mi cadáver. Pero yo ya no estaba allí.

Kosika frunció el ceño.

—Si ya no estabas allí, entonces ¿por qué me elegiste?

Su ojo verde se oscureció un poco. El silencio se extendió entre ellos, volviéndose más pesado con cada segundo que pasaba hasta que Holland estiró la mano hacia ella y le acarició suavemente la cabeza.

—Lo que importa es que te elegí.

Ella asintió bajo el peso de su mano y se convenció de que tenía razón. Pues claro que tenía razón. ¿Quién era ella para cuestionar la voluntad del Santo de Verano?

Pero esa noche, cuando Holland se marchó, Kosika se quedó tumbada boca arriba en la cama, despierta, y le dio vueltas al terrón de azúcar entre los dedos, intentando averiguar qué era esa sombra que le había cruzado el rostro, hasta que la imagen terminó desapareciendo, ella se obligó a dejar de darle vueltas y finalmente cayó en un sueño profundo.

HACE UN AÑO

Kosika necesitaba darse un baño. Necesitaba limpiarse cada rastro de ese otro mundo que se le hubiese quedado pegado a la piel.

Quería estar sola, pero los rumores solían llegar rápidamente hasta los rincones más recónditos de palacio. (Más de una vez Kosika se había preguntado si sería cosa de magia, si habría algún hechizo que dejase que los cotilleos atravesasen las paredes y se moviesen más rápido que los pies). Para cuando llegó a sus aposentos, Nasi ya la estaba esperando con un par de sirvientes que estaban encaramados en el borde de la bañera de piedra que había en una esquina de la sala, llenándola de agua caliente.

Los sirvientes se acercaron para desvestir a su reina, tal y como habían hecho cientos de veces, pero cuando sus dedos llegaron hasta los cordones que recubrían sus muñecas y su cuello, Kosika se apartó fuera de su alcance.

—No me toquéis —dijo, con la voz demasiado aguda, demasiado afilada.

Los sirvientes se estremecieron pero Nasi frunció el ceño.

—¿Qué mosca te ha picado?

Kosika se limitó a negar con la cabeza, desatándose ella misma las lazadas, y Nasi debió de haberles pedido a los sirvientes que se marchasen porque unos segundos después escuchó cómo se cerraba la puerta y se quedaron las dos solas.

—¿A dónde has ido?

Kosika no dijo nada mientras peleaba por deshacerse de todas las prendas. Las cenizas se le habían quedado pegadas a los hombros de su túnica blanca y a los zapatos, volviéndolos grises. Se sentía contaminada. Cuando por fin logró liberarse de todo y se metió en la bañera, siseó por el contacto del agua ardiendo contra su piel, metiendo incluso la mano herida bajo el agua.

En cuestión de segundos el agua pasó de ser transparente a teñirse de rojo y gris, por la sangre y las cenizas. Nasi observó cómo Kosika se quitaba las horquillas una a una y las lanzaba a un lado. Observó cómo tomaba la pastilla de jabón y se frotaba la piel hasta quedar en carne viva. La observó y esperó pacientemente a que Kosika se explicase y, cuando no lo hizo, Nasi tomó otra pastilla de jabón de olor dulce y empezó a enjabonarle el pelo.

Kosika adoraba esa sensación.

En sus primeros meses como reina, cuando el castillo todavía le parecía demasiado grande y demasiado silencioso y no era capaz de conciliar el sueño, se tumbaba de espaldas a Nasi y la joven le pasaba los dedos por el cuero cabelludo.

Recordaba cómo, hacía tiempo, su madre había hecho lo mismo cuando aún era muy muy pequeña. Pero era un recuerdo tan bonito que Kosika creía que debía ser un sueño más que un recuerdo.

En ese momento se dejó caer hacia atrás, disfrutando del hechizo en el que la sumían las manos de Nasi y, por eso, cuando la joven le volvió a pedir que le contase lo que había pasado, se lo contó.

Le habló de los aposentos de Holland que había escondidos tras el altar, de la caja llena de reliquias, del hechizo *antari* que había descubierto y de a dónde la había llevado. Había esperado que Nasi se estremeciese al oírle mencionar el Londres Negro, pero no fue así. Sus manos no dejaron de recorrerle el cuero cabelludo en ningún momento.

—¿Cómo era? —le preguntó en un susurro.

Kosika miró fijamente las vigas que recorrían el techo y dijo la única palabra que se le ocurría para definir ese mundo.

—Muerto. —Giró la cabeza suavemente sobre los hombros, mirando hacia la pila de ropa que había dejado en el suelo al lado de la bañera—. Quémalo todo. Para estar seguras.

Las manos de Nasi desaparecieron al mismo tiempo que la joven se arrodilló para recoger toda la ropa. Se levantó con las prendas entre los brazos como si de una ofrenda se tratase. Entrecerró los ojos y movió los labios, un segundo más tarde las telas empezaron a arder en sus manos. El fuego se tragó las hermosas costuras, la seda, el cuero y los encajes, llenando la habitación de un aroma ocre y una columna de humo.

Pero no ardió todo.

Cuando dejó caer el fardo que tenía en las manos, cuatro fragmentos de cristal oscuro se deslizaron fuera, repiqueteando contra las losas.

Nasi se inclinó para recogerlos, con los dedos flotando sobre las reliquias.

—No lo hagas —dijo Kosika pero, por primera vez, Nasi no le hizo caso. Tomó el pedazo más grande con cuidado entre los dedos y lo sostuvo frente a su rostro, mirando a Kosika a través del cristal oscuro.

Y, por un momento, por un solo segundo, el espeluznante brillo negro, la forma en la que llenaba su ojo, hizo que Nasi casi pareciese una *antari*. Después dejó caer la mano a un costado y recogió los otros pedazos, apilándolos sobre su palma, antes de dejarlos en la mesita baja al lado del tablero de kol-kot y marcharse.

Kosika se quedó en la bañera hasta que el agua se enfrió.

Entonces salió, dejando sus huellas mojadas por el suelo mientras iba en busca de una bata y se la ponía. La ventana estaba cerrada, pero sabía que era por la noche. El ambiente siempre era distinto cuando oscurecía. Se vistió y tomó los pedazos que Nasi había apilado sobre la mesa, y después salió de su dormitorio, bajando de una torre para irse a otra, de vuelta a la alcoba en lo alto de las escaleras y a la puerta tras el altar. Tomó una de las velas que había encendidas sobre el altar y se deslizó tras la estatua. No se quedaría mucho tiempo en los viejos aposentos del rey, iría directa a su escritorio y devolvería los pedazos de la reliquia a la caja.

Pero entonces la puerta se abrió bajo su mano y Kosika contuvo el aliento.

La sala no estaba a oscuras ni vacía. Los candelabros estaban encendidos y Holland Vosijk estaba sentado ante su escritorio con la caja abierta entre las manos. Kosika se quedó helada, pero él se volvió a mirarla como si hubiese podido sentir el movimiento, su cabello plateado alzándose a su alrededor como una corona, y la contempló con esos ojos, uno verde y uno negro, y ese rostro, uno que ella solo había visto pálido por la muerte o tallado en piedra, que siempre le había parecido como si llevase una máscara de dolor silencioso; en ese momento estaba retorcido por la ira, y su voz parecía un trueno en medio de una tormenta cuando habló.

—¿Qué has *hecho*?

Kosika retrocedió bruscamente, sintió como si se tropezase y estuviese cayendo y...

Entonces cayó con un chapoteo en el interior de la bañera.

Tenía la respiración agitada y el agua se había derramado por los lados de la bañera de piedra por la fuerza con la que se había despertado. El agua estaba tibia, todavía no se había enfriado del todo, pero ella salió temblando de la bañera, buscó su bata y cada paso que daba era como un eco inquietante que le recordaba a unos que ya había dado, de modo que para cuando se vistió y subió las escaleras de la torre de Holland, para cuando se deslizó tras el altar y entró en sus aposentos, estaba segura de que él estaría allí, esperándola, sentado ante el escritorio.

Pero la sala estaba vacía y las velas, apagadas.

La cajita de madera estaba abierta sobre la mesa, tal y como ella la había dejado.

Kosika se apresuró y metió los pedazos de la tercera reliquia de vuelta a su caja antes de cerrarla. Pero no la selló. Se convenció de que era porque las heridas de su mano por fin habían dejado de sangrar. Se convenció de que simplemente no quería volver a sangrar. Se convenció de que no tenía sentido hacerlo, cuando ella era la única que podía usar esas reliquias. Y, fuese cierto o no, dejó la caja sin sellar y salió corriendo, pasando junto al altar y bajando las escaleras a la carrera, para volver a subir las que llevaban a sus aposentos.

Para ese entonces Nasi ya había regresado y estaba colocando las piezas del tablero de kol-kot, con la cena humeando a su lado en una bandeja. Si se había fijado en que los pedazos habían desaparecido o en que el cabello de Kosika seguía mojado, no dijo nada; se limitó a preguntarle si le apetecía echar una partida. Kosika lo intentó, pero su corazón y su mente seguían yéndose a otra parte, hasta que barrió con la mano todas las piezas por la impotencia y se metió en la cama.

Se quedó ahí tumbada, en medio de la oscuridad, y esperó, estaba segura de que Holland la estaba aguardando justo al otro lado de la puerta del sueño. Se pasó toda la noche dando vueltas, enredada entre las sábanas, hasta que Nasi la abandonó en su cama, murmurando algo parecido a que necesitaba un poco de paz. En algún momento justo antes del alba, Kosika por fin logró quedarse dormida, pero fue un sueño ligero y vacío, lleno de sombras que se negaban a formar nada, y estaba a punto de rendirse y salir de la cama, irritada y dolorida, cuando volvió a girar sobre el colchón, se hundió un poco más entre las sábanas, y soñó.

Esa vez, la alcoba estaba a oscuras, con todas las velas del altar apagadas.

Tras la estatua, la puerta estaba abierta, y los pies descalzos de Kosika la llevaron sin hacer ningún ruido sobre las losas y hacia el dormitorio que ya no estaba completamente a oscuras, sino bañado en los primeros rayos del sol de la mañana. Sabía que él estaría allí, pero algo en su interior se estremeció al ver al Rey Venidero, al Santo de Verano, de pie frente a su escritorio, con una mano sobre la caja que ya estaba cerrada.

Esa vez, la mirada de Holland fue directa hacia ella, y Kosika se inclinó, haciéndole una reverencia, apoyando una rodilla sobre la fría piedra y con la mirada fija en el suelo.

—Mi rey.

Al principio no pasó nada. Y entonces oyó cómo unas botas se deslizaban sobre las losas y una sombra se cernió sobre ella. No alzó la mirada, pero podía ver la puntera de sus botas, el borde de su capa corta rozando las losas al mismo tiempo que él se arrodillaba ante ella. Sintió el peso de su mano cuando se la colocó en la barbilla y le guio el rostro hacia arriba, obligándola a mirarlo a los ojos.

Kosika contuvo el aliento.

Había soñado antes con Holland Vosijk, pero en esos sueños él solo era el cadáver en medio del bosque o el altar que cobraba vida, pasando de ser una estatua a un hombre. Pero ese Holland era distinto. Las mejillas de ese Holland tenían color, la sangre fluía bajo su piel, su pecho subía y bajaba con la respiración. Así de cerca, su cabello blanco, que durante muchos años había pensado que siempre había sido así hasta que Serak le había mostrado un retrato anterior y ella había descubierto que, de hecho, había sido negro hasta el día de su muerte, le llegaba hasta las mejillas y se mecía con una pequeña brisa. Los ojos de ese Holland no estaban hechos de piedras preciosas ni de cristal. De cerca, el ojo verde no era completamente esmeralda, sino de un verde mucho más claro, con motas plateadas. Pero el ojo negro era suave y oscuro, y carecía de luz, como el suyo.

Mientras observaba a su rey, él la estudiaba también a ella, con el ceño fruncido, pero su expresión ya no mostraba la ira que se había imaginado antes, sino que había sido sustituida por la curiosidad.

—Qué interesante —dijo, su voz era suave y grave.

Le soltó la barbilla y se volvió a erguir todo lo alto que era. Ella no se movió, no hasta que él le tendió una mano y la ayudó a levantarse.

—¿Quién eres? —preguntó, las palabras se enroscaron a su alrededor.

—Kosika —respondió.

Holland ladeó la cabeza.

—Kosika —repitió.

El nombre no había significado nada en sus labios, era algo que había dicho cientos de veces, pero la forma en la que él lo dijo, como si fuese un hechizo, la hizo marearse. Volvió a echar un vistazo a su rostro y vio cómo su expresión se suavizaba, la línea entre sus cejas se relajó y la comisura de su boca se tensó, muy ligeramente, como si estuviese a punto de sonreír.

—Te he estado esperando.

Él se giró sobre sus pies, para que ella lo siguiese, pero cuando Kosika dio un paso adelante la sala empezó a dar vueltas a su alrededor. Los bordes comenzaron a desvanecerse. Su vista se emborronó. Y lo último que vio fue al rey mirándola sobre su hombro antes de que el sueño desapareciese por completo.

Volvía a estar en su cama, los rayos del sol se filtraban por las ventanas abiertas y Nasi estaba dando saltos en el borde del colchón.

—Te he dejado dormir todo lo que he podido.

Kosika volvió a cerrar los ojos, intentando aferrarse a los restos de su sueño, tratando de encontrar el camino de vuelta, pero había desaparecido y, con él, Holland.

—Anoche fuiste un monstruo —estaba diciendo Nasi—. Creo que ha llegado la hora de que duermas sola.

Lo dijo con delicadeza, como si esperase algo de reticencia por su parte, pero Kosika se limitó a asentir.

II

LONDRES ROJO
ACTUALMENTE

Lo primero en lo que Lila se fijó fue en que el mundo no se movía.

Había aprendido a desconfiar de la ausencia de movimiento, la falta del balanceo característico de un barco. La quietud no solo le resultaba extraña, sino nefasta. Significaba que algo había salido mal. Pero antes siquiera de que pudiese descubrir lo que iba mal ya tenía una mano bajo la almohada, buscando la daga que solía guardar ahí. Pero el espacio estaba vacío y esa almohada era de seda, y el colchón que tenía debajo era demasiado blando, y fue entonces cuando su mente, por fin, le dio la respuesta con solo una palabra: «palacio».

Lila gruñó y rodó sobre sí misma.

La pálida luz de los primeros rayos de sol se deslizaba sobre la cama y por donde Kell había estado tumbado, completamente dormido, la noche anterior. Salvo que, en ese momento, no había nada más que una maraña de sábanas. Ya era malo que hubiese seguido a Kell hasta el palacio, pero era incluso peor que la hubiese dejado allí a solas.

Lila se apartó las sábanas de encima de un manotazo y se levantó, deseando haber sellado la puerta del dormitorio la noche anterior.

Su chaqueta estaba sobre una silla, junto con sus botas y un puñado de dagas que se había molestado en quitarse antes de caer rendida. Pero alguien había limpiado las botas y reorganizado sus dagas de mayor a menor tamaño. Desenvainó una y examinó el filo. Pues claro que sí. También las habían afilado. Y aunque nadie era lo bastante idiota, también se llevó una mano hacia las vainas de las dagas con las que dormía, una en su muslo, otra en la cadera y la última en la parte baja de su espalda, solo para asegurarse de que siguiesen en su sitio.

Lila suspiró y cruzó de unas zancadas el enorme dormitorio.

Había una pila de mármol en una esquina, con una jarra llena de agua a su lado y un espejo encima. Echó el agua en la pila y, aunque probablemente la jarra llevase horas llena, esperando a que alguien la usase, el agua seguía caliente. Lila observó la delgada columna de vapor que surgía de la pila.

Siete años. Habían pasado siete años y la magia común seguía sorprendiéndola.

A pesar de todo lo que había pasado, se seguía olvidando, y entonces veía cómo un farol se encendía solo, cómo un hombre invocaba una ráfaga de viento que hinchaba las velas de un barco, cómo surgía agua caliente de una jarra helada, y su mente no lograba procesarlo del todo, como si estuviese caminando y se hubiese tropezado con una piedra. Cielos, a veces incluso se sorprendía cuando, tras invocar su propia magia, esta respondía a su llamada.

Se echó hacia delante y arrugó la nariz al percatarse del aroma a rosas que subía desde la pila. *Maldita realeza*, pensó mientras se mojaba el rostro y la nuca con el agua con olor a flores, antes de pasarse una mano mojada por el cabello despeinado.

El brillo de algo metálico en el borde de sus ojos le llamó la atención y Lila alzó la mirada hacia el espejo. Tenía el cuello de la túnica abierto, el anillo de Kell se había escapado y en ese momento colgaba al final de su collar de cuero, con la talla de un barco refulgiendo bajo la luz. Se volvió a meter el collar dentro de la túnica pero su vista se quedó fija en su reflejo.

Dos ojos le devolvieron la mirada, ambos marrones, uno real y el otro de cristal.

A diferencia del ojo que le había dado a Maris, una reliquia de su vida pasada en el Londres Gris, aquel era una copia perfecta de su ojo de verdad. Para Lila, eran idénticos, salvo que solo a ella le perturbaba verlo. Era inquietante lo iguales que eran, la simetría forjada por arte de magia, un pequeño vistazo de cómo podría haber sido si no le hubiesen robado su ojo real de pequeña. Cuando, como ahora sabía, Lila había tenido su despertar como *antari*.

Se sostuvo la mirada y ladeó la cabeza hasta que la luz se reflejó sobre la superficie de cristal, rompiendo así la ilusión óptica. El ojo marrón tenía su propósito: ayudaba a Lila a pasar desapercibida, a que pudiese moverse entre la gente sin que nadie se fijase en ella. Pero a solas, o bajo la seguridad de su barco, nunca lo llevaba puesto; siempre optaba por ponerse el ojo negro que Maris le había dado, el que habría tenido puesto en ese momento si hubiese dormido en el barco, el que le hacía sonreír cada vez que veía su reflejo sobre un charco o sobre el cristal.

En ese momento no sonreía.

Se alejó de la pila, recogió todas sus dagas, se colocó las botas y el abrigo y se marchó en busca de Kell y de una buena taza de té amargo, aunque no necesariamente en ese orden.

Había corrido como la pólvora el rumor de que los *antari* estaban en palacio.

Ningún guardia desenvainó su espada cuando Lila salió del dormitorio real, caminó hasta el vestíbulo y bajó por las escaleras. En la planta baja el palacio estaba lleno de movimiento, como si fuese una flor gigante y sus pétalos se volviesen lentamente hacia el sol. El servicio iba de aquí para allá sin parar, abriendo puertas, reajustando alfombras, cambiando los ramos de flores del día anterior que empezaban a marchitarse.

Lila se preguntó a dónde irían esas flores.

Probablemente al agua con la que se bañaban.

Mientras Lila se deslizaba por el palacio, el servicio se detenía cuando pasaba junto a ellos, le hacían una profunda reverencia, congelados en su sitio como si fuesen estatuas en medio de su trabajo. Con dos ojos marrones o no, sabían quién era, y todos la miraban del mismo modo en el que miraban a Kell, con sus rostros variando desde el respeto, pasando por la devoción e incluso llegando al miedo. Pero al contrario que Kell, Delilah Bard acogía con satisfacción su inquietud.

Estaba a medio camino de uno de los cientos de pasillos cuando un sirviente dobló la esquina, quedando frente a ella. Había espacio más que de sobra para los dos, pero él la esquivó y apoyó la espalda en la pared como si fuese un pecado ocupar el mismo espacio que ella.

—¿Has visto al príncipe? —le preguntó.

El sirviente no respondió, al menos no al principio, como si pensase que ella estaba hablando con otra persona. Pero no había nadie más, al menos, no había nadie cerca como para poder preguntarle, y cuando por fin pareció darse cuenta, alzó ligeramente la mirada, deteniéndose justo cerca de su barbilla. Lila suspiró. Si existía un protocolo para este tipo de situaciones, nadie se lo había enseñado.

—¿Y bien? —insistió.

—*Mas arna* —dijo el sirviente, volviendo a hacer una profunda reverencia. «Mi señora». Lila hizo una mueca. Odiaba que la llamasen así, como si fuese una *ostra* en medio de la corte.

—Llámame «capitana» —le pidió Lila.

El sirviente dudó antes de contestar.

—Mis disculpas —dijo—. Pero su rango aquí supera a ese título.

—¿Mi rango? —se aventuró, creyendo que se refería a que era *antari*. No podía estar más equivocada.

—Su rango, como la prometida del príncipe.

Lila miró al sirviente fijamente y sintió la repentina necesidad de romper algo. El ambiente se enfrió a su alrededor y él también debía de haberlo notado, porque se hundió un poco más en su reverencia.

—Y dime —dijo Lila lentamente, pronunciando cada palabra—. ¿Cómo llamas a *Kell*?

—*Mas vares* —respondió el sirviente.

«Mi príncipe».

—¿Y si fuese un plebeyo?

El sirviente agachó un poco más la cabeza.

—Como *antari* entonces seguiría siendo *mas aven*.

«Mi bendito».

—Excelente —repuso Lila—. Entonces dime —siguió diciendo, observando el pasillo—. ¿Dónde está tu *bendito* príncipe?

El sirviente señaló hacia el comedor del desayuno y ella siguió con su camino. Se topó con una sala acristalada que daba al patio del palacio, con una enorme mesa llena de bollos azucarados, tartaletas y fruta. Estaba a punto de entrar cuando oyó algo al otro lado del pasillo.

Una risa pequeña y alegre que solo podía pertenecer a Ren Maresh.

Y allí, justo al otro lado de la galería bañada por los rayos del sol, Lila vio a la niña sentada en un escalón y, a su lado, con la luz bailando sobre sus cabellos cobrizos, estaba Kell.

Ren estaba parloteando en voz baja y sostenía algo pequeño y blanco en las manos, y Kell asentía seriamente mientras tanto, con el abrigo tirado en el suelo a su lado y la camisa arremangada; tenía la cara lo bastante girada como para que, desde su posición, quedase a la vista su ojo azul y Lila pudiese ver la forma en la que se movían sus labios al hablar.

Pero él no la vio y puede que por eso ella se quedase justo allí, estudiando cómo ladeaba la cabeza suavemente, y sus manos se dirigieron distraídamente hacia la cinta de cuero de la que colgaba el anillo bajo su blusa. Hasta que oyó el sonido de unos pasos acercándose; no eran los pasos silenciosos y apresurados característicos del servicio, o las pisadas de un soldado, sino como si alguien se estuviese deslizando por el suelo sabiendo que estaba en su casa.

Mierda, pensó Lila al mismo tiempo que dejaba caer la mano a su costado.

—Majestad —dijo en voz alta, volviéndose hacia la reina. Lila sabía que debía hacer una reverencia, pero no conseguía doblegar su cuerpo para ello. En cambio, le ofreció una leve inclinación de cabeza como muestra de respeto. La reina ni siquiera se fijó, ni tampoco le importaba.

—Por favor —dijo—, llámame Nadiya. Al fin y al cabo, somos familia.

«Familia». El término le arañaba la piel como una prenda de lana áspera. Para ella, la familia no tenía nada que ver con la cercanía o con la sangre. La familia era algo que se escogía. Una etiqueta que había que ganarse. Barron había sido su familia. Kell era su familia. Alucard, Stross, Vasry, Tav y Rhy, todos ellos eran su familia. Pero Nadiya todavía no se había ganado ese título. Y Lila dudaba que algún día se lo ganase.

Examinó a la reina con la mirada.

Frente a frente, parecían las dos caras de un espejo deformado. Tenían la misma edad, eran casi de la misma altura y desde que Nadiya se había cortado la enorme melena con la que había llegado a la corte, sus cabellos caían del mismo modo sobre sus hombros, apenas rozándolos. En lo que se diferenciaban era en su color: la piel de la reina era olivácea mientras que Lila era pálida como la cal, su cabello era negro como la tinta mientras que el de Lila era castaño oscuro, sus ojos eran del mismo color mientras que los de Lila no, y su cuerpo tenía curvas donde Lila jamás las tendría, y llenaban su vestido mientras que la blusa de Lila colgaba sobre sus hombros como un saco hasta su cintura.

Pero lo que la perturbaba no eran sus diferencias.

Sino los aspectos en los que se parecían.

Era la forma en la que Nadiya la observaba, como si fuese un trofeo. Era una mirada que Lila había usado infinidad de veces con cientos de objetos. Objetos que había robado o que había matado para conseguir.

En ese momento, la mirada hambrienta de la reina pasó de largo, directa hacia la galería y hacia Ren, que tenía en brazos la figura blanca alzada para que Lila pudiese ver lo que era: un huevo.

—Lo robó de la cocina hace meses —murmuró Nadiya—. Lo rescató de que lo cocinasen. Está convencida de que, si es lo bastante buena, el huevo terminará eclosionando. Y yo no logro convencerla de que ahí dentro no hay nada que haya que rescatar. —Ladeó la cabeza—. A veces los niños pueden ser maravillosos.

—Podrías simplemente cascarlo —ofreció Lila—. Me sorprende que todavía no se haya podrido.

—Oh, sí que se ha podrido —repuso la reina—. Pero una vez a la semana se lo cambio por uno nuevo mientras duerme. —Una sonrisa traviesa se deslizó por su rostro—. ¿Qué daño hace tener esperanza?

—¿Y qué pasa cuando la esperanza se agota?

—Tiene cuatro años. Creo que todavía puede durarle un poco más.

Ren se rio y tanto Lila como la reina se volvieron hacia el sonido. En ese instante Kell estaba sosteniendo el huevo contra la luz, trazando una figura sobre la cáscara.

—Es un buen hombre —dijo la reina—. Será un buen padre. —Lila resopló. Nadiya frunció el ceño—. ¿Es que nunca has querido tener hijos?

La pregunta causó un efecto extraño, como si fuese un corsé ciñéndose a sus costillas, pero la respuesta le salió fácilmente, casi automática.

—No.

Había esperado que Nadiya dijese entonces que algún día los querría, pero la reina se limitó a asentir, pensativa.

—Yo siempre había querido tener uno —dijo—. No sé por qué. No era por codicia. Algunas mujeres solo quieren tener hijos para tener una copia exacta de su reflejo. Yo quería saber lo que se sentía al dar vida a otra persona. Y entonces, aquí estaba ella, y solo quería saber lo que haría, en quién se convertiría. Cada día es alguien distinto; cada día, es una persona nueva.

—Hablas de ella como si fuese un experimento.

—Supongo que lo es —repuso Nadiya, aunque había un deje soñador en su voz al decirlo—. Un gran experimento. —Pasó la mirada de su hija hacia Lila—. Sé que no te caigo bien.

Lila enarcó una ceja.

—No me cae *bien* casi nadie, majestad. No *confío* en ti.

—¿Y por qué?

—Puede que tenga algo que ver con que cada vez que nos vemos expresas tu deseo de diseccionarme durante la cena.

—Pero dije que solo lo haría cuando estuvieses muerta.

Apareció un sirviente con una tetera y dos tazas balanceándose precariamente sobre una bandeja dorada.

La reina se sirvió una y le llenó la otra a Lila, y por muy tentada que estuviese por el rico y oscuro líquido y sus zarcillos de vapor, Delilah Bard no estaba dispuesta a beber *nada* de lo que le ofreciese la reina. Tomó la taza y le dio vueltas entre los dedos como si estuviese estudiando el diseño estampado en la porcelana. Entonces, mientras le sostenía la mirada a Nadiya, Lila usó sus poderes y el vapor desapareció, dejando tras de sí una capa de hielo que se extendió sobre la superficie del té antes de congelarlo.

La reina torció el gesto.

—Menudo desperdicio —murmuró, llevándose su propia taza a los labios—. No soy tu enemiga, Lila. —Su mirada regresó a Ren y a Kell—. Todo lo que hago, lo hago por mi familia. Por su futuro. Por nuestro mundo. Si tan solo estuvieses dispuesta a ayudarme, si me dejases estudiar tu magia mientras...

—No.

—Sé que no es lo ideal. Pero no es que haya demasiados sujetos *antari* con los que estudiar y no estoy dispuesta a arriesgar la seguridad de Rhy al probar con Kell. Sobre todo no en su estado tan mermado.

—Majestad —siseó Lila entre dientes—. Te voy a decir esto con todo respeto. —Se volvió para mirar a Nadiya fijamente—. Que te den.

La reina apretó los labios.

—Eres una persona extraordinaria, Delilah Bard. Me sorprende que no seas más... progresista. Tu magia es la llave para innumerables puertas. Y, sin embargo, eliges quedártela solo para ti.

—¿Qué puedo decir? Me gusta ser la persona más fuerte de la sala.

Nadiya negó con la cabeza.

—Pero es que no se trata solo de la magia. Piensa en todo el conocimiento que te corre por las venas. ¿Quién sabe qué podríamos hacer con él? Podríamos curar el reino entero. —Se le iluminó la mirada—. Puede que incluso pudiésemos curar a *Kell*.

En un segundo la taza desapareció de la mano de Lila, siendo sustituida por una de sus muchas dagas, con el filo apretado contra el largo cuello de la reina.

—No me mientas —siseó, y entonces los guardias se abalanzaron sobre ella, con sus armas desenvainadas, y Lila no quería causar un escándalo. Se alejó y volvió a envainar la daga en su costado. La reina alzó una mano para que los guardias se detuviesen y después se llevó una mano hacia el cuello, como si esperase encontrar un rastro de sangre. Como si Lila no tuviese la mano lo bastante firme para no cometer ni un error.

—Todavía no sé cómo curarlo —dijo la reina, dejando caer las manos a un lado—, pero eso no significa que esté mintiendo. El progreso lleva tiempo. Y sacrificio.

A Lila nunca le había gustado Nadiya, pero en aquel momento la *odiaba*, odiaba que existiese una posibilidad, aunque solo fuese una *mínima* posibilidad, de que tuviese razón, lo que la hacía odiarse a sí misma también. Lila volvió a desenvainar la daga y los guardias se movieron en señal de advertencia, con sus armaduras chirriando al dar medio paso hacia delante, pero en vez de apuntar el filo hacia la reina, por mucho que desease hacerlo, Lila arrastró el acero sobre la delicada piel de su propia muñeca. Volcó el hielo que llenaba la taza y sostuvo su brazo sangrante encima del recipiente, pintando de carmesí la delicada porcelana. Y cuando estuvo medio llena, se envolvió el corte con un pañuelo y lo anudó lo bastante fuerte como para que le doliese.

—¿Ya estás contenta? —preguntó.

La reina asintió y tomó la taza ensangrentada.

—Es un comienzo.

Y como Lila había decidido no armar una escena, se alejó, dándole la espalda a la reina, a la princesa y a Kell, que seguía sentado junto a la niña, de espaldas a ellas y con la cabeza inclinada sobre los escalones.

III

Alucard no siempre le había gustado madrugar.

De pequeño, había disfrutado de todas y cada una de sus horas de sueño, pero la vida en alta mar le había enseñado a despertarse con el sol, y desde que cambió el *Pináculo Nocturno* por el *soner rast*, había mantenido ese hábito, despertándose cada mañana al amanecer para entrenar con la guardia real.

Para cuando entró en el comedor del desayuno a las nueve ya estaba totalmente despierto y dolorido por el entrenamiento. Puede que Lila tuviese razón y ya no estuviese en forma para aguantar lo mismo que antes. O puede que solo se estuviese haciendo viejo. Treinta y uno. No parecían muchos años, pero podía jurar que sentía el peso de cada uno de ellos.

Le dio un beso en la coronilla a Rhy antes de sacar una silla de debajo de la mesa y murmurarle un «gracias» a un sirviente mientras le servía una taza de té negro.

La reina estaba sentada al otro lado de la mesa, hojeando unos papeles, con sus anotaciones en los márgenes. Alzó la mirada cuando entró en la sala, pero si estaba pensando en lo que le había advertido en el taller, no lo dejó entrever.

Kell también estaba allí, para disgusto de Alucard. El príncipe no estaba sentado a la mesa, sino que estaba de pie a un lado tomándose su taza de té, como si quisiese dejar claro de ese modo que no se iba a quedar. Ren, sin embargo, estaba demasiado ocupada leyendo un libro sobre pájaros e ignorando la tostada que Sasha estaba intentando que se comiese. La niñera le lanzó una mirada cansada a Alucard.

Espera, pensó, *a que sepa usar la magia*. Por supuesto, Ren todavía era demasiado pequeña para haber desarrollado una afinidad por un elemento, pero se movía como su viejo amigo Jinnar, era un torbellino que dejaba un caos a su paso. A cada día que pasaba Alucard esperaba ver cómo los hilos de colores se desplegaban alrededor de su hija, ver florecer su magia. Pero, de momento, solo la rodeaba un halo oscuro hecho a base de sus rizos y de alguna que otra pluma de cuervo.

—¡Buenos días, Luca! —lo saludó alegremente.

Kell y Rhy hicieron una mueca ante el volumen de la niña.

Rhy nunca había sido madrugador; pocas veces se levantaba antes del mediodía, pero ese día parecía especialmente miserable, con una mano en la cabeza.

—Las burbujas —murmuró—. Las malditas burbujas.

—¿Demasiado vino? —se aventuró Alucard, mirando inquisitivamente a Kell. El príncipe no dijo nada, pero Rhy volvió a levantar la cabeza, con sus ojos dorados empañados, deslustrados.

—¿Por qué tenemos esa mierda plateada? —preguntó.

—Porque es maravillosa si se toma con moderación —repuso Alucard.

—Y mejor que una pócima para sacar a relucir la verdad —añadió la reina, pasando una página.

—Quemadlo todo —siseó el rey, indignado—. Decidme, ¿por qué puedo curarme más rápido de una puñalada en el pecho que de la resaca?

Nadie sabía la respuesta a esa pregunta.

Alucard tomó una naranja del cesto que había en medio de la mesa y se recostó en su silla, fijándose en el hueco que había en la mesa.

—¿Y la capitana?

—Se fue —dijo la reina.

En ese momento, Kell suspiró y dejó su taza sobre la mesa.

—Será mejor que vayas a buscarla —murmuró Alucard contra la taza, algo que le ganó un gesto obsceno por parte de Kell al marcharse.

Alucard se volvió hacia Nadiya—. ¿Cuándo la has visto? —La capitana y la reina eran como el aceite y el fuego, todos estarían a salvo siempre y cuando no se acercasen lo suficiente como para mezclarse.

Nadiya se encogió de hombros.

—Hace un rato en el pasillo.

Tenía los ojos verdes entrecerrados mientras deslizaba la pluma sobre sus papeles. Si no la conociese tan bien podría haber pensado que acababa de despertarse, en vez de estar a punto de irse a dormir, tomando sus últimas notas antes de volver a sus aposentos a descansar.

—*Kers la?* —preguntó Ren, usando alegremente el arnesiano al mismo tiempo que se subía a la silla de su madre y señalaba con un dedo lleno de mermelada los papeles que la reina tenía junto a su plato.

—¿Esto? —dijo la reina, suavizando su tono como solo hacía con Ren—. Es el diseño para un amplificador.

Alucard se puso en tensión ante la mención de su invento, pero podía ver que el dibujo que aparecía sobre el papel no se parecía en absoluto a los anillos *antari* ni a las cadenas doradas.

—¿Un amplificador? —repitió Ren.

—Una manera de fortalecer la magia de una persona.

Su tono era suave, paciente, pero su discurso no había cambiado. Desde que nació la niña, Nadiya le había hablado siempre como si fuese una mujer adulta, atada de forma inconveniente y de forma temporal al cuerpo de una niña pequeña. Si decía una palabra que Ren no conociese, la niña siempre terminaba preguntándole su significado.

Ren entrecerró los ojos al observar la página.

—¿Por qué no tengo magia todavía?

Rhy alzó la mirada. Era su mayor miedo, lo sabía, que su hija fuese como él. Y Alucard siempre le terminaba diciendo lo mismo que Nadiya le dijo a Ren en ese momento.

—Todavía eres pequeña —dijo—. Ya llegará.

—La de papá no llegó.

Alucard se puso en tensión. Solo una niña podría decir algo como aquello, afirmando lo obvio sin un rastro de malicia o significado oculto. La mirada de Rhy se encontró con la de su esposa, esperando a ver qué respondería a eso.

Nadiya se limitó a sonreír.

—Tu padre es poderoso en otros aspectos.

A Ren le gustó esa respuesta y balanceó sus pies a un lado de la silla.

—Si no consigo magia —dijo—, ¿podré seguir teniendo a mis animales?

Una sonrisa se dibujó en el rostro de Rhy.

—Pues claro que sí —respondió Nadiya.

Ren asintió, pensativa.

—Entonces no hay problema —dijo.

Dicho eso se bajó de un salto y se dispuso a salir corriendo, pero Sasha la atrapó antes de que pudiese huir y la volvió a sentar en su silla.

—No necesitas magia —expuso la niñera—, pero sí que tienes que desayunar.

Mientras desayunaban, reinaba en el comedor un silencio apacible.

Alucard se deleitó en él. Cuando era pequeño, si todo el mundo se sentaba a la mesa siempre significaba peligro. Con su padre a la cabeza de la mesa, su hermano al otro lado y su hermana sentada frente a él. Sin silla para su madre, sin espacio para los sentimientos. Momentos como aquel le recordaban que aparentar que eran una familia unida era mucho más importante que serlo.

Esa mesa siempre estaba llena de trampas que no se podían ver, pero que aguardaban a que alguien las activase.

«Siéntate erguido. Habla. No me hables con ese tono».

No había alegría en esas comidas, solo miedo, y Alucard no podía esperar a que se terminasen, con el aire llenándole de nuevo los pulmones cuando salía de ese comedor.

Pero al echar un vistazo a su alrededor en ese momento se le encogió el corazón por un motivo muy distinto.

Esto sí es una familia, pensó. Una muy extraña, tal vez, con una estructura rara y diferente, y a pesar de los gruñidos de Rhy, de las distracciones de la reina y de la inquieta Ren, que parecía un animal tratando de escapar de su jaula mientras Sasha intentaba obligarla y después sobornarla para que comiera, no había otro lugar en el mundo donde Alucard prefiriese estar.

Todos los que más quería estaban sentados junto a él. Entrelazó sus dedos con los de Rhy y le dio un leve apretón. Y él bajó la mirada como si la mano de Alucard fuese un regalo, una sorpresa inesperada pero agradable. Se llevó sus manos unidas hacia los labios y le besó los nudillos.

Alucard sonrió, se bebió su té e hizo todo lo que pudo por disfrutar al máximo de ese momento, sabiendo que no duraría mucho tiempo.

Y no lo hizo.

Ren fue la primera en romperlo. Después de que la hubiesen persuadido para que se comiese un huevo duro, un recorte de tostada y la mitad de una manzana, la niña por fin logró escaparse y se marchó corriendo hacia el patio, con Sasha tras ella.

La presencia de su hija era como un broche que los mantenía unidos a los tres. Sin ella, Nadiya se levantó, se despidió, recogió todos los papeles y un bollo azucarado y se marchó a la cama.

Su familia se fue desprendiendo como los pétalos de una flor hasta que solo quedaron ellos dos y una mesa llena de comida. Ni siquiera eso duró mucho tiempo. Antes de que el té se hubiese enfriado, llegó Isra, con su cabello gris y corto repeinado hacia atrás y un yelmo bajo el brazo.

—Majestad —dijo, haciendo una reverencia—. Han venido los mercaderes para tratar el tema de las importaciones para la Larga Noche Oscura.

Alucard frunció el ceño.

—*Sel Fera Noche?* No puedes ir en serio al seguir adelante con eso…

—Oh, tú también no —dijo Rhy, poniéndose en pie. Antes de que Alucard pudiese señalar siquiera la idea tan monumentalmente estúpida que era, el rey ya había agarrado un bollo azucarado y se había marchado tras Isra.

Alucard suspiró, se había quedado a solas, salvo por cuatro sirvientes que estaban apostados en las esquinas del comedor como si fuesen cuatro pilares. Esperando a que los llamasen con una mirada o a que la taza se vaciase.

—Podéis iros —dijo, dejándolos marchar. Se convenció de que sería agradable tener un momento de paz. Pero el silencio hizo que su mente y sus pensamientos se apoderasen de él. Alucard se reclinó en su asiento, mirando fijamente la montaña de comida que tenía enfrente, al mismo tiempo que perdía el apetito. Su mente trató de aferrarse a la *Sel Fera Noche*, pero aún quedaban unas cuantas semanas para el festival y, en esos momentos, tenían un problema mucho más acuciante. La conversación que había mantenido con Lila se repitió en su cabeza, la amenaza de la Mano había aumentado ahora que tenían una *persalis*.

Echó la cabeza hacia delante, apoyándola sobre las palmas de sus manos mientras intentaba pensar.

Podían sacar a toda la familia real del palacio, pero ¿qué mensaje enviarían si lo hicieran?

Se oyó el sonido de unas pisadas entrando en el comedor.

—Señor —dijo una voz. Alucard alzó la mirada, esperando encontrarse con alguien del servicio. En cambio, se topó con un joven soldado, con el cabello lo suficientemente largo como para que pudiese hacerse trenzas y unos ojos marrones brillantes, con los hilos de la magia de tierra enrollándose a su alrededor.

Rebuscó en sus recuerdos el nombre del joven.

—Velastro.

El soldado se sonrojó y agachó la cabeza.

—Así es, señor —dijo en arnesiano—. Disculpe que me entrometa en su desayuno.

Alucard observó las sillas vacías.

—No pasa nada. ¿Qué te trae por aquí?

—Dio la orden de informar sobre cualquier tipo de actividad que descubriésemos de la Mano.

Se le revolvió el estómago al escucharlo.

—¿Y?

—Anoche detectamos cuatro marcas más, pintadas por toda la ciudad. —El soldado sacó un mapa con puntos carmesíes pintados sobre la mitad sur de la ciudad. Otra marca, esta vez una «X», estaba pintada en el mapa no muy lejos del palacio.

—¿Y esta?

—Encontramos un cadáver apoyado contra una pared con una corona pintada sobre su cabeza.

Alucard tragó con fuerza.

—No es muy sutil. —Volvió a enrollar el mapa—. ¿Algo más?

Velastro dudó antes de responder.

—Yo... no estoy seguro. —Se balanceó sobre sus pies—. Pidió que le informásemos si descubríamos algo *extraño*. Bueno, esta mañana estaba patrullando por el *shal* y al parecer un edificio se derrumbó por la noche.

Alucard aguardó a que siguiese hablando, sin saber exactamente a dónde quería llegar con eso.

—Bueno, lo que pasa es... —Velastro pensó en las palabras adecuadas con las que explicarlo—. Las casas a ambos lados de la calle estaban intactas.

—Puede que fuese por una pelea que se torció —repuso Alucard—. ¿O un mago borracho descontrolado?

—Sí, claro —dijo el soldado—. Pero lo que pasa es que mi magia es afín a la tierra y a las rocas, y cuando era pequeño, bueno... digamos que no tenía el mejor control del mundo. No estoy diciendo que tirase abajo edificios pero...

—¿Sabes qué aspecto tiene un edificio al derrumbarse?

Velastro esbozó una sonrisa nerviosa.

—Sí. Y la forma en la que se derrumbó ese... es como si se hubiese desplomado hacia dentro, ¿entiende? Como si alguien lo hubiese arrastrado sobre sus cabezas.

—¿Un hechizo que salió mal?

—¡Eso fue lo que pensé! —repuso alegremente, añadiendo rápidamente—: *Mas Arno*. O un ataque dirigido. Pero si eso es cierto, debería haber habido algún cadáver. No había ninguno. Después de que despejásemos los escombros lo suficiente como para investigar, no encontramos a nadie en su interior; hay algo que no encaja, y he oído decir que usted puede ver cosas que el resto no puede, y yo no tengo ese don pero algo me dice que hay algo más. Se lo dije a la líder de mi escuadrón y ella me dijo que no era nada. Así que puede que no sea nada, o puede que sí que sea algo, pero no es el tipo de algo del que necesitas oír hablar tampoco... —Cuanto más hablaba el soldado, más se trababa con sus palabras—. Pero probablemente no sea nada.

Probablemente no *fuese* nada, pero Alucard tampoco tenía más pistas, así que se bebió de un trago lo que le quedaba de té y se levantó.

—Enséñamelo.

IV

L as botas de Kell resonaron sobre el suelo del Santuario.
Era de esos lugares donde los ruidos hacían eco, donde cada
susurro de la tela y cada pisada retumbaban contra las frías
paredes de piedra. Kell cambió su manera de andar, intentó hacerlo
como Lila le había enseñado, con el sigilo de un ladrón. El ruido desapareció casi por completo, como si la piedra se lo tragase, y eso le
hizo sonreír, imaginándose la sonrisa de Lila, su orgullo disfrazado de
diversión.

En cuanto a dónde estaba en este momento, no lo sabía.

Al principio había ido a la taberna, esperando encontrársela allí, en
su habitación; había tenido esa pequeña esperanza, pero sabía que no
la encontraría allí, Lila Bard no esperaba a nadie. Por supuesto, no estaba allí, y Kell intentó no sentir como si lo hubiese abandonado, sabía
que Lila podía moverse por la ciudad de una manera en la que él nunca podría hacerlo, así que había decidido ir al único lugar donde sabía
que ella no iría. Se había cambiado el abrigo, pasando del rojo real al
gris común, y se había puesto una gorra, sofocando las llamas de su
cabello, y, aunque no se había transformado en Kay, al menos no seguía siendo Kell Maresh del todo tampoco cuando se marchó hacia el
Santuario.

La ciudad de Londres estaba siempre en constante cambio.

La magia lo facilitaba. Se levantaban y derrumbaban edificios, tan
volubles como la moda de esa temporada. Los jardines de placer se

convertían en teatros, y los teatros en salones de juego, los salones de juego en plazas, y así sucesivamente.

Solo había dos edificios que siempre se mantenían iguales.

El primero era el palacio real.

El segundo era el Santuario.

Kell se había pasado la mayor parte de su niñez y de su juventud entre esos dos edificios. Creció en uno y en el otro lo entrenaron, el segundo era tan sólido y austero como el primero era grandioso. Por esos pasillos de piedra Tieren le había enseñado a controlar su poder, a silenciar su mente y a controlar su magia cuando era un torrente que se derramaba con cada explosión de mal genio.

Tras… tras la batalla con Osaron, después de que atrapasen al rey sombra, después de que Kell aceptase que su vínculo con la magia estaba roto, fue a ver al *Aven Essen*.

—¿Y ahora qué soy? —había escupido, enfadado, asustado y herido.

Y Tieren le había acariciado la mejilla y le había dicho:

—Sigues vivo. ¿Es que eso no es suficiente?

En ese momento Kell estaba pasando bajo un arco y saliendo a un patio amurallado, sintiendo como si unas rocas se le hubiesen asentado en los pulmones. El espacio tenía la misma quietud que el cementerio del Londres Gris, con sus senderos de mármol blanco, pero en lugar de lápidas había decenas de árboles, repartidos por todo el patio como pilares, con tamaños, edades y estaciones distintas.

A cada uno lo había plantado y lo cuidaba un sacerdote diferente, usando para ello el equilibrio de todos sus poderes.

Parecía una tarea bastante sencilla, el cuidar un árbol. Pero no lo era, requería que dominases todos los elementos. Aparte de los *antari*, los sacerdotes eran los únicos magos capaces de controlar todos los elementos, pero su talento no residía en el alcance de ese poder, sino en su dominio. Un sacerdote no tenía afinidad por un solo elemento, sino que era capaz de manejarlos todos en cierta medida. Eran la representación viviente de su misión.

Priste ir essen. Essen ir priste.

«Poder en el equilibrio. Equilibrio en el poder».

Decían que esa era la naturaleza de la magia, que todas las escalas debían hallar su nivel. No podían mover montañas o invocar a la lluvia.

No podían quemar barcos hasta sus cenizas o derribar muros con la fuerza de su viento. Su magia era delicada. Como el mar erosionando la roca de un acantilado.

El árbol representaba esa moderación.

Demasiado poder terminaría matándolo, y demasiado poco también, y debía crecer dentro de los muros del patio, sin usar más que su parte de tierra, agua o sol.

Cuando moría un sacerdote, su árbol moría con él, aunque no de repente, sino lentamente, porque lo habían abandonado a su suerte. Y cuando se marchitaba, lo arrancaban y lo quemaban, y sus cenizas se convertían en abono para el siguiente sacerdote, para el siguiente árbol.

La parcela de Tieren debería estar vacía a esas alturas, pero el árbol, o lo que quedaba de él, aguantaba en pie. Era un tronco grisáceo, sin hojas y seco, cuyas raíces surgían del suelo como si fuesen unos dedos nudosos saliendo de la tierra.

—Les dije que esperasen —dijo una voz—. Tenía el presentimiento de que querrías despedirte.

Kell se volvió y se encontró con Ezril de pie bajo el arco. No, no de pie, sino apoyada en el arco, de brazos cruzados y con la cadera ladeada. Kell no creía haber visto jamás a un sacerdote inclinado; de pequeños Rhy se había convencido de que podría mantener en equilibrio una taza de té sobre la cabeza de Tieren todo el día y nunca se derramaría ni una gota.

Ezril bajó las escaleras y él se fijó en que, debajo de su túnica blanca, iba descalza. Tenía el cabello suelto cayendo liso y afilado como el cristal desde el pico de viuda por su espalda, pero eran sus ojos lo que más llamaba la atención. Sus ojos, enmarcados con gruesas pestañas largas y oscuras, eran marrones y, sin embargo, de alguna manera, parecían claros, como la pintura sobre un cristal al que lo atravesaba un rayo de sol. De hecho, parecían incluso brillar.

Cuando Rhy conoció a la nueva *Aven Essen*, lo único que dijo fue: «Qué desperdicio». Era radiante. Innegablemente bella. Pero la primera impresión de Kell fue que no era Tieren. Y se convenció de que ese era el motivo por el que no le gustaba.

Rhy le reprochó que estaba siendo injusto con ella, y puede que así fuera; al fin y al cabo, no era culpa de Ezril que Tieren hubiese muerto. Un hombre al que había conocido desde que respiró por primera vez siendo reemplazado por una mujer que era lo bastante joven como para ser su nieta.

Puede que Kell le guardase rencor por algo más que por haber ocupado el lugar de Tieren. A fin de cuentas, había estado al lado de Rhy cuando él no había podido. Rhy le había dicho que le caería bien si tan solo se daba una oportunidad de conocerla. Su hermano la conocía mucho mejor que él. Puede que también le guardase rencor por ello.

—*Aven Essen* —la saludó Kell.

—Maese Kell —respondió la sacerdotisa—. ¿O prefieres que te llame Kay? —Sus ojos brillaron con picardía.

Kell se puso tenso.

—Ya veo que Rhy te lo ha contado.

Ella se encogió levemente de hombros, dedicándole una pequeña sonrisa estudiada.

—Ese abrigo tuyo tiene muchas caras. Así que supongo que tú también.

—Sin duda —respondió Kell, cuidando lo que decía—. ¿Y qué más te ha contado mi hermano?

Ezril se puso seria.

—Soy la sacerdotisa del rey y su consejera. Sus problemas se convierten en los míos cuando los comparte conmigo. Pero no voy por ahí contándoselos al resto.

Kell se fijó en que no había respondido a su pregunta. Ella le sostuvo la mirada, como si lo estuviese retando a que volviese a preguntarlo. A Kell no le gustaba ni un pelo esa mirada, con sus ojos moviéndose de un lado a otro, pasando de mirar fijamente su ojo azul al negro, y repitiendo el gesto una y otra vez, como si de ese modo le recordase sus diferencias.

Algunos sacerdotes veneraban a los *antari*, los veían como una encarnación de la magia. Pero otros los veían como un aviso, un recordatorio de lo que pasaba cuando el poder existía en su más extrema esencia. Lo opuesto a su equilibrio.

Kell se cuestionó de cuál de las dos formas lo vería Ezril, pero no se lo preguntó a ella; en cambio, se volvió hacia el árbol, hacia lo último que quedaba de la magia de Tieren.

—Gracias por esperar —dijo—. Sé que solo es un árbol, y sin embargo...

—Pues claro que solo es un árbol —lo cortó Ezril—. Al igual que esto solo es un edificio y el Isle solo es agua.

Kell se giró para estudiarla.

—Hablas como una sacerdotisa.

—¿Qué me ha delatado? —preguntó irónicamente, pasándose la mano por la túnica blanca—. Crees que fue extraño que me eligiesen como *Aven Essen* —siguió diciendo. No era una pregunta, por lo que él no estaba obligado a darle una respuesta. Ella miró a su espalda, hacia el árbol de Tieren—. A veces cambiar es el camino más fácil. ¿Alguna vez has probado una comida deliciosa y, después, cuando has vuelto a preparar ese mismo plato, una y otra vez, nunca te ha sabido igual de bueno? En esos casos lo mejor es probar algo nuevo. —Sonrió y sacudió la cabeza—. Lo siento, debo tener hambre. Pero no has venido aquí a hablar de comidas o de árboles.

En efecto, así era. De hecho, les había pedido a los sacerdotes de la entrada que llamasen a Ezril nada más llegar.

—La Mano —dijo Kell—. ¿Sabes algo nuevo?

El buen humor de Ezril desapareció.

—Ya te lo dije, maese Kell, el Santuario no son los cuervos de la corona. Los sacerdotes son testigos. Servimos, no *espiamos*.

—Y, sin embargo —repuso Kell—, tampoco os confináis en el Santuario. Camináis entre la gente de a pie. Conocéis la ciudad, su ritmo.

—Los sacerdotes responden al equilibrio de la magia. Pero no responden ante reyes ni tronos.

—Eres la *Aven Essen* —insistió—. Sirves al rey, eres su consejera y su sacerdotisa. Si sabes algo, lo que sea, si es que le guardas algo de aprecio a Rhy...

—Ya basta —lo cortó, con la misma fuerza que si hubiese chasqueado los dedos.

Miró más allá de él, más allá de los árboles, hacia los muros que bordeaban el patio. Por unos minutos no dijo nada.

—Se aseguran de hablar en voz baja —dijo Ezril, rompiendo el silencio—, pero hemos oído sus susurros. —Sus ojos del color del té se volvieron hacia él—. Susurros que hablan de un objeto capaz de salvar las distancias, de traspasar salvaguardas.

A Kell se le encogió el corazón. La *persalis*. Así que estaba allí.

—¿Qué es lo que planean? —exigió saber—. ¿Lo sabes?

Ezril negó con la cabeza como respuesta.

—No, pero es una magia complicada la que planean usar. Tiene que haber salido de alguna parte. O de alguien —dijo, bajando la voz hasta que no fue más que un susurro—. Me he preguntado si la reina…

—No —la interrumpió Kell—. Nadiya Loreni no fue quien la creó.

Ezril frunció el ceño.

—¿Por qué estás tan seguro?

—Porque sé que la robaron de un barco y la metieron como contrabando en la ciudad.

La sacerdotisa enarcó una ceja.

—Entonces sabes tanto como yo.

—No sé nada que nos sea útil —siseó Kell—. Solo que tenemos que encontrar ese objeto antes de que la Mano pueda usarlo contra la familia real. ¿Has descubierto algo sobre la Mano? ¿Sobre quién está detrás de todo?

Ezril inclinó su cabeza de un lado a otro y Kell sintió cómo le empezaba a bullir la sangre, exasperado.

—Alguien tiene que saber *algo* —espetó, la cabeza le daba vueltas. No estaba ni un paso más cerca de encontrar la *persalis*, de pararles los pies a los rebeldes, de descubrir quién se escondía tras la Mano. Cerró los dedos formando puños, su magia saliendo a la superficie con su malhumor. Se levantó una ráfaga de viento que agitó las ramas de los árboles y le besó los talones, y una oleada de dolor le recorrió el cuerpo.

El aire a su alrededor se quedó en calma mientras él luchaba por respirar.

Ezril lo estaba mirando fijamente, pero no había ni rastro de sorpresa en su mirada.

—Debe ser aterrador —dijo— estar en guerra con tu propia magia.

Kell se puso tenso. Nunca le había hablado sobre ello.

—Mi hermano debería aprender a morderse la lengua —repuso, respirando profundamente para tratar de volver a llenar sus pulmones. Se enderezó y se estabilizó. Tenía que encontrar a Lila—. Si tienes algo más que contarme...

Pero cuando se disponía a pasar junto a ella, la *Aven Essen* lo tomó del brazo.

—No es el dolor lo que te aterra. Es lo que eres. Y lo que no eres. Cuando un sacerdote se quita su túnica sigue siendo un sacerdote. Pero ¿qué es un *antari* sin su magia?

—Un príncipe —respondió Kell cortante, tratando de librarse de su agarre para marcharse, pero los dedos se aferraban a su antebrazo con fuerza, inflexibles. La picardía en su mirada había desaparecido, viéndose sustituida por una intensidad tan fuerte y clara como el cristal.

—Debes preguntarte por qué —dijo Ezril—. ¿Por qué el poder que siempre has tenido se ha vuelto en tu contra? ¿Fue por un hechizo que salió mal? ¿O es porque has roto las reglas de la magia en demasiadas ocasiones? —Sus palabras eran tan afiladas como un puñal que blandiera una mano firme, cortando directamente en su interior—. Todo poder tiene sus límites. Sigues siendo un siervo de la magia, y la magia exige equilibrio. Cuando se perturba ese equilibrio, entonces exige una recompensa. Puede que te esté castigando.

La sacerdotisa alzó la mano libre hacia su mejilla y lo acarició justo bajo el ojo negro. Su expresión cambió, la ira sacerdotal se transformó en algo mucho más dulce, casi triste.

—O puede —dijo casi en un susurro— que te estés castigando a ti mismo.

Apartó la mano de su mejilla.

—Si alguna vez me quieres decir el porqué, aquí estaré. Al fin y al cabo —dijo, con la picardía regresando a su mirada—, también soy tu *Aven Essen*.

Pero en esa ocasión a Kell no lo engañó su sonrisa pícara o la ligereza de su tono.

—Nunca me has contado cómo te nombraron *Aven Essen*.

—Un juicio por combate —respondió ella alegremente—. Soy más fuerte de lo que parezco.

Kell no lo dudaba. Se alejó y solo se detuvo cuando llegó al arco, entonces se volvió a mirarla.

—Te equivocas en algo.

—¿Sí?

—Si te quitaras esa túnica no serías una sacerdotisa. Serías una noble. Ezril Nasaro.

Si la sorprendió que supiese su apellido, no lo dejó entrever.

—Ni ese apellido ni ese rango me pertenecen, ya no. Dejé atrás mi derecho real cuando me uní al Santuario.

—Tu familia debe de haber llorado tu pérdida. Su única hija. ¿Por qué elegiste convertirte en sacerdotisa?

Ella ladeó la cabeza, como si estuviese considerando si responderle o no.

—¿Por qué elegiste ser *antari*?

La respuesta a esa pregunta, por supuesto, era que no lo había elegido. Que la magia lo había elegido a él.

—Toda mi vida —dijo Ezril—, he sentido la corriente de la magia. En el aire, bajo mis pies. Escogí caminar con la corriente, maese Kell, pero la magia me guio. Hay un motivo para que esté hoy aquí. Al igual que hay un motivo para que estés tú aquí también. Ambos formamos parte de algo mucho más grande que nosotros mismos.

Las palabras le colgaban como un peso sobre los hombros, pero la *Aven Essen* parecía mucho más ligera con esa carga, como si la animase. Kell se giró sobre sus pies y la dejó atrás en el patio, con su túnica blanca ondeando en la brisa.

V

A Lila le rugía el estómago.

Se había marchado de palacio sin haber desayunado, otra cosa más de la que culpaba a la reina mientras recorría el mercado nocturno. A pesar de su nombre, y de la hora que era, un puñado de tenderos habían empezado a desperezarse y a deshacerse del sueño, desplegando sus puestos y preparando sus mercancías, mientras que otros seguían abiertos al público. Una pequeña multitud se deslizaba entre los puestos, prefiriendo el camino con vistas a las calles más concurridas, o viéndose atraída por el aroma a especias y azúcar que flotaba en el aire.

Lila se acercó al puesto de un panadero con bollos azucarados humeantes, compró cuatro y se los fue comiendo al pasear. Pasó junto a un fabricante de amuletos, que ya estaba vendiendo viales con agua carmesí resplandeciente del Isle en su interior (que estaba claro que era falsa porque el agua no era ni roja ni iridiscente una vez extraída del río), y frente a un puñado de puestos esmeraldas, amarillos y rojos que tenían los toldos bajados, con sus mercancías ocultas.

El brillo del acero llamó su atención y se acercó a un puesto lleno de dagas y espadas.

Estaban dispuestas por longitud. Desde la más pequeña, que podría ocultarse fácilmente en la palma de la mano, hasta la más larga, una espada que probablemente habría que blandir con las dos manos. Pasó los dedos por las armas, deteniéndose sobre una con la misma longitud que su antebrazo. Era una obra de arte, con el acero tan fino como el cristal.

—La puedes probar, si quieres —dijo una voz cantarina.

Lila alzó la mirada hacia la mercader. Era una chica joven, mucho más joven que el resto de los vendedores del mercado, y su nariz y su barbilla le recordaban a Lila a los rasgos de un zorro. Lo mismo ocurría con su pelo, los rizos castaños se le enredaban aquí y allá con mechones cobrizos.

Lila alzó el arma. Era muy ligera y estaba perfectamente equilibrada, ya podía escuchar a Kell preguntándole cuántas armas podía necesitar una persona. Examinó el acero en busca de algún sigilo, de marcas de hechizos. La última vez que había usado una daga extraña había asesinado a un hombre con su propia magia.

—¿Tiene algún truco?

La mercader negó con la cabeza.

—En las manos adecuadas —dijo—, una buena arma no necesita trucos.

Lila sonrió.

—¿Te parece sensato —se preguntó— exponer así tus mercancías?

La mercader bajó la mirada hacia la mesa, como si acabase de darse cuenta de que no tenía ningún arma envainada y que las empuñaduras estaban orientadas hacia los clientes.

—Todavía no me ha robado nadie.

—Entonces has tenido suerte.

La chica soltó una carcajada.

—Tengo muchas cosas, pero la suerte nunca ha sido una de ellas. —Estiró la mano y pasó los dedos por el filo de una de las espadas—. Hace falta sudor y sangre para crear una espada como esta. Si los utilizas ambos de la manera correcta el acero jamás se volverá en tu contra.

—Así que *sí* que están hechizadas —repuso Lila.

La mercader se encogió de hombros.

—Una precaución.

—Una muy útil —murmuró Lila—. ¿Y no crees que podrías usar ese mismo hechizo en un arma que ya se hubiese forjado?

La mercader negó con la cabeza.

—No —respondió—, pero podría hacerte una nueva. Tardaría unos cuantos días y necesitaría unas gotas de tu sangre…

La mirada de la joven se iluminó al decirlo.

Puede que fuese por la oportunidad de un nuevo trato, o por el reto que le plantearía el encargo, pero a Lila le pareció entrever el brillo del acero en su mirada, el mismo brillo que la había atraído hasta el puesto. Agarró con más fuerza la daga, todavía le dolía el corte de la mano del sacrificio que había hecho por la reina.

La sangre era algo valioso. Afianzaba los hechizos y fortalecía las maldiciones. Volvía a la magia más fuerte. Según Nadiya Loreni, guardaba innumerables secretos. Y Lila había paseado por los suficientes mercados negros en los últimos años como para saber el valor que tenía la sangre *antari*. En ese momento se alegró de haber dejado su ojo negro en el barco. Fingió considerar la oferta antes de devolver la daga a su sitio.

—Pensándolo mejor —dijo—, ¿qué es la diversión sin un poco de riesgo?

La mercader se encogió de hombros, pero le sostuvo la mirada.

—Si cambias de opinión…

Pero Lila ya se estaba alejando del puesto, de las armas, y de la joven con rostro de zorro. Llegó al otro extremo del mercado y giró a la derecha, alejándose del río y dirigiéndose hacia el *shal*, y hacia la tienda de Haskin.

Solo necesitaba una excusa para visitar la tienda. Rebuscó entre sus bolsillos y sintió el familiar peso de su reloj. No era su reloj, el que Holland había encontrado en su antigua habitación, junto con Berras, que le había devuelto ensangrentado y que le había entregado a Maris como pago unos años antes, sino uno que su tripulación le había regalado en el festival de verano, con una «C» grabada en la tapa. Por *casero*.

«Capitana».

Lo sacó y pasó un pulgar por la tapa de plata antes de abrirlo, escuchó su tictac constante y casi silencioso cuando el segundero se deslizaba por la esfera. Y aunque las manecillas se movían gracias a un hechizo en vez de por engranajes, era fácil olvidarlo. Puede que eso lo hiciese más difícil de romper, pensó, pero estaba segura de que podía hacerlo, estaba a punto de arrancar la esfera cuando vio la hora que era, el minutero se deslizó junto a la manecilla de la hora, casi uno sobre el otro.

—*Nonis ora* —murmuró.

Las once.

Se detuvo en medio de la calle. Había supuesto que la hora grabada en el canto de la moneda hacía referencia a la noche, pero ¿y si se había equivocado? Al fin y al cabo, los crímenes más seguros se cometían a plena luz del día, bajo las narices del objetivo.

Lila se dio la vuelta y se encaminó hacia el puente más cercano.

VI

LONDRES BLANCO

Kosika apoyó los codos en la terraza de palacio.

A sus pies, cientos de soldados practicaban en el campo de entrenamiento, descomponiendo y reordenando cada uno de los movimientos que tendrían que realizar en un enfrentamiento real. Le recordaban a las hojas por la forma en la que se doblaban y se movían, por la manera en la que se levantaban y giraban en sintonía, como si los guiase una corriente invisible, con sus armaduras oscuras convirtiéndolos en sombras.

Mientras los observaba, Kosika se arrancó la tira de lino que le rodeaba el antebrazo, seguía teniendo la piel en carne viva por el diezmo. Y puede que solo fuesen imaginaciones suyas o la naturaleza de la estación —porque tenían *estaciones*, cuatro, en lugar del tenue cambio que solía marcar antes el paso de los años—, pero ese día el cielo parecía mucho más azul y las hojas tenían un tono verdoso más brillante. Los rayos de sol acababan con el frío de la mañana y Kosika estaba disfrutando del calor en la piel cuando escuchó un grito que provenía del campo de entrenamiento.

Los soldados habían terminado sus movimientos y se habían dividido en grupos de combate: aquellos que sabían controlar su magia se emparejaban con otros que no, para que cada uno sacase algo de provecho.

Kosika divisó a Lark entre ellos. Había crecido unos cuantos palmos en los últimos meses y sus estrechos hombros estaban repletos de nuevos músculos. Y mientras que había otros soldados rubios, solo sus rizos destacaban con un brillo plateado bajo los rayos del sol, haciéndolo parecer menos un muchacho de dieciocho años y más una cerilla encendida.

Lo observó rodear a su compañero, trazando un arco perezoso con la espada, con el fuego lamiendo la hoja desafilada. El otro hombre era el doble de grande, pero Lark se lanzaba y esquivaba sus ataques como si él también fuese una llama, y en cuestión de segundos el otro soldado estaba apagándose a manotazos un lengüetazo de fuego en el antebrazo. Mientras tanto, Lark giró a su alrededor, se acercó por detrás y le apoyó la espada contra el cuello.

Y entonces alzó la mirada hacia Kosika y le dedicó una sonrisa pícara. Una tan contagiosa que la hizo sonreír a ella también. Como si tuviesen un secreto, cuando el único secreto era que habían compartido sus días antes de tener esa vida. Que eran un par de ladrones que habían llegado a palacio robando.

—Te gusta.

Kosika se sobresaltó y agarró con más fuerza la barandilla. Nasi estaba tras ella.

—¿Estás segura de que no puedes controlar el aire? —le preguntó la joven reina—. Nunca te oigo llegar.

Nasi se encogió de hombros.

—A veces viene bien ser silenciosa, sobre todo si te veo babear por alguien.

Kosika arrugó la nariz, aunque sintió cómo se le sonrojaban las mejillas. No estaba babeando. Bajó la mirada hacia el patio pero Lark ya había desaparecido entre el resto de los soldados.

—No seas tonta —dijo, dándole la espalda al campo de entrenamiento—. Lark es como un hermano para mí.

Los labios de Nasi se curvaron en una media sonrisa.

—¿Como yo soy solo una hermana?

—Exacto.

La joven se acercó a Kosika hasta que estuvieron pegadas. Le acarició las costillas y bajó hasta su cintura, que seguía siendo tan plana y delgada como la de cualquier niño.

—Algún día querrás algo más que la compañía de tus hermanos.

Kosika siseó entre dientes y apartó la caricia de Nasi de un manotazo.

—No quiero que estés sola —dijo Nasi, y Kosika deseó poder decirle a su amiga que no lo estaba.

Que ya nunca estaba sola.

Holland estaba de pie a su lado, en la misma posición en la que había estado toda la mañana, como todos los días desde hacía casi un año. Su sombra constante. Su santo bendito. La mano que lo guiaba todo.

HACE UN AÑO

Después de que Holland apareciese esa primera vez en sus sueños, Kosika vivía por dormir.

Soportaba las reuniones de consejo y atendía al desfile de ciudadanos que venían en busca de su favor, paseaba por los jardines de palacio y cenaba con los Vir, y esperaba a que llegase la noche, cuando podría meterse en la cama e ir en busca de Holland.

A veces se lo encontraba en sus aposentos.

En otras ocasiones estaba sentado en el trono, o en el patio, o en las escaleras.

A veces paseaban juntos por el palacio, y otras se quedaban de pie frente a su altar y él le hablaba sobre su vida igual que Serak había hecho en innumerables ocasiones, solo que él le contaba detalles que Serak desconocía, detalles de su vida antes de que sirviese a Vortalis.

Y aunque fuese extraño que un sueño pudiese saber muchos más detalles de los que ella conocía, Kosika asumió que era por su imaginación. Pero cada noche que soñaba con él parecía como si Holland se volviese un poco más real. Hasta que una noche, cuando estaban los dos frente a su altar, terminó diciendo:

—Ojalá estuvieses aquí.

Holland, que había estado observando la estatua, bajó la mirada hacia ella, perplejo.

—Lo estoy.

—Pero esto solo es un sueño —se lamentó Kosika.

Él examinó la alcoba en la que estaban.

—Puede que para ti sea un sueño —repuso—. Pero para mí es algo más. El mundo de las sombras. Un lugar donde esperar. Llevo aquí desde mucho antes de que me encontrases.

Las palabras se removieron inquietas en su interior, desatando la despiadada esperanza de que fuese algo más que una simple invención de su cerebro. Que fuese *real*. Que Kosika no estaba ante un conjuro, sino ante el Rey Venidero. Una esperanza imposible y, sin embargo, ¿qué era imposible en un mundo donde la magia se reavivaba y el poder pasaba como un terrón de azúcar entre las manos? ¿Donde su ojo se había vuelto negro y ella se había convertido en reina?

—¿Qué eres entonces? —preguntó.

La pregunta lo hizo sonreír, una sonrisa pequeña que tiraba levemente de sus comisuras. En todas las obras, en todos los cuadros, pinturas y relieves, Holland Vosijk nunca sonreía. Tenía el entrecejo fruncido, los labios apretados, la mandíbula tensa, como si se estuviese tragando sus palabras. Como si estuviese sufriendo. Aquel gesto tampoco podía considerarse del todo una sonrisa, solo había alzado levemente las comisuras, pero Kosika sintió como si se estuviese bañando en su luz.

—¿Crees en los fantasmas? —le preguntó y Kosika negó con la cabeza como respuesta.

Nunca había creído en ellos, ni siquiera cuando Lark intentó asustarla con sus historias de miedo de pequeños. Sabía que la magia iba y venía, como la gente. Lo que estaba, estaba, y lo que no, desaparecía, pero entonces, ¿en qué convertía eso a Holland Vosijk?

Él pareció considerar su pregunta, aunque ella no la hubiese hecho en voz alta.

—Sé lo que *era* —dijo—. Pero no sé lo que soy. Vinculé mi magia a este mundo y, por lo que parece, sigo aquí. —Observó sus manos—. De alguna manera, estaba en este limbo, y entonces tú me encontraste. La pregunta sería… —Volvió a mirarla a ella—. ¿Cómo me encuentras *ahora*?

Kosika no dijo nada mientras él la observaba.

—Tu poder solía ser mío —se aventuró Holland—. Puede que crezca. O puede que hayas hecho algo…

Kosika se estremeció y supo que él sabía la verdad, la podía ver escrita en su rostro, en su mente. Podía ver el día que había usado su reliquia para viajar entre los mundos, cuando había empezado a soñar con él. Y era como si, hasta ese momento, lo hubiese olvidado, como si hubiese abierto la caja de nuevo y hubiese encontrado la pieza que le faltaba del puzle.

¿Qué has hecho?

La ira de Holland se reavivó y, con ella, se prendieron todas las velas del altar.

—No deberías haber ido allí, Kosika. —La joven dio un paso atrás, pero él la agarró firmemente de los hombros—. Dime que no te trajiste nada. —Su agarre se afianzó, hasta que le hizo daño. El dolor se sentía real—. Dímelo.

Ella negó con la cabeza.

—Nada. Lo juro.

Holland la soltó tan rápido como la había agarrado, la repentina ausencia del peso de sus manos la hizo tambalearse. Se volvió y le dio la espalda tanto a ella como a las velas, dejándose caer sobre la pared, con las sombras bañándole el rostro preocupado.

—No había nada que pudiese traerme —añadió Kosika—. No había magia. Todo estaba muerto. —Pero mientras lo decía pensó en el farol de Serak, cómo la mecha había humeado cuando la llama se apagó.

La magia no muere.

Entonces el miedo surgió en su interior, miedo de haberse traído algo de magia maldita de ese lugar, como el barro pegado en la suela de sus zapatos.

Pero Holland negó con la cabeza.

—Lo sabrías. —Sus labios eran solo una línea fina y amarga—. La magia de ese lugar no es sutil. Tiene mente y voluntad propias. —Observó el altar—. Créeme —murmuró, y su mente regresó a las notas que tenía en su dormitorio.

—Los diez días —dijo Kosika—. Los diez días que desapareciste del mundo. Fuiste allí.

Holland no la miró.

—Habría hecho lo que fuese para restaurar nuestro mundo. Y eso fue lo que hice.

El gobernante digno es aquel que entiende el precio...

—El Londres Negro es la fuente original de toda la magia —dijo Holland—. Es un manantial. Pero cada gota tiene un coste.

Entonces le contó lo que había sucedido durante los diez días después de que cayesen los Dane y antes de que él subiese al trono. Cómo lo habían herido mortalmente, desterrándolo al Londres Negro. Cómo había yacido allí, con su sangre filtrándose en el suelo destrozado. Cómo habría muerto si no hubiese conocido a Osaron. Osaron, el rey sombra, el centro de la llama que había reducido ese mundo a cenizas, que en ese momento no era más que una brasa en medio de un mundo vacío. Cómo se había traído esa brasa en su interior, para reavivar la magia de su mundo.

¿Qué he hecho? Solo lo que tenía que hacer. Traer una chispa de oscuridad para encender mi vela. Protegerla con todo mi cuerpo. Sabiendo que ardería con ella.

—Al final —dijo—, me costó todo lo que tenía. —Alzó la mirada hacia la ventana, hacia la noche de verano—. Pero funcionó.

—¿Y Osaron? —preguntó Kosika, odiando la manera en la que ese nombre se deslizaba por su lengua.

Holland apretó los dientes.

—Osaron quería lo que quieren todas las llamas. Extenderse sin control. Quemar. —La miró a los ojos—. Pero ese incendio, al menos, se apagó. Lo extinguí con el mío.

Y, sin embargo, pensó Kosika, *sigues aquí.*

Pero no dijo nada.

Una noche, Holland le habló de los otros Londres.

No el del mundo caído, no quería hablar de ese Londres, sino de los otros dos, a los que llevaban las otras dos reliquias de la caja. El primero era el más lejano, donde la magia hacía tiempo que se había olvidado, y el otro, el más cercano, donde la magia ardía mucho más fuerte que en su mundo. El mundo que querían conquistar los Dane, al igual que tantos otros reyes y reinas antes que ellos, como si su magia fuese un trofeo que pudiesen robar.

Le habló de Kell Maresh, el *antari* que llamaba a ese mundo su hogar. Le habló de Delilah Bard, la *antari* del otro mundo, que había prosperado a pesar de su magia ausente.

Le explicó cómo viajar entre los cuatro mundos, habló de ellos como si fuesen puertas que no estaban en una misma pared sino unas frente a las otras, por lo que para llegar a la que tenía más lejos tendría que pasar por la que las separaba. Le enseñó todo eso como si alguna vez ella fuese a desear salir de los límites de su propio mundo. Pero no fue así.

—No le veo el sentido —le dijo—. ¿Por qué me deberían importar los otros mundos?

Y, por primera vez, vio una sombra de disgusto cruzar el rostro de Holland. Kosika se estremeció, temiendo haberlo ofendido. Pero la sombra desapareció y él suspiró.

—Puede que no te tengan que importar nunca.

Pero esa noche ya no le contó más historias.

Y al día siguiente ya no estaba allí.

Kosika volvió a soñar con el palacio, como siempre, y lo buscó por los pasillos, en el salón del trono, en el altar de la torre, incluso caminó descalza por el patio. Pero no pudo encontrarlo. El pánico la inundó al mismo tiempo que llamaba a su santo, a su rey, su voz resonando por los pasillos vacíos, y empezó a temer que se hubiese marchado, esta vez para siempre, que lo que quiera que hubiese sucedido esa semana no hubiese sido más que una extraña y fugaz visión. Ese lugar donde esperar, como lo había llamado, estaba vacío, hueco de una forma en la que nunca lo había estado, y mientras ella lo buscaba el pánico siguió creciendo y creciendo en su interior y, para cuando se despertó, se había aferrado a sus huesos, impidiéndole respirar.

Se ha ido, pensó. *Para siempre.*

La tristeza se aferró a su cuerpo al sentarse sobre el colchón, abrazando las sábanas y…

Ahí estaba.

Holland estaba de pie frente a la ventana de su dormitorio. Era la primera vez que soñaba con él durante el día y parecía distinto. El sol iluminaba su cabello blanco, su capa y su broche plateado, con los rayos resaltando los bordes y cayendo sobre su cuerpo como si fuesen una cortina a su alrededor.

—Ahí estás —dijo, el alivio sobreponiéndose a la extraña sensación de estar despertándose del sueño de otra persona—. He estado buscándote por todas partes.

Holland la miró por encima del hombro.

—Estoy aquí. —Se volvió de nuevo hacia la ventana—. Ven a ver esto.

Kosika se levantó y se sorprendió al notar la fría piedra bajo sus pies descalzos, sus sentidos se agudizaron aunque siguiese soñando. Se colocó junto a Holland frente a la ventana, casi podía jurar que sentía el peso de su mano cuando se la puso sobre el hombro, señalando con la otra hacia el patio. Las hojas estaban cambiando de color, el rojo y el dorado tan vibrantes que parecía como si estuviesen ardiendo.

Un momento más tarde la puerta se abrió a sus espaldas y Kosika se giró, con la mano de Holland cayendo a un costado al mismo tiempo que Nasi entraba en la habitación. Tenía un bollo azucarado entre los labios y otro en un plato.

—Oh, bien, estás despierta —dijo.

Kosika se dio cuenta, para su sorpresa, de que sí que estaba despierta.

Nasi se dejó caer en la silla más cercana.

—¿Qué haces en la ventana?

Volvió a mirar a su espalda, convencida de que no habría nadie allí. Pero Holland seguía ahí, con una mano en el alféizar.

No era un sueño.

—Nunca he sido un sueño —dijo, calmado, y Kosika esperaba que Nasi se sobresaltase al oír su voz, pero la otra joven no pareció escucharla, tumbada todo lo larga y ancha que era sobre la cama en presencia del Santo de Verano.

»No puede verme.

Escuchaba su voz tan clara, no en su mente, sino por toda la habitación. Como si de verdad estuviese ahí. Como si...

—Vuelves a dudar de mí —repuso Holland, su tono adquiriendo un toque más sombrío.

Kosika se llevó las manos a los ojos. Una cosa era ver a alguien en tus sueños, en ese limbo, en el sombrío reino del sueño, y otra muy distinta verlo de pie frente a ti en el mundo de los vivos, sobre todo cuando nadie más podía verlo. Tenía miedo de lo que era y de lo que no, miedo de que no la hubiesen bendecido, sino de que se hubiese vuelto loca.

—¿Qué sucede? —le preguntó Nasi. Un segundo más tarde Kosika notó cómo unos dedos fríos le acariciaban la frente y alzó la mirada hacia el rostro lleno de cicatrices de su amiga. Quería contárselo pero ¿qué le diría? ¿Que estaba viendo fantasmas? ¿Que los sueños la habían perseguido hasta el día?

Holland se colocó detrás de Nasi, con la mirada oscura, impaciente.

—¿De verdad tu fe en mí es tan frágil que se doblega bajo la más mínima brisa?

—No —respondió Kosika rápidamente, solo para darse cuenta de que lo había dicho en voz alta. Nasi la miraba confundida—. No me siento bien —dijo—. ¿Podrías traerme una taza de té?

Nasi la observó un minuto más, antes de darle un beso en la frente y decirle que sí. En cuanto se marchó Kosika se volvió hacia el rey.

—¿Por qué no puede verte?

—Porque no *elegí* a Nasi —dijo—. Te elegí a ti. —Esas palabras fueron como una mano alisando unas sábanas arrugadas. Seguidas rápidamente por la decepción en su rostro—. Dime, Kosika, ¿elegí mal?

—No —respondió, con la voz teñida de desesperación.

Quería que fuese real. Quería creerle. Y, como si estuviese en su cabeza, Holland se acercó a ella.

—Extiende las manos —le pidió, y ella lo hizo, ahuecándolas. Para su sorpresa, él también extendió las suyas y las colocó encima, y ella casi podía sentirlas, como si fuesen una brisa acariciándole los nudillos, mordiéndole la piel.

—Te elegí en el Bosque Plateado —dijo y, mientras hablaba, Kosika sintió una oleada de calor que la recorrió desde el interior, extendiéndose por su pecho y por sus brazos hasta donde sus manos se encontraban con las de Holland.

—Te elegí —dijo—, para que fueses mis manos.

Algo ocurrió a su alrededor. Del suelo se alzaron trozos de tierra que se habían quedado atrapados entre las piedras, del aire brotaron gotas de humedad y los rayos del sol se reflejaron en la ventana; todos esos pedazos se juntaron en el espacio que había entre las palmas de sus manos y empezaron a crecer. Del todo y de la nada surgió una semilla, un brote, el retoño de un árbol que echó raíces entre sus dedos entrelazados y estiró sus ramas hacia el techo y hacia el cielo al crecer en el espacio entre sus manos. Era un fresno plateado, con la corteza blanda y pálida.

Las manos de Holland se separaron de las suyas.

Pero el retoño seguía ahí, entre sus manos extendidas. Kosika se maravilló ante aquella estampa, sintiendo cómo se le anegaban los ojos de lágrimas. Se arrodilló y dejó el retoño en el suelo. La voz de Holland la invadió.

—Estamos unidos —dijo—. Tu magia antaño fue la mía. Mi legado es el tuyo. Guiaré tus manos, si me dejas.

Kosika alzó la mirada hacia él y, en ese momento, no vaciló. No hubo duda.

—Soy tu sierva.

—Entonces yo seré tu santo —respondió él, con el ojo verde brillante y el ojo negro infinito—. Y juntos haremos cosas maravillosas.

VII

ACTUALMENTE

L a roca se movió bajo las botas de Alucard.

—Cuidado, señor —advirtió Velastro—. No es precisamente estable.

Los soldados habían abierto un camino improvisado entre las ruinas, apartando trozos de madera y amontonando ladrillos, desplazando la mayor parte de los escombros hacia los lados, donde debían de haber estado las paredes antes de que el edificio se derrumbase.

Dos soldados habían acordonado las ruinas y seguían buscando entre los escombros, mientras que un tercero hacía la ronda por el vecindario en busca de más información, lo que era una tarea mucho más complicada; al fin y al cabo, estaban en el *shal,* un lugar conocido tanto por su aversión a la corona como por su ganas de mantener en secreto sus asuntos. Pero a todo el mundo le soltaba la lengua el dinero, y Alucard le había dado una bolsa llena de monedas esperando que el soborno hiciese lo que el deber cívico no haría.

—*Anesh?* —preguntó Velastro a su espalda—. ¿Qué le parece?

—Has hecho bien al acudir a mí —respondió Alucard. Fuese o no obra de la Mano, no había nada normal en la forma en la que se había derrumbado ese edificio. El daño había sido completo, aquel derribo tan minucioso no podía haber sido un accidente. No había vigas en el tejado, ni quedaba nada de las paredes.

Al edificio lo habían demolido, era obra de alguien que quería enterrar bien sus huellas.

Velastro sonrió, complacido, y Alucard resistió el impulso de darle una palmadita en la cabeza. En cambio, se volvió hacia las ruinas y entrecerró los ojos, transformando los escombros en una maraña de hilos.

Sus ojos estaban acostumbrados a ver demasiado, pero normalmente solía haber un orden. Al pasar por encima de una viga rota, alrededor de los restos deformados de unas estanterías, todo se difuminó, tanto que casi lo pasó por alto.

Lo que quiera que fuese estaba encajado entre uno de los montones a la altura de su cabeza, solo era un trozo delgado que asomaba por encima. Al principio pensó que era un trozo de metal, reflejando los rayos del sol, pero cuando se acercó se dio cuenta de que no era un objeto sino un haz de luz, que brillaba en el aire.

—Atrás —ordenó.

En cuanto los soldados se alejaron, Alucard pasó la mano por el haz, sintió el familiar soplo de la magia subiendo por sus dedos y el montón de tierra y rocas respondió, emitiendo un crujido sordo al ser empujado hacia un lado, revelando el suelo que había debajo. Y una silueta, tallada en el aire. Un conjunto de líneas perfectas que formaban un marco.

Alucard maldijo entre dientes. No, no había sido un acto al azar.

—¿Qué es eso? —preguntó Velastro.

Alucard apartó la mirada de la marca.

—¿Tú también puedes verlo? —cuestionó, sorprendido.

Velastro sacudió la cabeza, como si no se pudiese decidir entre un «sí» y un «no».

—Puedo verlo y, a la vez, no.

Y entonces dijo algo que Alucard llevaba años sin escuchar, desde sus años en alta mar.

Trosa.

«Fantasma».

Los marineros sabían todo tipo de leyendas. Del Sarows, que saqueaba barcos como si fuese una rana, y del *garost*, que se alzaba desde las profundidades del océano y pasaba sus garras por el casco de los barcos, y de los *trosa*, buques espectrales que seguían a los barcos, acechándolos al amanecer y al anochecer desde el horizonte pero sin acercarse nunca.

Pero Velastro no era marinero y, para él, esa palabra tenía un significado muy distinto.

—Solíamos llamarlos así —explicó—, cuando era niño. Los ecos que ves cuando miras demasiado tiempo hacia la luz, después cierras los ojos y siguen ahí. Sin importar cuánto parpadees.

Alucard estiró la mano hacia la marca, trazándola con los dedos. Había esperado algo de resistencia por su parte, pero la magia que hubiesen utilizado ya se había consumido, dejando tras de sí solo esa cicatriz, con sus vívidos trazos grabados en el aire, sus bordes ardiendo blanquecinos.

—Un remanente —murmuró.

En ese momento llegó otra soldado a lomos de una montura real. Los dedos de Alucard se apartaron de la marca al mismo tiempo que ella desmontaba, colocándose el yelmo bajo el brazo.

—¿Y bien? —dijo—. ¿Qué has conseguido comprar con nuestro dinero?

—Más de lo que cree —respondió la soldado—, y menos de lo que le gustaría.

La mujer echó un vistazo a las ruinas de la casa y explicó que, antes de que se derrumbara, había sido un taller de reparaciones regentado por un tal Haskin.

—¿Algún rastro de él?

—Ese es el tema —repuso la soldado—. Cuando pedí una descripción, nadie supo dármela. Según todo el mundo, nunca salía de la tienda. Ni siquiera hablaba con sus clientes. Vamos, era un recluso.

—Pero no encontraron ningún cadáver entre las ruinas —observó Alucard.

—Puede que no exista —dijo Velastro.

Alucard se volvió hacia el joven soldado. Tal vez fuera más listo de lo que parecía.

—¿Crees que era una farsa?

Fue la soldado quien respondió.

—Oh, no —dijo, negando con la cabeza—, por lo que sé la tienda de Haskin era bastante conocida por sus reparaciones. No estoy del todo segura de que todos los objetos que reparase fuesen legales. Pero el negocio lo llevaba su aprendiza. Una niña. De unos quince años. Larguirucha. Mucho pelo. Uno la describió como un gato salvaje.

—¿Nombre?

La soldado negó con la cabeza. Alucard suspiró. Pues claro que no. Eso habría sido de mucha ayuda. Siguió escuchando lo que le contaba la soldado, pero su mirada se perdió entre los escombros, hacia lo que quedaba de la fachada de la tienda, y entonces se fijó en el joven que merodeaba por la calle.

Si intentaba pasar desapercibido, estaba haciendo un trabajo nefasto.

Estaba de pie en una esquina, con un paquete en las manos y la mirada fija en la tienda derruida, con la cara desencajada mientras evaluaba los daños. Lo primero que pensó Alucard fue que debía ser un cliente o un amigo. Lo segundo fue que ya lo había visto antes. Era la forma de su rostro, la forma en la que su cabello se rizaba sobre sus cejas, la manera en la que sus ojos se abrieron como platos cuando descubrió a Alucard observándolo.

El chico se quedó helado.

Igual que el conejo de Ren, Miros, cuando lo perseguía el servicio, como si de ese modo fuese a mimetizarse con la pata de una silla, la alfombra o el tapiz que había en la pared. Y entonces, cuando se dio cuenta de que no funcionó, hizo lo mismo que los conejos.

Huir.

—Espera… —empezó a decir Alucard, pero el chico ya estaba volviéndose. Corriendo calle abajo.

»*Sanct* —maldijo, tomando las riendas de la montura de la soldado y subiéndose de un salto. Le clavó los talones en el costado y el caballo se puso en marcha, saltando sobre un montón de escombros, con sus cascos golpeando la calle empedrada.

El joven era rápido, pero también torpe, sus piernas larguiruchas se enredaban al correr. Medio derrapó, medio se deslizó por una curva cerrada, dejando caer el paquete que llevaba, del que se desparramó algo que parecían *dumplings* por la calle al mismo tiempo que luchaba por mantener el equilibrio y reemprendía la huida; entonces cambió de opinión y se volvió hacia su perseguidor.

Alucard detuvo al caballo y se apeó, alzando la mano en señal de paz.

—Solo quiero hablar —dijo, lo que era cierto. Sabía que no todo el mundo huía porque hubiese hecho algo mal y, aunque hubiese sido así, a Alucard solo le importaban los delitos que hubiese cometido el joven si arrojaban algo de luz sobre la tienda destruida y la aprendiz desaparecida—. ¿Qué le ha pasado a la tienda de Haskin?

—No lo sé —respondió el chico sin aliento—. Iba a visitar a Tes, para pagarle, ¿sabes? Por los *dumplings* y... ¿Está bien? ¿Estaba dentro?

—Tes... ¿es la aprendiza de Haskin?

Meneó la cabeza. Echó un vistazo a su alrededor, como si las paredes del callejón pudiesen estar escuchándolos.

—¿Cómo te llamas? —le preguntó; pensó que la pregunta era bastante inocente, pero a ojos del joven, de un marrón claro, como el té suave, no lo era. Entrecerró los ojos y su expresión se cerró a cal y canto. Y Alucard se dio cuenta de por qué había dejado de correr.

Antes había estado demasiado ocupado como para fijarse en el color de la magia del joven. Pero en ese momento se fijó en los hilos que se enroscaban alrededor de los hombros de su oponente. Era un color que había visto muy pocas veces: un violeta oscuro y amenazador.

—No importa —repuso Alucard, desechando su propia pregunta—. Ahora lo que importa es encontrar a tu amiga, Tes. Asegurarnos de que esté a salvo. —Se arrepintió de sus palabras en cuanto las dijo. Acababa de mostrarle sus cartas al admitir que la chica no estaba en la tienda. El joven alzó la mirada—. Si vuelves conmigo puede que veas algo...

—Tes puede cuidarse sola.

Dio un paso atrás al decirlo, negando con la cabeza.

—No puedo dejar que te vayas —le advirtió Alucard.

El joven le dedicó una mirada de lástima.

—No creo que tengas elección.

Se movieron al unísono, cada uno invocando su magia. Alucard se lanzó hacia los adoquines al mismo tiempo que el joven se lanzaba hacia él. Alucard era rápido pero, por primera vez, no lo suficiente. El suelo bajo sus pies se estremeció pero, antes de que pudiese alzarse, el joven bajó la mano y Alucard sintió cómo su propio cuerpo se doblegaba.

Magia de *hueso*.

Ese era el poder que le daba al aura a su alrededor un tono violeta brillante.

Las piernas de Alucard se vencieron y cayó de rodillas sobre el suelo, con la cabeza inclinada hacia delante para que no pudiese ver la calle y las manos sobre los adoquines. Jadeó, tratando de volver a hacerse con el control de su cuerpo, sintió cómo le encajaba la mandíbula para que no pudiese pedir ayuda.

—Lo siento —dijo el joven, y si no estuviese conteniéndole en contra de su voluntad tal vez se habría parado a pensar en lo extraño que era aquello. Se estaba disculpando, e incluso sonaba sincero.

Oyó cómo las botas del joven resonaban a su alrededor, con cuidado de mantenerse fuera del campo de visión de Alucard.

—Lo siento —repitió—. Solo quería llevarle *dumplings*.

Sus pasos se alejaron por el callejón y lo último que Alucard oyó fue cómo el joven se detenía junto al caballo para acariciarlo y decirle «buen chico» justo antes de marcharse.

En cuanto se fue, Alucard recuperó el control de su cuerpo. No de forma gradual, como cuando se te duermen los dedos, sino de repente, recobrando el control de sus extremidades con la misma fuerza con la que las olas golpean los acantilados.

Alucard se levantó, temblando por la sensación tan inquietante de haber sido una marioneta en manos de otra persona. El caballo seguía ahí, esperando pacientemente en la boca del callejón.

—Podrías haberlo detenido —murmuró Alucard, subiéndose a lomos de la bestia. Pero ninguno de los dos iba a ir tras el mago de hueso.

Al menos, no mientras la marca fantasma siguiese grabada en su memoria, flotando en medio de la tienda derruida. Una cicatriz del mismo tamaño y forma que una sola cosa.

Una puerta.

VIII

La casa estaba en silencio y a oscuras como la noche anterior. Lila se apoyó en una pared en la boca del callejón y volvió a examinar el borde de la moneda por si se le había pasado alguna pista o alguna mención del día en el que tenían que ir que acompañase a la maldita hora. Pero las palabras no habían cambiado.

SON HELARIN RAS • NONIS ORA

La calle que rodeaba la casa había cobrado vida, con carruajes circulando y clientes saliendo y entrando en las tiendas, y las casas a cada costado bullían de vida, pero las once llegó y pasó, y nadie se acercó a las puertas del número 6 de la vía Helarin.

Aquello empezaba a parecer un acertijo y, para Lila, los acertijos podían irse a la mierda.

Estaba a punto de marcharse cuando algo la hizo detenerse. Si iba a tener que venir aquí dos veces al día a vigilar, lo mínimo que podía hacer era poder ahorrarse el venir andando. Se desató las vendas de la mano, el corte seguía fresco; un poco de presión y la sangre volvió a brotar. Se llevó los dedos a la sangre que se acumulaba en la palma de su mano y, con los dedos ensangrentados, trazó una pequeña marca en la pared más cercana. Una línea vertical y dos pequeñas «X» encima. Un atajo.

Se volvió a vendar la mano y observó la casa vacía una última vez. El 6 de la vía Helarin le devolvió la mirada sombría, con sus ventanas oscuras, sus puertas cerradas a cal y canto y su fachada formando una sonrisa malvada.

Cuanto más la miraba, más sentía que se estaba burlando de ella.

Una llama chisporroteó en su palma. Pensó brevemente en quemarla hasta los cimientos. Pero el impulso se le pasó cuando percibió a alguien tras ella, oculto en las sombras.

Lila suspiró y sacó una daga.

—Te advertí de lo que pasaría —dijo—, si me volvías a seguir.

Estaba a punto de lanzar la daga cuando le respondió una voz familiar.

—Qué amenazador.

Lila decidió lanzarle la daga igualmente. A su favor, Alucard la esquivó y atrapó la hoja metálica entre los dedos.

—Voy a fingir que no sabías que era yo y que estabas actuando por instinto.

—Pues vale —repuso Lila, moviendo la muñeca. La hoja se liberó del agarre de Alucard y regresó a su mano. Él se reunió con ella en la boca del callejón.

—Admito que me sorprende verte aquí.

Podría preguntarle cómo la había encontrado, pero podía adivinarlo. Esos malditos cuervos.

Alucard estaba observando las casas a ambos lados de la calle y Lila pudo ver cómo un destello de incomodidad le cruzaba el rostro. La finca de los Emery no estaba muy lejos. Ese había sido su barrio, las calles donde se había criado.

Una pareja pasó junto a ellos, sorprendiéndose un poco cuando vieron al príncipe consorte. Él esbozó una sonrisa, pero Lila pudo entrever la tensión que había detrás.

Se lo tenía merecido por haberla seguido, pensó.

Alucard observó la hilera de casas que había al otro lado de la calle.

—¿Y bien? —dijo él despreocupadamente—. ¿Qué estamos haciendo aquí?

A Lila le molestó que se incluyese en la ecuación y se planteó mandarlo a la mierda, pero estaba cansada de observar esa estúpida casa. Puede que otro par de ojos la ayudasen.

—Esa casa de ahí —dijo, señalándola con la barbilla—. No sé si estará hechizada. Quizás haya algo que tú puedas ver que yo no.

No solía envidiar la vista de Alucard, en un mundo lleno de magia, esta parecía darle más dolores de cabeza que ayudar, pero llevaba mirando fijamente la fachada de piedra casi una hora para nada, y si resultaba que sí que se estaba llevando a cabo una reunión en su interior todo este tiempo, puede que entonces sí que la quemase hasta los cimientos.

Alucard observó el edificio, entrecerrando los ojos para enfocar la fachada.

—No hay ningún velo —respondió—. ¿Por qué?

Lila sacó la moneda de su bolsillo y se la lanzó.

—¿Una propina por mi excelente compañía? —preguntó, sopesando el lin en la palma—. Lo creas o no, Bard, no me hace falta el dinero.

Ella puso los ojos en blanco.

—Me encontré esa moneda en el bolsillo del cadáver de uno de los ladrones en el barco de Maris. Mira el canto.

Alucard lo sostuvo a la luz. El metal seguía ligeramente manchado de la noche anterior, con el hollín acumulado en los pequeños surcos.

—¿Un mensaje? —se aventuró, entrecerrando los ojos para ver qué ponía.

—Te ahorraré el trabajo —dijo Lila—. Es muy pequeño y está escrito al revés.

Sacó el pañuelo que llevaba en el bolsillo, con el mensaje escrito encima. Alucard se fijó en la venda que le rodeaba la muñeca y frunció el ceño.

—¿Te has cortado?

—Es el precio que hay que pagar por jugar con cuchillos —repuso, restándole importancia—. Mira esto. —Señaló el mensaje—. Es una reunión. Y me jugaría algo más a que esa moneda es de la Mano.

Alucard suspiró.

—Por eso no los hemos sorprendido. Tienes que admitir —dijo Alucard— que es bastante inteligente.

—Lo apreciaría mucho más si se hubiesen molestado en especificar también el día.

—Pero sí que lo han hecho.

Señaló la pequeña marca que separaba las dos mitades del mensaje, con forma de un pequeño círculo negro.

—Eso —dijo Lila— es un punto.

—Solo alguien con tan poca imaginación, o sin estudios en taquigrafía arnesiana diría algo así. Igualmente, ese pequeño punto, como lo llamas, es una luna.

A Lila se le encogió el estómago.

—O, quizá sea una *no* luna —añadió—. Es difícil saber qué escuela prefieren.

Lila se maldijo. ¿Cómo no había caído? En una superficie tan pequeña no se podía desperdiciar símbolo alguno. Rebuscó en su memoria, la luna había estado menguando esas últimas noches, el cielo nocturno volviéndose más oscuro. Si era una luna llena podrían faltar semanas, pero si era una luna nueva entonces podía ser tan pronto como…

—En cualquier caso —dijo Alucard, devolviéndole la moneda y el pañuelo—, no va a ser ahora. Menos mal —añadió, volviéndose para irse y esperando que ella lo siguiera—. Hay algo más que tienes que ver.

Media hora más tarde, Lila había cambiado las amplias avenidas de la orilla norte por los estrechos corredores del *shal*, y ya no estaba *frente* a una casa, sino en medio de las ruinas de otra.

Parecía que la habían derribado, no, más bien que la habían *rasgado*, desde el interior. Mientras seguía a Alucard entre los escombros, Lila se fijó en que aquello no parecía un accidente, sino que lo habían demolido. Lo que no explicaba qué hacía ella ahí.

—Por aquí —dijo Alucard, guiándola entre las ruinas. Lila le dio una patada a un trozo de piedra que se interponía en su camino. Entre los escombros se fijó en que había pedazos de metal, demasiado pequeños para ser parte de la estructura, una lata de té aplastada, alambres y cordeles por todas partes. Los restos astillados de un cartel que rezaba: UNA VEZ ROTO, PRONTO SE REPARA, todavía legible.

El miedo se asentó en su estómago.

—Este lugar —dijo—. ¿Cómo se llamaba?

Sabía la respuesta antes de que Alucard le dijese el nombre, pero aun así fue como si le hubiesen dado un puñetazo en el estómago.

—Haskin.

Lila gruñó. Había estado tan cerca.

—¿Y dónde está el hombre al que le debe el nombre?

—No existe. —Lila enarcó una ceja. Eso sí era una sorpresa—. Parece que la tienda la llevaba su aprendiza, o así era como le decían. Una niña que se hace llamar Tes. Ni rastro de ella pero, espera a ver esto. ¿Dónde está? Ah, ahí.

Alucard se detuvo abruptamente y Lila tuvo que pararse en seco para no chocar con él. Le señaló algo que tenían enfrente, una zona donde habían limpiado los escombros. Lila miró hacia allí, pero no veía nada.

—¿Es algo que solo puedes ver tú? —se aventuró.

Pero Alucard negó enérgicamente.

—No lo creo. Enfoca. O, más bien, desenfoca.

Lila no le entendía. Caminó junto a él, pasando la mirada por el aire. Pero no vio nada inusual. Y entonces Alucard se acercó a ella, la rodeó y se volvió para mirarla. Había algo extraño, era como si estuviese de pie tras un cristal.

—¿Qué es eso? —murmuró, casi para sí misma.

Alucard dobló los dedos y una brisa acudió respondiendo a su llamada, una corriente de polvo que atrapó la luz, trazando la silueta de una marca. Lila frunció el ceño, fijándose en ella.

—Tengo una teoría —dijo Alucard—. Creo que es…

—Una *puerta* —lo cortó.

Alucard parecía un tanto decepcionado, como si hubiese querido decirlo él.

—Bueno, sí. Exacto.

Lila observó el eco de la puerta. Había estado en lo cierto. La *persalis* se había dañado. El ladrón debía de haberla traído aquí a que la reparasen. Y la habían arreglado o bien alguien la había liado al intentarlo. Estiró la mano como si fuese a ponerla sobre la marca, pero sus dedos se toparon con una resistencia. Solo era un eco, la cicatriz de un hechizo.

—¿Cuándo ha pasado? —preguntó con amargura.

—Creemos que anoche —respondió Alucard—. O a primera hora de esta mañana.

Lila maldijo por lo bajo. Si hubiese venido aquí en vez de ir a la vía Helarin. Había estado tan cerca y, ahora, no tenía nada. La *persalis* se había escapado entre sus dedos y todas las pistas que tenía ya no le servían para nada, lo que quiera que hubiese pasado allí antes del amanecer, las respuestas que podría haber encontrado...

Lila se enderezó de repente.

Por un momento, las ruinas desaparecieron y estaba de vuelta en el barco de Maris, con la anciana tendiéndole el naipe de cristal. Lo había llamado «una ventana hacia el pasado».

«Por si, como yo, te encuentras un paso por detrás».

Lila se llevó las manos a los bolsillos antes de acordarse de que lo había guardado en el camarote del capitán. Se volvió y salió corriendo entre los escombros.

—¿A dónde vas, Bard? —preguntó Alucard.

—A buscar algo en mi barco.

DIEZ

De la sartén
al fuego

I

LONDRES GRIS

Los muertos no sentían tanto dolor.

Por eso Tes supo que estaba viva.

La taberna estaba a oscuras, todas las velas se habían consumido, pero la tenue luz del amanecer se filtraba entre las persianas, iluminando la habitación con distintos tonos de gris en vez de negro.

Ya no estaba sobre la mesa en el centro de esa sala desconocida, sino sobre un jergón improvisado, hecho con un cojín y un par de bancos que habían acercado a la pared. A Tes le dolía todo el cuerpo, desde las puntas de los dedos hasta donde la habían apuñalado, e incluso más dentro, en el centro de su pecho. Como si su corazón hubiese trabajado horas extra, bombeando toda esa sangre solo para que ella la perdiese. Cuando intentó incorporarse sintió cómo los puntos le tironeaban en el costado, su piel tensa contra el hilo. Siseó entre dientes y se incorporó del todo, cerrando los ojos hasta que se le pasó el mareo.

Tes se subió la camisa, que ya no era la que había llevado puesta antes, sino una nueva (y a juzgar por lo largas que eran las mangas y la forma en la que el dobladillo le rozaba los muslos, pertenecía al hombre que la había encontrado), y estudió la herida que tenía en la cadera. El puñal había entrado recto pero profundo, y debía de haber esquivado las partes importantes, pero sin duda le dejaría una buena cicatriz. Nero siempre le decía que las cicatrices eran sexis (por lo general justo después de llegar con una ceja partida o un nuevo rasguño) pero Tes pensó en el rostro arruinado de Calin e hizo una mueca.

Tenía los rizos sueltos enmarcándole el rostro, pero cuando trató de recogerse el pelo el movimiento le tironeó de los puntos y le mandó una nueva oleada de dolor por el costado, así que dejó la maraña salvaje como estaba y se acercó al mostrador, donde alguien había dejado todo lo que llevaba en su abrigo: el saco de monedas, el creador de portales y a Vares.

Solo que el búho no estaba ahí.

El pánico la invadió hasta que se volvió y se topó con el búho muerto sentado en una mesa, enfrente del hombre que la había salvado. Estaba desplomado en una silla, con la cabeza apoyada sobre los brazos cruzados y el pequeño búho al lado de su codo. Tes dio un paso adelante con cautela.

Ned Tuttle, así lo había llamado la mujer.

Era un nombre extraño pero, de nuevo, aquel era un lugar extraño. El mundo más lejano, el que había perdido su magia. Eso era lo que le habían contado y, sin embargo, ahí había magia, enroscándose en silencio alrededor de aquel hombre durmiente y delgaducho.

El hilo no brillaba con intensidad, solo emitía un tenue fulgor dorado, pero estaba *ahí*.

Lo más extraño era que ese hilo no era el que la había guiado hasta allí, a esa taberna tan raramente familiar y hasta su extraño propietario. El que había visto por la noche no había tenido color, solo un brillo vacío blanco y negro. La camarera no poseía magia, así que no era suyo, pero Tes estaba segura de que el hilo había provenido de allí. Paseó la mirada por la taberna. Había una puerta principal, así como unas escaleras que llevaban a la planta superior; puede que arriba hubiese dormitorios. Pero había una tercera puerta que no llevaba a la calle. Tes se acercó trastabillando hasta ella. Probó a girar el pomo. Cerrado. Si hubiese estado en su mundo habría tirado de los hilos del interior del cerrojo y lo habría abierto. Pero no estaba en su mundo, y las cosas allí no funcionaban con magia. Eran cabezotas y sólidas, y eso la volvía loca.

Soltó el pomo al mismo tiempo que algo se deslizaba entre la madera y la pared.

Un hilo. Blanco y negro, que emitía ese brillo imposible.

Igual que el que había visto la noche anterior.

Al no estar desangrándose hasta morir, esa escena le despertó un recuerdo. Había visto algo parecido antes, ese brillo sin luz que parecía alimentarse de sí mismo. Le recordaba a la sombra que se aferraba a uno de los baúles de la tienda de su padre, el que contenía las reliquias del Londres Negro. Pero, aunque no fuese así, sabía que lo mejor era no toquetear objetos que no comprendía.

Se apartó de allí cuando, de repente, el hilo se lanzó hacia *ella*. La propia magia se removió hacia delante, disparándose hacia ella con una velocidad y una fuerza tan repentinas que Tes retrocedió y se tambaleó, alejándose del hilo que intentaba alcanzarla.

Se golpeó el talón con la pata de una silla, que chirrió al deslizarse sobre el suelo, e hizo que Ned se despertase de golpe, alzando la cabeza y observando a su alrededor con los ojos bien abiertos hasta que se fijó en ella.

Suspiró aliviado.

—Bien —dijo—. Estás viva.

Tes volvió a mirar hacia la puerta, como si estuviese esperando que el hilo se lanzase hacia ella. Pero había desaparecido. Se giró hacia Ned e improvisó con su oxidada lengua imperial.

—Gracias a ti —dijo, las palabras sonaban extrañas saliendo de sus labios.

El hombre se levantó y empezó a hablar muy rápido, los términos mezclándose entre sí.

—Por favor —le pidió Tes—. Más lento. Este no es... mi idioma.

Ned ladeó la cabeza.

—Oh, cierto, no lo había pensado. Tiene sentido, supongo. Otros mundos y esas cosas. Pero Kell siempre hablaba el inglés del rey.

Tes se sorprendió al oír ese nombre.

—¿Kell *Maresh*?

Pues claro, quién si no. Solo había un Kell que pudiese moverse entre mundos.

Ned asintió enérgicamente.

—¿Lo conoces?

Tes resopló. La gente *sabía* de la existencia del *antari* carmesí, Kell Maresh, el hermano adoptado del rey Rhy. La mayoría nunca le habían conocido en persona. Lo más cerca que había estado fue cuando llamó al búho «Vares» en su honor. Pero Ned la miraba expectante, como si fuese una pregunta totalmente válida.

—No —respondió—. Nunca he conocido al príncipe en persona.

—¿*Príncipe*? —Los ojos de Ned se abrieron como platos—. Como en... ¿heredero al trono?

Tes asintió. Ned silbó suavemente.

—Nunca me lo contó. —Empezó a pasearse como un león enjaulado—. ¿Estás segura de que estamos hablando del mismo Kell? ¿Cabello rojizo? ¿Un ojo completamente negro? Y luego está su compañera, Lila Bard... pero ella de princesa no tiene nada. ¿La conoces?

De hecho, Tes sí que había conocido en persona a la otra *antari*, una vez, cuando llegó a Londres.

No había salido muy bien ese encuentro.

—Hablando de lo cual... —divagó el hombre—. Tú no lo tienes, el ojo negro, quiero decir, pero estás aquí, ¿cómo es posible? Pensaba que solo los magos con un ojo negro podían cruzar entre mundos. Claro que Lila tampoco tiene un ojo negro, pero eso es porque uno de sus ojos es de cristal, no es que tengas por qué saberlo...

La sala le daba vueltas y él estaba volviendo a hablar muy rápido. Tes se dejó caer sobre una silla vacía y se masajeó la frente. Lo que necesitaba de verdad era una taza bien grande, caliente y fuerte de...

—¿Té? —le ofreció Ned.

Tes alzó la mirada hacia él.

—¿Tienes *té*?

Él asintió enérgicamente.

—No puedo vivir sin él. Parece que te vendría bien una taza. A mí también. Ha sido una noche larga. Claro que no tan larga como la tuya...

Atravesó la habitación en dos largas zancadas gracias a sus piernas larguiruchas, que lo llevaron rápidamente tras el mostrador y hasta una alcoba. Tes oyó el traqueteo de una tetera, cómo se encendía una cerilla y después un hornillo.

Vares estaba sentado en la mesa, con los hilos de magia brillando a su alrededor sobre el fondo de la habitación vacía. Tes estiró la mano hacia él y pasó un dedo con cuidado sobre uno de los hilos; el pájaro se removió, contento, como si le hubiese acariciado unas plumas inexistentes.

Ned apareció entonces con una bandeja traqueteante.

—¿Cómo lo tomas? —le preguntó.

Tes no entendía la pregunta.

—¿En una taza?

Él se carcajeó, era un sonido suave, y dejó la tetera y un par de tazas sobre la mesa, junto con una jarrita llena de leche y un cuenco con azúcar. A Tes nunca se le habría ocurrido enturbiar el hermoso sabor amargo de su té con leche y azúcar, pero puede que el té de ese mundo sí que lo necesitase. Observó cómo él se echaba tres terrones de azúcar y un chorrito de leche en su taza. Ella no se echó nada más que el té.

Decidió que, si el té estaba tan malo, entonces lo probaría.

Pero el té no estaba malo. En absoluto.

Era… distinto, por supuesto. Distinto, pero tan fuerte como le gustaba. Era agradable saber que, aunque los mundos fuesen diferentes, aquello, al menos, permanecía siempre igual. Rodeó la taza humeante con los dedos y se bebió el té y, por primera vez desde que había arreglado el creador de portales y entrado en otro mundo, desde que unos asesinos la habían secuestrado y amenazado con cortarle las manos, desde que su tienda había sido destruida y la habían apuñalado, obligándola a huir a otro mundo, Tes sintió que le ardían los ojos por las lágrimas acumuladas.

Algunas lograron escaparse y caer sobre la mesa antes de que pudiese limpiárselas.

Ned fingió no darse cuenta, y ella se lo agradeció. Empujó un plato hacia ella. Estaba lleno de pequeños discos, poco más grandes que una moneda.

—Galletas —le explicó. Tes las observó. Parecían *kashen*, unas galletas especiadas que solía comer cuando era pequeña. Tomó una y la olfateó, pero no pudo captar ninguna especia. La mordió, o intentó morderla, porque era dura, sosa y se le quedó pegada a los dientes, y Tes se estaba preguntando cómo, y por qué, alguien querría comerse algo así cuando Ned tomó una y la mojó en el té.

Escéptica, siguió su ejemplo, llevándose la galleta húmeda a la boca. Y, esa vez, estaba caliente, blanda y dulce. No se parecía en nada a las *kashen*, pero estaba buena.

Vares chasqueó el pico y Ned se fijó en el búho, mirándolo con una especie de asombro infantil.

—Asombroso —murmuró, y Tes le dedicó una pequeña sonrisa, sí que era una magia bastante impresionante.

Se terminó su taza de té y se sirvió otra, que estaba mucho más fuerte por el tiempo que llevaba reposando.

—¿Kell y tú tomabais el té a menudo? —le preguntó.

Ned se carcajeó, atragantándose con un trozo de galleta.

—No. Sus visitas siempre han sido estrictamente por negocios. Nunca se quitaba siquiera el abrigo.

—He oído que es mágico —dijo—. El abrigo.

—No me sorprendería —repuso Ned—. ¿No es todo mágico de donde vienes?

Tes empezó a negar con la cabeza, pero se detuvo. No todo estaba *hechizado*, por supuesto, pero sí que todo tenía algo de magia. De ahí venían los hilos.

—Tú tienes magia —repuso, observando el hilo que se curvaba a su alrededor—. No debería ser posible, pero la tienes.

Fue como si alguien hubiese prendido un farol en el rostro de Ned.

—¿Se nota? Quiero decir, sé que no es mucha, pero he estado practicando todos los días y creo que he mejorado…

Y ahí iba de nuevo, hablando demasiado rápido en la lengua imperial, moviendo las manos con entusiasmo. De hecho, ese hombre parecía no quedarse quieto nunca. A Tes le recordaba a Vares. Todos esos pequeños gestos y movimientos. Esperó a que perdiese el suficiente aliento como para que pudiese entender lo que decía, algo sobre velas y juegos de elementos, y entonces volvió a mirar hacia la puerta de madera cerrada al otro lado de la sala.

—También hay magia allí.

Ned frunció el ceño. Perdiendo cualquier rastro de alegría.

—Ah.

—¿Qué hay tras esa puerta?

—Nada —dijo, tan rápido como si cerrase una ventana de golpe. Era el tipo de mentira que dejaba claro que nunca le sonsacaría la verdad.

Tes quería decirle que, lo que quiera que fuese, no era seguro.

Pero la expresión en el rostro de Ned dejaba claro que ya lo sabía. Que sabía que era malvado. Que era algo que estaba mal. Lo sabía, lo tenía ahí, y él lo mantendría en secreto. Por lo que Tes se limitó a decir:

—Ten cuidado.

Y dicho eso, se terminó su taza de té y se levantó, haciendo una mueca cuando los puntos tironearon en su costado.

—¿A dónde vas? —le preguntó.

Era una buena pregunta, y ella no tenía una buena respuesta, pero tampoco podía quedarse allí. Se encaminó hacia el mostrador, se puso con cuidado el abrigo y las botas, metiéndose el creador de portales bajo el brazo, antes de guardar todas las monedas salvo una en el bolsillo. La última moneda la dejó sobre la mesa de Ned. Como pago, por la ayuda, la camisa y el té.

Entonces él hizo algo muy raro. Tomó la moneda y se la llevó a la nariz, al tiempo que murmuraba algo que sonó como «flores».

—Eres muy raro —le dijo.

Él sonrió.

—Eso me han dicho. Si ves a Kell o a Lila, diles que Ned Tuttle les manda saludos.

Tes se rio un poco, aunque le doliese. No se podía imaginar topándose con los dos *antari*, pero él parecía esperanzado al mirarla.

—Lo haré —contestó en cambio.

Ned se levantó y la acompañó hasta la puerta.

—Puedes volver, ya sabes, cuando quieras —dijo, descorriendo el pestillo—. No tienes por qué estar desangrándote. Quiero decir, obviamente, si estás herida, ven, pero si te apetece una taza de té y hablar un rato, eso también me sirve.

Abrió la puerta de par en par, revelando una mañana gris pálido.

—Oh —dijo Ned—, no me has dicho cómo te llamas.

Y puede que fuese por todo lo que había hecho para salvarle la vida, o quizá porque creyó que nunca lo volvería a ver, o quizá solo porque estaba demasiado cansada, pero le dijo la verdad.

—Me llamo Tesali Ranek —dijo, añadiendo después—: Pero mis amigos me llaman Tes.

Aunque lo cierto era que solo Nero la llamaba así.

Ned sonrió.

—Bueno, Tes. Ya sabes dónde encontrarme.

Y así era.

Fuera, las calles estaban llenas de carros, gente y voces, la mañana estaba abarrotada de movimiento, pero sin todas las capas de hilos de magia, era plana. ¿Era así como los demás veían el mundo? Era tan... silencioso, y aunque era desconcertante ver solo la parte material y profana del mundo, Tes también se sintió extrañamente aliviada. Como una mano fría sobre una mejilla febril.

Echó un vistazo a su espalda, volviendo a leer el cartel que había sobre la puerta de la taberna.

—Las Cinco Puntas —murmuró para sí, memorizando las palabras en la lengua imperial, antes de marcharse calle abajo.

II

Unos cuantos se volvieron a mirar a la chica con la camisa demasiado larga y los pantalones ajustados, con una maraña de rizos salvajes y un ligero temblor en su caminar, que hablaba consigo misma en una lengua extranjera.

Pero, por supuesto, Tes no estaba hablando consigo misma.

Estaba hablando con Vares. Nadie más podía ver al búho muerto que llevaba en el bolsillo de su abrigo.

—No estoy perdiendo el tiempo —murmuró—. Solo necesito un plan.

Se detuvo en una esquina y oteó la calle arriba y abajo.

Qué ciudad más extraña.

Los edificios eran una mezcla de madera, ladrillo y piedra, desparejados, como si fuesen una mezcla de lo nuevo y lo viejo. Iban desde las casas más estrechas, aplastadas como si fuesen el interior de un sándwich entre dos gruesos trozos de pan, hasta las estructuras abovedadas con tejados puntiagudos. Tes se preguntó cómo lo habrían hecho, cómo habrían construido todo eso sin una gota de magia. Si de verdad tenían que talar uno a uno los árboles o levantar y colocar a mano todas esas piedras.

Era impresionante.

Pero también estaba sucia. Cada vez que inhalaba se le quedaba un extraño regusto en la boca, como el de la comida podrida, y el humo subía hacia el cielo, creando nubes tan negras como el carbón.

Caminó junto a la orilla del río. Al parecer, a la luz del día, el agua no era negra ni azul, sino gris. Como el gris pálido de los charcos de las calles, por el hollín y las nubes de tormenta. Le daba escalofríos ver el Isle despojado de color, una fuente reducida a un simple arroyo. Siguió caminando hasta que llegó a un puente y se detuvo para volver a orientarse.

—Sí —le dijo al búho—. Sé a dónde voy.

No era estrictamente cierto, pero tenía una corazonada.

No solo había oído hablar de los Londres de los otros mundos. El río, aunque no tuviese su característico brillo carmesí, parecía ocupar siempre el mismo espacio, y aunque los edificios y los puentes fuesen distintos, la ciudad tenía el mismo aspecto tosco. Como si tuviese un mismo esqueleto siempre y solo cambiase de cuerpo. Por lo que, mientras Tes paseaba, trazó un mapa en su cabeza, no de esa ciudad, sino de la suya, agradeciendo haber pasado los últimos años aprendiéndose todos los recovecos de la ciudad.

Al cruzar la puerta Tes se había, y no se había, movido. Había ido a parar a un mundo distinto, sí, pero era el mismo lugar físico. Creía que era una apuesta bastante decente y que, si volvía a cruzar la puerta, terminaría en ese mismo lugar pero en otro mundo.

—Si Calin ha sobrevivido —siguió diciendo—, seguro que Bex también.

Por eso estaba poniendo toda la distancia posible entre ella, las ruinas de la tienda y el *shal* o, al menos, donde suponía que estarían, antes de regresar a su Londres.

—No, no puedo quedarme *aquí* —murmuró como si Vares se lo hubiese sugerido. Se estremeció solo al decirlo en voz alta. Aunque era agradable poder descansar la vista por un rato, solo el pensar en quedarse a vivir en un lugar así, en un mundo sin magia, hacía que se le revolviese el estómago. No, tenía que volver. Aunque fuese peligroso. Aunque la estuviesen buscando.

Su mundo, su *propio* mundo, era un lugar enorme. Ya había huido una vez.

Podía volver a huir.

Tes se detuvo y cerró los ojos con fuerza, y trazó el mapa en su cabeza una última vez para asegurarse de que estuviera en el lugar adecuado. Después se agachó y dejó la cajita de madera en el suelo. Echó un vistazo a su alrededor y vio a un par de mujeres paseando, perdidas en su conversación; a un vendedor que estaba abriendo su puesto; a un anciano sentado en un banco, leyendo el periódico; pero ninguno se fijó en ella.

Tes volvió a fijarse en la caja.

—*Erro* —susurró.

Durante un segundo no pasó nada y temió que la falta de magia de ese mundo impidiese de algún modo que la caja funcionase, que el hechizo no tuviese nada a lo que aferrarse y ella se quedase atrapada en ese mundo sin poderes. Y, en ese segundo, se dio cuenta de cuántas ganas tenía de volver a casa.

Entonces pasó y el hechizo cobró vida, la caja se abrió, la puerta se alzó, grabándose en el aire vacío como un único hilo de luz ardiente.

El anciano apartó la mirada de su periódico y Tes se preguntó qué pensaría cuando la viese marcharse. Si se intentaría convencer de que era magia, o de que no lo era.

Qué mundo tan extraño, volvió a pensar, al mismo tiempo que el espacio en el interior de la puerta se oscurecía; la cortina se onduló cuando un Londres fue reemplazado por otro y Tes se lanzó a través del portal.

En su cabeza, la puerta la había llevado a un callejón frente a los muelles. Pero se había equivocado por media docena de pasos, porque en vez de salir a la calle, entró directamente en una cocina. Lo que podría no haber sido tan malo si la cocina hubiese estado vacía.

Pero no lo estaba.

Había una mujer frente al hornillo preparando el desayuno y Tes tuvo el tiempo suficiente para fijarse en los hilos de la magia del fuego que se enroscaban bajo la sartén antes de que la mujer se volviese hacia ella, chillara y estirase la mano para señalarla. Tes vio la ráfaga de viento un segundo antes de que la golpease, lanzándola de vuelta al interior de la *persalis* y sobre el suelo húmedo y adoquinado donde había estado un segundo antes.

Tes jadeó y sintió un dolor punzante en el costado. Se presionó la mano contra los puntos, esperando que no se le hubiesen saltado.

—*Ferro* —siseó, y la puerta se cerró.

Tes se sentó y se fijó en que el anciano la miraba fijamente, con los ojos abiertos como platos, con su periódico totalmente olvidado, al mismo tiempo que ella se levantaba y recogía el creador de portales. Dio unos cuantos pasos más y volvió a intentarlo.

Esta vez esperó hasta que la puerta se hubiese formado del todo, hasta que el mundo tras ella cobrase forma y dejase de ser una imagen borrosa, al menos para asegurarse de que no entraría directa en la casa de otra persona.

Tes se volvió hacia el hombre y se despidió de él con un gesto de la mano antes de desaparecer, llevándose consigo la puerta y la magia.

LONDRES ROJO

Al principio, tanta luz de repente le resultaba cegadora.

Los patrones vibrantes y superpuestos del mundo, mareándola y deslumbrándola a la vez. Pero mientras Tes luchaba por acostumbrarse, el alivio la inundó. Estaba en casa. Nunca había pensado que esa palabra pudiese abarcar un mundo entero, pero ahí estaba.

Y entonces, tras ella, estaba el recordatorio de por qué había huido. Y a dónde tenía que ir.

Los muelles.

El búho se removió en el interior del bolsillo de su abrigo, picoteándole las costillas.

—No *quiero* irme de Londres —murmuró, y era cierto. Llevaba en esa ciudad tres años y, en ese tiempo, se había hecho un hueco en el *shal*, un hogar en la tienda de Haskin.

»Y después lo tiraste todo abajo —se lamentó con amargura, a pesar de que sabía que no había tenido elección. Solo eran rocas y madera. Las casas, como las vidas, podían reconstruirse. Pero solo si seguías vivo.

Tes se internó en el bullicio de la multitud que recorría las calles y los puestos del mercado por la mañana, con el creador de portales oculto bajo un brazo como si fuese una hogaza de pan. Nero le había dicho una vez que no tenías que actuar como si estuvieses huyendo de algo o la gente se daría cuenta y se preguntarían de qué huías. Así que resistió el impulso de echar un vistazo a su alrededor, de examinar los rostros, de buscar problemas o de acelerar el paso. Incluso mientras cruzaba la calle abarrotada y bajaba los enormes escalones de piedra que llevaban a los muelles de Londres.

Sus pasos se ralentizaron al ver todos esos barcos.

Algunos eran grandes, otros pequeños, había buques mercantes y barcos de la flota real, esquifes y un velero faroano, y unos cuantos barcos sin bandera. Se había criado en una ciudad portuaria y, cuando se sentía atrapada, se solía sentar en el muelle para observar los barcos que iban y venían, y sabía que siempre había una salida.

Ya la había tomado una vez. Y ahí estaba de nuevo.

Estudió los barcos, incluso tuvo la mínima esperanza de encontrar el barquito de Elrick atracado en uno de los muelles, de ver al hombre esperándola, inmutable en el tiempo, con los dijes plateados brillando sobre sus rastas, dándole la bienvenida de nuevo. Pero, por supuesto, no estaba ahí.

Observó los barcos que había atracados, intentando decidir con cuál quedarse. ¿Podría pagar un pasaje o tendría que subirse como polizona? De cualquier modo, los buques mercantes eran su mejor opción, porque iban y venían con asiduidad, y siempre tenían espacio para un cargamento inesperado. Uno le llamó la atención. Era un barco de aspecto veloz, con el casco gris oscuro, las velas blancas y la cabeza de un pájaro tallada en la proa.

Pero cuando intentó acercarse, sintió como si sus pies se clavasen en los tablones de madera. No por arte de magia, sino por sus dudas. ¿De verdad huir era la respuesta correcta? ¿Hasta dónde tendría que marcharse para volver a sentirse segura?

Los marineros pasaban a su alrededor, gritando órdenes y bajando sus mercancías, y ella bien podría haber pasado por uno de los mascarones de proa de un barco.

Tes no se atrevía a moverse. A irse y dejar Londres atrás.

Los problemas debían solucionarse.

Tenía que haber alguna manera de arreglar esto.

Ni siquiera era a *ella* a quien querían los asesinos. Era al creador de portales. Por un momento pensó en lanzarlo al Isle, pero sabía que eso no le sería de ninguna ayuda. Si Bex y Calin iban en su busca y les decía lo que había hecho creerían que les estaba mintiendo, que lo había escondido en alguna parte, y le romperían uno a uno cada hueso de sus manos y después el resto por si acaso, y cuando se diesen cuenta de que les había dicho la verdad, la matarían. Así que no, deshacerse de ese maldito objeto no era una solución.

Pero había otra opción.

Podía quedarse e intentar luchar.

El búho se estremeció en su bolsillo y Tes cambió de opción. Podía encontrar a alguien que luchase por ella. Bex y Calin eran mercenarios. Alguien los había contratado. Pero la ciudad estaba llena de magos poderosos con una moral cuestionable. Puede que ella pudiese contratar a sus propios mercenarios. Por supuesto, el *shal* era el único lugar donde podría hacerlo, y no podía volver *allí*. Era el primer lugar donde la buscarían.

Tes hundió los dedos en sus rizos.

Quería gritar. En cambio, se volvió y le dio una patada a la caja más cercana, todo lo fuerte que pudo, y entonces soltó un gritito, aunque esta vez de dolor en vez de frustración. Se estaba masajeando el pie cuando escuchó cómo una voz cercana gritaba:

—Bueno, si es nuestra ilustre capitana.

Tes se giró y percibió el destello revelador de la magia *antari*.

El hilo se enroscaba a su alrededor, del mismo color que la luz de la luna pero el doble de brillante, tanto que casi desdibujaba la figura en su interior. Pero mientras los hilos se movían y retorcían a su alrededor, Tes se fijó en la mujer alta que se acercaba al barco, delgada, con el cabello oscuro cortado a cuchillo y que le llegaba justo hasta la barbilla puntiaguda. La reconoció de inmediato.

Delilah Bard.

Una de las magas más poderosas del mundo.

Y a diferencia del príncipe carmesí al que le debía su nombre Vares, Lila Bard era *conocida* por usar su poder, como si estuviese hambrienta de que le ofreciesen una oportunidad para exhibirlo. Se rumoreaba que incluso había luchado en los últimos *Essen Tasch*, disfrazada de Stasion Elsor. El *verdadero* Stasion Elsor era de una ciudad portuaria cercana a Hanas y se había pasado casi un año diciéndole a cualquiera dispuesto a escuchar que una extraña mujer le había robado la identidad y su lugar en los últimos juegos. Fuese cierto o no, todo el mundo decía que era tan buena con un arma como con la sangre o con cualquiera de los elementos. Y siempre estaba dispuesta a pelear.

Y Tes supo entonces que había encontrado a su campeona.

Delilah Bard estaba de pie en medio de un halo de hilos plateados, con una bota sobre una caja de madera y la cabeza echada hacia atrás, hablando con un hombre mayor en la cubierta del barco de casco oscuro. Tes retrocedió unos pasos, internándose entre las sombras de las cajas.

—Oh, pobre Stross, sacaste el palo corto, ¿no?

—*Nas* —gruñó el marinero—. Me ofrecí voluntario. Para dejar que los recién casados se fuesen. ¿Qué hay de ti? ¿Es que la comida de palacio no es de tu agrado?

—La cama es demasiado blanda —dijo Bard, girando el cuello lentamente—. Pero Alucard te manda saludos. —Le dio una patada al casco del barco—. ¿Qué le has hecho al *Barron*?

—Le he quitado un mes de sal y arena de encima. De nada.

—No he dicho que me gustase. Tiene un aspecto despreciablemente decente.

—¿Vamos a salir del puerto? —preguntó el marinero de cubierta, esperanzado.

—Todavía no —respondió—. Solo he venido a buscar algo.

—Oye, capitana —dijo un segundo hombre, mucho más joven, al mismo tiempo que Bard empezaba a subir la rampa—, ¿cuánto tiempo vamos a estar atrapados aquí?

—Hasta que hayamos terminado con nuestro trabajo. ¿Qué pasa, Tav, es que no hay burdeles suficientes en la capital?

—Me mareo en el muelle —respondió el más joven—. Un barco no está hecho para estar atado de este modo…

—Curioso —repuso Bard—. Creía que había contratado marineros…

Dicho eso, desapareció en el interior del barco. Tes se mordió las uñas y aguardó unos cuantos dolorosos minutos más, esperando a que Bard reapareciese. Y lo hizo, con algo en el bolsillo interior de su abrigo. Bajó la rampa, arrastrando los hilos plateados como una estela de estrellas y Tes la siguió.

En realidad, era el plan perfecto. Delilah Bard ni siquiera tenía que saberlo. Si Bex y Calin estaban por ahí, irían a por Tes. Solo tenía que asegurarse de estar cerca de Lila cuando la encontrasen.

—¿Cuántas veces vas a hacer ese maldito hechizo?

Bex no lo miró mientras tomaba otro rizo oscuro y lo hacía arder sobre el mapa.

—Hasta que encuentre a la chica.

Era por la mañana y el Santo de los Cuchillos estaba casi vacío a esas horas, salvo por un hombre que estaba dormido o muerto, y un trío que jugaba una partida bastante triste de Sanct. Calin se dejó caer en una silla cercana, curando su dolor de cabeza con una botella de licor. Esa era la peor de sus heridas, ventajas de tener un cráneo tan duro.

Bex tenía un cuenco de estofado junto al codo, que hacía tiempo que se le había quedado frío y en el que se había formado una gruesa capa de grasa encima. Agradeció no poder olerlo. Se había recolocado la nariz rota, vendado la muñeca y cosido la mano allí donde la daga de Berras la había atravesado. No era la primera vez que se había tenido que coser las heridas, pero necesitaba las dos manos para hacer el hechizo, y cada vez que las movía los puntos tironeaban de su piel y los huesos rotos de su muñeca le mandaban una oleada de dolor agudo por todo el brazo.

Calin gruñó y le ofreció la botella.

Cualquier otra noche habría pensado que estaba envenenada. Esa noche, sin embargo, sabía que no, pero aun así el gesto la irritó. Que él inhibiese su dolor si quería. Ella prefería afilar el suyo. Así que le devolvió la botella.

—Como quieras —murmuró él dándole un largo trago. Se echó hacia atrás en su silla y cerró los ojos—. Te vas a quedar sin pelo.

Maldito saco de carne inútil, pensó Bex. Pero tenía razón, llevaba toda la noche así, solo le quedaban nueve mechones y cada vez que formaba el hechizo no conseguía nada; incluso probó con los mapas de todo el imperio en vez de solo con el de Londres.

—La gente no desaparece así como así —murmuró medio para sí—. No debería haber podido usar la maldita puerta sin la llave.

—Puede que haya hecho una llave nueva —repuso Calin, las palabras medio ahogadas por el sueño—. Mientras la arreglaba.

—Puede —dijo Bex, amargada porque Calin acababa de hacer una buena observación.

Se levantó de la mesa, tomó su vaso vacío y estiró el cuello rígido y la rodilla dolorida. Había sido una noche muy larga, pero a diferencia de Calin, no llevaba bien eso de que le tirasen un edificio encima.

Bex se dirigió a la barra al mismo tiempo que los primeros rayos del amanecer se filtraban por la ventana.

A pesar de que era tan temprano, el Santo de los Cuchillos nunca cerraba de verdad. Al fin y al cabo, atendía a mercenarios. La muerte no dormía, y tampoco las manos que la traían consigo. El propietario, Hannis, sin embargo, sí que se había ido a dormir, con la estricta advertencia de que cualquiera que intentara irse sin pagar estaría maldito al salir por esa puerta.

Bex dudaba que realmente hubiese un hechizo en la entrada, pero decidió que era mejor no comprobarlo, así que puso una moneda sobre la barra y se llenó su jarra de cerveza antes de acercarse de nuevo a la mesa, dejando atrás la escultura de madera del santo. Cada centímetro de madera era un mosaico de surcos y cicatrices de los años que los clientes se habían pasado lanzando cuchillos a sus brazos, pecho y cabeza. Una mano parecía estar a solo un golpe de romperse.

Calin se consideraba un Santo de los Cuchillos moderno, lo sabía. Pero su compañero era un idiota que no parecía darse cuenta de que la estatua de madera no era una representación fiel del santo. Que en las leyendas, las cuales Bex había leído una noche mientras perdía el tiempo antes de un encargo, el Santo de los Cuchillos no estaba lleno de cicatrices por los filos de sus enemigos. Él mismo se había hecho esos cortes, uno por cada vida que había quitado. Si un cliente se acercara lo suficiente a la estatua vería esas tenues cicatrices, talladas metódicamente, bajo los cientos de marcas de hachazos que habían dejado los borrachos idiotas.

Ese era el problema, pensó Bex. *La gente ni siquiera sabía lo que estaba adorando.*

Por ejemplo la maldita Mano.

Si les preguntaras a tres miembros de la Mano por qué creían en la causa te darían tres respuestas distintas.

El rey no tiene poder.

El rey tiene demasiado poder.

No debería haber un rey.

Claro que sí que había algo en lo que estaban de acuerdo respecto a la *desaparición de la magia*, sobre el mito de que el poder de ese mundo estuviese disminuyendo y todo eso, pero no eran más que estupideces, por lo que Bex sabía, e incluso si no lo eran a nadie le importaban realmente las mareas o los grandes patrones siempre y cuando la magia les siguiese sirviendo.

No, al final del día lo que la Mano quería era un cambio.

Y el cambio era algo fácil de querer. Era una idea maleable, como el metal líquido, lo bastante fluida como para adoptar la forma que la gente que *controlaba* la Mano considerase más útil. Una llave. Un puñal. Una corona.

Así que la Mano asesinaría a la familia real y, por un tiempo, se alegrarían, dirían que habían ganado, hasta que se diesen cuenta de que lo único que lograron fue cambiar los colores de los estandartes que ondean en los salones de palacio.

No era que a Bex le importase.

Al final del día, seguiría gastándose aquello que le pagasen.

En la mesa, Calin roncaba. Tenía la cabeza echada hacia atrás, durmiendo plácidamente, con la garganta expuesta, y a Bex se le crisparon los dedos mientras pensaba en trazarle una bonita línea roja por el cuello. Pero entonces tendría que decírselo al buen señor Berras y ese mero pensamiento era razón suficiente para dejar vivir a Calin.

Le dio una patada a la silla, sacudiéndolo lo justo para asegurarse de que siguiera respirando, y después volvió a dejarse caer en su asiento, se crujió los nudillos y comenzó a trazar otra vez el hechizo de búsqueda.

Una y otra vez.

Una y otra vez.

Hasta que, finalmente, el hechizo crepitó y, en vez de carbonizarse, el mechón de pelo en llamas se convirtió en ceniza y cayó trazando una «X» sobre el mapa, dejando una marca carbonizada junto a la orilla del río, justo donde se encontraban los muelles. Una fina columna de humo se alzó donde la marca quemó el pergamino.

Bex se puso en pie y salió de la taberna antes de que nada ni nadie la detuviese.

Calin podía dormir todo lo que quisiese.

Ella tenía trabajo que hacer.

III

Era fácil seguir a Lila Bard.

Tes podía dejar que el resto del mundo se desdibujara y desapareciera, dejando solo la deslumbrante luz del poder *antari*, que ardía como una antorcha contra el tapiz que formaban los otros hilos.

Tes la siguió desde los muelles y a lo largo de la orilla del río, caminando media manzana por detrás y, al hacerlo, se maravilló, no por la forma en la que Bard se movía, deslizándose por las calles, sino porque nadie parecía fijarse en la *antari* que paseaba por allí. Para ellos, Lila Bard solo era alguien más, puede que una persona un poco extraña, porque iba vestida con prendas de hombre, pero eran prendas elegantes y ella las llevaba con una naturalidad que no las hacía destacar.

Tes la siguió, esperando que la *antari* se detuviese en cualquier momento y echase un vistazo hacia atrás, para examinar sus alrededores, y notase que la chica la estaba siguiendo, pero no lo hizo. Bard siguió caminando hacia el palacio real y, en un instante de pánico, Tes temió que se dirigiese allí, al único lugar donde no podría seguirla. Pero entonces la *antari* dejó atrás el cruce que la llevaría a palacio y se internó en una plaza abarrotada.

Cruzó la plaza, pasando de largo puestos donde vendían hogazas de pan, fruta y té. Tes se tuvo que contener para no pararse a comprar una taza de té humeante, el vapor que salía de la tetera era fuerte y oscuro, antes de seguir caminando.

De entre todos los lugares a los que podría estar yendo, parecía que Bard iba hacia el *shal*.

A Tes se le aceleró el pulso mientras la seguía, medio esperando, medio temiendo que fuese hacia allí, pero la *antari* volvió a girar y se internó en una callejuela estrecha.

Al final, dos manzanas más tarde, Bard entró en una taberna. EL SOL PONIENTE, rezaba el cartel. Tes se quedó de pie frente a la entrada. Contó hasta diez, se recogió el pelo, incluso aunque el movimiento le enviase una oleada de dolor al costado, y se acomodó la caja bajo el brazo.

Y entró.

La sala estaba casi vacía, solo había unas cuantas personas repartidas por las mesas de la taberna, con hilos azules, verdes y dorados enroscándose alrededor de sus hombros.

Nada de plata.

Recorrió la taberna con la mirada y vio el dobladillo del abrigo negro de Lila Bard al mismo tiempo que sus botas desaparecían por unas escaleras estrechas.

Tes se dirigió hacia allí cuando la tabernera, una mujer con el rostro afilado, el cabello canoso y con hilos del mismo color que la hierba mojada, alzó la vista tras la barra.

—¿Estás perdida?

Tes dudó antes de responder, pero después dejó un lin sobre la barra.

—Solo tengo sed.

La tabernera se metió la moneda en el bolsillo y observó a Tes, intentando adivinar su edad sin éxito.

—¿Cerveza o agua?

Tes se mordió el labio inferior.

—¿Tienes té?

La mujer asintió y se alejó arrastrando los pies, la mirada de Tes regresó a las escaleras. No había ni rastro de la *antari*, pero solo las separaban unas escaleras, así que solo tenía que permanecer lo bastante cerca por si surgían problemas. Se agachó y dejó el creador de portales en el suelo de madera bajo sus pies, bajo la sombra de la barra. La tabernera regresó con una tetera humeante y una taza, y

Tes estaba a punto de servirse cuando una mano se posó sobre su taza.

—¿Sabes? —dijo una voz seca—. Es de mala educación seguir a la gente.

Tes alzó la mirada hacia la figura que se había sentado en el taburete junto a ella, envuelta en un brillo plateado. Lila Bard alzó la taza de té, le dio un largo sorbo y canturreó pensativa.

—Hace poco le dije a alguien que la próxima vez que me siguieran, los mandaría de vuelta hechos pedazos. Está claro que tú no has recibido el mensaje. Aunque he de admitir que no pareces un cuervo…

Tes parpadeó.

—¿Un qué?

—Y, sin embargo, aquí estás, siguiéndome. —Estudió a Tes por un momento. Sus ojos eran del mismo tono de marrón, pero desde esa distancia Tes pudo ver que uno tenía un brillo tenue y vidrioso, antes de que la *antari* los entrecerrase—. Te *conozco*.

Tes se estremeció.

Era cierto, ya se habían visto antes, una vez, hacía tres años. Para Tes la libertad había sido algo nuevo, así como Londres y la necesidad, y le había sorprendido tanto cruzarse con la *antari* que no pudo evitarlo.

—Intentaste robarme.

Eso no era estrictamente cierto. No era lo que llevaba en los bolsillos lo que Tes había querido, sino los hilos plateados de su magia, la forma en la que vibraban y se enredaban a su alrededor, pero era algo más que eso, solo quería estar cerca de esos hilos.

Hasta ese momento había pensado que solo existía un *antari*, Kell Maresh, el príncipe carmesí, e incluso entonces solo lo había visto una vez, a la distancia, con sus hilos plateados brillando con fuerza y desdibujando su figura. Pero había otra, y su mano se movió antes de que pudiese pensar en lo que estaba haciendo, estirándose hacia la magia *antari*, queriendo robar un hilo, solo uno.

Pero no había sido lo bastante rápida.

O puede que la *antari* hubiese sido más rápida que ella.

La mano de Lila Bard le había rodeado la muñeca y la había agarrado con tanta fuerza que por un momento pensó que se le iban a romper los huesos.

—Por favor —había suplicado—. Necesito mi mano.

—Entonces más te vale encontrarle un mejor uso —había respondido Bard. Pero un momento más tarde había aflojado su agarre, solo un poco—. ¿Cuántos años tienes? —le había preguntado, y Tes había mentido y le había dicho que tenía catorce cuando en realidad aún no había cumplido ni los doce. Había alzado la barbilla al decirlo porque no era una cobarde, aunque tuviese miedo.

»Mírame —había ordenado la *antari* y Tes había obedecido, incluso aunque le doliesen los ojos al hacerlo. Bard se había inclinado hacia ella—. Nunca robes nada a menos que estés *segura* de que te saldrás con la tuya.

Y dicho eso le había soltado la mano y había seguido con su camino.

El instante había durado menos de un minuto, pero Tes nunca lo había olvidado. Y, al parecer, Lila Bard tampoco.

La *antari* se terminó el té de Tes y se quedó mirando fijamente los posos al fondo de la taza.

—¿Por qué me estás siguiendo?

—No te estaba siguiendo.

—No me mientas —le advirtió y, al decirlo, la magia a su alrededor se estremeció, y Tes sintió cómo sus costillas se *contraían*, una sensación horrible y extraña, una que nunca había experimentado, porque estaba prohibida. Magia de hueso.

—Se supone que… no puedes… hacer eso —dijo, jadeando.

—¿De veras? —repuso Lila con fingida sorpresa. El agarre invisible se hizo más fuerte—. Veamos si alguien se fija…

Tes no podía respirar, no podía liberarse, así que hizo lo único que podía hacer; estiró la mano y agarró el hilo plateado más cercano, sintió cómo vibraba bajo su palma justo antes de *tirar* de él. En realidad, no sabía qué conseguiría con eso, o si conseguiría algo acaso.

Pero la *antari* se apartó como si la hubiesen quemado. El agarre sobre las costillas de Tes desapareció y pudo volver a llenar sus pulmones doloridos al tiempo que la expresión de Bard se oscurecía.

—¿Qué acabas de hacer?

Tes respiró entrecortadamente e hizo una mueca de dolor, intentando no pensar en la sensación de los puntos desgarrándose en su costado, de lo húmedo que estaba.

—Por favor —suplicó—. Me están persiguiendo. Necesito ayuda.

Lila enarcó una ceja.

—Busca un guardaespaldas.

—Necesito *tu* ayuda.

Lila ladeó la cabeza.

—¿Por qué?

—Porque eres la maga más poderosa de Londres.

—Los halagos no te van a servir. —Lila se levantó de su taburete y se giró, dispuesta a marcharse.

—Sé que eres una *antari*.

Lila Bard se detuvo sobre sus pasos, mirándola sobre su hombro y estudiándola con esos dos ojos marrones.

—¿Y cómo lo sabes?

Tes dudó antes de responder.

—Puedo verla. Tu magia.

Pareció considerar sus palabras antes de encogerse de hombros.

—Bravo por ti —respondió, alejándose—. No vuelvas a seguirme.

Tes se bajó del taburete de un salto.

—Van a matarme.

—Eso es problema *tuyo*.

—Tengo algo que quieren. Un creador de portales.

—No… —Lo que quiera que Lila Bard hubiese estado a punto de decir murió en sus labios. Se detuvo y se volvió hacia ella, con la ira y el enfado viéndose sustituidos por una auténtica sorpresa—. ¿*Tú* tienes la *persalis*?

Tes dudó antes de responder. Así que el objeto tenía nombre.

—Si una *persalis* es un objeto capaz de abrir puertas a otros lugares…

Entonces Lila hizo algo completamente inesperado. Se *rio*. No en voz alta, sino en voz baja, para sí misma.

—De vez en cuando —murmuró—, el mundo es bueno. Ahora —dijo, agarrando a Tes por el hombro y acercándola a ella—. ¿Quién quiere matarte?

—Mercenarios. Vinieron a mi tienda anoche y…

—Lo he visto. ¿Cuántos eran?

—Dos.

—¿Eso es todo?

—Son fuertes.

—No me cabe duda —repuso Lila suavemente, dirigiendo a Tes hacia las escaleras.

—Espera —dijo la joven, tratando de volverse—. ¿A dónde vamos?

—A un lugar más seguro. —La *antari* la empujó por las escaleras—. Para hablar.

—Tengo que volver. He dejado la caja… —Pero las palabras murieron en sus labios cuando llegaron a lo alto de las estrechas escaleras. Había tres puertas que daban a tres habitaciones, y solo una estaba abierta, pero no estaba vacía. Tes vio el brillo carmesí antes de que Bex saliese de su interior, con la mano alzada, al mismo tiempo que los botones de metal del abrigo de Lila empezaron a soltarse, y fueron lanzados hacia una bola de metal fundido que llevaba la asesina en la mano.

—¡Cuidado! —gritó Tes al mismo tiempo que el metal se dividía para formar varios clavos y estos salían disparados hacia ella. Lila Bard derribó a Tes, pero las esquirlas de metal solo cambiaron su curso y la siguieron, cayendo sobre ella como una lluvia afilada. Tes se hizo un ovillo y se preparó para el impacto, para el dolor punzante, pero los clavos no la rozaron, sino que atravesaron la tela, los puños de su camisa, el cuello, el dobladillo de su abrigo, clavándola sobre el suelo de madera del rellano.

Se retorció, tratando de liberarse, pero Lila ya estaba de pie, con una daga en la mano. Se la lanzó a Bex pero, al hacerlo, la daga se desintegró y la asesina estrelló su bota en el pecho de Lila y la hizo caer por las escaleras hacia la taberna.

Entonces empezaron los gritos y Tes oyó cómo la *antari* le ordenaba a todo el mundo que se marchase; la figura de la asesina llenó su campo de visión cuando se arrodilló ante ella, observando cómo luchaba por liberar sus manos. La tela de su puño se rasgó un poco, pero no cedió. Y si había habido diversión en el rostro de la mujer la noche anterior, hacía tiempo que se había marchado. Tenía la mirada gris, en calma y peligrosa, y bajo esta se extendía un enorme moratón, como si le hubiesen roto la nariz hacía poco. Con un movimiento de muñeca una daga corta y afilada apareció en la palma de su mano.

—¿Dónde está? —exigió saber Bex.

Tes tragó saliva con fuerza y negó con la cabeza.

—No lo tengo.

Era la verdad. Lo había dejado bajo la barra de la taberna.

—Respuesta incorrecta —dijo Bex y entonces, antes de que Tes pudiese liberarse, le clavó el cuchillo en el dorso de la mano atrapada.

Se le nubló la vista del dolor cuando la hoja se hundió hasta la empuñadura, clavándole la mano en la madera de debajo.

—Duele, ¿verdad? —siseó Bex, y Tes notó cómo un grito subía por su garganta, pero cuando salió, no pudo escucharlo sobre el repentino aullido de ruido blanco en sus oídos.

Un muro de viento se estrelló directo contra Bex, lanzándola a través del rellano y contra la pared del fondo, con la suficiente fuerza como para astillar la madera.

Tes apretó los dientes y se sacó la daga, ahogando un sollozo cuando el acero liberó su carne. Creyó que iba a vomitar, giró la cabeza y vio un abrigo deslizándose por el suelo y un par de botas negras al mismo tiempo que Lila Bard pasaba junto a ella, con la mejilla ensangrentada.

Al otro lado, Bex se levantó y se enderezó, haciendo rodar sus hombros con un crujido audible.

—¿Hielo o roca? —preguntó la *antari*, y cuando Bex solo ladeó la cabeza como respuesta, Lila se llevó la mano al corte que tenía en la frente—. No importa. Elijo yo.

Se movió rápido, más rápido de lo que era posible. Su figura no era más que un borrón, su mano ensangrentada extendida al atravesar el rellano, y Tes vio cómo la magia plateada se retorcía y brillaba al mismo tiempo que pronunciaba el hechizo.

—*As Isera*.

Este tomó forma justo cuando sus dedos se cerraron alrededor de la camisa de Bex pero, de alguna manera, la asesina se consiguió liberar en el último segundo. La mano de la *antari* se cerró en torno a su capa en vez de a su piel y la escarcha se extendió sobre la tela, por su interior, transformándola en hielo en el tiempo que tardó en pronunciar el hechizo. Bex se agachó y se quitó la capa, dejándola caer al suelo, y esta se hizo añicos al chocar.

La mercenaria miró fijamente los fragmentos helados y, por primera vez desde que había entrado en la tienda de Tes, su arrogancia se vio sustituida por la sorpresa y puede que, incluso, por un toque de miedo.

—No es justo, *antari* —escupió al mismo tiempo que desenrollaba su brazalete de metal, formando pequeñas dagas.

Lila Bard se limitó a encogerse de hombros.

—Lo justo no tiene cabida en una pelea.

Las dagas de Bex salieron disparadas por el aire pero, esta vez, la *antari* ya estaba preparada. No se agachó ni las esquivó, sino que estiró las manos y el acero tembló en el aire antes de detenerse.

—¿Solo sabes un truco, entonces? —preguntó Lila—. Bien. Pero yo también sé hacerlo.

Las pequeñas dagas se retorcieron y se volvieron contra Bex. La asesina apretó los dientes al mismo tiempo que el acero se frenaba, cerniéndose sobre ella. Tes pudo ver los hilos de magia tensos como la cuerda de un arco, flotando en el aire.

—Cuando dos magos controlan el mismo elemento —dijo Lila Bard—, todo se vuelve una batalla de voluntad. Veamos, entonces, cuál de las dos se doblega primero.

Tenía el rostro en calma, con una ceja enarcada como si aquello no fuese más que un juego, pero Tes podía ver la tensión en el aire a su alrededor; estaba usando todas sus fuerzas. Y Bex también. Las pequeñas dagas se estremecieron y el rellano empezó a temblar cuando sus poderes no solo comenzaron a afectar a las armas, sino también a todo el metal que las rodeaba. Las bisagras chirriaron y los clavos que la inmovilizaban se soltaron, y Tes hizo lo que debería haber hecho en cuanto empezó la batalla.

Quitarse de en medio.

Bajó las escaleras a la carrera. No miró atrás, ni siquiera cuando a mitad de camino sintió cómo se rompía la tensión, el temblor en el aire, oyó el siseo del acero y el ruido metálico de las puntas afiladas al chocar con la madera.

Llegó a la planta baja tambaleándose, con punzadas agudas de dolor atravesándole la mano ensangrentada y el costado, pero Tes siguió corriendo, cruzó la taberna vacía hasta la puerta, que abrió de un tirón, solo para chocar directa contra un hombre.

Se tambaleó hacia atrás por el impacto y sintió cómo la agarraban del hombro, pero no había nada de malicia en el gesto, solo trataba de estabilizarla. Tes alzó la mirada y vio los hilos plateados, el cabello carmesí, separado por un mechón blanco y dos ojos, uno azul y el otro negro.

Kell Maresh, el príncipe *antari*.

Tes estaba bastante segura de que debía hacer una reverencia, pero le dolía demasiado el costado y él seguía sujetándola.

—*Mas vares*. —Fue lo único que pudo decir débilmente.

Al igual que Lila Bard, Kell se alzaba en medio de una red plateada, pero algo no iba bien con sus hilos. Mientras que los de la otra *antari* brillaban con fuerza y constancia, los suyos parpadeaban y se deshilachaban.

Rota. Su magia estaba rota.

Kell Maresh bajó la mirada hacia ella y frunció el ceño.

—Estás herida.

Y Tesali Ranek le sostuvo la mirada.

—Tú también —respondió.

Su ceño fruncido se intensificó y una pregunta se formó en sus labios. Pero nunca pudo hacerla porque, en ese instante, el edificio se estremeció y tembló por la batalla que estaba teniendo lugar en la planta superior, y Kell alzó la mirada sobre la cabeza de Tes y ella miró a su espalda, hacia la calle.

—¡Cuidado! —gritó la joven.

Kell ya se estaba girando. Sacó una espada que tenía envainada a la cintura, el acero cantó al chocar contra el hacha de Calin, resonando con fuerza.

—Atrás —advirtió, y Tes tardó un segundo en darse cuenta de que le hablaba a ella. Se volvió a internar en la taberna y el príncipe *antari* la siguió, con Calin pisándoles los talones. El segundo mercenario era tan alto como Kell Maresh, y el doble de ancho, y con su cuerpo bloqueaba por completo la luz que se filtraba desde la calle como si fuese una puerta.

—Esto sí que es un regalo —dijo, con aquella voz como una piedra rota—. He matado a mucha gente, pero nunca a uno como tú.

—¿A un *antari*? ¿O a un príncipe?

Una sonrisa horrenda le recorrió el rostro.

—¿Sabes?, dicen que eres difícil de matar. Creo que no se esfuerzan lo suficiente.

Volvió a blandir el hacha y Kell Maresh sacó una segunda espada, cruzando las dos para detener el impacto.

—Necesitarás algo más que espadas —dijo el mercenario.

—Lo dudo —respondió Kell—. Tienes pinta de haber perdido unas cuantas peleas.

La sonrisa de Calin se ensanchó.

—No —repuso—. Todos los perdedores están muertos.

Se lanzó contra el príncipe, que se giró y bloqueó el ataque, y Tes vio su oportunidad de salir corriendo hacia la puerta abierta. Casi había llegado cuando se cerró en sus narices.

—¡No dejes que se vaya! —gritó Lila desde lo alto de la escalera—. Tiene la *persalis*.

El príncipe *antari* miró a Tes, con los ojos abiertos de par en par por la sorpresa, y en ese instante Calin giró el hacha y estampó la empuñadura contra su mejilla.

Kell Maresh se tambaleó, con el labio partido por el golpe. Se llevó los dedos a la herida y los apartó ensangrentados.

—Vamos, principito —lo azuzó Calin—. No me digas que ese ojo es solo de adorno.

Kell aferró las espadas con más fuerza y Tes se fijó en cómo su magia parpadeaba, como lo había hecho la de Lila antes de invocar el hechizo de congelación. Pero entonces escupió sangre al suelo.

—No mereces la pena —le dijo y entonces, cuando Calin rugió y se lanzó contra él, Kell barrió el brazo sobre la mesa, lanzándole una jarra de cerveza abandonada a la cara. El cristal no se rompió, pero la cerveza le empapó el rostro al asesino. Kell entrechocó sus espadas y una chispa saltó sobre Calin, prendiendo fuego al alcohol.

Calin se sacudió, luchando por apagar las llamas, y Tes supo lo que tenía que hacer.

Se apartó de la puerta y salió corriendo al otro lado de la taberna. Cayó de rodillas bajo la barra, buscando a tientas hasta que encontró el paquete que había escondido y lo sacó. El creador de portales, la *persalis*, como la había llamado Lila, la fuente de todo ese conflicto.

Empezó a tirar de sus hilos, separándolos, pero esta vez no intentaba desmontar el hechizo. Sus dedos volaron a través de la magia; al otro lado de la taberna, Calin había logrado apagar las llamas, y una columna de humo se alzaba desde su cabello chamuscado. Se lanzó contra el príncipe *antari* al mismo tiempo que el techo cedía sobre ellos, y Bex se precipitó desde la planta superior. Cayó en cuclillas sobre una mesa y rodó fuera del camino mientras que Lila se lanzaba a través del hueco que había dejado el techo, con la sangre corriéndole por un ojo y una sonrisa malvada dibujada en su rostro.

Las historias sobre Delilah Bard eran ciertas.

A pesar de la violencia y del caos, se estaba *divirtiendo*.

Sostenía un par de dagas, pero no estaban hechas de acero, sino conjuradas a partir de roca y hielo.

—Algunas personas —murmuró— no saben morir.

La sangre oscurecía la tela del brazo y el muslo de Bex, ensangrentándole las mejillas, y tenía un brillo salvaje en la mirada; su magia carmesí brillaba con fuerza a su alrededor al mismo tiempo que invocaba el metal para formar un escudo, una espada y después un látigo de hierro fundido.

Tes trabajó más rápido, con la sangre manando de su mano herida mientras sus dedos temblorosos trataban frenéticamente de hacer un nudo. El edificio se estremeció a su alrededor y Tes se preguntó cuánto tiempo más aguantaría en pie. No quería averiguarlo.

Calin blandió de nuevo su hacha, solo para descubrir que el filo metálico había desaparecido, arrastrado por la batalla de Bex, mientras que la espada de Kell se mantenía firme, con su filo brillando por los hechizos que tenía grabados. Llevó la hoja hacia el cuello del asesino, pero Calin se limitó a sonreír.

—Te sacaré esa magia tuya —escupió—, de una manera o de otra.

El suelo retumbó al decirlo y la tierra salió disparada entre los listones, convertida en tentáculos. Kell Maresh los cortó uno a uno, pero estos se separaron y volvieron a formarse. Uno se enrolló en torno a su muñeca, aferrándola con fuerza y obligándolo a soltar su espada, exponiendo el pecho del príncipe y su garganta.

—¡*Parad*!

Cuatro cabezas se volvieron para mirarla.

Tes ya estaba en pie, sosteniendo la *persalis* entre sus manos.

—Esto es lo que habéis venido a buscar, ¿no? —repuso—. Pues venid a por ello.

Lila Bard le dedicó una mirada horrorizada. Bex sonrió macabramente y dio un paso hacia ella, pero, al hacerlo, Tes dobló los dedos, tirando de los hilos en el borde del hechizo. Una luz parpadeó a través de ellos como si hubiese prendido una mecha, una chispa que solo ella podía ver. Esta recorrió, brillante y rápida, la superficie de la caja.

Y entonces, la *persalis* salió *ardiendo*.

IV

—¡No! —gritó Bex, lanzándose hacia ella, pero Lila se interpuso en su camino al mismo tiempo que el objeto ardía en las manos de Tes. Ardió rápidamente, mucho más rápido de lo que debería; días enteros de trabajo, borrados con un solo hechizo, y la *persalis* se redujo hasta las cenizas entre sus dedos.

—No deberías haber hecho eso, niñita —gruñó Calin.

Bex la miró fijamente, su rostro pasando del rojo al gris.

—Estás muerta —rugió, enrollando el metal en su antebrazo, pero Lila Bard se interpuso entre la asesina y la chica.

—¿Tienes tantas ganas de volver a intentarlo? —preguntó, con un toque afilado en la voz—. Antes deberías saber que me he estado conteniendo. —El aire se agitó a su alrededor. Toda la taberna gimió. Las llamas de los faroles se deshicieron en finos hilos—. Y Kell, bueno... ni siquiera ha empezado. —Esos mismos hilos de fuego le rodearon los hombros. El viento le mesó el cabello cobrizo. Si Tes no lo hubiese sabido, si no hubiese podido verlo, podría haber pensado que la magia era suya.

Los dos asesinos parecieron darse cuenta por fin de su situación. La sangre manchaba la piel de Bex, manando de una docena de cortes. El humo se enroscaba alrededor de la camisa medio quemada de Calin. Dos de los magos más poderosos del mundo se interponían entre ellos y Tes, y la *persalis* que habían ido a buscar no era nada más que una mancha de hollín sobre el suelo astillado.

Calin le dirigió una sonrisa a Kell que más bien parecía una amenaza, pero no dijo nada.

Los ojos de Bex se apartaron de la *antari*, directos hacia Tes.

—Tú y yo —dijo con frialdad— no hemos terminado.

Lila agitó la mano y la puerta de la taberna se abrió de par en par.

—Ahora, idos —ordenó—. A menos que prefiráis quedaros y contarnos quién os ha contratado. Podemos servirnos una cerveza y hablar sobre la Mano.

A Bex le tembló el labio, como si estuviese a punto de decir algo, pero lo que quiera que fuese a decir se vio interrumpido por Calin abriendo los brazos. Su poder surgió, disparando todas las mesas y las sillas hacia ellos.

Tes se estremeció, pero Lila y Kell se movieron a la vez, con las manos extendidas y su magia plateada refulgiendo al mismo tiempo que el torrente de madera se astillaba y se rompía a su alrededor al chocar contra el muro que ellos habían alzado. Cuando los escombros cayeron de nuevo al suelo, la taberna estaba vacía. Los mercenarios se habían marchado.

Lila Bard suspiró y dejó caer la mano, pero Kell Maresh se dobló sobre sí mismo, jadeando y con el sudor brillándole en la frente. Los hilos que lo rodeaban se agitaron y chisporrotearon. Tes tenía razón, algo iba muy mal con la magia del *antari*.

Observó la escena, esperando que Bard se apresurase a ir junto al príncipe, que lo ayudase a levantarse, pero se limitó a negar con la cabeza.

—De verdad, Kell.

Y entonces se volvió y agarró a Tes del brazo, antes de arrastrarla hacia las escaleras.

—No podemos quedarnos aquí. —Fue toda la explicación que dio. Kell se enderezó y se dirigió hacia la barra, donde la tabernera se había puesto en pie.

—¿Qué le pasa? —le preguntó a Lila Bard mientras tiraba de ella por las escaleras.

—Que es un idiota —respondió la *antari*, echando un vistazo a su espalda.

—El palacio le pagará todo —le estaba diciendo el príncipe a la exhausta tabernera—. Y haré que unos magos vengan a arreglar los desperfectos.

Llegaron al rellano, o a lo que quedaba de él, con las paredes agrietadas, la alfombra arrugada y un rincón ardiendo, y la *antari* las condujo frente a un charco de sangre que sin duda era suyo, y otros tantos charcos que no. Empujó a Tes hacia el interior de un dormitorio. Había un baúl abierto a los pies de la cama, lleno de prendas negras y un rostro macabro, y Tes retrocedió antes de darse cuenta de que era una máscara con cuernos.

—Dejadme ir —protestó, pero Lila se limitó a resoplar, empujándola hacia una pared con una mancha oscura sobre la madera.

La *antari* se llevó la mano a la mejilla, donde la sangre seguía manando del profundo corte, y usó esa misma sangre para volver a trazar el símbolo. Tes observó cómo un único hilo plateado se apartaba de la red y se colocaba sobre la marca.

—¿Kell? —lo llamó y, unos segundos más tarde, el príncipe apareció en la puerta, con aspecto cansado al mismo tiempo que le apoyaba una mano a Tes en el hombro.

—Sujétate fuerte —le dijo con dulzura, y entonces Lila estaba diciendo algo y la habitación desapareció. Tes estaba cayendo, todo se estaba desmoronando a su alrededor, hilo por hilo, y después todo se esfumó de repente. Y cuando volvió a tejerse ya no se encontraba en la taberna ruinosa, sino en medio de una sala enorme con suelos de mármol, cortinas doradas y una cama ornamentada. Echó un vistazo a su alrededor y vio el cielo nocturno, salvo que no era el cielo, sino cientos de telas de gasa que se estiraban y ondeaban por el techo para darle forma a la ilusión óptica.

Un par de puertas acristaladas daban acceso a un balcón, con el brillo carmesí del Isle a lo lejos, y Tes se dio cuenta de que estaba en el palacio real. La invadió una oleada de vértigo y estiró la mano, buscando algo en lo que apoyarse, pero en cuanto sus dedos rozaron la tela del sofá, retrocedió, en parte por el dolor y en parte por el terror. Su mano. En algún momento se había atado un pañuelo alrededor, pero la tela estaba empapada y la mancha había oscurecido el ornamentado tejido.

—No te preocupes —dijo el príncipe, hundiéndose con un suspiro en una silla—. El servicio está acostumbrado a quitar manchas de sangre.

Los hilos plateados a su alrededor se estremecieron. Tes siguió con la mirada el recorrido que hacían, como si el príncipe fuese un objeto abierto sobre su escritorio, y sus dedos estuviesen ansiosos por remendar las roturas.

Kell Maresh se fijó en cómo lo miraba.

—¿Qué ocurre?

Tes agachó la cabeza y no respondió.

Lila Bard se había quedado frente a un espejo de cuerpo entero y parecía estar evaluando sus heridas, examinando el corte en su ceja, su camisa rasgada. Su mirada se encontró con la de Tes en su reflejo.

—Bueno, ese ha sido un truco muy inteligente —dijo, volviéndose hacia ella—. Ahora, ¿dónde está?

Tes miró fijamente a la *antari*.

—¿Dónde está el qué?

—La *persalis*.

A Tes le daba vueltas la cabeza. No entendía nada.

—La he destruido. En la taberna. Me has visto hacerlo.

—He visto lo que querías que viesen. Pero está claro que era un señuelo.

Tes no dijo nada y la diversión desapareció por completo del rostro de Lila, viéndose reemplazada por un horror lento pero vívido.

Sus botas resonaron cuando cruzó la sala hacia ella.

—Me estás diciendo —dijo, marcando cada palabra— que lo que has destruido era la *persalis real*.

El silencio de Tes habló por sí mismo.

Lila sacudió la cabeza, incrédula.

—Vacía tus bolsillos.

Cuando Tes no la obedeció, Lila la agarró con fuerza del brazo.

—Con cuidado —le advirtió Kell—. Está herida.

Pero Lila empezó a rebuscar entre sus bolsillos por ella. Cuando su mano rozó el costado herido de Tes, ella siseó de dolor y toda la sala empezó a desdibujarse. Pero cuando volvió a estabilizarse vio que la *antari*, de entre todas las cosas, tenía entre las manos al búho muerto, que la miraba fijamente, con un ojo azul y el otro negro.

—¿Qué demonios es esto? —escupió.

Como respuesta, el búho ladeó el cráneo y agitó sus alas huesudas.

Lila pegó un grito y dejó caer al pájaro. Tes se lanzó hacia delante para atraparlo antes de que chocase contra el suelo. El costado le aulló de dolor y le empezó a caer el sudor por la frente, pero el pequeño búho estaba a salvo.

—Se llama Vares —dijo sin aliento.

Kell Maresh alzó la mirada ante la mención. Y también el pájaro. Tes tuvo que resistir el impulso de carcajearse. No era divertido. Nada de aquello lo era. Había perdido mucha sangre.

Lila se cruzó de brazos.

—¿Cómo sabemos que era la *persalis* de verdad? Puede que la hayas escondido en alguna parte.

—¿Por qué haría algo así? ¡Nunca quise tener nada que ver con esto! Dirijo una tienda de reparaciones. Alguien me la trajo para que la arreglase. Ni siquiera sabía para qué *servía*.

Lila entornó la mirada y, aunque uno de sus ojos estaba hecho de cristal, ambos parecían estar mirando en su interior.

—Si no lo sabías, ¿cómo pudiste arreglarla?

Tes dudó antes de responder.

—Soy buena en mi trabajo.

La *antari* se acercó.

—El mundo está lleno de buenos mentirosos —repuso—. Tú no eres uno de ellos.

—Lila —advirtió Kell, pero la *antari* solo le prestaba atención a Tes.

—Según mi experiencia —dijo la mujer—, hacen falta dos cosas para sobrevivir en este mundo. Talento. O astucia. Y una persona astuta habría encontrado la forma de salvar la *persalis*. Por lo que debes de tener mucho talento.

Tes tragó saliva con fuerza, con la verdad trabada en la garganta. Tenía la respiración agitada y, en algún momento, había empezado a temblar. Se preguntó si estaría entrando en estado de shock, algo que le pareció de mala educación; después de todo por lo que había tenido que pasar, su cuerpo había elegido ese momento para perder el control.

Intentó alcanzar la mesa para mantener el equilibrio, y falló estrepitosamente, eso o la mesa se movió, porque su mano se apoyó en la nada, se tambaleó y el movimiento la hizo sisear de dolor por el pinchazo que le asaltó el costado.

—Está herida —dijo Kell, levantándose.

—Las manos sangran —repuso Lila, restándole importancia con un ademán.

Pero el príncipe estaba mirando fijamente el estómago de Tes.

—No tanto.

La *antari* siguió su mirada. Una mancha oscura se estaba extendiendo por la parte delantera de su camisa.

—Ah —dijo lentamente—. Eso.

A Tes le castañeaban los dientes.

—Lila, está *herida* —repuso Kell—. Tienes que curarla.

Pero la *antari* no lo estaba escuchando. Sus dedos se cerraron rodeando la barbilla de Tes, obligándola a alzar la cabeza y mirarla a los ojos.

—¿Cómo arreglaste la *persalis*?

Su rostro se le emborronaba continuamente. Tes estaba tan cansada. Cansada de huir. Cansada de guardar secretos. Y si alguien podía entender lo que se sentía al tener un poder poco común y deseado, sin duda era una *antari*.

—Puedo verlos —jadeó entre dientes—. Puedo ver los hilos de magia que forman los hechizos. Así supe lo que era. Y cómo arreglarla.

Por un momento, después de confesarlo, lo único que sintió fue alivio. Se había quitado una manta pesada de encima.

El príncipe hizo un ruido parecido a una carcajada. Tanto Tes como Lila se volvieron hacia él.

—Alucard se quedará destrozado —explicó—, al descubrir que no es el único con el don de esa visión.

Tes se puso tensa.

—¿Hay otros?

—Eso parece —repuso Lila.

—No lo sabía. —Tes bajó la mirada hacia Vares, hacia los pequeños hilos de luz que se tejían alrededor de sus huesos—. Nunca he conocido a alguien que pudiese manipular los hilos de magia.

Era una sala enorme pero, en ese momento, sintió como si todo el aire la abandonase. Tes alzó la mirada y se encontró con los dos *antari* observándola fijamente.

Tuvo la sensación de haber dicho algo malo.

—Eres una reparadora —dijo Lila lentamente, como si esas palabras estuviesen cobrando sentido por primera vez en ese momento—. Ves la magia rota y la arreglas. —Tes asintió con lentitud. Lila miró a Kell Maresh—. ¿Puedes arreglarlo?

Sus palabras quedaron flotando en el aire. Tes no lograba entenderlas.

—No manipulo seres vivos.

—No te he preguntado eso —dijo Lila—. Acabas de decir que no solo puedes ver la magia, sino que puedes tocarla. Puedes arreglar lo que está roto.

—Reparo *objetos* rotos —repuso Tes—. Nunca he arreglado a una persona.

—¿Pero *puedes* hacerlo? —exigió saber.

—¡No lo sé! —respondió Tes—. El intentarlo siquiera iría en contra de las leyes de la magia...

—Romperé todas las leyes —dijo Lila Bard—, si son lo único que se interpone en tu camino. —Se pasó una mano por el cabello oscuro—. Si puede hacerse, lo harás. —Ahí estaba. La orden. Su poder reducido a una mera herramienta, en manos de otro.

Tes se irguió tanto como se lo permitieron sus heridas.

—¿Y si me niego?

No vio cómo Lila desenvainaba una daga pero, de repente, la sintió contra su cuello.

—Entonces que Dios me ayude, porque te cortaré pedazo a pedazo hasta que cambies de opinión.

Kell estaba de pie, junto a Lila, aferrándole el brazo.

—*Suficiente* —dijo, cambiando a la lengua imperial.

Lila se sacudió su agarre.

—¿Quieres que la *cure*? —escupió en la misma lengua, señalándola con la punta de su daga—. Bien. Lo haré. En cuanto acceda a curarte.

Tes negó con la cabeza.

—Un objeto y un ser humano son distintos —le dijo al príncipe, cambiando al arnesiano—. Si cometo un error…

—Entonces no lo cometas —le advirtió Lila.

Pero Tes le sostuvo la mirada bicolor a Kell Maresh. Se fijó en la tensión de su mandíbula apretada, en la arruga que se formaba entre las cejas, en su postura, erguida incluso en ese momento. ¿Podría hacerlo? No lo sabía. Sintió la necesidad de estirar la mano y alcanzar esos hilos rotos, de ayudarlo. Pero el *antari* no era un objeto de su tienda. Reparar consistía en probar y equivocarse. Se pasaba la mitad del proceso atando los hilos incorrectos de un hechizo y teniendo que deshacer el nudo para volver a empezar. Pero no importaba porque era un recipiente de madera o de arcilla. Un cuerpo podía morir bajo esa tensión.

—Alteza… —empezó a decir.

Él se volvió a mirarla, cansado pero resignado.

—No pasa nada —dijo—. Lo entiendo.

—Yo no —espetó Lila—. Te he visto sufrir durante siete años. Siete años en los que no he parado de buscar una cura, algún modo de arreglar lo que está roto. Y aquí está, y te niegas a obligarla siquiera a que lo *intente*.

Kell suspiró y se frotó los ojos.

—Dice que no puede…

—Que no pueda y que no quiera son cosas muy distintas.

Kell le dedicó a la otra *antari* una mirada severa.

—El riesgo no merece la pena. Solo cúrala, Lila. Por favor.

Tes vio cómo la ira de Lila vacilaba con esas últimas palabras, como si una puerta se abriese para revelar algo roto, que sufría, en su interior antes de que la volviese a cerrar de golpe. Lanzó la daga a los pies de Kell y esta se deslizó por el suelo de mármol hasta sus botas.

—Hazlo tú mismo —escupió—, ya que no necesitas ninguna ayuda.

Kell suspiró, antes de arrodillarse y tomar la daga.

—No pasa nada —dijo Tes, la habitación le daba vueltas—. No tienes que hacerlo.

—Lo sé —repuso él con dulzura, llevándose la punta de la daga hacia el pulgar. Un músculo se contrajo en la barbilla de Lila. Se le tensaron los hombros, como si quisiesen que interviniese.

Tes observó cómo la piel del *antari* se abría, cómo la sangre oscura se acumulaba en el pulgar al mismo tiempo que llevaba la mano hacia su piel y...

—Oh, por el amor de Dios, para —ordenó Lila, apartando al príncipe. Llevó la mano que ya tenía ensangrentada hacia la muñeca de Tes, rodeándola.

»*As Hasari* —gruñó la *antari* y, al mismo tiempo que el hechizo la envolvía, el dolor desapareció, cayendo como una roca en un pozo profundo.

El curarse era algo gradual, el dolor disminuía, pasando de un pinchazo agudo a un dolor sordo antes de desvanecerse. En ese momento, simplemente, desapareció. Tes podía ver cómo la magia plateada se enredaba, cómo los hilos se ensanchaban a su alrededor al mismo tiempo que la herida en su costado se cerraba bajo la camisa. Cómo la herida de su mano se cerraba bajo el pañuelo. La debilidad desapareció y dejó a su paso un pulso fuerte y firme.

Tes suspiró aliviada cuando los dedos de Lila abandonaron su muñeca, dejando tras de sí una mancha roja.

—Esa ha sido la primera y única vez que sangro por ti.

—Gracias —dijo.

—Sí, gracias —repitió Kell.

—Oh, cállate —le espetó Lila, volviéndose hacia él.

Mientras tanto, Tes se dirigió hacia la puerta dorada, con la esperanza de que la condujese a la salida, fuera de esa habitación, del palacio. Estiró la mano hacia el pomo para abrirla pero una mano golpeó la madera y la forzó a cerrarse de nuevo.

—¿Vas a alguna parte? —preguntó Lila, con tono amenazador, y Tes se dio cuenta de lo equivocada que había estado al buscar la ayuda de la *antari*. Lila Bard quería lo mismo que Bex y Calin: utilizarla.

—Te agradezco que me hayas curado —dijo Tes—. Pero no puedo ayudarte, ni con la *persalis*, ni con el príncipe. No tienes ningún motivo para mantenerme aquí encerrada.

—Te estamos haciendo un favor —espetó Lila—. No estás segura ahí afuera. No con la Mano buscándote.

—Tiene razón —añadió el príncipe—. Lo más probable es que los dos con los que nos hemos topado hoy sigan buscándote.

Tes negó con la cabeza. Había querido ser una campeona. Pero en ese momento lo único que deseaba era alejarse todo lo que pudiese de allí.

—Me arriesgaré —dijo, cerrando la mano en torno al pomo, pero Lila debía de estar usando su magia para sellarla, porque la puerta no cedió.

—Este es el lugar más seguro de la ciudad —repuso la *antari*, con una sonrisa macabra—. Mira, te lo enseñaré. —Dicho eso, abrió la puerta y gritó—. ¡Guardias!

—Lila —suspiró Kell, cansado, al mismo tiempo que dos soldados aparecieron por la puerta.

—Metedla en una celda.

Tes trató de apartarse, pero Lila le colocó la mano en la espalda.

—Tú y yo no hemos terminado nuestra conversación —le siseó a Tes al oído antes de empujarla hacia delante, hacia el pasillo y hacia los brazos de los guardias de palacio.

Tes luchó por liberarse con todas sus fuerzas, que no eran muchas. Lila le había curado las heridas, pero seguía siendo más pequeña que los soldados, y antes de que pudiese estirar las manos hacia los hilos de su magia, le apresaron los brazos a la espalda.

Lo último que vio fue a Kell Maresh dejándose caer en una silla tras Lila Bard, que le dedicó una sonrisa malvada antes de sacudir la mano y hacer que la puerta que los separaba se cerrase de un golpe, y los guardias se la llevasen.

V

Tes debería haberse subido a un barco.

Había estado justo ahí, podría haberse metido de polizona en alguno de los varios buques mercantes que llenaban los puertos de Londres y haber lanzado el creador de portales por la borda cuando se hubiesen alejado lo suficiente del puerto; haber empezado de cero en otra ciudad, en otra orilla. Siempre habría trabajo para un hombre como Haskin, lo que significaba que siempre habría trabajo para una chica como Tes.

¿Y si Bex y Calin la hubiesen seguido?

Mejor ser libre y tener que huir que sentarse a salvo en el suelo de una celda.

«¿Cuál es la diferencia entre una apuesta y una buena compra?», solía preguntarle su padre más de una vez. «La retrospectiva».

Había dos soldados de pie al otro lado de la puerta de la celda, con las cabezas juntas y hablando en susurros. Pasó la mirada sobre ellos y observó las escaleras por las que la habían bajado. El dormitorio estaba en la tercera planta. Y en ese momento estaba en algún lugar bajo la planta baja. Había contado los escalones, y había llegado hasta los treinta antes de acercarse a las celdas, por lo que suponía que eso significaba que se encontraban en el interior de uno de los cuatro pilares que formaban la base de palacio, que sostenían el *soner rast* sobre el Isle. Se preguntó si eso significaría que estaba bajo el agua. Echó un vistazo a su alrededor. Había otras tres celdas, pero estaban vacías.

No había camastro, así que Tes estaba sentada con las piernas cruzadas sobre el frío suelo de piedra. Con unas esposas rodeándole las muñecas. No estaban hechizadas para contener la magia. No lo necesitaban. Toda la celda estaba salvaguardada. El aire a su alrededor tenía un peso plomizo que le recordaba al del otro Londres, el que no tenía magia, pero aquella ausencia había sido agradable, esa parecía una manta húmeda apagando las llamas.

Podía ver el hechizo que formaba las salvaguardas, era extraño, una magia confusa que requería que se negase a sí misma. Las líneas de poder flotaban suspendidas en el aire, temblando, y cuando Tes sacó a Vares de su bolsillo y lo dejó en el suelo, este se quedó ahí de pie, inerte, su cráneo cayendo hacia delante y los pequeños filamentos que había entretejidos entre sus huesos, apagados. Tes se levantó y pasó su pequeño esqueleto entre los barrotes, tratando de ver hasta dónde llegaba el poder de las salvaguardas.

—¿Vares? —susurró, alzando el tono al final de la pregunta.

Este no se movió.

Lo dejó sobre los barrotes y se dejó caer de nuevo en el suelo, aguardando.

Tes observó su mano derecha, donde Bex le había clavado la daga. Se pasó los dedos por la palma y por el dorso de la mano. Ahí no quedaba nada más que una fina cicatriz plateada, indolora y suave. Sabía que lo mismo ocurría con la herida en su costado. Ya no le dolía respirar.

Si cerraba los ojos podía ver a Kell Maresh dejándose caer de rodillas.

Podrías arreglarlo, dijo una voz en su cabeza. Sonaba demasiado como la de Lila Bard. Tes dejó caer las manos sobre su regazo.

—*Kers la?* —preguntó una voz.

Alzó la mirada justo a tiempo para ver cómo uno de los soldados sacaba a Vares de entre los barrotes.

—No... —trató de decir, intentando protestar, pero el guardia ya se estaba llevando al búho. Una sola zancada, eso fue todo lo que hizo falta para que Vares volviese a cobrar vida, para que sus alas huesudas se agitasen en manos del soldado. Eso le reveló algo. Solo la celda estaba protegida.

El soldado soltó una risita encantada.

—Oye, Hel —dijo—. Se mueve.

Como si lo hubiesen invocado, Vares volvió a agitar las alas y chasqueó el pico.

Traidor, pensó Tes.

—Déjame ver —dijo el segundo, tendiéndole la mano.

El primero negó con la cabeza.

—*Nas*, siempre rompes todo lo que tocas.

—Oh, vamos.

—Tienes que ser delicado...

Al menos los soldados estaban ocupados.

—Mira sus ojos —dijo el primero—. Uno negro y el otro azul. Como el príncipe.

—Pero no tiene plumas rojas.

—Bueno, puede que las tuviese.

Tes puso los ojos en blanco y se dejó caer contra la pared, con la mirada fija en los barrotes.

—Piensa —se dijo en un susurro.

Eso solo era un puzle más. Un problema que resolver. No estaba protegida toda la prisión, solo la celda, pero, por desgracia, ella estaba metida en dicha celda. Lo que complicaba las cosas, pero no las volvía imposibles. Estudió las líneas de las salvaguardas que la rodeaban, recorriendo los barrotes.

Las salvaguardas eran un tipo de paradoja. Al fin y al cabo, inhibían la magia pero, en su interior, seguían siendo *hechizos activos*. Eso significaba que, aunque impidiesen el uso de los poderes, tenían que hacer una excepción con su propio poder. Y si había una fuente de magia funcional, ella podía desmontarla.

Tes se sentó erguida.

Observó a los soldados, que estaban sentados en un banco con Vares entre ellos, prestándole total atención a los movimientos ocasionales del búho muerto. Tes se giró sobre sí misma, dándoles la espalda, centrándose en los barrotes al otro lado de la celda. Se levantó y se acercó a los barrotes lo suficiente como para estudiar los hilos del color del hierro que recorrían la celda. Sin duda, al contrario que su magia, que era fija, el poder de ese hechizo fluía.

Tes estiró sus manos esposadas y las apoyó en los barrotes, como si estuviese aburrida. Pero cuando sus dedos se encontraron con el acero, enredándose en uno de esos hilos de hierro, y tiró de él...

Un espasmo le recorrió el cuerpo, sacándole todo el aire de los pulmones al mismo tiempo que se le nubló la vista. Lo siguiente que supo fue que estaba tirada de espaldas en el suelo de la celda y que le pitaban los oídos. Tes tosió y se hizo un ovillo para combatir el dolor mientras trataba de respirar.

—No deberías haber hecho eso —dijo uno de los soldados con indiferencia.

Tes gruñó y se sentó. Los dos hombres le estaban dando a Vares trozos de bizcocho.

—¿Tienes hambre, pequeño Kell? —lo arrulló uno mientras el búho chasqueaba su pico y le caían migajas a través del cuerpo.

A Tes le gruñó el estómago.

—Disculpad —llamó a los soldados—. ¿Podría la *humana* comer algo?

La ignoraron.

—Imbéciles —murmuró Tes.

Tes se desplomó, dejando que su cabeza descansase sobre sus brazos cruzados al mismo tiempo que intentaba encontrar una salida. Seguía intentándolo cuando un par de botas resonaron por las escaleras de la prisión.

Tes alzó la mirada, esperando encontrarse con Lila Bard, que bajaba para continuar con su interrogatorio. Pero cuando la mujer salió de entre las sombras, los faroles iluminaron un rostro distinto.

Los dos soldados se levantaron como un resorte.

—*Mas res* —dijeron, y Tes se dio cuenta entonces de que a quien tenía enfrente era a la reina.

VI

Kell se tumbó en el sofá, se quitó el abrigo y se colocó un paño frío sobre los ojos.

El dolor estaba retrocediendo como la marea, dejando solo el cansancio a su paso. No necesitaba ver los aposentos del rey para imaginárselos a la perfección. El chapoteo del licor y el ruido del cristal al entrechocar mientras Rhy se servía una copa. Los pasos irritados de Lila mientras paseaba por la sala, cada zancada como un nuevo reproche, el tenue amortiguamiento de sus botas cuando pasaba de la piedra a la seda y de vuelta a la piedra.

—A juzgar por el dolor de mi mandíbula —dijo Rhy—, supongo que has tenido un día movidito.

—Sin duda —respondió Kell—. Hay una taberna que necesitará una reconstrucción.

Las puertas de los aposentos se abrieron y Alucard se deslizó en su interior.

—Me has dejado esperando en la tienda derruida —le reprochó a Lila—. Dijiste que ibas a buscar algo. Si no fuese porque un cuervo me dijo que estabas aquí todavía seguiría allí de pie, dándoles patadas a los escombros.

—Mis disculpas —repuso Lila con indiferencia—. Estaba demasiado ocupada encargándome de la aprendiza de Haskin. Y de la *persalis*.

Las botas de Alucard se detuvieron bruscamente.

—¿La has conseguido?

—No lo digas tan sorprendido.

—¿Y dónde están?

—Lila ha metido a la aprendiz en una celda —contestó Kell.

—Para mantenerla a salvo —le interrumpió—. Y en cuanto a la *persalis*, por desgracia, está destruida.

—¿Estás segura? —preguntó Rhy.

—La vi arder —dijo Lila.

—¿Un señuelo? —propuso Alucard.

Kell prácticamente podía oír el rechinar de los dientes de Lila mientras los apretaba.

—Al parecer no. La he buscado, para asegurarme. Pero solo he encontrado un búho muerto.

—¿Perdón? —dijeron Rhy y Alucard a la vez.

—Por lo visto es su mascota. Tiene un ojo azul y otro negro y lo llama Vares.

—No sé si eso es encantador o espeluznante —dijo Rhy.

—Ambos —respondieron Kell y Lila al unísono.

—Pero hay más —siguió diciendo Lila—. La chica es como tú, Alucard.

—¿Devastadoramente bella? —preguntó, sirviéndose una copa—. ¿Totalmente encantadora?

—¿Humilde? —añadió Rhy.

—Puede ver la magia.

Kell oyó cómo la copa se detenía a medio camino de los labios de Alucard.

—¿De verdad?

—Y, a diferencia de ti —añadió Kell—, puede *tocarla*.

Kell no *necesitaba* ver el rostro de Alucard, pero se dio cuenta de que *quería* verlo. Se apartó el paño frío de los ojos y se estremeció. El sol se filtraba por las ventanas, sus rayos eran como cuchillos afilados y luminosos cortando la habitación.

—¿Qué se siente? —le preguntó—. ¿Al saber que no eres el mejor en algo? ¿Al descubrir que hay alguien ahí fuera que puede hacer un *buen uso* de ese poder?

Alucard le dirigió una mirada afilada a Kell. Había merecido la pena abrir los ojos para ver eso. Lo hacía sentir un poquito mejor. Hasta que Lila le arruinó el momento.

—Puede curar la magia de Kell.

Rhy alzó la mirada de golpe.

Kell suspiró, pasándose una mano por el cabello.

—No ha dicho eso.

—No tenía por qué. Es una reparadora. Puede arreglar esto. —Lila señaló a Kell—. Te puede arreglar a ti.

—Déjalo —le pidió, cansado.

—No. Puede que a ti no te importe vivir así, pero yo no me voy a quedar mirando cómo…

—¿Crees que disfruto de mi estado?

—Creo que te has rendido —espetó Lila—. Creo que la magia te ha quemado tantas veces que ahora temes siquiera acercarte a la fuente del calor.

—No es la magia lo que me detiene. —Sintió cómo se le cerraba la garganta—. Daría lo que fuera por que me extirpasen este dolor, de un modo o de otro. Todos los días rezo porque me duela menos, porque llegue el día en el que ya no necesite mi magia, aunque el mero hecho de pensar en tener que vivir sin ella me haga desear estar muerto.

—Entonces deja que la chica intente *arreglarlo*.

—*¡No puedo!* —gritó, las palabras le rasgaron las cuerdas vocales—. No puedo, Lila. ¿Lo entiendes? Si solo fuese mi vida la que estuviese en riesgo… pero *no* es solo mi vida. Parece que te olvidas de que estoy vinculado a mi hermano. Que si la chica fallase, si algo saliese mal, mi vida no sería la única que estaría en riesgo.

Al fin, Lila se quedó en silencio.

Al otro lado de la habitación, Rhy carraspeó.

—Si eso es lo que te está deteniendo, Kell —dijo—, entonces tienes mi permiso.

Alucard lo miró horrorizado. Abrió la boca para decir algo, pero Kell se adelantó.

—No es un *permiso* —siseó—. Es una carga. Una que no quieres tener, así que no me obligues a que sea yo quien la tenga. Puede que estés dispuesto a arriesgar tu vida, pero yo no.

Alucard se cruzó de brazos.

—Por una vez, Kell y yo estamos de acuerdo. No merece la pena el riesgo.

La mirada de Lila se paseó por la habitación. Podía sentir su ira, en el ambiente tenso, en la presión del cristal, en las llamas de las velas.

—Que os den a todos —murmuró, girando sobre sus talones.

—No te marches de palacio —le advirtió Kell.

Lila alzó una mano y le hizo una peineta antes de salir de allí furiosa.

Las puertas se cerraron con un estruendo tras ella. Kell se reclinó hacia delante en su asiento y dejó caer la cabeza entre las manos.

Estaba tan cansado.

El sofá se hundió bajo el peso de una nueva persona a su lado. Kell no necesitaba levantar la cabeza para saber que era su hermano. Llevaban toda la vida compartiéndolo todo y reconocía el modo en el que el aire se curvaba alrededor de los hombros de Rhy, incluso antes de que le apoyase las manos llenas de anillos sobre el brazo.

—Deberíamos hablar de esto.

—No hay nada de lo que hablar —contestó Kell.

—Si tenemos una oportunidad de liberarte de este…

—No.

—Tú harías lo que fuera por salvarme, Kell —insistió Rhy—. ¿Por qué no puedo hacer yo lo mismo por ti?

Levantó la cabeza y se encontró con la mirada de su hermano.

—Porque yo no soy el rey.

—Eres mi familia. Eso importa más que cualquier corona.

—Vosotros dos —murmuró Alucard—, siempre compitiendo por el papel del mártir. Y tú —le espetó a Rhy—, le harías el trabajo sucio a la Mano.

—Al menos sabría que, si muero —repuso Rhy—, tú serías un rey muy apuesto.

—¿Y qué pasa con Ren? —espetó Alucard.

La expresión de Rhy flaqueó. Una cosa era ser un hermano, o un rey, y otra muy distinta era ser padre. El dolor le recorrió la piel. Kell lo vio y le dio un suave apretón en la rodilla.

—No tenemos por qué hablar de esto. Es mi elección, y ya la he tomado. Además —dijo, levantándose—, he mejorado mucho con las espadas.

Rhy parpadeó y trató de dedicarle una sonrisa, pero esta no le llegó a los ojos.

Alucard estiró la mano hacia el farol más cercano, como si estuviese acariciando los hilos que solo él podía ver. Pero frunció el ceño cuando sus dedos pasaron a través. Dejó la copa sobre la mesa y se fue directo hacia la puerta.

—¿A dónde vas? —le preguntó Rhy.

—Al calabozo —dijo, recolocándose el abrigo—. A mí, al menos, me gustaría conocer a esta chica cuyo poder es mayor que el mío. —Salió al pasillo, pero sostuvo la puerta abierta—. ¿Y bien? —preguntó—. ¿Venís o qué?

VII

LONDRES BLANCO

Kosika se despertó por las risas.

Estas se elevaban como zarcillos de humo a través del suelo de su habitación, tenues, pero imposibles de ignorar. Estuvo dando vueltas en la cama durante un rato antes de deshacerse de las sábanas. Era medianoche, pero se puso una bata y salió al pasillo siguiendo el sonido. No había guardias. Qué raro. Bajó las escaleras de la torre descalza, el sonido aumentaba de intensidad con cada escalón que pisaba. Para cuando llegó a la tercera planta, escuchó la música. Cuando llegó a la segunda, las voces. Y en la primera, el tintineo de las copas y el arrastrar de los pies.

La fiesta había terminado hacía tiempo. La celebración ya debería haber cesado.

En cambio, había aumentado, convirtiéndose en algo estridente y animado.

Cientos de faroles llenaban los salones de palacio, que estaban repletos de gente, un mar de vestidos enjoyados y capas tachonadas plateadas de los Vir.

Kosika cruzó la sala. O lo intentó. La multitud debería haberse apartado para abrirle paso, pero no se movieron. De hecho, parecían cerrar filas y empujarse entre sí, por lo que tuvo que abrirse paso entre ellos como si fuese una intrusa.

Una fuente se erguía en el centro de la sala, el sonido del agua se perdía entre el murmullo de las voces y las risas estridentes; había una estatua de Holland sobre ella pero, cuando Kosika se acercó, se dio cuenta de que no era Holland el Siervo, o el Rey, o el Santo. Solo era Holland, *su* Holland, y no estaba hecho de piedra, aunque podría haberlo estado. No se movió, ni siquiera se volvió a mirarla, solo se quedó ahí de pie, con su cabello blanco formando una corona, y la cabeza inclinada sobre un enorme cuenco que tenía en las manos. Un cuenco del que se derramaba vino hacia la fuente.

Salvo que no era vino, por supuesto. Era sangre. Su sangre. Le corría como un río por los brazos, cayendo en la fuente, y mientras ella lo observaba, la gente llenaba sus vasos vacíos y bebían, se lo bebían de un solo trago, tiñendo sus labios de rojo.

—Parad —dijo, pero nadie la escuchó.

»*PARAD* —gritó, con una voz que debería haber hecho añicos las copas que llevaban en las manos, que debería haber apagado todos los faroles y resquebrajado el suelo de mármol. Pero no ocurrió nada. No parecía que nadie la escuchase. La fiesta continuó.

Kosika retrocedió, tambaleándose, alejándose de la horrible fuente. Lejos de la gente, que ahora sí que le abrían paso para dejarla marchar. Solo los Vir se volvieron a mirarla cuando salió corriendo hacia el vestíbulo, abrió las puertas de par en par y se internó en la noche.

Tropezó, se tambaleó al saltarse un escalón, porque ahí no había ningún escalón. El palacio había desaparecido. Al igual que las voces, la música y las risas. En cambio, estaba en medio del Bosque Plateado, con sus pies descalzos hundiéndose en el suelo lleno de musgo.

Todo estaba tan silencioso. Tan tranquilo. Solo se escuchaba su respiración, los latidos de *su corazón*. Solo que no era su corazón. Los latidos provenían de alguna parte bajo sus pies. Los nudos en forma de ojos de los árboles la observaban, sin pestañear, cuando se arrodilló y empezó a cavar, llenándose las uñas de tierra blanda y oscura.

Cavó, cavó y cavó, los latidos eran tan firmes como un puño llamando a una puerta de madera, hasta que, al final, sus dedos se cerraron en torno al corazón. Lo limpió y, ahí estaba, en medio de un lecho de tierra.

Era suave, del tamaño de un corazón humano y, sin embargo, no estaba hecho de carne, sino de algo distinto; no era rojo, sino blanco plateado, y tenía el mismo brillo lechoso del Sijlt. Y cuando palpitó bajo sus manos, supo que era el corazón de la ciudad, del mundo. Sus raíces corrían como venas, enterrándose en el suelo, pero estaban lo bastante sueltas como para que pudiese levantarlo.

Latía al compás del suyo y, al hacerlo, Kosika empezó a entregarle su poder, sintió cómo la magia la abandonaba y, al mismo tiempo, no lo hacía, porque seguía ahí, en sus manos, en el corazón que brillaba con más y más fuerza, más brillante que el río, más brillante que el sol, y los árboles florecieron, el cielo se volvió azul y el suelo se convirtió en una maraña de hierba, flores, retoños y frutos.

Y, por un momento, vio su Londres como debió de ser antaño, como volvería a ser, si pudiera alimentar al corazón lo suficiente.

Pero, incluso al pensarlo, la luz parpadeó en sus manos, y empezó a apagarse de nuevo.

—No —susurró. Trató de entregarle más poder, pero no tenía nada más para dar y el resplandor se desvaneció, la luz mermó, debilitándose hasta que ya no fue un sol resplandeciente, sino un farol, una vela, una llama frágil y pequeña. Y, al apagarse, también se apagó la otra versión de su mundo.

Las flores se marchitaron, el cielo recobró ese tono grisáceo, las hojas cayeron de los árboles y la tierra se volvió dura y fría bajo sus rodillas, y todo se volvió pálido y escarchado.

—No —suplicó, mientras la luz se apagaba en sus manos, el corazón dejaba de latir y todo se desmoronaba.

Kosika se despertó con tierra en las manos.

Pestañeó por un momento, desorientada por la ausencia de una cama, y los rayos del sol entrando por donde debería haber habido un techo. No estaba en sus aposentos, sino tumbada bajo un árbol, con las ramas llenas de frutos por madurar, y aunque el suelo bajo su espalda era duro, la hierba le hacía cosquillas en el cuello.

Kosika alzó una mano y vio sus dedos llenos de tierra oscura, debía de haber metido la mano en el suelo al dormir. Oyó unas voces cerca, se incorporó y vio a Nasi y a Lark sentados a unos metros, con las cabezas juntas inclinadas sobre las páginas de un libro. Él le dijo algo a la joven al oído, pero Kosika no pudo escucharlo, aunque estaba lo bastante cerca para ver cómo Nasi sonreía, cómo las comisuras de sus labios tironeaban hacia arriba, hacia su mejilla llena de cicatrices, resaltando el patrón que formaban las líneas plateadas.

—Es de mala educación susurrar —anunció Kosika, limpiándose la tierra de las manos.

Nasi ladeó la cabeza.

—¿Peor que despertar a una reina dormida?

Kosika recordó el sueño y deseó que la hubiesen despertado antes. Además, no le gustaba la idea de dormir tan expuesta, pero no había sido capaz de evitarlo. Recordaba haberse quedado dormida, con el estómago lleno, agotada, y tan calentita como un melocotón iluminado por el sol del verano.

Habían preparado un pícnic que estaba sobre una manta de lana entre los dos, con un cuenco lleno de cerezas y una bandeja de bocadillos, un cuchillo sobre una cuña de queso y tres tazas a medio llenar por una tetera.

El pícnic había sido idea de Lark.

Se había presentado en sus aposentos esa mañana, mientras Nasi, de algún modo, seguía dándole una paliza en una partida de kol-kot, con una cesta colgada del brazo, y anunció que hacía un día demasiado bueno como para quedarse dentro de palacio. El tiempo siempre era mucho más cálido después del diezmo. Y, en cuanto al pícnic, incluso se había vestido para ello, dejando a un lado su armadura de soldado y optando por una túnica suelta, unos pantalones y un par de botas pulidas, con un pañuelo violeta atado sobre la cicatriz que tenía en el cuello. Kosika se preguntó si la ropa sería suya y desde cuándo le quedaba tan bien. Él la había pescado mirándolo y le sonrió, y Kosika sintió cómo sus labios se estiraban para devolverle la sonrisa, aunque se contuvo a medio camino y puso los ojos en blanco.

—¿No deberías estar haciendo guardia o algo así? —le había preguntado, a lo que él había respondido que, obviamente, tenía que protegerla a *ella*.

»¿Por eso te has vestido como un noble?

—Voy de incógnito —respondió, guiñándole el ojo.

Y en el corto trayecto desde la torre hasta los jardines de palacio le había hablado a Nasi de los pícnics que Kosika y él habían hecho de niños cada vez que salía el sol, la mayoría de ellos en los tejados o en las murallas de la ciudad, improvisando una comida con pan duro y fruta pasada. Kosika se acordaba de eso, por supuesto, pero últimamente esos recuerdos parecían pertenecer a otra chica, a otra vida. Una que se alegraba demasiado de haber dejado atrás.

Lo único que quería conservar de esa vida lo había conservado.

Lark se tumbó todo lo largo que era sobre la hierba, cruzando las piernas sobre los tobillos mientras escuchaba a Nasi leer. Se había apartado el cabello rubio platino de la cara con una pequeña trenza junto a la oreja que no había tenido hecha antes de que ella se quedase dormida.

Mientras Nasi leía —no era su libro de guerra, sino un poemario, y Kosika odiaba la poesía, era como hablar en círculos en vez de ir directo al grano, y la cadencia siempre le terminaba distrayendo del mensaje y, de hecho, probablemente la poesía era la culpable de que se hubiese quedado dormida en primer lugar—, Kosika alzó la mirada hacia el árbol y hacia el cielo, el azul surcado por nubes blanquecinas.

El diezmo le había dado color a la ciudad, pero ¿cuánto duraría? Podía jurar que ya empezaba a *sentir* cómo se iba apagando. No era suficiente, nada de lo que hacía parecía durar, y estaba tratando de decidir qué hacer cuando algo le golpeó en la cara.

Era pequeño y duro, y rebotó sobre su piel antes de aterrizar sobre la hierba a su lado. Una cereza.

Kosika la miró fijamente por un momento antes de alzar la mirada hacia sus amigos, con el cuenco de fruta a su alcance. A Nasi parecía haberle sorprendido el ataque tanto como a ella, mientras que Lark apartaba la mirada a conciencia, como si algo demasiado interesante estuviese teniendo lugar al otro lado de los árboles.

Kosika movió los dedos y el cuchillo flotó desde la cuña de queso hasta caer delicadamente sobre su mano.

—Lark —dijo, despreocupada—. ¿Acabas de lanzarme una cereza?

Él se volvió a mirarla, como si la estuviese viendo por primera vez.

—¿Qué? No. Claro que no. —Su amigo era muchas cosas, pero un buen actor nunca había sido una de ellas. Fingió estar sorprendido, ignorando deliberadamente el cuchillo mientras alzaba la mirada hacia las ramas—. Debe de haberse caído de uno de los árboles.

Kosika siguió su mirada, confirmando lo que ya sabía.

—No tenemos cerezos.

—Ah. —Cambió el peso de lado a lado al decirlo, apartándose del cuenco.

—Menudo despiste —repuso Nasi—. No podemos tener un buen huerto frutal sin un cerezo.

Kosika bajó la mirada hacia el cuchillo que tenía en la mano.

—Tienes razón —contestó con una sonrisa pícara que puso a sus amigos más nerviosos que el propio cuchillo, y con razón. Volvió el filo hacia su mano y se hizo un pequeño corte limpio en el pulgar. Después tomó la cereza, con la piel del mismo color que un moratón, y se la metió en la boca, saboreando el breve e intenso dulzor antes de escupir el hueso en la palma y enterrarlo en el suelo.

Sabía el hechizo que necesitaba.

—*As Athera.*

El mundo se estremeció, como si alguien hubiese tirado de sus hilos, y sintió cómo la tierra se abría bajo sus manos, cómo su magia se hundía en el suelo y echaba raíces al mismo tiempo que el primer brote crecía entre sus dedos. En cuestión de segundos ya era un árbol joven, la tierra se abigarraba bajo sus dedos mientras el árbol crecía, el tronco se elevaba hacia el cielo y las ramas se retorcían en lo alto, floreciendo y dando sus frutos.

Sus amigos miraban el árbol asombrados, y Kosika no los culpaba por ello.

Una cosa era encender una lumbre o conjurar una brisa. Y otra muy distinta era enterrar un hueso de cereza ensangrentado y hacer crecer un cerezo en cuestión de segundos, con las ramas cargadas de un centenar de cerezas maduras.

Nasi sonreía como una niña pequeña y Lark abrió la boca para decir algo, pero antes de que pudiese hablar Kosika chasqueó los dedos y todas las cerezas cayeron sobre sus cabezas.

VIII

LONDRES ROJO

Al parecer, la forma más rápida de escapar de una celda era esperar a que te dejasen salir.

—Ven —le había dicho la reina a la joven en el calabozo—. Tengo algo que quiero enseñarte.

«Algo» resultó ser el taller más increíble que Tes había visto jamás.

Con habitaciones conectadas por altos arcos de piedra, con cada una llena de mesas y encimeras, con cada superficie llena de una deslumbrante variedad de magia. Había hechizos desnudos, como si fuesen cuerpos, por todas partes, con la piel abierta y su funcionamiento interno a la vista de todos. Estaba tentada de estirar la mano y pasar los dedos por la magia, pero seguía estando esposada.

La reina estaba de pie frente a ella, evaluándola, y Tes sabía que debía hacer algo para mostrarle sus respetos, pero la verdad era que, en aquel momento, no se sentía con ganas de inclinarse ante nadie. Y tenía hambre.

Al pensar en comida su estómago volvió a rugir, y la reina se dirigió a los dos soldados que la habían escoltado hasta allí.

—Estaba tan centrada en mi trabajo que me he olvidado de comer. Por favor, id a buscarme algo.

Solo uno de los soldados se giró para marcharse y la reina le hizo un gesto con la cabeza al otro.

—Ve con él.

—*Mas res* —dijo el soldado—, debería quedarme aquí y vigilar a la prisionera.

La reina se volvió hacia Tes, estaba desaliñada, esposada y manchada de sangre aunque ya hubiese dejado de sangrar.

—Creo que nos las apañaremos.

Tes debería haberse sentido insultada. Debería, pero la reina no se había referido solo a ella; había hablado en nombre de ambas, como si estuviesen compinchadas.

Cuando el soldado dudó, la reina se irguió y le dedicó una mirada afilada.

—No te confundas —le dijo—. No era una petición.

Dicho eso, el soldado le hizo una profunda reverencia y se marchó.

La reina esperó hasta que estuvieron a solas y entonces alzó el búho muerto a la luz, y lo estudió como si fuese una piedra preciosa.

—Poca gente apreciaría lo elegante que es esta magia —le dijo—. Y muchos menos podrían crearla. —Sostuvo a Vares en alto, pero cuando Tes estiró las manos hacia él, la reina lo apartó—. Dime, ¿cómo te llamas?

Tes dudó y la reina se carcajeó ante sus dudas.

—¿Tan difícil es de dar?

—Lo es —repuso Tes—, cuando no tienes muchas cosas que sean solo tuyas.

La reina consideró sus palabras. Le volvió a tender el búho y, esta vez, dejó que lo tomase.

—Toma. Ahora tienes algo más.

Volvió a meter a Vares en su abrigo.

—Tes —contestó después—. Me llamo Tes, majestad.

El soldado regresó, con una bandeja en las manos. La reina señaló hacia una mesa de metal, una entre las muchas que había en esa sala, y el soldado dejó la bandeja ahí. Esta vez, no hubo ninguna protesta, y se marchó, volviendo a dejarlas a solas.

La reina señaló hacia una silla.

—Siéntate. —Y luego, suavizando el tono, añadió—: Por favor.

Tes hizo lo que le pedía, dejándose caer en el asiento. Observó cómo la reina levantaba la tapa escarchada de la bandeja para revelar un surtido de embutidos, quesos y unas rebanadas de pan, junto con dos tazas y una tetera humeante. A Tes se le hizo la boca agua.

—Sírvete —dijo la reina, pero Tes negó con la cabeza y entrelazó los dedos, con las esposas tintineando en su regazo, para evitar estirar las manos hacia la comida.

—Mis disculpas, majestad. Hoy me falta confianza.

La reina la sorprendió con una sonrisa.

—No puedo culparte por ello. —Tomó el queso de untar y empezó a montar un pequeño bocadillo.

»Desde que surgió la Mano —dijo, partiendo el bocadillo por la mitad—, no he parado de pensar que la comida podría estar envenenada. —Le dio un mordisco a una mitad y masticó con aire pensativo—. Tal vez solo sea por su nombre, pero juro que sueño con dedos que me alcanzan en la oscuridad. —Dejó la comida sobre el plato—. La mitad de los hechizos que creo estos días son para mantener a mi familia a salvo. —Al decirlo, se llevó la mano a su colgante, pero cuando la bajó Tes se fijó en que era un anillo dorado, con un hechizo propio, aunque el trazado del hechizo era tan pequeño y delicado que habría tenido que pegárselo a los ojos para ver el patrón.

La reina llenó las dos tazas de té, era un té oscuro y fuerte, algo que Tes notó gracias a su aroma cuando este subió hasta su nariz. Aun así, aguardó a que la reina bebiese primero.

—Ten por seguro que no quiero envenenarte, o drogarte, o hacer algo que entorpezca tus sentidos. —Tomó un sorbo de su taza y se la tendió—. Los quiero agudos.

Tes tomó la taza y le dio un trago, llenándose con su sabor especiado y un calor embriagador. Suspiró, sintiéndose más ella misma de lo que se había sentido en días. Estiró la mano hacia la otra mitad del bocadillo, arrastrando las esposas por la mesa de metal. El primer bocado fue un alivio. El segundo, un placer. Con el tercero sintió cómo las lágrimas se le acumulaban en los ojos, amenazando con derramarse.

Mientras comía, volvió a fijarse en el taller, en las mesas, en la habitación que brillaba iluminada por tanta magia. Tes no pudo evitar maravillarse ante aquello y sus dedos ansiaban estirarse hacia los hilos.

En una mesa había un espejo frente a un tablero de adivinación. En otra, un hechizo dibujado sobre lo que parecían limaduras de hierro.

En una pared corría un riachuelo de agua constante, aunque ningún mago la estaba controlando. Había muchas más cosas, de las que desconocía su finalidad. Ansiaba levantarlas, desmontarlas.

Había oído hablar de la reina de Arnes. Nadie parecía decidirse entre si era una prisionera o una reclusa, una mente brillante o una loca de remate. La verdad, a Tes nunca le habían interesado los cotilleos sobre la realeza. Lo que sabía era que, antes de que la reina se convirtiese en una Maresh, había sido una Loreni. Y las Loreni eran conocidas por sus inventos.

—Supongo que ambas somos reparadoras —observó la reina, siguiendo su mirada—. Aunque yo no tengo tu don.

Tes se estremeció ante la mención de su don, deseaba no habérselo contado a Delilah Bard y se preguntó cómo era posible que el rumor hubiese corrido tan rápido. La reina pareció entrever la pregunta en su rostro.

—Las casas tan grandes suelen tener eco. —Al hablar, se acercó a una encimera cercana—. Poder tocar el tejido del mundo. —Alzó una caja negra cerrada y regresó a la mesa con ella—. Lo que podría hacer —dijo, abriendo la caja— con un don como el tuyo…

Se quedó en silencio, bajando la mirada hacia la caja. Tes también la observó. Estaba vacía. Una sombra cruzó el rostro de la reina y Tes podía haber jurado que había oído un nombre en sus labios, poco más alto que una maldición susurrada —*Alucard*— antes de cerrarla de golpe.

—Dime, Tes. ¿Creas, además de reparar?

—A veces —contestó—. Me gusta mejorar las cosas. Mejorar la magia.

La reina asintió.

—Y, dime —continuó—. ¿Cómo llegaste a trabajar para la Mano?

La comida que tenía en la boca se convirtió en arena y tuvo que luchar por tragar.

—Juro que no lo sabía. Si lo hubiese sabido no habría aceptado el encargo.

—¿Entonces no te reclutaron?

—No —respondió con rotundidad—. Un hombre vino a mi tienda. Creo que estaba enfermo. O herido. Me trajo algo roto que quería que reparase. No sabía lo que era. Y ahora ya no importa, ya no existe. No pueden usarlo en su contra.

—Algo por lo que te estoy muy agradecida —repuso la reina—. Has protegido a mi familia, Tes. Y, por eso, estoy en deuda contigo. Sin embargo —añadió, tomando un sorbo de té—, es una pena que se perdiese.

—¿Majestad? —preguntó, confusa.

—Somos creadoras. Siempre es una pena, ¿no? El destruir el fruto de nuestro trabajo.

Tes asintió aunque, en realidad, le aliviaba haberlo destruido. La *persalis* le había costado la tienda que amaba, la vida que se había labrado en Londres. La habían amenazado, secuestrado, apuñalado —dos veces—, metido en una celda. Todo por haber hecho su trabajo.

—¿Me enseñarías cómo lo hiciste?

Tes pestañeó. No se había fijado en que la reina se había levantado, pero esta se había alejado y regresado a la mesa con una cajita de madera en las manos. Limpió la mesa y la dejó frente a ella.

—Puede que aquí haya un lugar para ti. Un lugar para tu don. —Abarcó el enorme taller—. Me vendría bien una aprendiza. Sobre todo una tan hábil como tú.

Tes bajó la mirada hacia la mesa. Era una caja de música sin tapa, con sus patrones a la vista. A Tes le temblaron los dedos; veía lo que estaba mal en ese hechizo, el lugar donde los hilos se habían rasgado. Era tan sencillo repararlo que supo que tenía que ser una prueba.

—Ah, espera.

La reina tocó algo en las esposas y el cierre se abrió. El peso del hierro desapareció y las esposas cayeron abiertas sobre la mesa. Tes se frotó las muñecas.

—Ahora sí —repuso la reina—. Muéstramelo.

Tes miró fijamente la caja, pero no se movió. Hasta que llegaron Bex y Calin, nadie la había visto trabajando. Había tenido tanto cuidado, durante tanto tiempo, ocultando cada gesto, cada movimiento. Mantenerlo en secreto era agotador. Pero había una razón para que lo mantuviese en secreto.

—Muéstramelo —volvió a decir la reina, aunque esta vez con un tono distinto; había desaparecido la delicadeza, dejando al descubierto algo frío y hambriento. La miraba fijamente, estudiándola, y sus ojos eran de otro color, muy diferentes, aunque su mirada le era demasiado familiar. Pertenecía a Serival. Serival, que siempre observaba aquello de valor como si fuese algo que pudiese usar, vender o desmontar. Pertenecía a su padre, que observaba el interior de su tienda de brazos cruzados, esperando a que Tes le mostrase su valor.

De repente, el enorme taller se le hizo más pequeño que la celda.

Corre. La palabra rugió en su sangre, al igual que tres años antes, y cuando alzó la mirada vio a su hermana observándola desde el umbral de la puerta, con la mirada fija en las manos de Tesali, que se cernían sobre unos hilos que ella no podía ver.

Sus ojos recorrieron la mesa de metal, la caja de madera frente a ella y las esposas abiertas, a medio camino entre Tes y la reina.

—Muéstramelo —insistió la reina, reclinándose sobre la mesa, así que Tes obedeció.

Metió las manos en el interior de la caja de música y tomó el hilo ámbar rasgado, era un objeto diseñado para amplificar el sonido. Pero en vez de arreglarlo, hizo girar el hilo entre sus dedos y tiró de él, rodeando la caja.

La reina la observó, embelesada. Tan absorta que se acercó un poco más y, al hacerlo, su codo derribó la taza de té, lanzándola por el borde de la mesa. La reina pegó un salto y se giró al mismo tiempo que la taza caía y se hacía añicos contra el suelo del taller, antes de fruncir el ceño.

El impacto no había hecho ruido alguno. Aquellos penetrantes ojos avellana volaron hacia Tes.

—¿Qué has hecho? —preguntó o, al menos, eso fue lo que Tes pensó que había dicho. Sus labios formaron las palabras, pero no surgió ningún sonido. Todos los ruidos dentro del taller habían quedado silenciados. La mirada de la reina cayó sobre la caja de música. Se lanzó hacia ella y, al mismo tiempo, Tes se lanzó hacia las esposas, tomándolas con una mano y con la otra tirando de los hilos. El hierro se volvió maleable en sus dedos y, antes de que la reina alcanzase la caja de música, Tes cerró de golpe el metal reblandecido alrededor de sus muñecas. La reina retrocedió, pero Tes ya las había soltado y el hierro volvía a estar frío y sólido, soldado con la mesa.

Tes se tambaleó hacia atrás, alejándose de la mesa y de la reina, que la miraba sorprendida.

—*Solase* —dijo, pero la disculpa solo se pudo leer en el movimiento de sus labios antes de que se diese la vuelta y huyese.

Tes corrió, el sonido regresó al subir por las escaleras. Cuando la reina había ido a buscarla, la habían sacado del calabozo, llevado por una galería y bajado por otro pilar. Había visto dos puertas, la primera que llevaba al palacio sobre su cabeza. La segunda, tan sutil como una grieta en la piedra, y que estaba en el rellano, a media altura.

Intentó abrirla pero estaba cerrada.

Tes pasó las manos por la puerta de hierro. Si hubiese tenido más tiempo podría haber forzado la cerradura, pero no lo tenía. En cambio, tiró de la magia con todas sus fuerzas. La puerta se arrugó como si estuviese hecha de papel y se abrió con un gemido. Tes se lanzó al exterior, esperando toparse con una escalera, pero se encontró con la nada más absoluta. Tuvo el tiempo justo para asustarse y darse cuenta de que estaba cayendo directa al río antes de que sus botas aterrizasen sobre la tierra blanda unos metros más abajo.

Trastabilló hacia delante y hundió las manos en la hierba húmeda, cuyas briznas estaban teñidas de rojo por el resplandor del Isle. La orilla del río. El sol se había puesto en el horizonte y el cielo se había oscurecido, pasando del azul al negro y cubriendo de sombras la orilla sur. Tes trepó por la cuesta y, al llegar arriba, se encontró con los farolillos del mercado nocturno brillando a lo lejos, las calles y los puestos llenos de gente.

Se sintió aliviada.

Se ciñó el abrigo y se puso en marcha, con la intención de escabullirse entre la multitud y desaparecer. Pero al cruzar el césped, una sombra se interpuso en su camino. Incluso a oscuras Tes pudo ver la trenza negra que rodeaba la cabeza de la mujer como una corona, el brazalete de metal alrededor de su antebrazo. Se le heló la sangre.

—Bueno, hola de nuevo —dijo Bex, acercándose a ella—. Te dije que no habíamos terminado.

—Ya he destruido la *persalis* —dijo Tes, retrocediendo. Sus botas se resbalaban sobre la hierba mojada, con solo la cuesta y el río a su espalda. O eso creía. Hasta que el enorme brazo lleno de cicatrices de Calin la rodeó por los hombros y la alzó—. No puedo daros lo que no tengo —jadeó.

Bex ladeó la cabeza.

—Esperemos, por tu bien, que no sea cierto.

Calin le colocó un paño sobre la nariz y la boca. Tes intentó no respirar, pero sus pulmones terminaron por traicionarla, aspirando el aire envenenado. Algo empalagoso le invadió la lengua, la garganta y la cabeza. Lo último que vio fueron los faroles borrosos del mercado tras Bex. Y entonces, se apagaron, uno a uno, y todo quedó a oscuras.

En las manos equivocadas

I

ila Bard estaba de un humor de perros.

Llevaba siete años viendo a Kell sufrir. Siete años sin saber cómo detenerlo. Y ahora ahí estaba su respuesta, y él decía que no. Porque había un riesgo. Pues *claro* que había un riesgo, pero ese era el problema con la gente que había nacido con magia, les hacía la vida demasiado fácil, hacía que todo fuese demasiado seguro. Lo que no parecían comprender era que, a veces, vivir conllevaba riesgos.

Se preocupaba por Rhy, pues claro que sí, pero estaba cansada de ver cómo Kell se sacrificaba siempre por su hermano, como si su vida y su dolor no significasen nada.

Malditos mártires.

«No te marches de palacio», le había pedido Kell y, por algún motivo, le había hecho caso, al menos al principio; se había ido al campo de entrenamiento con la esperanza de encontrarse a algún soldado, guardia, nuevo recluta... quien fuese, con ganas de pelear. Pero allí no había habido nadie.

Así que Lila se había marchado caminando, o dando pisotones más bien, como si de ese modo pudiese sacar toda la frustración que la inundaba a través de las botas. Se sentía como una botella de champán a la que habían agitado antes de quitarle el corcho. El poder se revolvía bajo su piel, desbordándose a su alrededor. Los faroles se encendían a su paso. Los adoquines temblaban y se deslizaban calle abajo.

Quería una maldita pelea, pero estaba claro que nadie en palacio estaba dispuesto, o era capaz, de complacerla, por lo que Lila hizo lo que mejor se le daba.

Ir en busca de problemas.

Todavía no se le habían curado los cortes de la pelea en la taberna, pero no le importaba. Se preguntó si podría encontrar a la mujer con la trenza negra y terminar lo que habían empezado. Había sido una buena oponente. Con muchas dagas. ¿Cómo se llamaba?

Bex.

—Bex, Bex, Bex —murmuró en voz alta, como si la estuviese invocando. Pero Bex no apareció, no ocurrió nada, estaba claro que era una mercenaria, y Lila sabía a dónde tenía que ir para buscar uno de su calaña.

Al *shal.*

El sol se había puesto en el horizonte al caminar, y puede que se debiese a la escasa luz a sus espaldas, o tan solo a una corazonada de que iba en la dirección equivocada, pero Lila se fijó en lo oscuro que se estaba poniendo el cielo.

Detuvo sus pasos. Oteó el horizonte contrario a donde se estaba poniendo el sol, con el tenue brillo de las estrellas, y entonces se dio cuenta.

No había luna.

Ni una mancha blanca, ni una uña plateada. Recordó la imagen del canto de la moneda. Luna llena. O sin luna.

Lila comprobó la hora. Era demasiado pronto, acababan de dar las nueve, pero no tenía otro sitio al que ir. Se volvió hacia la pared más cercana, cerrando el puño, clavándose las uñas en el corte que se había hecho para curar a la chica. El dolor le recorrió la palma cuando el corte se reabrió. Se llevó los dedos a la sangre y trazó la marca sobre la piedra —una línea vertical y dos «X» encima— antes de extender la mano sobre la marca.

—*As Trascen.*

La ciudad se desvaneció y volvió a formarse un momento más tarde, con su mano extendida sobre una pared distinta, en una calle diferente, pero la misma marca bajo su piel. Lila se apartó de la pared y se volvió hacia la casa del número 6 de la vía Helarin, lista para esperar toda la noche si fuera necesario.

Al parecer, no tendría que esperar en absoluto.

La casa, que por la mañana había estado a oscuras, al igual que la noche anterior, se había transformado. Había carruajes frente a las verjas, con faroles encendidos en cada ventana, y la sonrisa malvada que había formado la puerta estaba abierta.

Y Lila supo exactamente lo que era.

Un jardín de placer. Tal y como Tanis le había dicho.

Había montones de hombres y mujeres junto a la entrada. Algunos estaban vestidos como si fuesen a asistir a un baile real y Lila consideró brevemente la posibilidad de robarle la ropa elegante a alguno, para pasar desapercibida, pero decidió no hacerlo al ver que también había gente vestida mucho más sencilla.

Cruzó la calle, ralentizando el paso cuando un par de caballeros bajaron de un carruaje cercano. Uno llevaba una chaqueta de cuello alto de terciopelo, el otro un chaleco negro sobre la camisa, pero estaba claro por su tono que ambos eran *ostra*.

—... llamado el Velo —dijo el de la chaqueta de terciopelo—. Siempre está cambiando. He tardado un mes en localizarlo, pero he oído que merece la pena.

—¿Cómo averiguaste dónde iba a estar? —preguntó el del chaleco.

—Es un secreto —respondió el de la chaqueta de terciopelo.

—Un secreto bastante lleno de gente —contestó el del chaleco.

Y tenía razón.

Cuando Lila se topó con el mensaje grabado en la moneda se había imaginado un encuentro mucho más clandestino, uno que tuviese lugar entre las habitaciones oscuras de una casa abandonada, lejos de oídos indiscretos y miradas escrutadoras. Al fin y al cabo, la Mano llevaba meses operando y no la habían atrapado.

Pero el mejor delito es el que se comete a la vista de todos.

A Lila no le cabía ninguna duda de que la mitad de los invitados que estaban entrando en la casa eran clientes del jardín de placer. Y les estaban dando la tapadera perfecta al resto.

Se puso tras los hombres y los siguió hasta la puerta, que estaba abierta de par en par frente a ellos, aunque cualquier atisbo del interior de la casa quedaba oculto tras una cortina. Había un anfitrión esperando junto a la entrada para darles la bienvenida a los invitados a medida que llegaban. Iba vestido de la cabeza a los pies de blanco: un traje entallado bajo una capa pálida y nacarada. Y, ocultándole el rostro, una máscara dorada.

Si se fijó en que Lila iba vestida con ropa de hombre —y mal vestida, con la túnica y los pantalones manchados bajo el abrigo, llena de polvo y manchas de sangre por la pelea en la taberna, aunque se había abotonado el abrigo para ocultar la peor parte—, no dijo nada. Y si su sonrisa flaqueó, no había manera de saberlo gracias a la máscara.

—Bienvenida al Velo —dijo el anfitrión, tendiéndole una mano enguantada—. ¿Tienes la invitación?

Los dedos de Lila querían deslizarse hacia la daga más cercana, una costumbre que tenía cuando había que mentir o luchar, pero en lugar de eso se metió la mano en el bolsillo y sacó la moneda que había descubierto en la taberna. Comprobó el canto con la yema del pulgar para asegurarse de que fuera la correcta y dejó caer el lin alterado en la mano del anfitrión. Por un momento, este se quedó mirándola, como si le sorprendiese verla ahí. Pero entonces sus dedos enguantados se cerraron sobre ella.

—Habrá un brindis —dijo—, en la biblioteca. A la hora indicada.

Lila no tenía que preguntarle la hora.

Nonis ora.

«Once».

Lila pasó a través de la cortina y se internó en un vestíbulo lleno de caras. Máscaras. Había decenas de máscaras colgadas en las paredes, no eran doradas, como la del anfitrión, sino blancas y negras, y sin rasgos, y faltaban otras tantas cuya ausencia quedaba reflejada por los ganchos dorados vacíos. Lila seleccionó una negra y se la colocó, y aunque no tenía los cuernos que decoraban la suya, no pudo evitar tararear al dirigirse hacia la segunda cortina que separaba el vestíbulo del resto de la casa.

¿Cómo se sabe cuándo vendrá el Sarows? ¿Cuándo subirá, subirá, subirá a bordo?

Apartó la cortina y se adentró en el Velo.

II

Alucard pasó la mano por los muros de piedra mientras bajaban las escaleras que llevaban al calabozo.

Podía ver los hilos que bailaban sobre las rocas, al igual que podía ver aquellos que flotaban por la corriente de aire que subía por las escaleras, y los que vinculaban a Kell y a Rhy; solo los de Kell estaban deshilachados, mientras que los de su hermano estaban intactos. Estudió la red de hilos, los lugares donde se cruzaban, e intentó imaginarse lo que sería tener el don que se suponía que tenía esa chica, ser capaz de estirar la mano hacia los hilos, agarrarlos y cambiarlos.

¿Cuántas noches había pasado en vela junto a Rhy estudiando los hilos plateados, observando cómo fluían desde el corazón del rey? En ese momento trató de imaginarse que sus dedos podían pasar entre ellos, el cuidado que habría debido de tener para tocar solo los correctos, o incluso para cortarlos o volver a atarlos sin desencadenar una catástrofe. La complejidad de aquello lo aterraba, había muy poco margen de error, y eso lo llevaba a preguntarse si, en el caso de poder hacerlo, ¿confiaría en sí mismo?

En secreto, le aliviaba no tener que elegir.

Kell se puso en tensión cuando se acercaron al calabozo, y Alucard recordó que el príncipe también había pasado una temporada entre rejas hacía años, por desafiar al difunto rey.

—¿Dónde están los guardias? —preguntó Rhy cuando llegaron a la hilera de celdas. Y, era cierto, debería haber habido alguien vigilando a la muchacha. Pero ahí no había nadie y, cuando llegaron a la última celda, supieron por qué.

La chica había desaparecido.

La celda estaba vacía, con la puerta abierta. Por un momento pensó que se había escapado. Pero las salvaguardas seguían activas, y no había ni rastro de que alguien las hubiese manipulado. No, alguien la había sacado de allí.

—Lila —siseó Kell, una única palabra contundente antes de volverse hacia las escaleras, y Alucard deseó que Kell estuviese equivocado, ya que Lila estaba de muy mal humor, convencida de que la chica se estaba conteniendo. No quería ni pensar en lo que era capaz de hacer si la dejaban a su aire.

Rhy y Alucard siguieron a Kell por las escaleras, hasta el vestíbulo de palacio, y se acercaron a uno de los guardias que había ahí apostados.

—¿Has visto a Lila? —ladró Kell.

—Se ha llevado a la chica del calabozo —añadió Rhy.

—¿Por qué nadie estaba vigilando la celda? —cuestionó Alucard.

El guardia hizo una profunda reverencia.

—Majestades —dijo, pasando la mirada de uno a otro como si no estuviese seguro de qué responder, antes de decidirse por contestar primero a lo que había dicho el rey—. Lila Bard no se ha llevado a la prisionera.

—¿Cómo lo sabes? —preguntó Kell.

El guardia dudó solo un segundo antes de responder.

—Porque se la ha llevado la reina.

La noche resultó estar llena de sorpresas.

Los tres llegaron al taller de la reina y se encontraron, de nuevo, con que no había ninguna muchacha allí y Nadiya Loreni estaba recostada sobre una mesa. Miró a su marido, a su consorte y al príncipe cuando entraron, pero no se movió.

Cuando Alucard se acercó descubrió por qué: tenía las muñecas esposadas, el hierro de las esposas soldado con el de la mesa. La reina abrió la boca para decir algo pero no se escuchaba nada, y Alucard se fijó en el silencio opresivo que reinaba en el taller, como si algo absorbiese el sonido ambiente.

Nadiya señaló con la cabeza un objeto que había sobre la mesa. Parecía una caja de música, pero alguien había tirado de sus hilos y los había atado a su alrededor.

Ingenioso, pensó, justo antes de romperla.

El sonido regresó en cuanto la caja se rompió y Nadiya suspiró con fuerza.

—¿Qué ha pasado? —exigió saber Rhy.

—Se ha ido —repuso Nadiya, como si eso explicase todo—. ¿Puede alguno ir a buscar a Sasha? Es metalúrgica.

Cinco minutos más tarde la niñera estaba allí y la reina se estaba frotando las muñecas, libre.

Mientras tanto, Kell había ido a buscar a Lila.

La atención de Alucard seguía puesta sobre la reina. No parecía demasiado molesta por el asalto y la siguió por el taller hasta otra mesa, viendo cómo desenrollaba un pergamino y abría un frasco con arena negra, que derramó en el centro. La observó hacer una hendidura en el montón de arena, sacar un pequeño hueso blanquecino y colocarlo en medio.

Murmuró algo inaudible y la arena comenzó a deslizarse sobre el papel, hasta que sus trazos empezaron a parecerse a los de un mapa.

A Alucard le recorrió un escalofrío.

—La has dejado marchar a propósito.

Nadiya no dijo nada, sus labios se movían mientras pronunciaba el hechizo, prestando total atención a la arena que se deslizaba como un susurro sobre el papel, trazando el mapa de la ciudad.

La agarró del hombro y señaló el pequeño hueso.

—¿De dónde ha salido eso?

Nadiya se calló. La arena dejó de moverse y le dirigió una mirada impaciente a Alucard.

—De su búho mascota.

Entonces lo entendió todo, fue como si le hubiesen tirado un jarro de agua fría encima.

—*Querías* que escapara.

No se había fijado en que Rhy se había colocado junto a ellos, pero el rey contuvo la respiración.

—¿Por qué?

—Porque la reina la está usando de cebo —explicó Alucard.

Rhy miró a su mujer horrorizado, pero ella ya se había vuelto a centrar por completo en el hechizo. Volvió a empezar y la arena se siguió moviendo hasta que el rey estampó la mano sobre el pergamino. Nadiya se quedó en silencio y alzó la mirada hacia su marido.

—Voy a necesitar tiempo —repuso la reina— y concentración para este hechizo. Así que, si no te importa...

—Me importa —escupió Rhy—. ¿Qué has hecho?

—Lo que creía que era mejor —contestó Nadiya—. Tenemos que encontrar a la Mano. Ellos quieren encontrar a la chica. Todo encajaba. —Miró a Alucard—. Tú habrías hecho lo mismo.

No era una pregunta. Rhy miró fijamente a Alucard, esperando que lo negase.

Alucard suspiró.

—No estoy del todo de acuerdo con el método...

—Hablando de métodos —cambió de tema la reina, entrecerrando los ojos—, puede que no estés del todo de acuerdo con mis métodos, pero *jamás* vuelvas a robarme algo del taller.

Alucard se tambaleó como si lo hubiesen golpeado.

—¿De qué estás hablando?

—Las cadenas —repuso Nadiya—. El hechizo de transferencia.

Fue como si le hubiesen metido una roca en el estómago.

—¿Qué pasa con ellas?

—No te hagas el sorprendido.

—Nadiya. ¿Qué pasa con ellas? —repitió, con dureza.

La expresión de la reina cambió, su acusación dando paso al asombro.

—Han desaparecido.

Justo en ese mismo instante regresó Kell, sin aliento.

—Lila no está en palacio.

—No —repuso la reina—. Se fue hace una hora, a pie.

Kell maldijo en voz alta.

—De entre todas las noches...

Y Alucard cerró los ojos con fuerza. De entre todas las noches.

—¿Hay luna? —preguntó.

—¿Qué tiene eso que ver con lo que está pasando? —exigió saber Kell, pero Alucard no le había preguntado a él. Le estaba preguntando a la reina. La reina, que trabajaba en un taller sin ventanas bajo el agua y que, aun así, siempre parecía saber lo que ocurría en la superficie.

—¿Hay o no? —repitió.

—No —contestó la reina—. Es una noche sin luna.

Alucard suspiró, agotado, y se volvió hacia Kell.

—Sé dónde está Lila.

—¿Cuánto tiempo más vas a tardar? —preguntó Rhy, paseándose por el taller de la reina como un animal enjaulado.

—Más cada vez que me hagas parar —espetó Nadiya. En realidad, estaba tardando mucho más de lo que debería porque el mapa había cambiado. Ya se había reescrito dos veces, terminaba de formarse una línea de arena solo para que, segundos después, se rompiese y volviese a formarse, trazando unas calles nuevas, lo que supuso que significaba que la chica, Tes, se estaba moviendo. O la estaban moviendo.

Era la tercera vez que Nadiya pronunciaba el hechizo, esperando a que las líneas se asentasen por fin.

Rhy estaba de pie al otro lado de la mesa, mirándola fijamente. Había visto al rey sufrir y reír. Lo había visto triste, feliz, frustrado y dolorido, pero pocas veces lo había visto *enfadado*. Sus ojos dorados estaban clavados en ella, no con pasión, sino con ira y desdén. Tenía los labios apretados en una fina línea, como si se estuviese conteniendo de decir algo.

—Si tienes algo que decir, dilo —le escupió.

—¿Cómo has podido hacerlo?

—¿Hacer qué?

—Poner a esta chica en peligro. Tratarla como si fuese algo de usar y tirar. Como si su vida importase menos que la tuya o la mía.

—Porque *importa menos*. —No lo decía con malicia, sino firmemente convencida, pero Rhy la miraba como si fuese un monstruo. Su amable marido, tan bueno y tan ingenuo. Nadiya sabía que Alucard solía evitarle todos los malos tragos que pudiese, pero ella no se veía capaz de hacerlo—. No todas las vidas son iguales, Rhy. Es una estupidez pensar que lo son. Eso te convierte en una buena persona, sí, pero te condenará como rey. —Rhy se estremeció—. Y no será lo que acabe con los Maresh —continuó—. Puede que tú no puedas morir. Pero te olvidas de que *yo* sí. *Alucard* puede morir. Tu *hija* puede morir. Así que si quieres jugar a ser un santo, adelante, pero yo no voy a ser tan ilusa. He trabajado duro para mantener a esta familia a salvo. Esperemos que solo tengamos que sacrificar a una chica esta noche para conseguirlo.

Rhy se quedó en silencio.

Nadiya bajó la mirada.

La arena por fin había dejado de deslizarse sobre el papel y trazaba unas líneas negras sólidas alrededor del hueso, formando un mapa. Un banco. Una calle. Una casa. Trazo a trazo había formado el mapa de la ciudad. Rhy contuvo la respiración. Nadiya frunció el ceño. No había nombres, ni números, pero no los necesitaban. Ambos sabían a dónde habían llevado a Tes.

A la finca de los Emery.

III

Tes se despertó con violencia por el agua helada.

Se incorporó, temblando por los riachuelos congelados que le caían sobre los ojos y por el cuello, empapándole los rizos. Bex estaba de pie junto a ella, sosteniendo el cubo vacío.

—Buenos días, princesita —dijo, dejando el cubo a un lado.

El corazón de Tes latía con fuerza, el sabor del sueñoveloz le impregnaba la lengua. Estaba tumbada en el suelo de una habitación elegante, con un charco formándose sobre el parqué. Al menos no estaba atada. Eso debería haberla hecho sentir mejor. Pero no fue así. No había ventanas, tan solo una puerta, y Calin estaba apoyado contra ella, con un moratón oscuro extendiéndose como una sombra por un lado de la cara. Bex se limitó a mirarla mientras se ponía en pie, le temblaban las piernas y el agua le goteaba desde los rizos.

Algo había cambiado.

En su tienda los dos asesinos se habían estado pavoneando, confiados como los mercenarios que eran. Habían estado relajados, con el andar suelto. En cambio, en ese momento estaban quietos, tensos como las cuerdas de un arpa.

Tes se preguntaba por qué, hasta que escuchó que alguien carraspeaba a su espalda.

—Os pedí la *persalis* y me habéis traído a una chiquilla.

Tes se volvió hacia la voz y se topó con un hombre corpulento, vestido de azul marino y plata. Los hilos que se entretejían a su alrededor eran de un verde terroso, pero eran finos y poco brillantes. Llevaba el cabello castaño corto, sus ojos eran de un azul tan oscuro que podría haber pensado que eran negros de no haber sido por la luz. Estaba claro por su acento que era un *vestra*, con el porte de un noble, pero tenía los nudillos llenos de cicatrices blanquecinas. Tes dio un paso atrás por instinto, incluso aunque eso significase acercarse a los asesinos.

—Es lo mejor que hemos conseguido —murmuró Calin.

—Mi señor —añadió Bex, pero Tes captó un deje de burla en su tono—. Si no hay peces que pescar, pensé que querríais al pescador.

El noble ignoró a los asesinos. Estudió a Tes y, al hacerlo, ella se dio cuenta de a quién debía de tener enfrente: el líder de la Mano.

—Me has dado unos cuantos problemas —le dijo—. Esperemos que sepas cómo arreglarlos.

Se hizo a un lado, dejando al descubierto un enorme escritorio. Apilados encima y a su alrededor había una miríada de objetos hechizados, muchos de ellos domésticos, pero no todos, y la mitad en mal estado. Eran el tipo de objetos que habían llenado las estanterías de la tienda de Haskin, antes de que la derrumbase.

—Esto es todo lo que hemos podido encontrar —repuso Calin—, con tan poco tiempo.

—Y todo lo que deberías necesitar —añadió el noble—. Para crear una nueva *persalis*.

Tes retrocedió y respondió lo que le debería haber dicho al ladrón cuando entró por su puerta con el creador de portales roto bajo el brazo.

—No.

En su cabeza había sonado más contundente, pero cuando lo dijo, el término le salió ronco y en voz baja, apenas un susurro. Y, sin embargo, parecía llenar toda la sala. Por el rabillo del ojo vio cómo Bex se estremecía, pero el noble asintió, como si lo entendiese. Pero entonces empezó a desabrocharse los puños de la camisa. Tes se fijó en que los botones eran plumas de plata. La cabeza comenzó a darle vueltas. Deseaba haber prestado más atención a su padre durante sus lecciones sobre las distintas casas reales.

—Me temo —dijo, arremangándose— que no tengo tiempo para intentar convencerte. —Se sacó una pequeña botella de cristal del bolsillo con un líquido del mismo color que el aceite. Al mover la botellita con los dedos, el líquido espeso manchó el cristal—. Sujetadla.

Tes se tambaleó hacia atrás, resbalándose en el charco, solo para toparse con unas manos que la aferraban por los brazos con fuerza, obligándola a arrodillarse en el suelo empapado. Luchó y gritó mientras la sostenían, pataleó cuando el hombre corpulento se acercó a ella. Logró asestarle un puñetazo en el estómago, pero fue como golpear una roca, ni siquiera hizo una mueca. El hombre se arrodilló frente a ella, destapó la botellita y Bex la agarró del pelo, obligándola a echar la cabeza atrás. El dolor le hizo gritar y, al abrir la boca, el hombre le colocó la botellita de cristal entre los dientes. El líquido amargo le salpicó la lengua. Tes se atragantó, su garganta luchaba por cerrarse, pero el noble le cerró la boca con sus enormes manos hasta que sintió cómo tragaba.

Las manos que la sujetaban desaparecieron y Tes se dejó caer en el suelo de costado, jadeando. Estaba hecha un ovillo, como si de esa manera pudiese protegerse. Pero el daño ya estaba hecho. Una sombra se cernió sobre ella, oscureciendo la sala. El noble, desenrollándose las mangas.

—Eso es obra de viuda —dijo, abrochándose de nuevo los puños—. Puede que hayas oído hablar de ello. Ralentiza el corazón, coagula la sangre, cierra uno a uno los órganos vitales. La mayoría lo usa como un veneno lento, poniendo una gota o dos cada vez, durante semanas o incluso meses. —Sostuvo la botellita a la luz. Estaba vacía—. Diría que tienes una hora más o menos. Si tienes suerte.

No era tiempo suficiente. Incluso aunque hubiese estado en su taller, con su té y sus secantes. Incluso aunque no la hubiesen envenenado. Y, si ya estaba muerta, ¿qué sentido tenía hacerlo?

Pero entonces el noble sacó una segunda botellita, con un líquido lechoso.

—El antídoto —dijo, antes de marcharse hacia la puerta. Calin se apartó y el noble le lanzó la botella, como si fuese una propina, antes de desaparecer por el pasillo.

Bex y Calin lo observaron marchar. Y cuando ya no pudieron oír sus pasos se relajaron, solo un poco. Calin cerró la puerta y Bex bajó la mirada hacia Tes.

—Bueno —repuso la asesina—. Si fuese tú, me pondría ya manos a la obra.

La verdad sea dicha, a Lila nunca le habían gustado demasiado los jardines de placer.

No era que desdeñase el placer, disfrutaba del buen vino, de una daga afilada, de las cosas que Kell sabía hacer con la boca siempre que le daba un buen uso, pero una vez ladrona, siempre ladrona. No se fiaba de la bondad de nadie, de su cercanía. Alguien le puso una copa en la mano. Otro le pasó los dedos por el brazo. Si alguien la rozaba, sus músculos se agarrotaban y sus nervios le susurraban que le estaban robando.

La música llenaba el enorme salón, había un cuarteto de instrumentos sobre un escenario, hechizados para que nadie tuviese que tocarlos, pero el resto de la sala estaba llena de gente; algunos jugaban a las cartas, otros fumaban y la mayoría disfrutaba de la compañía que les ofrecía el Velo. La luz de la sala era tenue y caía como un telón sobre las máscaras, reflejándose de vez en cuando sobre la máscara dorada de alguna de las anfitrionas que se deslizaban entre el tapiz en blanco y negro, haciéndolas destacar.

La mano de una mujer recorrió la espalda de Lila, que tuvo que resistir el impulso de pararle los huesos o revisar sus bolsillos mientras esta le ronroneaba con una gracia felina.

—*Avan, res naster.*

Lila se volvió y se encontró con otra figura vestida de blanco, aunque con mucha, mucha menos ropa encima, y con el rostro oculto tras otra máscara dorada.

—*Avan* —contestó Lila—. ¿Me podrías indicar dónde está la biblioteca?

—¿Por qué ir allí —dijo la mujer con tono seductor—, cuando te puedes quedar conmigo?

—¿Qué puedo decir? —repuso Lila—. Me encantan los libros.

Casi podía ver cómo la mujer hacía un puchero tras su máscara, pero entonces le pasó los brazos sobre los hombros y la hizo girar, señalando hacia un pasillo.

—Por ahí —dijo, dándole un empujón juguetón en esa dirección y retirando su abrazo como la marea.

Se encaminó por el pasillo que estaba lleno de puertas con máscaras doradas colgadas sobre la madera. Las dos primeras estaban cerradas. Tras la segunda había dos hombres jugando a las cartas. Uno acababa de perder una jugada y se estaba descalzando. El otro parecía haber perdido unas cuantas, porque ya no llevaba casi nada encima. Ninguno se fijó en Lila cuando cerró de nuevo la puerta. Siguió buscando, habitación tras habitación, descubriendo todos los secretos de la casa de placer, pero nada sobre el grupo rebelde. Llegó al final del pasillo solo para ver que no terminaba ahí, sino que se abría, dando a un vestíbulo y a una última puerta, sin máscara, cristal o cartel.

Acercó la oreja a la madera y no oyó nada al otro lado. Probó a girar el picaporte y este cedió. La puerta daba a una librería amplia y elegante, con las paredes llenas de libros, un enorme escritorio de madera en una esquina y un par de sillones frente a una chimenea apagada.

Lila entró y cerró la puerta a su espalda.

Un reloj colgado en la pared daba la hora. «Las diez».

Lila observó los libros que llenaban las paredes y se acercó al escritorio, abrió cajón tras cajón, buscando algo, lo que fuese, que vinculase ese lugar con la Mano. Seguía buscando cuando la puerta de la biblioteca chirrió al abrirse, dejando pasar el susurro de la música y de las voces que llenaban la casa. Lila se volvió y se encontró con un hombre en la entrada.

—Llegas pronto —dijo. Su voz retumbaba como un trueno.

—Mejor que tarde —repuso Lila con ligereza.

—Sin duda. —Entonces el hombre hizo algo extraño. Seguía de pie en la entrada pero, mientras la observaba, pasó una mano por el marco, como si estuviese comprobando la madera, antes de entrar en la biblioteca. Cerró la puerta tras de sí y echó el cerrojo.

El tenue sonido del cerrojo al girar bien podría haber sido un disparo de advertencia.

—¿Sabes? —siguió diciendo—. Esperaba que vinieses.

Lila frunció el ceño.

—Me vas a tener que perdonar —repuso—. Nunca olvido una cara, pero como no puedo ver la tuya... ¿nos conocemos?

El hombre siguió acercándose a ella lentamente.

—No —dijo—. No nos han presentado. Pero ya no eres tan anónima como antes, Delilah Bard.

El hombre cerró las manos en puños, sus nudillos llenos de cicatrices se le pusieron blancos al decir su nombre, y Lila, por reflejo, buscó su magia. No tiró del aire que llenaba la sala, ni de las velas de la pared, sino de los huesos en el interior de su cuerpo, para detener su avance.

Tiró de esa magia… y no sintió nada.

Ni un aleteo, ni una promesa, ni la sensación de un conflicto de voluntades. Entonces intentó tirar del suelo de madera, del aire, invocar una llama sobre su mano. Nada.

Protegida. La sala estaba protegida.

—Espero que no estuvieses pensando en depender de la magia.

Se imaginó cómo los labios del hombre esbozaban una sonrisa malvada tras su máscara de ónice al decirlo. Lila se obligó a devolverle esa misma sonrisa.

—Lo creas o no —dijo, desenvainando una daga—, tengo otros trucos.

—¿De verdad? —Él se siguió acercando, lo bastante como para que Lila pudiese atacarlo o retroceder. Y no iba a retroceder—. Enséñamelos —dijo, y Lila ya estaba moviéndose.

Saltó sobre el escritorio, antes de lanzarse hacia él, con la daga enarbolada hacia la máscara del hombre. Él alzó el brazo y su daga cayó sobre él, con el sonido del acero reverberando al rasgar el abrigo y entrechocar con una placa blindada. Alzó el otro puño hacia su cabeza, pero Lila ya se estaba apartando lejos de su alcance, pasándole la daga por el costado.

Notó cómo rasgaba tela y carne, pero el hombre no retrocedió. Ni se inmutó. Simplemente se giró a una velocidad pasmosa y, antes de que Lila pudiese volver a apartarse, la golpeó con fuerza en la cara. Con la suficiente fuerza como para romperle la máscara, que cayó con un ruido sordo al suelo. Con la suficiente fuerza como para llenarle la boca de sangre. Lila rodó hacia atrás y volvió a levantarse; le pitaban los oídos y tenía el ojo bueno nublado y, por un horrible segundo, no pudo ver, su atacante no era más que una figura borrosa acercándose a ella.

No se le pasó por alto que no había desenvainado ningún arma y que tenía los puños alzados como si fuesen la única arma que necesitase. Ese hombre tenía experiencia haciendo daño a los demás.

—¿Y bien? —se burló—. ¿Ya te has quedado sin trucos?

Los dedos de Lila se cerraron alrededor de las empuñaduras de sus dagas, observando su ropa, la forma en la que caía sobre su cuerpo, tratando de encontrar los puntos sin armadura. El hombre, en cambio, giró la cabeza, observando el reloj que colgaba de la pared en vez de mirarla a ella.

Como si ni siquiera fuese una amenaza.

Lila se sentía ofendida, pero la falta de respeto le dio la oportunidad que necesitaba, y se aferró a ella, lanzándose contra él, con la daga directa hacia su garganta.

En el último momento la cara enmascarada se volvió de nuevo hacia ella. Al mismo tiempo, alzó la mano y agarró la daga por la hoja, tirando de ella hacia él.

Lila debería haberla soltado.

Después repasaría la pelea en su cabeza, una y otra vez, y, cada vez, se arrepentiría de ese momento. Debería haberla soltado, pero no lo hizo, y cuando el hombre tiró de la daga hacia él, también tiró de ella, desestabilizándola y, al hacerlo, la golpeó con la otra mano en el lateral de la cabeza, y la estampó contra el escritorio de madera.

Y todo se volvió negro.

IV

Dos caballos cruzaron el puente a toda velocidad.

No llevaban ningún distintivo real, pero cualquiera que fuese un poco inteligente sabría que estaban bien criados. Su pelaje era exuberante, uno era gris y el otro blanco, y sus cascos brillaban al galopar, como si los hubiesen calzado con oro.

Por supuesto, Alucard no se había molestado en decirle a Kell a dónde *iban*, solo que estaba escrito en una moneda.

—¿Qué moneda? —había exigido saber Kell, montándose sobre el caballo gris que los guardias le habían llevado.

Alucard había soltado un suspiro exasperado.

—Del ladrón que murió en el barco de Maris —había dicho, como si eso respondiese a todo—. Daba una hora y un lugar donde se reuniría la Mano.

Kell se enfureció, no sabía qué le molestaba más, que Lila no le hubiese hablado de la moneda o que se lo hubiese contado a *Alucard*.

—Sabías a dónde iría —había escupido al mismo tiempo que Alucard montaba sobre el caballo blanco y tomaba las riendas—. Lo sabías y no dijiste nada.

—Estaba distraído —había respondido Alucard—. Y no he sido marinero desde hace siete años. Tengo preocupaciones mayores que las fases lunares.

Dicho eso, apremió a su montura con una patada en el costado y Kell no tuvo más remedio que seguirlo o quedarse atrás.

En ese momento el puente desaparecía bajo los cascos, dando paso a la orilla norte y a las avenidas llenas de las tiendas favoritas y las casas de los *ostra*. Alucard apremió a su montura, aminorando la marcha solo cuando llegaron a una calle mucho más ancha.

La vía Helarin.

Se detuvo y Kell se paró a su lado; los dos bajaron de sus monturas al mismo tiempo que un carruaje pasaba traqueteando junto a ellos y se detenía ante las puertas abiertas de una casa bien iluminada. No era la clase de sitio donde Kell se habría imaginado que tendría lugar una reunión rebelde, era un escondite tan sutil como un desfile, pero quizás esa fuera la idea.

—Quédate con los caballos —le dijo Alucard.

Kell lo fulminó con la mirada.

—Si te piensas que vas a entrar sin mí… —Pero se quedó callado cuando Alucard le dirigió una mirada cansada y llevó sus riendas en la dirección opuesta. Una sombra se apartó de las paredes y tomó las riendas, primero las del consorte real y luego las de Kell.

Se quitó el abrigo y le dio la vuelta, abandonando el exterior gris que había llevado desde su visita al Santuario y cambiándolo por el negro profundo del disfraz de Kay. Se lo volvió a poner, suspirando cuando el nuevo abrigo se asentó sobre sus hombros con su peso tan familiar.

Se peinó hacia atrás y se puso la capucha para ocultar el cabello cobrizo.

—Ah, sí —se burló Alucard—. Seguro que ahora nadie te reconoce.

Kell le dedicó una mirada enfadada y metió la mano en el bolsillo del abrigo para sacar una máscara negra que se colocó sobre las mejillas. Sus ojos bicolores desaparecieron tras ella.

—¿Qué se supone que…? No, ¿sabes qué?, no me importa. —Alucard se levantó el cuello del abrigo y cruzó la calle, estaba claro que no le preocupaba pasar desapercibido.

Había un hombre vestido enteramente de blanco en la entrada, con el rostro oculto tras una máscara dorada. La puerta estaba abierta a su espalda, pero el interior de la casa quedaba oculto por una cortina negra que llegaba de lado a lado.

—Bienvenidos al Velo —los saludó, extendiendo una mano enguantada hacia ellos—. ¿Tenéis una invitación?

—Sí, por supuesto —respondió Alucard, palmeando sus bolsillos—. Eh —añadió un segundo después—, creo que me la he dejado en el otro abrigo. —Sonrió al decirlo, el tipo de sonrisa que habría encandilado a cualquier otro, pero que a Kell le hacía querer partirle los dientes—. Pero estoy seguro de que puedes hacer una excepción.

El anfitrión ladeó la cabeza.

—Me temo que no puedo —repuso.

—Oh, espera —dijo Kell, acercándose y metiendo la mano en uno de los bolsillos de su abrigo—. Me la diste a mí.

Alucard enarcó una ceja.

—¿Eso hice?

—Sí, aquí está… —Bajó la mirada y el anfitrión lo imitó, solo para quedarse muy quieto un segundo después cuando le colocó la punta de una daga en la barbilla.

»Aparta —susurró Kell, y puede que el anfitrión se fijase en el tenue brillo de su ojo negro que se filtraba a través de la máscara y que adivinase la identidad del acompañante de Alucard, o puede que tan solo pensase que no merecía la pena morir por esto, porque en cuanto Kell retiró la daga, el anfitrión se hizo a un lado y bajó por las escaleras, quitándose la máscara y lanzándola a unos arbustos antes de marcharse.

—¿Sabes? —reflexionó Alucard mientras Kell volvía a guardarse la daga en el abrigo—. Creo que has pasado demasiado tiempo con Lila Bard.

—Eso parece —repuso Kell, pasando junto a él y atravesando la cortina.

En el interior había un vestíbulo con las paredes llenas de máscaras blancas y negras, aunque faltaba la mitad. Kell optó por quedarse con la suya, pero Alucard seleccionó una máscara blanca y se la colocó. Y juntos, entraron al Velo.

V

Dolor.

Un dolor punzante y agudo recorrió la cabeza de Lila.

No podía *ver*. Su visión había desaparecido, sustituida por una *nada* plana y negra que le oprimía el pecho, y el pánico le subía por la garganta como la bilis. Nunca le había dado miedo la oscuridad, porque la oscuridad nunca era *del todo* oscura. Siempre tenía matices, capas de formas y sombras. Pero eso era diferente. Eso era *impenetrable*. Eso era la ceguera. Aquello que Lila más había temido desde que perdió el ojo. Pero cuando su cabeza dejó de darle vueltas y el dolor menguó lo suficiente como para dejar que hablaran sus otros sentidos, parpadeó y notó cómo sus pestañas rozaban una tela.

No estaba ciega.

Tenía los ojos *vendados*.

Hizo girar el cuello, lo que le mandó una nueva oleada de dolor a la cabeza. Dobló los dedos, intentó moverse, pero tenía los hombros tensos y una cuerda le arañaba las muñecas, junto con algo más... ¿metal frío? En cualquier caso, parecía que le habían atado las manos a la espalda.

Lila recurrió a su magia una vez más.

Y, de nuevo, esta no respondió a su llamada.

Al final, sus sentidos terminaron de aclararse lo suficiente como para que pudiese percibir algo más allá de su propio cuerpo y notó cómo alguien se movía cerca de ella. No estaba sola.

Lila tragó con fuerza e intentó sonar lo más despreocupada posible.

—¿Esta es tu idea de diversión? —preguntó—. Porque tengo algo que decir al respecto.

Había medio esperado que nadie le respondiese pero, para bien o para mal, el cuerpo se acercó a ella y le quitó la venda, bañando la sala en una luz maravillosa.

Lila parpadeó y miró a su alrededor, y se sorprendió al darse cuenta de que ya no estaba en la biblioteca. Ya no estaba ni siquiera en el Velo, a juzgar por la falta de música filtrándose por las paredes, los suelos oscuros y la decoración lúgubre, la ventana no daba a Helarin, sino a una calle distinta. El ambiente estaba lleno de polvo. Parecía como si alguien se hubiese olvidado de esa habitación. Como si no viviese nadie allí. Como si estuviese abandonada. Y ella estaba sentada en una silla de madera.

Volvió a centrarse en la sombra que se alzaba sobre ella, que en ese momento estaba rodeándose el puño de manera casual con la tela oscura. Llevaba unos gemelos plateados, en forma de plumas. Eso le resultaba familiar, pero le volvió a prestar atención a la figura, a su rostro.

El hombre que la había atacado ya no llevaba una máscara puesta. Una barba de pocos días le cubría la mitad inferior del rostro. Sus ojos eran azul oscuro, tan oscuros como las tormentas en alta mar. Tenía la inquietante sensación de que lo conocía y, al mismo tiempo, la certeza de que nunca lo había visto.

—Al anfitrión del Velo le habían dicho que vigilase por si veía a ciertas personas —le explicó—. Al príncipe *antari*, por ejemplo. A mi hermano. Y a ti.

Hermano.

Entonces lo supo. Todos los rasgos se colocaron en su sitio, salvo que sobre un rostro distinto.

Sus recuerdos trastabillaron y estaba de vuelta de pie en un barco familiar, cuando aún se llamaba el *Pináculo*, y Alucard apoyaba los codos sobre la barandilla mientras le hablaba acerca de la noche en la que su hermano Berras lo había golpeado hasta dejarlo inconsciente mientras su padre lo observaba todo. De cómo se había despertado al día siguiente, con un brazo roto y las costillas llenas de moratones, encadenado en la bodega de un barco.

Tenía delante a Berras Emery.

—Bueno —espetó Lila—, parece que tu hermano se quedó con los buenos modales y la belleza de la familia.

Berras se rio con desprecio y se acercó a ella, con la mano en alto como si fuese a golpearla pero, cuando lo hizo, Lila alzó las piernas y le dio una patada con todas sus fuerzas en el estómago. Habría sido un movimiento insignificante si su objetivo hubiese sido hacerle daño pero, por suerte, no lo era. Cuando las botas se estamparon contra su pecho, aprovechó el gesto para impulsarse hacia atrás. La fuerza bastó para hacer caer la silla, llevándose a Lila consigo. Rodó por el suelo y, cuando se levantó, sus manos ya no estaban atadas a su espalda, sino frente a ella, lo que ya era una mejora. Había intentado agarrar una de sus dagas con la caída, pero le habían quitado todas, así que tenía las manos vacías.

Fue entonces cuando vio el brillo dorado.

Tenía las manos atadas con una cuerda pero, bajo el áspero cordel, un brazalete de oro le rodeaba la muñeca izquierda. No tenía principio ni final, pegándose a su piel, y antes de que pudiese siquiera preguntarse lo que era, Berras Emery alzó la mano y una columna de viento se estampó contra Lila. El suelo desapareció bajo sus pies y salió volando por la habitación directa contra la repisa de piedra de la chimenea; el impacto le robó todo el aire de los pulmones y la inmovilizó. Un momento más tarde, el viento cesó y Lila se tambaleó, luchando por permanecer de pie.

No entendía nada.

Alucard le había dicho una vez que su hermano era un mago débil y que ni siquiera era capaz de alzar un muro con rocas y tierra. Rocas y tierra, había dicho. No *viento*.

Si la habitación estaba protegida, ¿cómo era posible que pudiese hacer magia? Y si no estaba protegida, entonces, ¿dónde estaba su magia?

—Muy inteligente, ¿no crees?

Un arco de fuego se elevó en el aire alrededor de Berras, descontrolado pero brillante.

Primero viento, pensó Lila, *¿y ahora fuego?* ¿Cómo era posible?

—La reina debería vigilar más de cerca sus juguetitos. O, al menos, sus compañías.

Berras dobló los dedos y Lila tuvo el tiempo justo para ver un destello dorado antes de que cerrase la mano en un puño y obligase a todo su cuerpo a contraerse bajo una fuerza invisible. Cayó de rodillas al suelo con fuerza pero, esa vez, no fue por el viento. Intentó moverse, pero sus piernas no le respondían; todo su esqueleto gemía mientras ella trataba de luchar contra el amarre fantasma.

Magia de *hueso*.

—Mi plan era usar esto con mi hermano.

Lila intentó recobrar el control de su cuerpo, pero aquello no era una guerra de voluntades. Era algo muy distinto.

—Creí que sería apropiado —siguió diciendo— matar a Alucard con sus propios poderes. Pero no podía dejar de usar los tuyos. Al fin y al cabo, ¿por qué conformarse con un poco de magia cuando puedes tenerla toda?

El terror se apoderó de Lila.

El brazalete de oro. El anillo de oro. Berras no estaba usando su magia. Estaba usando *la de Lila*. Canalizándola.

—Por supuesto, no estoy versado en los hechizos *antari* —repuso—, pero no importa. Tú me los enseñarás.

—Aquí tienes uno gratis —escupió Lila entre dientes, arrastrando la cabeza hacia arriba todo lo que podía bajo su control—. Vete a la mierda.

Berras le dedicó una sonrisa tensa y sin diversión.

—¿Sabes? Resulta que, de todos los elementos, el hueso sí que es el más útil.

Se escuchó un crujido cuando lo dijo y una de las costillas inferiores de Lila se partió en dos. Tenía la mandíbula encajada, pero aun así gritó entre dientes.

—La capacidad de controlar el cuerpo de otra persona.

Una segunda costilla se partió.

—Incluso de *romperlo*.

Y una tercera.

Lila gritó, jadeando cuando un borde astillado se le clavó en los pulmones.

—Ah —siseó ella con la respiración entrecortada—. Ya entiendo por qué Alucard te odia.

Como respuesta, una mano invisible se cerró alrededor de su nuca, obligándola a bajar la cabeza y clavando su mirada en el suelo.

Ahí había algo que oscilaba, como un péndulo. Un anillo negro en un cordón de cuero. Su anillo. El anillo de Kell. Se maldijo por no llevarlo puesto como él había querido.

Hizo un esfuerzo por tocarlo, crispando sus dedos levemente sobre la madera.

Lila concentró todas sus fuerzas en una mano. Si tan solo pudiese alcanzarlo…

Oyó cómo una silla raspaba contra la madera cuando Berras la enderezó y después la alzaron y la empujaron bruscamente hacia la silla, las costillas le aullaron de dolor al impactar contra la madera. Pero el peso sobre sus huesos había desaparecido y, en ese pequeño instante robado, Lila estiró el brazo hacia su collar, con las manos atadas a medio camino de su pecho antes de que la madera de la silla se estirase hacia ellas y le atrapase los dedos.

—Tanto poder —dijo Berras mientras las ramas de madera le rodeaban los brazos, obligándola a bajarlos—. Desperdiciado contigo. —La madera le envolvió los hombros, inmovilizándola contra la silla.

—Maldita sea —siseó, arañando inútilmente la nada. Dirigiéndose al anillo que se balanceaba en su cuello, fuera de su alcance.

Berras se fijó en lo que estaba intentando hacer.

—¿Qué es esto? —preguntó, rodeando la banda oscura con los dedos.

Y, por primera vez, Lila se alegró de que Rhy se hubiese casado con una reina tan inteligente. Se alegró de que hubiese diseñado los anillos para que funcionasen sin importar quién los tuviese.

Lila se sabía el hechizo, por supuesto. Kell le había dicho lo que tendría que decir el mismo día que le había regalado el anillo. Ella había fingido no escucharlo, pero igualmente se le había quedado grabado en la memoria. En ese momento, lo pronunció en voz alta por primera vez.

—*As vera tan.*

«Te necesito».

Las palabras no fueron más que un susurro y Berras se inclinó hacia ella, con esos ojos —una réplica burlesca de los de Alucard— a centímetros de los suyos.

—¿Qué has dicho? —le preguntó.

Lila respiró con fuerza, ignorando el roce de sus costillas contra los pulmones.

—He dicho que ni con toda la magia del mundo serías menos imbécil.

Berras Emery frunció el ceño y le arrancó el anillo del cuello. El cordón se rompió, quedando el colgante en su mano. Se enderezó y se alejó de ella, llevándose su magia consigo. Abrió la puerta de un tirón y desapareció. Al hacerlo, Lila oyó cómo arrojaba el anillo y cómo este rebotaba y rodaba por el pasillo.

Lila cerró los ojos y sonrió, aunque le doliese.

Alucard Emery conocía las numerosas fuentes de depravación de la ciudad.

Había visitado burdeles en busca de información, pero siempre terminaba disfrutando de una buena copa y del entretenimiento que le ofrecían los jardines de placer londinenses. En sus años de juventud se había enorgullecido de conocerlos todos, pero Lila tenía razón.

El matrimonio lo había convertido en un muermo.

Había oído hablar del Velo, por supuesto, un jardín ambulante que se abría siempre en un lugar distinto, pero nunca lo había visitado y tenía que admitir que estaba impresionado. No solo por su decoración, lo que ofrecía o su discreción, sino por la idea.

Era el lugar perfecto en el que esconder a la Mano. Se maldijo por no haberlo pensado antes.

Alucard sostenía una pipa de caña larga en una mano y una bebida intacta en la otra mientras paseaba por la sala abarrotada, tratando de oír algo, cualquier cosa que les fuese de utilidad. Kell había permanecido a su lado hasta que le había pedido que lo dejase solo, insistiendo en que tendrían más suerte si se separaban. No había mentido. Al menos, no del todo.

Consultó la hora en su reloj. Eran las diez y media. Sabía que Lila estaba allí, tenía que estarlo, pero había recorrido todas las habitaciones y, de momento, no la había encontrado. Ni tampoco a la Mano. Lo que significaba que, o se estaban escondiendo en otra parte, o justo frente a sus narices, en medio de ese mar de rostros enmascarados.

Kell volvió junto a él.

—Nada —gruñó, y Alucard le pasó un brazo por los hombros al príncipe como si fuesen los mejores amigos, disfrutando de una noche en la ciudad. Kell, como el idiota que era, se apartó. Alucard apretó su agarre, dejando caer todo su peso contra Kell, como si lo estuviese usando para sostenerse.

»¿Has estado bebiendo? —siseó el príncipe y, a pesar de que la máscara negra le cubría el rostro, Alucard se podía imaginar perfectamente la forma en la que las facciones de Kell se estarían retorciendo; su ceño fruncido, las comisuras de sus labios inclinadas hacia abajo en esa mueca suya tan característica.

—Lo creas o no —repuso Alucard, con cuidado de mantener su voz más baja que la música—, estoy intentando pasar desapercibido. Actúas como si nunca hubieses pisado un jardín de placer cuando sé perfectamente que Rhy te ha arrastrado a más de uno. Según él, al menos eras *capaz* de pasártelo bien.

Alucard alargó una mano y acarició un lado de la capucha, del mismo modo en el que le acariciaría la mejilla a un amigo íntimo. Esa vez, Kell no se apartó, pero su cuerpo estaba rígido como una piedra bajo su contacto.

—¿Has encontrado algo o no? —murmuró.

Alucard negó con la cabeza.

—Todavía no. Quizá deberíamos…

Pero en ese momento Kell se puso todavía más rígido si cabía y se apartó. Se dio la vuelta y salió del salón, directo hacia el pasillo, y Alucard no tuvo más remedio que seguirlo. Llegó a tiempo de ver cómo Kell se metía en una habitación vacía, sujetándose la mano como si se hubiese quemado.

Alucard cerró la puerta a su espalda.

—¿Qué pasa?

—Mi anillo.

Kell llevaba dos bandas en la mano derecha, una roja y la otra negra. Esta segunda había adquirido un tenue brillo y Alucard supo, por todas las veces en las que Rhy lo había llamado, que estaba caliente al tacto, a punto de quemar.

—Creía que se había negado a llevarlo —dijo Alucard.

Kell sacudió la cabeza.

—Me dijo que no lo llevaría.

—Sí, bueno, menos mal que miente —repuso Alucard, buscando un tablero de adivinación al mismo tiempo que Kell se quitaba el anillo.

—Nunca lo usaría, a menos que estuviese en apuros.

Alucard no vio la daga hasta que Kell la sostuvo sobre la palma de su mano, con la sangre formando una línea roja. Lila lo mataría si dejaba que el *antari* usase su magia rota.

—Espera —le pidió, agarrándolo del hombro, pero ya era demasiado tarde, porque Kell ya estaba cerrando la mano sobre el anillo.

—*As Trascen* —dijo, y la habitación desapareció y el mundo quedó sumido en una oscuridad repentina e infinita.

Solo duró un segundo.

Menos que eso.

Y entonces todo regresó a su sitio, las botas de Alucard ya no estaban sobre una alfombra, sino sobre el parqué. El Velo había desaparecido, reemplazado por una casa distinta, cavernosa y en silencio. No había ni rastro de Lila, pero Kell cayó de rodillas con un grito ahogado al mismo tiempo que los hilos que lo rodeaban brillaban y se rasgaban. Se quitó la máscara de un manotazo, y respiró profunda y entrecortadamente, el dolor le surcaba el rostro al levantarse con dificultad.

—¿Dónde estamos? —jadeó.

Alucard estaba a punto de responder que no lo sabía, pero las palabras se le quedaron trabadas en la garganta cuando echó un vistazo a su alrededor. Se le encogió el corazón, cayendo después hasta sus pies, hasta el suelo. Sabía exactamente dónde estaba.

Estaba en *casa*.

VI

Tes trabajó tan rápido como pudo, tratando de ignorar la cruda realidad.

Una hora no era suficiente.

No era suficiente para crear una *persalis* desde cero, sobre todo desde que le habían empezado a temblar las manos. Había despejado el escritorio, separado los objetos según sus usos y los elementos que había encontrado entretejidos dentro de cada hechizo. El recipiente en sí no importaba, por lo que había escogido un reloj, había abierto la parte trasera y estudiado el mecanismo de su funcionamiento, con sus hilos retorcidos de ámbar y verde. Los sacó, los trasladó rápidamente a otra caja y los volvió a atar en su interior antes de que se apagase su brillo.

Deseó haber puesto a Vares sobre el escritorio para al menos poder fingir que estaba de vuelta en su propio taller, perdiéndose en su trabajo. Pero no confiaba en que Calin no aplastase al pájaro por diversión, así que lo dejó metido en su bolsillo mientras intentaba, frenéticamente, reconstruir el hechizo.

No es suficiente tiempo, gritaba su corazón, aunque sus manos seguían moviéndose, tejiendo los hilos, manteniéndolos en alto.

Había tardado muchas horas en arreglar el primer creador de portales.

Pero entonces no sabías lo que era, se replicó. *Ahora sí.* Era cierto, se había aprendido de memoria el patrón del hechizo, la forma en la que los hilos se enredaban y entretejían. Lo único que tenía que hacer era replicarlo.

¿Y si lo logras?, dijo otra voz. *¿Qué pasará entonces?*

Aquello no era solo un objeto mágico. Era un arma, una que la Mano planeaba usar para acabar con la familia real, para causar una rebelión que sumiese al imperio en el caos.

Si Tes fallaba, moriría. Pero si lo lograba, serían otros los que muriesen. Y puede que la dejasen morir igualmente. O peor, el noble se la podría quedar para él. Darle otro uso a su don, o venderla al mejor postor. Como Serival.

Tes no podía permitirlo y tampoco podía hacer nada por remediarlo por lo que, de momento, se centró en su trabajo.

Examinó el popurrí de piezas, se le nubló la vista al tiempo que la magia se enredaba frente a ella. Al otro lado de la sala estaba Bex, desplomada sobre una silla, pero Calin seguía haciendo su mejor imitación de un tope de puerta. A su derecha había un estante con una jarra.

—Necesito un vaso de agua —le pidió.

Calin no se movió ni un ápice. Tes señaló con la cabeza el hechizo abierto que tenía entre manos, aunque no fuesen capaces de verlo.

—Es para la *persalis*.

Calin resopló y se enderezó.

—¿Desde cuándo soy una maldita niñera? —se quejó, tomando la jarra de agua.

—Ve a decirle eso mismo al lord —repuso Bex—. No, pensándolo mejor, espera a que vuelva. Me gustaría ver la cara que pone. Y qué cara se te queda a ti después de que te la rompa. Oh, espera —añadió—, ya lo hizo.

—¿Y tú? —gruñó Calin, estampando la jarra en el borde de la mesa de Tes—. ¿Qué tal va tu mano, Bex? ¿Todavía puedes ver a través de ella?

Bex se levantó de un salto.

—Calin. Te voy a decir una cosa con absoluta sinceridad: vete al infierno y muérete.

—¿Podéis callaros? —estalló Tes, tratando de sostener el hechizo con una mano mientras que con la otra sacaba un hilo de luz del agua.

—Anda, mira —dijo Bex—. Si la cachorrita muerde.

Se acercó al escritorio. Tes podía sentir cómo la observaba, pero no levantó la vista, no se podía permitir desviar la atención de su trabajo ni un segundo. Pero las líneas carmesíes del poder de Bex bailaban en los bordes de su visión.

—Apártate —espetó Tes—. Tu magia me distrae.

Había dejado a un lado las manecillas del reloj, como cerillas usadas. Bex tomó una entre los dedos y la movió, chasqueando la lengua.

—Tic, tac, tic, tac —se burló la asesina—. Yo que tú me daría prisa.

—Trabajaría más rápido —musitó—, si no me estuviese muriendo.

—Quizá deberías haberlo pensado mejor —contestó Calin—, antes de decirle que no al señor.

Al oír eso, Tes se quedó quieta. Lo había dicho algo nervioso, como si no se lo estuviese diciendo solo a *ella*. Alzó la cabeza y se topó con la mirada acuosa de Calin.

—Si fracaso —le dijo—, ¿qué os pasará a vosotros? ¿Os dejará marchar el *vestra* igualmente?

Los asesinos se quedaron en silencio, pero Tes se dio cuenta de que había dado en el clavo.

—Tenéis el antídoto —siguió diciendo Tes—. Me lo podríais dar ahora y brindarnos a todos una mejor oportunidad de sobrevivir a esta noche.

Por un segundo creyó que lo harían. Calin incluso se llevó la mano al bolsillo. A Bex se le tensó un músculo en la mandíbula. Compartieron una mirada silenciosa. Pero entonces unos pasos resonaron por el pasillo, rompiendo el silencio; el sonido los hizo estremecer y Tes supo que tenían más miedo de desafiar al noble que de morir a sus manos.

Tes volvió a bajar la mirada y se puso manos a la obra de nuevo al mismo tiempo que el *vestra* cruzaba el umbral.

—Bex —la llamó—. Tenemos una invitada. ¿Por qué no bajas y la entretienes?

La mención de que había alguien más en la casa hizo que Tes alzase la mirada y, al hacerlo, se le cortó la respiración.

El noble estaba *ardiendo*.

Antes, su magia no había sido más que una tenue espiral a su alrededor. En ese momento, lo rodeaba un brillo iridiscente, como si se hubiese marchado siendo un hombre con poco poder para volver siendo un *antari*. No tenía sentido.

Hasta que se fijó en que tenía un anillo nuevo. Antes, la única joya que lucía era un anillo plateado y bien pulido, con la forma de una pluma. En ese momento llevaba puesta en el pulgar una banda dorada y cada uno de sus hilos del poder surgían de esa joya, desplegándose y enroscándose a su alrededor como hierba plateada.

Bex desapareció por el pasillo, como si no pudiese esperar para marcharse, y el noble fijó la mirada en Tes y en la caja abierta frente a ella.

—¿Ya está?

—Casi —mintió. Parecía que iba a decir algo cuando los hilos plateados que lo rodeaban se estremecieron y su mirada se dirigió de vuelta hacia la puerta abierta. El *vestra* ladeó la cabeza, como si estuviese escuchando una música que solo él podía oír, y entonces sonrió, si es que alguien podía catalogar ese gesto como una sonrisa. El más leve tic en la comisura de los labios.

—Parece que tengo otro invitado —repuso.

Dicho eso se giró y se marchó, cerrando la puerta a su espalda y dejando a Tes a solas con la *persalis* a medio acabar... y con Calin.

—El antídoto —volvió a probar, pero el asesino se cruzó de brazos.

—Primero, acaba eso.

Tes tragó con fuerza y se obligó a seguir. Había empezado a dolerle el pecho. Intentó ignorar el dolor. A lo largo de los años se había ido acostumbrando a trabajar con él. Pero unos minutos más tarde, un escalofrío le recorrió el cuerpo y le fallaron las manos, casi dejando caer varios hilos. Contuvo un sollozo frustrado. Un movimiento en falso y podría arruinar todo el hechizo. Un nudo mal hecho, o un hilo perdido, y el creador de portales no funcionaría. O peor aún...

Las manos de Tes dejaron de moverse. Sus dedos se cernían sobre la delicada red, aguardando a que su mente se pusiese al día. Y entonces lo hizo.

Había diferentes tipos de puertas. Las que llevaban a distintos lugares dentro de un mismo mundo. Las que llevaban a mundos distintos. Pero había un tercer tipo, ¿verdad?

Las que llevaban a un lugar entre mundos.

Las que llevaban a *ninguna parte*.

Sus manos empezaron a moverse de nuevo y sus dedos se apresuraron por terminar el hechizo.

La casa no había cambiado.

Alucard se había quedado frente a la finca de los Emery en innumerables ocasiones en incontables noches, pero nunca había entrado, no desde que la habían reconstruido. Ni siquiera había sido capaz de cruzar el umbral. Por supuesto, se preguntaba si tendría el mismo aspecto de siempre o si solo habían reconstruido la fachada y el interior se había quedado vacío, como la cripta de una vida muerta.

Pero la habían resucitado.

Cada pilar, cada puerta. Había cuadros colgando de las paredes. Incluso habían reemplazado los muebles. Rhy debía haber pensado que hacerlo sería un acto de bondad, de amor, pero en ese momento, de pie dentro de la casa, Alucard se sentía atormentado.

¿Qué estaba haciendo Lila allí? ¿Cómo había llegado desde el Velo a su finca abandonada?

Alucard inspeccionó el sitio en torno a él. Estaban frente a la puerta del gran salón, pasado el vestíbulo. Había un pasillo que desaparecía a su derecha y, frente a él, una escalera que conducía a la segunda planta. Si dejaban atrás esas escaleras, adentrándose en la casa, a la derecha estaría el despacho de su padre. A la izquierda, un salón con una chimenea de piedra enorme.

Alucard se quitó la máscara, tirándola a un lado al tiempo que ayudaba a Kell a ponerse en pie.

—Levanta —dijo—. Algo va mal.

Kell luchó por respirar con normalidad. Se quedó mirando el anillo negro que seguía aferrando con la mano.

—Debería haberme llevado hasta ella —jadeó—. O, al menos, hasta su gemelo.

Kell echó un vistazo a su alrededor, se giró y empezó a recorrer el pasillo.

—Espera —siseó Alucard, como si temiese que el menor movimiento despertase a la casa dormida. Kell no llegó muy lejos, tan solo unos pasos, se arrodilló y, cuando volvió a ponerse en pie, Alucard se fijó en lo que tenía en la mano: el otro anillo, colgando de una cuerda de cuero rota.

En ese momento apareció una figura en lo alto de las escaleras.

—Bueno, bueno, bueno —dijo, marcando cada palabra con un pisotón—. Mira quién se ha decidido a volver a casa por fin.

No se había fijado en Kell y, por primera vez, el *antari* tuvo la sensatez de mantener la boca cerrada. Alucard le dirigió una mirada que decía: «Vete». Otra que decía: «Encuéntrala». Y una última que decía: «Esta es mi lucha».

Kell retrocedió, internándose en las sombras.

Y Alucard dio un paso adelante, hacia la luz, para enfrentarse a su hermano.

VII

Pocas cosas podían tomar a Alucard desprevenido, pero Berras Emery era una de ellas. Le había sorprendido tanto la aparición de su hermano en las escaleras que tardó un momento en fijarse en el aire a su alrededor, en la forma en la que brillaba, no con los opacos hilos verdes de Berras, sino con toda una red de plata resplandeciente que surgía del anillo de oro que llevaba en la mano derecha. El que había desaparecido del taller de la reina. El que en ese momento le otorgaba a Berras magia *antari*.

La magia de *Lila*.

—Llevo mucho tiempo esperando este momento, hermanito.

—Sabías dónde estaba —repuso Alucard—. Podrías haber venido a hacerme una visita.

Berras llegó al final de las escaleras.

—Estabas escondido tras los muros de tu palacio.

—¿Por eso querías la *persalis*? —preguntó Alucard.

Berras no lo negó. Tampoco fingió que no sabía nada acerca del creador de portales, o de la Mano, o del complot para acabar con la familia real. La familia de *Alucard*. Tan solo bajó la mirada hacia el anillo dorado que llevaba en el pulgar y sonrió.

—Me pregunto qué elemento elegiré.

Alucard retrocedió un paso, el crujido de las tablas de madera del suelo ocultaron la forma en la que se estremecieron cuando tiraba de ellas, llamando no solo a la madera, sino a la tierra compactada que había debajo.

—Creía que preferías los puños —le dijo, tirando de la tierra entre los tablones de madera al tiempo que Berras doblaba los dedos y la magia plateada brillaba como advertencia.

—Oh, no te preocupes —respondió Berras—. Cuando acabe contigo, será con mis manos. Pero primero...

Alucard sintió cómo una voluntad ajena se cernía sobre él, un puño que intentaba cerrarle los huesos, pero se apartó justo a tiempo, levantó la mano y la tierra se alzó con su llamada, formando una nube de polvo que nubló la vista de Berras.

El agarre cedió y Alucard se abalanzó, con la intención de rodear a su hermano. De atacarlo por la espalda. Si no podía verlo... una enorme mano surgió de entre la nube de polvo y se cerró alrededor de su cuello, estampándole la cabeza contra la pared más cercana. La nube se desmoronó, dejando a Berras a la vista, con los hilos plateados bailando alrededor de sus ojos azul pizarra.

—Asombroso —dijo—. Puedo *sentir* tu magia. Está acelerada, como tu corazón en pánico. —Apretó más su cuello, con una fuerza aplastante—. Estás asustado. —Se acercó más a él—. Deberías estarlo. Tú...

Alucard se hizo con el control del aire que le llenaba los pulmones a Berras y tiró de él, ahogando sus palabras.

Como respuesta, su hermano volvió a estrellarlo contra la pared, pero Alucard no cedió. Incluso aunque no pudiese respirar, aunque le hubiese empezado a dar vueltas la cabeza, le sacó todo el aire de los pulmones hasta que, al final, el agarre de Berras se debilitó un poco. *Tendría que soltarlo*, pensó Alucard. Lo soltaría... pero Berras esbozó una sonrisa salvaje, llena de dientes, se echó hacia atrás y volvió a estrellar a Alucard contra la pared, con tanta fuerza que esta se desmoronó, y Alucard cayó de espaldas con ella, sumiéndose en la oscuridad.

La puerta se abrió y Lila alzó la mirada, esperando encontrarse con Kell.

Se llevó una decepción.

La asesina a sueldo, la de la trenza negra, *Bex*, entró en la sala, mirando a Lila como si fuese un regalo, envuelto y colocado bajo un árbol de Navidad.

—¿Una mala noche?

Lila intentó reírse, pero le dolía demasiado.

—No estoy segura de si te has enterado —le escupió—, pero tienes un gusto de mierda en cuanto a amigos se refiere.

—¿Quién ha dicho que sean mis amigos?

Lila hizo girar su cuello.

—Entonces en cuanto a tu compañía. —La madera se le clavó en los brazos. No podía moverse, lo sabía, lo llevaba intentando desde hacía un rato—. Tengo curiosidad —le dijo, procurando ocultar lo mucho que le costaba respirar—. ¿Qué tienes contra la corona?

—¿Yo? Nada —respondió Bex—. Pero un encargo es un encargo y, en mi mundo, el dinero es el rey. Ahora —añadió, pasando la mano por el brazalete que llevaba en el antebrazo. El metal se deslizó hasta transformarse en una daga—. Supongo que es hora de acabar lo que empezamos.

—Claro —repuso Lila—. Solo deja que me levante.

Bex se carcajeó.

—Ninguna pelea es realmente justa.

Y Lila pensó que, bajo otras circunstancias, se habrían llevado bastante bien. Cielos, puede que incluso hubiesen sido amigas. O, al menos, el tipo de conocidas que no trataban de matarse a la mínima de cambio.

Pero Bex le puso la daga contra la mejilla. Le cortó la piel, pero el dolor de esa herida no era más que un susurro comparado con todo lo que estaba sintiendo, aunque notó cómo la sangre le corría por el rostro como una lágrima.

—La sangre *antari* se paga cara —le dijo Lila—. ¿De verdad quieres desperdiciarla?

Bex esbozó una media sonrisa.

—Tienes razón.

La daga desapareció, y Bex se volvió hacia una jarra que había en la pared. Alzó el recipiente, derramando su contenido en el suelo.

—Esto servirá. —Estaba de espaldas a la puerta, por lo que no pudo ver lo mismo que Lila.

Suspiró aliviada.

—Has venido.

Kell entró en la habitación, el cordón con el anillo negro colgando de sus dedos.

—Me has llamado.

Le dedicó una pequeña sonrisa al decirlo. Esa sonrisa era agradable. Incluso aunque desapareciese al ver a Bex junto a la pared.

—Qué bonito —ironizó la asesina, dejando a un lado la jarra—. Pero me temo que nos has interrumpido.

Kell miró a Lila, como si con esa mirada le preguntase qué demonios hacía atada a una silla, o por qué seguía atada, por qué no había usado su magia para liberarse. Y como no tenía tiempo para explicárselo todo, se limitó a decir:

—Toda tuya.

Por suerte, Kell no le hizo ninguna pregunta. Tan solo desenvainó su espada y se deslizó hasta que estuvo entre Lila y Bex.

—Otra vez esas espadas —dijo Bex con una sonrisa burlona—. Cuidado, *antari*, alguien podría empezar a preguntarse qué le ha pasado a tu magia.

Lila vio cómo los hombros de Kell se tensaban, y Bex eligió ese momento para atacar.

Se lanzó hacia su pecho, solo para dejar caer la daga en el último momento en su otra mano, directa hacia el estómago, pero Lila le había enseñado ese mismo movimiento a Kell en uno de sus cientos de entrenamientos, por lo que supo cómo detenerlo, bajando la espada antes de que la daga pudiese rozarlo siquiera.

Las armas entrechocaron y se arañaron, buscando piel y encontrando solo acero.

Le había enseñado bien. Todos esos meses a bordo del *Barron*, bajo los rayos del sol y la lluvia, entrenando al *antari* para que se alejase de Kell, despojándole de todo menos de sus espadas y de su velocidad. Se movía tan rápido como Bex, incluso aunque esta derritiese su acero, transformándolo, multiplicándolo. Se movía con la gracia de un luchador nato.

Y entonces, dio un paso en falso.

Una de las dagas de Bex le cortó el brazo y Kell soltó la espada, que se deslizó por el suelo fuera de su alcance, cerca de Bex.

Se llevó una mano al brazo herido al mismo tiempo que ella esbozaba una sonrisa salvaje.

—La belleza de mis poderes —dijo, arrodillándose para tomar la espada caída—. Es que, tarde o temprano, todo el acero termina en mi poder.

Rodeó la empuñadura con los dedos y Lila prácticamente pudo oír la voz de Kell en el camarote del capitán cuando le había presentado a Kay por primera vez. Cuando ella había intentado robarle una de sus espadas. Le había advertido que no lo hiciese y, aun así, Lila había rodeado la empuñadura con sus dedos, solo para sentir después cómo ardía en su mano, quemándole la palma.

Puede que Bex acabase de sentir ese mismo dolor porque jadeó y la soltó, dejando caer la espada al suelo al mismo tiempo que Kell desenvainaba una nueva. Bex alzó la mirada en el momento justo en el que él se la clavaba en el pecho.

—No todas las armas te pertenecen —escupió al tiempo que Bex soltaba un gemido ahogado.

Sacó la espada y ella se desplomó.

Lila intentó reírse, pero el dolor no se lo permitía, y la risa se transformó en una tos que dolía diez veces más. Jadeó, notando el sabor de la sangre en la boca mientras Kell corría hacia ella, golpeando la madera de la silla hasta que consiguió liberarla.

—Maldito… brazalete —consiguió decir, arañando la banda dorada que le cortaba la piel. No tenía ningún cierre, no cedía—. No… me lo puedo… quitar.

—Hallaremos el modo —le dijo Kell—. Pero primero, vamos a levantarte. —Le pasó los brazos por las costillas y un grito de dolor le subió por la garganta.

Sus ojos se abrieron de par en par.

—Estás herida.

—No me digas, Kell —siseó entre dientes.

Él ya se estaba llevando los dedos al desgarro de su manga.

—Déjame curarte.

Lila le lanzó una mirada venenosa.

—No te atrevas.

Berras estaba ahí fuera, en alguna parte, más allá de esa puerta, con la magia de Lila, y ella casi no podía ni respirar, lo último que necesitaban en ese momento era que Kell se doblase de dolor por curarle unas cuantas costillas. Un momento después, él también pareció comprender o, al menos, aceptar que *uno* de los dos tenía que poder luchar.

—Vale —repuso—. Entonces apóyate en mí.

—Puedo caminar —insistió, dando un paso, solo para sentir cómo sus piernas amenazaban con fallar a la vez que sus costillas rotas se movían y le raspaban dentro del pecho. Entonces la mano de Kell estaba ahí, suave pero firme.

—Apóyate en mí, Lila —repitió.

Y, esta vez, a regañadientes, le obedeció.

VIII

T es extendió las manos sobre la mesa.

—Está listo.

Cerró los ojos e intentó ignorar el ritmo lento de su corazón, la manera en la que le parecía latir como quien arrastra los pies.

Calin atravesó la habitación y bajó la mirada hacia el objeto que había sobre la mesa. Ladeó la cabeza de un modo que le recordó a Vares. En otras circunstancias le habría hecho gracia. Pero en ese momento, estaba concentrando todos sus esfuerzos en mantenerse erguida.

—Parece un reloj —repuso Calin.

A Tes le pesaban los pulmones pero, un instante después, consiguió convencerlos para que respirasen.

—No importa su aspecto —explicó, el esfuerzo le hizo sudar—. Solo lo que *es*.

Había garabateado las palabras del hechizo en un trozo de papel: *Erro*, para abrir. *Ferro*, para cerrar, y lo empujó sobre la mesa hacia Calin.

—Las órdenes. —La mirada pálida de Calin recorrió el papel mientras levantaba el objeto. Era más pequeño que el antiguo creador de portales. Entraba en una sola mano y, en cualquier otra ocasión, se habría sentido orgullosa de su trabajo.

—¿Dónde está la otra parte?

Esa pregunta cayó sobre ella junto con un horror enfermizo. La otra parte. La *llave*. La parte final, la que el hombre de la tienda nunca le había llegado a dar, la que marcaba el destino. No había sabido de su existencia, al menos no la primera vez que había reparado la *persalis*, por eso su creador de portales había sido capaz de cruzar entre mundos en vez de dentro de uno solo. Se había olvidado de esa parte. Se había olvidado porque estaba copiando su propia obra. Se había olvidado porque ese nuevo creador de portales no *necesitaba* una llave.

Su mirada bajó hasta la mesa abarrotada.

—Ah, eso —dijo. Sus ojos cayeron sobre uno de los engranajes que había sacado del reloj. Lo alzó con dedos temblorosos, intentando que pareciese que estaba teniendo cuidado en lugar de haber seleccionado algo aleatorio al tendérselo—. Aquí está.

A Tes nunca se le había dado bien mentir, pero si Calin se fijó en su voz temblorosa debió asumir que era por el veneno. Le quitó el engranaje y se giró sobre sus pies.

—Espera. —Tes se levantó y le flaquearon las piernas. Se agarró al borde de la mesa mientras el mundo se inclinaba—. El antídoto. —Le estaba empezando a costar respirar.

—No tan rápido —le dijo Calin, cruzando la habitación—. Tengo que asegurarme de que funcione.

Lanzó el engranaje a un rincón apartado y dejó el reloj en el suelo junto a la pared. Tes lo siguió; su pulso flaqueaba, como una luz mortecina dentro de su pecho. La habitación se tambaleó y se tuvo que apoyar en una silla cuando Calin pronunció el hechizo.

—*Erro*.

El reloj se estremeció. Y después se abrió. Sus laterales de madera se rajaron, la esfera se echó hacia delante, como si tuviese bisagras, y de los huecos brotaron dos haces de luz blanca. Estos ardieron, como mechas, extendiéndose a ambos lados y después hacia el techo, trazando dos grietas gemelas en el aire, hasta que fueron tan altas como Calin, incluso más altas que él, y entonces giraron de nuevo y se unieron por encima, tallando la silueta de una puerta.

El interior de la puerta se oscureció, la pared tras la *persalis* desapareció, reemplazada por una cortina, un velo. Pero en esa ocasión no pudo ver ningún lugar más allá de la cortina, ningún resplandor fantasmal de otro mundo. Solo un negro intenso y sólido.

—Ahí está —jadeó Tes—. ¿Lo ves? Funciona.

Calin gruñó y se llevó la mano al bolsillo, sacando el antídoto, cuyo contenido lechoso brillaba en el interior del vial. Pero entonces clavó la mirada en el rincón donde había lanzado el engranaje, un engranaje que no era una llave, sino solo un trozo de metal.

—¿Ah, sí? —preguntó, justo antes de arrojar el antídoto por la puerta.

Tes soltó un sollozo cuando la botellita desapareció en la oscuridad. No reapareció en el rincón donde estaba el engranaje. No reapareció, a secas. Porque la puerta no llevaba a ninguna habitación, o a ningún mundo. Era una puerta a ninguna parte.

El antídoto había desaparecido en su interior. Y se había llevado su vida con él.

Calin se volvió hacia ella, con los ojos desorbitados por la decepción.

Y, en ese instante, Tes hizo lo único que podía hacer. Lo empujó.

Por supuesto, no era lo bastante fuerte. La fuerza con la que lo golpeó solo lo hizo trastabillar, más por la sorpresa que por el dolor. Pero con ese medio paso que dio hacia atrás, su codo cruzó la superficie oscura de la puerta, y esta hizo algo extraño. Agarró a Calin.

Y lo arrastró a través de ella.

Todo ocurrió tan rápido. Un momento de forcejeo, las botas deslizándose por la madera, sus manos arañando, buscando algo a lo que aferrarse, y después había desaparecido, la puerta se había tragado su voz a medio grito, le había cortado las palabras tan limpiamente como un cuchillo afilado.

A Tes le flaquearon las piernas. Cayó de rodillas sobre el suelo mojado. Debería haber estado devastada. Puede que fuese por el veneno pero, en ese momento, lo supo. Había hecho lo correcto.

—*Ferro* —le dijo a la puerta.

«Cerrar».

Pero la puerta no se cerró.

Tes miró fijamente el velo de oscuridad que había en el interior del marco brillante. La luz que trazaba su silueta debería haberse contraído. El velo debería haberse desprendido cuando el hechizo regresase al reloj.

—*Ferro* —repitió, usando sus últimas fuerzas para infundírselas al hechizo, para hacerlo sólido, fuerte.

La puerta a ninguna parte la miraba desafiante.

Y entonces, notó la brisa.

Esa habitación no tenía ventanas y, sin embargo, había notado una suave brisa. No provenía de la puerta. Iba *hacia* ella, arrastrando consigo el aire y la habitación, y todo lo que había en su interior. Los restos que había lanzado a un lado mientras trabajaba empezaron a temblar y a deslizarse por el suelo como hojas, desapareciendo en el interior de la boca negra y abierta del vacío.

Tes se arrastró hacia el reloj abierto, envolvió la tapa con los dedos, con cuidado de que sus manos no rozasen la pared negra que se había tragado a Calin a la vez que intentaba arrancar el cascarón para llegar hasta los hilos del interior del hechizo. Pero, al hacerlo, el reloj hizo algo terrible. Se rompió. El marco se desmoronó y la oscuridad lo absorbió.

Y, aun así, la puerta no se cerró.

De hecho, creció aún más, astillándose más allá del marco. Al hacerlo, hizo un sonido, como un martillo golpeando una piedra.

BOOM.

Tes se tambaleó, trató de ponerse en pie, pero le fallaron las piernas, ya no le quedaban fuerzas.

BOOM, volvió a sonar, sacudiéndola al tiempo que la puerta se resquebrajaba y lanzaba por los aires rayos negros y dentados por todas partes.

Levántate, le suplicó a su cuerpo. Este no le hizo caso. *Levántate*, intentó decir en voz alta, pero sus pulmones se habían quedado sin aire. El corazón le dio un vuelco y el mundo parpadeó, estaba en el suelo, con la mejilla apoyada contra el parqué. No tenía miedo.

El estruendo se repitió, pero parecía provenir de muy lejos, o puede que fuese ella quien se hubiese alejado.

Tes metió las manos en su abrigo, rodeó al pequeño búho esquelético con los dedos y sintió cómo se acurrucaba contra su palma.

Cerró los ojos y se convenció de que lo que oía eran las olas rompiendo contra los acantilados de Hanas. Se convenció de que era el sonido de su hogar mientras se quedaba dormida.

IX

Alucard le zumbaban los oídos cuando consiguió ponerse a cuatro patas, los escombros le caían por los hombros. La habitación estaba a oscuras, pero sabía, por su forma, dónde estaba. El estudio de su padre.

Cuando era niño nunca le permitieron entrar allí. A Berras tampoco. Solo podían acercarse hasta el umbral de la puerta y únicamente cuando su padre los llamaba. Pero desde esa puerta Alucard había memorizado cada detalle de la habitación. El escritorio de madera oscura de su padre. Las ventanas que se alzaban tras él, con sus paneles tintados de azul noche y con trazos plateados.

En ese momento la puerta estaba cerrada, pero ya no había pared.

Alucard se levantó y se volvió hacia el hueco. Berras estaba ahí de pie, esperándole al otro lado. Como si todavía se resistiese a entrar. Pero entonces extendió los dedos y lo que quedaba de la pared se derrumbó.

Y entró en el estudio.

Alucard ya había desenvainado su daga y, mientras Berras cruzaba el umbral, la alzó, cortando el aire, pero cuando fue a atacar a su hermano el acero se derritió, cayendo al suelo en gotas plateadas, y el puño de Berras se encontró con la mandíbula de Alucard.

El golpe lo hizo tambalearse. Le había partido el labio y la sangre le caía por la barbilla.

—Cualquier otra noche —le dijo mientras Alucard se limpiaba la boca—, me habría tomado mi tiempo, pero esta noche tengo prisa.

—Esta vez se fijó en la forma en la que los hilos plateados refulgieron por el aire justo antes de que su hermano lo atacase. Al mismo tiempo que los pedazos de ladrillo se alzaban alrededor de Berras, la mano de Alucard salió disparada hacia el escritorio de su padre, que arañó el suelo cuando lo lanzó hacia el espacio que los separaba un segundo antes de que Berras arrojase los escombros contra Alucard, estrellándose en cambio contra la superficie del escritorio. Alucard no esperó, empujó el escritorio con todas sus fuerzas y lo lanzó contra Berras.

Oyó como se astillaba al chocar…

Y se rompió, con la misma fuerza que las olas al chocarse contra los acantilados y siendo exactamente igual de útil. Berras seguía de pie, impasible, mientras la mesa quedaba reducida a astillas y se desmoronaba a su alrededor.

—¿Por qué? —preguntó Alucard—. ¿Por qué creaste la Mano?

Berras dobló los dedos y las lámparas que había en las paredes se prendieron, bañando el estudio con su luz.

—Te has olvidado de lo que significa ser un Emery —le escupió.

Pero, mientras hablaba, las lámparas que había encendido se consumieron por la fuerza de tanta magia de golpe. Empezaron a arder, chamuscando las paredes, llenando la habitación de un humo acre. Entonces a Alucard se le ocurrió una idea. Berras no estaba acostumbrado a tener tanta magia. La blandía como si fuese un mazo, torpe y con contundencia.

—Si lo que significa es ser un traidor —dijo, pasando la mirada por el estudio—, me alegro de haber dejado de serlo.

Berras se lanzó contra él y Alucard retrocedió medio paso por cada paso que daba su hermano hacia él, dejando que la distancia que los separaba se redujese.

—Un Emery merece sentarse en el trono —espetó Berras—. No arrodillarse tras él.

Alucard desenvainó su segunda daga justo antes de sentir cómo la voluntad de Berras caía sobre sus huesos con una fuerza sorprendente y aplastante. Alucard jadeó cuando se le cerraron las costillas, se le trabó la mandíbula y se le congelaron las piernas. Su hermano se acercó a él, crujiendo los nudillos.

—Admítelo —siseó Alucard entre dientes—. Tienes envidia.

Berras cerró el puño con fuerza, y la presión sobre los huesos de Alucard aumentó.

—Prefiero ser un traidor que la puta del rey.

Alucard miró a los ojos a su hermano y sonrió.

—Bueno, al menos uno de nosotros piensa así.

No podía moverse, pero todavía podía *ver*, y cuando el anillo dorado refulgió en el puño derecho de Berras al tiempo que lo apartaba para asestarle un puñetazo que lo más probable era que le hubiese destrozado el hueso, Alucard dirigió su mirada hacia la vidriera y esta se hizo añicos, como si una mano acabase de impactar contra ella en vez de su magia.

Poseer magia era un don.

Pero aprender a usarla requería práctica.

Cada elemento que Alucard había dominado era otro con el que tenía que hacer malabares. Una cosa era poder acceder al viento, al agua y a la tierra, y otra muy distinta controlarlos todos a la vez. Había un motivo por el que la mayoría de los magos solo podían centrarse en uno.

La ventana cedió, las esquirlas de vidrio azul y plata volaron hacia ellos y Berras hizo lo que cualquier mago inexperto haría. Alzó la mano derecha para detener los cristales, soltando el control que tenía sobre el cuerpo de Alucard en el acto.

Las esquirlas se quedaron flotando en el aire, suspendidas fácilmente por el poder robado de Berras, pero Alucard ya se estaba moviendo, desenvainando esa segunda daga y alzándola, directa a la mano derecha de Berras.

Su hermano rugió de dolor mientras cientos de esquirlas de cristal caían al suelo y los dedos amputados de Berras aterrizaban entre los cristales. El anillo de oro se desprendió, volviendo a ser solo una cadena fina. Berras gritó y se abalanzó sobre él con el otro puño en alto, pero Alucard ya estaba preparado, con el viento a su favor, y golpeó a Berras con más fuerza de la que un cuerpo, incluso el suyo, podía reunir.

Debería haber bastado para hacerle retroceder unos metros.

Pero siempre había pensado que Berras estaba hecho de algo más que solo de carne y huesos. El odio era algo pesado y mantenía sus botas pegadas al suelo, aunque se deslizaron mientras luchaba por mantenerse erguido, con la boca abierta en un gruñido doloroso y furioso.

Alucard hizo girar los dedos y las astillas de madera de lo que había sido el escritorio de su padre se alzaron a su alrededor, lanzándose contra Berras y atacándolo hasta que, al fin, perdió el equilibrio y voló de espaldas, fuera del estudio de su padre y hacia el fantasma de la casa donde solían vivir, estampándose contra la pared del fondo con tanta fuerza que el edificio se tambaleó por el impacto.

Berras se cayó hacia delante, a cuatro patas, respirando con dificultad, y con la mano derecha sangrando. Alucard pasó sobre los cristales, el anillo y los dedos que le había amputado, con la sangre de Berras siendo poco más que una mancha sobre su daga al ir al encuentro de su hermano.

Había llegado el momento de acabar con el linaje de los Emery de una vez por todas.

Los cuerpos eran demasiado frágiles.

Una parte dañada, pensó Lila, y de repente todo se venía abajo. Le dolía respirar, caminar, hablar, incluso apoyarse en Kell dolía, aunque más le dolía no apoyarse, pero lo único que la instaba a seguir era pensar en lo que le haría a Berras Emery cuando lo encontrase. Una fantasía a la que contribuyó en gran medida el hecho de que, a mitad del pasillo, el grillete dorado que apresaba su muñeca se soltase de repente, formando un montón de delicadas cadenas en el suelo.

Entonces Lila sintió cómo la magia regresaba a sus pulmones, a su sangre, a su médula. No le arregló las costillas rotas, pero era como un bálsamo, acallando el dolor.

Hizo girar los dedos y la cadena se elevó hasta su mano al mismo tiempo que un rugido cortó el aire desde un lugar cercano, el aullido de un animal.

—¿Qué ha sido eso? —preguntó Kell, pero se oyó otro estruendo y ella se alejó, acelerando el paso, con el dolor menguando poco a poco.

Le había parecido Berras el que aullaba, lo que significaba que estaba sufriendo sin que fuese ella quien le hiciese daño. Y eso no le valía.

Lila llegó al vestíbulo, con Kell pisándole los talones. Parecía como si una tormenta violenta hubiese golpeado la casa. Había una pared derruida, con el suelo lleno de madera, ladrillos y sangre.

Berras Emery estaba ahí a cuatro patas, intentando sin éxito ponerse en pie. Tenía una mano ensangrentada y la otra se aferraba a sus costillas. Lila esperaba que al menos tuviese tres costillas rotas, y Alucard caminaba hacia él, con una daga en alto.

—Crees que soy el único —gruñó Berras—. Eres un idiota. —Alzó la mirada y sonrió, con los dientes ensangrentados—. Vamos, mátame.

Los dedos de Alucard rodearon la empuñadura con más fuerza.

Lila tenía mucha sangre en sus manos pero, por lo que sabía, Alucard Emery nunca había matado a nadie. Puede que eso lo convirtiese en una buena persona. O en un mal pirata. Pero en ese momento, lo supo, iba a matar a su hermano. Lila dio un paso adelante, en parte porque le encantaría ser *ella* quien acabase con Berras y, en parte, porque quería evitarle ese mal trago a su antiguo capitán, porque, a pesar de sus pretensiones, era demasiado amable, demasiado cariñoso, y aquello lo terminaría atormentando.

—No detendréis a la Mano —estaba diciendo Berras—. Vamos a por tu corona. Vamos a por tu rey.

Alucard alzó la daga pero Lila levantó la mano y lo tomó de la muñeca. Al hacerlo, las puertas de la casa se abrieron. Lila se giró, esperando toparse con más atacantes, pero se encontró con una docena de guardias entrando a la carrera, con las armas en alto y listos para luchar. Ralentizaron el paso cuando vieron la escena y se dieron cuenta de que se habían perdido la pelea.

Se fijaron en los dos *antari*, en el consorte del rey y en el hombre de rodillas ante él.

—Un poquito tarde —escupió Lila, dejando caer el brazo de Alucard al mismo tiempo que los soldados se acercaban a ellos y se desplegaban a su alrededor, con sus espadas apuntando hacia Berras.

Lila marchó ante ellos, siguiendo el rastro de sangre y abriéndose paso entre los escombros hasta que encontró el estudio, los dedos amputados y, entre ellos, lo que supuso que debían de ser los restos del anillo de oro, aunque como el brazalete había pasado a ser solo una cadena. Se la metió en el bolsillo y atravesó la pared en ruinas a tiempo de ver a Berras hacer un último intento.

Cuando Alucard se volvió hacia los soldados, Berras se abalanzó sobre él y trató de quitarle el arma de la mano. Pero Alucard dio un paso atrás, barrió el aire con el brazo y Berras salió disparado de espaldas contra la pared. Esta vez, cuando el mayor de los Emery cayó al suelo, no volvió a levantarse. Lila esperó por un momento que estuviese muerto, pero entonces se fijó en que seguía respirando. Una pena.

Alucard se volvió a girar hacia los soldados.

—Arrestad al líder de la Mano.

Al hablar, un estruendo resonó en la planta de arriba. Era más que un sonido, recorría los cimientos de la casa, hacía vibrar el aire como si estuviesen en el interior de una campana. Todos alzaron la vista. No era un ruido que te incitase a seguirlo, pero eso fue exactamente lo que hizo Lila, subiendo las escaleras todo lo rápido que su cuerpo herido le permitía.

—Lila, espera —la llamó Kell, pero su voz quedó ahogada cuando el estruendo se oyó de nuevo, un *BOOM* profundo y estrepitoso.

Las escaleras llevaban hasta otro pasillo y Lila siguió el sonido y vio…

Una puerta.

O, más bien, un *portal*. Estaba en medio de la habitación, abierto hacia la negrura, hacia la nada. No había ni rastro de una *persalis*, y los bordes de la puerta eran irregulares, como si estuviese hecha jirones. Una brisa soplaba hacia su interior, tirando de la camisa de Lila, y, al observarla, parecía estar astillándose, extendiéndose, abriendo grietas por el aire.

—Tú también lo ves, ¿verdad? —le pregunto a Kell cuando llegó a su lado. Él asintió, con la mirada clavada en el portal. Se acercó, con la mano rozando la brisa y el viento tirándole del pelo y de las mangas. Kell rodeó el portal, desapareciendo por un momento tras la negrura como si fuese una cortina, antes de volver a aparecer al otro lado.

Solo una persona —y un supuesto objeto destruido— podrían haber *creado* esa puerta. Lila la buscó con la mirada y se encontró a Tes tras el escritorio. Estaba hecha un ovillo en medio de un charco que formaba su cabello oscuro, como si se hubiese quedado dormida. Pero tenía la piel cenicienta y no se movía, ni siquiera cuando el estruendo volvió a sacudir la habitación.

Lila se arrodilló junto a la muchacha y la agarró por los hombros.

—Tes. Tes, despierta.

Al principio no respondió. Entonces abrió los ojos. Tenía la mirada vidriosa y Lila podía sentir cómo le flaqueaba el pulso bajo sus dedos, aunque estuviese sonriendo.

—No los he ayudado —susurró, como si estuviese drogada o soñando—. Yo no… —Abrió los ojos de par en par de repente—. Cuidado.

Lila se levantó y se giró a tiempo de ver cómo Bex entraba dando tumbos en la habitación, cubierta de sangre y respirando con dificultad al mismo tiempo que le lanzaba un puñal directo al corazón.

La *antari* estiró la mano y el cuchillo se detuvo en el aire, a tan solo unos centímetros de su pecho; los poderes de Bex estaban demasiado débiles como para contratacar mientras se desangraba.

—Mira que eres difícil de matar —se quejó Lila, agarrando el puñal—. Déjame echarte una mano. —Movió la mano de un lado al otro y el viento de la habitación respondió a su llamada, arrastrando consigo a Bex hacia el abrazo negro del portal. La asesina luchó, se le resbalaron las botas por el suelo, pero cuando su brazo rozó la superficie, esta pareció aferrarse a ella, empujándola poco a poco hacia la oscuridad.

Lila se giró de vuelta hacia Tes.

—¿A dónde lleva esa puerta?

Tes le dedicó una sonrisa débil.

—No tengo ni idea. —Y entonces una sombra se apoderó del rostro de la muchacha y se abrazó a sí misma. Su cabeza cayó, golpeándose contra el suelo. Lila la sacudió, pero esta vez la chica no se despertó.

—Kell —lo llamó Lila y él fue corriendo a su encuentro—. Sácala de aquí.

Él tomó a la chica en brazos —parecía demasiado joven, demasiado pequeña, estaba demasiado quieta—, pero no se marchó. Miró hacia la puerta.

—Tenemos un problema —le dijo Kell y entonces Lila lo vio. El portal seguía expandiéndose, esos rayos agrietados se extendían por toda la habitación, hendiendo el aire.

—Sácala de aquí —repuso Lila—. Yo me encargo.

Kell asintió y se marchó, dejando a Lila a solas para enfrentarse al portal. Se llevó los dedos a la mejilla, donde Bex la había cortado. El corte seguía sangrando. Apartó los dedos ensangrentados. Juntó las palmas, manchándose ambas de sangre, y se acercó a la puerta.

El viento estaba ganando fuerza a cada segundo que pasaba, absorbiéndolo todo hacia el portal. Aquello le recordaba a una boca abierta, una oscuridad hambrienta. Pero las bocas eran como las puertas. Se podían cerrar.

Rodeó el marco con los dedos, con cuidado de no tocar el interior negro, sintió los bordes de la puerta bajo las manos y respiró hondo.

—*As Staro.*

«Sellar».

El viento perdió fuerza al pronunciar el hechizo, los bordes se estrecharon bajo sus manos y la puerta empezó a cerrarse. Los dos lados se juntaron, el espacio en su interior se encogió. Pero cuando estaba a punto de cerrarse, se detuvo. Los lados de la puerta temblaron bajo sus manos. Como si estuviesen luchando contra ella.

Lila frunció el ceño y aferró el marco con más fuerza.

—*As Staro* —repitió, pero sus poderes se estrellaron contra la puerta y esta respondió, apartándola de golpe al abrirse de nuevo, como si estuviese bostezando. Lila se tambaleó hacia atrás, las grietas se volvieron más profundas y el estruendo regresó.

BOOM.

Lila observó horrorizada el portal. No había funcionado. Era una *antari*. La maga más poderosa del mundo. Y el hechizo… no había funcionado.

La puerta crujió y se expandió, el viento le silbaba en los oídos.

Lila no sabía qué hacer.

No oyó que Kell había regresado a su lado hasta que le posó una mano en el hombro.

—Tienes que salir de aquí —le gritó Lila sobre el viento ensordecedor. Él negó con la cabeza—. No puedo detenerlo.

—¡Ponte el anillo! —le respondió Kell, haciéndose oír sobre el ruido del mundo desgarrándose. Y, por un segundo confuso pensó que se refería al anillo negro, al que se había sentido demasiado orgullosa como para ponerse, hasta que se fijó en la cadena dorada que tenía en las manos. El dispositivo mágico que le había robado sus poderes y se los había dado a Berras. Kell ya se estaba rodeando la muñeca con la cadena.

Lila negó con la cabeza.

—No puedes usar tu magia.

—No —aceptó él—. Pero tú sí.

Lila no terminaba de comprender cómo funcionaban las cadenas, pero sabía que el que llevase el brazalete estaba vinculado al que llevase el anillo, que el poder del primero se convertía en el poder del segundo. Se sacó la fina cadena del bolsillo, manchada con la sangre de Berras. Dudó un segundo, tiempo suficiente para que Kell se la quitase y le rodease el dedo con ella. Al hacerlo, la cadena que le rodeaba la muñeca se convirtió en un brazalete sólido. Y la suya se transformó en un anillo.

Había estado en el otro lado de ese hechizo. Había sentido la ausencia de su magia. En ese momento sentía que tenía el doble de poder, cuando la magia de Kell se unió a la suya. El mundo entero zumbaba con su fuerza.

Al mismo tiempo, Kell suspiró, se le hundieron los hombros, como si acabasen de quitarle un enorme peso de encima. Cerró los ojos y rodeó el brazalete con la mano, como si intentase que no se moviese. No había tiempo para preguntarle si estaba seguro. Lila se volvió hacia el portal. El viento había pasado a ser un huracán, tirando de su ropa, pero era como si su cuerpo estuviese clavado al suelo por el poder. Se llevó una mano hacia el corte de la mejilla y vio que se había curado. El dolor de su pecho también había desaparecido, la oleada de poder de Kell había bastado para curarle las heridas. Desenvainó una daga y se hizo un corte profundo, ensangrentándose ambas manos antes de acercarse a la puerta.

Era tan grande que tenía que abrir los brazos todo lo que podía para tocar los dos extremos. Sus dedos se enroscaron en los bordes. Respiró profundamente y obligó a la magia a obedecerla al mismo tiempo que pronunciaba el hechizo.

—*AS STARO.*

El viento aullaba con fuerza y, sin embargo, el hechizo resonó por la sala, por su piel, tan fuerte como el estruendo de una campana. Entonces sintió cómo sus manos, como si fuesen las de un gigante, cerraban el portal astillado, notó cómo el marco se estremecía y se rendía, cómo la oscuridad se encogía, hasta que la puerta se cerró al fin.

Y desapareció, sin dejar tras de sí más que una cicatriz irregular, como una herida mal cosida.

El viento murió con ella.

La habitación quedó en silencio.

Lila suspiró, aliviada, y se volvió hacia Kell, esperando ver la alegría que ella sentía reflejada en su rostro. Pero Kell no estaba de pie a su lado. Estaba en el suelo, con todo el cuerpo rígido y los músculos agarrotados.

—*Kell.*

Lila se dejó caer a su lado, quitándose el anillo. De inmediato, la cadena se desprendió, liberando la muñeca de Kell, y la conexión que los vinculaba se rompió. Eso debería haber bastado para que estuviese bien, pero no lo estaba.

—Háblame —le suplicó, pero Kell apretaba los dientes con fuerza. Se le contrajeron los músculos. Tenía los ojos abiertos pero no parecía estar viéndola, las lágrimas de Lila cayeron sobre su cabello.

»Maldita sea, Kell —dijo, tomándole la cara entre las manos.

Pero, al tocarlo, algo se aflojó en su mandíbula, abrió la boca y un grito desgarrador se filtró entre sus labios.

X

LONDRES BLANCO

«Cuanto mayor es el poder, más alto es el precio». Kosika, de pie bajo el cerezo, pensó en las palabras de Holland. El mismo que ella había cultivado solo con su sangre y su deseo.

Era un intruso, más alto que el resto de los árboles del huerto, y en plena floración estival en vez de estar dando paso al otoño. Pero eso no era lo que le preocupaba. Eran los árboles a ambos lados. Habían adquirido un aspecto enfermizo, sus propias hojas se enroscaban como si estuviesen secas y su color se había desvanecido. Como si, sin darse cuenta, se lo hubiese robado para alimentar su estúpido hechizo.

¿Qué he hecho?

—La magia no es infinita.

Pegó un saltito al oír a Holland. Estaba de pie en la hierba a su espalda, con su cabello blanco apartado del rostro por el viento, como en su sueño. Él siguió su mirada. Kosika estaba pensando en el Bosque Plateado, en el corazón del mundo en sus manos.

A su espalda se escuchó una serie de pasos recorriendo el camino y Kosika se volvió para encontrarse a Serak yendo hacia ella. El Vir siempre había sido un hombre serio, con el ceño constantemente fruncido. Pero lo había visto esa mañana y le había parecido que estaba de buen humor. En ese momento parecía el portador de malas noticias.

—Mi reina —le dijo—. Se te necesita.

—¿Qué sucede? —preguntó Kosika, pero él no le respondió y se limitó a pedirle que lo siguiese con un gesto de la mano; no de vuelta a palacio, sino hacia las puertas exteriores.

Kosika suspiró y lo siguió, echándole un último vistazo al árbol. Sus flores se estaban abriendo mientras que a sus lados las ramas del resto de los árboles se marchitaban.

—Todos los hechizos tienen un precio —le dijo Holland.

Kosika se frotó el pulgar herido con los otros dedos.

—Pensaba que ya lo había pagado.

—¿Qué has dicho? —Serak se había quedado parado unos pasos más adelante.

Kosika pasó la mirada del Vir al rey y, por un momento, pensó en contarle la verdad, en decirle que estaba hablando con el Santo. Pero Holland le dedicó una mirada seria y, al final, ella terminó sacudiendo la cabeza y quedándose en silencio.

El carruaje traqueteó por las calles de la ciudad. Los labios de Serak estaban apretados formando una línea seria, tenía la mirada fija en sus pies y cuando Kosika le preguntó a dónde iban él se limitó a negar con la cabeza antes de responder.

—Es mejor que lo veas tú misma.

Si no hubiese sido Serak quien la acompañase habría sospechado que tramaba algo, puede que incluso se hubiese preguntado si estaba ante un intento de golpe de Estado. Si la intención del Vir era llevarla ante el peligro, o incluso ante la muerte (se preguntó por un segundo si alguno de los Vir sería lo bastante fuerte como para matarla, pero lo dudaba). Pero era Serak, el leal Serak, quien al mirarla veía la encarnación del poder, la heredera de un santo.

Aun así, mientras el carruaje avanzaba por las calles, mantuvo las manos unidas bajo la capa, con una uña rozando el corte superficial que se había hecho para hacer crecer el cerezo.

Por fin, el carruaje se detuvo, y Serak fue el primero en bajar, sujetándole la puerta. Cuando Kosika bajó del carruaje se dio cuenta de que estaban en la entrada de un callejón, con las murallas de la ciudad elevándose a ambos lados. Frente a ella, el estrecho camino se veía interrumpido por una tienda de tela blanca.

Le pareció un lugar extraño para montar un puesto, hasta que se dio cuenta de que, por supuesto, la habían colocado ahí para ocultar algo.

Había un soldado aguardando a la entrada y Kosika siguió a Serak hasta allí; él abrió la lona y le pidió que entrase.

Holland no había estado con ella en el carruaje, pero en ese momento sí que sentía su presencia a su lado al entrar en la tienda. Parpadeó y sus ojos se acostumbraron a la luz tenue de los faroles. Bajó la mirada, esperando encontrarse algo en el suelo, puede que un cadáver o los restos de un hechizo, algo que mereciese la pena ocultar, pero los adoquines bajo sus pies estaban limpios, sin manchas. Kosika frunció el ceño y se volvió hacia Serak, con una protesta en los labios lista para decirle que allí no había nada raro, cuando lo vio.

Qué *era*, no lo sabía. Flotaba en el aire entre ella y el Vir, haciendo ondular ligeramente su imagen como un cristal imperfecto. A su espalda, Holland contuvo el aliento y Kosika estuvo a punto de darse la vuelta. En cambio, alargó la mano, segura de que sus dedos se toparían con algo sólido, pero estos atravesaron la superficie sin resistencia alguna, como si ahí no hubiese nada.

Kosika frunció aún más el ceño.

—¿Qué es esto? —preguntó en voz alta, tanto a Serak como al Santo.

—No estamos seguros —respondió el Vir—. Lo descubrió esta mañana la mujer de uno de los soldados, se lo dijo a su marido y él fue corriendo a buscarnos. Hemos tenido suerte. No está en un lugar muy transitado y pudimos montar la tienda antes de que corriesen los rumores...

—¿Los rumores?

Serak carraspeó para aclararse la garganta.

—La naturaleza de la marca, la forma en la que está pero a la vez no está aquí. Cabe la posibilidad, una muy pequeña, de que sea una señal de un daño en...

—Los muros. —La voz de Holland no era más que un susurro y, aun así, llenó la tienda, tan espesa como el humo.

—... los muros. —Terminó de decir Serak un segundo después.

Kosika no entendía nada y, entonces, de repente, lo supo.

Los muros. Los que se habían erigido entre los mundos. Al observar la marca, esta adquirió una forma distinta, parecía menos una ondulación y más una grieta.

—¿Creéis que los muros se están debilitando?

Serak se quedó callado, y el silencio fue respuesta suficiente. El pánico se apoderó de ella, tenso y repentino, como una cuerda pulsada.

—Tiene que haber una forma de reforzarlos —dijo Kosika—. De fortalecerlos.

—Quizá —repuso Serak poco convencido. Al fin y al cabo, habían hecho falta docenas de *antari* para crear los muros que sellaban los mundos entre sí. Los que impedían que la magia del Londres Negro se extendiese. Si el muro de contención se estaba rompiendo...

—Tengo a los soldados registrando la ciudad —dijo Serak—, en busca de otras marcas.

Kosika observó la grieta.

—Déjame sola —le pidió. La petición le salió tensa y aguda, por lo que carraspeó antes de añadir—: Un minuto, por favor.

Serak hizo una leve reverencia y salió de la tienda. Cuando la lona volvió a cerrarse Holland ya había ocupado el lugar del Vir, su imagen deformándose ligeramente a través de la marca. Kosika la estudió. Puede que no fuese nada pero, cuanto más la observaba, más le parecía una puerta. Una salida. Una entrada.

Había decidido hacía mucho tiempo no pensar en la existencia de esos otros mundos. Y, sin embargo, ahí estaban, llamando a la puerta del suyo.

—Existió una época antes de que se alzasen los muros —dijo Holland—. Y existirá una época cuando caigan. —Su mirada bicolor examinó la marca—. Si es una grieta, es la primera. Puede que los muros aguanten otros cientos de años.

—¿Y si no aguantan?

Holland frunció el ceño, alzando una mano pálida para pasar los dedos por la marca.

—Nada dura para siempre.

Pero Kosika estaba observando su mano, la grieta, la forma en la que sus dedos pasaban sobre ella, como si fuese sólida. Kosika se acercó, con la sangre tiñéndole los dedos de rojo. Las grietas podían arreglarse, se dijo. Las heridas podían curarse.

—Kosika —le advirtió Holland, agotado, pero ella ya estaba levantando la mano hacia la marca y pronunciando el hechizo.

—*As Hasari.*

El aire a su alrededor se estremeció. Podía escuchar sus latidos retumbándole en los oídos, y Kosika se preparó para el tirón de su magia al arreglar el mundo, para la misma sensación de vacío que había sentido cuando todo su poder había sido arrastrado hacia el suelo; pero no le importaba lo que costase, no si conseguía arreglar el muro, no si mantenía su mundo a salvo y...

No ocurrió nada.

La sangre no hizo efecto. Una única gota roja se deslizó por la palma de su mano y puede que su vista todavía no se hubiese adaptado a la luz del interior de la tienda, pero la marca, en todo caso, parecía más real todavía.

XI

LONDRES ROJO

Tes se despertó bajo un cielo de gasa.

El crepúsculo se extendía sobre su cabeza en amplias tiras azules y violetas, recortadas por finas cuerdas doradas. El suelo que tenía debajo era blando.

Si aquello era la muerte, tampoco estaba tan mal, pensó.

Pero entonces recordó que ya había visto ese cielo antes.

En los aposentos de Kell Maresh.

Tes se incorporó de golpe, dándose cuenta de que estaba viva, viva y tumbada en la cama del príncipe.

Vares, *su* Vares, estaba en la mesilla a su lado. Sabía que solo era magia sofisticada, que ella misma lo había diseñado, pero cuando se acercó a él, el búho agitó sus alas huesudas, como si se alegrase de que estuviese viva y despierta. No entendía cómo era posible lo primero, pero se acercó al búho y le acarició su pequeño cráneo.

—Yo también me alegro de verte. —Se fijó en la figura que había junto a las puertas del balcón, que miraba fijamente el río y la ciudad.

Lila Bard estaba ahí de pie, con los brazos cruzados, sin su abrigo y con la barbilla alzada, como si estuviese disfrutando de los rayos de sol que se filtraban por las puertas de cristal. Pero tenía la cara desencajada y la mandíbula tensa.

—Oh, bien —dijo sin girarse hacia ella y Tes se dio cuenta de que la *antari* podía ver la cama reflejada en el cristal—. Por fin estás despierta. —Se volvió hacia ella y fue directa a la cama, deteniéndose junto al marco de madera ornamentada y dejándose caer sobre su hombro contra el poste dorado—. Eso ha estado cerca.

—La puerta… —empezó a decir Tes.

—Cerrada. —Los labios de Lila formaban una línea severa—. La has liado buena.

Eso irritó a Tes.

—Solo intentaba detenerlos.

Lila la observó.

—¿Por qué? —Tes se quedó callada, pero la *antari* se encogió de hombros, como si le acabase de hacer una buena pregunta—. Querían que construyeses una *persalis*. Sabes hacerlo. Entonces, ¿por qué no les diste lo que querían?

—Porque la usarían para hacer daño a la gente. Para matarlos.

—Pero *tú* habrías sobrevivido.

—Querían que hiciese un arma.

—Ya la habías hecho antes.

—Pero antes no quería que *fuese* un arma —escupió Tes, exasperada—. Eres una *antari*, deberías entenderme. La gente ansía el poder y si no pueden tenerlo ellos mismos, quieren tener a aquellos que sí lo poseen. Si hubiese construido esa *persalis*, no habrían parado ahí. Habrían encontrado otros objetos para que arreglase, para que crease. Así que no les di lo que querían.

Lila asintió, satisfecha con la respuesta.

—Me mentiste, ¿sabes? —repuso Tes. La *antari* enarcó una ceja—. La última vez que me curaste dijiste que sería la primera y única vez que sangrarías por mí.

Una sonrisa de satisfacción tironeó de las comisuras de Lila y se encogió de hombros.

—Cambié de opinión —dijo—. A veces pasa.

—Gracias —respondió Tes.

La expresión de Lila se endureció.

—No lo hice por compasión. Me debes un favor. Ahora, levanta —ordenó—. Me lo voy a cobrar.

La última vez que Tes había salido de los aposentos del príncipe lo había hecho detenida. En ese momento los soldados estaban apostados contra los muros, mirándola como si no estuviese allí, aunque le hicieron una leve reverencia a Lila cuando la condujo por el pasillo hacia un par de puertas ornamentadas que aguardaban al final.

Había una niñita sentada en un banco acolchado frente a ellas, con una mujer con el cabello canoso a su lado. La mujer tenía un libro infantil en las manos y la niña sujetaba a un conejo cuyo pelaje era del mismo color que la miel. Sus rizos oscuros le caían desordenados por la cara mientras le hablaba al animal en susurros del mismo modo en el que Tes hablaba a veces con su búho. Era pequeña, de unos cuatro o cinco años, demasiado pequeña para que su magia se hubiese desarrollado, pero a Tes le pareció ver un tenue brillo fantasma a su alrededor, aunque estaba demasiado apagado como para adoptar un color todavía.

También había una gata blanca sentada bajo el banco, con sus ojos amatistas taladrando a Lila con la mirada, como si le ofendiese especialmente la presencia de la *antari*. Pero se volvió a fundir en las sombras cuando Lila se detuvo frente al banco y llevó una mano hacia los rizos negros de la niña, un gesto que casi parecía cariñoso.

—Hola, Ren —le dijo—. ¿Estás protegiendo la habitación?

La niñita alzó la mirada, revelando unos ojos que parecían hechos de oro, y asintió.

—Pero tenemos que guardar silencio —susurró Ren—. El príncipe está dormido.

El dolor invadió el rostro de Lila y la hizo fruncir el ceño.

—Pero no pasa nada —continuó susurrando la niña—. Le he dejado a Miros y Sasha dice que, cuando se despierte, puedo entrar a leerle uno de los cuentos de mi libro.

La mano de Lila abandonó la cabeza de la niña.

—Me parece muy buena idea.

La mirada dorada de la niña se dirigió entonces hacia Tes o, más concretamente, al pájaro esquelético que llevaba en la mano. Se le abrió la boca de golpe.

—¿Tu búho está muerto?

Como si respondiese a su pregunta, Vares agitó sus alas huesudas y el rostro de la niña se iluminó encantado. Tes le tendió el pájaro.

—¿Te importaría cuidarlo por mí? Durante un ratito.

La niña estiró las manos y lo acogió entre ellas con cuidado, como si estuviese hecho de cristal en vez de huesos y magia. Lo colocó en equilibrio sobre el lomo del conejo, a la criatura no pareció importarle, y le acarició el pico.

—¿Cómo se llama?

—Vares.

Los ojos dorados de la niña se abrieron de par en par.

—¡Como yo! —gritó, olvidándose por un momento de que se suponía que tenían que hablar en susurros y sorprendiendo a Tes, que abrió los ojos como platos. El término *vares* podía significar «príncipe»… o «princesa». Lo que quería decir que esa niñita era Tieren Maresh, la heredera al trono.

La pequeña princesa se estremeció al oír su propia voz, echó un vistazo hacia las puertas y después se acercó un poco más a Tes y le hizo un gesto para que se agachase a su altura.

—¿Eres tú la que va a despertarlo? —le preguntó.

A Tes se le cayó el alma a los pies. Debería haber sabido que ese era el favor. Pero Lila se adelantó antes de que pudiese responder, con la mano en las puertas.

—Lo va a intentar.

En las puertas estaba grabado el sigilo del sol y el cáliz, junto con una «M» enorme en el centro, veteada con oro, y, aun así, a Tes le sorprendió que, cuando siguió a Lila al interior de la habitación, se encontró cara a cara con el rey.

Rhy Maresh estaba hundido en una silla y parecía mucho más viejo de lo que era en realidad.

Los rizos oscuros le cubrían los ojos dorados, su corona yacía en un cojín a su lado y tenía la barbilla apoyada sobre sus dedos entrelazados. Se decía que el rey no tenía magia, pero Tes podía ver los hilos plateados que salían de su pecho y se enredaban a su alrededor.

Al menos, no había ni rastro de la reina. Eso lo agradecía, pero había otro hombre en la habitación, uno cuya magia se entretejía a su alrededor con hilos de tres colores distintos, que estaba de pie al lado del rey, con el cabello recogido y dejando a la vista unos ojos azules tormentosos. Tes se estremeció al verlo, recordando de repente al noble de la otra casa. Pero ese hombre era más delgado y no tenía cicatrices en los nudillos, aunque sí en las muñecas y en el cuello, pero Tes ya había visto ese tipo de marcas antes, en aquellos que habían sobrevivido a la plaga. Cuando sus miradas se encontraron, se fijó en las líneas dentadas que se enroscaban alrededor de sus ojos, como si fuesen rayos, y supuso que era él quien compartía su extraño don de la visión.

El rey carraspeó para aclararse la garganta.

—Veo que ha llegado nuestra cirujana. —Se levantó de su asiento, tambaleándose un poco. Cerró los ojos y recobró el equilibrio, solo para volver a dejarse caer en la silla.

»Mis disculpas —dijo—. Lo hemos tenido que sedar y me temo que, lo que él siente, lo siento yo también.

Entonces Tes rodeó el sofá y vio a Kell.

El príncipe estaba sedado, aunque no del todo; la tensión seguía patente en sus manos, en su mandíbula y en su cuello.

—Cada vez que se despertaba —dijo el rey con la voz ronca—, empezaba a gritar.

Tes podía ver por qué. Los hilos que rodeaban a Kell Maresh ya no estaban deshilachados, estaban rotos, hechos pedazos, y otros seguían manteniéndose en pie por solo una hebra quebradiza y, cuando la magia seguía su curso, chisporroteaban.

Tes se acercó a él. El cabello cobrizo le caía sobre la cara, dividido por un mechón plateado. Su abrigo había desaparecido y tenía la camisa abierta, dejando al descubierto una marca negra sobre el corazón, un hechizo que ella no reconocía, pero los hilos plateados se enroscaban a su alrededor, entrando en su pecho en vez de salir de él, y Tes se dio cuenta de que era un reflejo de la magia que rodeaba al rey, la otra mitad del patrón plateado que surgía del pecho de Rhy Maresh. De algún modo, sus vidas estaban vinculadas.

—¿Puedes curarlo? —le preguntó el rey.

Lila le había hecho esa misma pregunta el día anterior y Tes notó cómo la misma protesta subía por su garganta. Pero, esta vez, se la tragó. Había construido una *persalis* desde cero, con las manos temblorosas por el veneno. Aunque en ese momento volvían a colgar firmes a sus costados. Si alguien en todo el imperio podía hacerlo, era Tes.

—Sí, en teoría —respondió—. Pero estáis vinculados, ¿no es así?

Se decía que el rey era inmortal, pero no era cierto. En realidad, no. Todo hechizo tenía su punto débil y Tes acababa de descubrir el del suyo.

—Si Kell muere —añadió—, tú también.

El rey se las apañó para dedicarle una sonrisa cansada.

—Es un riesgo que estoy dispuesto a asumir. —Se volvió a mirar al otro hombre al decirlo. Este solo hizo una mueca, como si estuviese a punto de decir algo, pero entonces cambió de opinión y apartó la mirada.

—Hazlo —dijo en un susurro.

—¿Me ayudarás? —le preguntó Tes. El hombre alzó la mirada hacia ella—. Me vendrían bien un par de ojos más —le explicó.

—Mira, Alucard —dijo entonces el rey, extrañamente alegre—. Ahora, si muero, al menos tendrás parte de culpa. —Después se volvió hacia Tes—. ¿Qué más necesitas?

La joven se recogió el pelo y se arremangó.

—Una taza de té —pidió—, lo más fuerte que sea posible. Un par de secantes —siguió—, vi que la reina tenía algunos en su taller. Y, por último —se volvió hacia Lila Bard—, un hilo. De tu magia. Necesito algo con lo que arreglarlo.

Esperaba que la *antari* protestase, pero Lila se limitó a tenderle la mano.

—Tómalo.

Tres años antes Tes había intentado robar uno de esos hilos plateados, había pensado que podría tomar uno y desaparecer. En ese momento se dio cuenta de que nunca lo habría logrado. Al parecer no era como arrancarle un pelo a alguien. Cuando Tes tiró de uno de los hilos que rodeaban a la *antari*, este se soltó, pero Lila siseó y lanzó una retahíla de maldiciones en la lengua imperial que, aunque Tes no entendiese lo que había dicho, sí que captó su significado.

Al terminar, Tes respiró profundamente y sacó el hilo largo entre sus dedos, un único hilo plateado, brillante como la luz de la luna.

—¿Listos?

Rhy Maresh se hundió un poco más en su asiento.

Alucard apoyó una mano sobre el hombro del rey.

Pero Lila se acercó a Kell. Se arrodilló junto a su cuerpo dormido y le susurró algo al oído, y si Tes no hubiese estado tan cerca, nunca lo habría oído. Pero lo oyó.

—No hay lugar al que vayas —le dijo la *antari* a su príncipe—, donde yo no pueda seguirte.

Y entonces Lila se puso en pie, pasó junto a ellos y se fue directa al otro extremo de la habitación. Tes se acercó un poco más a Kell y trató de imaginarse que no era un hombre, sino un recipiente, un objeto de su tienda.

Una vez roto, pronto se repara, pensó.

Y se puso manos a la obra.

DOCE

Desenredo

I

LONDRES BLANCO

Allá donde mirase, Kosika solo veía desastre.

En medio de una nube, su palacio derrumbándose. En el interior de una taza de té, su ciudad arruinada.

—Salve a la reina —aclamó un Vir.

Pero ella no estaba allí. Bueno, técnicamente estaba sentada en una silla dorada a la cabeza de la mesa, con Nasi a un lado y Serak al otro, mientras brindaban y le servían comida en el plato, pero su trono bien podría haber estado vacío.

Las voces se alzaban y caían, pero Kosika no las oía. Al igual que tampoco notaba la madera de la silla bajo su brazo, el peso de la corona en su cabeza o la superficie húmeda de la mesa de piedra, donde se había formado un charco de agua al derramar su copa, aunque llevase pasando los dedos por el charquito un rato.

No, mientras el resto comía, bebía y hablaba de nada en absoluto, Kosika estaba de vuelta en la tienda blanca, mirando fijamente la grieta que surcaba el aire. Una debilidad en los muros entre los mundos. En el de *su* mundo. El único que le importaba. El único que importaba siempre y cuando los muros se mantuviesen alzados. Pero...

—Un día los muros caerán —había dicho Vir Lastos—. Deberíamos conocer a nuestros enemigos.

—Cada día *nuestro* mundo revive un poco más.

—¿Y si los otros también?

A Lastos lo habían asesinado aquel día por su insolencia. Pero su advertencia no había muerto con él.

Kosika bajó la mirada y vio que no había estado trazando patrones sin sentido. Su dedo había dibujado una puerta. Pero no cualquier puerta, tenía los laterales rectos pero la parte de arriba se curvaba hasta formar un pico en el medio. La puerta de sus aposentos. Y de los de Holland.

Deslizó su silla hacia atrás, arañando el suelo. No hizo un ruido fuerte, pero bien podría haber sido el sonido de un látigo al golpear por la forma en la que reverberó por el salón y se hizo el silencio.

—Mi reina —le dijo Serak, levantándose con ella—. ¿No te encuentras bien?

Kosika musitó una excusa, incluso su voz parecía sonar desde muy lejos. Nasi la miró y estaba a punto de levantarse para seguirla cuando Kosika negó con la cabeza. Nasi frunció el ceño, pero se volvió a sentar al tiempo que Kosika dejaba atrás la cena y el salón.

Al subir por las escaleras se clavó una uña en el corte que se había hecho en el pulgar, sintió el leve pinchazo de dolor cuando la herida se reabrió. Siguió subiendo y subiendo por las escaleras, directa a la alcoba y al altar. Esperaba notar cómo su rey se deslizaba hasta estar a su lado pero, cuando llegó arriba, estaba sola. Tomó una vela que había sobre la mesa y se metió tras la estatua del Santo, susurró el hechizo para abrir la puerta y entró, con la vela encendida bañando la habitación con su luz.

Fue directa hacia el escritorio, hacia la cajita de madera que había encima, esperando escuchar la voz de Holland cuando la sostuvo. Pero solo podía oír su corazón y su propia voz maldiciendo en su cabeza.

¿De verdad había sido tan ingenua como para ignorar los otros mundos durante tanto tiempo?

No tenía ningún deseo de adentrarse en ellos.

Pero ¿y si los muros fallaban y eran ellos los que se adentraban en su mundo?

¿Y si intentaban apoderarse de su magia?

¿Cómo podría luchar contra lo desconocido?

Se metió la caja bajo el brazo y giró sobre sus talones, estremeciéndose al fijarse en su reflejo. Su corona brillaba como si fuese una banda de luz fundida sobre su cabello trenzado, al igual que los botones plateados que bajaban por su pecho, o las gemas pulidas que rodeaban su cuello. Se quitó la corona y se deshizo las trenzas. El pelo suelto y ondulado le cayó sobre los ojos, ocultando la marca *antari* tras una mata de rizos castaño claro.

La capa gris de Holland estaba colgada de un gancho en la pared; la tomó y se la colocó sobre los hombros, temblando al sentir cómo su peso se asentaba como una caricia. Y entonces se arrodilló y trazó una «X» en el suelo.

El mismo Holland le había enseñado ese hechizo. La había guiado mientras lo practicaba por primera vez un día de verano, cuando ansiaba encontrar una manera de salir del palacio sin que nadie lo supiese. Él casi le había sonreído mientras la guiaba paso a paso, y ella intentó imaginarse a su rey, a su santo, como un chico de su edad, desplazándose por las calles de la ciudad, como si hubiese tomado un mapa, lo hubiese doblado y hubiese usado unas tijeras para cortarlo a su gusto.

Por lo que Kosika sabía, nadie se había fijado en el trozo de corteza que había arrancado de un árbol del patio, o en la marca que había hecho luego en el tronco, la misma que estaba trazando en ese momento, cuyas líneas se habían oscurecido levemente con su sangre. Hacía tiempo que la «X» se había secado hasta volverse de un tono marrón tenue y descolorido, pero seguía allí, y cuando Kosika presionó la palma de su mano sobre la marca que había hecho en el suelo de Holland y susurró el hechizo —*As Trascen*—, los aposentos del rey desaparecieron.

Cuando todo regresó a su sitio, ya no estaba arrodillada sobre el suelo de piedra, sino sobre la hierba, con una mano presionada contra la base del árbol. A la distancia se alzaba el palacio, con sus ventanas reluciendo con un brillo lechoso, como si fuesen ojos. Los terrenos estaban a oscuras, pero la noche estaba despejada y la luna se alzaba en el cielo casi llena, así que había iluminación suficiente para salir del paso.

Kosika presionó los dedos ensangrentados sobre la caja y pronunció el hechizo para abrirla.

Le dolía un poco la cabeza por haber usado tanta magia de golpe y pensó en el cerezo, un recordatorio más de que estaba extrayendo su magia de un pozo finito.

Levantó la tapa de la caja y la luz de la luna bañó las monedas que contenía en su interior. Tres reliquias para tres mundos. Una plateada. Una carmesí. Una negra. Kosika aguardó hasta que, por fin, sintió su presencia.

Era como un rayo de sol en medio de un día helado, tan repentino y agradable como esa dosis de calor.

—¿Dónde estabas? —le preguntó en un susurro mientras Holland salía de entre las sombras de los árboles, con el cabello blanco brillando bajo la luz de la luna.

—Estaba aquí. Siempre estoy aquí.

—No has estado conmigo desde que vimos la grieta.

Llegó a su lado y se quedó quieto junto a ella, como una sombra pálida.

—No quería que sintieses mi mano en tu espalda. —Bajó la mirada hacia sus manos—. Conozco tu mente. No te presionaré. —Tenía el ceño fruncido y la mirada lúgubre. Pero era como si estuviese resignado, como si hubiese sabido todo este tiempo que ese día terminaría llegando.

Kosika volvió a observar la caja abierta. Las monedas. Sus dedos se dirigieron hacia la carmesí pero, al rozarla, Holland volvió a hablar.

—Espera.

Se arrodilló, posando las manos sobre las suyas.

—Lo decía en serio lo de que siempre estoy contigo. Estoy atado a ti, Kosika. Voy donde tú vas. No puedo ir donde tú no estés. Pero hay algo que tienes que ver. —Kosika alzó la mirada y se encontró con esos ojos bicolores, uno verde y el otro negro, fijos en los suyos—. ¿Confías en mí?

—Pues claro —respondió, las palabras salieron de entre sus labios sin encontrar resistencia.

Las manos de Holland se deslizaron desde la moneda carmesí hasta el trozo de cristal negro.

—Entonces llévame aquí.

Kosika dudó. Solo había estado en el Londres Negro una vez, el año anterior, y no quería volver allí. El miedo a aquel lugar se le había pegado a la piel como telarañas. Pero Holland era su rey, su santo, y no podía negarle nada, así que sacó la reliquia y sintió su peso frío sobre la palma de la mano antes de cerrar los dedos alrededor del cristal.

—*As Travars.*

La oscuridad que la rodeaba se volvió sólida. El mundo se desmoronó.

Pero, en esa ocasión, no se precipitó.

No hubo miedo, ni ráfaga de viento, ni un cuerpo cayendo al vacío desde una torre que no existía. Y, sin embargo, le dio la sensación de que *aterrizaba*, el suelo bajo sus pies lanzó una columna de ceniza a su alrededor que después cayó de vuelta hacia la tierra sin ningún viento que se la llevase consigo.

Se puso de pie y echó un vistazo a su alrededor, atenazada por el repentino temor de que Holland no la hubiese seguido, de que estuviese sola de nuevo en ese mundo maldito. Pero cuando las cenizas volvieron a asentarse, ahí estaba él. A unos pasos de ella, dándole la espalda mientras observaba el paisaje baldío, y, a pesar de la quietud de ese lugar, la extraña brisa que siempre parecía acompañar a Holland también seguía ahí. Su capa pálida seguía ondeando, el cabello blanco seguía flotando sobre sus mejillas y, por algún extraño motivo, parecía incluso más un santo.

Hasta que suspiró.

El aliento le salió entrecortado, tan increíblemente humano, como si se estuviese armando de valor para enfrentarse a ese lugar, y Kosika recordó las historias que le había contado, de cómo lo habían arrojado allí, al borde de la muerte, y de cómo lo había salvado un demonio que le había prometido resucitar su mundo a cambio de su cuerpo, de su vida.

—Holland. —Su voz resonó como un grito en medio de una sala vacía.

Él se volvió a mirarla, dejando al descubierto la línea de su mandíbula, sus mejillas, su ojo negro. Kosika quería preguntarle por qué estaban allí, pero él se llevó un dedo a los labios, silenciándola. Cerró el ojo negro y ladeó la cabeza ligeramente, como si estuviese intentando escuchar algo.

Kosika se quedó en silencio y echó un vistazo a su alrededor. Estaban de pie en medio de lo que antaño debía haber sido la plaza del mercado, con las piedras apiladas a sus pies. Los edificios que se habían alzado a los lados habían tenido tejados picudos o pináculos, pero la mayoría se habían derrumbado y roto.

—Cuesta creerlo, ¿no crees? —susurró Holland—. Que hubo un tiempo en el que este lugar era la fuente de toda la magia.

Sí que era difícil de creer viéndolo en ese momento, tan frío y oscuro como una chimenea abandonada.

Pero Kosika sabía que era cierto, que había existido una época en la que la magia de todos los mundos había provenido de allí. Que había emanado y surcado los mundos como el calor, enfriándose cuanto más lejos de la fuente se estaba. Y entonces la envenenaron, y la magia llevó el veneno consigo también.

Captó un movimiento brusco, se volvió y vio a Holland alejándose, paso a paso, aunque sus pisadas no hacían ningún ruido y tampoco levantaban cenizas como sí que hacían las suyas.

Llegó al centro de la plaza y se arrodilló, presionando la palma de la mano sobre las piedras rotas, con los dedos extendidos como si estuviesen hechos de carne y sangre en vez de ser fantasmales. Tras un momento, movió los labios, su voz no era más que un susurro, aunque sí que lo escuchó.

—¿Lo notas?

Kosika se arrodilló a su lado y tocó el suelo imitándolo, esperando sentir un temblor, el miedo, el pinchazo de la magia prohibida. En cambio, solo notó la superficie de la piedra. Nada de magia y, por un momento, volvió a ser solo una niña, la misma que era antes de encontrar el cadáver de Holland en el Bosque Plateado, antes de que se despertase al día siguiente con todo el poder del mundo vibrando por su piel. Y eso tampoco estaba bien, ya que incluso antes de tener poderes había podido sentir la magia que recorría el mundo, como si fuese una fuerza en tensión, fuera de su alcance. Pero eso era diferente. Se parecía a cuando Kosika tenía nueve años y había caído en un hechizo de protección.

Como los que diseñaban para separar a una persona de su magia.

Había sido una de las primeras veces, aunque ciertamente no la última, que alguien había intentado acabar con la vida de la joven reina, y

Nasi había estado allí, con un puñal en la mano, lista para degollar a su asesino y liberarla de la trampa, pero en los minutos siguientes a que quedara atrapada y antes de que la salvasen, se había sentido abrumada por la extrañeza del hechizo.

La salvaguarda no le había hecho daño. Se había sentido así. *Ella* se había sentido así, como un recipiente vacío.

Algo vacío.

Holland volvía a estar de pie, acercándose a ella.

—¿Lo notas? —volvió a preguntar.

Kosika negó con la cabeza.

—No noto nada.

—Exacto —repuso su rey, suspirando; se le relajaron los hombros del alivio—. Cuando vi la grieta en nuestro mundo empecé a hacerme preguntas. No me atrevía a tener esperanza. Pero ahora lo sé.

—¿Saber el qué?

—Que se acabó. —Se plantó frente a ella. Sus ojos tenían un brillo vidrioso y su voz estaba llena de emoción—. El fuego de Osaron por fin se ha apagado.

Osaron.

El rey sombra. El pedazo de magia que se convirtió en dios y lo arruinó todo.

—¿Apagado? —Era cierto, sentía cómo ese lugar no tenía magia. Pero la firma de la ruina que Osaron había causado seguía visible. Kosika contuvo el aliento, no quería respirar las cenizas, mucho menos llevarse consigo restos de magia corrupta.

—¿Entiendes lo que significa esto? —dijo Holland, arrastrando los pies por el aire—. Podemos volver a encender el fuego. Podemos reiniciar la fuente.

Kosika trastabilló como si la hubiesen golpeado.

—La magia de este mundo está maldita. Si volvemos a encender el fuego, reavivaremos la plaga y…

—No —la cortó Holland, sacudiendo la cabeza—. Arrasa un bosque y la podredumbre se marcha con él. Antes de que este mundo se convirtiese en la fuente de la magia maldita era la fuente de *todo*. Todo el poder de los mundos empezó *aquí*. Puede volver a empezar. —Posó la mano sobre el hombro de Kosika—. Los muros se construyeron para proteger los otros mundos. Pero también eran un dique. Desde el momento en el que se alzaron el poder dejó de fluir entre ellos. Desde ese momento, la magia dejó de ser infinita. Cada mundo quedó librado a su suerte. Al principio nosotros éramos los que más magia teníamos, porque éramos los que más cerca estábamos de la fuente, pero le dimos un mal uso a nuestra magia, la fuimos consumiendo cada vez más, hasta que no nos quedó nada. Mi muerte fue un último aliento para las brasas calientes de nuestro mundo moribundo. Tu reinado también. Juntos hemos conseguido que nuestra llama no se apagase. Pero me temo que hemos alcanzado nuestro límite.

A Kosika se le revolvió el estómago cuando Holland les dio voz a sus temores.

—No nos queda suficiente poder —dijo.

—Lo sé —respondió Kosika en un susurro. Pero Holland no parecía derrotado. Ni mucho menos. Tenía un brillo distinto en la mirada, un poder en su voz.

—No te desesperes. Si volvemos a encender el fuego en este mundo, si reavivamos la fuente, nuestro mundo volverá a arder, con más fuerza que nunca. No tendrás que elegir qué árbol regar. Nuestra gente no tendrá que sangrar para contener el frío del invierno. Todo lo que sufrí. Todo lo que perdí… habrá valido la pena.

En ese momento Kosika vio al Holland que debía haber sido antaño, antes de que los Dane lo atasen a ellos. Vio al chico que soñaba con curar un mundo moribundo. Vio al rey que lo dio todo por ver la magia restaurada. Vio al santo que incluso tras su muerte no podía descansar, no podía dejar su tarea sin terminar.

—¿Y qué hay de los muros? —preguntó Kosika.

La mano de Holland abandonó su hombro.

—Deja que se desmoronen. O derriba uno y alza uno nuevo. Deja que los otros Londres se encarguen de sus brasas mientras nosotros disfrutamos del calor.

Y entonces el rey hizo algo que nunca había hecho.

Holland se arrodilló ante Kosika. Se inclinó, con gracia, con una rodilla descansando sobre los escombros.

—Mi reina —dijo—. Podemos lograrlo. Juntos.

Kosika lo deseaba. Y vio lo mucho que él también lo quería. Holland Vosijk había entregado tanto. Lo había entregado todo. Y no había sido suficiente. Pero podría serlo. Con su ayuda.

Kosika echó un vistazo al mundo que la rodeaba.

—¿Cómo se reaviva un fuego tan grande?

—Del mismo modo que en cualquier hogar —repuso—. Con las brasas suficientes y una chispa en el lugar adecuado.

Al decirlo, el rostro de Holland se iluminó con algo deslumbrante: *esperanza*. Si le hubiese pedido a Kosika en ese momento que se abriese las venas y que derramase cada gota de sangre que tenía sobre ese terreno baldío, lo habría hecho.

En cambio, se limitó a asentir y a decir aquello que haría arder el mundo.

—Enséñame cómo.

II

LONDRES ROJO

K ell recordaba todo.

Si alguien le preguntaba diría que no, que lo último que re-cordaba era haberse puesto la cadena dorada alrededor de la muñeca y haberle pedido a Lila que usase su magia para cerrar la puerta. Que después todo era oscuridad.

Pero sería mentira.

Por un maravilloso instante después de que la cadena se hubiese convertido en un brazalete no había sentido nada. La magia se había apagado como la llama de una vela al llegar al final de la mecha, y lo había dejado hueco, como un recipiente vacío, y había algo amable en ello.

Pero entonces se había desencadenado todo.

Había pensado que quizá, si la magia estaba en manos de otra per-sona, no podría hacerle daño, pero cuando Lila pronunció el hechizo, lo sintió, ese dolor demoledor, y a cada segundo en el que ella vertía sus poderes combinados, iba a peor, y Kell lo habría soltado si hubiese podido, pero no tenía el control.

El retroceso siempre había sido agónico, pero también había sido siempre breve, solo que, esa vez, no lo fue, porque nunca terminó. El dolor se fue acumulando hasta que no pudo respirar, no pudo hablar, y para cuando la puerta por fin se cerró y el hechizo estaba terminado, para cuando el brazalete lo liberó, estaba atrapado en ese dolor. En su interior.

El mundo exterior desapareció y él seguía allí, gritando.

Y entonces, llegó a su fin.

El dolor paró y supo que la muerte estaba llamando a su puerta, y era una sensación maravillosa. Sintió cómo los brazos de su hermano lo acunaban, y escuchó la voz de Lila, como si estuviese flotando mar adentro.

Entonces Kell abrió los ojos.

Y vio un conejo.

Miros saltó a los pies de su cama. Una carita apareció sobre las mantas justo a su lado, con unos rizos oscuros y unos ojos dorados mirándolo fijamente.

—Ren —dijo Rhy, cruzando la habitación—. ¿Qué te he dicho de molestar a tu tío?

—Pero está despierto.

Rhy se giró como un resorte y vio a Kell, y cientos de emociones le surcaron el rostro antes de alzar a la princesa en brazos.

—Ve a buscar a Alucard —le pidió, depositando un beso en su cabellera—. Dile que te he dicho que te puede leer *tres* cuentos.

Dejó a Ren en el suelo y ella se alejó corriendo, con el conejo saltando tras ella.

—Eso nos dará algo de tiempo —dijo, viéndola marchar.

—¿Qué ha pasado? —preguntó Kell. Sentía la garganta en carne viva, como si hubiese estado gritando.

—¿Qué recuerdas?

—Nada —respondió Kell, pero por la forma en la que su hermano lo miraba dedujo que ambos sabían que estaba mintiendo.

—¿Cómo te sientes? —le preguntó Rhy.

Kell se incorporó. Tenía los músculos agarrotados, pero no le dolía nada.

—¿Qué has hecho?

—Yo no he hecho nada. Tes ha hecho todo el trabajo.

Kell levantó la cabeza como un resorte.

—No.

Rhy alzó las manos.

—Los dos estamos vivos. Así que algo es algo.

—No deberías haberte arriesgado.

—No teníamos elección —repuso Rhy sombríamente—. Era eso o mantenerte drogado para siempre. No es que no me gustase estar drogado, pero tengo un país que gobernar.

Las manos de Kell aferraron las sábanas con fuerza.

—Rhy…

—No me des las gracias todavía —lo cortó, alzando una vela que había sobre la mesilla—. No sabemos si ha funcionado.

Sostuvo la vela apagada en alto.

Kell la observó, pero no hizo nada, y por un momento horrible los años desaparecieron y volvía a estar de pie ante la caseta helada en la feria sin luz, aterrado de poner a prueba sus poderes solo para descubrir que seguía roto. Volvía a estar en su estrecho camarote del *Barron*, desgarrándose, convencido de que si lo intentaba con el suficiente ahínco podría superar el dolor. Volvía a estar luchando junto a Lila, con las espadas en la mano, seguro de que no tendría que echar mano de su magia arruinada, convenciéndose de que no estaba ahí. Volvía a estar justo en ese momento, sentado en la cama del rey, muerto de miedo por no saber lo que pasaría si invocaba a su magia y esta no respondía. Temiendo el dolor que sentiría si lo hacía.

Pero Rhy había puesto en peligro su propia vida por esto. Por tener una oportunidad de restaurar su magia.

Kell sabía que tenía que intentarlo.

Estiró la mano y la ahuecó alrededor de la mecha apagada. E invocó al calor para que la prendiese.

La vela chisporroteó.

No lo hizo *sin esfuerzo*, como solía hacerlo cuando era joven. Se topó con una resistencia, como si estuviese moviendo el brazo por el agua en vez de por el aire. Pero funcionó. El fuego floreció bajo sus dedos y después por todas partes, encendiendo todas las velas de la habitación a la vez, bañando la sala con su luz parpadeante. Rhy contuvo el aliento pero Kell estaba centrado en la vela que tenían entre ellos, en la frágil llama que le calentaba la palma. Observó el fuego hasta que, finalmente, sintió el dolor, pero no era una ola que le arrastrase consigo, sino el dolor de la llama quemándole la palma.

Kell oyó a Rhy sisear y apartó la mano, sacudiendo su propia quemadura. Bajó la vista hacia la mano, tenía la piel enrojecida por el calor, y sonrió.

Las lágrimas le corrieron por las mejillas.

Era el dolor más agradable que había sentido jamás.

Durante cinco años Lila había explorado casi todo el *soner rast*, desde los cinco salones de baile hasta los pasillos secretos que conectaban los aposentos reales, pasando por los baños subterráneos y los campos de entrenamiento o el patio. Pero había un lugar que siempre hacía todo lo posible por evitar.

La reina estaba sentada ante una mesa en el centro de su taller, dándole la espalda a Lila y con la cabeza inclinada sobre un cuaderno y, aun así, cuando Lila se deslizó en el taller, tan silenciosa como una ladrona, entre las encimeras llenas de montones de papeles y hechizos a medias, Nadiya Loreni carraspeó.

—Delilah Bard —la saludó sin alzar la mirada—. ¿Qué te trae a mis aposentos?

—Bueno —repuso Lila, pasando la mano sobre media docena de tarros—. No paras de invitarme a que te haga una visita. He pensado que ya era hora de aceptar tu oferta.

La reina dejó lo que estaba haciendo y se levantó, volviéndose para mirarla.

—¿De verdad? —Su tono de voz bailaba entre la desconfianza y la curiosidad.

Lila se encogió de hombros, acercándose a ella. Al hacerlo, se metió la mano en el bolsillo del abrigo.

—He oído que lo que hizo Tes con Kell ha sido un éxito —dijo la reina—. Me gustaría haber estado presente para ver el proceso con mis propios ojos.

Los dedos de Lila se cerraron alrededor del metal que llenaba su bolsillo.

—Sí, bueno —repuso, sacando las dos cadenas doradas—, parece que la chica y yo tenemos algo en común.

La mirada de Nadiya se posó sobre el reluciente metal.

—¿Y qué es?

—No nos caes muy bien —contestó Lila, pasando las cadenas de una mano a otra—. Y confiamos en ti aún menos.

Sostuvo las cadenas doradas en alto pero, cuando Nadiya intentó quitárselas, la mano de Lila se cerró en un extremo y el metal empezó a brillar antes de derretirse, las gotas deslizándose entre sus dedos.

—*No* —gritó la reina, lanzándose hacia ella, aunque era demasiado tarde y, en vez de apartarse de su camino, Lila se acercó un paso más a ella, rodeándole el cuello con la mano libre.

La reina se puso tensa bajo su agarre, quiso apartarse, liberarse, pero Lila se hizo con el control de los huesos de Nadiya y la obligó a quedarse quieta.

—¿Qué se siente? —gruñó—. ¿Al estar indefensa? ¿Al estar atada? ¿A merced de otra persona?

—Lo siento —jadeó Nadiya.

—¿Que lo sientes?

—Alucard me lo contó —gimió la reina, luchando por respirar—. Lo de Berras. Lo que hizo.

—Alguien *le dio* estas cadenas a Berras Emery. —Lila agarró el cuello de la reina con más fuerza—. ¿Fuiste tú?

Entonces, algo cruzó la mirada de Nadiya. No era culpa, sino una ira descontrolada.

—Yo *jamás* haría algo así. —Lila frunció el ceño pero no la soltó. El rostro de Nadiya se enrojeció. Su pulso se aceleró bajo la mano de Lila. Un corazón, al igual que una vela, era muy fácil de apagar.

La reina le sostuvo la mirada.

—¿Tantas ganas tienes de hacerle el trabajo sucio a la Mano? —jadeó.

Lila suspiró y lanzó a la reina a un lado. Esta cayó sobre la mesa y se aferró al borde. Se llevó una mano al cuello. Le temblaban los dedos.

—Puede que tú y yo no estemos de acuerdo en todo —espetó Nadiya—, pero no soy tu enemiga. Me robaron esas cadenas.

—¿Quién?

—No lo sé.

—Mentira —siseó Lila—. En este lugar no pasa nada sin que tú lo sepas.

Nadiya frunció el ceño.

—Alguien traicionó mi confianza. Créeme —le pidió—, yo también quiero averiguar quién fue.

—Ese es el problema, majestad —escupió Lila, una brisa empezó a cobrar fuerza a su alrededor al hablar, barriendo todos los papeles que había sobre las mesas y vaciando los estantes—. No te creo. No confío en ti. Y la próxima vez que *pienses* siquiera en crear algo parecido a esas cadenas, te convertiré en piedra y usaré tu estatua sin vida como mi diana personal.

Dicho eso, Lila se giró y salió del taller; el viento cesó junto con su marcha al mismo tiempo que los papeles y trozos hechizados que habían estado flotando por el aire se convertían en cenizas alrededor de la reina.

Alucard bajó las escaleras hacia los calabozos a regañadientes, una a una, preparándose mentalmente para lo que tendría que enfrentarse al llegar abajo.

De las cuatro celdas que componían la prisión real, tres volvían a estar vacías. Y allí, en la última, donde Tes había estado brevemente, estaba Berras, sentado en el suelo, con la espalda apoyada contra el muro y el rostro oculto por las sombras. Tenía una mano vendada a la que le faltaban los dedos. La tela se había teñido de rojo, y también había una parte en el muro ensangrentada, como si hubiese estado golpeando el mismo sitio una y otra vez, preguntándose qué se rompería primero.

No había soldados vigilando la celda. Alucard les había pedido que se marchasen. Su hermano ya había envenenado suficientes mentes contra el palacio. No le daría la oportunidad de que añadiese ninguna más a la lista.

Lo primero que había hecho Alucard la noche anterior, justo después de salir de la finca de los Emery, fue ordenar que la derribasen. Se había acercado hasta allí esa misma mañana para asegurarse de que lo hubieran hecho. Se había quedado de pie en medio de un terreno baldío donde antes había estado su casa y lo había inundado una paz abrumadora. Por fin se había quitado esa carga. Había soltado ese lastre.

Al mirar en ese momento a su hermano no sentía tal alivio, pero sí la misma determinación sombría. Alucard se alisó el abrigo y cruzó la prisión hasta la celda. Había elegido vestirse de rojo y dorado ese día. Ni rastro del azul de la casa Emery. Llevaba el pelo recogido con una horquilla con un cáliz y un sol tallados y, al verlo, Berras se mofó.

—Pensé que te gustaría —repuso Alucard— que vistiese estos colores en vez de los tuyos.

—No importa lo que vistas —escupió Berras, poniéndose en pie—; eso no cambiará lo que eres, hermanito.

—¿Y qué se supone que soy? —preguntó Alucard con indiferencia.

Su hermano se acercó a los barrotes.

—Una deshonra.

Alucard sonrió.

—Una vez esas palabras me habrían hecho tanto daño como un puñal afilado. Ahora las veo por lo que son. Los últimos golpes de un hombre que ha perdido la batalla. ¿Qué diría padre si te viese ahora? Su hijo mayor, arrestado por traición. ¿Estaría orgulloso de que hubieses intentado derrocar el imperio? ¿O simplemente estaría decepcionado porque has *fracasado*?

Berras agarró con fuerza los barrotes con la mano buena, apretándolos hasta que sus nudillos pasaron del rosa al blanco.

—¿Qué crees que pasará con tus seguidores —musitó Alucard—, ahora que ya no estás? Corta la cabeza y el cuerpo terminará por marchitarse.

Berras esbozó una sonrisa perversa.

—Pero yo no soy la cabeza —respondió—. Soy una mano. —Se le oscurecieron los ojos—. ¿Sabes por qué nos hacemos llamar la Mano?

—¿Porque os aferráis al poder de los demás? —se aventuró Alucard.

La sonrisa de Berras se ensanchó. Era fría, odiosa y burlona.

—Porque aunque pierdas una —dijo, soltando los barrotes—, todavía te queda otra.

Alucard no estaba seguro de si aquello era un farol o la verdad, pero le revolvió el estómago. Pero no quería darle a Berras la satisfacción de ver que lo había afectado.

—¿Entonces tú no eras el líder? —le preguntó—. ¿Solo un peón? ¿Una pieza en el tablero de gente más inteligente que tú? ¿Un arma roma que usar y tirar? Si eso es cierto, ¿por qué?

—Ya te lo he dicho.

—Cierto. Para hacerte con el trono. Para enseñarme lo que significa ser un Emery de verdad. Pero lo que pasa, Berras, es que no te creo. Creo que lo hiciste porque eres débil, y mezquino, y no puedes soportar vivir en un mundo donde yo sea más fuerte que tú.

La sonrisa de su hermano se transformó en una mueca salvaje y sin gracia.

—Entra en esta celda y enfréntate a mí. Veamos lo fuerte que eres solo con tus puños.

—Tentador, pero paso. —Se dio la vuelta y se dirigió a las escaleras.

—¿Cómo te atreves a darme la espalda, hermanito?

Alucard se detuvo.

—Oh, volveré —repuso—. No es como si fueras a irte a ninguna parte. Pero me reclaman. Mi marido me está esperando. Y mi hija también. —Alzó la mirada al techo, como si pudiese ver a través de él—. Es la hora de cenar, ¿sabes? Y quiero ver qué animal ha intentado esconder Ren debajo de la mesa esta noche. Últimamente le gustan mucho los conejos, aunque en realidad no existe ningún ser vivo al que no adore. En eso se parece a Anisa. —Tragó con fuerza, el nombre de su hermana le arañó la garganta—. Antes de irse a dormir tendrá que darse un baño, lo que siempre se convierte en una aventura, y Rhy y yo le leeremos un cuento, y la reina encenderá una lamparita en cada esquina de su dormitorio para mostrarle que las sombras no son más que la ausencia de luz. ¿Entiendes ahora por qué tengo que irme? Hay mucho amor ahí arriba.

Volvió a mirar a su hermano.

—A veces me pregunto si tendrías tanto odio en tu interior si hubiésemos vivido en una casa más amable. —Se encogió de hombros—. Supongo que eso ya no importa.

Berras le lanzó una mirada furiosa entre los barrotes. La ira le salía por los poros. Hubo un tiempo en el que eso lo habría afectado. En el que esa rabia habría terminado por hacerse también con él y lo habría terminado ahogando. En ese momento se limitó a dar un paso atrás, alejándose de ella.

—Alucard —gruñó Berras cuando se dio la vuelta y se marchó.

»¡Alucard! —La voz de su hermano rasgaba el aire, pero no lograba ni siquiera rozarlo mientras subía por las escaleras, dejando atrás el calabozo y la oscuridad, mientras subía, subía, subía hacia la luz.

III

EN ALGÚN LUGAR DEL MAR

E l *Barron Gris* surcaba las olas.

Su capitana estaba de pie en la proa, con el abrigo negro ondeando como una bandera pirata y sus ojos —uno marrón y el otro negro— fijos en el horizonte.

De vez en cuando los dedos de Lila se deslizaban sobre el anillo que llevaba en la mano derecha, pasando el pulgar distraída sobre el barco tallado en la superficie negra. El propietario de su gemelo estaba en Londres, pero sabía que si lo llamaba, Kell vendría. Y, por primera vez en siete años, cruzaría la distancia que los separaba, sin importar lo amplia que fuese, y no le costaría nada más que derramar una gota de sangre y susurrar un hechizo.

La noche antes de que se marchase se habían quedado tumbados en la cama y Lila le había pasado la mano por la frente y por las mejillas, intentando suavizar todas y cada una de las marcas que el dolor había esculpido tanto dentro como fuera de Kell Maresh, hasta que él le había agarrado la muñeca y la había inmovilizado contra la cama, y entonces *Kay* la observaba con una mirada traviesa, convenciéndola de que no era necesario borrar todos los cambios.

En ese momento Lila golpeaba con los dedos la borda del barco. Las olas sacudían el casco, rociando una niebla fría que parecía enroscarse a su alrededor al tiempo que ella oteaba la franja donde el mar se unía con el cielo, en busca del *Ferase Stras*.

Después de todo, tenía un paquete que entregar.

En la popa, Tes estaba apoyada con los brazos cruzados sobre la barandilla de madera y observaba cómo el mar se ondulaba al paso del *Barron*. Había cosido un bolsillo por fuera de su abrigo y Vares se asomaba desde la solapa, su pequeña cabeza balanceándose y clavándole las alas sobre el corazón. A veces, cuando la brisa arreciaba, el pájaro muerto mordía los botones con el pico y agitaba las alas, como si estuviese volando.

Tes ya echaba de menos Londres. Echaba de menos su tienda en el *shal*, y los *dumplings* del puesto de Heras Vas, y a Nero, de quien no había podido ni despedirse. Habían pasado dos días desde que el brillo carmesí del Isle había desaparecido de debajo del barco, reemplazado por los hilos de luz comunes. Más de un día desde que había visto tierra firme por última vez. Pero no cualquier parte de tierra firme, Hanas. Había reconocido la ciudad por sus acantilados, esos que había escalado cuando era joven, alzándose en el horizonte como unos dientes afilados.

Se había imaginado a su padre observando los objetos poco comunes en su tienda.

Se había imaginado a Serival de pie en los muelles, con el viento revolviéndole las trenzas y una mano alzada para protegerse los ojos al escrutar el mar en busca de algo de valor. En busca de Tesali.

«¿Dónde estás, conejita?».

Había contenido el aliento al tiempo que el barco se alejaba, viendo cómo los acantilados se volvían cada vez más pequeños hasta que desaparecieron por completo.

La primera noche que pasó en el *Barron*, cuando el vaivén del mar la había mecido hasta quedarse dormida, Tes había soñado con otra vida. Una en la que le hubiese pedido a Elrick quedarse en su barco y los dos se hubiesen alejado de Londres navegando el mismo día que atracaron. Una en la que hubiese pasado los tres últimos años yendo de puerto en puerto, arreglando cualquier baratija que se encontrasen y no le hubiese pasado nada malo.

Por eso mismo, incluso antes de despertar, supo que estaba soñando.

El barco empezó a perder velocidad, el viento abandonó las velas y Vares se removió en su abrigo, agitando las alas de hueso.

—Todo saldrá bien —le dijo Tes al búho muerto apartándose de la barandilla y yendo hacia la proa del *Barron*. En el breve periodo de tiempo que había pasado a bordo había reparado el hechizo del reloj de Stross, añadido un compartimento oculto al baúl de Vasry y ajustado la tetera de Raya para que siempre tuviese agua caliente. Se había mantenido ocupada y había intentado olvidarse de que no estaba allí por elección propia. Que, de hecho, estaba a bordo como prisionera de Lila Bard.

Y, en ese instante, su futura celda apareció en el horizonte.

El *Ferase Stras* surgió de la nada, parecía más un amasijo de distintas partes de barcos que un navío en mar abierto, como si hubiesen desguazado varias embarcaciones más pequeñas y las hubiesen unido después para formar aquel extraño tapiz de madera, tela y hechizos.

Tes había oído historias acerca del mercado flotante.

Algunos decían que el *Ferase Stras* era el mayor mercado negro del mundo, y otros sostenían que ni siquiera era un mercado, sino una cámara acorazada que albergaba la magia más codiciada y prohibida de todas. Había oído que, incluso si te invitaban a subir a bordo, había salas en las que nunca podrías entrar, objetos que no estaban a la venta para nadie. Había oído que su capitana tenía cien, trescientos, quinientos años, y que no aceptaba dinero como pago, sino solo años de vida. Había oído que el mercado flotante era un mito, o que era muy real, pero que era imposible encontrarlo sin el mapa adecuado.

También había oído que no se podía robar en el *Ferase Stras*, aunque estaba claro que eso era mentira ya que, según Lila Bard, la *persalis* había estado allí guardada, a salvo hasta que la robaron.

Aun así, a medida que se acercaban al barco y los hilos de magia brillaban con fuerza en su visión, Tes se preguntó qué más sobre el *Ferase Stras* sería falso. Y qué sería verdad.

Estaba a punto de descubrirlo.

El *Barron Gris* se detuvo junto al mercado, acercándose hasta que solo quedó una rendija entre la barandilla de uno y la entrada cubierta del otro, un umbral en el que solo había una puerta de madera. Lila saltó alegremente sobre el hueco y le indicó a Tes que la siguiera.

Vares chasqueó el pico. A Tes le latía el corazón acelerado. Luchó contra el impulso de retroceder. Le habían dicho que no podía quedarse en Londres. Que no era seguro. Al menos, no hasta que hubiesen acabado con la Mano por completo. Era demasiado peligroso, decían, pero Tes tenía el presentimiento de que se referían a ella. *Ella* era demasiado peligrosa. Su poder no era solo un don o una maldición, era un arma, una que podría lograr algo inconcebible si caía en las manos equivocadas.

El rey le había dicho que allí estaría a salvo.

Tes intentó creerle.

Lila Bard carraspeó y le dirigió una mirada que dejaba claro que ese día se subiría al *Ferase Stras* de un modo o de otro. Los hilos plateados se agitaban a su alrededor y Tes sintió cómo una mano invisible se posaba en su espalda, incitándola a moverse. Tragó con fuerza y entró en el umbral.

Lila llamó a la puerta y, unos minutos más tarde, esta se abrió; tras ella había un hombre alto y apuesto, de hombros anchos y tez oscura, vestido completamente de blanco. Su magia era un zarcillo de luz ámbar rodeándole los hombros.

—¿Ya estás de vuelta? —le preguntó a Lila.

—¿Qué puedo decir, Katros? Se me da bien mi trabajo.

Él enarcó las cejas.

—¿Así que tienes la *persalis*?

—Bueno, no tan bien. —Lila agarró a Tes por los hombros—. Pero no vengo con las manos vacías.

Él pasó la mirada de la *antari* a Tes y viceversa.

—Bueno —repuso—, esto será interesante.

Las condujo a través de la puerta, hacia un camarote que resultó ser una oficina, que se balanceaba sobre la delgada línea de lo lleno y lo desordenado. Los ojos de Tes lo abarcaron todo: los armarios colmados de objetos que podrían haber pasado por baratijas si no se hubiese fijado en los complejos hechizos que se entretejían en su interior.

Un enorme escritorio en medio de la sala, tras el cual había una silla de cuero desgastada y una inmensa esfera negra en un soporte dorado, con sus hilos adquiriendo un tono inquietante. A Tes le temblaban los dedos por tocarlos y se estaba acercando a examinarlos cuando Lila la agarró del brazo.

—Por aquí —dijo Katros, conduciéndolas fuera del camarote y bajando un tramo de escaleras, hacia el laberinto que era el mercado flotante. A Tes le recordaba a la tienda de su padre, por la forma en la que siempre había algo nuevo que ver y siempre existía la promesa de encontrarse algo más a la vuelta de la esquina o al final del pasillo. La mano de Lila seguía agarrando firmemente la manga de Tes al guiarla entre las cortinas, escaleras y puertas, hasta que llegaron a la cubierta principal, donde otro hombre, más joven y delgado, pero con un rostro lo bastante parecido al primero como para saber que eran parientes, estaba de pie ante una mesa, entintando un mapa con un pincel minúsculo y con las mangas enrolladas para que no le estorbasen.

Y allí, sentada en una silla al sol, con un montón gris en el suelo de madera a su lado, estaba Maris Patrol. La capitana del mercado flotante.

Estaba leyendo un libro y, al principio, no levantó la vista.

Tenía la piel oscura y muy arrugada, su cabello plateado destacaba sobre lo demás, pero lo que más le sorprendió a Tes fue que el aire a su alrededor estaba vacío. No había hilos, ni brillantes ni apagados, ni líneas de luz bailando a su alrededor. Parecía que la capitana del *Ferase Stras*, hogar de tanto poder, no tenía magia.

Parecía vieja, muy vieja, pero no frágil, y, al hablar, su voz sonaba como una campana.

—Hay tan pocos días apacibles cuando una está en el mar —dijo, cerrando el libro—, que aprendes a disfrutarlos cuando llegan.

Maris se levantó y, al hacerlo, el montón gris que había sobre la cubierta se movió y se convirtió en un perro grande y viejo. Maris miró fijamente a Tes y, a pesar de que sabía que la mujer no tenía magia, no podía quitarse de encima la sensación de que la estaban leyendo. Su mirada nunca abandonó a Tes pero, al hablar, se dirigió a la *antari*.

—Eso no es una *persalis*, Delilah Bard. Eso, si tuviese que adivinar lo que es, diría que es una adolescente.

—No —admitió Lila—. Por desgracia la *persalis* fue destruida. Pero creo que descubrirás que Tes es… algo mucho mejor.

—¿De veras? —preguntó la anciana.

Lila se inclinó hacia ella y le susurró a la capitana algo al oído. Sus ojos se abrieron como platos.

—Ya veo. —Ahí estaba de nuevo, el hambre surcando su mirada al darse cuenta de que acababa de conseguir hacerse con algo poco común—. Puede que tengamos un hueco para ella.

—No soy un premio que puedas meter en tu cámara acorazada —escupió Tes.

Maris le dedicó una mirada inquisitiva.

—¿Y qué eres entonces?

Tes se enderezó.

—Soy reparadora.

Maris enarcó una ceja.

—Quiero decir, arreglo cosas —explicó Tes—. Las mejoro. Y se me da bien. Y sí, puedo ver la magia. Y sí, puedo transformarla. Y sí, sé que es un don poco común y valioso, pero eso no me convierte en un objeto, soy una persona. No soy un objeto mágico que puedas esconder o sacar cuando quieras, y no voy a dejar que nadie me meta en una jaula o que me entierren en las entrañas de un barco.

El discurso le salió a borbotones y la dejó sin aliento.

Maris se cruzó de brazos.

—¿Has terminado?

Tes tragó con fuerza y asintió. Maris sonrió.

—Bien. Ahora, esto es lo que sé. Hay mucha magia en este barco. Tanta que a veces no puedo llevar la cuenta. Hay objetos que llevan a bordo de este barco mucho más tiempo que yo, sí, es cierto, y otros que nunca he sabido para qué sirven. Ahora, parece que tienes un talento, uno que podría hacer que fueses útil, si es lo que quieres. Y si te quedas, como mi aprendiz, podrás usar tu don con libertad, sin que nadie te utilice, y puede que incluso aprendas un par de cosas por el camino.

»Sin embargo —añadió Maris, acercándose a ella—, nunca he retenido a nadie en este barco en contra de su voluntad y no voy a empezar ahora. Así que si no quieres quedarte, entonces, por favor, regresa al *Barron*, y vuelve a ser problema de Lila. Tú eliges.

La *antari* frunció el ceño al oír eso y parecía estar a punto de replicar pero Maris la fulminó con la mirada y, por primera vez, Lila se mordió la lengua mientras Tes seguía de pie en la cubierta y echaba un vistazo al mercado flotante, la luz se colaba por las cortinas y puertas, y todo el lugar parecía estar lleno de magia.

Y entonces tomó una decisión.

Tes observó cómo el *Barron* se alejaba del *Ferase Stras* y giraba, marcando un rumbo que ella no podría seguir. Una mano se posó en su hombro, llena de dedos viejos pero fuertes. Tes alzó la mirada hacia Maris.

—He oído que se suponía que tu barco era impenetrable —le dijo.

—Así es.

—Entonces, ¿cómo pudieron robarte?

Maris le dedicó una pequeña sonrisa.

—Parece que me vendría bien mejorar mis salvaguardas.

A Tes le temblaban los dedos, ansiosos por aceptar el desafío. Sus ojos ya estaban recorriendo los hilos de luz que se extendían por el barco, y su mente iba un paso por delante, pensando en todas las formas en las que podría mejorarlos.

—Yo puedo ayudar con eso.

—Excelente —repuso Maris—. Solo dime lo que necesitas.

Tes echó un vistazo al mercado flotante, con todos sus pisos, habitaciones y secretos.

—¿Tienes té?

IV

El palacio se alzaba sobre el Isle, el agua carmesí golpeaba los pilares de piedra que lo sostenían. Pero desde las profundidades de la prisión no se oía el agua, ni tampoco se filtraba su brillo. Solo se oía el eco sordo de unos pasos por segunda vez ese día.

Parecían estar bajando por las escaleras, advirtiendo al hombre encerrado de que alguien se acercaba.

Berras ya estaba de pie cuando llegó su visita. Observó sus ojos marrones claros y su pico de viuda, el largo cabello negro que caía como una cortina a su espalda sobre su túnica blanca y, por primera vez en días, sonrió.

—Ezril.

La *Aven Essen* estaba al otro lado de los barrotes, sus vestiduras sacerdotales destacaban como la luna contra las paredes de piedra. Estaba acostumbrado a verla con ropa común, con el rostro oculto tras su máscara blanca, pero su voz siempre reflejaba lo que sentía, incluso con la cara tapada. En ese momento su enfado era evidente.

—Berras Emery —dijo, soltando un largo suspiro—. Menudo lío has armado.

Él frunció el ceño.

—Se puede arreglar.

Ezril ladeó la cabeza.

—¿Ah, sí? —musitó con aire despreocupado—. Yo creo que no. Tu plan era precipitado. Y fuiste demasiado impaciente. Te lo advertí,

¿no? El cambio puede parecer repentino cuando llega, Berras Emery. Como un árbol partido en dos por un rayo. Una inundación haciendo que se desborde el río. Pero es fácil olvidar que primero tiene que haber una tormenta.

Berras agarró los barrotes con fuerza.

—¿Es que siempre tienes que hablar con acertijos como los sacerdotes?

—*Soy* una sacerdotisa —recalcó—, y no son acertijos, aunque tú no logres entenderlos. —Se metió las manos en las mangas de la túnica—. La naturaleza nos ofrece una analogía para cualquier problema al que nos enfrentemos. Una respuesta a cada pregunta.

—No necesito respuestas —murmuró—. Necesito que abras esta celda para que pueda terminar lo que empecé.

—Lo que empezaste... —repitió, mirando hacia arriba, aunque no al techo de la prisión, sino al palacio que se alzaba encima—. Has trabajado tan duro para traspasar estas paredes y, aquí estás. Tan lejos y a la vez tan cerca.

Berras hizo una mueca pero se quedó en silencio.

—Pero estás solo —continuó Ezril—. Sin *persalis*, sin magia robada, sin nadie dispuesto a ser tus *manos*. —Bajó la mirada hacia su puño vendado—. Solo tú.

—Si me ayudas...

Ella siguió hablando, como si él no hubiese dicho nada.

—Sí, podrías matar a uno de ellos antes de que te atrapasen. Pero si eso sucede ambos sabemos a quién elegirías.

Berras abrió la boca para replicar pero ella lo interrumpió.

—No me mientas —le advirtió—. Sé que ambos tenemos nuestros motivos, pero me prometiste cuando nos conocimos que no hacías esto por venganza.

—No lo hago.

Ezril chasqueó la lengua.

—El problema con el veneno, Berras, es que si no tienes cuidado, te envenena a ti también. —Negó con la cabeza—. No, tuviste tu oportunidad, y fracasaste. —Descruzó los brazos y estiró la mano hacia los barrotes, deslizando los dedos sobre ellos—. Obviamente, esto requiere un toque más delicado.

Berras se abalanzó sobre ella a través de los barrotes, pero antes de poder alcanzarla ella ya se había alejado. Ezril se rio, la sonrisa tironeando de las comisuras de sus labios. Como si, para ella, eso no fuese más que un juego.

—Bien —gruñó Berras—. Lo haremos a tu modo. *Sel Fera Noche.* Pero sácame de aquí.

Ezril había dejado de escucharlo. El anillo que llevaba en la mano, tallado en mármol blanco, había empezado a brillar, desprendiendo un calor agradable.

—Tengo que irme —dijo—. Al parecer el rey me reclama.

Se volvió hacia las escaleras.

—Ezril —la llamó Berras—. Se lo contaré. Si me dejas en esta celda sc lo contaré *todo*.

La sacerdotisa se quedó quieta y suspiró.

—Bueno —repuso—, en ese caso…

Se volvió hacia la celda, con una mano alzada, no hacia Berras, sino hacia la pared de piedra a su espalda. La gente solía olvidar que los sacerdotes tenían magia. Asumían que porque mantuviesen el equilibrio del mundo sus poderes eran débiles. Que no podían derribar un árbol con la misma facilidad con la que lo hacían crecer.

Pero cuando Ezril cerró la mano en un puño, el muro de piedra se rompió, formando pedazos afilados que cantaron al surcar el aire, transformando su canción al deslizarse a través del cuello de Berras Emery y cortando la piel como si fuese un trozo de fruta de verano. Él se llevó la mano buena a la herida y abrió la boca como si fuese a decir algo, pero la hoja de piedra había cortado lo bastante profundo como para silenciarlo y matar.

Berras Emery se tambaleó y cayó de rodillas sobre el suelo de la celda, la vida se le escapaba entre los dedos, encharcándose a sus pies. A Ezril siempre le sorprendía la cantidad de sangre que podía contener un cuerpo. Berras se desplomó sobre el suelo de lado, con sus ojos oscuros como una tormenta nublándose, y ella se fijó en el charco de sangre que se extendía a su alrededor como si fuesen dedos, yendo en su dirección. Ezril dio un paso atrás, con cuidado de mantener su túnica blanca lejos de la creciente mancha carmesí.

La calidez del anillo había ido aumentando en su mano, un recordatorio de que la habían llamado, de que necesitaban sus servicios. Así pues, la *Aven Essen* le dio la espalda al hombre muerto que había en la celda y subió al encuentro del rey.

FIN DEL PRIMER LIBRO

Agradecimientos

La gente suele preguntarme cómo me sentí al escribir este libro y la verdad es que fue como volver a casa.

En *Un conjuro de luz,* cuando Lila hace el trato con Maris para intercambiar el ojo negro por un favor, vi una oportunidad de volver a abrir la puerta a este mundo, de volver a entrar. Lo único que tenía que hacer era dejarles un hueco a las otras historias que todavía quería contar.

No parece tan difícil eso de esperar, pero creedme, lo es. Es mucho más complicado de lo que parece.

Solemos decir que se necesita un pueblo (aunque algunos días parece que se necesita más una ciudad), y en el caso de *Los frágiles hilos del poder* no se trataba simplemente de repartir el trabajo ente tantas manos, no se trataba solo de garantizar el éxito de este libro cuando finalmente llegase a las librerías.

La verdad es que contar una historia *nueva* dentro de este mundo significa, en primer lugar, mantener el mundo con vida, ayudándolo a prosperar entre lo que sucede en *Los colores de la magia* y *Los hilos del poder,* preservar la demanda y garantizar el apoyo durante los años intermedios.

Es un acto de generosidad y de cariño, el guardarle ese hueco, y estas son las personas que se han asegurado de que *Los colores de la magia* brillase con fuerza todos estos años, que han pavimentado el camino para *Los hilos del poder* y que han hecho que este viaje fuese posible:

Mi agente, Holly Root. Mi editora, Miriam Weinberg. Mi representante, Kristin Dwyer. Vosotras tres sois los hilos que me han mantenido unida, con vuestra fe inquebrantable y vuestro constante apoyo. No podría haber pedido un equipo mejor, formado por unas amigas y personas increíbles.

Mis padres, Kent y Linda Schwab. Me habéis aguantado, e incluso cuando llevaba seiscientas páginas escritas de ese primer borrador y estaba tan llena de dudas y de un miedo que no era capaz de contener, vosotros os habéis acercado y me habéis preguntado constantemente «¿cómo estás?».

Mi hermana mayor, Jenna Maurice. Eres parte de mi familia de todas las formas que cuentan excepto por consanguineidad, una acompañante para las firmas estelar, una fotógrafa genial y, sobre todo, una amiga aún mejor. Gracias por siempre buscar un modo para ayudarme a que me cuide un poco mejor.

Mi familia escogida, Cat y Caro Clarke. Sois mis animadoras, compañeras, cómplices y unas personas maravillosas. Alimentáis mi corazón.

Mis amigos Jordan Bartlett, Zoraida Córdova, Dhonielle Clayton, Sarah Maria Griffin, Laura Stevens. Por haberos asegurado siempre de que no me sintiera sola en este viaje largo y tortuoso.

Mi equipo tan increíble en Tor: Devi Pillai, Eileen Lawrence, Lucille Rettino, Sarah Reidy, Giselle Gonzales, Emily Mlynek, Tessa Villaneuva, Alex Cameron, Michelle Foytek, Rachel Taylor, Peter Lutjen y muchos más, sois los mejores. Garantizáis que siempre haya ejemplares de mis libros y trabajáis sin descanso para tener el mayor número de oportunidades de encontrar a los lectores, tanto nuevos como antiguos.

Mi diseñador de portadas, Will Staehle. No es moco de pavo darles unas portadas tan icónicas a una saga una vez, pero hacerlo dos veces son palabras mayores, solo tú serías capaz de hacerlo. Gracias por conseguir que siempre destaquemos.

Eyden's, la cafetería de Edimburgo a la que me gusta llamar mi oficina, mi comedor, mi segunda casa. Adonis, Eyden, Connor y al resto de su maravilloso equipo. Gracias por que Riley y yo tuviésemos siempre una tetera llena al lado, algo para picar y un rincón en el que escribir.